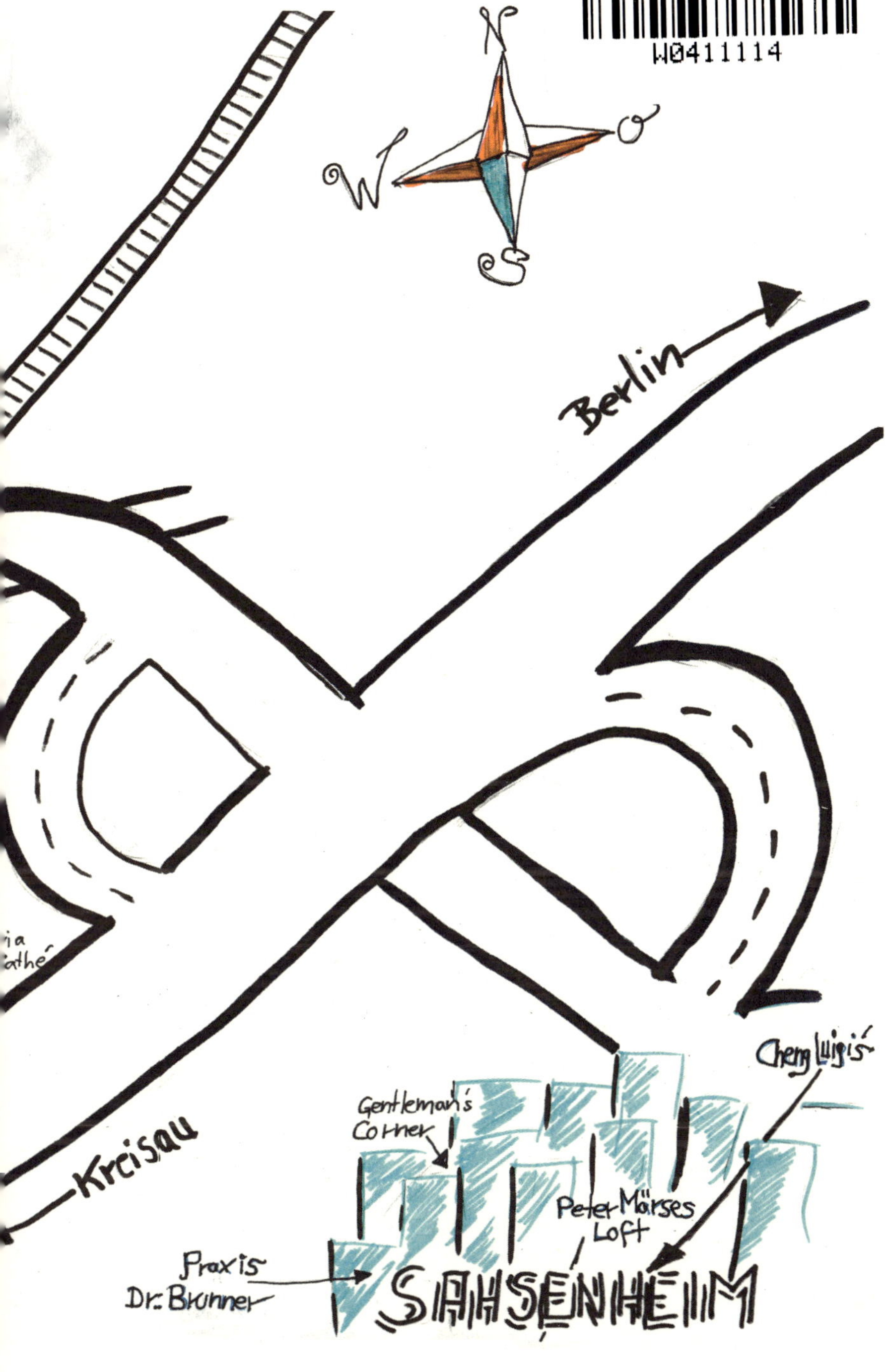
N
W
O
S
Berlin
Kreisau
Gentleman's Corner
Cheng Luigi's
Peter Märses Loft
Praxis Dr. Brunner
SAHSENHEIM

HEYNE
HARDCORE

BELA B
FELSENHEIMER

SCHARNOW

ROMAN

WILHELM HEYNE VERLAG
MÜNCHEN

Unter www.heyne-hardcore.de finden Sie das komplette Hardcore-Programm, den monatlichen Newsletter sowie alles rund um das Hardcore-Universum.

Weitere News unter www.heyne-hardcore.de/facebook

MIX
Papier aus verantwortungsvollen Quellen
FSC® C083411

Verlagsgruppe Random House FSC® N001967

4. Auflage 2019

Redaktion: Brigitte Helbling & Thomas Brill
Umschlaggestaltung: Johannes Wiebel, punchdesign, München unter Verwendung von Motiven von Shutterstock.com (Kerstin Schoene) und photocase.de (kallejipp, slecnep)
Gesetzt aus der Kepler von Satzwerk Huber, Germering
Druck und Bindung: CPI books GmbH, Leck
Printed in Germany

ISBN: 978-3-453-27136-4
www.heyne-hardcore.de

Meiner Jugend in Spandau gewidmet

Personenverzeichnis

Die auftretenden Figuren

Agent, der – untersteht dem → **Sekretär**

Agnes Petri – wohnt im dritten Stock des → **Silo**; Nachbarin von → **Susanne Scharster** und → **Ron Thorsten Wassmann**; Flurfunk

Alex Weinbarth – arbeitslos; bewohnt gemeinsam mit seinem verhassten Bruder → **Jason** die Wohnung der verstorbenen Mutter in → **Scharnow**; ehemals Polizeireservist; Waffe und Dienstausweis eingezogen

Billkauf – z.Z. einziger Supermarkt in → **Scharnow**; Slogan: »Bei uns ist BILLIG immer auch GUT!«; mit angrenzender Wiese, Lieblingsort von → **Cloudy**

Brahms, Thies & Deborah – wohnen im → **Silo**; geben vor rechtsradikal zu sein; Tochter: Suske Brahms, Freundin von Dalida Scharster

BsB, der Bund skeptischer Bürger – Gemeinschaft von Verschwörungstheoretikern; sind den → **Weltenlenkern** auf der Spur

Çem Schmöller – Beamter beim SEK → **Sahsenheim**; Bodybuilder; im Einsatz gegen den fliegenden Mann

Cheng Luigi's – angesagtes Café mit großer Cocktailkarte in → **Sahsenheim**

Cloudy – portugiesischer Wasserhund und Schwester von Bo

Dave – ehemals E.; einst der Kater von Gregor Gysi

Eiche, die alte – steht im Scharnower Forst; Ort seltsamer Begebenheiten; in einer Höhle zwischen ihren Wurzeln lebt eine legendäre Dächsin; wichtiger Ort für den → **Jungen**

Elsa Karpski – wird von ihrer Enkelin → **Nami** »Omili« genannt; Witwe von Ortwin Karpski; wohnt in der → **Siedlung im Norden** und ist Nachbarin vom → **Pakt der Glücklichen**

Felix Pathé – Noch-Ehemann von → **Sylvia Pathé**; ehemaliger Gülleproduzent; aktuell Zirkusdirektor; Verschwörungstheoretiker

Hakans Kiosk und Internetcafé in → **Scharnow**, betrieben von → **Hamids** Onkel Abdal; fünf Internet-Terminals, Süßwaren, Zigaretten, Coffee to Go, kein Alkohol

Hamid Yussuf Kaoum – geflüchteter Syrer; wurde von seinem Onkel Abdal nach → **Scharnow** geholt; Praktikant im → **Billkauf**

Jan-Uwe Paslićka – Mitglied beim → **BsB**; geschieden, eine Tochter; Besitzer diverser Handfeuerwaffen und eines Präzisionsgewehres, das er Carla nennt; trägt nie Strümpfe

Jason Weinbarth – bewohnt gemeinsam mit seinem verhassten Bruder → **Alex** die Wohnung ihrer verstorbenen Mutter in → **Scharnow**; ehemaliger Polizeireservist; Waffe und sein Dienstausweis eingezogen

Junge, der – wird sich verändern

Kalle (Karl Friedrich Spanger) – Anführer im → **Pakt der Glücklichen**; Verfasser ihres Manifestes

Marlies Maria Henkel – Filialleiterin im → **Billkauf**; Kettenraucherin; Espressoliebhaberin; Mundgeruch

Nami (Benita Karpski) – 17; lebt mit ihrer Mutter in Berlin; besucht ihre Großmutter → **Elsa Karpski** in → **Scharnow**; Manga-Fan

Niels Emmerich – härtester Trinker im → **Pakt der Glücklichen** mit diversen Anzeichen von Alkoholkrankheiten; hält sich für einen Zeitreisenden; kennt → **Pöhn**

Pakt der Glücklichen, der – hat das Ziel glücklich zu sein; Anspruch bescheiden, exquis déchets; wohnt in einer Erdgeschosswohnung in der → **Siedlung im Norden**; Nachbarin → **Elsa Karpski**;

Patty – die beste Freundin von → **Susanne Scharster**; kommt immer zu spät; schwer zu erreichen

Peter Märse, Dave; Erotiktänzer »Dancing Dave Diamond«; hat in einem Pornofilm mit Eve Everdear gespielt; wohnt in einem Loft in → **Sahsenheim**; Schulfreund von → **Trotsky**

Pit (Lars Pitkowski) – zuverlässigstes Mitglied im → **Pakt der Glücklichen**; verehrt Oscar Wilde und Marc Aurel; wohnt als Einziger nicht ständig in der Wohnung des Pakts, sondern auch bei seiner Mutter

Pöhn, der »beige Mann« – Bekannter von → **Niels Emmerich**

Ralf Belching – Anhänger Zankwarts; Zimmergenosse des → **Jungen**

Rex Gildo – omnipresent

Sahsenheim – Kreisstadt mit Industrieviertel, Polizeihauptwache, Sushi-Restaurant und Szenecafé → **Cheng Luigi's**

Scharnow – Dorf in Brandenburg, unweit der Kreisstadt → **Sahsenheim**

Sechs, (Skippy Maier); wohnt im → **Silo**; Freunde: Tasso Schmidt, Egmond Dulk; großes Interesse an Dalida Scharster; Fingertick

Sekretär, der – Kontakt zu den → **Agenten**; hat den Überblick

Senger, Dietmar – Polizeihauptmeister in → **Scharnow**; Genrefilm-Enthusiast; Lieblingsessen: Döner

Sieben (Aristide Olt) – Mann fürs Grobe im → **Pakt der Glücklichen**; hat viele Phobien und einen Fingertick; ehemaliger Hertha-BSC-Hooligan

Siedlung im Norden – liegt in → **Scharnow**; großer Parkplatz; zu den wenigen Bewohnern gehören der → **Pakt der Glücklichen**, Parterre → **Elsa Karpski**, Parterre und → **Walther Pfannschmidt**, zweiter Stock

Silo, der – inoffizieller Name eines Hochhauses mit 17 Stockwerken inmitten der Plattenbausiedlung in → **Scharnow**; in ihm befindet sich der einzige Schnellimbiss des Dorfes, das Dönerimperium

Sören Krüger – **Schulleiter**, genannt der **Direx**; leitet die JFK-Realschule in Braunschweig, Nordstadt

Susanne Scharster – Pornodarstellerin Eve Everdear; strippt online als Chantal; Tochter Dalida, 14; beste Freundin von → **Patty**

Sylvia Pathé – ehemals Profiturmspringerin; Noch-Ehefrau von → **Felix Pathé**; z.Z. Kassiererin im → **Billkauf**; Nebenberuf: Verkäuferin in der Boutique Gentleman's Corner; Besitzerin einer Hündin → **Cloudy** und eines Katers → **Dave**

Trönse, Olaf – Mitglied beim → **BsB**; Fluchtfahrer; fährt einen Fiat Panda mit eingebautem Elektromotor; verstärkter Harndrang

Trotsky – verfügt über spezielle Kräfte, die bisher niemand bemerkte; das hat sich geändert, sein Leben auch, zum zweiten Mal

Walther Pfannschmidt – sehr alter Mann, wohnt in der → **Siedlung im Norden** wie → **Elsa Karpski** und der → **Pakt der Glücklichen**

Wassmann, Ron Thorsten – Literaturblogger, Genießer, Pornograf; Nachbar von → **Susanne Scharster** und → **Agnes Petri** im → **Silo**

Weltenlenker, die – mysteriöse Weltverschwörung

Wenker, Georg – Sportlehrer des → **Jungen**; Kumpeltyp

Zankwart, Jörg – Schulrowdy; Feind des → **Jungen**

Zarmo (Hans Zarm) – Mitglied beim → **BsB**; Waffenfetischist; ehemaliger Rechtsradikaler; schlechter Schütze

Zuchonns, Roswitha – Lehrerin in der Schule des → **Jungen**; sehr attraktiv

Zoyxe und Mandarius – Eichhornmänner, leben in einer gleichgeschlechtlichen Beziehung; an einer → **Eiche** im Scharnower Forst werden sie Zeugen erschreckender Ereignisse

Eine Schar Wildgänse fliegt in Formation einen vollendeten Bogen über das herbstliche Brandenburg in Richtung Scharnow, einem kleinen Ort unweit der Kreisstadt Sahsenheim. Es ist ein schöner, ein erhabener Anblick, der sich perfekt in diesen sonnigen Morgen fügt.

Aus einem kleinen Wald löst sich plötzlich etwas. Eine Gestalt. Ein Schemen. Er schießt rasend schnell auf die Vögel zu. Eher Ahnung als feste Masse. Ist das ein Raubvogel? Seine Ausmaße sind zu groß dafür. Der Schemen stößt mitten durch die Formation von Zugvögeln, und jetzt erst reagieren die Gänse. Der Trupp fällt auseinander. Die Tiere fliehen panisch und wild schnatternd in alle Richtungen, versuchen sich zu retten. Der Schemen stoppt, ändert seine Flugbahn und umkreist in einer Abwärtsspirale das dunkle, alles überragende Hochhaus am Rande des Dorfes. Bevor er weiterfliegt, hält er einen Moment an einem Fenster im dritten Stock, hinter dem ein Mann in einem abgetragenen Morgenrock zu sehen ist, der einen Tisch deckt.

Prolog

Wassmann schob eine Weißbrotscheibe in den Toaster und machte sich auf den Weg zum Briefkasten. Im Vorbeigehen warf er noch einen zufriedenen Blick auf den gedeckten Frühstückstisch. Bei seiner Rückkehr würde das Brot die richtige Temperatur haben, nicht zu heiß, aber warm genug. Zudem würde er sich nicht die Finger am Gehäuse des altersschwachen Gerätes verbrennen, das ihm seine Mutter zum Einzug in die erste eigene Wohnung geschenkt hatte.

Seit vierzehn Jahren lebte Wassmann nun schon in dem 4200-Seelen-Ort in Brandenburg. Das Hochhaus, in dem er wohnte – der Silo, wie es die Anwohner hier nannten –, hatte inklusive Erdgeschoss siebzehn Stockwerke und stand im Zentrum einer lieblos modernisierten Plattenbausiedlung am Rande von Scharnow. An diesem Morgen nahm er die Treppe und hoffte, dass er niemandem begegnen würde. Er wollte keinen Kontakt zu den Nachbarn, mit Ausnahme von Susanne Scharster vielleicht. Und ganz besonders sie musste ihn ja nicht in Bademantel und ohne Socken in seinen ausgetretenen Lederpuschen sehen. Hätte er gewusst, dass sie sich im Treppenhaus aufhalten würde, wäre ein anderes Outfit trotzdem keine Option gewesen. Nicht für den Gang zum Briefkasten, da hatte er seine Prinzipien.

Unten angekommen holte er die Post aus dem Kasten und ging sie durch. Ein großer, schwerer Umschlag ohne Absender, eine Rechnung und Werbung. Eine ganze Menge davon. Der Aufkleber, der die Zettelverteiler davon abhalten sollte, ihre Flyer einzuwerfen, war teilweise weggekratzt. Wassmann seufzte und verteilte jetzt seinerseits, die Umgebung im Blick behaltend, die Werbezettel auf die anderen Briefkästen.

Den von Susanne ließ er großzügig aus.

Besser gelaunt begab er sich auf den Rückweg. Als er den dritten Stock erreicht hatte, stoppte er einen Moment lang vor Susannes Tür, ließ sich kurz vom Gedanken an sie wärmen und ging dann die letzten Schritte zu seiner Wohnung, wo der lauwarme Toast auf ihn wartete.

Er legte die Rechnung und seinen Schlüssel auf den kleinen Tisch neben dem Eingang, entledigte sich salopp seiner morschen Latschen und riss auf dem Weg zur Kochnische den Umschlag auf.

Ein Buch.

Horror Vacui stand dunkelrot in einer altertümlichen, ihm unbekannten Schrifttype auf dem Buchdeckel. Wassmanns Latein war seit der Schule etwas eingerostet, aber es reichte noch aus, um den Titel mit »Angst vor der Leere« zu übersetzen. Über dem Titel, an der Stelle, wo man den Autorennamen erwarten würde, befanden sich lediglich fünf eckige Punkte.

Das Buch hatte keinen Schutzumschlag. Die Schrift war auf den Buchdeckel geprägt, was auf dem Leineneinband sehr edel wirkte. Auf der Rückseite befand sich ein ebenfalls rotes W, geprägt und umrankt von seltsamen, runenartigen Schnörkeln. Die Gestaltung des Buches war insgesamt geschmackvoll, wenn auch nicht sonderlich opulent.

Wassmann war Literaturblogger und bekam regelmäßig Bücher zugeschickt. Auf diesem hier war seltsamerweise kein

Verlagsname zu entdecken. Trotzdem sah es nicht nach dem privaten Druck eines Nachwuchsautors aus. Er hatte des Öfteren auch solche Werke in der Post, die er stets aussortierte. Dieses Buch jedoch fand er interessant. Und es hatte den Anschein, als interessiere es sich auch für ihn.

Der Gedanke kam ihm unvermittelt. Etwas beinahe Aufdringliches ging von dem Buch aus. Ein Eindruck, den Wassmann an nichts Konkretem festmachen konnte.

Es war einfach so.

Aus dem Nichts traf ihn plötzlich ein Schlag. Von dem Buch abgelenkt, war er beim Greifen nach dem gerösteten Brot mit den Fingern an das Metallgehäuse des schlecht isolierten Toasters gekommen. Begünstigt durch das barfüßige Schlurfen auf der Kunststoffauslegeware und die trockene Luft in seiner Wohnung schoss die elektrische Ladung durch seinen Körper wie ein Blitz.

Wassmanns Interesse an dem Buch erlosch sofort.

Genervt pfefferte er es auf einen Stapel, der neben seinem Frühstücksensemble – einem Becher mit lauwarmem Leitungswasser, einem Schnapsglas mit Olivenöl, Teller, Messer, Kaffee und Marmelade – aufgetürmt war. Er atmete einmal tief durch und nahm am Tisch Platz. Unter Verzicht auf Butter oder einen anderen fettigen Geschmacksträger verteilte er auf dem Toast großzügig die Orangenmarmelade von Tante Jella, deren letztes Glas er soeben, zwei Jahre nach ihrem Tod, geöffnet hatte. Dann nahm er einen Schluck Wasser, um seinen Mund von Ablenkungen zu reinigen, und wartete, so sah es sein Ritual vor, genau fünfzehn Sekunden, damit sich Brot und Aufstrich aufeinander einstellen konnten.

Etwas besänftigt griff er erneut nach dem Buch, während seine innere Stoppuhr präzise die Sekunden herunterzählte.

1 und 2 und 3 und …

Er suchte nach einem Impressum, fand aber keins. Das Buch begann nach einer leeren Seite mit dem ersten Kapitel.

4 und 5 und …

Er fing während des Zählens zu lesen an.

6 und 7 und 8 und …

Schon die ersten Worte langweilten ihn. Der Leser wurde direkt angesprochen.

»Kennen Sie das Gefühl, etwas an Ihrem Leben verändern zu wollen?«

9 und 10 und …

Das war in Wassmanns Augen der billigste Trick, Aufmerksamkeit zu gewinnen. Er beschloss, dem anonymen Autor nicht auf dessen ausgetretenen Pfad zu folgen, und übersprang ein paar Absätze.

11 und 12 und 13 …

Während er die nächsten Sätze überflog, spürte er mit einem Mal, wie sich ein seltsames Gefühl in ihm breitmachte. Eine äußerst unangenehme und sehr reale Empfindung, als würde eine zähe und dabei eiskalte Flüssigkeit in ihm ausgegossen.

14 und …

Erschrocken klappte er das Buch zu, legte es angewidert auf den Stapel, zog darunter einen dicken Wälzer hervor und drückte ihn sehr fest auf den Neuzugang. Etwa so, als würde er eine Kellerluke schließen.

15!

Verwirrt wandte er sich dem Toast zu. Doch bevor er sich seinem Frühstück widmen konnte, wurde er ein weiteres Mal abgelenkt. Offenbar hatte er sich an einer der Buchseiten in den Finger geschnitten. Ein Tropfen Blut war auf sein T-Shirt getropft, direkt auf die Lippen des darauf gedruckten Konterfeis von Klaus Kinski als Nosferatu. Die Fütterung des Vampirs, dachte Wassmann und musste lächeln. Er nahm ein Kleenex aus einer Packung, die auf der nahen Anrichte stand, wischte erst den Fleck von Kinskis Hurenmund und drückte dasselbe Tüchlein dann auf die kleine Wunde an seinem Finger.

Das Shirt spannte etwas in der Bauchgegend.

Hätte er vor zwanzig Jahren geahnt, wie gut die Qualität war und wie lange er es tragen würde, hätte er davon noch eins in einer Nummer größer erstanden. Sein Geschmack, was Kleidung betraf, hatte sich seit jener Zeit nicht groß verändert. Damals, während des Studiums, hatte er mehr Zeit in Doppel- und Dreifach-Features im Kino oder auf Rockkonzerten verbracht als in den Hörsälen der Universität. Da hätte er kleidungsmäßig durchaus für die Zukunft vorsorgen können. Er blickte auf den Teller vor sich.

Dieses verdammte Buch hatte ihn fast sein Frühstück vergessen lassen! Wassmann nahm endlich einen Bissen von dem inzwischen fast erkalteten Toast und machte sich bereit für die Reise. So nannte er das, was geschah, wenn seine Zunge, sein Gaumen auf eine Speise trafen. Er atmete tief durch und schloss die Augen. Nur Sekundenbruchteile später explodierte in seinem Kopf ein Kaleidoskop an Eindrücken, die von dem kleinen Bissen Brot ausgingen.

Es war die Marmelade, auf die er sich konzentrierte.

Seine Tante Jella hatte sie ihm bei seinem letzten Besuch mitgegeben. Etwas bitter, nicht zu süß, mit einem Schuss Cointreau veredelt. Eine einfache Rezeptur, die aber niemand so wie seine Tante hinbekam. Seine Zunge liebkoste die fein geraspelte Orangenschale einer Frucht, die ein Pflücker von einem Baum in Andalusien gerupft hatte. Der Pflücker war kein Spanier gewesen, eher slawischer Herkunft. Vielleicht ein Bulgare? Die Information wurde von der Nelkenessenz in der Marmelade zart verdeckt. In Wassmanns Mund sammelte sich Speichel an, der sich mit den Speisepartikeln verband, die seinen Geist zu

Zuckerrohrplantagen trugen, durch Gewächshäuser wandeln ließen und selbst eine Ahnung der Glasbläserei abgaben, in der Tante Jellas Einmachglas einst gefertigt worden war.

Dann ebbte die Sensation wieder ab.

Wassmann schluckte, biss ein weiteres Stück vom Toast ab und schwelgte noch einmal genüsslich in den Eindrücken. Für den dritten Bissen ließ er sich etwas mehr Zeit. Dann öffnete er die Augen. Er glühte vor wohliger Erschöpfung, wie jedes Mal, wenn er sich einer Mahlzeit hingab.

Schon als Kind hatte er bemerkt, zu welch außerordentlichen Erkenntnissen seine Geschmacksnerven in der Lage waren. Im Laufe seines Lebens hatte sich diese erstaunliche Fähigkeit stets weiterentwickelt. Ohne Anstrengung konnte er Zutaten erschmecken, die seine Vorstellungskraft beflügelten, ihm Bilder von der Herstellung einer Speise oder einer Ingredienz bis hin zur Ernte einer Frucht oder eines Gemüses vor das innere Auge führten. Jede Mahlzeit erfüllte ihn mit einer Flut an Informationen. Essen war für ihn, wie einen guten Film zu sehen. Einen sensationell guten Film. Selbst in einem miserablen Mahl steckte eine interessante Geschichte.

Diese Fähigkeit besaß er, seit er denken konnte. Nie hatte er irgendjemandem davon erzählt. In der Pubertät, als ihm das Außergewöhnliche daran erst richtig bewusst wurde, gab es eine Phase, in der er sich ihrer sogar schämte und es vermied, viel und abwechslungsreich und vor allem in Gesellschaft zu essen. Mit zunehmendem Alter hatte er dann gelernt, seine anomale Gabe zu akzeptieren, sogar zu lieben. Bald schon fühlte er sich dem Essen mehr verbunden, als er es sich mit irgendeinem Menschen vorstellen konnte.

Er ging nur sporadisch aus. Es gab auch Frauen in seinem Leben. Doch sie blieben nie lange. Er hatte kein Händchen für sie. Bei einer Mahlzeit aber konnte er sich wirklich fallen lassen.

Er aß lieber und überließ sich dem Rausch seiner Geschmacksnerven. Dass er trotzdem nicht überproportional zunahm, verdankte er dem Umstand, dass sein Körper während einer Mahlzeit auch reichlich Kalorien verbrannte. Die Reisen zu den Ursprüngen seiner Nahrung erschöpften ihn fast so sehr, wie sie ihn befriedigten.

Weil er aber das Essen so liebte, kam ihm auch nie in den Sinn, seine Gabe mit der Welt zu teilen, sie etwa beruflich zu nutzen. Wie auch? Als Restaurantkritiker würde er die Zubereitung, das Anrichten und auch den Service eines Restaurants beurteilen müssen, nicht die viel sinnlicheren Aspekte eines Essens, die ihn eigentlich interessierten und die schwer in Worte zu fassen waren. Zum Koch eignete er sich ebenfalls nicht, da er sich selbst bei der unbedeutendsten Zutat so lange aufhielt, dass ihm jedes Essen anbrannte. Nach dem Abitur hatte er drei Viertel eines Journalistik-Studiums absolviert und sich als freier Kulturjournalist für kleinere Provinzblätter über Wasser gehalten. Bis ihn das Geld, das Tante Jella ihm hinterlassen hatte, aus seiner finanziellen Misere befreite, ihn angesichts seiner bescheidenen Ansprüche sogar recht sorglos leben ließ.

Um intellektuell nicht zu verdorren, startete er einen Literaturblog im Internet, »Wassmanns Wisdom«, der schnell zur eigenen Marke wurde. Nach einer Durststrecke von sechs Monaten, in denen er unermüdlich Kritiken schrieb, begannen Verlage ihm unaufgefordert Bücher zu schicken. Bald waren es so viele, dass er die Bücher, nachdem er sie in seinem Blog besprochen hatte, im Netz weiterverhökerte. Seine Website war beliebt. Er galt bei einigen Verlagen bereits als sogenannter Influencer, was diese mit Geldüberweisungen honorierten. Das Geschäft, wenn man es so nennen wollte, lief gut.

Der Stapel auf seinem Tisch zeugte allerdings davon, dass er mit seinen Kritiken im Verzug war. Wassmann hatte einen Hang zur Trägheit, lebte allein und arbeitete zu Hause. Drei Umstände, die seiner Selbstdisziplin gehörig zusetzten. Um seinen Status bei den Verlagen nicht zu verlieren, musste er dringend ein paar neue Rezensionen online stellen. Die Zeit reichte nicht mehr aus, um alle Bücher wirklich zu lesen, aber Wassmann vertraute auf seine Erfahrung. Verlage, die ihn bezahlten, bekamen gute Kritiken, dafür brauchte er nichts weiter zu tun, als die Seiten kurz durchzublättern und die Klappentexte zu überfliegen.

Missmutig betrachtete er die letzte Ecke Toast in seiner Hand, während er nach dem obersten Buch auf dem Stapel griff, es verfehlte und dabei hinunterstieß. Geräuschvoll landete der Wälzer auf dem Küchenboden. Wassmann musterte ihn von seinem Stuhl aus. Das Buch hatte mindestens 700 Seiten. Das war für den Anfang vielleicht ein bisschen zu sportlich. Er legte den Toast zurück auf den Teller und griff, ohne hinzusehen, nach dem nächsten, deutlich dünneren Werk. Als seine Finger es berührten, meldete sich die eisige Kälte zurück, die ihn diesmal aber weniger beunruhigte.

Horror Vacui.

Na schön, dachte er, den Anfang kannte er ja schon. Er blätterte ein paar Seiten weiter, begann zu lesen, doch er wurde aus dem Text nicht schlau. Die Sätze waren fragmentarisch, kaum verständlich und erfüllten ihn lediglich mit einem körperlichen Unbehagen. Mehr war da nicht.

Wassmann griff durch die linke Beinöffnung seiner ausgeleierten Boxershorts und kratzte sich missmutig an den frei baumelnden Hoden. 1 500 Zeichen musste er schleunigst verfassen, und zwar möglichst zu drei Büchern. Damit würde er sich etwas Luft verschaffen. Wassmann schob seinen Frühstücksteller beiseite und klappte seinen Laptop auf. Er öffnete eine neue Textdatei und schaute wieder hinüber zum Buch. Es löste alles Mögliche in ihm aus, außer der Lust, eine Kritik darüber zu schreiben.

Kurz blitzte der Gedanke in ihm auf, das Buch wolle ihn daran hindern, es zu rezensieren. Die Vorstellung amüsierte ihn.

Er dachte wieder an seine Nachbarin.

Wenn ihn das Buch schon nicht bei den Eiern packte, wie wäre es dann mit Susanne? Sie war vor Kurzem mit ihrer Teenagertochter in den Silo gezogen. Susanne hatte ein hübsches Gesicht mit niedlichen Grübchen und strahlenden Augen. Die Nase war nicht zu groß, ihre Beine schlank und ihr Vorbau ganz und gar nicht zu verachten. Sie hatte etwas Versautes an sich, das ihn anmachte.

Beim Gedanken an sie wurde Wassmanns Schwanz hart.

Er klickte auf seinen Internetbrowser, der mit der Startseite des Nachrichtendienstes Paddington News sofort den Bildschirm füllte. Eine Schlagzeile blitzte auf.

»Gerettet: Schulbus fährt auf Abgrund zu und prallt gegen unsichtbare Wand!«

Wassmann registrierte die Schlagzeile, überlegte, ob er die dazugehörige Meldung lesen sollte, aber dafür war später auch noch Zeit. Er drückte die Flashnachricht weg, scrollte in seinen Lesezeichen zu einer gespeicherten Pornoseite, klickte sie an und nestelte schon mal ein Kleenex-Tuch aus der Schachtel. Die Startseite öffnete sich. Sehr langsam. Immerhin hatte er einen Internetzugang. In Scharnow war das nicht selbstverständlich. Er gab in die Suchanfrage »redhead« ein.

Susanne war rothaarig.

Sofort füllte ein Kaleidoskop an angebotenen Sexfilmen den Bildschirm. Er kniff die Augen zusammen und begann mit Kennerblick das Angebot zu studieren. Er entschied sich für ein relativ unspektakuläres Video mit einem Paar, das sich auf einem Bärenfell vergnügte. Die Frau sah Susanne nicht unähnlich.

Perfekt, dachte Wassmann und fuhr sich mit der Hand in die Boxershorts. Der Clip begann mit einer Art Spielfilmhandlung, was ihm gut gefiel. Ein Schornsteinfeger wurde von einer nymphomanischen Hausfrau verführt. Leider stockte das Video gleich am Anfang, lud erneut und brach wieder ab. Die Internetverbindung in seiner Wohnung war miserabel. Wenn weitere Leute im Haus im Netz waren, verschlechterte sich der Empfang zusehends. Entnervt schlug Wassmann seinen Laptop zu, stand auf und ging zu seinem Sofa. Davor, auf einem selbstgebauten Sideboard aus Kirschholz, stand ein großer Röhrenfernseher. Neben dem voluminösen Gerät war ein VHS-Videoabspielgerät. Er hatte den Player einem Museum abgekauft, das ihn für Ausstellungsfilme benutzt hatte. Die Besonderheit daran war, dass er nach dem Ende einer Kassette von alleine zurückspulte und den Film neu startete. Wassmann mochte das. Die Geräuschkulisse hatte den zusätzlichen Vorteil, dass er sich in der Wohnung weniger allein vorkam. Nur aus diesem Grund besaß er das Gerät. Er war kein Mediennostalgiker. Keiner, der seine alten VHS-Kassetten wie Schätze hortete. Er war schlichtweg zu geizig, um seine Filmsammlung auf DVD umzustellen.

Wassmann ging vor einem Stapel Videos auf die Knie. Es waren größtenteils Pornofilme. Der Stapel war in den letzten Wochen angewachsen, was daran lag, dass er manchmal die von ihm rezensierten Bücher im Netz gegen schlüpfrige VHS-Kassetten eintauschte. Er suchte die Cover nach Fotos ab und fand den einzigen Film mit einer Rothaarigen. Eine deutsche Produktion. Auch diese Pornoaktrice sah seiner neuen Nachbarin nicht unähnlich. Wassmann hatte den Streifen schon mehrmals gesehen und spulte zu seiner Lieblingsszene. Das Bild rieselte ein wenig, da er an dieser Stelle ein bisschen zu oft vor- und zurückgespult hatte.

Die Bewegungen der Frau auf dem Bildschirm verschmolzen mit dem Gedanken an seine Nachbarin. Erregt folgte er der dünnen Handlung. Er stellte den Fernseher lauter, weil ihm die Stimme der Frau gefiel, und begann sich hart und schnell zu massieren. In seiner Vorstellung hatte die jetzt emsig arbeitende Darstellerin auf dem Bildschirm Susannes Gesicht, und er war kurz vorm Abspritzen, als er mit einem Mal das Gefühl hatte, dass er nicht allein war.

Misstrauisch drehte er den Kopf und suchte den Raum ab. Neben dem Sofa stand eine alte Einbauschrankwand aus den Achtzigerjahren, die der Vormieter zurückgelassen hatte und in deren Türen schmale Spiegelstreifen eingearbeitet waren. In einem der Spiegel sah Wassmann sich mit runtergelassener Unterhose und seinem Genital in der Hand. Er lenkte den Blick schnell wieder auf seine Umgebung.

Wassmann konnte nichts Ungewöhnliches entdecken.

Auf dem Tisch: der zugeklappte Laptop, der Teller mit dem Rest Marmeladentoast darauf. Sein Kaffee und das Buch.

Das Buch!

Drei Rezensionen, und noch kein Strich getan.

Stress machte sich in ihm breit. Seiner Libido tat das alles andere als gut. Sein Penis wurde erst weich und erschlaffte dann ganz.

Ein letzter Blick zum Bildschirm, ob die Sache nicht doch noch zu einem guten Ende zu führen war, half nicht weiter – im Gegenteil. Die Bewegungen der heißen Braut wirkten nur noch mechanisch. Und nun drang auch noch das Grunzen des Mannes in sein Bewusstsein, ein lang gezogenes, nasales Stöhnen, das Gegenteil der schnellen Stöße, die der Kerl seiner Partnerin verpasste. Er musterte den Darsteller mit der Bodybuilder-Figur. Hatte der etwa Make-up aufgelegt? Und was war mit seinem Schwanz los? Ab der Mitte des Schaftes ging das erigierte Glied in eine völlig andere Farbe über. War er operiert, oder lag das an der Penispumpe, die diese Typen gerne benutzten?

Scheiße! Jetzt dachte er schon über die Genitalien anderer Männer nach. Vielleicht war es besser, sich erst mal den Rezensionen zuzuwenden.

Er zog die Boxershorts hoch und ging, ohne den Film anzuhalten, zum Frühstückstisch zurück. Er klappte den Laptop auf und öffnete das noch leere Dokument. Das Buch fasste er nicht mehr an. Stattdessen steigerte er sich mit Leidenschaft in einen Verriss, der es in sich hatte. Wassmann prügelte auf die Tasten ein wie ein Schulhofschläger auf die Brillenschlange aus der letzten Reihe. Ihm schoss wieder etwas Blut in die Lenden, aber er wollte, er konnte jetzt nicht aufhören. Er fühlte sich wie ein Inquisitor, wie der Duke von Gloucester in *Der Henker von London* oder wie Vincent Price in seiner Paraderolle als *Der Hexenjäger.* Keine Gnade zulassend, nur dem Ziel verpflichtet, das Böse auszumerzen, wo er es traf.

In knapp sieben Minuten war Wassmann mit seiner Kritik fertig und betrachtete prüfend sein Werk.

Es war gut. Es war sogar brillant.

Kurz glomm ein Funken Mitleid mit dem anonymen Autor auf, dessen Werk er hier meisterhaft in der Luft zerrissen hatte – ein Buch, von dem er nur die ersten paar Seiten kannte.

Dann nahm er doch noch das bedauernswerte Opfer seines Genies zur Hand, überflog schnell das letzte Kapitel und fügte seiner Hasstirade einige markante Stellen daraus hinzu.

Er spürte wieder einen unangenehmen Sog bei der Berührung des Buches, eine leise Ahnung der zähflüssigen Kälte von vorhin.

Wassmann beschloss, die Empfindung zu ignorieren. Zudem verhinderten die Geräusche des Pornofilms aus dem VHS-Rekorder, dass das Buch seine Aufmerksamkeit weiter besetzte. Die rothaarige Schauspielerin gab sich gerade sehr überzeugend ihrer Ekstase hin, was kurzfristig Wassmann das Leben rettete.

Er lehnte sich zurück und tastete nach seinem Gemächt. Sein Hass hatte ihm eine anständige Erektion beschert. Als er kam, kam er so heftig, dass das Kleenex, das er neben dem Laptop abgelegt hatte, nicht alles auffangen konnte. Er fingerte nach der Schachtel, um zwei weitere Tücher herauszufischen, während sich ein größerer Tropfen seines Ejakulats von der Tischkante hängend verdichtete und einem Sperma-Stalaktiten gleich in der Luft verharrte. Er fing die Wichse mit den Tüchern auf und wischte den verbleibenden Rest weg, als sein Blick das Buch streifte.

Hatte es vorhin nicht anders dagelegen?

Wassmann verdrängte den seltsamen Gedanken.

Bücher leben nicht, sagte er sich. Sie sind nur bedrucktes Papier, in den seltensten Fällen mit Gehalt gefüllte Gegenstände. Nebeneinandergestellt in einem Regal sahen sie ja vielleicht ganz dekorativ aus. Wenn man zwei Stapel machte und ein Brett darauflegte, gaben sie sogar einen passablen Tischersatz ab. Mehr war da in der Regel nicht zu holen.

Wassmann merkte, wie er anfing, an seinen Vergleichen Spaß zu haben. Bücher! Wurfgeschosse waren sie, die in einem Streit durchaus auch kleinere Verletzungen hervorrufen konnten. Papierersatz auf Containertoiletten im Wald. Bedrucktes Bastelmaterial. Tischdeckenbeschwerer!

Er sah das Buch, dem er jetzt fast mitleidige Gefühle entgegenbrachte, nachdenklich an. Dann stand er auf und schlurfte zufrieden zum Kühlschrank, um sich ein Palmnut-Bier zu holen.

Das war der Moment, als das Buch zum Angriff überging.

Scharnow
Tag X

1

Hamid überflog wenig interessiert den Sportteil des *Sahsener Postillons.* Hertha BSC hatte in Freiburg ein 2:2 geholt. Beim Großen Preis von Singapur startete Lewis Hamilton mit seinem Mercedes von der Pole-Position, und die Sahsener Volleyballdamen waren erfolgreich in die neue Saison gestartet.

In »Hakans Kiosk & Internetcafé«, dem Geschäft seines Onkels, war an diesem, wie so ziemlich an jedem Morgen, nicht viel los. Sein Onkel hieß eigentlich Abdal und kam wie Hamid aus Syrien, aus den Bergen nördlich von Damaskus. Doch er war der Ansicht, dass ein türkischer Name in der ostdeutschen Provinz mehr Akzeptanz erfahren würde. Hamid teilte diese Meinung nicht, behielt das aber für sich.

Im vorderen Teil, im Kioskbereich, gab es einen Verkaufstresen, umrahmt von Regalen mit Lebensmitteln und Getränken. Im hinteren Teil befand sich das Internetcafé. Hier standen fünf einfache Tische, jeder ausgerüstet mit einem Computerterminal, bestehend aus Tastatur und Monitor. Alle waren zum Ausgang hin aufgestellt, um die Privatsphäre der Kunden zu sichern.

Sein Onkel hatte Hamid nach Deutschland geholt, als es in der Heimat nicht mehr sicher für ihn gewesen war. Dafür war Hamid ihm dankbar und auch zu einigem bereit. Eigentlich arbeitete er als Betriebspraktikant im nahe gelegenen Billkauf-Markt. Heute aber hatte Abdal einen wichtigen Termin auf einem Amt in Sahsenheim. Er hatte seinen Neffen gebeten, sich den Vormittag frei zu nehmen und ihn im Laden zu vertreten.

Nach Öffnung des Ladens um neun Uhr hatte Hamid die Regale aufgefüllt und Staub gewischt. Nun war ihm langweilig. Um Deutsch zu üben, hatte er zur Zeitung gegriffen, doch seine Sprachkenntnisse wurden von den Beiträgen darin nicht sonderlich gefordert. Er sah zu dem einzigen Kunden herüber, einem Kerl mittleren Alters, der konzentriert vor seinem Terminal saß. Irgendetwas an ihm erregte Hamids Aufmerksamkeit. Er wirkte so, als wäre er gerade dabei, etwas zu tun, was er lieber nicht tun sollte.

Unter dem Vorwand, die Zeitung zurück ins Regal zu legen, näherte sich Hamid und stieß dabei gegen einen der Tische. Erschrocken sah der Mann auf. Noch bevor Hamid einen Blick auf den Bildschirm werfen konnte, war das geöffnete Fenster darauf verschwunden und ein anderes an dessen Stelle gerückt.

»Kann ich Ihnen etwas bringen?«, fragte Hamid verlegen. »Einen Kaffee vielleicht?«

So unauffällig wie möglich lugte er dabei an dem Mann vorbei auf den Bildschirm. Dort war ein Forum für Hautkrankheiten zu sehen. Der Mann starrte ihn verärgert an. Er saß auffallend schräg auf seinem Stuhl, als hätte er ein Problem mit seinem Hintern.

»Nein, danke. Ich bin hier gleich fertig!«

Hamid ging zum Tresen zurück. Er wusste, dass es auf dem Geschäftscomputer eine illegale Software gab, mit der er den Terminal des Kunden anzapfen und dessen Browserverlauf anschauen konnte. War der Vorgang wirklich illegal? Die Computer gehörten schließlich dem Laden. Hamid waren die Spitzfindigkeiten der deutschen Gesetzgebung ein Rätsel.

Er fand die Software ohne Probleme. Sie war ungetarnt, ganz lapidar als Customer Check auf dem Desktop des Hauptcomputers abgelegt. Hamid öffnete das Programm und sah verstohlen zu dem Mann herüber, während er das Symbol für dessen Terminal anklickte. Das erste Fenster öffnete sich. Ein Forum, in dem sich Leute über Furunkel austauschten. Der Kunde war gerade dabei, sich durch die Kommentare zu scrollen, von denen die Seite insgesamt achtundsiebzig verzeichnete. Scheinbar gab es zu dem Thema einiges zu sagen.

Hamid sah auf den Verlauf und erkannte sofort, warum der Mann so erschrocken reagiert hatte. Die weggeklickte Seite war verzeichnet als xxx-online-strip.com/chantal.

Das Surfen auf Sex- und Glücksspielseiten war in Internetcafés allgemein nicht gestattet. Normalerweise waren auch die meisten Suchbegriffe dafür gesperrt. Hamid wusste das, aber er hatte keine Lust, sich als Sittenwächter aufzuspielen. In diesem Land drehte sich alles um Sex und Geld. Warum also sollten arme Schweine, die keinen eigenen Computer besaßen, nicht auch daran teilhaben dürfen? Hamid war muslimisch erzogen, doch er wollte kein moralisches Urteil über die Sitten des Landes fällen, das ihn aufgenommen hatte.

Er betrachtete wieder den Kunden und musste plötzlich an seinen Vetter Schalim denken. Der hatte einmal ein eingewachsenes Haar am Gesäß gehabt, das furchtbar zu eitern begann. Die stolzen Männer in seiner Familie gingen wegen eines Pickels nicht zum Arzt. Die Stelle wurde jedoch immer schlimmer, und am Ende blieb ihnen nichts anderes übrig, als Schalim mit der Ambulanz in ein Krankenhaus zu verfrachten. Die Ärzte beschlossen zu operieren. Die Haut war an der Stelle so sehr angeschwollen, dass sie den Pickel mit einer Schere aufschneiden mussten. Drei Schnitte. Ein regelrechtes Blutbad. Hamid hatte es mit angesehen.

Er erinnerte sich noch an die furchtbare Sauerei, aus der ein sehr langes, sehr dickes Haar herausquoll. Die Wunde zu verbinden war ein Ding der Unmöglichkeit gewesen. Sein bedauernswerter Vetter hatte danach ein paar Wochen auf dem Bauch schlafen müssen. Obwohl, so richtig zu bemitleiden war Schalim dann auch wieder nicht gewesen. Hamid dachte an die Köstlichkeiten, die seine Mutter und seine Tanten für den Bettlägerigen zubereitet hatten, auf dass er schnell genesen möge. Frische Datteln, heiße Kichererbsensuppe oder Kataif-Pfannkuchen. Dazu hatte es herrlichen, süßen Tee gegeben. Das Haus war mit den wunderbarsten Gerüchen angefüllt gewesen. Und wenn die Küche einmal pausierte, wehte eine frische Brise den betörenden Duft des Gartens in die Stube. Ständig versammelten sich Familienmitglieder am Bett des Kranken, lasen ihm aus dem Koran oder alter Dichtung vor, erzählten Geschichten von der Arbeit oder aus der Stadt. An manchen Abenden spielte sein Vater für den Kranken traditionelle Lieder auf der Ud, die er zu diesem Anlass hervorgekramt hatte.

Hamid konnte sich gut daran erinnern, wie er Schalim regelrecht um dessen Verletzung beneidet hatte.

Zwei Dinge brachten ihn unvermittelt in die Gegenwart zurück: Die Glocke am Eingang des Ladens schellte, und der Pickelmann nieste in einer beängstigenden Lautstärke. Hamid sah unwillkürlich zu ihm hinüber, dann wandte er sich der Tür zu. Doch wer oder was auch immer den Laden gerade betreten hatte, war bereits am Tresen vorbeigehuscht. Hamid konnte nur noch schwarze Haare und eine rote Kappe erkennen.

Mit einem Mal war ihm nicht mehr langweilig. Er stellte sich auf die Zehenspitzen, um einen Blick auf das fremde Wesen zu erhaschen, das hinter den Lebensmittelregalen herumraschelte. Dann trat er lautlos hinter dem Tresen hervor und schlich sich langsam näher.

Da war sie.

Es war eine sie. Hamid war lange genug in dieser Gegend und sich relativ sicher, dass kein männlicher Teenager sich hier so kleiden würde. Das Mädchen stand mit dem Rücken zu ihm gebückt vor dem Süßigkeitenregal. Sie war zierlich, was ihre klobigen Schuhe noch unterstrichen. Sie trug einen kurzen schwarzen Rock und schwarz-weiß gestreifte Strümpfe, die einen winzigen Streifen Haut bis zum Rock frei ließen.

Als Hamid das bemerkte, senkte er den Blick.

»Habt ihr hier Rotwein?«, fragte sie, ohne sich umzudrehen.

Ihre Stimme war weich und ein bisschen dunkel. Etwas daran berührte Hamid, der es aber weiter vermied, sie anzuschauen.

»Wir führen keinen Alkohol. Tut mir leid.«

»Schade. Na dann!« Das Mädchen wischte an ihm vorbei.

Hamid sah kurz zu Tisch Nr. 14 – aus unerfindlichen Gründen hatte sein Onkel die fünf Tische mit den Nummern 10 bis 14 gekennzeichnet –, wo der Pickelmann unbeirrt auf den Bildschirm starrte. Dann blickte er wieder zu der Stelle, wo das Mädchen eben noch herumgeraschelt hatte. Im Regal lagen kleine, in Zellophan eingepackte Cremerollen.

Eine fehlte.

Da er die Regale erst vor einer Stunde befüllt hatte, sah er das sofort. Er ging der jungen Frau nach und fand sie vor dem Ständer mit den Snacks. Sie stand ihm halb abgewandt und studierte mit schräg gelegtem Kopf die Geschmacksangaben auf den Tüten. Als sie ihn bemerkte, drehte sie sich ihm zu und ihre Blicke trafen sich.

»HAAAATSCHOOOH!«

Obwohl es zum zweiten Mal passierte, war Hamid auf die Explosion, noch dazu direkt hinter ihm, nicht vorbereitet. Aus einem Reflex heraus fuhren seine Hände nach oben und umfassten Schutz suchend seinen Kopf. Vorsichtig drehte er sich um.

»Ich nehme doch einen Kaffee!«, sagte der Pickelmann, der nun einen halben Meter entfernt am Tresen lehnte und in sein Taschentuch starrte.

Hamid ließ die Arme sinken und atmete seufzend aus. Der Mann steckte das Taschentuch in seine rechte Hosentasche, kramte aus der linken einen Fünf-Euro-Schein hervor und wedelte damit in Hamids Richtung.

»Schwarz, mit Zucker! Und hast du ein Kissen für mich? Eure Hocker sind auf Dauer ziemlich hart.«

»Klar, einen Moment.«

Hamid ging zum Kaffeeautomaten, setzte ihn in Betrieb und kramte neben dem Kühlschrank das fusselige Sitzkissen eines Gartenstuhls hervor.

»Geht das?«

»Geht, danke!«

Er füllte eine Tasse mit Kaffee und schob sie über den Tresen. »Rechnen wir ab, wenn Sie fertig sind!«

Der Mann steckte den Schein wieder ein, nickte Hamid lächelnd zu, nahm drei Löffel Zucker und ging mitsamt Kaffee und Kissen an seinen Platz zurück.

Da ertönte erneut die Glocke der Ladentür. Hamid schaute hinüber. Niemand.

»Verdammt!«, entfuhr es ihm. Er eilte um den Tresen herum zum Eingang, trat hinaus und sah sich in alle Richtungen um.

Vergeblich. Sie war weg.

Sein Blick suchte den Ständer mit den Snacks ab. Es schien keine Tüte zu fehlen. Seufzend ging er zurück zum Tresen, wo er feststellte, dass das Customer-Check-Programm noch lief.

Er wollte es gerade schließen, als die Seite, die nun auf dem Computer des Kunden geöffnet war, seine Aufmerksamkeit erregte. Der Mann hatte das Forum für Hautkrankheiten verlassen und sich in einen Chatroom eingeloggt. Dieser gehörte zu einer Dating-Seite, war als privat gekennzeichnet und möglicherweise durch ein Passwort geschützt. Kein Problem für Abdals Spionage-Software.

An dem Chat nahmen insgesamt drei Personen teil, die sich HeidEgg, WiSta88 und Paradieser nannten.

Bei HeidEgg schien es sich um den Pickelmann zu handeln, denn Hamid konnte das Klappern seiner Tastatur hören, als die Konversation ihren Anfang nahm.

HeidEgg: Hallo zusammen. Ist alles vorbereitet?
WiSta88: Na klar. Schon seit einer Weile. Auf uns ist Verlass. Auf Sie auch?
Paradieser: Hallo, HeidEgg. Wir sind startklar. Wo finden wir die Informationen?
HeidEgg: Ein Foto des Zielobjekts und die Beschreibung seines Aufenthaltsorts habe ich unter dem Link asylum.oahest.ru/ugfr/saya hinterlegt. Das Passwort ist MausBiber12_z. Achten Sie darauf, dass Ihre Verbindung sauber ist. Und führen Sie den Auftrag möglichst noch heute aus.

Hamid stutzte. Der Ton dieses Austauschs passte gar nicht zu dem Bild, das der Pickelmann bisher in seinen Augen abgegeben hatte.

WiSta88: Zerbrechen Sie sich nicht unseren Kopf, HeidEgg. Wir kümmern uns darum. Hoffe, dass Ihr Link sauber ist.

Hamid fixierte über seine Konsole hinweg den Pickelmann. Die Unterhaltung klang nach einer Verabredung zu einem Anschlag. Aber welche Art von Anschlag? Ein Attentat? Der Mann wirkte auf ihn eigentlich nicht wie der Auftraggeber eines Attentats. Andererseits war in diesem Land alles anders, vermutlich also auch das Aussehen der Hintermänner von Auftragskillern. Was wusste er schon?

Paradieser: WiSta88, ich checke die Infos und melde dir per SMS, wo wir uns gleich treffen. In Ordnung?
WiSta88: In Ordnung. Muss es so schnell gehen?
HeidEgg: In diesem Fall zählt jede Minute. Sie wissen ja, was auf dem Spiel steht.
Paradieser: Wir erledigen das. Keine Sorge.
WiSta88: Ja, gut. Paradieser, ich …

»Ich hätte gern noch einen Kaffee.«

Der Pickelmann war so plötzlich vor dem Tresen erschienen, dass Hamid für einen Moment die Fassung verlor. Der Mann sah erst ihn, dann den Geschäftscomputer mit forschendem Blick an. Mit einem Tastenklick beendete Hamid hastig das Customer-Check-Programm.

»Einen Kaffee?«, wiederholte er so unschuldig wie möglich. »Kommt sofort!«

Er ging zum Kaffeeautomaten hinüber, als ihn ein Geräusch herumfahren ließ. Der Pickelmann hatte den Computerbildschirm zu sich gedreht.

»Kann ich Ihnen helfen?«, fragte Hamid mit zittriger Stimme, die eigentlich fest klingen sollte.

»Nein, danke. Das heißt …« Der Mann sah Hamid mit ausdrucksloser Miene an. »Wo bleibt denn nun mein Kaffee?«

»Bin dabei.«

Hamid wandte sich dem Kaffeeautomaten zu, ohne den Mann aus den Augen zu lassen, und drückte den Knopf für schwarzen Kaffee. Nach dem lauten Geräusch des Mahlvorgangs floss heiße Brühe aus der Maschine.

»Fehlt da nicht was?«

Hamid schaute auf den Automaten und sah, dass sich die Flüssigkeit direkt in die Auffangschale ergoss. Eine Tasse! Verdammt!

»Entschuldigung, ich mach gleich einen neuen!«

»Vergiss es!«

Der Pickelmann befand sich schon wieder auf dem Weg zu seinem Terminal. Den Monitor hatte er einfach schräg stehen lassen. Hamid kam das auf unbestimmte Art bedrohlich vor. Doch er wusste nicht, was er tun sollte, also machte er erst mal einen neuen Kaffee. Diesmal mit Tasse.

Mit dem fertigen Getränk ging er Richtung Kundentisch. Im Vorbeigehen schob er den Monitor zurück in seine Position, schnappte sich Zucker und einen Löffel und stellte alles neben dem Terminal ab, an dem der Pickelmann saß.

»Geht aufs Haus«, sagte er unsicher, lugte kurz über den Kopf des Mannes hinweg auf den Bildschirm und sah, dass der Internetbrowser geschlossen war.

»Danke!«

Der Pickelmann stand seufzend auf. Er fischte seinen Fünf-Euro-Schein aus der Hosentasche und legte ihn so auf die Tasse, dass der Kaffee damit abgedeckt wurde.

»Stimmt so. Bis dann.«

Hamid wich unwillkürlich beiseite, als der größere Mann an ihm vorbeiging. Neunzig Minuten Internet plus Kaffee kosteten mehr als fünf Euro, aber Hamid hatte keine Lust, die Sache mit diesem zwielichtigen Kerl zu diskutieren. Nachdem sich die Tür geschlossen hatte, verspürte Hamid eine gewisse Erleichterung. Er nahm den Geldschein und trank nun selbst den Kaffee.

Da durchzuckte ihn ein Gedanke.

Er hastete, den Eingang im Auge behaltend, zum Tresen zurück und öffnete noch einmal das Customer-Check-Programm. Er klickte auf Terminal 14 und ging zum Verlauf. Da war nichts. Rein gar nichts.

Die Chronik der letzten Sitzung war komplett leer, gerade so, als hätte es nie eine Sitzung gegeben.

2

Was war das für eine verdammte Scheißidee gewesen? Seit zwanzig Minuten schon schimpfte Trotsky vor sich hin.

»Trotsky, du Idiot! Da geh ich in diese beschissene Internetklitsche am Arsch der Heide, nur um nicht aufzufallen, und dann kriegt der Jungspund vom Tresen plötzlich Spaß am Spionieren?! Fuck! Fick Fuck Doppelkack!«

Er unterbrach seine Litanei, um am Eingang des Hauses 38b bei der Praxis von Dr. Brunner zu klingeln. Plötzlich überfiel ihn wieder der Drang zu niesen. Er fummelte das zerknüllte Taschentuch hervor und brachte es gerade noch vor der Eruption an seine Nase. Wieder Blut!

Mit einem Summen öffnete sich die Tür. Er atmete einmal tief durch, steckte das Taschentuch zurück in die Hosentasche und schüttelte die aufkeimende Beunruhigung ab.

Eigentlich war doch alles gut gelaufen.

Die Texte im Chat mit den beiden Idioten vom Bund skeptischer Bürger waren eher unverfänglich gewesen. Das Wesentliche, die Angaben für den Anschlag, hatte er verschlüsselt auf einer eigens dafür gemieteten Website in Russland deponiert, die nach einmaligem Abruf nicht mehr existieren würde. Die Adresse war zu kompliziert, als dass der Junge vom Internetcafé sie sich hätte merken können. Die Typen vom BsB hatten mit Sicherheit schon die Website besucht. Falls der angebotene Service hielt, was er versprach, sollten die Informationen inzwischen zusammen mit der Seite verschwunden sein.

Er würde sich jetzt erst mal um seine Gesundheit kümmern. Am Abend war dann genug Zeit, in aller Ruhe zu überprüfen, ob die Wutbürger vom BsB nicht nur Schaumschläger waren. Es machte Trotsky keinen Spaß, mit rechten Verschwörungstheoretikern zusammenzuarbeiten. Aber wenn diesen Deppen tatsächlich ein erfolgreiches Attentat gelang, würde das die Weltenlenker mal so richtig aufschrecken. Und die Drecksarbeit hätten andere für ihn übernommen. Wunderbar. So konnte er in Ruhe seinen nächsten Zug planen.

Trotsky betrat die Praxis und ging zum Empfangsbereich. Die Arzthelferin saß über einen Anmeldebogen gebeugt und telefonierte. Er sah nichts weiter als ihren dichten, goldblonden Haarschopf. Er nahm die Versicherungskarte aus seiner Brieftasche und legte sie auf den Empfangstresen. Eine feingliedrige Hand mit perfekt gefeilten Nägeln griff danach. Dann legte die junge Frau das Telefon zur Seite, hob den Kopf und sah ihn an.

»Herr Märse, der Arzt hat gleich Zeit für Sie.«

Trotsky stockte der Atem.

Die Lippen, die ihn mit dem Namen seines Mitbewohners ansprachen, waren perfekt. So elegant geschwungen wie die Linien am Kopf einer griechischen Statue, eingerahmt von zwei sensationellen Grübchen, die nicht nur attraktiv waren, sondern auch auf einen fröhlichen Charakter schließen ließen. Ihre Augen hatten die Farbe eines exotischen Meeres, in dem er sofort zu ertrinken drohte. Sie war zur Begrüßung aufgestanden. Er liebte große Frauen.

»Ich zeige Ihnen die Warte-Lounge.«

Dieses Wahnsinnsgeschöpf war vor einer Woche noch nicht hier gewesen. Sie hieß Sabrina, verkündete das Namensschild an ihrem ausladenden Vorbau. Warum stand da nur ein Vorname? Oder gab es vielleicht Menschen, die mit Nachnamen Sabrina hießen?

»Gehen Sie nachher mit mir etwas trinken?«, fragte Trotsky nicht, obwohl er genau das dachte.

»Danke«, dachte er nicht, sagte es aber.

Über der Tür zum Wartezimmer stand tatsächlich »Lounge«. Sabrina schenkte ihm ein warmes Lächeln, drehte sich mit einem lässigen Schwung, der ihre goldenen Haare wie in einem dieser kitschigen Shampoo-Werbespots durch die Luft wirbeln ließ, und ging Richtung Empfang zurück. Ungeniert stierte er auf ihren perfekten, sich entfernenden Hintern. Ein frischer Duft umwehte seine Nase.

Das war kein Parfüm. Diese Frau roch von sich aus wie ein Engel.

Er ging zu einem Stuhl und setzte sich. Augenblicklich durchfuhr ihn ein stechender Schmerz. Das Ding an seinem Hintern hatte er fast vergessen. Trotsky verlagerte sein Gewicht genervt auf die unversehrte Pobacke. Im Netz hatte er nicht viel finden können, außer dass der wahrscheinlichste Grund für dieses dicke, eitrige Gewächs ein südafrikanischer Parasit war, der sogenannte Medinawurm.

Als wäre er je in Südafrika gewesen. Lächerlich!

Männer wie er wurden von atomaren Waffen durchlöchert, in Vulkane geworfen oder von außerirdischen Amazonen in Fetzen geliebt. Sie wurden definitiv nicht von einem exotischen Wurm zu Tode geeitert. Um sich abzulenken, dachte Trotsky wieder an Sabrina, und tatsächlich besserte sich seine Laune umgehend. Er sah sich in der Lounge um.

Erdfarbene Stoffe an dezent beleuchteten Wänden. Zeitlos moderne, bequeme Möbel. Pflanzen, ein Aquarium, ein Brunnen. Ja verdammt, ein BRUNNEN! Daneben lagen fein geordnet zwischen Wasserspender und Espressomaschine Magazine für jeden Intellekt und Geschmack. Es gab sogar Comics! Vermutlich nannte man sie in solch gediegener Umgebung »Graphic Novels«, aber das änderte nichts an der Tatsache, dass sie den ohnehin schon gut ausgerüsteten Warteraum zu einem unfassbar gut ausgerüsteten Warteraum machten. Diese Praxis wollte, dass man gerne wiederkam. Außerdem bestätigte sie das, was Trotsky sich in letzter Zeit öfter gedacht hatte. Nirgendwo war die Schere zwischen Arm und Reich so deutlich zu sehen wie in den Arztpraxen der Republik. Als Trotsky noch pflichtversichert war, hieß es höchstens: »Der Nächste, bitte!« Oder eine Nummer blinkte auf einem Display über einer grauen Tür – ein Aufruf, den man unweigerlich verpasste, wenn man zufällig gerade auf der Toilette war. Bei Dr. Brunner dagegen wurde er auf dem Laufenden gehalten. Und das von Sabrina.

Er sah sich die Mitwartenden an. Außer ihm waren da nur noch zwei weitere Personen, eine Frau mittleren Alters und ein junger Mann. Beide waren deutlich besser angezogen als er und mit dem Lesen einer Illustrierten (sie) respektive dem Mobiltelefon (er) beschäftigt.

Eigentlich gehörte Trotsky nicht hierher. Ein alter Schulfreund, Peter Märse, der sich inzwischen als Erotik-Tänzer verdingte und den er vor Kurzem kontaktiert hatte, hatte Trotsky vorübergehend bei sich aufgenommen und ihm auch gleich die Karte seiner privaten Krankenversicherung in die Hand gedrückt, damit er sich mal richtig durchchecken lassen konnte. Tatsächlich hatten sich bei Trotsky in letzter Zeit ein paar Symptome gehäuft. Mit Schwindel und Wahrnehmungsstörungen hatte es angefangen. Danach kamen anhaltende Kopfschmerzen. Natürlich gab es in seinem Leben genug Anlässe, sich einen Dauerkopfschmerz zu holen. Er schlief zu wenig. Trank nicht genug Wasser. Grübelte sehr viel. Prügelte sich ständig. Schmerz war seit Jahrzehnten sein treuester Begleiter. Wie viele Schläge hatte er schon einstecken müssen?

Alleine die Bergmutation musste mindestens fünftausend Mal auf ihn eingedroschen haben. Und das war nichts gegen die Peitschenhiebe Tormentors, den eisernen Headlock von Screw oder den Höllenhammer des Übermenschen. Jeder Schlag hatte eine Geschichte, kam von einem Gegner, der seine Knochen und seinen Willen hatte brechen wollen. Keinem seiner Widersacher war das gelungen. Am Ende war Trotsky immer Sieger geblieben.

Tatsächlich hatten seine außergewöhnlichen Sinne auf dem Weg zur Praxis von Dr. Brunner in der Ferne einen Tumult wahrgenommen. Das kam davon, wenn man im Freien unterwegs war. Er hatte dem Impuls widerstanden, der Unruhe auf den Grund zu gehen, war stattdessen mit dem Bus einen Umweg gefahren. Heute würde die Polizei sich darum kümmern müssen.

Und nun ging er in diesem traumhaften Wartezimmer zum Wasserspender und goss sich einen Becher voll, den er hastig leerte. Selbst das Wasser schmeckte hier anders. Er hatte bis zu diesem Zeitpunkt noch nie klares Wasser getrunken, das überhaupt irgendeinen Geschmack hatte. Er füllte den Becher ein zweites Mal und genoss es, hier zu sein. Der Brunnen plätscherte, das Aquarium summte, begleitet vom Planschen einiger sündhaft teurer Miniaturkarpfen, die Zimmerpflanzen wogten sachte im Wind der lautlosen Klimaanlage, und da war natürlich noch …

Sabrina.

»Der Doktor hat jetzt Zeit für Sie, Herr Märse!«

Er bedankte sich artig und folgte seinem weißen Engel.

Die junge Frau führte ihn durch einen schmalen Gang, vorbei an akkurat aufgehängten Bildern mit surrealen, kubistischen Formen darauf. Trotsky mochte keine moderne Kunst. Zu viel Erklärung, zu viel Pose, ohne Relevanz für sein Leben. Für ihn kam Kunst von Können und einer möglichst naturgetreuen

Wiedergabe der Wirklichkeit. Er empfand abstraktes Gekritzel auf Leinwand nicht als interessant oder wild, sondern nur als gewollt.

»Wunderbar, nicht wahr?«, schwärmte Sabrina. »Unser Chef ist ein angesehener Sammler.«

Trotsky kam sich mit einem Mal sehr hinterwäldlerisch vor.

»Ich verstehe nicht viel von Kunst ...«, stammelte er.

»Ich auch nicht«, kicherte sie, »aber nicht weitersagen!«

Trotsky zog die Möglichkeit in Betracht, sich zu verlieben.

Sie öffnete eine Tür zwischen den Bildern, die er jetzt erst bemerkte.

»Da sind wir. Bitte treten Sie ein, Peter. Doktor Brunner ist in wenigen Sekunden bei Ihnen.«

Sie hatte ihn mit Vornamen angesprochen. Dass es nicht sein richtiger war, machte die Sache kompliziert, aber das sollte seinem Glück nicht im Wege stehen. Er nickte verunsichert.

»Bis später!«, verhieß sie ihm und ließ ihn allein. Ihr Lächeln schwebte noch einen Moment lang im Raum. Er nahm es an sich, wärmte sich daran und beschloss, sie beim Verlassen der Praxis nach ihrer Telefonnummer zu fragen.

Eine tiefe Männerstimme unterbrach ihn in seinen Gedanken.

»Herr Märse, nehmen Sie doch Platz.«

Doktor Brunner war ein braun gebrannter Mittsechziger, dessen Frisur davon zeugte, dass er erstens stolz auf sein immer noch volles, wenn auch inzwischen schlohweißes Haupthaar war und zweitens seine große Zeit ganz offensichtlich in den 1970ern zugebracht hatte.

Sein Lächeln war freundlich, professionell. Nachdem Trotsky ihm gegenüber Platz genommen hatte, schlug der Arzt eine hellgraue Mappe auf, in der einige lose, bedruckte Blätter lagen, auf denen Trotsky kleine, mit Kugelschreiber geschriebene Haken und

Vermerke erkennen konnte. Dr. Brunner schaute mit gerunzelter Stirn auf die Blätter, als suche er den entscheidenden Hinweis, um die Konversation zu beginnen. Dann legte er seine Hände, die Finger gespreizt, auf die Unterlagen und sah sein Gegenüber ein paar Sekunden lang ernst an, bevor er zu sprechen begann.

Er hatte Trotsky nichts wirklich Gutes mitzuteilen.

3

Leukämie!
Nicht therapierbar!
Sechs Wochen noch!
Scheiße!
Trotsky verließ die Praxis wie in Trance. Sabrinas Nummer interessierte ihn nicht mehr. Er wollte verstehen, aber er wusste nicht, wie. Er wollte etwas tun, doch er wusste nicht, was. Gegenüber vom Ärztehaus lag die Bushaltestelle, an der er ausgestiegen war und an der jetzt ein paar Leute standen. Dahinter sah er eine leere Schuttfläche. Die perfekte Abflugrampe.

Trotsky ging zu der Stelle, zog das von seinem Mitbewohner geliehene Jackett aus und ließ es in den Schutt fallen. Dann entledigte er sich des Hemdes, das er extra für den heutigen Tag hatte reinigen und bügeln lassen, und trennte sich von Schuhen und Socken. Er zog den Gürtel aus den Schlaufen seiner Hose und warf nacheinander alles auf einen Haufen. Hose und Unterwäsche waren die einzigen Kleidungsstücke, die er anbehielt. Er sah auf seine abgelegten Kleider und strich sich mit der Hand über die Brust. Er hatte einmal für einen kurzen Moment mit dem Gedanken gespielt, sein Unterhemd mit einem Emblem oder etwas Ähnlichem zu bedrucken, so wie es die Helden in den

Comics taten, die er als Jugendlicher so geliebt hatte, sich aber dagegen entschieden, weil er sich nie ganz zu seinen Kräften bekennen konnte. Er wollte seine Anonymität nicht aufgeben, weil er immer auch gehofft hatte, sein Leben würde sich eines Tages normalisieren. Anscheinend war es dafür jetzt zu spät.

Ganz oben auf den Haufen legte er seine alte Brieftasche, in der sich die geliehene Klinik-Card seines Mitbewohners und ein bisschen Kleingeld befanden. Zuletzt ließ er das blutige Taschentuch auf den Kleiderberg fallen, wie ein Handtuch, das der Trainer eines Boxers in den Ring wirft, um den Kampf für seinen Schützling zu beenden und diesen vor dem Schlimmsten zu bewahren.

Trotsky wandte den Blick ab und breitete die Arme aus. Er schloss die Augen und erhob sich drei Meter in die Luft. Nach zwanzig Sekunden öffnete er die Augen wieder, wandte sein Gesicht dem Himmel zu und flog mit exponentiell steigender Geschwindigkeit der Sonne in einem erstaunlich blauen Himmel entgegen.

Dass die Leute an der Bushaltestelle ihn dabei sehen konnten, ahnte er nicht.

4

Nami wusste, dass ihr Verhalten albern, richtiggehend pubertär war. Sie hatte in dem kleinen Laden nur Wein kaufen und sich so den Besuch des tristen Supermarkts ersparen wollen, wo sie einst ein Schulpraktikum absolviert hatte. So wie sie jetzt aussah, würde sie wohl kaum jemand erkennen, aber darauf wollte sie es nicht ankommen lassen. Sie hatte mit Scharnow abgeschlossen.

Für immer.

Zumindest bis eben.

Nach Betreten des Ladens hatte sie festgestellt, dass dieser neuerdings von Muslimen geführt wurde und deshalb keinen Alkohol im Sortiment hatte. Dann war ihr der dunkelhaarige Junge aufgefallen, der hinterm Tresen saß. Für die Länge eines Wimpernschlags hatten sich ihre Blicke getroffen. Und jetzt stand sie da, mit pochendem Herzen hinter einer Straßenecke, und behielt die Eingangstür im Auge.

Sie war siebzehn, lebte in Berlin und kam sich ziemlich abgeklärt vor. Aber sie war noch nie richtig verliebt gewesen und von einer Sekunde auf die andere derart verwirrt, dass sie den Laden so schnell wie möglich verlassen musste, um draußen zuerst einmal ihre Gedanken zu sortieren. Eigentlich war sie auf dem Weg zu ihrer Großmutter, die sie seit über einem Jahr nicht mehr gesehen hatte. Damals war Nami noch blond gewesen und mit Zöpfen, in gemustertem Rock und hellblauem Sweater zur Gesamtschule gegangen. Nami – der Name war japanisch und bedeutete »Welle« – hatte sie auch noch nicht geheißen, sondern Benita.

Benita deshalb, weil ihr durchgeknallter Vater keinen Namen mit A am Anfang akzeptiert hätte. Sein Leben hatte er nach spezifischen Zahlen und Buchstaben ausgelegt, von denen er manche für ungesund und andere für gesund hielt. Nach der Geburt der gemeinsamen Tochter steigerte sich sein väterlich-pathologisches Verhalten derart, dass ihre Mutter die Scheidung eingereicht hatte. Benita war damals fünf Jahre alt gewesen. Später war sie zu einer guten Schülerin herangereift, die lieber für sich blieb und ihre Nase in Bücher steckte, als mit der langweiligen Landjugend heimlich im Wald Bier zu trinken.

Das war eine Ewigkeit her. Fast ein ganzes Leben.

Benita war fünfzehn gewesen, als ihre Mutter überraschend eine Anstellung in Berlin erhielt, weshalb sie das darauffolgende Jahr bei ihrer Großmutter verbrachte. In dieser Zeit wurde die Verbindung zwischen der alten Frau und dem Teenager noch inniger, und nun war das Einzige, was Nami wirklich an Scharnow vermisste, ihr geliebtes Omili.

Sie hatte versucht, den Kontakt zu ihr zu halten, was nicht immer einfach war. Der Skype-Termin an Weihnachten scheiterte am technischen Unvermögen der alten Dame, die kaum mit ihrem Mobiltelefon zurechtkam, und auch, weil ständig das Internet abstürzte. Eine bessere Netzversorgung der Privathaushalte in Scharnow war in frühestens zwei Jahren zu erwarten. Ein Umstand, den sich rechte Parteien zunutze machten, indem sie sich werbewirksam über die Benachteiligung der ländlichen Bevölkerung aufregten.

Ihren Vater hatte Nami nach der Scheidung kaum noch gesehen. Bei einem ihrer seltenen Treffen hatte er im Streit einmal gesagt: »Es ist nicht egal, was du anhast!«

Das war aus seiner Sicht natürlich eher als Plädoyer gegen angehende, teenagerbedingte Verwahrlosung gemeint, aber in Nami hatten seine Worte einen Sturm ausgelöst. Eine Sehnsucht wuchs in ihr, sich zu entpuppen – so radikal, so grundlegend, dass es der Umwelt wehtat. Sie wollte aus ihrer Kleinmädchenwelt in etwas Neues eintauchen. Welten betreten, in denen sie eine andere sein konnte. Die Rolle spielen, für die sie sich selbst entschieden hatte und nicht andere für sie. Ihre Großmutter hatte sie darin bestärkt, ihr das Nähen beigebracht und ihr Geld für die Jugend- und Musikzeitschriften gegeben, die sie sich eifrig kaufte. Mehr konnte ihr Omili nicht für sie tun.

Nicht in Scharnow.

Der Umzug nach Berlin war nötig gewesen, damit aus dem Mädchen mit den blonden Zöpfen eine andere werden konnte. In der neuen Schule hatte sie erst Schwierigkeiten gehabt, Anschluss zu finden. Dann stieß sie auf eine Gruppe von Jugendlichen, die der Gothic-Szene angehörten. Von ihrer Mutter hatte sie ein Mobiltelefon geschenkt bekommen, dessen Adressbuch bald schon mit illustren Namen wie »Dark Angel«, »Leviathan« oder »Schreck« gefüllt war. Doch irgendwann langweilte sie die offensiv zur Schau getragene Melancholie ihrer neuen Freunde, und mit der Musik konnte sie erst recht nichts anfangen. Als sie Bauhaus, Siouxsie and the Banshees, Joy Division oder The Cure für sich entdeckte, wurde ihr plötzlich ein zu konventioneller Musikgeschmack vorgeworfen. Derartige Reglementierungen nervten sie, und sie wandte sich von der Szene ab. Immerhin gefielen ihr weiterhin die fantasievollen Outfits der »Grufties«, wie sie sie nun nannte – wohl wissend, dass sie damit die alten Freunde erst recht gegen sich aufbrachte.

Von der Gothic-Szene war es kein großer Schritt zu Manga. Hier fand sie ihre wahre Bestimmung. Sie schneiderte sich Outfits, inspiriert von den grellen J- oder K-Popbands und den düsteren, futuristischen Manga-Heften, die sie verschlang. Bald begann sie auch selbst welche zu zeichnen und entdeckte darin eine weitere Begabung. Sie nannte sich fortan Nami und wurde zur Kriegerin. Ein Charakter, den sie ernsthaft und mit Begeisterung ausfüllte, der ihr Schutz bot und den sie, zum Leidwesen ihrer Mutter, nur selten ablegte.

Ihre Mutter zog es seit dem Umzug nicht mehr so häufig in die Provinz, doch Nami hatte schon seit einer Weile den Wunsch, Scharnow zu besuchen. Es war so viel passiert in den vergangenen Monaten, und sie wollte ihre Großmutter daran teilhaben lassen. Dass sie sich stark verändert hatte, sollte sie nicht von ihrem Omili entfremden. Die Vorstellung bereitete Nami Angst, trotz aller Emanzipation vom Elternhaus.

Sie hatte kein Geschenk für ihr Omili, also hatte sie beschlossen, Kuchen (der Klassiker) und Rotwein (süß, wie ihre Großmutter ihn liebte) zu besorgen. Die Cremerolle, die sie im Laden hatte mitgehen lassen, ging halbwegs als Kuchen durch, fand sie. Und im Billkauf würde sie ohne Weiteres eine Flasche Tokajer bekommen. Jetzt aber stand sie, die in Scharnow so auffällig war wie ein Pferd mit Holzbein, hinter einer Hausecke und observierte einen Dorfkiosk. Nami, die Kriegerin. Ganz in Schwarz, mit viel Mascara und dickem Eyeliner um die Augen. Eine gewisse Genugtuung bereitete ihr der Umstand, dass sie in der tristen Umgebung ihrer Kindheit so sehr neben der Spur lag, dass nicht einmal ihre ehemaligen Klassenkameraden sie noch erkennen würden. Sie beschloss, einen Spaziergang zu machen, um wieder klar denken zu können. Wo war ihre Überlegenheit, ihre ganze Coolness geblieben, die sie aus Berlin mitgebracht hatte? Verpufft. Verschwunden.

Und der Grund dafür war ein Junge. Ein Junge, dessen tiefschwarze, melancholische Augen ihr Herz in Flammen gesetzt hatten.

5

Dass der Pakt der Glücklichen gemeinsam einkaufen ging, kam eher selten vor. Einkaufen gehörte in ihrer Welt zu den Unabdingbarkeiten, die dem Einzelnen auferlegt wurden, nie der ganzen Gruppe. Doch heute waren sie gemeinsam aufgebrochen. Karl Friedrich Spanger, der von seinen Freunden ausschließlich Kalle gerufen wurde, stand mit seinen Freunden Niels und Sieben an der Kasse vom Billkauf. In ihrem angesichts des Inhalts überproportional großen Einkaufswagen befand sich das für Mittwoch – der Pakt kaufte immer nur mittwochs ein – übliche Sortiment:

- verschiedene Alkoholika (billig)
- einige Tüten Kartoffelchips mit Paprikageschmack (Sonderangebot)
- Fanta (Normalpreis)

Der Billkauf war der größte und derzeit auch einzige Supermarkt in Scharnow. Der günstigere Discounter bei der Plattenbausiedlung war nach einem Feuer geschlossen worden, die Polizei ermittelte wegen Brandstiftung. Vielleicht war das der Grund, warum die Schlange vor der Kasse heute besonders lang war.

Kalle verkürzte sich die Wartezeit damit, im Zeitschriftenregal zu stöbern, als ihm plötzlich ein Buch in die Hände fiel.

Während Niels und Sieben aufmerksam die Bewegungen der Warteschlange observierten, damit sie auch ja keinen Zentimeter des Vorrückens verpassten, fing Kalle an, in dem Buch zu lesen, das so schief zwischen Liebesromanen und Sportgazetten gesteckt hatte, als hätte es jemand hastig dort hineingestopft.

Oder als wäre es von selbst dorthin gesprungen, dachte Kalle und wunderte sich über den Gedanken.

Wie kam er bloß darauf?

Was als Nächstes geschah, war aber noch viel seltsamer. Denn schon der erste Satz des Buches – »Kennen Sie das Gefühl, etwas an Ihrem Leben verändern zu wollen?« – packte ihn, und plötzlich las Kalle wie gebannt. Zeile um Zeile, Seite um Seite. Alles um ihn herum verschwand. Worte warfen Haken nach ihm aus und nahmen ihn mit in eine Welt der Schrift. Ihm war, als müsste er jeden Moment explodieren. Er hatte schon seit geraumer Zeit kein Buch mehr gelesen, doch dieses hier berührte seine Seele und setzte Emotionen in ihm frei, die ihn in ihrer gewaltigen Schönheit schockierten.

Ein merkwürdiges Ziehen stieg tief aus seinem Körper an die Oberfläche. Sein Blick verschleierte sich, die Schrift verschwamm vor seinen Augen. Waren das Tränen? Wann hatte er das letzte Mal geweint?

Er konnte sich nicht erinnern. Er hatte das Gefühl, machtlos und ausgeliefert zu sein. Und dann kam die Angst. Und wie immer, wenn er Angst bekam, wurde ihm übel. Er versuchte den Würgereiz zu unterdrücken. Sein Atem stockte, und ihm war, als würde seine Lunge in einem Schraubstock stecken. Gleichzeitig war ihm zum Lachen zumute. Er empfand Freude und spürte den Drang, seine Glücksgefühle in die Welt zu schreien, hielt sich nur mit Mühe zurück. Die Anstrengung, die es ihn kostete, sich zu beherrschen, ließ ihn erzittern.

Das Buch hatte ganze Arbeit geleistet.

»Ey Alter, kommste jetzt mal? Wir sind gleich dran.«

Wie ein Messer schnitt Pits Stimme durch Kalles Gefühlsverwirrung und riss ihn aus der Lektüre. Er zog den Schnodder hoch, wischte sich unauffällig die Tränen aus dem Gesicht und wandte sich um. Lars »Pit« Pitkowski, siebenunddreißig Jahre alt, wie Kalle Gelegenheitsarbeiter, kam gerade aus der Abteilung für Damenartikel, wo er drei Paar schwarze Strumpfhosen hatte mitgehen lassen. Er hatte nicht vor, dies seinen Kumpanen mitzuteilen.

Pit war das sensibelste Mitglied der Gruppe, auch wenn ihm das angesichts seiner grobschlächtigen Gestalt nicht gleich anzusehen war. Er hatte sofort bemerkt, wie aufgewühlt Kalle war. Lag es an dem Buch, das sein Freund in den Händen hielt? Pit fühlte sich seltsam angerührt. Er hätte Kalle gerne in den Arm genommen. Doch Kalle war ihr Anführer und entschied selbst, wann er den anderen gegenüber Schwächen offenbarte. Ungefragtes Mitgefühl oder gar Mitleid waren laut ihrem Gruppenmanifest zu vermeiden. Pit behielt seine Gedanken also für sich und schlug Kalle stattdessen einfach aufmunternd und mit großer Wucht auf den Hintern.

Das Buch in Kalles Händen erschauerte kurz.

»Äh … ja, klar!«

»Wenn Sie das Buch beschädigen, müssen Sie es bezahlen!«, schallte es plötzlich von der Kasse zu ihm herüber.

Kalles Blick wanderte zu der Frau, die ihn über die Köpfe der Kunden in ihrer Schlange hinweg anvisierte. Das Zeitschriftenregal war gut drei Meter von der Kasse entfernt, und eigentlich sollte sie mit Kassieren beschäftigt sein. Ihr Tonfall war missbilligend und, schlimmer noch, ermahnend. Wenn Kalle etwas hasste, dann waren das Unfreundlichkeit und Zurechtweisung. Abschätzig betrachtete er die Person im blauen Kittel, die ausdruckslos auf seine Reaktion wartete.

Er wusste nicht, dass sie Sylvia hieß und als Jugendliche, bis zu einem schweren Unfall im Alter von sechzehn Jahren, eine der großen Hoffnungen des nationalen Turmspringerteams für die Olympischen Spiele 1976 in Montreal gewesen war. Ein Zwei-Zentner-Mann hatte eine Arschbombe vom Zehn-Meter-Brett gewagt und war dabei auf ihrem Rücken gelandet. Zwar hatte Kalle schon oft seinen Schnaps bei ihr bezahlt, doch hatte er keine Ahnung, was die Frau hinter der Kasse dachte, fühlte, glaubte – und es hätte ihn auch nicht interessiert. Außerhalb des Paktes und der gemeinsamen Unternehmungen gab es nicht viel, was Kalle noch berührte.

Ausgerechnet in einem Glückskeks hatte er die Formel für ein erfülltes Leben gefunden. Seine Welt war seitdem komplett umgekrempelt.

»Das Einzige, was mehr Wert besitzt als das persönliche Glück, ist jenes, welches man mit anderen teilt.«

Auf dem Zettel war seltsamerweise noch eine handschriftliche Ergänzung gewesen. Erst mit ihr ergab die Glückskeks-Botschaft für Kalle richtig Sinn.

»Bildet Rotten und durchpflügt die Welt!«

Es war, als hätte das Schicksal zu ihm gesprochen.

Er überredete seine besten Freunde, mit ihm gemeinsam eine Wohnung zu beziehen. Sie hatten den Pakt gegründet und ein Manifest verfasst. Alle Mitglieder des Paktes hielten sich an dessen Vorgaben. Unter anderem gehörte Lesen zu den Aktivitäten, die möglichst zu vermeiden waren. Das Buch in seinen Händen war Kalles erster Lesestoff seit der Gründung des Paktes. Er betrachtete es, spürte, wie es selbst zugeklappt noch einen Sog auf ihn ausübte. Doch dafür zahlen? Und mit welchem Geld? Das

Glücksgefühl, das es in ihm geweckt hatte, ebbte langsam ab. Stattdessen keimte Wut auf. Deutlich aggressiver, als er es vorgehabt hatte, blaffte er zurück: »Beruhig dich mal, ja! Für 'ne Kaufentscheidung muss ich erst mal wissen, was drinsteht, oder siehst du das anders?«

Seine Schlagfertigkeit machte ihn ein wenig stolz. So flüssig waren ihm die Worte lange nicht mehr über die Lippen gekommen, seitdem er nur noch mit seinen Freunden verkehrte.

»Und, gefällt es Ihnen?«

Die Kassiererin sah ihn weiterhin ausdruckslos an. Auch seine Kumpane warteten gebannt auf seine Antwort.

Von seinem Glücksempfinden war jetzt nur noch ein Glimmen übrig. »Du elende Votze, was willst du hören?«, klopfte es schon an seine Vorderzähne. Es gelang ihm aber noch, sich zu beherrschen. Schließlich wollte er die eben errungene Überlegenheit nicht aufgeben.

Stattdessen versuchte er es mit eloquentem Sarkasmus: »Nee, ist ziemlich beschissen!«

Das war wohl nichts, spottete eine Stimme in seinem Kopf. Wer sprach da? Mehr aus Wut auf sich selbst als auf die Kassiererin schleuderte Kalle das Buch zurück ins Regal, wo es zwischen Zeitschriften und Groschenromanen liegen blieb.

6

Dich krieg ich noch!, dachte das Buch und sah sich suchend nach dem Kreuzworträtselheft um, mit dem es vorhin ein interessantes Gespräch über Fernreisen geführt hatte.

Das Kreuzworträtselheft wiederum hatte die Gelegenheit genutzt, um sich in die für Comics und Kinderzeitschriften vorbehaltene Ecke zu verdrücken und so einem weiteren unangenehmen Gespräch zu entgehen. Es mochte das Buch nicht besonders. Zwar war dessen Gestaltung auf den ersten Blick geschmackvoll, doch der karminrote Prägedruck auf dem teuren Leineneinband war dem Heft eine Nummer zu gewollt. Auch warf das Buch auf unsympathische Weise mit Latinismen um sich.

Was war das überhaupt für ein Titel? *Horror Vacui*? Das Heft hatte nicht lange in sich suchen müssen, um ihn zu übersetzen.

Die Angst vor der Leere.

Das Rätselheft war vorrangig auf der Flucht vor dem leeren Geschwätz dieses Machwerks. Außerdem ging etwas Unheimliches von ihm aus. Das Heft hatte sehr wohl die kleinen, getrockneten Blutflecken bemerkt, die sich an den unteren Seitenkanten des Buches befanden – beinahe, als wäre damit in einen lebenden Körper geschnitten worden.

Vor allem aber hatte es keinen Spaß an den Unterhaltungen, die ihm das Buch seit seinem Erscheinen im Regal ständig aufzwang. Es waren düstere, unangenehme Themen, die es zur Sprache brachte. Mal wollte es ausführlich über Hypnose diskutieren, dann wieder über chirurgische Eingriffe. Einmal hatte es das Heft nach seiner Meinung zu telepathischer Manipulation befragt, dann wieder über die menschliche Anatomie.

Warum dachten immer alle, dass man als Kreuzworträtsel-Träger zu jedem Thema eine Meinung hatte? Das Heft verharrte still hinter einer Ausgabe von *GEOlino* mit Hai-Bausatz und genoss die Ruhe.

7

Kalle gab seine letzten Münzen, genau 6,72 Euro, zu dem Einkauf, für den, wie er fand, wahrlich nicht der gesamte Pakt hätte ausrücken müssen. Dann fiel ihm auf, dass sie etwas vergessen hatten. Er überschlug kurz die finanzielle Lage, nahm dann eine Tüte Chips und einen Sechserträger Bier vom Band und legte sie in einen Korb mit abgelaufenen Süßwaren, der neben der Kasse stand.

»Wir nehmen noch 'ne Schachtel Ernte 23 und den Tabak da.«

Er betrachtete die Waren auf dem Band und seufzte. Der Korn war praktisch ungenießbar, maximal mit Fanta zu ertragen, und das Bier kam natürlich nicht aus der Kühlung. Die war der teureren Importware vorbehalten. Zu Hause angekommen, würden die Bierflaschen ebenfalls nicht lange genug im Kühlschrank bleiben, um eine angenehme Kälte zu erreichen. Zumal es den Kühlschrank auch gar nicht mehr gab, wie ihm siedend heiß einfiel. In ihrem dem Pakt eigenen Pragmatismus hatten die vier Männer vor ein paar Tagen die Tür zur Küche zubetoniert, weil dem Gestank der dort aus Müll und nicht entsorgten Essensresten entstandenen Monokulturen anders nicht mehr Einhalt zu gebieten war. Den Kühlschrank hatten sie dabei völlig vergessen und nicht mal das Stromkabel aus der Steckdose gezogen.

Er versuchte sich zu erinnern, wann er das letzte Mal ein kaltes Bier getrunken hatte. Es fiel ihm nicht ein. Über solch bitteren Überlegungen verflogen auch die letzten Erinnerungen an die Lektüre, die ihn gerade noch so erschüttert hatte.

»Mach mal hinne, Sylvia, is' abgezählt!«

Pit kannte den Namen der Kassiererin, was niemanden überraschte, weil es auch niemanden interessierte. Die Frau zählte trotz seiner Worte penibel das Silber- und Kupfergeld, das er ihr in die Hand geschüttet hatte. Tonlos formten ihre Lippen den immer größer werdenden Betrag. Mittendrin unterbrach sie sich und fragte mit desinteressierter Freundlichkeit nach einer Payback-Karte.

»Ham wir nich', Sylvia, weißte doch!«

Pit antwortete schnell, bevor Kalle richtig wütend wurde.

»Seid ihr dann vielleicht …«

»Nein, wir sind nicht an so einer Karte interessiert, Sylvia. Weißt du, wie oft du mich das schon gefragt hast?«

Jetzt war Pit selbst ziemlich genervt. Aber auch ehrlich neugierig. »Musst du das jeden fragen, Sylvia? Ist das Teil deines Jobs?«

»Anweisung von oben.«

Als Zeichen, dass das Gespräch für sie beendet war, zählte sie das Kleingeld weiter ab, ohne von vorne anzufangen. Pit schaute ihr dabei zu, bis ihn Niels in die Seite stieß und bedeutungsvoll ansah. Als er sicher war, dass er Pits Aufmerksamkeit hatte, wanderte sein Blick hinab zu der Stelle, an der Pits Jacke endete. Dort lugte eine glänzende Verpackung mehrere Zentimeter hervor.

Pit schaute zu Niels, dann zur Kassiererin, die nach wie vor konzentriert im Kleingeld herumrührte. Anschließend schob er langsam und unauffällig die geheimnisvolle Packung wieder in den Hosenbund und tat dabei so, als würde er sein Hemd in die Hose stecken.

Kalle, der die Szene beobachtete, fragte sich, was sein Freund da unter der Jacke verborgen hielt, wurde aber von Sieben abgelenkt, dem jüngsten Mitglied ihres Paktes.

»Ey Kalle, scheint so, als ob hier auch ohne lange Lesestunde die Bücher weggehen.«

Sieben zeigte in Richtung Zeitschriftenregal. Die zweite Kasse wurde in diesem Moment geöffnet, und der arabische Praktikant, der hier seit ein paar Wochen arbeitete, studierte den Preisaufkleber auf dem Rücken des Buches, das Kalle vor wenigen Sekunden noch in der Hand gehalten hatte.

Wieder flammten Gefühle in Kalle auf, die eigentlich nicht seinem Naturell entsprachen: Neid und Gier.

Er wollte nicht, dass ein anderer dieses Buch besaß.

Dabei war ihm klar, dass der Kauf dieses oder überhaupt irgendeines Buches bei seinen Freunden eine ziemliche Irritation auslösen würde – ganz abgesehen von der Tatsache, dass ihr Geld dafür nicht reichte. Sie lebten sparsam, bescheiden, und genau so wollten sie es ja auch. Sie hatten sich von allem losgesagt. Sich selbst ganz offiziell die Erlaubnis gegeben, nur noch die drei Dinge zu tun, auf die sie wirklich immer Lust hatten. Irgendwann hatten sie sich dazu entschlossen, das Glück zu sich zu holen, statt ihm hinterherzujagen. Sie würden sich fortan gemeinsam und regelmäßig besinnungslos trinken, die Lunge zuteeren und hin und wieder, eher öfter als ausnahmsweise, einen Film ansehen. Die Weiber konnten ihnen gestohlen bleiben. Es gab Pornografie und sehr viele Möglichkeiten, den Löres zu melken, ohne danach einen Tee machen zu müssen. Sie waren alle vier gut beieinander und wegen ihrer Effizienz sehr beliebt bei den Räumungsfirmen. Das wiederum reichte für ihren Unterhalt.

Und da brachte ihn ausgerechnet ein Buch, ein Bote aus der Welt, der er den Rücken gekehrt hatte, aus der Fassung?

Doch genau das war passiert. Er verzehrte sich danach. Er wollte es besitzen, sich ihm hingeben, sich verzaubern lassen und die Welt der Fantasie und der Illusionen zurückholen, die er schon vor langer Zeit, spätestens nach seiner ersten, abgebrochenen Lehre als Fliesenleger, hinter sich gelassen hatte.

Zur Tatenlosigkeit verdammt, betrachtete er den Kerl, der umständlich einen großen Schein, einen Hunderter, aus seinem viel zu kleinen Portemonnaie klaubte. Der Typ hatte kurz geschorenes Haar unter seiner Kappe und war so unauffällig wie falsche Wimpern an einer Russin. Kalle wunderte sich, dass Sieben ihn überhaupt bemerkt hatte. Er schätzte ihn auf Mitte vierzig. Ein Dutzendgesicht. Der Mann war fast unsichtbar. Ohne die Sache mit dem Buch hätte Kalle niemals Notiz von ihm genommen.

Eine Auffälligkeit gab es allerdings.

Der Mann trug trotz der kühlen, herbstlichen Temperaturen Sandalen ohne Socken, was ihn in den Augen von Kalle sofort zum Hippie machte.

Plötzlich schmeckte er den bitteren Geschmack von Eisen auf der Zunge.

Blut!

Er hatte sich die Innenseite seiner Wange blutig gebissen. Wozu hatten dieses Scheißbuch und dieser Allwetter-Hippie ihn getrieben? Zornig und verwirrt drehte er sich seinen Freunden zu, die die gemeinsamen Einkäufe gerade umständlich in einer mitgebrachten Plastiktüte verstauten, während Pit noch immer darauf wartete, dass die Kassiererin das Geld fertig gezählt hatte. Musste das so langsam gehen? Wieder war Kalle, als müsste er gleich explodieren. Um sich abzulenken, ließ er seinen Blick fächerförmig durch den Laden streifen. Hinten beim Weinregal sah er ein wild geschminktes Punkmädchen, das sich augenscheinlich nicht für den richtigen Fusel entscheiden konnte. Das obligatorische Smartphone baumelte an einer Schlinge an ihrem

Handgelenk. An der anderen Kasse, am Ende der Schlange hinter dem Hippie-Leser, standen zwei ältere Damen, die erregt aufeinander eintuschelten. Was hatten die beiden so eifrig zu besprechen? Kalle schob sich unauffällig näher.

»Hast du von dem Selbstmord gehört? Du weißt schon, der Mann aus dem Silo. Diese unfreundliche Type, die nie gegrüßt hat.«

»War's denn wirklich Selbstmord? Haben sie das schon rausbekommen?«

Die eine schüttelte bedauernd den Kopf. »Ich weiß es nicht, ich hab in den Nachrichten davon gehört. Und von meiner Nichte. Meine Schwägerin wohnt auch im Silo, ich glaube, sogar im selben Stockwerk wie der Tote. Aber wir haben ja nur noch wenig Kontakt seit der Sache mit Eduard ...«

»Im Fernsehen, in den Lokalnachrichten, hieß es, es wäre ein ... na, so ein ritueller Selbstmord gewesen. Irgendwas mit Papier. Überall Blut! Gesehen hat man den immer nur allein. Na ja, stille Wasser ...«, schnaufte die andere.

»Meine Nichte hat mir erzählt, dass der Tote Bücher besprochen hat in diesem ... diesem Internetz. Als Blocker. Das machen jetzt viele.«

»Blogger! Das heißt Blogger! Ja, das kenn ich. Da schminken die sich immer und filmen sich dabei und so. Ich verstehe nicht, wie man damit Geld verdienen kann, aber so ist das wohl heutzutage. Keiner will mehr arbeiten. Und das hat er jetzt davon.«

Kalle traute seinen Ohren nicht. Ein ritueller Selbstmord? In Scharnow?

»Meine Nichte sagt, die Polizei würde jeden im Haus verhören. Geschieht Agnes ganz recht. Da kann sie denen auch gleich erzählen, wie das damals mit Eduard gelaufen ist. Hab ich dir das eigentlich schon mal erzählt?«

»Nicht, dass ich wüsste.«

»Das war damals, als mein Bruder wegen einer eingeschleppten Baumkrankheit plötzlich blind wurde …«

Kalle blickte nach vorn zur Kasse, wo eben noch der Hippie gestanden hatte, doch der war nicht mehr zu sehen. Ein leises »Wusch« lenkte seine Aufmerksamkeit auf die automatische Eingangstür, die sich gerade hinter dem Mann schloss. Noch einmal durchzuckte Kalle dieses seltsame Verlangen nach dem Buch. Dem Impuls, dem Hippie nachzulaufen, gab er jedoch nicht nach. Stattdessen wandte er sich Pit zu, der mit einem Mal neben ihm aufgetaucht war und ihn anstarrte, als würde er ahnen, was in ihm vorging. Offenbar war der Zahlvorgang beendet, die anderen beiden hatten den Laden ebenfalls schon verlassen. Höchste Zeit, sich seine Autorität zurückzuholen. Kalle rülpste laut, dann sagte er: »Komm, wir gehen!«

Pit seufzte. Dann folgte er seinem Freund, dem Anführer des Pakts der Glücklichen und Verfasser des Manifests, durch die Glastür hinaus auf den Parkplatz.

Sylvia wandte sich ihrer Kundenschlange zu und verwies alle an die zweite Kasse. Es war Zeit für ihre Pause. Zeit, eine Zigarette zu rauchen und mit dem Hund eine Runde zu drehen. Die vier Männer mit ihrem vielen Klimpergeld waren weg und im selben Moment auch schon aus ihrem Bewusstsein verschwunden.

Hamid, den seine Chefin ausnahmsweise als Aushilfe an die zweite Kasse beordert hatte, war durch das Geräusch des entweichenden Magengases auf die beiden Männer aufmerksam geworden. Er blickte ihnen kurz nach. Dann widmete er sich mit einem strahlenden Lächeln seinen nächsten Kunden, zwei älteren Damen, die schon seit einer ganzen Weile eifrig aufeinander einredeten, während ihre bescheidenen Einkäufe – eine Packung Käseecken mit Salamigeschmack, eine Schachtel Schoko-Minze-Likörpralinen, ein halber Liter Milch, Knoblauchpillen, ein Bocksbeutel lieblicher Rosé mit Kohlensäure versetzt, Weinbrand zum

Einreiben und ein Glas Rollmöpse – über das Band auf Hamid zurollten.

»Haben Sie eine Payback-Karte?«

Die beiden verstummten erschrocken, dann ergriff eine von ihnen das Wort: »Sie können ja richtiges Deutsch?«

8

Susanne Scharster kam an diesem Nachmittag müde und erschöpft vom Dreh zurück. Sie hatte eine Nacht länger als geplant in Berlin verbracht. Es war alles so gut gelaufen, dass der Regisseur gleich noch ein paar Szenen für einen weiteren Film drehen ließ. In dem Business wurde schon immer sehr ökonomisch gearbeitet. Die Darsteller waren extra bezahlt worden, doch die körperliche Anstrengung, besonders bei einer Doppelpenetration am Schluss, hatte ihr den Rest gegeben. Sie wollte nur noch in ihr eigenes Bett, vorher vielleicht eine Kleinigkeit essen und ihre Tochter sehen.

Wahrscheinlich war der Kühlschrank schon leer gefressen.

Sie hatte ein schlechtes Gewissen, weil sie Dalida zwei Nächte allein gelassen hatte. Ihre Tochter war zwar für ihr Alter sehr selbstständig, in vielen Dingen schon fast erwachsen, aber auch ein pubertierender Teenager, und eine sturmfreie Bude war eine sturmfreie Bude.

Als sie sich dem Plattenbau näherte, in dem sie wohnte, sah sie auf dem Parkplatz davor einen Polizeiwagen. Sofort hatte sie ein flaues Gefühl im Magen. War etwas mit Dalida? In letzter Zeit hatte ihre Tochter öfter mal mit diesen Möchtegern-Nazis rumgehangen, Jugendliche aus der Siedlung, die in dieselbe Schule gingen wie sie.

Einer von ihnen sollte sogar vorbestraft sein. Hoffentlich war Dalida da nicht in etwas hineingeraten. Susanne eilte zur Eingangstür, betrat den Hausflur und stieß mit ihrer Nachbarin Agnes Petri zusammen. Eigentlich vermied sie den Kontakt zu Nachbarn, doch Agnes Petri wäre auch Houdini nicht entkommen.

»Frau Scharster, wo waren Sie denn? Die Polizei hat bei Ihnen geklingelt.«

»Hallo, Frau Petri, was ist denn los?«

»Haben Sie das mit Ihrem Nachbarn gar nicht mitbekommen?«

»Welcher Nachbar?«

»Na, dieser Internetfuzzi bei uns im dritten. Der immer Bücher kriegt in der Post. Da war doch so ein schlimmer Lärm in der Wohnung. Vor zwei Tagen fing das an. Das waren so ... so ... so ...«

Agnes gelang bei dem Versuch, vielsagend zu schauen, nur die Karikatur eines Gesichtsausdruckes.

»... Geräusche, als wenn da eine Orgie stattgefunden hätte.«

Susanne zuckte zusammen.

»Die kamen aus der Wohnung von diesem Wassmann. Auch nachts noch. Ein paar Nachbarn haben erst mal gegen die Wände geklopft. Die Schäfer von oben hat dann geklingelt, aber der Wassmann hat nicht aufgemacht. Da hat der Herr Förster aus dem vierten Stock die Polizei gerufen.«

Susanne nickte unsicher, ihre Gedanken fuhren Karussell.

»Und die hat die Tür aufgebrochen und ihn gefunden. Also was von ihm übrig war. Tot war der. Die Beamten haben ihn in so 'nem Sack rausgetragen.« Agnes wirkte plötzlich abgelenkt. »Ach, schauen Sie mal, da fliegt schon wieder so ein Drecksviech. Diese verdammten Fledermäuse werden immer mehr. Wir sind doch nicht in Transsylvanien. Also, als die Mauer noch stand, hat's das Viehzeug hier nicht gegeben.«

Susanne machte der Themenwechsel nervös, zumal Fledermäuse sich noch nie durch Mauern aufhalten ließen.

»Tot, sagen Sie? Der Wassmann ist tot?«

»Ja doch. Es soll ganz furchtbar ausgesehen haben da drin, sagt Herr Förster. Wir durften ja nicht rein, aber der Herr Förster hat wohl ein bisschen was gesehen. Jetzt unterhält sich die Polizei mit den Anwohnern, will wissen, ob irgendwer irgendetwas mitbekommen hat.«

Susanne konnte die Geschichte kaum glauben.

»War es ein Verbrechen? Ein Unfall? Was …?«

»Das wollten die uns nicht sagen, aber der Herr Förster meint, er habe gehört, es sei ein ritueller Selbstmord gewesen. Der Wassmann soll sich mit Papier vollgestopft haben, bis er erstickt ist. Er muss aber auch geblutet haben wie ein Schwein.«

Susanne hatte genug gehört.

»Entschuldigen Sie, Frau Petri, ich muss zu meiner Tochter.«

»Ist die denn da?«

Susanne zuckte bei der Frage zusammen und eilte ohne ein weiteres Wort die Treppen zu ihrer Wohnung hoch. Im Treppenhaus begegnete ihr niemand. Sie öffnete die Wohnungstür und spähte in den dunklen Flur.

Stille.

Bevor sie nach ihrer Tochter rief, verschloss sie hinter sich die Tür.

»Dalida? Schatz, bist du da?«

Keine Antwort. Vor einer Woche hatte sie Dalidas Smartphone beschlagnahmt, weil ihre Tochter in letzter Zeit in der Schule nachgelassen hatte, und dann vergessen, es ihr vor ihrer Abreise wiederzugeben. Dalida hatte sie stinksauer vom Festnetz aus angerufen, aber Susanne konnte nichts tun, weil das Mobiltelefon in der Handtasche lag, die sie dabeihatte. Das nächste Mal würde sie sich eine andere Strafe ausdenken müssen.

Am Kühlschrank war auf einer herausgerissenen Seite aus einem von Susannes heiß geliebten Modemagazinen eine Nachricht mit einem Magneten befestigt: »Mama, ich bin mit Suske und den anderen Billard spielen. Komme heute spät zurück. Morgen ist keine Schule.«

Wenn Dalida sorglos genug war, Billard spielen zu gehen, dachte Susanne, war alles halb so schlimm. Über das beschädigte Magazin würde sie hinwegsehen.

Sie schlüpfte aus den Schuhen, bändigte ihre rote Mähne mit einem Haargummi und ging in die Küche, um sich ein Glas Wein einzuschenken. Dann atmete sie durch und versuchte ihre Gedanken zu sortieren. Vor zwei Tagen war sie kurz davor gewesen, bei diesem Wassmann zu klingeln, um sich eine Zwiebel auszuleihen. Sie wollte noch schnell etwas für ihre Tochter kochen, bevor sie zum Dreh fuhr. Susanne kannte den Mann zwar nicht näher, aber er grüßte sie immer nett. Die Geräusche, die aus Wassmanns Wohnung kamen, hatten sie jedoch vom Klingeln abgehalten. Sie waren ihr seltsam bekannt vorgekommen: zwei Menschen beim Geschlechtsverkehr. Und nicht nur das: Es war ihre Stimme, die zu hören war. Auch die Stimme des Mannes kam ihr vertraut vor: Dave!

Er war eigentlich Tänzer und drehte nur gelegentlich. Es war sein erster Job nach der Penis-OP gewesen. Daran erinnerte sie sich, und auch daran, dass sie sich gut verstanden hatten. Der Dreh lag noch nicht so lange zurück, vielleicht ein Jahr. Soweit sie wusste, war der Film noch nicht auf pornville.com und anderen Pornoseiten zu sehen. Und trotzdem besaß ihr Nachbar eine Kopie? Susanne fand das beunruhigend.

Sie war leise in ihre Wohnung zurückgeschlichen und hatte dann lieber den Pizzadienst angerufen. Mit der Pizza war auch Dalida eingetroffen, und nach dem Essen war Susanne zu ihrem Dreh aufgebrochen.

Jetzt nahm sie einen großen Schluck von ihrem Weißwein und sah sich in der Küche nach etwas Essbarem um. Reste der Pizza von vor zwei Tagen lagen noch auf einem Teller neben der Spüle. Nun, sagte sich Susanne und nahm ein Stück. Dalida war vierzehn. Die Pubertät war keine einfache Zeit.

Nachdem sie die Küche aufgeräumt hatte, checkte sie ihren beruflichen Mail-Account. Ein Stammkunde hatte nach »Chantal« gefragt. Egal, der würde wiederkommen. Sie war gut in dem, was sie tat. Sehr gut sogar! Deshalb hatte sie auch mehr Stammkunden als viele andere Mädchen im Online-Strip-Gewerbe. Aber ein Dreh brachte nun mal deutlich mehr Geld.

Plötzlich fiel ihr ein, dass sie heute Abend eigentlich mit ihrer besten Freundin verabredet war. Patty war schwer zu erreichen und hatte aus Überzeugung kein Mobiltelefon. Außerdem wohnte sie etwas außerhalb bei ihrer Mutter. Susanne wählte die Telefonnummer der Mutter und hinterließ eine Entschuldigung auf dem Anrufbeantworter. Patty kannte Susannes unregelmäßige Arbeitszeiten. Sie würde Verständnis haben.

Vorsichtig setzte sich Susanne auf die weiche Stoffcouch im Wohnzimmer. Sie hatte sich in Berlin verausgabt, das merkte sie an dem körperumspannenden Muskelkater. Sie widerstand dem Impuls, den Fernseher einzuschalten.

In die Stille hinein explodierte die Türklingel.

Susanne verkrampfte sich vor Schreck. Sie biss die Zähne zusammen, um nicht laut aufzustöhnen. Behutsam schlich sie zur Wohnungstür und spähte durch den Spion. Erneut wurde die Klingel gedrückt, und Susanne atmete scharf ein, ein überlautes Geräusch in ihren Ohren. Sie sah einen Polizisten vor ihrer Tür, der zu stutzen schien. Oder bildete sie sich das ein? Der Beamte schüttelte den Kopf und wandte sich zum Gehen, entschied sich plötzlich anders und drückte ein weiteres Mal auf den Klingelknopf.

Susanne hielt den Atem an.

Der Polizist lauschte, drehte sich dann endgültig weg und verschwand im Treppenhaus. Seine grüne Uniformmütze war gerade nicht mehr zu sehen, als die Fahrstuhltür aufging. Heraus trat Agnes Petri, die den Beamten offenbar entdeckt hatte, denn sie blieb am Treppenabsatz stehen und sprach mit jemandem, den Susanne nicht erkennen konnte. Agnes ging weiter in Richtung ihrer Wohnung, blieb aber kurz vor Susannes Tür stehen und versuchte ihrerseits, mit zusammengekniffenem Auge durch den Spion in die Wohnung zu schauen.

»Ist ja komisch«, sagte sie laut und schüttelte den Kopf. Kurz darauf hörte Susanne, wie Agnes ihre eigene Wohnungstür aufschloss.

Sie selbst kehrte ins Wohnzimmer zurück, nahm ihr Glas Wein vom Tisch und ging ins Schlafzimmer, legte sich hin und schloss die Augen. Plötzlich hörte sie, wie jemand die Wohnung betrat.

»Mama? Bist du da?«

Dalida!

»Ja, Schatz … im Schlafzimmer.«

Susanne hörte, wie ihre Tochter leise mit jemandem sprach, verstand aber kein Wort. Dann rief Dalida: »Mama, da ist ein Polizist, der will dich sprechen.«

9

Jan-Uwe Paslička erreichte schweißgebadet seinen Posten an der Wiese hinter dem Supermarkt, neben einer alten Kastanie, von der aus er das Areal gut überblicken konnte. Die Wiese war ungefähr einen Hektar groß und an drei Seiten von einem Erdwall umgeben, auf dem eine Reihe alter Bäume standen. Vor dem Bau der Autobahn und des Supermarkts war hier ein Sportplatz gewesen, der nach der Wende aufgegeben worden war.

Jan-Uwe legte sein Funkgerät neben sich ins Gras, nahm das eben erstandene Buch aus der Tasche und schlug es auf, überblätterte den Anfang und begann zu lesen. Doch der Versuch, sich mit der Lektüre abzulenken, misslang. Seine Gedanken kreisten um die Vorgänge der letzten zehn Minuten. Sein Plan, unauffällig die Lage zu sondieren, war gründlich in die Hose gegangen.

Er hatte sich im Supermarkt umsehen und mögliche weitere Ausgänge ausspähen wollen. Vor Ort war ihm das Zielobjekt nicht aufgefallen. Befand es sich vielleicht in den Büroräumen, die er hinter dem Pfandflaschenautomaten wähnte? Beim Ausgang wurde er Zeuge eines Disputs, den sich ein paar abgerissene Dorftypen mit der Kassiererin lieferten. Es ging um das Buch, das er jetzt in Händen hielt. Einer von den Kerlen hatte darin gelesen, wollte es dann aber nicht kaufen, wahrscheinlich weil er zu wenig

Geld dafür hatte. Einem Impuls folgend, hatte Jan-Uwe das Buch selbst erstanden.

Ein Fauxpas, der ihm nicht hätte passieren dürfen. Unnötigerweise hatte er damit die Aufmerksamkeit der Männer auf sich gezogen.

Dabei wusste Jan-Uwe noch nicht einmal, was ihn zu diesem Kauf getrieben hatte. Lesen gehörte nicht zu seinen vorrangigen Interessen. Er nahm gerne mal ein Sachbuch über Waffen zur Hand. Auch Zeitgeschichte mochte er, wobei er sich mehr für das Römische Reich begeistern konnte als für die jüngere Geschichte Europas. Julius Cäsar zog er General Bismarck vor. Belletristik dagegen interessierte ihn nicht. Als Jugendlicher hatte er einmal einen Stephen-King-Roman gelesen, an dessen Namen er sich nicht erinnern konnte, seither nichts mehr. Und nun hatte ihn mit einem Mal die Lust überkommen, einem mittellosen Individuum im Supermarkt eine Lektion in Sachen Respekt zu erteilen, indem er ein Buch kaufte, das sich der Mann offensichtlich nicht leisten konnte. Ging es noch überheblicher? Hatte Jan-Uwe sich damit nicht genauso arrogant verhalten, wie er es der herrschenden Klasse immer vorwarf? Der andere war wahrscheinlich ohne Arbeit, möglicherweise sogar obdachlos. Ein Opfer der unmenschlichen Selektion dieses Sklavensystems, dem er nun ein Buch vor der Nase wegschnappte. Wozu? Um den Penner zu belehren?

Genau gegen das System, das solche Individuen hervorbrachte, war Jan-Uwe doch hier und heute angetreten.

Gegen die Weltenlenker.

Verdammt!

Abgesehen davon, war es auch ein vollkommen unüberlegter Akt der Dummheit gewesen. Was war denn mit dem Geld, mit dem er das Buch bezahlt hatte? Von dem Geldschein konnte man immerhin die Fingerabdrücke abnehmen. Und es würde nicht schwer sein, ihn zu identifizieren. Er hatte nur einen Hunderter gehabt und sich für einen Moment sogar gefreut, ihn wechseln zu können. Aber wie viele Leute bezahlten in dem Kaff hier wohl mit einem solchen Schein?

Verdammt! Was hatte er sich nur dabei gedacht?

Die Antwort war ganz einfach.

Gar nichts. Er hatte sich rein gar nichts dabei gedacht.

Genau genommen hatte er wie ferngesteuert gehandelt.

Die oberste Prämisse bei ihrem Anschlag sollte sein, möglichst unauffällig zu bleiben, das Vorhaben störungsfrei umzusetzen und es potenziellen Zeugen so schwer wie möglich zu machen, sich an Details der Attentäter zu erinnern. Möglichst unauffälliges Aussehen. Keine Motive oder Schriftzüge auf T-Shirt, Hose oder Kappe. Neutrale, überwiegend anthrazitfarbene Allzweckkleidung. Und an den Füßen ...

Scheiße, verdammt!

Natürlich war er auch heute wieder in Sandalen unterwegs. Er ging sogar am liebsten ganz barfuß. Er konnte nicht anders. Schuhe engten ihn ein. Er fühlte sich gefangen in ihnen. Eingezwängt. Seiner Freiheit beraubt. Aber es war Pullunderwetter. An einem sonnigen, aber kühlen Herbsttag Mitte Oktober hatten sogar Sandalenträger normalerweise Socken an den Füßen. Jan-Uwe besaß keine Socken und auch keine festen Schuhe mehr. Nur Sandalen. Er hatte möglicherweise noch irgendwo ein Paar Arbeitsgummistiefel mit Stahlkappen herumliegen, die er jedoch, selbst wenn ihm eingefallen wäre, wo er sie hingetan hatte, nicht angezogen hätte.

Und wenn das heute schiefging? Er war als Waffenhalter registriert und besaß einen Waffenschein. Die Polizei würde in einer groß angelegten Fahndung routinemäßig alle erfassten Waffen überprüfen und eher früher als später auf ihn als Besitzer eines Präzisionsgewehrs stoßen. Ein Hobbyschütze, der zudem gewohnheitsmäßig barfuß herumlief! Man musste nicht

Sherlock Holmes sein, um aus diesen Hinweisen die richtigen Schlüsse zu ziehen.

Wenn es ihnen aber gelang, jedes weitere Auffallen zu vermeiden, dann wäre die Beweislage zumindest schwierig.

Jan-Uwe ließ die Hand mit dem Buch sinken und zog mit der anderen die Waffentasche aus dem Gebüsch, wo er sie gleich, nachdem er mit dem Linienbus in Scharnow angekommen war, deponiert hatte. Er öffnete sie und sah auf die frisch geölten Einzelteile seines Gewehrs. Wie jedes Mal durchströmte ihn bei dem Anblick ein wohlig warmes Gefühl. Er sah auf sein Walkie-Talkie. Es lohnte sich noch nicht, es einzuschalten. Sie waren erst in zwei Stunden miteinander verabredet.

Jan-Uwe wollte das Buch in das Futteral stecken, doch irgendetwas hielt ihn zurück. Nachdenklich sah er sich den roten Einband an. Ein unangenehmer Sog ging von dem Werk aus. *Horror Vacui.* Was hieß das überhaupt? Er hatte das Gefühl, als würde etwas seine Krallen nach ihm ausstrecken. Er schüttelte sich. Was immer hier vorging, er konnte es nicht gebrauchen.

Diese Erkenntnis ließ ihn handeln. Er lief zum nächstgelegenen Mülleimer am Wiesenrand und warf das Buch hinein, nicht ohne es vorher sorgfältig abzuwischen.

Spurenbeseitigung. Besser spät als nie. Das Buch landete weich auf einem Berg von Hundekotbeuteln. Jan-Uwe verkroch sich wieder in sein Versteck.

Dann wanderte sein Blick zu dem Mülleimer zurück, und ein seltsamer, hohler Schmerz erfüllte seine Brust.

10

In der Wohnung war es dunkel. Im Leben ihrer Bewohner spielte Tageslicht eine untergeordnete Rolle. Frische Luft passierte die Pforten der Fenster ausschließlich, wenn Pit sich darum kümmerte, der allerdings als Einziger nicht ständig hier hauste. Für die anderen stellten Dunkelheit und Mief in den eigenen vier Wänden den Normalzustand dar. Tageslicht und Frischluft hatten sie bei ihren Ausflügen zum Supermarkt schon genug.

Besonders vermüllt war die Wohnung ausnahmsweise nicht. Die unheiligen Gewächse in der Küche hatten alle erschüttert. Der Schock übte zumindest für den Moment eine heilsame Wirkung auf sie aus. Das überdimensionale Poster von *Dirty Dancing* – in den Augen des Paktes eines der schlimmsten Verbrechen der Filmgeschichte – vor der zugemauerten Küchentür erinnerte sie täglich an die Katastrophe, der sie nur mit Steinen und Mörtel hatten Einhalt gebieten können.

Die Männer hielten es für angebracht, den verbleibenden Lebensraum vor einer ähnlichen Verkeimung zu schützen.

Niels, Sieben und Kalle begaben sich zu dem Tisch im Wohnzimmer. Die auf dem Rücken liegende, gusseiserne Meeresnixe, die eine schwere Glasplatte über sich hielt, war eine Monstrosität, welche sie bei einem ihrer Zwangsräumungsjobs aus einem

Bürohaus mitgenommen hatten, wo sie seit den 1940ern die Chefetage geziert hatte. Auf der Tischplatte war immerhin viel Platz. Die Männer reihten ihre Einkäufe fein säuberlich nebeneinander auf. Hatten sie eben noch, auf dem Rückweg vom Supermarkt, als ausgelassene, Trinklieder grölende Männergruppe eine lautstarke Schneise durch die resignierte Stille des Dorfes gezogen, so wirkten sie jetzt ganz anders. Konzentriert und still. Kein Wort fiel zwischen ihnen. Jeder war auf sein Tun fokussiert, alle miteinander waren sie eine eingeschworene Gemeinschaft, die sich auf den gemeinsamen Nachmittag vorbereitete.

Sie stellten Gläser auf den Tisch und mischten darin Korn mit Fanta. Sie schütteten die Chips in kleine Schüsseln, die noch die Aufkleber eines schwedischen Möbelhauses trugen und die natürlich Pit besorgt hatte. Seinen Kumpanen gefiel die neuerliche Gediegenheit, die mit den modischen Schalen bei ihnen Einzug gehalten hatte. Pit war es auch gewesen, der das große Plakat mit einer Zeichnung des römischen Kaisers und Philosophen Marc Aurel in den Eingangsbereich gehängt hatte – eine Bleistiftzeichnung, die er einst in der Münchener Glyptothek angefertigt hatte. Damals, als er noch studierte und dem Traum einer Zukunft als Grafiker nachhing. Eine Reise nach Berlin mit ein paar Freunden hatte seine Weltsicht auf den Kopf gestellt. Pit hatte seine ehrgeizigen Pläne gegen die Utopie des Glücks eingetauscht und diesen Entschluss bislang nicht bereut. Auch Marc Aurel war ein großer Verfechter des ganz privaten Glücks gewesen und Pits Idol neben Oscar Wilde. Er wollte einzig nach dieser Form des Glücks streben. Es gab in den Augen von Männern, wie sie es waren, keinen anderen Grund, ihr Dasein zu fristen. Daran sollte dieses Porträt sie erinnern.

Gleich neben der Zeichnung hing in einem Rahmen die Liste der Regeln, die für ihr Zusammenleben maßgebend waren: das Manifest zum Pakt der Glücklichen.

DER PAKT DER GLÜCKLICHEN

Das Manifest

MANIFESTUM IGNORANTIAE

IGNORIERE, WAS DICH UNGLÜCKLICH MACHT!

1. Wer sich freut, denkt nicht – wer nicht denkt, öffnet sich der Freude!
2. Hinterfrage den Normalfall, denn er ist in der Regel irrelevant.
3. Wissen ist Macht, aber MACHT KEINEN SPASS.
4. Achte die anderen! Achte darauf, sie zu beachten.
5. Achte auf dich, und beachte deine Bedürfnisse.
6. Du darfst viel Geld ausgeben fürs Trinken, haushalte aber, wenn's ums Saufen geht!
7. Das Saufen an sich ist ehrlicher und deshalb dem Trinken vorzuziehen.
8. Du darfst alleine trinken, aber NIE ALLEINE SAUFEN.
9. Triff jeden Tag eine für dich wichtige Entscheidung!

10. Am Leben bleiben, bis man stirbt!
11. Lesen, welches der Information dient, ist zu vermeiden!
12. Lesen aber, das einen Nutzen für die Gruppe darstellt, ist begrüßenswert.
13. Filme werden nicht für die Digitalität gedreht.
14. Informationen, deren Inhalte nicht den Interessen der Gruppe dienen, sind uninteressant.
15. Unerbetenes Mitgefühl, insbesondere Mitleid, ist unbedingt zu vermeiden. Hilf nur dem, der Hilfe will.
16. Sauberkeit wird überschätzt! Dreck wird erst dann gefährlich, wenn man Angst vor ihm hat.
17. Strebe nach Glück.
18. Strebe nach Anstand.
19. Strebe nach Weltklugheit.

ZUSATZ: Wenn im Konfliktfall eine Lösung/Versöhnung als nicht möglich erscheint, ist die Anwendung von Gewalt in Einzelfällen erlaubt. Erscheint eine Lösung/Versöhnung auch in diesem Falle als aussichtslos, entscheidet die Mehrheit. Ist das Abhalten einer Abstimmung darüber nicht möglich, z. B. aus Zeitgründen oder durch gleich große Stimmanteile, ist eine Beilegung des Streites durch Zwangsverbrüderung verboten.

Niels und Sieben saßen auf der Couch, die sich jedem Lexikon als Definition des Begriffs »durchgesessen« angeboten hätte, und beobachteten Kalle. Der kniete neben dem mit Abstand neuesten Einrichtungsgegenstand der WG, einem riesigen Rückprojektionsfernseher aus dem ausgehenden letzten Jahrtausend. Er durchwühlte einige große Pappkartons, aus denen VHS-Kassetten quollen. Hin und wieder nahm er eine davon und legte sie auf Stapel, die nach Genres geordnet waren. Ein Stapel für Pornografie, einer für Kannibalenstreifen, einer für Splatter- und einer für Actionfilme. Andere Genres wurden nicht beachtet. Auf dem Glastisch lagen die geöffneten Chipstüten und die Bierträger neben den gefüllten, aber noch nicht angerührten Fanta-Korn-Gläsern. Zu den ehernsten Gesetzen des Paktes gehörte es, immer gemeinsam mit dem Saufen anzufangen. Der Mensch war nun mal kein Tier.

Sieben nahm sich eins der warmen Biere. Alleine trinken war erlaubt, und er hatte Durst. Durstdurst und nicht Bierdurst. Aber da die Fanta für die sogenannte »Mische« gebraucht wurde und das Bad mit dem einzig erreichbaren Wasserhahn durch Pit besetzt war, nahm er sich eben ein Bier. Er öffnete die Flasche. Gewohnheitsmäßig mit den Zähnen. Seitdem sie die Küche zugemauert hatten, tat er das in Gegenwart seiner Freunde so oft, dass ihm der ausbleibende Applaus gar nicht mehr auffiel.

Mit dieser Nummer hatte er früher die Weicheier auf den Uni-Festen beeindrucken können und auch so manche Akademiker-Pussy abgeschleppt, die sich mal mit einem richtigen Kerl vergnügen wollte. Doch die nächste Universität war weit weg. Ohne einen gewissen finanziellen Aufwand waren solche Orte nicht erreichbar, und ihr derzeitiges Budget erlaubte keine Ausflüge.

Kalle unterbrach sein Stöbern, drehte sich eine Zigarette, zündete sie an, nahm sich eins der Fanta-Korn-Gläser und prostete den anderen zu. Er war schon immer ein Mann der Tat gewesen und fällte hiermit, wie meist, die Entscheidung für die ganze Gruppe.

Das Saufen konnte beginnen.

Niels und Sieben griffen ebenfalls nach ihren Gläsern. Dass Pit noch nicht im Raum war, spielte keine Rolle. Kalle hatte entschieden, und Pit würde schnell aufholen, das wussten sie. Kalle widmete sich wieder seinen Filmstapeln, mit ernstem Blick, schließlich ging es darum, ihren gemeinsamen Nachmittag gewinnbringend zu gestalten. Wichtiger als das TV-Gerät war dabei der unscheinbare, kleine Kasten daneben: der VHS-Player.

Zum Glück hatten sie bei einer Hausräumung ein noch gut funktionierendes Gerät mitgehen lassen können. Bei Räumungen bot sich so gut wie jedes Mal die Gelegenheit, den eigenen Haushalt zu ergänzen. VHS-Kassetten durften sie sogar ganz offiziell und ohne Nachfragen mitnehmen. Niemand maß den alten Magnetbändern noch irgendeinen Wert bei. In den cinephilen Augen des Paktes lag die Sache ganz anders. Für sie entfaltete ein Film im VHS-Format erst seine wahre Größe.

Kalle prüfte weitere Cover und las die Klappentexte der Kassetten. Filme, die für ein geringeres Alter als 18 eingestuft waren, kamen an einem Mittwoch nicht in Frage.

Niels hatte inzwischen schon etwas Schlagseite. Er trank von den vieren eindeutig am meisten und ignorierte erfolgreich die Anzeichen einer beginnenden Leberzirrhose. Im Grunde hasste er das Trinken, und zwar so sehr, dass er möglichst schnell und viel trank, weil es ihm dann leichter fiel. Außerdem war er im betrunkenen Zustand davon überzeugt, dass er ein Zeitreisender war, und erzählte gerne und detailreich von seinen angeblichen Aufenthalten in anderen Epochen, bis ihn irgendjemand mit einem vollen Glas Mische zum Schweigen brachte. Wäre Niels krankenversichert gewesen und hätte einen Arzt aufgesucht, dann wären aus seinen Visionen schnell Symptome geworden.

Symptome für Delirium tremens, Anzeichen einer Alkohol-Halluzinose und einer beginnenden Demenz. So aber blieb ihm der Glaube.

Er übergab sich auch relativ oft, was ihm, wie er selbst fand, guttat. Das Übergeben erschien ihm wie eine Reinigung. Er empfing jeden Würgereiz wie eine Hostie in der Messe, mit voller Hingabe und Konzentration. Mit geschlossenen Augen spürte er nach der Übelkeit, um ihr dann nachzugeben und seinen Körper von Überflüssigem zu befreien. Seine Zähne waren bereits ziemlich in Mitleidenschaft gezogen, ansonsten ging es ihm erstaunlich gut damit.

Pit betrat das Wohnzimmer und warf sich in einen Ohrensessel, den der Pakt ebenfalls bei einer Räumung abgestaubt hatte. Innerhalb der vier Wände dieser Wohngemeinschaft war Pit der ruhende Pol. Nie kritisierte ihn ein Mitglied des Paktes oder fing mit ihm Streit an. Allerdings schenkten sie ihm auch sonst wenig Beachtung. Sie hielten ihn für einen Langeweiler. Pit war das nicht unrecht, schon gar nicht, weil er sich hin und wieder Gedanken erlaubte, die er mit seinen Freunden nicht teilen konnte. Die Tatsache, dass schon mit dem Saufen begonnen worden war, quittierte er mit einem Seufzer und schob eine Hand in die Hosentasche, um unauffällig durch ein Loch im Futter seiner Armeehose an der Nylonstrumpfhose zu nesteln, die er sich gerade im Bad angezogen hatte. Mit der freien Hand schnappte er sich das übrig gebliebene Glas Mische und bat Sieben, ihm ebenfalls ein Bier zu öffnen.

Sieben hieß eigentlich Aristide Olt.

»Welches kranke Arschloch nennt sein Kind Aristide?«, pflegte er zu vorgerückter Stunde stets zu fragen. Seinen Spitznamen verdankte er einer Masche, mit der er früher oft Streit vom Zaun gebrochen hatte, als er noch aktives Mitglied der Oikalyptos gewesen war, einer Hooligan-Gruppierung in West-Berlin.

Ahnungslose fragte er damals gerne nach der Anzahl der Finger an seiner rechten Hand, die er zu diesem Zweck in die Höhe hielt. So gut wie immer bekam er als Antwort: »Fünf.« Er aber bestand darauf, dass sieben Finger zu sehen waren. Natürlich wollten die allermeisten dieser Behauptung nicht folgen, sie nannten weiterhin hartnäckig die Zahl der Finger, die sie sehen konnten. Sieben, damit faktisch der Lüge bezichtigt, nahm die Beleidigung als Anlass zuzuschlagen.

Nie dachte er darüber nach, ob er mit seiner Lust an Gewalt vielleicht einfach nur versuchte, seine Ängste zu verdrängen. Seine Ängste waren tatsächlich weit absurder als die Sieben-Finger-Masche.

Zum Beispiel hatte Sieben panische Angst vor offenen Gewässern. Nur unter größter Kraftanstrengung konnte er Brücken überqueren. Außerdem war ihm Geschwindigkeit unerträglich. Als er noch Auto fuhr, überschritt er selten die Geschwindigkeit von vierzig Stundenkilometern, selbst auf Land- und Schnellstraßen. Auf Autobahnen musste er regelmäßig Pausen am Standstreifen einlegen. Irgendwann hatte er ein Einsehen und versenkte seinen Führerschein feierlich in einer mit Steinen beschwerten Plastiktüte in der Ostsee.

Seine vielleicht absurdeste Phobie galt jedoch offenen Frauenschuhen. Der Anblick von aus Schuhen herausragenden Frauenzehen löste umgehend Panikattacken bei ihm aus. Erst in Scharnow, im Kreis des Paktes, hatte sich Sieben sicher gefühlt. Tatsächlich war er, seit er hier wohnte, zum ersten Mal in seinem Leben vollkommen glücklich.

Porno oder Horror? Kalle konnte sich nicht entscheiden. Für einen reinen Porno hatten sie nicht genug getankt, und auf das gemeinsame Onanieren, zu dem so etwas zwangsläufig führte, konnte er, halbnüchtern wie er war, gut verzichten. Gemetzel hatten sie in der Woche dagegen schon mehrmals gehabt. Nach weiterem Suchen fand er schließlich einen Film, der beides bot. Zufrieden legte er Joe D'Amatos berüchtigten und sehr seltenen italienischen Gore-Hit *Porno Holocaust*, in Deutschland bekannt unter dem Titel *Insel der Zombies*, in das VHS-Abspielgerät.

Joe D'Amato hatte mit *Anthropophagus* und *Nackt unter Kannibalen* zwei Meilensteine des Kannibalenkinos geschaffen, in denen er zuverlässig die Grenzen des guten Geschmacks überschritt. Darüber hinaus hatte er es auf eine ansehnliche Anzahl indizierter Filme gebracht. Nahezu alle seine Werke waren auf VHS erschienen. Nicht nur deswegen hatte er beim Pakt den Status eines Meisters inne. Da sich D'Amato in allen Genres ausprobiert hatte, befanden sich auch pornografische Titel in seiner Vita. *Porno Holocaust* war ein Konglomerat aus gleich mehreren Filmgattungen. Das Drehbuch stammte von George Eastman, einem Lieblingsdarsteller D'Amatos, der auch eine der Hauptrollen übernommen hatte. Dem Pakt war es gelungen, die um fast dreißig Minuten längere und sehr seltene Hardcore-Fassung des Films in seinen Besitz zu bekommen. Zwar handelte es sich um die Originalversion auf Italienisch, doch würde es selbst einem sturzbetrunkenen Niels nicht schwerfallen, der Handlung zu folgen.

Die Männer füllten ihre Gläser erneut mit Mische und gaben sich dem sinnlosen Gemetzel hin, unterbrochen von noch sinnloseren Sexszenen, in denen Untote lebende Frauen vergewaltigten, um sie sich danach häppchenweise einzuverleiben. Was da lief, war nichts weniger als ein Prachtfilm der besonders widerwärtigen Sorte, und es bedurfte schon Cineasten ihres Schlages, um diesen Genuss entsprechend zu würdigen.

Es stimmte alles an diesem Nachmittag. Das Glück manifestierte sich in dem stickigen Raum in einem rauschenden Fest der Sinne. Doch dann, gerade als die Stimmung ihren Höhepunkt erreicht hatte und kurz vor dem wenig überraschenden Showdown, ging der Alkohol aus.

Für gerade einmal fünf Minuten gelang es den Männern, ihren Wunsch nach mehr zu unterdrücken. Dann war der Film zu Ende und der Durst unerträglich. Kein Durstdurst. Dieser Durst war das Verlangen nach einem grandiosen Alkohol-Exzess. Die für den nächsten Tag zu erwartenden Folgen waren ihnen absolut klar, doch sie hatten den Weg des Alkohols nicht betreten, um aus Angst vor einem Kater, so monströs er auch ausfallen mochte, auf halber Strecke abzubrechen.

Sie wollten ihre Sinne den Göttern Filmriss, Blackout und Koma opfern!

Und dafür brauchten sie Nachschub.

Nur waren sie dummerweise pleite. Sie hatten lediglich das Pfandgeld für das Leergut. Wofür würde das schon reichen? Vielleicht für eine Flasche Korn? Maximal. Es war halb fünf Uhr nachmittags.

Im Nachhinein wusste keiner mehr, wer den Satz zuerst gesagt hatte. Sie erinnerten sich nur, dass alle sofort begeistert gewesen waren.

»Wir überfallen den Supermarkt!«

»Geile Idee!«

Gleich darauf kamen die ersten Bedenken.

»Die kennen uns doch alle da, und zum Aldi bis nach Sahsenheim kommen wir in deiner Karre nicht mehr. Die fährt seit gestern auf Reserve, und ich hab keinen Bock, wieder irgendwo Benzin saugen zu gehen.«

»In Sahsenheim kennen uns sowieso auch alle. «

»Stimmt. Und was jetzt?«

Kalle dachte nach und gelangte zu dem Schluss, dass sie nicht Ocean's Eleven waren, schon ihre Anzahl stimmte nicht. Aber ein Supermarkt war auch keine Bank oder ein Casino, sondern nur ein größeres Geschäft mit schlecht bezahlten Angestellten, die sich wohl kaum mit vier aggressiven Typen anlegen würden, die zu allem entschlossen waren. Und wer sagte denn, dass man sie erkennen würde?

Kalle schaute seine drei Freunde durchdringend an und sagte dann sehr ruhig: »Wir maskieren uns!«

Eine verblüffte Stille setzte ein, unmittelbar gefolgt von einem geschäftigen Aktionismus.

»Ich hab vorhin ein paar Strumpfhosen mitgehen lassen«, rief Pit, dem dieses Bekenntnis ohnehin gelegen kam. Die anderen wischten den Vorschlag beiseite.

»Papiertüten tun's auch. Nur kurz rein, Schnaps, Bier und Zigaretten abgreifen und raus. Ein Kinderspaziergang!«

»Und Chips! Die Chips sind auch alle!«

»Bist du als Kind gerne spazieren gegangen?«

»Halt's Maul! Ziehen wir das jetzt durch oder nicht?«

Niels' Zunge war schon ziemlich schwer, ganz unverständlich waren seine Äußerungen aber noch nicht. »Was ist mit unseren Klamotten, Mann? Wir tragen doch alle immer dieselben Klamotten. Da kannst du dir dein Gesicht noch so unkenntlich machen …«

»Das stimmt!«, nickte Kalle.

»Vielleicht könnten wir die Klamotten auf links drehen?«, schlug Sieben vor.

Niels war jetzt in Fahrt. »Auf links? Check ich nicht. Mit den Knöpfen nach hinten?«

Pit meldete sich zu Wort. »Meine Bundeswehrjacke erkennt man auch umgedreht!«

Siebens Miene verfinsterte sich.

Niels legte nach: »Und meine hat kein Futter. Und dann kratzt das so. Da kann ich mich auf nichts mehr konzentrieren, wenn das überall juckt.«

Sieben ballte die Fäuste und fixierte Niels aus verengten Augen.

»Alter, dir juckt scheinbar die Schnauze, oder warum laberst du all meine Ideen nieder?«

Pit hob beschwichtigend die Arme. Es war an der Zeit, dem Philosophen in sich das Wort zu erteilen.

»Beruhigt euch, Leute. Wie ein großer Mann einst sagte: Allein der kritische Geist mit seiner gesammelten Kraft ermöglicht die Kultur.«

Was für ein Satz! Pit bewunderte das Werk von Oscar Wilde und hatte viele von dessen Aphorismen auswendig gelernt. Beflügelt von der Weisheit des britischen Dandys beschloss er, noch weiter zu gehen und sich seinen Freunden sofort und auf der Stelle zu offenbaren. Er trug Nylonstrümpfe unter der Armeehose. Dass dem so war und wofür es stand, wusste bisher nur er selbst. Irgendwann mussten sie doch erfahren, was mit ihm war. Seine Freunde. Seine besten Kumpels. Warum nicht hier? Und warum nicht jetzt? Pit rang mit sich, stand auf, die Hände weiter erhoben, atmete tief ein und …

»JETZT HALTET MAL ALLE DIE FRESSE!«

Wenn Kalle sprach, dann hatte das eine Wirkung, wie wenn andere schrien. Er hatte nicht beabsichtigt, die Runde zu erschrecken, aber er wusste, dass es Zeit für ein Machtwort war. Von allen hier war er der klarste Kopf, und beim Billkauf handelte es sich schließlich nicht um Fort Knox. Ruhig und langsam, in einem Tonfall, der keine Widerrede duldete, trug er seinen Aktionsplan vor.

Pits Bekenntnisbereitschaft verpuffte wie Zigarettenqualm in einer Jazzbar. Der Glanz in seinen Augen verschwand. Kraftlos setzte er sich hin. Kalles Augen dagegen funkelten machiavellistisch. Er suchte den Blickkontakt mit jedem Einzelnen. In seine Worte legte er die Wucht seiner Überzeugung. Wie ein Feldherr vor der Schlacht weihte er die Männer in seine Strategie ein, und sie bedachten ihn mit so viel Aufmerksamkeit, wie es angesichts ihres alkoholisierten Zustands noch möglich war. Samtweich umschmeichelte Kalles Stimme ihr Bewusstsein. Jeglichen Zynismus, alle Skepsis dem Leben gegenüber, spülte diese Stimme einfach fort. Sie reinigte ihre Seelen, führte sie auf eine neue Ebene. In diesem Moment war Kalle, der die Idee zum Pakt gehabt und obendrein noch das Manifest fast im Alleingang geschrieben hatte, einmal mehr der Mann, der seinen Freunden den Weg ins Licht, in ein besseres Leben zeigen würde.

Nachdem er seinen Plan vorgetragen hatte, herrschte für einen kurzen Moment eine Stille, als hätte jemand – ein gigantischer Jemand – die große Mute-Taste auf der Fernbedienung ihres Lebens gedrückt. Alle spürten gleichzeitig Erleichterung und Euphorie. Es gab nicht viele Menschen in ihrem Leben, die sie mit reiner Rhetorik, ohne Anwendung von physischer Gewalt, so restlos überzeugen konnten. Kalle war ihr Meister. Ihr Hohepriester des Glücks. Sein Vortrag wirkte auf sie wie Magie. Hätten sie das Wort gekannt, sie wären überzeugt gewesen, eine Epiphanie erlebt zu haben.

Die Erhabenheit des Moments wurde von einem Geräusch unterbrochen, das wie das Gebrüll der japanischen Urzeitechse Godzilla klang. Niels schoss genau in diesem Moment ein Teil seines Mageninhalts den Hals hinauf, und er schaffte es gerade noch, sich in eine halbvolle Chipstüte zu erbrechen.

11

Je weiter er sich von der Wiese und dem Mülleimer entfernte, desto mehr verblasste auch das Unwohlsein, das über Jan-Uwe gekommen war, nachdem er das Buch weggeworfen hatte. Seine Laune verbesserte sich zusehends.

Heute werden wir einen großen Sieg gegen die Weltenlenker erringen, dachte er, alles andere ist unwichtig.

Ihm blieben noch mindestens zwei Stunden, bis es losging, und so spazierte er durch Scharnow, ordnete seine Gedanken und betrat zwischendurch einen türkischen Kiosk mit angeschlossenem Internetcafé, um einen Kaffee zum Mitnehmen zu kaufen. Weiter hinten an der Hauptstraße sah er eine wild zurechtgemachte Gestalt mit roter Kappe über den schwarzen Haaren. Eine Punkerin? Erstaunlich, dass es so etwas in diesem Provinznest überhaupt gab. Vor einem Gasthaus namens »Gute Alte Zeit« entdeckte er Trönses umgebauten Fiat Panda, doch ihm war nicht nach der Gesellschaft seiner beiden Mitverschwörer. Lieber setzte er sich auf eine Bank an einem Waldstück unweit eines Gebäudes, das wie ein Schullandheim aussah, trank seinen Kaffee und las in einer Fachzeitschrift einen Bericht über Armeerevolver. In einiger Entfernung trugen ein paar Halbstarke eine Meinungsverschiedenheit aus. Der bulligere der drei Teenager hatte offenbar einen seiner Freunde geohrfeigt. Der Wind trug ein paar Wortfetzen herüber. »Sechs, hör auf!«, rief einer der Jungen mehrmals. Jan-Uwe kümmerte sich nicht darum. Als er das nächste Mal von seiner Lektüre aufsah, waren die drei verschwunden.

Nachdem er seinen Spaziergang fortgesetzt hatte, fiel ihm eine Plattenbausiedlung auf, in deren Zentrum ein besonders klobiges Haus die anderen überragte. Ein typisches architektonisches Verbrechen ostdeutscher Baukunst. Völlig unvermittelt kam es ihm leichtsinnig vor, dass er seine Waffe einfach im Gebüsch hatte liegen lassen, weshalb er sich eilends auf den Rückweg machte. Bei der Wiese angekommen, fand er das Waffenfutteral unberührt in seinem Versteck vor.

Erleichtert atmete er auf, als er mit einem Mal wieder das Buch spürte. Es lag vielleicht fünfzehn Meter entfernt im Dunkel des Mülleimers auf den Hundekotbeuteln und zupfte unentwegt an seinen Gedanken. Jeder Versuch, sich auf etwas anderes zu konzentrieren, scheiterte. Immerhin gelang es ihm, der Versuchung zu widerstehen, es wieder aus dem Abfall zu holen. Doch er spürte, wie seine Willenskraft Risse bekam. Er wollte das Buch anfassen, herausfinden, warum es eine solche Faszination auf ihn ausübte. Dabei hatte er noch keine komplette Seite darin gelesen. Wie hatte der Titel gelautet? Und der Name des Autors? Was konnte es schaden, nochmals reinzuschauen?

Jan-Uwe stand kurz davor, in den Mülleimer zu greifen, als sein Funkgerät krächzend zum Leben erwachte.

»Eagle 1 an Renegade – are you clear?«

Die verzerrte Stimme holte ihn aus seinen Gedanken. Jan-Uwe griff nach dem Gerät. Jetzt ging es um Wichtigeres.

»Roger, Eagle 1, Renegade is clear!«

Eagle 1 erkundigte sich nun nach Falcon 2, mit bürgerlichem Namen Olaf Trönse. Er war ihr Fluchtfahrer, sie waren mit seinem Auto hergekommen. Eagle 1 wiederum hieß Hans Zarm, genannt Zarmo. Zarmo war Hobbyjäger, Besitzer eines Jagdgewehrs und stolz auf seine Schießkünste. Seine Selbsteinschätzung wurde von den Mitgliedern des BsB nicht unbedingt geteilt.

Der Bund skeptischer Bürger, eine überschaubare Gruppe von Verschwörungstheoretikern, war von den zuständigen Staatsorganen bisher als nur mittelmäßig gefährlich eingestuft worden. Der Bund bestand aus dreiundzwanzig Männern und vier Frauen, und ihre gemeinsamen Überzeugungen basierten auf einem elementaren, umfassenden Misstrauen, weshalb sie den Kontakt zu anderen Organisationen vermieden. Auch Verbindungen zu rechtsradikalen Kreisen gab es keine, obwohl einige der Männer, darunter Zarmo und eine der Frauen, zuvor in der Neonazi-Szene Brandenburgs aktiv gewesen waren.

Was hier, auf dieser Wiese, nun stattfinden sollte, war der erste geplante Anschlag der Gruppierung. Jan-Uwe war dafür als zweiter Schütze aufgeboten worden. Seine Ernennung zum Attentäter verdankte er der Tatsache, dass er neben ein paar Handfeuerwaffen auch ein Präzisionsgewehr besaß. Der erste Kontakt zur Gruppe hatte sich über seinen Schützenverein ergeben – in einer Zeit, als er frisch geschieden, wütend und frustriert gewesen war, zumal er im Sorgerechtsstreit um seine Tochter den Kürzeren gezogen hatte. Die Kollegen beim Schützenverein waren verständnisvoll, doch beim BsB fand er mehr: Einen kleinen Haufen entschlossener Menschen, die vor Kampf und tätlicher Auseinandersetzung nicht zurückschreckten. Dass die Gruppierung tendenziell rechtsnationalistisch eingestellt war, entsprach nicht unbedingt seiner persönlichen Weltanschauung, aber als er sie kennengelernt hatte, war ihm das egal gewesen.

Mit der Tochter hatte er damals auch seine Hündin Lola verloren, was ihn fast mehr geschmerzt hatte. Vollkommen auf sich allein gestellt, ließ Jan-Uwe sich hängen, verlor seinen Job in einem Geschäft für Hörgeräte und hatte bereits seinen Fernseher und diverse elektronische Geräte aus dem Haushalt verpfändet, als ein Schützenvereinskollege ihn an das Bowlingcenter vermittelte, wo er seither im Schichtdienst Sportschuhe mit Desinfektionsspray behandelte. Derselbe Kollege war es auch gewesen, der Jan-Uwe zu einem Treffen des BsB mitnahm.

»Könnte was für dich sein, Alter. Die labern nicht nur rum und halten sich an 1500 Vorschriften, die machen was und lassen sich nicht verarschen.«

Die Mythen und Verschwörungstheorien, die das Denken und Imaginieren des Bundes besetzten und bei ihren Treffen eifrig diskutiert wurden, kamen Jan-Uwe anfangs übertrieben, beinahe lächerlich vor. Sämtliche Völker der Erde wurden demnach von einer geheimnisvollen Organisation gelenkt, über die nichts weiter bekannt war, als dass sie nicht-humanoide Instanzen zur Manipulation des Weltgeschehens einsetzte? Was bitte sollte das heißen? Wer sollten diese nicht-humanoiden Instanzen sein, und welches Interesse steckte dahinter?

»Sie interessieren sich eben gerade nicht«, erklärte ihm sein Kollege. »Weil sie davon ausgehen, dass wir uns ohnehin nicht wehren können. Und jetzt geht es darum, ihnen das Gegenteil zu beweisen!«

Es waren Theorien, die den Bund erst seit Kurzem beschäftigten. Davor hatte er sich mit den üblichen Verschwörungsfantasien abgegeben: Die Mondlandung hatte nie stattgefunden, 9/11 wurde von der CIA inszeniert, und Angela Merkel versuchte über Kinderschutzimpfungen die Bevölkerung in willenlose Wahlsklaven zu verwandeln. Dann jedoch ergab sich über eine harmlos wirkende Website, eine Partnerschaftsagentur für Haustiere, der Kontakt zu einem Informanten, der sie Schritt für Schritt an die Wahrheit heranführte. Als Jan-Uwe dazustieß, war bereits von ersten Attentaten die Rede, wurden illegale Waffen in Polen besorgt, digitale Spuren zunehmend aufwendig beseitigt. Mehr und mehr schien es, als könnte es jeden Tag losgehen.

Jan-Uwe hatte sich über seine Ernennung zum Mitglied der ersten Einsatz-Zelle ehrlich gefreut. Zarmo, Trönse und er warteten seither nur noch auf das Go. Sie waren bereit. Sie waren mehr als bereit! Auch die Tarnnamen für den Funkverkehr hatten sie längst festgelegt. Sie sollten martialisch, männlich und selbstverständlich englisch sein, selbst wenn die drei ausgewiesene Antiamerikaner waren. Das hieß nicht, dass sie Hollywood-Actionfilme mieden, im Gegenteil. Für Leute wie sie wurden diese Filme schließlich gemacht.

Allerdings hatte Jan-Uwe über das Ziel ihres Anschlags bis vor wenigen Stunden noch nichts gewusst.

Plötzlich nahm er eine Bewegung am abendlichen Herbsthimmel wahr, ein reflexhaftes Registrieren, mehr Ahnung als Beobachtung. Die ersten Lichter in der nahen Kreisstadt glommen bereits, im Purpur der Dämmerung schrien die Vögel. Ganz hinten war der Horizont schon schwarz.

Und aus dieser Schwärze kam etwas geflogen.

Sehr schnell. Größer als ein Vogel, aber auch irgendwie zu klein für ein Flugzeug. Eine Drohne vielleicht? Er versuchte das Objekt durch den Fernrohraufsatz seines Gewehrs auszumachen, aber es drehte unvermittelt ab. Und dann, genauso unvermittelt, drehte es wieder bei und steuerte direkt auf die Wiese und Jan-Uwe zu. Kam näher. Noch näher. Jan-Uwe stockte der Atem.

War das ein Mensch?

Unmöglich. Es sah vielleicht aus wie ein Mann, doch genauso gut konnte es sich um ein bemaltes Kleinstflugzeug handeln. Genau. Ein enthusiastischer Hobbyflieger hatte sich Superman auf seinen Ultraleichtflieger pinseln lassen. Oder es war tatsächlich eine Drohne, die in einer Superman-Fliegerpuppe steckte und von Hollywood ausgesandt worden war, um den neuesten Superhelden-Film zu bewerben.

Nein. Keine Puppe. Das Flugobjekt war noch näher gekommen und bewegte die Arme in durchaus gezielter Absicht. Die Faust ging in die Höhe. Die Faust senkte sich wieder. Zu unregelmäßig, um ein bloßer Robotermechanismus zu sein. Und was tat es – er, wie es schien – in diesem Moment? Sich die Haare raufen?

Vielleicht steckten hinter dieser Halluzination – denn darum handelte es sich zweifellos – aber auch die Weltenlenker? Hatten sie Jan-Uwe unter Drogen gesetzt, sein Wasser vergiftet, dem Kaffee, den er im Kiosk gekauft hatte, einige Flocken Peyotl beigemischt? Zuzutrauen war es ihnen, diesen Hundesöhnen. Der Gegner war übermächtig und nicht zimperlich in seinen Methoden. Vielleicht ahnten sie etwas. Vielleicht hatte es der BsB bereits geschafft, ihnen zumindest ein bisschen zuzusetzen.

»Verdammte Kacke. WAS IST DAS? Renegade, siehst du auch, was ich sehe?«

Zarmo. Also war es keine Einbildung. Zarmo hatte den fliegenden Mann ebenfalls entdeckt.

»Roger, Eagle 1, bin mir nicht ganz sicher, was ich da sehe.«

»Was laberst du da? Das ist eindeutig eine Tusse, ein Mädchen, obwohl man das heutzutage tatsächlich nicht immer mit Sicherheit weiß. Guck bloß auf den Minirock und die Strümpfe! Ganz schön düster drauf, die Tante. Hoffe bloß, die verschwindet wieder, gebrauchen können wir so was absolut nicht für unsern Auftrag.«

Jan-Uwe war verwirrt.

»Eine Frau? Im Minirock?«

»Stimmt was nicht mit deinen Augen? Guck mal nach vorn … da, auf der Wiese, das ist ein Minirock.«

Auch Jan-Uwe sah sie jetzt. Die schwarze Gestalt hatte sich im Schneidersitz ins Gras gesetzt und fingerte an einer flachen

Weinflasche, einem sogenannten Bocksbeutel, herum. Sie war noch jung. Höchstens neunzehn. Mit dickem Eyeliner umrahmte Augen. Auffallend blasse Haut. Kirschrote Lippen. Die rote Kappe kam ihm bekannt vor.

»Aye, ich seh sie, Eagle 1. Eindeutig ein Mädchen.«

Was tat sie da mit ihrem Daumen? Sie versuchte anscheinend, den Korken der Weinflasche in den Flaschenhals zu drücken. Einen Korkenzieher hatte sie demnach nicht. Jan-Uwe fiel wieder ein, wo er die Kappe gesehen hatte – vorhin, auf dem Kopf der Punkerin, die auf der Hauptstraße herumgelungert hatte! Natürlich, das war sie. Dieselbe Person, die hier ohne Hilfsmittel an ihren Fusel gelangen und sich einen ordentlichen Schluck genehmigen wollte, bevor sie sich vermutlich unter irgendeinem Busch schlafen legte. Oder sich für eine weitere Flasche an den Meistbietenden verkaufte. Mit diesem Staat war einiges nicht in Ordnung, wenn selbst auf dem Land so junge Menschen schon verwahrlosten.

Zarmo hielt derweil die Funkdisziplin nur noch sehr locker ein.

»Roger, hoffentlich verpisst die sich gleich wieder. Zeugen können wir nicht gebrauchen.«

Jan-Uwe beschloss, einen professionellen Ton anzuschlagen.

»Renegade an Eagle 1, die ist gleich weg. Over.«

Doch da meldete sich eine andere Stimme bei ihm.

KNALL SIE AB!

Sie kam nicht aus dem Walkie-Talkie. Sie war in seinem Kopf. Sie war laut, sehr laut, gleichzeitig war er sich sicher, dass sie niemand außer ihm hören konnte.

DU MUSST SIE TÖTEN! TÖTE SIE!

Machte das Sinn? Nein, das machte keinen Sinn. Das Mädchen war nicht das Zielobjekt. Und trotzdem fiel es ihm schwer, sich den klanglosen Befehlen zu widersetzen. Es war, als würden die Worte direkt in sein Hirn geschnitten. Und da war wieder dieser merkwürdige Sog …

Jan-Uwe schloss seine Augen, schüttelte den Kopf, öffnete sie wieder und schaute zum Mülleimer.

»Du kriegst mich nicht«, sagte er leise in die Stille hinein.

Ihm war vollkommen klar, dass das Buch ihn hören konnte.

12

Der Wein war praktisch ungenießbar. Süß und irgendwie falsch. Aber der Alkohol hatte seine Wirkung schnell entfaltet, und Nami war wieder etwas entspannt. Sie lag auf der Wiese, schaute in den dunkler werdenden Himmel und nahm hin und wieder einen Schluck vom ungarischen Tokajer, den ihr Omili so liebte.

Den ganzen Weg war sie zu ihr gelaufen, nachdem sie die Flasche im Supermarkt erstanden hatte. Hatte geklingelt, gewartet – kein Omili. War sie ausgegangen, schlief sie? Nami hatte sich eine Weile auf die Bank gegenüber dem Haus gesetzt, um auf sie zu warten, doch schließlich war ihr nichts anderes mehr eingefallen, als wieder zum Supermarkt zurückzukehren. Natürlich in der Hoffnung, den Jungen zu sehen – den Jungen mit den süßen, dunklen Augen. An der Kasse saß er nicht mehr. War er vielleicht in dem Kiosk, wo sie ihm zuerst begegnet war?

Sie ging zum Internetcafé. Kein Glück.

Er war so freundlich gewesen, als sie ihre Flasche Wein bezahlt hatte! Diesmal war sie es gewesen, die seinem Blick auswich. Er wiederum hatte sie, anders als die Menschen vor ihr, nicht nach einer Payback-Karte gefragt. Warum nicht? Hatte er sie ebenfalls wiedererkannt? Wollte er damit andeuten, dass sie für ihn mehr war als irgendeine Kundin?

Sie fröstelte. Über die Wiese pfiff ein kühler Wind. Ihr war noch warm vom Wein, doch das würde nicht lange so bleiben. Sie stand auf, und sogleich wurde ihr schwindlig. Tokajer auf leeren Magen! Keine gute Idee. Sie tastete in ihrer Tasche nach der Cremerolle, die sie im Kiosk geklaut hatte. Dort hatte sie ihn zum ersten Mal gesehen. Bei der Erinnerung daran fing ihr Herz wieder an zu rasen. Die Cremerolle war zwar etwas eingedellt, aber ansonsten unversehrt.

Ihr Herz war es nicht mehr.

Sie ging ein Stück über die Wiese, noch immer nicht ganz im Gleichgewicht, torkelte kurz, machte einen Ausfallschritt und spürte dabei etwas Weiches unter dem linken Fuß. Ihr entwich ein Fluch, als sie feststellte, dass sie in einen Hundehaufen getreten war. Das hatte ihr gerade noch gefehlt!

Wut stieg in ihr auf. Sie untersuchte ihre Klamotten, ob sie vielleicht in einer weiteren Tretmine gelegen hatte. Ihre Versuche, den Schuh im Gras zu reinigen, waren nur bedingt erfolgreich. Sie sah sich um und entdeckte einen kleinen Mülleimer am Wiesenrand. Wenn sie Glück hatte, lag darin eine Zeitung, mit der sie den Rest des Kots – hoffentlich von einem Tier! – abwischen konnte. Entschlossen stiefelte sie darauf zu und leuchtete mit der Taschenlampenfunktion ihres Smartphones ins Dunkel des Eimers. Da lag etwas. Zwischen schwarzen Hundekotbeuteln lag ein Buch!

Ein paar Seiten daraus, das müsste genügen.

Trotzdem zögerte sie kurz. Ein Buch, selbst wenn es im Müll lag, war immerhin etwas anderes als eine Zeitung, deren Bestimmung es war, heute gelesen und morgen um Fischkadaver gewickelt zu werden. Ein weiterer Blick auf ihren Schuh reichte Nami aber, um ihre Skrupel zu überwinden. Sie griff hinein und zog das Buch heraus.

Als das Mädchen auf Jan-Uwe zugekommen war, hatte er die Luft angehalten. Geistesgegenwärtig hatte er zuvor noch den Regler an seinem Funkgerät auf stumm geschaltet. Gerade rechtzeitig, denn kurz darauf leuchteten die LEDs auf, wie immer, wenn jemand sprach.

Konnte dieser verdammte Zarmo wenigstens einmal mitdenken und ihn nicht kontaktieren, wenn ein Zivilist – eine Zivilistin – in unmittelbarer Nähe war?

Jan-Uwe lief trotz der herbstlichen Kühle ein Schweißtropfen über die Wange, doch er wagte es nicht, sich zu bewegen. Reglos beobachtete er das Mädchen, das nun ganz nah bei ihm stehen geblieben war. Ohne sie aus den Augen zu lassen, rutschte er tiefer in seine Mulde und hinter die Grasbüschel, die ihn nur ungenügend verdeckten. Hatte sie ihn gesehen? Kaum möglich. Nein – sie hatte es auf den Mülleimer abgesehen, denselben Abfallbehälter, in dem das Buch lag. Das Restlicht des Tages reichte aus, um festzustellen, dass die Kleine unter ihrem Make-up ziemlich hübsch war. Wäre er zwanzig Jahre jünger gewesen, hätte ihn der Minirock mit den schwarz-weiß gestreiften halterlosen Strümpfen bestimmt angemacht. Inzwischen ließ Jan-Uwe die Reize von Frauen nur noch auf sich wirken, wenn ein Kontakt realistisch erschien und seinem Code entsprach. Dabei war weniger das Alter einer Frau entscheidend als die Augenhöhe, auf der sie sich begegneten.

Auf Augenhöhe mit einem Punkmädchen? Höchst unwahrscheinlich. Als Frau interessierte ihn die Göre null.

Nur – was tat sie da am Mülleimer? Sie hatte offenbar vor, etwas rauszufischen. War sie so hinüber, dass sie zwischen Hundekotbeuteln nach Pfandflaschen, Essbarem oder Drogen suchte?

Als sie sich aufrichtete, hielt sie das Buch in der Hand.

Verdammt!

Jan-Uwe zog die Luft ein. Das Buch machte ihm zwar Angst, weckte in ihm aber auch ein Verlangen nach ... ja, wonach eigentlich? HA HA, schien es ihm zu sagen. LEG SIE UM LEG SIE UM LEG SIE UM. Er schloss die Augen, atmete tief durch, zählte bis fünfundzwanzig. Dann schüttelte er den Kopf. Nur weil er ein Mann mit einer Waffe war, würde er noch lange nicht irgendwelche dahergelaufenen Pennerpunkerinnen abknallen.

Natürlich entbehrte diese Haltung nicht einer gewissen Ironie. Denn Jan-Uwe lag zwar nicht wegen eines Punkermädchens auf der Lauer, aber das Wesen, das er und Zarmo ins Visier nehmen sollten, war mindestens genauso wehrlos, wenn auch deutlich mehr wert.

Der Gedanke kratzte leise an Jan-Uwes Bewusstsein, als eine Reihe weiterer Gestalten hinter dem Supermarkt auftauchten. Diese Wiese war ja beliebter als ein Kindergarten im Vatikan! Hätte er das gewusst, hätten sie über ihren Vorsatz, den Auftrag sofort zu erledigen, noch mal nachgedacht. Immerhin nahmen die neuen Wiesenfreunde die Aufmerksamkeit des Mädchens gefangen. Sie schaute ihnen erst eine Weile zu und ging dann, das Buch in der Hand und offensichtlich bemüht, nicht aufzufallen, in ihre Richtung.

Kaum hatte Nami das Buch herausgefischt, vergaß sie, was sie damit hatte machen wollen. Eine Wärme stieg von ihm auf, die sich wie eine Hand auf ihren Körper legte.

Sie betrachtete den Deckel. *Horror Vacui.* Der Einband war hübsch, viel edler als die Bücher, die sich zu Hause im Wohnzimmerregal ihrer Mutter befanden. Warum warf jemand so etwas weg? Und warum ausgerechnet hier, im Niemandsland zwischen Billkauf und Autobahn?

Geistesabwesend nahm sie einen Schluck Tokajer. Die klebrige Süße erinnerte sie wieder daran, warum sie zum Mülleimer gelaufen war. Sie starrte auf die Flasche, dann goss sie kurz entschlossen den ganzen Rest des Weins über die verschmutzten Stellen an ihrem Schuh und wischte mit einem ausgerissenen Grasbüschel nach. Perfekt. Sie war fast fertig, als Stimmengewirr am Rand der Wiese sie hochblicken ließ.

Zwanzig Meter weiter, an der Rückseite des Billkauf, waren vier Männer erschienen. Drei palaverten miteinander, der vierte war damit beschäftigt, an die Außenmauer des Supermarkts zu pinkeln. Nami hatten sie nicht bemerkt. Als der Urinierer sein Geschäft beendet hatte, stellten die anderen ihr Schwadronieren ein, entledigten sich dann ihrer kompletten Kleidung, packten ihre Sachen in einen Militärrucksack und standen in einem Halbkreis da. Wieder ging das Gerede los. Dann erklang ein Befehl, der nicht laut, aber sehr bestimmt war, und die Männer schwiegen wieder. Einer zog den Rucksack an, die anderen drei griffen nach etwas, das nach Papiertüten aussah. Ganz sicher auf den Beinen schienen sie nicht zu sein. Eigentlich wirkte der Haufen wie einer dieser Junggesellenabschiede, die Nami aus Berlin kannte. Wenn das ein Junggesellenabschied war, dann tat ihr die Braut leid.

Doch was immer diese Irren vorhatten – sie wollte es sehen. Sie wollte es filmen! Die vier bewegten sich Richtung Supermarkt. Dort musste Nami sowieso hin. Eine neue Flasche Wein für Omili kaufen, einen Kuchen ... und vielleicht saß ja der schnuckelige Junge wieder an der Kasse. Das wäre ein Dreifachtreffer! Und wenn er tatsächlich da war ... dann würde Nami ihm ihre Telefonnummer geben. Ja! Das würde sie! Der Wein, der sanft in ihrem Kopf herumwirbelte und eine Ahnung des kommenden Kopfschmerzes verbreitete, verlieh ihrem Vorsatz Flügel.

Sie warf den leeren Bocksbeutel in den Mülleimer – klonk –, klemmte sich das Buch unter den Arm und ging leichtfüßig, fast tanzend, den vier Männern hinterher, die gerade im Eingangsbereich des Supermarktes verschwunden waren.

13

»Hände über den Kopf, das ist ein Überfall!«, kam es aus dem Loch in der braunen Apothekentüte.

Sylvia Pathe hatte in ihrem Leben schon einiges erlebt. Doch der Anblick, der sich ihr in diesem Moment bot, schlug so ziemlich alles, was ihr bisher untergekommen war.

Vor ihr standen vier offensichtlich alkoholisierte Männer – drei mit Papiertüten, einer mit Strumpfhose über dem Kopf – und bedrohten sie und alle Umstehenden, genau genommen den ganzen Raum, mit einem Küchenmesser, einer Bratengabel sowie weiteren artverwandten Haushaltsgeräten.

Ein Überfall mit improvisierten Waffen allein hätte Sylvia noch nicht umgehauen. Weit erstaunlicher war, dass die vier Männer unterhalb der maskierten Köpfe splitterfasernackt waren. Lediglich der mit der Strumpfmaske trug einen Militärrucksack auf dem Rücken. Das meinten die doch nicht ernst? Einer der vier, seine Papiertüte war mit dem hysterischen Gesicht der Zeichentrickfigur SpongeBob bemalt, war so betrunken, dass er von einem Kameraden gestützt werden musste. Der Größte unter ihnen, offensichtlich der Anführer, fuchtelte mit der Bratengabel vor Sylvias Nase herum.

Seine Stimme kam ihr bekannt vor.

»Alles bleibt schön ruhig, dann geschieht euch nichts, und wir sind in Nullkommanix wieder raus«, donnerte Bratengabel in die Runde, während seine Kumpane die Umstehenden in eine Ecke des Supermarkts scheuchten. Strumpfmaske schwang dafür ein Obstmesser, SpongeBob fuchtelte mit einem Hammer. Der vierte und kräftigste Mann, der nicht nur aufgrund seines großen Küchenmessers Furcht einflößend wirkte, sondern auch wegen der martialischen Tätowierungen, die auf Brust, Bauch und Rücken verteilt waren – gleich zweimal ein Chuck Norris ähnelnder Karateka, ein Panzer, eine Art Weltall, ein blonder Transvestit mit einer Vulva, ein Wikinger, ein Indianer, eine Rohrzange, die einen Zombiekopf zerquetschte, sowie diverse Namen und ein paar Slogans aus dem Rockermilieu in teils falschem Englisch –, marschierte derweil zielstrebig Richtung Spirituosenabteilung. Im Rücken der Räuber öffnete sich mit einem leisen Geräusch plötzlich die automatische Eingangstür. Bratengabel, dessen Reflexe noch einigermaßen zu funktionieren schienen, fuhr blitzschnell herum und sah in das erschrockene Gesicht eines wild aussehenden Mädchens, das ihn mit großen Mascara-Augen anstarrte.

Hamid, der Praktikant, hob eine Augenbraue, als er sie erkannte.

»Hände hoch und da rüber!«, bellte Bratengabel, worauf Nami sich zu der Gruppe von Leuten gesellte, die von Strumpfmaske und SpongeBob in Schach gehalten wurden – neben Sylvia und Hamid noch Bertold Sonntag, Rentner, der seine Frau Heidrun schützend im Arm hielt, Heiko Sämtlich, der örtliche Klempner, und Sonja Päffken, eine aus der Großstadt geflohene Yogalehrerin mit ihrem fünf Monate alten Sohn Augustin, der zufrieden im Babytragetuch vor sich hin schnurchelte.

Aus der Supermarkt-Anlage schnarrte gerade ein Lied von Roland Kaiser, in dem er seiner besten Freundin sehr direkt den

Geschlechtsverkehr anbot, da fuhr Rex Gildo mit einem »Hossa, Hossa« dazwischen. Alles in Zimmerlautstärke, da aber jedwede Unterhaltung aufgehört hatte, war der abrupte Wechsel deutlich zu vernehmen.

»Kann mir mal einer helfen?«, rief der Hüne mit dem Messer, der am Schnapsregal angelangt war. Bratengabel sah zu Strumpfmaske und SpongeBob und nickte ihnen zu, während er eine letzte Drohung ausstieß: »Wenn sich einer rührt, macht ihr ihn fertig!«

Dann eilte er zu seinem Freund in der Spirituosenabteilung. »Patsch, patsch«, machten die nackten Füße auf dem Linoleum. Heidrun Sonntag stöhnte in den Armen ihres Mannes auf. Sie war einer Ohnmacht nahe. Nami, die sich unbeobachtet wähnte, hob ihr Smartphone und fing an, die Szenerie zu filmen.

»Hör sofort auf damit!«, zischte die Yogalehrerin sie an. »Willst du uns alle umbringen?«

Strumpfmaske, der den Austausch mitbekommen hatte, ließ den schwankenden SpongeBob los und ging auf die beiden zu. Nami drückte reflexartig ein paar Tasten, bevor sie das Telefon in ihrer Tasche verschwinden ließ. Gleichzeitig rutschte der Hammer aus der Hand des betrunkenen SpongeBob und schlug mit einem lauten »Konk-Tok« auf dem Boden auf. Noch bevor dem Papiertütenräuber aufgegangen war, dass er nun keine Waffe mehr trug, hatte Namis digitales Filmchen schon sechsundvierzig Likes bei YouTube erhalten. Das »Konk-Tok« wiederum hatte Strumpfmaske abgelenkt. Er hob den Hammer auf und drückte ihn seinem Freund in die Hand.

Nami nutzte die Gelegenheit, um sich hinter den anderen Kunden zu verstecken, wofür sie von der Yogalehrerin einen bösen Blick erntete.

Bratengabel kam aus den Tiefen des Supermarkts zurück. Hinter sich her zerrte er eine untersetzte, blondierte Mittvierzigerin mit herausgewachsener Dauerwelle: Monika Schmidt, die

Käse- und Fleischfrau im Billkauf. Er stieß sie zu den anderen Geiseln und zeigte mit der Bratengabel auf Sylvia.

»Sind weitere Angestellte im Laden?«

Sylvia antwortete sichtlich genervt: »Nein, mehr brauchen wir hier nicht.«

Bratengabel wanderte zu Hamid.

»Du da, gib mal 'nen Karton rüber!«

Der Praktikant nickte, nahm vorsichtig einen leeren Karton von einem Stapel neben der Kasse, warf ihn dann aber etwas zu energisch in Richtung des Räubers.

Wuuumms!

Der Karton traf Bratengabel am Bein. Der machte einen Schritt auf Hamid zu.

»Hey, du Arschloch, bist du lebensmüde?«

Hinter aufgetürmten Konserven aktivierte eine zierliche Mädchenhand in einem fingerfreien Netzhandschuh erneut ihre Telefonkamera und zoomte nun auf die baumelnden Genitalien der Möchtegern-Gangster.

Bratengabel atmete tief durch. Zeit, diesen Überfall auf Kurs zu bringen. Er ließ Hamid stehen, hob den Karton auf und drückte ihn SpongeBob vor die Brust.

»Geh nach hinten und hilf Schnaps einsammeln! Kriegst du das hin?«

»G-g-geht schon …«, ächzte SpongeBob und schlurfte schwankend nach hinten. Am Schnapsregal angekommen, musste er sich allerdings erst einmal festhalten, während der Mann mit dem Küchenmesser anfing, den Karton mit Alkoholika zu füllen.

Bratengabel sah zur Kasse hinüber.

»Wer irgendeinen Scheiß versucht, ist dran, klar? Du da …«

Gemeint war wieder Sylvia.

»… wenn du oder irgendjemand sonst den Alarmknopf drückt, bist du tot, verstanden?!«

Sylvia schüttelte den Kopf. Ob als Antwort auf die Unterstellung, sie könnte so etwas vorhaben, oder aus Verwunderung darüber, dass dieser Kerl sie mit einer Bratengabel abstechen wollte, war nicht auszumachen. Nach Scharnow war sie damals anlässlich ihrer Hochzeit mit dem Güllemillionär Felix Pathé gekommen. Doch der hatte in einer Nacht-und-Nebel-Aktion vor drei Jahren sämtliche Konten leergeräumt, das gemeinsame Haus beliehen und sich still und heimlich nach Kanada aufgemacht, um dort, wie er ihr auf einer Postkarte mitteilte, einen Zirkus zu kaufen. Sylvia hatte er mehr oder weniger mittellos in Scharnow zurückgelassen. Bei so viel Lebensdrama konnten vier nackte Supermarkträuber nur bedingt mithalten.

»Alarmknöpfe haben wir nicht«, sagte sie jetzt trocken. »Das hier ist ein Supermarkt, keine Bank.«

Währenddessen schlich sich Nami wieder näher. Sie hatte sich vorgenommen, alle vier Räuber aufs Bild zu bekommen. Zur Tarnung ihres Vorhabens hielt sie das Buch aus dem Mülleimer aufgeschlagen vor sich und tat, als würde sie darin lesen, filmte dabei aber heimlich.

Hamid, der sie beobachtete, runzelte die Stirn. Im Zeitschriftenregal raschelte ein Rätselheft.

Bratengabel hatte sich vor Sylvia aufgebaut, die vor ihm zurückwich. Weniger aus Angst, sondern weil sein Geschlecht bedrohlich nah an ihrem Kittel baumelte.

»Du hältst jetzt dein Maul und schmeißt sofort 'ne Stange Ernte 23 rüber, du Votze!«

Achselzuckend und froh, Abstand zwischen sich und diese unberechenbaren Kerle zu bringen, ging Sylvia zur Kasse. Dort hockte sie sich hin, schloss den Stauraum unter dem Zigarettenautomaten auf, schüttelte den Kopf, überprüfte das Sortiment im Automaten und drehte sich um.

»Die Normalen sind alle, da habt ihr vorhin die letzte Packung gekauft! Lights sind noch da, oder ihr steigt auf Menthol oder losen Tabak um.«

»Scheißegal, Mann. Schmeiß Menthol rüber, aber sch-sch-schön langsam!«, meldete sich der zurückgekehrte SpongeBob, der sich an einem Einkaufswagen festhielt.

»Langsam werfen, wie soll das denn gehen?«

»MACH EINFACH!«, schrie Bratengabel entnervt.

Er sah sich nach seinen Komplizen um. Höchste Zeit, die Biege zu machen, die Aktion dauerte schon deutlich zu lange. Messermann stellte noch einige Flaschen in den Einkaufswagen, an den sich weiterhin der betrunkene SpongeBob klammerte. Strumpfmaske war nicht zu sehen. Plötzlich erklang seine Stimme direkt hinter einem Konserventurm.

»Was wird 'n das hier? Bist du taub, Mädchen? KEIN HANDY!«

Nami wirbelte erschrocken herum. Mit einer Hand hielt sie das Buch wie einen Schutzschild vor sich und versuchte mit der anderen, das Smartphone hinter ihrem Rücken zu verstecken. Bratengabel eilte herbei, riss ihr das Buch aus der Hand und langte nach dem Mobiltelefon. Dann hielt er inne. Er trat zwei Schritte zurück, starrte auf das Buch und schnappte nach Luft.

»Das glaub ich jetzt nicht!«, sagte er.

In dem Moment trat Hamid zwischen ihn und Nami.

»Lass sie in Ruhe«, rief er, »ihr habt doch, was ihr wollt.«

Bratengabel hob kurz den Kopf und betrachtete irritiert den Praktikanten. Nami sah ihn ebenfalls an. Ihre Gefühle in diesem Moment waren weit intensiver.

Da stürmte Messermann auf die kleine Gruppe zu.

»Was willst du Eisvogel denn? Den Helden spielen?«

Strumpfmaske erschien. Er stellte sich neben Messermann und legte ihm eine Hand auf die nackte Schulter.

»Lass ihn! Wir sollten abhauen!«

Messermanns Augen funkelten böse durch die Löcher der Papiertüte. Er schüttelte die Hand von Strumpfmaske ab und hielt nun seinerseits seine freie Hand vor die Nase des Praktikanten.

»Wie viele Finger siehst du?«

»Warum packt ihr die Beute denn nicht in euren Rucksack?«

Namis Frage brachte Messermann aus dem Konzept.

»Du hältst den Rand, Kleine!«

Seine Hand schwebte immer noch vor Hamid in der Luft. Der Arm hatte aber schon etwas an Spannkraft verloren.

»Komm schon!«, sagte Messermann zum Praktikanten.

»Komm schon!«, sagte Strumpfmaske zu Messermann.

Sylvia warf eine Stange Menthol-Zigaretten in Richtung Bratengabel. Wie ein Curlingstein schlitterte sie zitternd auf ihn zu und blieb dicht vor seinen Füßen liegen.

»Langsamer geht nicht«, sagte sie zufrieden.

»Schon gut. Hände über den Kopf!«, stieß der Räuber hervor, bevor er sich nach den Zigaretten bückte. Strumpfmaske schob Messermann zum gefüllten Einkaufswagen, an dem SpongeBob wie ein nasser Waschlappen hing.

»Raus hier!«, rief Bratengabel.

Messermann zuckte zu einem »Ach Scheiße!« mit den Schultern und griff sich aus den Regalen unmittelbar vor der Kasse noch schnell ein paar Tüten Erdnussflips, diverse Schokoriegel und einige Packungen Kaugummi. Dann schaute er nachdenklich auf den leeren Platz der Kassiererin.

»Wartet mal!«, sagte Sieben.

14

Marlies Henkel starrte schon seit fünf Minuten durch die einseitig verspiegelte Scheibe und versuchte ihre Fassung zurückzugewinnen, während sie die Nummer der Polizei ins Telefon tippte.

Vier nackte Männer bedrohten Kunden und Angestellte in ihrem Supermarkt. Wie konnte das sein? Das hier war Scharnow, ein friedliches Kaff in der Provinz. Weit weg vom Moloch Berlin, wo solche Dinge zweifellos tagtäglich vorkamen.

Ein Freizeichen. Sie würde nicht laut sprechen können. Hoffentlich verstand man sie trotzdem.

Dann ein Klicken, das aber nur in die Warteschleife führte.

»Guten Tag, Sie sind mit der Polizeidienststelle Scharnow verbunden. Leider sind gerade alle Leitungen belegt. Der nächste freie Beamte wird sich Ihrer annehmen. Bitte nennen Sie zuerst Ihren Namen und dann Ihren Standort. Danke!«

Verdammt!

Nach der Ansage erklang Rex Gildos »Fiesta Mexicana« – ein Lied, das auch ständig im Supermarkt lief. Marlies biss sich auf die Lippen, versuchte ihren Atem zu beruhigen und beobachtete weiter das Geschehen. Es sah nicht so aus, als wüssten die Räuber von ihrem Büro, das am nördlichen Ende des Marktes lag.

»Hossa, Hossa.«

Was aber, wenn diese Wahnsinnigen nach einem Tresor oder den Tageseinnahmen suchten? Es gab zwar einen Safe, doch der war leer. Es war Mittwoch, und alle Einnahmen des Tages befanden sich in der Kasse. Das hier war nicht mehr als ein aufgeblasener Dorfladen, und hätte der Supermarkt nicht zu einer Kette gehört, hätte Marlies ihre Angestellten gar nicht bezahlen können.

Doch diese Männer würden ihr nicht glauben. Vielleicht würden sie sie foltern? Sich sexuell an ihr vergehen? Bevor sie, das kannte Marlies bereits von langwierigen Fernsehabenden, alle Zeugen beseitigten.

Denen blieb in ihrer Situation doch gar nichts anderes übrig.

Die Filialleiterin fischte eine Zigarette aus der Packung auf dem Schreibtisch und zündete sie an. Der Rauch schmeckte bitter. Ihr Mund war wie ausgetrocknet. Um ihn zu befeuchten, kippte sie den Rest Espresso hinunter, der vor ihr stand.

Marlies trank praktisch nichts anderes als Espresso. Dazu rauchte sie an die drei Schachteln Zigaretten pro Tag. Dass dies ihrer Lunge nicht guttat, hatte sie erst heute wieder zu spüren bekommen, als sie Luftballons für einen Käse-Sonderstand aufpusten wollte und gerade mal einen mit annehmbarer Größe hinbekam. Der Kaffee versetzte sie in ständige Unruhe und trug zweifellos eine Mitschuld an ihren Angstzuständen. Die Blausäure in den Zigaretten unterstützte einen chemischen Vorgang in ihrem Körper, der ihr einen durchdringenden, säuerlichen Mundgeruch bescherte. Der wiederum setzte nicht nur ihrer direkten Umgebung zu. Im Gespräch wandten sich die Angestellten oft von ihr ab. Weil aber niemand sie auf den Mundgeruch ansprach, ging Marlies davon aus, dass die Menschen sie einfach nicht mochten. Die depressiven Schübe, die das in ihr auslöste, bekämpfte sie wiederum mit Zigaretten und Espresso. In diesem Teufelskreis würde sie irgendwann auf der Strecke bleiben.

Ein Winseln schreckte sie auf.

Unter dem Tisch erwachte die Hündin ihrer Kassiererin aus ihrem Nachmittags-Nickerchen. Warum nur hatte sie Sylvia erlaubt, Cloudy mit zur Arbeit zu bringen? Die Hündin würde bellen oder sie auf andere Art und Weise verraten. Die Männer würden das Büro stürmen, Marlies vergewaltigen oder ihr noch Schlimmeres antun und ihr danach den Kopf abschneiden. Bei dieser Vorstellung zitterte die Filialleiterin am ganzen Körper. Sie warf die Zigarette auf den Boden und trat darauf.

»Pscht!«, machte Marlies. Die Hündin sah sie neugierig an, dann gähnte sie mit weit geöffneter Schnauze.

Marlies blieb das Herz stehen. In ihrer Vorstellung hörte sie Cloudy schon schreien: »Hier ist sie! Schnappt sie euch! Hier drin!«

Sie versuchte der Hündin das Maul zuzuhalten, doch Cloudy wand sich aus ihrem Griff und wich zweimal bellend vor ihr zurück.

In Todesangst schaute Marlies durch die Scheibe. Im Supermarkt schien niemand etwas gehört zu haben. Dann drehte sie sich zur Hündin und zwang sich zu einem Lächeln.

»Ganz ruhig. Sei ein liebes Mädchen, ja? Mami kommt gleich und gibt dir Leckerlis!«

Cloudy winselte verwundert. Laut Sylvias Aussage handelte es sich angeblich um eine Schwester des Hundes, den dieser schwarze US-Präsident hatte. Marlies hatte da ihre Zweifel. Sie wusste genau, was Sylvia verdiente – nämlich nicht ansatzweise genug, um sich einen Rassehund zu kaufen, wie ihn amerikanische Präsidenten sicher bevorzugten.

Cloudy winselte erneut.

Marlies winselte nun ebenfalls.

»Bitte, bitte, sei still!«

Rex Gildos Lied verschwand allmählich im Fade-out, dann erklang die Frauenstimme am Telefon erneut.

»Guten Tag, Sie sind mit der Polizeidienststelle Scharnow verbunden. Leider sind gerade alle Leitungen belegt …«

Der Filialleiterin schlug vor Angst und Verzweiflung das Herz bis zum Hals.

»Hossa, Hossa«, tönte es ein letztes Mal aus den Lautsprechern. »Hossa, Hossa«, schallte es wie ein Echo in Marlies' Kopf.

Da plötzlich hatte sie einen Einfall. Ihn in die Tat umzusetzen würde sie all ihren Mut kosten, das wusste sie, und es galt zu bedenken, ob es die Sache wert war. Aber grundsätzlich, dessen war sie sich sicher, war die Idee genial.

15

Dietmar Senger hatte gerade vier Stunden lang die Nachbarn des toten Literaturbloggers im Silo befragt und wollte jetzt nach all dem Klinkenputzen endlich Feierabend machen. Sein Plan stand fest. Er würde beim einzigen Döner-Laden im Städtchen, dem »Döner-Imperium«, eine Spezialplatte zum Mitnehmen bestellen und sich dann endlich wieder einmal *Anthropophagus* ansehen, einigen Ignoranten auch als *Man-Eater* bekannt.

Natürlich auf VHS. Dieser Streifen, wie eigentlich fast alle Italo-Gorefilme, war auf krisseligem Videoband deutlich genießbarer als auf DVD. Beim toten Wassmann hatte Senger einen Stapel VHS-Kassetten gefunden, leider ausschließlich Pornos. Zwei davon hatte er als Beweismaterial mitgenommen. Ebenso den VHS-Spieler, der seltsamerweise stundenlang gelaufen war und ohne den die Leiche vielleicht erst viel später gefunden worden wäre.

Mit dem Toten vom Silo, fand Senger, hatte er sich für heute genug beschäftigt. Über den konnte er morgen weiter nachdenken.

Ein perfekter Abend sollte es werden. Ein Abend, an dem er seine Freiheit und Ungebundenheit voll auszuleben gedachte. Er wollte heute seinen Vorzug gegenüber den Kollegen genießen, die allesamt verheiratet waren, Kinder hatten und sich nach der Arbeit höchstens mal ein Bier gönnten, bevor sie mit eingezogenem Schwanz nach Hause dackelten, um den Abwasch zu machen oder die Gören ins Bett zu bringen.

Doch aus seinem Vorhaben wurde nichts.

Senger hatte schon seine Zivilklamotten angezogen, die Uniform säuberlich in den Revierspind gehängt und war gerade dabei, seine Essensbestellung um ein paar Beilagen zu ergänzen, als der Anruf vom Hauptrevier in der Kreisstadt Sahsenheim kam.

»Kollege, was gibt's? Wie können wir Provinzbullen euch helfen?«

Der Beamte ging nicht auf Sengers Charmeoffensive ein.

»Hallo, Dietmar. Ihr müsst sofort alle verfügbaren Männer nach Sahsenheim schicken. Kannst du das organisieren? Ich muss noch ein paar Dienststellen anrufen. Bitte. Beeilt euch.«

Der Mann wirkte aufgelöst. Es war Udo Spalier. Senger kannte ihn noch vom letzten Polizeisportfest.

»Moment mal, Udo. Worum geht's denn? Was soll die Panik? Ein bisschen mehr musst du mir schon geben.«

»Ich darf dir nichts sagen. Aber hier fliegen die Fetzen. Ah, fliegen, der war gut. Bitte, Dietmar … es ist dringend.«

»Habt ihr 'ne Straßenschlacht, oder was? Naziaufmarsch? Sitzblockade?«

»Nichts dergleichen, Dietmar. Der haut hier alles kurz und klein. Wenn wir ihn nicht aufhalten, gibt's Tote.«

Senger verstand nur Bahnhof.

»Wer? Wer haut bei euch alles kurz und klein?«

Udos Stimme wurde leiser.

»Also gut, aber behalt's bitte für dich! Hier gibt's einen fliegenden Mann. Wie aus den Comics. Der fliegt bei uns im Industriehafen gegen Schornsteine und Häuserwände und demoliert alles. Wir sind dabei, die ganze Gegend zu räumen, aber wenn du mich fragst, ist es nur eine Frage der Zeit, bis es Tote und Verletzte gibt.«

»Ein fliegender Mann, Udo? Hast du getrunken? Wenn du glaubst, dass ich dir nach der Geschichte meine Männer sch…«

»Ich weiß!«, wurde Senger von Udo unterbrochen. »Ich kann's ja selbst kaum glauben. Aber ich hab ihn gesehen. Wirklich! Oh Shit, warte mal!«

Senger hörte ein unangenehmes Knirschen und dumpfe Stimmen. Sein Gesprächspartner versuchte offensichtlich, die Sprechmuschel zuzuhalten.

»Äh, Dietmar? Das war der Chef. Ich soll dir sagen, dass er dir deinen Provinzarsch aufreißt, wenn du jetzt nicht sofort deine Leute herschickst. Nicht persönlich nehmen! Ich verlass mich auf dich!«

Senger legte auf, schluckte den aufkeimenden Ärger hinunter und schaltete das Radio ein. Nach kurzer Suche fand er eine Sondermeldung auf einem regionalen Sender, die von Vandalismus in ungeheurem Ausmaß in der Kreisstadt berichtete. Dem Sprecher zufolge waren die Beamten vor Ort vollkommen überfordert. Von einem fliegenden Mann war nicht die Rede.

Was war bloß in Sahsenheim los? Hatte da jemand LSD ins Trinkwasser geschüttet?

Zumindest wusste Senger jetzt, dass es in der Kreisstadt Ärger gab. Welcher Art, das war nicht ausschlaggebend. Die Kollegen aus Sahsenheim hatten um Hilfe gebeten, die durfte er ihnen nicht verweigern. Für ihn war die Polizeibehörde eine Instanz, deren Erfolg von ihrer Geschlossenheit abhing, was im Klartext bedeutete, hinter den Entscheidungen der Verantwortlichen zu stehen, auch wenn man selbst daran zweifelte. Nach einer kurzen Lagebesprechung mit den diensthabenden Beamten machten sich seine beiden Kollegen auf den Weg. Die Kollegin Ivy Mittelberger, die heute eigentlich frei hatte, würden sie zu Hause abholen.

Senger übernahm den Notdienst. Da er der Dienststellenleiter war, war es ihm ein Leichtes, sich selbst dafür einzuteilen. Nach den ganzen Befragungen im Silo hatte er keine Lust auf weitere Ausflüge. Er nahm das Telefon zur Hand, um seine Selbstabholung in eine Lieferung abzuändern. Seine Videopläne waren zwar im Eimer, aber deswegen musste er ja nicht gleich verhungern. Das Döner-Imperium war zu seinem Glück auch ein Bringdienst. Einer der schnellen Sorte obendrein.

Er ließ es sich gerade schmecken, als das Telefon erneut klingelte. Eine Nummer aus dem Ort. Halb so wild, dachte Senger. Er würde erst einmal in aller Ruhe aufessen. Auf dem Land hatte alles Zeit. Sollte sich der Anrufer doch noch etwas an dem schönen Schlager erfreuen, mit welchem die Kollegin Mittelberger die Warteschleife des Reviers bestückt hatte. Das Wohl der Mitbürger lag der Scharnower Polizei am Herzen, selbst wenn »der nächste freie Beamte« vielleicht nicht ganz so eilig ranging. Senger warf noch einen Blick aufs Telefon. Der Anrufer hatte aufgelegt und keine Nachricht hinterlassen.

Na also, dachte Senger. War wohl doch nicht so wichtig. Dann widmete er sich der Extraportion Krautsalat, die er sich für den Schluss aufgespart hatte.

16

Sieben, alias Messermann, wusste, dass es gegen die Abmachung war. Aber da er nun mal neben der Kasse stand, sagte er es trotzdem.

»Sollen wir nicht doch noch 'n bisschen Geld mitnehmen? Überfall ist Überfall!«

»Halte an dich, mein Freund.«

Kalle, alias Bratengabel, sprach freundlich, mit gesenkter Stimme. Das Wort »Freund« benutzte er vollkommen unironisch.

»Denk an unser Manifest! Punkt 18: das Streben nach Anstand. Wenn wir gegen unsere eigenen Regeln verstoßen, Bruder, werden wir unweigerlich untergehen.«

Es war jetzt wichtig, der Anführer zu bleiben, den seine Männer verdienten. Das bedeutete, bestimmend und bestimmt zu sein, aber trotzdem ihre Bedürfnisse nicht außer Acht zu lassen. Soweit dies möglich war, natürlich.

»Und was ist mit Punkt 17? Das Streben nach Glück?«, murrte Sieben.

»Man sollte immer anständig spielen, wenn man die Trümpfe in der Hand hat«, mischte sich Pit unter seiner Strumpfmaske ein. Er wusste nicht recht, ob Oscar Wilde sich damit auf eine ähnliche Situation wie die ihre bezogen hatte, aber der Satz passte gut, fand er.

Sieben, dem darauf nichts einfallen wollte, zerstach wütend einen der Luftballons, die an einem Stehtisch mit Probierhäppchen – »Käse aus der Region« – festgemacht waren. Beim Platzen verbreitete sich mit der aus dem Ballon entweichenden Luft ein unangenehmer Geruch von Magensäften, gepaart mit kaltem Zigarettenrauch.

»Igitt, das ist ja widerlich!«, brüllte Sieben erschrocken und wich zurück.

Der Knall hatte einige der Geiseln vor Schreck aufstöhnen lassen. Die Käse-Fleisch-Frau Monika dagegen, die hinter einem Konservenstapel Deckung gesucht hatte, konnte sich ein Glucksen nicht verkneifen.

17

In Jan-Uwe wuchsen Zweifel. Erst war da dieses Mädchen gewesen, das ein Buch aus dem Mülleimer fischte, das eigentlich ihm gehörte. Immerhin hatte er auch dafür bezahlt. Gut, er hatte es auch weggeworfen. Jedenfalls war sie plötzlich davongeeilt, den Wiesenfreunden hinterher. Er hatte das Walkie-Talkie wieder auf laut gestellt und sich mit Zarmo verbunden.

»Hast du das gesehen? Eine Obdachlose? In diesem Kuhkaff? Hast du gesehen, wie jung die war? Verdammte Hacke. Es steht immer schlimmer um dieses Land.«

»Scheiße, lass mich mit deinen Opfern der unmenschlichen Selektion deines Sklavenstaates in Ruhe, ja?! Ich versuche schon die ganze Zeit mit dir zu sprechen, warum antwortest du nicht, du Nacho?«

»Selber Nacho. Die Kleine stand höchstens sieben Meter von mir entfernt!«

»Du sagst doch immer, wenn man in Deutschland verschwinden will, braucht man nur obdachlos zu werden. Für mich ist die nicht schnell genug verschwunden. Hast du die Typen gesehen?«

»Welche Typen, die vorne beim Supermarkt? Von hier aus waren die schwer auszumachen.«

»Aber du hast gesehen, dass die sich ausgezogen haben?«

»Die haben was?«

Jan-Uwe konnte nicht glauben, was Zarmo da gerade erzählte. Die Punkerin, dachte er mit einem Mal, hatte sich mit ihrem Wein Mut angetrunken, weil sie hierher bestellt worden war. Natürlich! Aber gleich von vier Männern? Und wurde bei einem solchen Deal nicht erst mal verhandelt, bevor sich alle auszogen?

»Was ist bloß in diesem Kuhkaff hier los?«, fuhr Zarmo fort. »Und es ist noch nicht mal Wochenende!«

»Hauptsache, sie sind weg«, entschied Jan-Uwe. »Wir bleiben bei unserem Plan. Copy that.«

Zwar dachte er weiterhin, dass einiges gegen ein Festhalten an ihrem Plan sprach. Doch die Tatsache, dass diese Provinzwiese ein Treffpunkt für den Babystrich war, zeigte ihm, wie verrottet die Zustände in diesem Land wirklich waren, gegen die er in den Kampf ziehen wollte. Außerdem brauchte der BsB dringend ein Erfolgserlebnis. Ihr anonymer Auftraggeber hatte sich im richtigen Moment gemeldet. Nun galt es, ihm zu beweisen, dass der BsB mit seinen Ansagen zu den Weltenlenkern auch umzugehen verstand.

»Roger«, kam aus seinem Funkgerät, dann war alles wieder still. Ganz still. Auch in ihm. Seitdem das Buch nicht mehr in dem Mülleimer lag, war ihm fast heiter zumute.

Er legte die Hand auf seine Waffe. Ein schönes Stück war das. Sein Lieblingsgewehr. Er schloss die Augen und genoss die Kühle des Metalls an seiner Handfläche. In beinahe meditativer Ruhe vergingen so vielleicht zehn Minuten, als plötzlich vom Supermarkt her der schrille Klang einer Sirene ertönte.

18

»Kein Supermarkt hat eine Alarmanlage?«, brüllte Kalle die Kassiererin an.

Sylvia schaute nach hinten zur Spiegelglasscheibe.

Kalle fing ihren Blick auf. »Und was ist das, bitte?« Seine Stimme überschlug sich. Durch die Schlitze in der Papiertüte funkelten seine Augen böse.

Sylvia verkniff es sich, ihn darüber aufzuklären, dass das, was er hörte, der Feueralarm war. Ihre Chefin hatte ihn im Büro ausgelöst. Diese Idiotin. Wo die Männer doch gerade dabei gewesen waren, sich zu verziehen. Zur Sirene mischte sich jetzt auch noch Hundegebell. Cloudy! Das arme Tier war bestimmt verrückt vor Angst.

»WUUUUUÄÄÄRKS!« Niels, alias SpongeBob, der sich noch immer am Einkaufswagen festhielt, erbrach sich anssatzlos in seine Papiermaske.

Das wiederum brachte Kalle zur Besinnung, der kurz davor war, die Kassiererin – diese Votze! – zu erwürgen. Er warf einen Blick auf die Geiseln. Die Rentnerin war in Ohnmacht gefallen, ihr Mann kniete neben ihr und hielt ihren Kopf. Eine weitere Geisel hatte sich schützend auf die Frau mit dem Baby geworfen, das nun nicht mehr schlief, sondern zu allem Überfluss lauthals plärrte. Chaos! Gleich würde der Laden von Bullen nur so wimmeln. Sieben würde eine Panikattacke kriegen und ein Blutbad anrichten. Da war er sich sicher.

»Raus hier!«, rief er, jetzt wieder ganz Herr der Lage. Er warf das Buch in den Einkaufswagen und bedeutete Pit, diesen zusammen mit Niels Richtung Ausgang zu schieben. Pit, insgeheim hochbeglückt von der Entschlusskraft, die sein Freund an den Tag legte – Ehre, Mut und Männlichkeit! –, kam der Aufforderung sofort nach.

Währenddessen hatte Nami jede Vorsicht aufgegeben und filmte ganz offen drauflos. Die Bilder waren einfach zu gut. Vor allem der nackte Betrunkene mit der SpongeBob-Papiertüte, dem das Erbrochene den Hals hinunter bis über die Genitalien lief. Phänomenal. Das würde ihr den YouTube-Oscar sichern, falls es so etwas gab. Neben sich spürte sie den schönen Jungen, der sich wie ein kampfbereiter Wächter an ihrer Seite hielt. Ihr wurde warm und weich ums Herz.

»Vorwärts!«, brüllte Kalle, dem nicht entgangen war, dass die Punker-Göre wieder mit ihrem Mobiltelefon rumhantierte. Doch dafür blieb nun keine Zeit mehr. Pit und Niels samt Einkaufswagen waren bereits an der Tür angelangt, ihr Weg gekennzeichnet von einer ansehnlichen Schleimspur aus Kotze. Sieben, der ihnen folgte, wäre beinahe darauf ausgerutscht.

»O Gott. Ist das ekelhaft!«, rief er. Dann verschluckte die inzwischen hereingebrochene Dunkelheit die drei Männer, hinter denen sich mit einem leisen »Wwwuuusch« die elektronische Glastür schloss. Kalle, der letzte verbliebene Räuber, drehte sich noch einmal zu den Geiseln um.

»Verhaltet euch schön ruhig, dann passiert euch nichts!«, rief er ihnen zu und fuchtelte mit seiner Bratengabel.

»Das sagten Sie schon. Wir haben kapiert, glaube ich«, kam von Hamid, dem die Situation zunehmend absurd erschien. Wie lange war es her, seit er die Heimat hinter sich gelassen hatte? In den umkämpfteren Teilen Syriens hätten diese Clowns mit ihren Haushaltsgeräten doch keine zwei Sekunden überlebt. Das also war sein neues Zuhause. Irgendwie niedlich, genauso wie das Mädchen an seiner Seite.

Nami hatte das Smartphone kurz auf Hamid gerichtet, dessen Sarkasmus sie als Heldentat wertete. Spätestens seitdem er sich zwischen sie und den Mann mit der Strumpfmaske gestellt hatte, war er für Nami mehr als nur megasüß. Hamid war ein Held. Gerade rechtzeitig, um Bratengabels letzten Satz einzufangen, schwenkte sie zu dem Nackten an der Supermarkttür zurück.

Kalle hatte beschlossen, einen Schlusspunkt zu setzen, der es in sich hatte. So wie in den unzähligen Actionfilmen, die er in- und auswendig kannte. Einfach so die Flucht anzutreten, kam für ihn nicht in Frage. Er hob den Kopf, wartete kurz, bis er sich sicher war, dass er die Aufmerksamkeit sämtlicher Anwesenden hatte, und sagte dann: »Es war uns eine Freude, mit Ihnen Geschäfte zu machen!«

Dem Satz ließ er ein »HAAAAHAAARRR!« folgen, ein Piratenlachen, das zweifellos sämtlichen Personen im Supermarkt das Blut in den Adern gefrieren lassen würde.

Dann verließ auch er den Laden.

Ein schöner Schluss, entschied Nami, stoppte ihre Filmaufnahmen und lud den Clip auf ihrem YouTube-Channel hoch.

Alle anderen atmeten währenddessen erleichtert auf.

»Mach doch mal einer die Scheißsirene aus«, rief Heiko Sämtlich, der Klempner, während er Sonja Päffken, der Yogalehrerin, aufhalf. Schon länger hatte er die Frau aus der Ferne bewundert. Und nun hatte er sie gerettet! Gewissermaßen. Zu schade, dass ihr Baby weiter wie am Spieß schrie.

Sylvia betrachtete die Spur von Erbrochenem, die sich von der Kasse bis vor den Laden zog, und runzelte die Stirn. Ihr dämmerte, dass der verteilte Mageninhalt des Räubers sich aus Dingen zusammensetzte, die sie selbst diesen Männern ein paar Stunden zuvor noch verkauft hatte. Sie warf Hamid einen Blick zu, der ihm bedeuten sollte, die Sauerei aufzuwischen. Der hätte jetzt zwar lieber Telefonnummern mit dem schönen Mädchen an seiner Seite ausgetauscht, fügte sich aber mit einem Seufzer.

Nami wiederum starrte auf ihr Mobiltelefon. Ausgerechnet in dem Moment, in dem sie ihren letzten und besten Clip hochgeladen hatte, war das Display schwarz geworden. Der verdammte Akku war schon wieder leer. Sie würde sich von jemandem ein Smartphone ausleihen müssen, um herauszufinden, ob der Film vollständig zu sehen war.

Ihr kam eine Idee. Warum nicht zwei Fliegen mit einer Klappe schlagen? Das hier war doch der perfekte Vorwand, um diesen Jungen anzusprechen. Sie hob den Kopf und sah gerade noch, wie Hamid hinter einer schmalen Tür verschwand.

Kurz entschlossen lief sie ihm nach.

Sylvia wiederum eilte zu den Büroräumen hinter der Spiegelglasscheibe. Cloudy war bestimmt schon halb wahnsinnig vor Angst. Im Büro traf sie auf eine völlig aufgelöste Marlies Henkel, die sich schwer atmend auf den Schreibtisch stützte. Keine Zeit, sich darum zu kümmern, dachte Sylvia und spähte nach Cloudy. Da war sie! Unter dem Tisch! Mit einem freudigen Winseln begrüßte sie ihr Frauchen. Sylvia kniete sich neben die Hündin und ließ sich das Gesicht abschlecken. Dann blickte sie zu ihrer Chefin, die sich inzwischen in einen Sessel hatte fallen lassen.

»Haben Sie die Polizei gerufen?«

»Ja! Ich meine, nein. Ich weiß nicht, da ging keiner ran.«

»Wie? Dann rufen Sie gleich noch mal an! Die Typen können noch nicht weit sein.«

Marlies betrachtete die Hündin und ihre Kassiererin, die zusammen ein idyllisches Bild abgaben. Kurz dachte sie darüber nach, der Frau Vorwürfe zu machen, weil ihre Hündin mit unbedachtem Gebell beinahe ein Blutbad ausgelöst hätte. Beinahe! Verhindert hatte das sie allein, Marlies Maria Henkel, Filialleiterin des Billkauf in Scharnow. Sie hatte eine Geiselnahme und Schlimmeres durch ihr beherztes Eingreifen vereitelt. Sie konnte stolz auf sich sein. Mit neuem Selbstbewusstsein nahm sie den Telefonhörer in die Hand, da meldete sich Sylvia noch einmal.

»Und würden Sie zuerst noch den Alarm ausmachen?«

19

Das war Jan-Uwe jetzt eindeutig zu viel.

»Das reicht, Zarmo, wir müssen abbrechen! Das ist doch Wahnsinn!«

Zarmo schien das anders zu sehen.

»Quatsch, das ist ein Feueralarm, du Nacho. Na und? Wir warten. Falls … ich sage, *falls* die Feuerwehr kommen sollte, was wir noch nicht wissen, können wir immer noch abbrechen. Aber so was dauert hier auf dem Land. Bis dahin bleiben wir Alert. Und benutz verdammt nochmal wieder unsere Codenamen, Renegade, roger!«

Alert? Wo hatte der das schon wieder her? Jan-Uwe krochen leichte Kopfschmerzen den Nacken hinauf. Seine Zähne mahlten aneinander. Wahrscheinlich schon länger. Er bemerkte es erst jetzt.

»Renegade an Eagle 1, alles roger!«

Er zögerte. Abbrechen? Vielleicht hatte Zarmo recht. Natürlich dauerte es ewig, bis in diesen Breiten die Feuerwehr vor Ort war. Da war schon manche Scheune abgebrannt, bis die Männer endlich anrückten. Er merkte, wie die Codenamen ihm Sicherheit gaben. Renegade an Eagle 1. Eagle 1 an Renegade. Seine Panik flatterte wie eine Girlande davon und verflüchtigte sich.

Er wusste wieder, warum er hier war, und dass das, was sie vorhatten, wichtig war.

»Copy that, Eagle 1. Over and out.«

Unvermittelt verstummte der Alarm. Fast gleichzeitig wurde auf dem Parkplatz vor dem Supermarkt ein Auto gestartet. Der Lautstärke des ächzenden Motors nach zu urteilen, war es kein besonders neues Fahrzeug.

»Renegade an Eagle 1, der Alarm hat aufgehört.«

»Jau, Renegade, hörst du das? Das is 'n Scirocco. Mein Vater hatte zwei davon. Den einen hab ich noch mal drei Jahre gefahren. Den Motor erkenn ich unter Tausenden. Das war noch deutsche Wertarbeit. So was wird heute nicht mehr gebaut.«

Jan-Uwe interessierte sich nicht besonders für Autos, und erst recht nicht, wenn Zarmo über sie sprach. Aber das Fachsimpeln seines Mitverschwörers beruhigte ihn weiter. Er konzentrierte sich auf das leiser werdende Knattern des Wagens, das in unregelmäßigen Abständen von Fehlzündungen unterbrochen wurde.

Wie ging noch mal der Satz aus diesem einen Film?

Sie waren wieder im Spiel.

Und zwar so was von!

20

Nachdem Senger den letzten Bissen mit alkoholfreiem, zu seinem Leidwesen auch warmem Bier hinuntergespült und seine handschriftlichen Zeugenaussagen zum mutmaßlichen Freitod des Literaturbloggers überflogen hatte, ging er nun doch ans Telefon.

»Polizei Scharnow, was kann ich für Sie tun?«

»Na endlich!«, plärrte es aus der Muschel. »Beim nächsten Hossa hätte ich aufgelegt und die Kollegen in Kreisau angerufen.«

»Da ist auch niemand!«, entgegnete Senger kühl. Am Telefon war Marlies Henkel, die Filialleiterin des Billkauf-Supermarkts. Er hatte sie sofort erkannt.

»Und warum nicht?«

»Alle Kollegen im Umkreis von hundertfünfzig Kilometern sind in die Kreisstadt abberufen worden.«

»Tatsächlich? Warum denn?«

»Darf ich Ihnen nicht sagen! Und deswegen rufen Sie ja auch nicht an. Oder doch? Falls ja, ich darf es Ihnen nicht sagen.«

»Das sagten Sie bereits!«

»Höchste Sicherheitsstufe! Also, was wollen Sie?«

»Ich habe bestimmt schon zehnmal angerufen!«

»Unmöglich«, sagte Senger, der das sehr genau wusste. »Wenn Sie etwas melden wollen, dann machen Sie bitte schnell. Ich bin alleine hier und muss die Leitung auch für andere Notfälle freihalten. Rufen Sie wegen eines Notfalls an, Frau Henkel?«

»Ja«, seufzte die Filialleiterin, sprach jedoch nicht weiter.

Senger starrte auf die Unterlagen zu dem toten Blogger. Diese Susanne Scharster, mit der er zuletzt gesprochen hatte, war ihm einigermaßen verdächtig vorgekommen. Nicht nur, dass sie ausgesprochen attraktiv war, sie behauptete zudem, sie wäre seit Tagen nicht zu Hause gewesen. Gründe dafür hatte sie nicht angegeben. Das galt es im Auge zu behalten. Frauen mordeten zwar seltener, aber wenn, dann entschlossen. Und obwohl alle Indizien für einen Selbstmord sprachen, so war doch unübersehbar, dass hinter diesem Todesfall jede Menge Entschlossenheit steckte. Er lächelte bei der Vorstellung, sie wiederzusehen, als ihm sein Telefongespräch wieder einfiel.

»Frau Henkel, sind Sie noch dran? Was ist denn Ihr Problem?«

Er schlug einen verständnisvollen Ton an, während er an die Kurven von Susanne Scharster dachte.

»Hören Sie, Frau Henkel, Sie müssen reden oder die Leitung freimachen. Das ungebührliche Verhalten gegenüber einem Polizeibeamten ist eine Ordnungswidrigkeit, die …«

»Ja doch, ich habe ein Problem, das heißt, einen Notfall, das heißt, einen Überfall, das heißt …« Marlies Henkel klang nun leicht hysterisch. Wieder verstummte sie.

»… bis zu eintausend Euro kosten kann«, sprach Senger ungerührt weiter, »oder in besonders schweren Fällen mit einem Monat Gefängnis geahndet wird. Sie sind auf dem Weg, ein besonders schwerer Fall zu werden.«

Senger war jetzt in seinem Element. Er hatte einmal sechs Wochen lang ausschließlich Polizei-Actionfilme geschaut. Alle aus den Achtzigern, alle auf VHS. Da hatte er ausführlich die

Kunst der Oneliner von »Dirty Harry« Callahan, Paul Kersey, Maria Cobretti oder John McClane studieren können. Den Film *Die City-Cobra* mit Sylvester Stallone hatte er gleich dreimal hintereinander angesehen und für sich so einige Erkenntnisse gewonnen. Es war wichtig, immer überlegen zu bleiben und zur rechten Zeit mit einem flotten Spruch sein Gegenüber aus der Fassung zu bringen. Als Polizist sitzt du immer am längeren Hebel, das hatten ihm Eastwood, Schwarzenegger, Willis, Bronson und Stallone beigebracht. Doch dann hielt er plötzlich inne. Was hatte die Frau da eben gesagt?

»Sagten Sie Überfall?«

»Ja-haaa. Ich will einen Überfall melden!«

Die Stimme der Anruferin überschlug sich jetzt beinahe.

»Ganz ruhig jetzt, Frau Henkel, sonst muss ich gleich zwei Anzeigen aufnehmen, capiche?«

Capiche. Haha, der war gut.

Senger vernahm das hohe Klicken eines massiven Feuerzeugs. Seine Gesprächspartnerin atmete tief ein, stieß hörbar Luft aus und fuhr dann deutlich ruhiger fort.

»Der Billkauf ist vor circa fünfzehn Minuten überfallen worden!«

»Und der Überfall ist vorbei?«

»Was? Ja, natürlich. Inzwischen schon. Ich versuche Sie seit mehr als zehn Minuten zu erreichen.«

»Geben Sie mir bitte Ihren vollen Namen!«

»Meinen Namen? Den kennen Sie doch. Müssten Sie mich nicht erst mal zum Beispiel nach Verletzten fragen? Es gab keine, danke.«

Da war was dran. Das gab ihr aber nicht das Recht, so mit einem Staatsbeamten zu reden.

»Ich muss Sie bitten, sich zu mäßigen. Ich brauche Ihren vollen Namen, außerdem den Ort, von dem Sie anrufen.«

»Was? Den Ort? Aus dem Supermarkt natürlich.«

Marlies Henkel klang erneut so, als würde sie gleich in Hysterie ausbrechen.

»Können Sie nicht einfach herkommen?«

»Das werde ich, aber wir haben unsere Vorschriften. Kommen wir unvorbereitet an den Tatort, kann das zu Komplikationen führen. Lassen Sie mich also einfach meine Arbeit machen, bevor Schlimmeres passiert. Ihren Namen, bitte.«

»Schlimmeres? Aber wir sind doch schon überfallen worden.«

Da hatte sie schon wieder recht. Doch den Triumph würde er ihr nicht gönnen.

»Nur wenn wir uns an das erprobte Prozedere halten, können wir Schaden an Leib und Leben unserer Bürger verhindern!«

Hatte er das gerade wirklich gesagt? Ja, das hatte er. Und es hatte großartig geklungen.

»Welchen Schaden meinen Sie denn? Die Täter sind weg. Sie waren fast nicht bewaffnet und ... ach ja ... splitternackt. Ich habe einen Feueralarm ausgelöst, dann sind sie verschwunden.«

»Gebrannt hat es also auch?«

»NEEEIN!«

Die Filialleiterin war dabei, endgültig die Nerven zu verlieren.

Gut, dachte Senger.

»Aha, und was heißt ›fast nicht bewaffnet‹? Also irgendwie schon, oder irgendwie nicht? Fühlten Sie sich an Leib und Leben bedroht? Von was für ›Fast-Waffen‹ sprechen wir denn?«

Marlies Henkel hatte es die Sprache verschlagen, was Senger mit Genugtuung zur Kenntnis nahm. Dann stutzte er wieder.

»Moment, sagten Sie eben *nackt*?«

In seinem Unterbewusstsein klingelte etwas. Auch der Tote im Silo war fast nackt gewesen. Als Täter kam der allerdings nicht in Betracht. Er war ja tot. Die Telefonanlage blinkte. Auf Leitung zwei kam jemand gerade in den Genuss von Rex Gildos vielleicht größtem Hit.

»Ein paar von ihnen hatten Messer, einer einen Hammer.«

Marlies Henkel verschwieg die Bratengabel. Irgendwie hatte sie das Gefühl, die Erwähnung des Grillinstruments wäre der Dramatik ihres Anrufes nicht angemessen.

»Und wie viele Räuber waren es noch mal, sagten Sie?«

»Das habe ich noch gar nicht gesagt. Es waren vier, eventuell mehr, falls einer draußen im Fluchtwagen gewartet hat. Dazu weiß ich nichts. Wir haben lediglich ein Motorengeräusch gehört.«

»Vier, vielleicht mehr? Das kann ich nicht alleine machen.«

Senger zögerte, gewann aber schnell seine Souveränität zurück.

»Hören Sie. Fassen Sie nichts an, verstecken Sie sich im Büro oder wo immer Sie sich sicher fühlen. Bisweilen kommen Verbrecher an den Ort ihrer Taten zurück. Die Feuerwehr bestelle ich ab. Ich … ich meine, *wir* machen uns gleich auf den Weg.«

Senger überschlug seine Optionen. Er wusste, dass er im Moment keine polizeiliche Verstärkung bekommen würde. Inoffizielle Hilfe gab es dagegen durchaus – eine Möglichkeit, die er schnellstmöglich überprüfen musste.

»Da ist noch was«, sagte die Filialleiterin fast tonlos.

»Was denn?«

Die vielen Wendungen überforderten ihn langsam. Er war immerhin schon weit über zehn Stunden im Dienst.

»Die Kassiererin behauptet, die Räuber erkannt zu haben!«

»Sie soll im Supermarkt bleiben. Alle Zeugen sollen im Supermarkt bleiben. Ich bin gleich da.«

Senger legte auf. Wahnsinn! Er hatte einen Fall. Schon den zweiten innerhalb von drei Tagen. Wer sagt denn, dass auf dem Land nie etwas passiert? Er legte die Unterlagen zum toten

Blogger auf den Tisch der Kollegin, die sie morgen in den Computer eingeben würde, und puhlte sich nachdenklich ein Stück Hammelfleisch aus den Vorderzähnen.

Leitung zwei war immer noch besetzt. Senger beobachtete interessiert die Telefonanlage. Das Blinken war hypnotisch und wirkte beruhigend auf ihn. Er fing an, die Ausdauer des Anrufers zu bewundern, während er dasaß und nichts weiter tat, als die Intervalle des LED-Lichts anzustarren.

21

Im Büro des Supermarktes hatten sich inzwischen alle Kunden und Angestellten versammelt und warteten auf das Eintreffen der Polizei. Polizeihauptmeister Senger hatte Marlies Henkel versprochen, die Feuerwehr wieder abzubestellen.

»Frau Henkel, Cloudy müsste dringend mal Gassi«, sagte Sylvia. »Ich glaube, die Räuber kommen auch nicht mehr zurück.«

»Aber die Polizei braucht Ihre Aussage!«, antwortete die Filialleiterin.

»Wollen Sie mit ihr rausgehen? Ich warte hier gerne so lange. Cloudy pischert gleich in den Gang, vielleicht Schlimmeres, wenn sie nicht sofort auf ein Stück Wiese kommt.«

Sylvia war klar, dass ihre Chefin absolut keine Lust hatte, sich in eine Welt hinauszuwagen, in der möglicherweise weitere nackte Wahnsinnige mit Küchenmessern auf ihre Opfer lauerten.

»Also gut, dann gehen Sie! Aber bleiben Sie in der Nähe, und achten Sie auf Verdächtige!«

Was die Geschäftsführerin damit meinte, verstand Sylvia nicht ganz. Als direkte Beteiligte an dem Überfall wusste sie, dass sie nichts zu befürchten hatte. Zumindest nicht von den traurigen Gestalten, deren Aktion sie eher als verzweifelten Mundraub einstufte.

Drei der Angreifer konnte sie zweifelsfrei identifizieren, da war sie sich sicher. Und garantiert waren die demnächst viel zu besoffen, um weitere Scherereien zu machen.

»Komm, Cloudy!«

Sylvia verließ den Supermarkt und bog schräg dahinter sofort ab. Das Tier zerrte an der Leine. Sylvia machte die Hündin los und ließ sie auf die Wiese laufen.

Cloudy winselte ein bisschen, als sie ihr Geschäft verrichtete, und Sylvia sah sich nach herumliegenden Plastiktüten um. Ihre Hundekotbeutel hatte sie in der Handtasche im Supermarkt vergessen. Was soll's, dachte sie. Sie war heute von einem Nackten mit einer Bratengabel bedroht worden. Da konnte ihre Hündin ruhig etwas Bleibendes auf dieser Wiese hinterlassen, ohne dass sie Gefahr lief, gleich angezeigt zu werden.

Plötzlich hielt sie inne. Was war dieses kleine Licht? Ganz deutlich sah Sylvia den zuckenden roten Punkt auf Cloudys Fell. Sie verfolgte sein Tanzen, als sich ein weiterer Punkt dazugesellte. Laserpointer. Vermutlich irgendwelche gelangweilten Jugendlichen aus der Plattenbausiedlung.

Merkwürdig war nur, dass die Lichter aus zwei verschiedenen Richtungen kamen.

22

Die Warteschleife des örtlichen Polizeireviers war eine Frechheit.

»Guten Tag, Sie sind mit der Polizeidienststelle Scharnow verbunden. Leider sind gerade alle Leitungen belegt. Der nächste freie Beamte wird sich Ihrer annehmen. Bitte nennen Sie zuerst Ihren Namen und dann Ihren Standort. Danke!«

Es folgte – immerhin hatten die Beamten einen guten Musikgeschmack – Rex Gildos »Fiesta Mexicana«.

Alle Leitungen?, dachte Elsa Karpski. Die haben doch nur zwei! Nach dem ersten Refrain legte sie auf und drückte auf Wahlwiederholung.

»Guten Tag, Sie sind mit der Polizeidienststelle Scharnow verbunden. Leider sind gerade alle Leitungen belegt …«

Elsa hatte Ausdauer.

Diesmal hielt sie bis zum Ende durch, was ihr nicht schwerfiel – es war eins ihrer Lieblingslieder. Erst danach legte sie auf und drückte noch einmal die Wahlwiederholungstaste. Wieder kam die Ansage.

»Hossa, Hossa.«

Dann endlich wurde ihr Gespräch angenommen.

»Polizei Scharnow, hallo?«

O nein, dieser Senger schon wieder! Polizeihauptmeister Dietmar Senger war Elsa gegenüber noch nie besonders wohlgesinnt gewesen.

»Hallo, hier spricht Elsa Karpski.«

»Elsa, ich hoffe, es ist wichtig.«

»Ich bin eine Bürgerin und möchte mit der Polizei sprechen. Was kann denn bitte wichtiger sein?«

»Elsa, jetzt ist es gerade ganz schlecht. Ich bin alleine hier und muss einem Supermarktüberfall nachgehen.«

Er will mich abwimmeln, dachte die Rentnerin. Wie immer. Aber diesmal nicht, nicht mit mir.

»Ein Überfall im Supermarkt. Grundgütiger! Der Billkauf, nicht wahr? Weiß man schon, wer es war?«

Senger versuchte höflich zu bleiben, was ihm zu seiner Überraschung auch gelang. Er war ohnehin nicht besonders scharf darauf, sich im Billkauf mit der hysterischen Filialleiterin abzugeben. Warum nicht die abstruse Situation kurz einmal laut zusammenzufassen, um seine Gedanken zu ordnen?

»Die Täter sind möglicherweise identifiziert. Sie waren nackt, aber maskiert. Eine Zeugin soll sie trotzdem erkannt haben. Wir suchen jetzt ihren Aufenthaltsort, also rufen Sie bitte später …«

»Na gut«, gab sich Elsa einsichtig, »dann sprechen wir ein andermal über meine Nachbarn. Ich halte das bald nicht mehr aus. Jeden Tag dieser Lärm und das Gegröle. Und die werfen Weißglas ins Braunglas …«

»Darüber reden wir, wenn weniger los ist«, unterbrach sie der Polizist. »Bis dahin bewahren Sie bitte Ruhe, okay?«

»Jaja, mit einer alten Frau kann man's ja machen. Ich werde mich …«

Klick-Tuuuuuuuuuut …

Einfach aufgelegt. Dieses verdammte Arschloch.

Elsa musste grinsen, als sie das schlimme Wort dachte.

Es hatte etwas Befreiendes, schmutzige Worte zu denken. Wie viel schöner musste es sein, sie auszusprechen? Sie versuchte es.

»Arschloch!«

Das tat gut. Gleich noch mal: »Du Arschloch!« Und dann ins tote Telefon: »Du Bullenarsch!«

Für einen kurzen Moment erschrak sie ob der Lautstärke ihrer eigenen Stimme. Konnte sie jemand hören? Die Wände waren dünn. Aber ihre Nachbarn waren ausgeflogen, und der alte Pfannschmidt, die Mumie aus dem dritten Stock, war so gut wie taub und saß den ganzen Tag mit Kopfhörern vor der Glotze.

Sie konnte also ruhig noch ein bisschen weitermachen.

»Verfickte Bullensau!«, sagte sie, und noch einmal lauter: »VERFICKTE BULLENSAU!«

Elsa musste so laut lachen, wie sie schon lange nicht mehr gelacht hatte. Sie bekam sogar einen Schluckauf davon.

»Arschgeige! … hicks … Kackhaufen! Eselsficker! … hicks …«

Wo kam das alles bloß her?

Die alte Frau ging in die Küche, um sich ein Glas Wasser zu holen und den Schluckauf zu bekämpfen. Gierig trank sie und hielt dann die Luft an, bis sie rot anlief. Als sie nicht mehr konnte, atmete sie tief ein und … hicks! … »Verdammt!«

Doch selbst der Schluckauf steigerte ihre gute Laune. Der Abend war angebrochen, und bald schon war es Zeit, den Fernseher einzuschalten. Ihre Enkelin hatte sich für heute angemeldet, gekommen war sie bisher nicht. Das Kind wurde unzuverlässig. Nun ja. Bei der Mutter.

Elsa seufzte resigniert und beschloss, noch eine Weile in der Küche zu stehen, das Ende ihres Schluckaufs abzuwarten und zu beobachten, wie die Straßenlaternen angingen. Die Küche war der einzige Ort in der Wohnung, von dem aus man den Parkplatz überblickte, vom Bad einmal abgesehen, in dem sich ein winziges

Milchglasfenster in zwei Metern Höhe befand, das man nur über einen Stuhl erreichen konnte.

Der Parkplatz war so gut wie leer. Ein gewisser alter Scirocco war auch nicht da, was ihrer guten Laune noch einen kleinen Extraschub versetzte. Sie beschloss, einen Kaffee aufzusetzen, und genoss die ungewohnte Ruhe.

Da hörte sie ein Knattern, das näher kam. Diesen Motor, seinen Klang, den sie so sehr hasste, hätte sie unter Tausenden wiedererkannt.

23

»Target is moving in ... I repeat ... target is moving in!«

Jan-Uwe war schwindlig von dem Chaos, das in seinem Kopf herrschte. Ein Teil seiner Gedanken war noch immer bei dem Buch, das die junge Punkerin, womöglich eine Prostituierte, mitgenommen hatte. Das Mädchen wiederum, das offensichtlich vorhatte, es mit vier Männern gleichzeitig zu treiben, beschäftigte ihn als politisches Phänomen – als Opfer eines Systems, das zu bekämpfen er entschlossen war. Und was war mit der fliegenden Gestalt, die er vorhin gesehen hatte? Eine Halluzination, zweifellos. Dahinter steckten natürlich auch die Weltenlenker. Oder auch nicht. Oder doch? Er musste unbedingt einmal ausspannen. Sein Leben in den Griff bekommen. Demnächst. Zuerst galt es seine Aufgabe zu erfüllen. Ein Angriff auf die Struktur der Weltenlenker. Diese Ungeheuer, dachte er. Das half. Er war wieder bei seiner Mission.

»Renegade, do you copy?«

Jan-Uwe richtete das Zielfernrohr des Gewehrs auf die Wiese. Sofort registrierte er eine Bewegung. Inzwischen war es dunkel, und natürlich gab es an dieser Wiese, die weiter hinten an eine Autobahnzufahrt grenzte, keine Beleuchtung. Der Umstand sollte ihr Vorhaben eigentlich begünstigen. Wer hätte ahnen können, dass auf dieser Wiese an einem ganz gewöhnlichen Mittwoch ein Volksfest für Freaks stattfand?

Er befestigte den Nachtsichtvorsatz auf dem Fernrohr und brauchte einen Moment, um sich an die verdrehte Wahrnehmung zu gewöhnen. Dann entdeckte er das Ziel ihres Anschlags.

Weder hatten sie das Zielobjekt ein paar Tage lang beobachten noch den Ort auskundschaften können. Ihr ganzer Plan basierte ausschließlich auf den Angaben dieses seltsamen HeidEgg, der darauf bestanden hatte, dass das Attentat schnellstmöglich stattfand. Eigentlich ein Wahnsinn.

»Copy that, Eagle 1!«

Die Hündin lief entschlossen über den Rasen und steuerte auf einen ausgewählten Punkt zu. Dort ging sie in die Hocke und versprühte einen Strahl Urin auf das wild wuchernde Gras. Dabei bellte sie zweimal in den Abendhimmel. Ihre Augen leuchteten im Nachtsichtgerät weiß, was Jan-Uwe an Außerirdische in alten Science-Fiction-Filmen denken ließ. Nicht selten leuchteten Alienaugen genauso – kurz bevor sie tödliche Strahlen auf Menschen richteten oder wahlweise deren Gedanken manipulierten.

Gedankenmanipulation! Das war die widerwärtigste Waffe des Gegners. Jan-Uwe ermahnte sich, auf der Hut zu bleiben. Der Gegenseite war alles zuzutrauen. Genau deshalb waren sie schließlich hier: um dem Feind einen empfindlichen Schlag zu versetzen.

Ein Schlag direkt ins Zentrum der Macht.

Das Fell der Hündin glänzte. Gerade hatte ein leichter Nieselregen eingesetzt. In seinem Okular glich das Funkeln der Tropfen auf ihrem Fell winzigen Diamanten. Die Hündin war nicht geschoren und wirkte doch sehr gepflegt, genau wie ihr berühmter Bruder, der ein paar Tausend Meilen entfernt lebte. Ihr Name war Cloudy. Das wussten sie von HeidEgg.

Eine Bewegung am Rande seines Blickfelds lenkte ihn ab.

In geringer Entfernung löste sich eine menschliche Gestalt aus dem Schatten des Supermarktgebäudes. Ein helles Glühen erschien an der Stelle, wo das Gesicht sein sollte. Die Gestalt rauchte. Es war eine Frau. Die Hundehalterin, natürlich. Ihr Aussehen passte zur Beschreibung, die sie auf der russischen Website gefunden hatten. Sie zog erneut an ihrer Zigarette.

Warum macht sie das?, dachte er. Die Gefahren des Rauchens sind doch nun wirklich kein Geheimnis mehr.

Kurzzeitig empfand er eine Mischung aus Mitleid und Verachtung für sie. Ihre Anwesenheit war einkalkuliert und spielte für den Plan letztlich keine Rolle. Und trotzdem – wenn Cloudy seine Hündin wäre, er wollte sie nicht verlieren. Was für ein Tier, was für ein wunderschönes, anmutiges Geschöpf, das vor seinen Augen scheinbar ahnungslos über die Wiese tollte.

HeidEgg hatte ihnen alles erklärt.

Cloudys Bruder Bo, der Hund des Präsidenten der USA, sei zwar das augenfälligere Opfer, hatte er geschrieben – doch an ihn würden sie nicht herankommen. Trotzdem war es möglich, den Weltenlenkern einen empfindlichen Schlag zu versetzen. Dafür mussten sie die Hündin töten. So würden sie über die Schwester den Bruder und über den Bruder die Weltenlenker treffen. Mitten ins Herz! Ein Bombenanschlag im Pentagon könne kaum effektiver sein. Das hatte ihnen HeidEgg versichert. Und Jan-Uwe glaubte ihm.

Es gab nur einen Haken.

Er liebte Tiere! Seine Liebe zu ihnen war sein Halt, sein Hafen, in dem er in seinen dunkelsten Stunden ankern konnte. Nicht nur Haustiere, darum ging es nicht. Tiere an sich, ob wild oder domestiziert. Jan-Uwe liebte Tiere. Sogar mehr als Menschen, dachte er manchmal.

»Eagle 1 an Renegade, activate pointers on three.«

»Roger that, Eagle 1!«

Nun war es also soweit. Ein überdimensionaler Schatten fiel auf sein Herz und ließ es zu Eis gefrieren. Er richtete seine Waffe auf das Zielobjekt. Strahlenförmig breitete sich Kälte in ihm aus.

»One!«

»Two!«

Mit steifem Finger schaltete er den Laserpointer am Lauf des Gewehrs ein.

»Three!«

Auf dem Fell der Hündin erschienen zwei rote Punkte, die über ihren Körper zuckten. In seinem Nachtsichtgerät waren sie gleißend weiß.

Sein Magen klopfte an den Gaumen. So musste sich Matt Hooper gefühlt haben, bevor er beim Showdown von *Der weiße Hai* in den Käfig geklettert war.

Ein Schweißtropfen lief in sein linkes Auge.

Er kniff es zu und zielte mit dem rechten.

»Fire, I repeat: Fire!«

Jan-Uwe kämpfte gegen den Drang, absichtlich danebenzuschießen. Er wusste, dass er den Lauf nur ein paar Millimeter nach oben bewegen musste. Kurz überwältigten ihn seine Skrupel, dann fing er sich wieder und korrigierte die Schusslinie. Er durfte jetzt nicht nachgeben. Es stand zu viel auf dem Spiel. Zudem war Zarmo ein so miserabler Schütze, dass er das Tier maximal verletzen würde, falls er es überhaupt traf. Zu lange hatten sie auf eine solche Aktion hingearbeitet.

Er drückte ab. Dreimal kurz hintereinander.

Das leise Zischen aus den schallgedämpften Waffen und das dumpfe Eindringen der 12-mm-Projektile in den Hundekörper wurden untermalt vom überraschten Winseln der Kreatur. All das ergab eine Geräuschkulisse, die Jan-Uwe für sein weiteres Leben im Schlaf verfolgen würde. Er schloss die Augen, feuerte dann trotzdem zwei weitere Male in Richtung Zielobjekt.

Immerhin bekam er so nicht mit, wie die Hündin zu einem grotesken Tanz in die Luft abhob, sich einmal um die eigene Achse drehte und noch in der Bewegung erschlaffte.

Als der leblose Körper des Tieres auf dem Boden aufschlug, breitete sich über der Wiese eine gespenstische Stille aus.

24

Elsa stand mit der Kaffeetasse in der Hand in ihrer Küche und beobachtete nicht mehr ganz so gut gelaunt den Mann, der auf das Haus zukam. Ihr Schluckauf war verschwunden.

Karl Friedrich Spanger, dachte sie. Dieser Hurensohn! Das schlimme Wort verschaffte ihr eine gewisse Genugtuung.

Der Scirocco stand schräg über drei Parkplätze vor dem Haus.

»Diese verschissene, luftverpestende Rostlaube«, sagte sie laut. Und dann gleich hinterher: »Verdammter, spermatankender Schrotthaufen!«

In ihrer Küche brannte kein Licht, denn Elsa war sparsam. Außerdem liebte sie es, zu sehen, ohne gesehen zu werden.

»Hurensöhne!«

Das galt Spangers Kollegen, die sie weiter hinten beim Auto ausgemacht hatte. Spanger trug, wie Elsa angewidert feststellte, nur eine Jacke, Unterhose und Schuhe. Etwas dürftig für den Herbst. Elsa überlegte, ob sie ihn wegen Exhibitionismus anzeigen sollte. Polizeihauptmeister Senger hatte vorhin zwar etwas angespannt gewirkt, aber vielleicht würde ihn das ja auf Trab bringen. Wobei … Exhibitionisten gegen einen Überfall? Elsa war Realistin. Für einen Nackten würde die Polizei heute nicht ausrücken.

Auf dem Arm trug Spanger einen Berg aus Jacken, Hosen und anderer Kleidung. Vielleicht hatte er irgendwo Wäsche gemacht? In der Waschküche des Hauses zeigte er sich jedenfalls nicht mehr, seit Elsa ihn mehrfach auf die nicht polierte Waschmaschine aufmerksam gemacht hatte. Ohne Ordnung ging nichts im Leben, und Ordnung schien für Spanger ein Fremdwort zu sein.

Ihr Nachbar verschwand im Haus, seine drei Kollegen folgten ihm in einigem Abstand. Bei deren Anblick sprangen Elsa fast die Augen aus dem Kopf. Die Männer waren komplett nackt! Einer von ihnen hatte eine durchweichte Papiertüte auf dem Kopf. Unterhalb davon war sein Körper mit Brei besudelt. Er wurde zudem von einem seiner Kollegen gestützt. Offenbar war er nicht mehr in der Lage, alleine zu laufen. Kein Brei, dachte Elsa. Kotze! Der dritte Mann trug einen Karton voller Flaschen im Arm, aus dem eine Stange Zigaretten schaute. Der Karton hatte wohl ebenfalls etwas Mageninhalt abbekommen, denn der Mann drückte ihn an sich und schien gleichzeitig bemüht, den Kopf so weit wie möglich von ihm wegzuhalten.

»Na, du Eimer Scheiße?«, sagte Elsa erfreut. »Der Geruch erinnert dich bestimmt an deine Geburt, du elender Wichser!«

Sie lächelte, weil sie ahnte, woher der Inhalt des Kartons stammte. Ihr Lächeln war finster.

»Na bitte! Jetzt krieg ich euch dran, ihr Zwergenpimmel.«

Sie ging zum Telefon, nahm den Hörer ab und drückte auf Wahlwiederholung. Als Rex Gildo zum zweiten Mal mit seinem »Hossa, Hossa« den Refrain ankündigte, legte sie auf und rief wieder an. Für die Musik ihres Lieblingssängers hatte sie jetzt kein Ohr.

»Geh ran, du Arschgeburt von einem Bullenschwein!«, zischte sie in den Hörer. Dann stutzte sie plötzlich.

Was war mit ihr los? So hatte sie bisher nie gesprochen. War ihr Hirn dabei, endgültig zu zerbröseln?

25

Nachdem er die freiwillige Feuerwehr angerufen und deren Einsatz im Supermarkt abgesagt hatte, durchstöberte Senger den einzigen Aktenschrank der Wache. Er fand die Liste auf Anhieb.

Viele Unterlagen gab es sowieso nicht im Revier – auch seine handgeschriebenen Notizen wurden umgehend digital archiviert. Die Liste, nach der er gesucht hatte, war zwar veraltet, aber glücklicherweise noch nicht entsorgt. Eine Polizeireserve gab es offiziell schon lange nicht mehr, aber vielleicht verfügten ja einige der damals Verpflichteten noch über ihre Waffen und Ausweise. Einen Versuch war es wert. Auf keinen Fall würde sich Senger ganz alleine vier bis fünf Schwerstkriminellen in den Weg stellen. Es war Zeit, die Hilfssheriffs zu aktivieren.

Ihm gefiel dieses Bild. Er betrachtete die Situation ganz nüchtern. Dass die Gangster während des Überfalls nackt gewesen waren, machte sie nicht ungefährlicher, ganz im Gegenteil. Es zeigte vielmehr, wie unberechenbar sie waren. Bei solchen Leuten musste man auf alles gefasst sein.

Senger studierte die Liste.

Es standen vier Namen darauf. Der erste war der Name einer Frau: Heike Muskowitsch. Sie war im letzten Jahr verstorben.

Senger wusste das, weil er sich erfolglos um ihre frei gewordene Wohnung bemüht hatte, die nicht weit von seiner entfernt lag. Ihr Sohn hatte dann Anspruch auf den Mietvertrag angemeldet und recht bekommen. Das Leben war nicht immer fair. Immerhin hatte Heikes Sohn kurz darauf massiven Ärger wegen eines defekten Rücklichts, das angeblich ohne sein Zutun, wie von Zauberhand, zerschlagen worden war.

Schmunzelnd strich Senger mit dem Kugelschreiber den Namen durch und widmete sich der Nummer zwei auf seiner Liste. Seltsamerweise war das der verrückte Millionär Felix Pathé. Senger war bisher gar nicht klar gewesen, dass Pathé ebenfalls zur freiwilligen Polizeireserve gehörte. Wahrscheinlich hatte er es auf diese Weise geschafft, unbürokratisch an einen Waffenschein zu gelangen. Eine taktische Liaison, die Männer auf dem Land gerne eingingen, das wusste Senger nur zu gut. Es war deutlich schwerer, einem Reservepolizisten die Waffe zu entziehen als einem Zivilisten. Da musste schon einiges passieren. Felix Pathé lebte allerdings nicht mehr in Scharnow. Soweit Senger wusste, war der exzentrische Mann, der einst ein Vermögen mit Tierexkrementen gemacht hatte, jetzt Zirkusdirektor in Nordamerika, also weit genug weg, um einen Strich durch seinen Namen zu ziehen.

Die zwei verbliebenen Namen dagegen mussten in Scharnow noch erreichbar sein. Beide über dieselbe Telefonnummer. Wenn sich nicht viel geändert hatte – aber wer konnte das in der heutigen Zeit schon sagen? –, wohnten die Brüder Weinbarth noch immer gemeinsam im Haus ihrer verstorbenen Mutter. Senger nahm den Hörer in die Hand und drückte fünf Tasten. Sofort nach dem ersten Klingeln ging jemand ran.

»Weinbarth, was is'?« Die heisere Stimme am anderen Ende der Leitung klang gleichzeitig aggressiv und traurig.

»Axel? Jason?«

»Axel! Wer will das wissen?«

»Axel, hier ist Dietmar Senger. Die Scharnower Polizei braucht euch.«

»J.!«, rief Axel, ohne die Sprechmuschel abzudecken. »Die Scharnower Polizei braucht uns! Stell dir das mal vor!«

Senger überging die ironische Spitze.

»Habt ihr noch eure Bereitschaftsausweise und eure Waffen?«

»Die Waffen habt ihr uns doch damals wegen der kleinen Sache im Wald abgenommen, weißt du noch? Die Ausweise haben wir. Aber ich dachte, es gibt keine Polizeireserve mehr.«

»Ich weiß, ich weiß, aber es handelt sich um einen Notfall. Ist Jason auch da?«

»Ja, ist aber etwas verkatert! Verträgt nichts mehr, das Weichei!«

Der letzte Satz war nicht für Senger bestimmt. Im Hintergrund hörte er jemanden protestieren.

»Dann mach ihm einen Kaffee. Ich hol euch in elf Minuten ab. Waffen bring ich mit.«

Senger legte auf und grübelte kurz. Hatte er eine Wahl?

»Was soll's?«, sagte er zu sich selbst, packte seine Ersatzpistole und einen an Silvester konfiszierten Gasrevolver nebst Munition ein. Er wollte gerade das Revier verlassen, als das Telefon erneut klingelte.

26

»Sagten Sie nackt?«
Senger traute seinen Ohren nicht.

»Ja, die sind gerade eben, so wie Gott sie geschnitzt hat, nach Hause gekommen. Einer hatte die Kiste mit der Beute im Arm, schätze ich. Da drüben ist übrigens schon wieder die Hölle los. Wenn Sie sich beeilen, ist noch was von den Beweisstücken da. Wann können Sie hier sein?«

Der Triumph, der aus Elsas Stimme herauszuhören war, wurmte Senger. Wurmte ihn gewaltig. Aber er war Polizist genug, um im Namen des Rechts sein Ego zurückzustellen. Im ruhigen Ton eines Mannes, der es gewohnt war, Situationen unter Kontrolle zu bekommen, sagte er zur Rentnerin: »Elsa, bitte schließen Sie Ihre Tür ab, und verlassen Sie die Wohnung nicht! Ich … ich meine, *wir* sind gleich da.«

Elsa legte auf. So erregt war sie schon lange nicht mehr gewesen. Sie holte eine Leiter und ging zum Wohnzimmerschrank. Im obersten Regal musste die Kiste stehen, und da stand sie auch. Die VHS-Videokamera, die ihr Mann, Gott sei seiner Seele gnädig, sich Ende der Achtziger zugelegt hatte, war ein klobiges Monstrum, das in keinen Koffer passen wollte. Was genau er damit gefilmt hatte, hatte sich ihr nie erschlossen. Elsa war sich aber sicher, dass sie noch funktionierte. Ortwin war mit seinen technischen Geräten immer sehr penibel umgegangen. Soweit sie sich erinnerte, arbeitete diese Kamera mit einem Akku. Sie nahm das schwere, schwarze Ding heraus, das sie dafür hielt. Er schien noch intakt zu sein. Der Gebrauchsanweisung entnahm sie, wie sie ihn laden musste. In der Verpackung fand sie einen Ersatzakku. Sie probierte ihn aus. Tatsächlich, er hatte noch Saft. Genug, um die paar VHS-Kassetten zu sichten, die daneben lagen.

Sie spulte sich durch langweilige Aufnahmen. Ein Ausflug nach Berlin, aus dem fahrenden Auto gefilmt; diverse Hunde beim Pinkeln; eine sehr lange Einstellung auf ein Nashorn, an dem er augenscheinlich seinen Zoom ausprobiert hatte; und natürlich unvermeidlich: schwere Baufahrzeuge bei der Arbeit. Elsa erinnerte sich an viele trostlose Momente in ihrer Ehe mit Ortwin, in die sich jedoch eine gewisse Zufriedenheit mischte. Es beruhigte sie, dass sie nichts Überraschendes oder Kompromittierendes auf den Kassetten fand, sondern lediglich den Beleg dafür, dass ihr Mann der Langweiler blieb, der er in ihren Augen immer gewesen war.

Eine Ehe ohne Überraschungen. Dafür war sie ihm dankbar.

Nach dem kleinen Ausflug in die Vergangenheit konzentrierte sie sich wieder auf ihr eigentliches Vorhaben. Die Polizei würde für die Fahrt zu ihren Nachbarn nicht lange brauchen. Elsa ging davon aus, dass der Akku ausreichen würde, um die Verhaftung zu filmen. Ihre Enkelin war zwar heute nicht gekommen, aber vielleicht hatte sie sich auch den Tag ihres Besuchs falsch gemerkt. Jedenfalls hoffte sie, das Mädchen damit beeindrucken zu können. Benita kannte sich aus mit dem Internet und den sogenannten sozialen Medien, in denen die Jugendlichen heutzutage so viel Zeit verbrachten. Wer weiß, vielleicht konnte sie die Aufnahmen irgendwie verwenden?

Elsa lauschte an der Wand zur Nachbarwohnung. Sie hörte verzweifelte Todesschreie und Schüsse, begleitet von dramatischer Musik, Glasklirren und lautem Gejohle. Es war wirklich schlimm.

Es war wie immer.

27

Alles war so schnell gegangen. Cloudy hatte nicht einmal gebellt, als die Kugeln sie trafen. Die zischenden Geräusche schallgedämpfter Waffen. Ihre Hündin, grotesk in der Luft tanzend. Ein Zucken für jede Kugel. Sylvia starrte auf die Wiese. Auf ihrer Netzhaut spielte sich in einer Endlosschleife das ab, was soeben geschehen war. Sie war so überrascht gewesen, dass sie sich noch nicht einmal auf den Boden werfen oder Deckung hatte suchen können. Und nun stand sie da, starrte auf den leblosen Haufen auf der Wiese.

Ihre geliebte Hündin. Cloudy. Tot.

Auf die Überraschung folgte Entsetzen. Dann die Erkenntnis, dass Cloudy wirklich fort war. Und gleich darauf Unverständnis und Wut angesichts dieser sinnlosen Tat. Schließlich aber: Resignation.

Hatte es sie also wieder erwischt? Sylvia sollte einfach nicht glücklich sein. Davon war sie nun ein weiteres Mal vollkommen überzeugt.

28

Die Brüder Weinbarth warteten schon an der Straße, als der Polizeiwagen um die Ecke bog. Senger bremste scharf, stoppte direkt vor ihnen und ließ sie einsteigen. Axel setzte sich nach vorne, was Jason mit unverhohlenem Unmut hinnahm. Zwei unmodisch gekleidete Mittvierziger, die sich wie Zwillinge glichen, auch wenn Axel zwei Jahre älter als sein Bruder war.

Axel sprach als Erster.

»Was ist los, Dietmar? Wozu aktiviert ihr die Bereitschaft, und wo sind deine Kollegen?«

»Ja, wo sind die denn?«, meldete sich Jason von der Rückbank.

»Schnauze, J.«, fuhr Axel dazwischen. »Lass die Erwachsenen ihr Gespräch führen!«

Aus Jasons Augen schossen imaginäre Todesstrahlen auf den Hinterkopf des älteren Bruders. Senger erläuterte ihnen die Situation. Als er fertig war, schwiegen die Brüder beeindruckt, bevor Axel sich wieder zu Wort meldete.

»Raubüberfall, meine Fresse! Und das in unserem Kuhdorf? Ich sag's ja, die organisierte Kriminalität expandiert und kommt irgendwann auch zu uns. Da war doch schon dieser Mord im Silo. Todsicher Ausländer, wenn ihr mich fragt.«

Der Wagen fuhr los.

»Dietmar, mach mal Blaulicht an!«

»Schnauze, J.! Dietmar, haste Blaulicht an der Karre?«

»Kein Blaulicht!«, lautete die knappe Antwort. »Die Verdächtigen sind zu fünft, mindestens, und wir nur zu dritt. Ich will die nicht vorwarnen. Lasst mich mal machen. Ich bin geschult. Ihr sollt mir nur den Rücken freihalten!«

Senger hielt in seiner Antwort eine Kleinigkeit zurück: Mit dem neueren Dienstwagen waren seine Kollegen in Sahsenheim im Einsatz. Ihm war nur ein alter Ascona geblieben, der seinen Weg kurz nach dem Mauerfall in die ostdeutsche Provinz gefunden hatte, um hier seine letzten brauchbaren Jahre zu verbringen. Dass der Wagen noch fuhr, grenzte an ein Wunder und war überwiegend Senger zu verdanken, der sich mit großer Hingabe um die Wartung kümmerte. Der TÜV war seit mehr als vier Monaten ausstehend, was seiner Ansicht nach bei einem Dienstwagen der Polizei nicht unbedingt strafbar war. Und es gab in dem Fahrzeug weder Blaulicht noch ein funktionierendes Funkgerät.

»Axel, schreib mal bitte was für mich auf.«

Senger reichte ihm einen Notizblock.

»Ich muss das Ganze hier protokollarisch festhalten.«

Axel stutzte. Schreiben gehörte nicht zu seinen Stärken. Er griff in seine Brusttasche, wo er nichtsdestotrotz jederzeit zwei Kugelschreiber einstecken hatte. Zum einen, weil ihm das in seiner Vorstellung mehr Seriosität verlieh. Hauptsächlich aber dienten sie ihm zum Säubern seiner Ohren. Axel hatte in letzter Zeit ein erhöhtes Aufkommen an Ohrenschmalz bei sich festgestellt, das auf seine Schultern rieselte, wenn er seine Gehörgänge nicht permanent säuberte.

»J., mach du das, ich muss hier ein Auge offen halten.«

Er reichte seinem Bruder Kugelschreiber und Notizblock. Der murrte zwar, freute sich aber heimlich darüber, eine wichtige Aufgabe zugewiesen bekommen zu haben.

»Okay, Jason, schreib auf …«

Senger ließ Jason die Reihenfolge sowie den ungefähren Zeitpunkt der Anrufe notieren. Danach die Umstände, die zur Anstellung der Weinbarth-Brüder als Bereitschaftspolizisten geführt hatten.

»So. Jetzt seid ihr obendrein noch Zeugen in dem Fall!«

Senger wollte sich mit dem Protokoll absichern. Vielleicht war das ja alles nur ein groß angelegter Scherz auf seine Kosten? Dieser merkwürdige Überfall, und davor noch diese wilde Geschichte von Udo Spalier am Telefon. Gleich danach dann die ungewöhnlich vielen Anrufe auf der Wache. Durch das Hinzuziehen seiner beiden Hilfssheriffs wurde die Sache jedenfalls teuer. Wenn sich das Ganze als Streich herausstellen sollte, hätte auch Senger etwas zu lachen.

»War's das?«, fragte Jason von der Rückbank und kaute kurz auf dem Kugelschreiber herum. Ein bitterer Geschmack breitete sich sofort in seinem Mund aus, und er spürte kleine Krümel auf der Zunge. Er spuckte sie leise in seine Hand und untersuchte mit zusammengekniffenen Augen misstrauisch das Stiftende.

»Danke! Das Protokoll schreib ich nachher allein, ihr müsst nur als Zeugen unterschreiben. Das könnt ihr auch blanko machen.«

Jason gab Axel den Stift zurück. In seinem Mund war immer noch ein Rest dieses widerwärtigen Geschmacks. Argwöhnisch schaute er seinem Bruder auf den Hinterkopf. Er wollte ihn eben ansprechen, da fuhr Senger den Wagen an den Straßenrand und parkte.

»Wir sind da«, flüsterte der einzige echte Polizist unter ihnen. »In der Tüte sind eure Waffen!«

29

Jan-Uwe war verblüfft. Die Besitzerin der Hündin war während des Attentats wie angewurzelt am Rand der Wiese stehen geblieben und machte auch jetzt keine Anstalten, sich in Sicherheit zu bringen. Sie stand einfach nur da und starrte auf das tote Tier. Kurz fühlte er den Drang, den Kadaver mit irgendetwas – seiner Jacke vielleicht? – zuzudecken. Da meldete sich wieder sein Funkgerät.

»Eagle 1 an Renegade, leave the site ... quietly!«

Jan-Uwe entfernte sich rückwärts kriechend vom Gelände. Genau so, wie sie es trainiert hatten.

Er war als Erster am Fluchtwagen. Zum dritten Mal an diesem Tag musste Jan-Uwe gegen einen Anflug von Panik ankämpfen. Der Fiat Panda war leer, die Fahrertür stand offen. Zarmo hatte nun ebenfalls den Wagen erreicht und nickte Jan-Uwe mit glänzenden Augen zu. Der bedeutete ihm, still zu sein, und zeigte auf den leeren Fahrersitz. Der Glanz in Zarmos Augen erlosch.

Ein Geräusch ließ sie herumfahren.

Trönse trat aus dem Gebüsch und machte sich die Hose zu. Sein Gesicht lief rot an, als er in die versteinerten Mienen blickte.

»Ich musste mal. Sorry! Ist alles gutgegangen?«

Mehr als einen missbilligenden Blick bekam er nicht zur Antwort.

Lautlos verstauten die Männer ihre Waffen im Kofferraum und stiegen ein. Trönse startete den nachträglich eingebauten Elektromotor, der es ihnen erlaubte, sich vollkommen unbemerkt aus dem Staub zu machen.

»Die Tricks der skeptischen Bürger stehen denen der CIA in nichts nach«, hatte Trönse beim Einbau noch herumposaunt. Seine Kollegen mussten zugeben, dass die Idee so einfach wie genial war.

Sie wollten gerade losfahren, als Jan-Uwe die lederne Fliegerkappe auffiel, die Trönse auf dem Kopf trug.

»Die hing an 'nem Moped, das auf dem Parkplatz abgestellt war«. Trönse hatte Jan-Uwes skeptischen Blick bemerkt. »Stellt euch vor. So 'n Ding wollte ich schon immer haben. Das is 'n Original!«

»Mann, bist du ein Nacho?«, rief Zarmo wütend von der Rückbank. »Wenn das 'n Bulle bei dir findet, ist das der Beweis, dass wir hier waren!«

Auch Jan-Uwe schaltete sich ein.

»Und was, wenn der Besitzer zur Polizei geht? Hast du daran mal gedacht?«

Er riss Trönse die Kappe vom Kopf und verstaute sie in seiner Jacke. Die wollte er später sowieso entsorgen, genau wie alles andere, was er im Supermarkt getragen hatte. Trönse öffnete den Mund, um Einspruch zu erheben, aber Jan-Uwe kam ihm zuvor. »Los jetzt, wir können später darüber reden!«

Geräuschlos bewegte sich das Fahrzeug auf die Autobahnauffahrt zu. Jan-Uwe wagte einen letzten Blick auf die Frau am Rand der Wiese. Die Resignation in ihrer Haltung war unverkennbar, eine Melancholie, so tief wie der Marianengraben. Schuldgefühle krochen in ihm hoch, und ihre Krallen rissen winzig kleine Löcher in sein Herz. Schnell wandte er den Blick ab, und kurz darauf waren sie auf dem Beschleunigungsstreifen. Trönse schaltete das Licht ein, ignorierte das Hupen eines wütenden Lkw-Fahrers und trat aufs Gaspedal, um sich in den Verkehr einzufädeln.

30

Jason schüttete die Tüte neben sich aus. Auf der einen Seite trug sie das Logo des Billkauf-Supermarkts, auf der anderen prangte auf sattem Grün mit flirrend roter Schrift der Slogan: »Bei uns ist BILLIG immer auch GUT!«

Der Anblick der beiden Handfeuerwaffen auf der Rückbank wärmte sein Herz. Zum ersten Mal, seit er in den Wagen gestiegen war, lächelte er. Er wählte die bessere der beiden Pistolen für sich und reichte Axel die andere nach vorn.

Axel wiederum erkannte sofort, dass seine Waffe nur ein Gasrevolver war, und wollte dies nicht einfach kampflos hinnehmen.

»Hey J., ich nehme die andere! Gib her!«

»Fick dich, A.!«

Senger packte Axels Handgelenk.

»Die ist mit Leuchtspurmunition geladen, in einem geschlossenen Raum potenziell tödlicher als unsere herkömmlichen Dienstrevolver.«

»Potenziell tödlich« gefiel Axel. Er nickte als Zeichen der Zustimmung, trotzdem ließ der Druck von Sengers Hand an seinem Arm nicht nach.

»Ich will keine Schießerei da drinnen, ist das klar?«

Die Brüder wichen seinem Blick aus. Sie wussten, worauf er anspielte.

Als sie noch bei der Reserve gewesen waren, hatten sie illegalerweise ihre Ausweise und Waffen öfters bei sich getragen. Es gab immer mal ein paar Touristen unterwegs zur Brandenburgischen Seenplatte, die man damit hochnehmen konnte. So waren sie an eine Gruppe von Hippies geraten und hatten das Spiel, wie sie selbst zugeben mussten, ein bisschen übertrieben. Die Situation war eskaliert, Schüsse waren gefallen. Einer der Typen hatte sich vor Angst sogar in die Hose geschissen. Die Weinbarths waren trotzdem überrascht gewesen, dass ausgerechnet die Hippies sie angezeigt hatten. Dass die Brüder bei der Tat sturzbetrunken gewesen waren, hatte sie vor dem Schlimmsten gerettet, doch ihre Waffen waren sie ein für alle Mal los.

»Das hier ist eure Chance auf Rehabilitation. Ihr könnt Helden werden, wenn ihr tut, was ich euch sage. Und das bedeutet zuallererst: kein Herumballern! Die Täter sind bewaffnet, aber ziemlich sicher nicht mit Schusswaffen. Deshalb: Reißt euch am Riemen, seid professionell und überlegen. Ich zähle auf euch, capiche?«

Capiche kam wieder gut.

»Ja klar! Wir sind ganz cool. Eiskalt sozusagen, haha.«

Die Worte kamen Axel ein bisschen zu hastig über die Lippen. Ein Zeichen dafür, wie aufgeregt er war. Jason nickte lediglich zustimmend, während sich in seinem Mund wieder der ekelhafte Geschmack ausbreitete.

Sie sahen zu dem dreistöckigen Haus hinüber. Grauer Waschbeton. Ein typischer DDR-Zweckbau. Hinter drei Fenstern war Licht zu erkennen, in zwei Parterrewohnungen und in einer Wohnung im dritten Stock. Im Erdgeschoss links wohnten die Verdächtigen.

Schweigend, mit gezogenen, noch gesicherten Pistolen, ging das Trio auf das Gebäude zu. Aus der linken Wohnung schallte ihnen lautes Gejohle entgegen. Die Geräusche einer ausgelassenen Feier.

Die Haustür war nur angelehnt.

Senger hob für alle sichtbar den Arm und machte eine Faust. Er löste erst den Zeige-, dann den Mittelfinger und deutete auf den Eingang. Ein stummer Befehl, dass sie durch die Tür treten sollten. Das war auch vorher allen klar gewesen. Aber für Senger, als Chef seines eigenen Einsatzkommandos, gehörte diese abgegriffene und so oft in Actionfilmen gesehene Geste zum polizeilich-professionellen Ablauf dazu. Unter seiner Führung wurde das so gemacht. Basta!

Sie betraten das Gebäude und schalteten das Flurlicht bewusst nicht an. Axel bemerkte etwas Feuchtes am Boden. Er bedeutete seinem Bruder, die Sache zu überprüfen, während er ihm Deckung gab. Zögernd folgte Jason der Anweisung. Er tauchte zwei Finger in eine der kleinen, schlierigen Lachen am Boden und führte sie an die Nase. Sie rochen sauer und nach Alkohol. Es handelte sich eindeutig um das Erbrochene eines Menschen.

Axel schien dies bereits geahnt zu haben, denn er konnte sich ein fast lautloses Kichern nicht verkneifen.

Jason blitzte seinen Bruder wütend an und wischte die Hand mit angewidertem Blick an der Wand ab. Der Lärm aus der Wohnung nebenan holte ihn in die Realität ihrer Mission zurück. Er entsicherte seine Waffe. Axel tat es ihm nach.

Senger entsicherte ebenfalls. Er fühlte sich lebendig und gut. Das hier war echt. Er, Dietmar Senger, Polizist seit vierunddreißig Jahren, der seine Waffe noch nie im Dienst gezogen hatte, stand nun mit entsichertem Revolver kurz davor, vier bis fünf gemeingefährliche Räuber zu verhaften und ihrer gerechten Strafe zuzuführen. Wer hätte gedacht, dass sich ein solches Verbrecherpack mitten in Scharnow einnisten würde? Okay, Elsa Karpski hatte ihn ja recht häufig auf ihre viel zu lauten Nachbarn aufmerksam gemacht, aber er konnte nun wirklich nicht jeder Ruhestörung nachgehen. Wo käme man da hin? Egal, jetzt war nicht die Zeit, darüber nachzudenken.

Er war Seagal-Dudikoff-Ward-Norris-Van-Damme, und nur ein Verrückter würde sich ihm widersetzen. Sein Schritt wurde fester, er zog die Wangen ein und fingerte einen Zahnstocher aus der Brusttasche seiner Uniform.

Jeder Top-Bulle braucht seinen Tick.

Vor der Wohnung von Kalle Spanger und dessen Komplizen angekommen, lauschten sie für einen Moment dem Lärm, der durch die Tür drang. Senger atmete tief durch, bevor er den Befehl zum Zugriff gab.

»Bei drei!«, flüsterte er und hob wieder seine Faust.

Der Daumen: »Eins!«

Der Zeigefinger: »Zwei!«

An Sengers Schläfe trat eine Ader hervor.

Der Mittelfinger schälte sich aus der Faust, als sich mit einem leisen Knarren die Tür der Nachbarwohnung öffnete. Unwillkürlich drehten die drei Männer ihre Köpfe in Richtung des Geräuschs. Eine uralte und verhältnismäßig große Filmkamera schob sich durch den Spalt in den Hausflur. Senger erkannte dahinter Elsa Karpski. Was sollte das? Die alte Frau durfte jetzt nicht seine Show kaputt machen. Er schickte sich an, die Rentnerin wieder in ihre Wohnung zurückzuschieben, als sich plötzlich die Ereignisse überschlugen.

Was geschah, war Folgendes:

Während Senger seine volle Aufmerksamkeit Elsa Karpski zuwandte, warf Jason einen kurzen Blick auf seinen Bruder. Was er sah, ließ seinen Atem stocken. Und zwar vor Wut. Tödlicher Wut.

Axel Weinbarth nämlich bohrte mit dem Stift, den Jason eben noch zum Schreiben des Protokolls in der Hand gehalten und an dem er versehentlich gelutscht hatte, in seinem linken Ohr. Jason konnte deutlich gelbliche Bröckchen von Ohrenschmalz erkennen, die in erheblichem Maße auf Axels Schulter kullerten. Augenblicklich meldete sich der widerliche Geschmack auf seiner Zunge zurück.

»Du verdammtes Dreckschwein«, drückte er zischend zwischen den Zähnen hervor, hob die Hand mit Sengers alter Ersatzpistole, spannte den Hahn – klick! – und zielte auf Axels Kopf. Axel konnte in dem Zischen zwar kein klares Wort ausmachen, doch der Tonfall war Warnung genug. Reflexartig riss er ebenfalls seine Waffe hoch. Langsam zog er mit dem Daumen den Hahn des Gasrevolvers nach hinten. Klick! Mit zu Schlitzen verengten Augen starrten sich die Brüder an. Lange angestauter, mörderischer Hass überschwemmte den dunklen Hausflur in einer Welle, die allen Anwesenden den Atem nahm.

31

Nami war Hamid ins Lager gefolgt. Als sie nach ihm durch die Tür schlüpfte, erschrak er kurz und sah sie dann erfreut an. Erst jetzt bemerkte sie seine ungewöhnlich langen Wimpern, die sie für einen Moment aus dem Konzept brachten. Sie würde töten, um solche Wimpern zu besitzen.

»Ich wollte mich bei dir bedanken ... Ich meine dafür, dass du mir vorhin beigestanden hast ... als der Typ ...«

Sie verlor den Faden und ging deshalb lieber gleich zum Wesentlichen über: »H-hast du ein Smartphone? Ich muss was auf YouTube checken.«

Ihr Stottern ärgerte sie. Nach dem, was sie gerade zusammen durchgemacht hatten, war ihre Verlegenheit völlig fehl am Platz.

»Wenn du kein Smartphone hast, ist es nicht schlimm.«

Verdammt! Warum hatte sie das nun wieder gesagt? Warum konnte sie sich nicht einfach anständig bei ihm bedanken oder sich mit ihm verabreden? Sie hatte das Gefühl, mit nur zwei Sätzen alles verdorben zu haben.

»Klar hab ich ein Smartphone. So was kriegen wir Asylbetrüger beim Meldeamt als Belohnung dafür, dass wir unseren Namen schreiben können.«

Kleine Pause.

»Nur ein Scherz. Aber ein Smartphone hab ich trotzdem.«

Er hielt ihr sein Telefon hin.

Nami brauchte einen Moment, um die Situation zu erfassen. Dieser wunderbare Junge hatte auch noch Humor! Während sie überlegte, was sie auf seinen Scherz antworten konnte, nahm sie das Gerät und öffnete im Internetbrowser ihren YouTube-Kanal. Eigentlich interessierten sie das Schicksal ihrer Filme gar nicht mehr. Doch dann entdeckte sie die Klicks und Kommentare unter den Beiträgen.

Erstaunlich viele Klicks und Kommentare.

Mit weit aufgerissenen Augen starrte sie erst aufs Display, dann zu Hamid. Der blickte verwundert zurück.

»Ist etwas nicht in Ordnung?«

Statt einer Antwort umarmte sie ihn und drückte ihm einen Kuss auf die Lippen.

Und Hamid erwiderte ihn.

32

Sylvia stand auf der Wiese und rauchte. Vor ihr lag das blutende Bündel, das von Cloudy übrig geblieben war. Sie zog den Rauch mit der kühlen Abendluft ein und versuchte ihre Gedanken zu ordnen. Die Polizei würde bald hier sein. Sylvia hatte nicht vor, ihnen vom Mord an ihrer Hündin zu erzählen. Zu wissen, wer für Cloudys Tod verantwortlich war, würde sie auch nicht wieder lebendig machen.

Mit Cloudy war ein weiteres Mal ein Teil von ihr gestorben. Für Sylvia bestand das Leben nun mal aus vielen kleinen Toden – damit hatte sie sich abzufinden. Ob als Turmspringerin, Milliardärsgattin oder Hundebesitzerin, jede hoffnungsvolle Phase ihres Lebens war abrupt zu Ende gegangen. Als Sportlerin war sie in ihrer Altersklasse ungeschlagen gewesen – und dann kam der Unfall. Ihr Mann hatte sie wegen seiner Hirngespinste von einem Tag auf den anderen verlassen. Und was war mit Cloudy? Ihrer geliebten Cloudy?

Zumindest würde Sylvia sie nicht altern sehen müssen. Es gab so viele entsetzliche Krankheiten, die kein Tierarzt behandeln konnte. Wie viel schlimmer als das, was eben passiert war, wäre ein Tod, dem Cloudy langsam entgegendämmerte? Stattdessen war sie auf ihrer Lieblingswiese umhertollend aus dem Leben gerissen worden.

Ein Blitzschlag wäre nicht gnädiger gewesen.

Sylvia ging in den Supermarkt zurück, wo die ehemaligen Geiseln auf das Eintreffen der Polizei warteten. Ihr fiel auf, dass der Boden noch nicht gewischt war. Sie sah sich nach Hamid um, konnte ihn aber nirgends entdecken. Sie würde sich gleich darum kümmern. Erst mal wollte sie eine Schaufel aus dem Lager holen. Um diese Jahreszeit war die Erde noch relativ locker und weich. Cloudy sollte auf der Wiese begraben werden, auf der sie so gerne gespielt hatte. Das erschien Sylvia in diesem Moment als das einzig Richtige.

Im Lager überraschte sie Hamid und die Göre mit dem Smartphone Händchen haltend hinter einem Stapel Kartons mit Mischgemüse. Als die beiden Sylvia bemerkten, ließen sie einander los. Hamid sprang auf und griff nach dem Wischeimer. Doch Sylvia verlor zu dem Vorfall vorerst kein Wort. Stattdessen ging sie zum Geräteschrank, nahm eine Schaufel und machte sich wieder auf den Weg nach draußen. Als sie an Hamid vorbeikam, raunte sie ihm nur ein Wort zu: »Weitermachen!«

33

Die beiden verfeindeten Brüder standen einander in einem Mexican Stand-off gegenüber. Ihre Waffen zielten auf den Kopf des jeweils anderen. Ein Schweißtropfen lief Jason von der Stirn ins Auge und ließ ihn blinzeln. Der Reflex des Augenlids schickte einen winzigen elektrischen Impuls durch seinen Arm in den Zeigefinger am Abzug der Waffe. Eine ungeheure Explosion, durch die kahlen, teils gekachelten Wände des Hausflurs um ein Vielfaches verstärkt, war die Folge. Psychisch wie physisch stellte sie einen Schock für alle Beteiligten dar. Eine Nanosekunde später, noch bevor die Kugel durch das linke Auge in Axels Kopf eintrat und beim Verlassen desselbigen ein großes Loch riss, durch das Blut und Hirnmasse auf die schmuddelig gelben Kacheln spritzten, drückte Axel ebenfalls ab und überbot die noch nachhallende Lautstärke mit der optischen Sensation der roten Leuchtspurmunition aus seinem Gasrevolver. Das mit Phosphor bestückte Projektil traf Jason am Hals, bohrte und brannte sich seinen Weg nach oben. Durch den zum Schrei geöffneten Mund illuminierte das Leuchten des Geschosses mit flackerndem Schein den weiterhin dunklen Flur. Es war ein grauenerregender, aber auf perfide Art auch ästhetischer Anblick.

Und Ortwin Karpskis einst so geliebte Videokamera fing alles ein. Seine Witwe hielt die Record-Taste fest gedrückt. Die Kamera stand sicher auf einem Tripod, sodass sich das Zittern von Elsas Händen kaum auf die Aufnahme übertrug. Wie ein ruhiger Fels in der Brandung spulte und spulte sich das Magnetband durch die Kassette.

Der Aufprall des Geschosses hatte Jason an die Wand geworfen. Er konnte nicht mehr schreien, denn seine Stimmbänder und seine Zunge waren in Sekundenbruchteilen verbrannt. Stattdessen zischte das schmorende Projektil in der Halswunde wie eine Zigarette, die in einem Wasserglas gelöscht wird. Nur deutlich länger. Immerhin war Jason den widerlichen Geschmack endgültig los. Das Letzte, was er in seinem Leben schmeckte, waren Phosphor und sein eigenes geröstetes Fleisch. Der Geruch von verkohltem menschlichem Gewebe füllte das Treppenhaus, während er mit geweiteten Augen, die selbst noch im Tod seinen Bruder hasserfüllt anzustarren schienen, an der Wand hinabrutschte.

Axel, dessen zerfetzter Hinterkopf keine andere Diagnose als den Tod zuließ, sackte erst auf die Knie, bevor er vornüber in den Schoß seines Bruders fiel.

In Laufe ihres Lebens waren die beiden Brüder nicht besonders gottesgläubig gewesen. Um ihr Karma hatten sie sich wenig Sorgen gemacht, und auch sonst waren sie keiner Religion gefolgt, nicht einmal der Satanismus hatte sie interessiert. Insofern war Jason mehr als verwirrt, als er sich in einer dunklen, diffus beleuchteten Welt wiederfand, die sich wie Unendlichkeit und gleichzeitig wie der engste Raum anfühlte, den er sich zu Lebzeiten hätte vorstellen können.

Und er war nicht allein. Sein Bruder – oder etwas, das Jason zweifelsfrei als seinen Bruder identifizierte – lag nur wenige Meter entfernt im farblosen Nichts.

Seine Gedanken verfinsterten sich.

Mochte ihr Leben auch beendet sein, ihren Hass hatten sie, wohin auch immer, mitgenommen. Ohne einen weiteren Gedanken an ihre neue Umgebung zu verschwenden, stürzten sie sich aufeinander und versuchten, jetzt ohne Waffen, einander die größtmöglichen Schmerzen zuzufügen.

34

Senger stand wie gelähmt da und starrte auf die grauenvoll zugerichteten Körper.

In seinen Ohren klirrte ein hoher Pfeifton, während alle anderen Geräusche dumpf, wie unter einer Bettdecke, zu ihm drangen. Vor seinen Augen tanzten schwarze Punkte. Sein Blickfeld war von einer Nebelwand umrahmt. Der Zahnstocher rutschte ihm aus dem offenstehenden Mund und fiel in Zeitlupe in eine Blutlache.

Mit einem Mal durchzuckte ihn ein stechender Schmerz. Etwas war ihm auf den Spann gefallen. Er hatte keinen Aufprall gehört.

»Verdammt, der scheiß Tinnitus geht nicht mehr weg!«, sagte er laut, doch er vernahm seine eigene Stimme wie durch eine Wand.

Er biss sich auf die Zähne und schaute hinunter. Neben seinem schmerzenden Fuß lag die klobige VHS-Videokamera, die samt Tripod umgefallen war. Einen halben Meter weiter lag Elsa Karpski mit geweiteten Augen. Der Schock hatte sie niedergestreckt. Er ging reflexartig in die Knie, um ihren Puls zu fühlen. Sie lebte. Senger musste einen Krankenwagen rufen. Senger musste vier Verbrecher verhaften. Senger musste dies, und

Senger musste das, dabei konnte er im Moment noch nicht einmal aufstehen. Plötzlich wurde das Pfeifen schwächer, Geräusche gewannen wieder an Höhen und Tiefen, und das Erste, was Polizeihauptmeister Dietmar Senger hörte, war eine Tür, die sich hinter ihm öffnete.

35

Auf der Fahrt sprachen die drei Männer kein einziges Wort. Ihr Schweigen hatte unterschiedliche Gründe.

Zarmo zum Beispiel genoss das Gefühl, ein echter Killer zu sein. Er war jetzt jemand! Einer, der etwas bewegen konnte. Der die Welt verändern würde. Zu ihrem Besseren!

Trönse konzentrierte sich auf den Verkehr und versuchte dabei bewusst, die Intervalle, in denen er den Rückspiegel nach der Polizei absuchte, stetig zu vergrößern; das tat er außerordentlich geschickt, denn am Steuer eines Fluchtfahrzeugs machte ihm keiner etwas vor.

Jan-Uwe wiederum kämpfte mit der Verzweiflung. Nie hätte er gedacht, dass der Mord an einem Tier ihm so zusetzen würde. Er bemühte sich nach Kräften, sein Unglück als das zu begreifen, was es ja vielleicht auch war: ein weiterer Trick der Weltenlenker. Immerhin waren sie in der Lage, Einfluss auf die Psyche der Menschen zu nehmen. Vielleicht sollte er seinen Kummer einfach als Wunde begreifen? Wunden konnten heilen. Man musste sie nur desinfizieren und verbinden. Diese Wendung in seinen Gedanken war tröstlich.

Wärme stieg in ihm auf, und er empfand zum ersten Mal an diesem Tag eine Verbundenheit mit seinen Mitverschwörern.

»Mach doch mal Musik an, Trönse!«

Zarmo sah Jan-Uwe verwundert an. Auch Jan-Uwe selbst wunderte sich. Soziale Aktivitäten wie gemeinsames Musikhören waren ihm immer suspekt gewesen.

Trönse schaltete das Radio ein und suchte einen Sender.

»Ich hab nur Radio im Auto, sorry. Irgendein bestimmter Sender?«

Jan-Uwe kam in dem Senderrauschen etwas bekannt vor.

»Das da! Mach mal lauter!«

Ein frenetisches »Hossa, Hossa« ertönte aus den billigen Lautsprechern.

»Das ist Rex Gildo, ihr Nachos, wie geil ist das bitte?!«

Zarmo stieß Jan-Uwe fröhlich den Ellbogen in die Rippen. Als die erste Strophe einsetzte, stimmten alle drei Männer lauthals mit ein.

»Fiesta, Fiesta Mexicana
Heut geb ich zum Abschied für alle ein Fest
Fiesta, Fiesta Mexicana
Es gibt viel Tequila, der glücklich sein lässt.«

Die Musik war so laut, dass die Karosserie von den Bässen vibrierte. Mit dem ausklingenden Lied lenkte Trönse den Wagen von der Straße in den industriellen Teil des Binnenhafens von Sahsenheim.

»Der Partyexpress verabschiedet sich von einem Passagier«, grölte er fröhlich, während Zarmo Jan-Uwe mit einem glucksenden »Hossa, Hossa, du Nacho« die Hand zum High Five hinhielt. Jan-Uwe nahm seine Tasche vom Rücksitz und klatschte die ihm angebotene Hand ab. Dann ließen ihn seine Kumpane in der Stille des Industriehafens zurück.

Zumindest hatte er Stille erwartet. Das Gegenteil war der Fall. Etwa dreihundert Meter über ihm kreiste ein Hubschrauber.

Hinter dem Wasserturm, in dessen nächtlichem Schatten Jan-Uwe abgesetzt worden war, flimmerten Lichter, und lautes Stimmengewirr schallte an sein Ohr. In ihrer Schlagerseligkeit hatten sie den Tumult, der hier herrschte, gar nicht bemerkt. Sein Wagen wartete ungefähr sechshundert Meter entfernt vor einem Lagerhaus, doch Jan-Uwe schaffte es gar nicht bis dorthin. Beim Wasserturm erhielt er die Erklärung für das Lichtgewitter, und der Anblick, der sich ihm bot, ließ sein Herz in die Hose rutschen.

Zwischen ihm und seinem Auto standen mehrere Streifenwagen mit Blaulicht und jeder Menge Polizisten drumherum. Die Beamten starrten in den Nachthimmel. Jan-Uwe sah ebenfalls hinauf, konnte aber nichts entdecken.

Und wo war überhaupt sein Wagen? Von seiner Position aus hätte Jan-Uwe ihn eigentlich sehen müssen. Es dauerte eine Weile, bis er den Passat in seinem neuen Zustand wiedererkannte. Das gepflegte Gefährt, Baujahr 1989, das er einst selbst in mühevoller Kleinstarbeit in einem Camouflage-Muster lackiert hatte, lag halb zertrümmert unter einem Haufen roten Mauerwerks begraben. Die Ziegel stammten offensichtlich von einem Fabrikschornstein, der in unmittelbarer Nähe in die Höhe ragte und einige sehr große Löcher aufwies.

»Was zum Teufel?«, entfuhr es Jan-Uwe.

Daraufhin entdeckten ihn zwei Polizisten und kamen auf ihn zu, Maschinenpistolen im Anschlag. Sie wirkten nervös. Als einer der beiden Jan-Uwes Gewehrtasche sah, machte er einen kleinen Satz rückwärts, umklammerte seine Maschinenpistole, eine MP5 SD von Heckler & Koch, noch fester und ließ den Zeigefinger, der zur Sicherheit seitlich über dem Abzug ruhte, minimal – gerade so, dass Jan-Uwe es sehen konnte – in Richtung Auslöser rutschen. Das Gewehr mit eingebautem Schalldämpfer war einige Klassen über dem normalen Polizeistandard. Der zweite Beamte blickte erstaunt auf seinen Kollegen, der mit dem Kinn auf die längliche Tasche deutete, die Jan-Uwe in der Hand hielt. Es war ziemlich offensichtlich, dass die Tasche eine Waffe enthielt oder zumindest enthalten könnte. Der zweite Beamte behielt die Ruhe. Sein Blick wanderte von der Gewehrtasche zu Jan-Uwes fast nackten Füßen, wo er einen Moment lang haften blieb. Dann lächelte er und machte seinen Kollegen auf Jan-Uwes Sandalen aufmerksam. Der lächelte nun ebenfalls. Ganz offensichtlich hatte er sich gerade von einer Bedrohung in einen harmlosen Hippie verwandelt. Der entspanntere der beiden Beamten sprach Jan-Uwe an.

»Entfernen Sie sich bitte umgehend und zu Ihrer eigenen Sicherheit!«

Er deutete zur Straße.

»Und was ist mit meinem Auto?«, erkundigte sich Jan-Uwe.

Der Polizist brauchte einen Moment, dann nickte er und wandte sich dem Wrack des Passat zu.

»Wir ... äh ... schreiben ein Protokoll! Melden Sie sich in ein paar Tagen bei uns, dann bekommen Sie die nötigen Papiere für Ihre Versicherung.«

Hinter den Beamten entstand plötzlich Unruhe. Anweisungen wurden gerufen, und die beiden marschierten zum Einsatzleiter. Der freundliche Polizist drehte sich ein letztes Mal um: »Gehen Sie! Und achten Sie auf herabfallende Steine!«

Was Jan-Uwe einigermaßen seltsam vorkam. Schließlich waren sie nicht im Gebirge, sondern im flachen Brandenburg.

Gehorsam bewegte er sich weg vom Industriegelände und in die Richtung, in der er die Innenstadt vermutete, als er hinter sich plötzlich ein Fahrzeug hörte. Kurz überlegte er, ob er es per Anhalter versuchen sollte, entschied sich aber dagegen, sprang beiseite und versteckte sich in dem Moment hinter einem Gebüsch, als ein Polizeiwagen mit Blaulicht und Sirene an ihm vorbeischoss. Ein Polizeihubschrauber folgte dem Wagen. Für

Jan-Uwes Geschmack war hier ein bisschen viel Polizei unterwegs, also beschloss er, seinen Weg abseits der Hauptstraßen fortzusetzen. Vorsichtig überquerte er ein im Dunkeln liegendes Feld. Am Rand der Grünfläche übersah er eine Kante, die zu einem Abgrund führte, und fiel zehn Meter in die Tiefe.

Die Zeit verlangsamte sich, blieb ganz stehen. Unter sich sah Jan-Uwe den asphaltierten Parkplatz einer stillgelegten Zaunfabrik. Mit erschütternder Klarheit erkannte er die Ironie seiner Situation. Eben noch hatte er auf einer Wiese hinter einem Parkplatz einem Tier das Leben genommen. Und nun sollte er sich also auf einem Parkplatz hinter einer anderen Wiese das Genick brechen?

Mit einem Mal wurde ihm bewusst, dass etwas nicht stimmte.

Er fiel, schlug aber nicht auf dem Boden auf. Und dann war es auch gar nicht mehr so, als würde er fallen. Im Gegenteil. Jemand – oder etwas – hatte ihn gepackt und trug ihn durch die Lüfte hoch über der Stadt, über Sahsenheim, bis zu einer weiteren Wiese, die neben einer ehemaligen, nur noch als Ruine vorhandenen mittelalterlichen Burg lag.

Der Ausblick war spektakulär. Jan-Uwe war sich nicht sicher, ob er nicht vielleicht ganz einfach tot war. Engel hatten ihn aufgefangen und zu dieser Wiese gebracht. Allerdings war es hier kalt. Und zunehmend nass im Gras. So hatte er sich das Paradies eher nicht vorgestellt.

36

Kalle, Sieben und Pit starrten in den Flur und versuchten die Situation zu erfassen. Ihre von Schnaps, Bier, Gore und den Erlebnissen des heutigen Tages angefüllten Gehirne hatten nur noch ein geringes Auffassungsvermögen. Mit dem Szenario vor ihrer Wohnungstür standen sie kurz vor der Überforderung.

Sie waren wieder halbwegs bekleidet – bis auf Sieben, der aber zumindest Unterwäsche und Socken trug.

Dietmar Senger, der neben der bewusstlosen Elsa hockte, fuhr mit einiger Mühe hoch und brachte seine Waffe in Anschlag.

»Keiner rührt sich! Waffen fallen lassen und alle an die Wand. Hände über den Kopf, auf die Knie und …«

Er musste verschnaufen. Schwarze Punkte tanzten durch sein Sichtfeld. Er zielte auf die drei verschwommenen Gestalten in der Tür und rieb sich die tränenden Augen.

Einen Moment lang sagte niemand ein Wort. Dann brach Kalle das Schweigen.

»Was is 'n hier los? Sind Sie wegen uns hier oder wegen der Schießerei?«

Dass Letzteres eigentlich nicht möglich war – schließlich war der Schusswechsel gerade mal zwei Minuten her –, entging ihm in seinem alkoholisierten Zustand.

Senger schwankte. Dann ließ er den Arm mit der Waffe sinken. Es war alles zu viel. Erst der Tote im Silo, dann die beiden Brüder und jetzt noch die Rentnerin. Er spürte, wie sich in seinem Hals ein Kloß formte. Wellen schwappten von seinem Magen hoch. Als sie sein Herz passierten, liefen ihm die ersten Tränen die Wangen hinunter. Sekunden später weinte er hemmungslos. Wenn Kalle ihn nicht aufgefangen hätte, wäre er einfach im dunklen Flur neben den anderen Körpern zusammengebrochen.

Kalle nickte Pit zu, dann nahmen die beiden den Polizeihauptmeister in ihre Mitte und schleppten ihn in die Wohnung. Im Wohnzimmer wuchteten sie ihn aufs Sofa, direkt neben den komatösen Niels, der selig schnarchend den Lärm aus dem Hausflur verschlafen hatte. Sanft löste Pit die Waffe aus Sengers Händen, legte sie aber direkt vor ihm auf den Glastisch.

Kalle sprach ihn mit ruhiger Stimme an.

»Komm erst mal runter, Kollege Schnürschuh! Ich bin Kalle, das sind Pit und Sieben, und der Penner neben dir ist Niels.«

Sieben reichte ihm ein Glas mit Mische, das Senger in einem Zug leerte. Nach einem zweiten Glas konnte er wieder einigermaßen klar denken. Er sah seine Waffe vor sich auf dem Tisch liegen und verstand das als Zeichen dafür, dass diese Männer bereit waren zu verhandeln. Verbrecher, die sich nicht wie solche verhielten. Hoffte er zumindest. Er atmete tief durch. In seinem Magen fuhren gleich mehrere Teufel Karussell.

»Kann ich mal eure Toilette benutzen?«

Sieben schaute Kalle an. Kalle nickte, woraufhin Sieben Anstalten machte, dem Polizisten aufzuhelfen. Der winkte ab.

»Schaff ich schon.«

»Da, im Flur. Die Tür gleich beim Eingang.«

Senger wankte in die ihm gewiesene Richtung, vorbei an Patrick Swayze und Jennifer Grey. Er betrat das Bad, schloss ab, öffnete seine Hose, ließ sich auf den Toilettensitz sinken und begann umgehend sich zu erleichtern. Mit dem Inhalt seines Darmes fiel wieder etwas Stress von ihm ab. Es würde ihm nichts anderes übrig bleiben, als mit diesen seltsamen Vögeln ein Agreement auszuhandeln. Wie das aussehen könnte, würde sich zeigen. Der Große schien ihr Anführer zu sein und machte einen ganz vernünftigen Eindruck. An den würde er sich halten.

Nach ein paar Minuten war er fertig. Auf einem kleinen überquellenden Mülleimer lag eine Rolle billiges Kreppklopapier. Die Seife auf dem Waschbeckenrand sah aus wie ein Überbleibsel aus dem Zweiten Weltkrieg, aber Senger war zufrieden, dass es überhaupt welche gab. Er blickte sich nach einem Handtuch um, als ihm eine zerknüllte Verpackung auffiel, die aus dem Mülleimer lugte. Er nahm sie heraus. Sie gehörte zu einer Damenstrumpfhose in XXL. Es gab also mindestens eine Frau in diesem Haushalt. Das erhöhte seine Chancen, hier heil wieder herauszukommen. Er stopfte die Verpackung wieder in den Müll und ging immer noch zittrig ins Wohnzimmer zurück.

Die Männer starrten ihn an. Seine Pistole lag weiter an der Stelle, wo sie einer von ihnen hingelegt hatte. Er ließ sich wieder auf seinen Platz fallen.

»Also …«, begann er, doch mehr wollte ihm nicht einfallen. Er hatte den beschissensten Tag seines Lebens hinter sich, und der war noch nicht vorbei. Die Erkenntnis ließ wieder Panikwellen in ihm hochsteigen. Er griff nach dem frisch gefüllten Glas Mische, das vor ihm stand, nahm einen großen Schluck und sah sich hilfesuchend in dem Raum um. Da fiel sein Blick auf die drei Stapel mit Videokassetten. Zuoberst lag ein Film mit einem Cover, das ihm bekannt vorkam. Das war ja *Man-Eater*! Und auf VHS!

»Das gibt's doch nicht!«, entfuhr es ihm. »Kann ich mal sehen?«

Kalle beugte sich vor und reichte ihm die Hülle. Sie war leer.

»Die Kassette habt ihr aber noch, oder?«

Was war in ihn gefahren? Er hatte zwei Menschen sterben sehen. Eine alte Frau lag besinnungslos im Treppenhaus. Und er erkundigte sich nach einem Gore-Film?

Einem Gore-Film der Extraklasse allerdings.

»Ja, sicher. Steckt im Gerät! Wir wollten den Film gerade schauen. Magst du D'Amato?«

»Ob ich D'Amato mag?« Senger holte tief Luft. »Ein Meister! Der Letzte seiner Art! Auf VHS ein Meilenstein!«

Mehr musste Kalle nicht hören. Er drückte die Play-Taste auf der Fernbedienung, und die ersten Szenen des Films erschienen auf dem großen Screen. Senger seufzte zufrieden, spähte dann aber doch beunruhigt Richtung Flur. Pit fing den Blick auf und bedeutete ihm per Handzeichen, dass er sich um die indisponierte Nachbarin kümmern werde. Leise verließ er die Wohnung. Ihm war gerade eingefallen, dass er eigentlich noch verabredet war. Daraus würde erst einmal nichts werden.

Auf dem Bildschirm starben die ersten Menschen. Dass er mit seinem Kannibalenklassiker ganz nebenbei eine Therapie für Panikattacken geschaffen hatte, war Joe D'Amato beim Dreh sicher nicht bewusst gewesen. Die heilende Kraft des Gore. Sengers Miene hellte sich auf, seine Lebensgeister kehrten zurück. Kalle und Sieben führten dies aber nicht nur auf die kinematografische Urgewalt des Films zurück, sondern auch auf den gestohlenen Alkohol, den sie ihm verabreicht hatten.

Kalle verband damit durchaus einen Plan. Wenn der Polizeihauptmeister von ihrer Beute trank – wie könnte er sie dann noch festnehmen?

37

»Da hast du noch mal Glück gehabt, dass ich an einem Scheißtag wie diesem meine Manieren nicht vergessen habe.«

Der Mann stand vor ihm auf der Wiese, hinter ihm die Lichter von Sahsenheim. Jan-Uwe konnte gerade so viel von seiner Person ausmachen, um zu wissen, dass es sich nicht um einen Engel handelte.

»Du brauchst dich nicht zu bedanken. Das machen die wenigsten. Aber tu mir einen Gefallen, ja?«

Der Mann hockte sich hin, sah ihm in die Augen.

»Kein Wort zu niemandem!«

Pause.

»Sonst muss ich deine Rettung rückgängig machen.«

»Sie sind der Mann, den die suchen, ja?«, fragte Jan-Uwe.

Der Mann nickte.

»Keine Sorge, ich werde Sie nicht verpfeifen. Ich selbst habe auch kein Interesse, mit der Polizei zu sprechen.«

»Aha«, machte der Mann. »Und was hast du angestellt?«

Jan-Uwe stutzte und beschloss, mit einer Gegenfrage zu antworten.

»Haben Sie die Löcher in den Schornstein geschlagen?«

Der Mann schnaufte, und es klang irgendwie amüsiert.

»Nun ja. War ein Scheißtag, aber das sagte ich ja schon, oder? Manchmal muss man eben Dampf ablassen. Pffff …«

»Aber in zwanzig Metern Höhe?«, sagte Jan-Uwe. »Das ist schon ungewöhnlich.«

Mit einem Mal war ihm alles klar. Die Gestalt, die er von der Wiese aus durch die Luft hatte fliegen sehen. Die sich die Haare gerauft hatte. Die Polizei, die im Industriehafen stand und in den Himmel starrte. Die Tatsache, dass er eindeutig gefallen, aber nicht auf dem Boden aufgeprallt war. Der Mann vor ihm konnte fliegen, Menschen retten und Schornsteine zerschlagen. Und trotzdem hatte Jan-Uwe noch nie von ihm gehört. Wenn da nicht die Weltenlenker dahintersteckten, dann wusste er auch nicht. Er musste die Sache gleich hier und jetzt klären.

»Haben Sie absichtlich meinen Wagen zerstört?«, fragte er nun forscher, als ihm zumute war. »Haben Sie mich hierher gebracht, um mich einem Verhör zu unterziehen? Haben Sie den Auftrag, mich zu beseitigen?«

Der Mann vor ihm seufzte.

»Ganz ruhig, ja? Warum sollte ich dir das Leben retten, um dich dann zu beseitigen? Warum sollte überhaupt irgendjemand den Auftrag haben, dich zu beseitigen?«

Er hörte sich aufrichtig erstaunt an. Und seine Argumentation klang logisch, logisch genug jedenfalls für Jan-Uwe.

»Das weiß ich nicht. Ich weiß nicht, ob ich überhaupt etwas weiß. Eigentlich mag ich Hunde. Ich mag Hunde sogar sehr. Ich hatte doch selbst mal einen, bis zur Scheidung …«

Jan-Uwe merkte, dass er dabei war, unkontrolliert herumzufaseln, und verstummte abrupt.

Der Fremde betrachtete ihn nachdenklich und musterte die Gewehrtasche, die Jan-Uwe fest an sich gedrückt hielt. Mit einem Mal schien ihm ein Licht aufzugehen.

»Du hast vorhin in Scharnow einen Hund erschossen, nicht wahr?«

Jan-Uwe zuckte zusammen. »Woher wissen Sie das?«

»Ich kann fliegen. Ich weiß es eben. Du bist beim BsB und kämpfst gegen die Weltenlenker, richtig?«

Jan-Uwes Mund stand offen. Er war außerstande, auch nur einen Ton von sich zu geben.

Der Mann sah ihn an, schüttelte den Kopf.

»Was wisst ihr überhaupt über diese ominösen Weltenlenker?«

Jan-Uwe schluckte. »Wir wissen genug. Wir wissen, dass sie die Regierungen dieser Welt manipulieren.«

Der Mann nickte ihm aufmunternd zu.

»Sie kommunizieren über Tiere mit telepathischen Fähigkeiten«, fuhr Jan-Uwe fort. »Die Haustiere von Politikern zum Beispiel. Über sie manipulieren die Weltenlenker etliche Regierungen und wer weiß was sonst noch alles. Aber man kann sie treffen. Die Hündin heute war die Schwester von Barack Obamas Hund. Ihr Tod hallt durch ihren Bruder über Tausende Meilen mitten hinein in die Zentrale der Weltenlenker.«

»Von wem habt ihr denn diese Informationen?«, fragte der Mann, der seltsam befriedigt wirkte.

»Ich kenne ihn nicht«, sagte Jan-Uwe. »Ein Insider. Alles, was er uns bisher gesagt hat, haben wir bestätigt gefunden.«

»Im Internet, vermutlich … Jede hirnrissige Theorie lässt sich dort bestätigen. Tiere mit telepathischen Fähigkeiten? So, so. Und was genau machen diese Weltenlenker? Was haben sie vor? Sind die Tiere selbst die Weltenlenker? Führen sie Kriege? Lassen sie Leute umbringen? Sind es Außerirdische?«

Der Fremde sprach nun in einem ironisch-herablassenden Ton, als wäre Jan-Uwe sein Sohn, dem er die Flausen austreiben wollte. Das provozierte Jan-Uwe und machte ihn rasend.

»Alles wissen wir noch nicht, okay? Keiner kennt die Weltenlenker, aber die Auswirkungen dessen, was sie anrichten, sind offensichtlich. Da muss man sich nur umschauen.«

Der Mann schaute sich um. Nichts als Dunkelheit. Dann lächelte er Jan-Uwe aufmunternd zu.

Jan-Uwe suchte nach Beispielen, und als Erstes fiel ihm wieder das Punkermädchen auf der Wiese beim Supermarkt ein.

»Nehmen Sie die vielen Obdachlosen«, rief er. »Es gibt immer mehr davon, und sie werden immer jünger! Aber keiner kennt die genauen Zahlen. Und warum? Weil sie verschwinden, darum. In diesem Land, auf dieser Welt musst du nur auf der Straße leben, um zu verschwinden. Puff, bist du einfach nicht mehr da. Erfasst werden allenfalls die, die straffällig werden oder sich um einen Platz in einer Notunterkunft bemühen. Aber dort ist ja eh kein Platz. Also verschwinden sie. Wer zu anständig zum Klauen ist oder zu schwach für den Kampf um einen Platz im Warmen, den gibt es nicht mehr, oder nur als unsichtbares Opfer der unmenschlichen Selektion unseres Sklavensystems. Und das, mein Freund, das machen die Weltenlenker!«

Jan-Uwe atmete schwer. Gleichzeitig fragte er sich, ob er gerade einen Riesenfehler begangen hatte. Falls ja, dann würde er umgehend die Quittung dafür bekommen. Doch der Fremde schaute ihn lediglich mit seinem seltsamen Lächeln an, bevor er wieder ins Dunkel blickte.

»Na. Ich weiß nicht. Vielleicht hat euch jemand ja einfach einen Floh ins Ohr gesetzt? Darf ich dich um einen Gefallen bitten?«

»Was für einen Gefallen kann ich jemandem wie dir tun?«, sagte Jan-Uwe zurückhaltend.

»Deine Jacke. Könntest du sie mir überlassen? Ich habe blöderweise einen Großteil meiner Sachen verloren und werde heute Nacht wohl im Freien übernachten. Ich habe kein Geld dabei, aber vielleicht gibst du sie mir trotzdem?«

Jan-Uwe überlegte, dass er die Jacke sowieso entsorgen wollte, also konnte er sie genauso gut weggeben. Er zog sie aus und reichte sie seinem Retter.

»Na klar, kein Problem. Ich schulde dir was.«

»Danke, das ist nett. Das mit dem Auto tut mir leid, aber wenn du hier runtergehst, dann kommst du an eine Haltestelle, wo in exakt dreizehn Minuten ein Bus Richtung Innenstadt abfährt.«

Er deutete auf die Straße hinter Jan-Uwe.

»Ich werd mich dann mal wieder ans Werk machen. Ans Unwerk, sozusagen.« Der Mann lachte über seine eigene Bemerkung. Dann seufzte er. »Wir sehen uns nicht mehr, fürchte ich.« Er zog die Jacke an, griff in die Tasche. »Oh, was ist das denn? Eine Lederkappe. Die kann ich gut gebrauchen.«

Jan-Uwe, der versucht hatte, den Weg zum Bus auszumachen, drehte sich um. »Was für eine Lederkappe?«

Doch der Fremde war schon weg.

In der Ferne, über den Dächern von Sahsenheim, konnte Jan-Uwe die Polizeihelikopter ausmachen. Plötzlich kam Bewegung in ihre Schar – beinahe, als würden Mücken mit einer Fliegenklatsche aufgescheucht, oder Bienen von der Pfote eines hungrigen Bären. Kurz darauf folgte das weit entfernte Geräusch einstürzenden Mauerwerks.

»Noch acht Minuten«, hörte er mit einem Mal eine Stimme. »Und der nächste Bus kommt erst in einer Stunde!«

Es war die zweite Stimme, die sich an diesem Tag ungebeten in seinem Kopf meldete. Anders als jene, die ihn auf der Wiese vor dem Attentat bedrängt hatte, war diese hier freundlich und warm.

Wer weiß, dachte Jan-Uwe. Vielleicht wird doch noch alles gut?

38

Achtlos neben der nach Erbrochenem stinkenden Kiste aus dem Billkauf lag das Buch und studierte abwechselnd die Abscheulichkeiten auf dem Bildschirm und die Männer, die sie sich zu Gemüte führten.

Sie wirkten glücklich. Mit dem Universum im Reinen. Also beschloss das Buch, sich ebenfalls zu entspannen. Wohlig und träge lag es da, wie eine Großkatze in der afrikanischen Savanne, die neben einer Herde Gnus döst.

Sieben war auf den Balkon gegangen und hatte in einem Eimer ein kleines Feuer gemacht, um darauf Marshmallows zu rösten. Neben seinem Talent zur Gewalt hatte er bisweilen durchaus brauchbare Ideen. Das Feuer flackerte wie ein einsames Fanal im Dunkel der Scharnower Nacht. Niels schnarchte auf dem Sofa weiter leise vor sich hin. Senger genoss den wärmenden Alkohol im Bauch und knabberte Paprikachips, während er George Eastman dabei zusah, wie dieser an seinen eigenen Eingeweiden herumknabberte. Er fühlte sich so glücklich wie lange nicht mehr.

Sieben kam zurück ins Zimmer, sah sich suchend um, entdeckte die Tüte Marshmallows, die er im Supermarkt zusammen mit anderem Süßkram eingesteckt hatte, und ging wieder auf den Balkon. Das Buch nahm er ebenfalls mit. Ohne darüber nachzudenken, warf er es als zusätzlichen Brennstoff in den Eimer.

»FEUER«, schoss es ihm durch den Kopf. Und während die roten Flammenzungen sein Antlitz erhellten, hallte in ihm ein verzweifelter, stimmloser Schrei.

»AAAAAAHH!«

Die weiteren Todesschreie des Buches vernahm er nicht.

Wie auch?

Sie waren nur noch geschrieben.

Zwischenspiel
Der Junge

»Ein entlaufener Mörder? Ernsthaft?«
»Hier im Wald?«

»Und die Polizei sucht ihn überall?«

Die Schüler trauen ihren Ohren nicht. Der Rektor lächelt vielsagend.

»So sind meine Informationen. Aber keine Sorge, die Nachtwanderung wird morgen wie geplant stattfinden. Wenn wir aufpassen und zusammenbleiben, wird uns nichts passieren. Und nun erst mal guten Appetit.«

Essen ist das Letzte, woran die Klasse 6c jetzt denken kann. Ein entlaufener Mörder, hier im Wald beim Schullandheim? Die Geschichte, die der Schulleiter vor dem Abendessen im Gemeinschaftsaal erzählt hat, ist nicht nur aufregend, sondern überhaupt das erste Aufregende, was auf dieser langweiligen Klassenfahrt passiert.

»Entschuldigung, Direx, gibt es auch eine Belohnung, wenn jemand den Mörder fängt und an die Bullen ausliefert?«

Der Rektor pflegt einen lockeren Umgang mit den Schülern, weshalb er sich auch nicht weiter an seinem Spitznamen stört.

»Wer weiß, Jörg. Esst jetzt erst mal! Bis morgen ist ja noch ein bisschen Zeit.«

Die Schüler der 6c reagieren unterschiedlich auf die Geschichte. Einige ängstigen sich, andere malen sich aus, wie der entlaufene Killer wohl aussieht und wie sie ihn gegebenenfalls überwältigen könnten. Wieder andere unterhalten sich lebhaft darüber, was sie mit einer Belohnung anstellen würden. Der Rektor selbst setzt sich lächelnd an den für die Lehrer bestimmten Tisch und zwinkert seinen Kollegen, Klassenlehrerin Roswitha Zuchonns und Sportlehrer Georg Wenker, vielsagend zu. Zuchonns ist eine junge engagierte Lehrerin, die ihren Schülern auf Augenhöhe zu begegnen versucht und sich im Übrigen der Wirkung ihrer sich deutlich unter dem Pullover abzeichnenden Brüste auf die männliche Schülerschaft nicht bewusst zu sein scheint. Wenker wiederum ist ein stets positiv gestimmter Zeitgenosse, der aber sein zur Schau getragenes Kumpeltum als pädagogisches Allheilmittel deutlich überschätzt. Außerdem unterschätzt Wenker fatalerweise die Englischkenntnisse seiner Schützlinge, besonders im Hinblick auf seinen Nachnamen.

Der Junge beobachtet den Schulleiter. Ihm ist klar, dass die Geschichte nur eine Finte ist, um die geplante Nachtwanderung attraktiver zu machen. Eine nachvollziehbare Mogelei des Pädagogen gegenüber seinen Schülern, aber eben auch eine Lüge, findet der Junge. Vor dem Sprechen wischt sich der Rektor jedes Mal umständlich mit der Serviette die Lippen ab. Er spricht viel. Seine Serviette ist in ständiger Aktion. Tanzt eine ganz eigene Choreografie. Plötzlich hält sie inne.

Der Schulleiter wirkt irritiert, als hätte er den Blick des Jungen gespürt. Er sieht sich nach dem Tisch um, an dem der Schüler normalerweise sitzt, doch der hat sich heute einen freien Platz dicht bei der Eingangstür gesichert, weil er nach dem Essen schnell in sein Zimmer zurückwill. Stirnrunzelnd sucht der Rektor den Speisesaal ab, bis er den Jungen entdeckt, der ihn gedankenverloren anstarrt. Er fixiert ihn, und der Junge schlägt erschrocken die Augen nieder.

Als er einige Sekunden später wieder aufschaut, ruht der Blick des Schulleiters noch immer auf ihm. Ein eigenartiges Lächeln umspielt dessen Mundpartie.

Der Junge senkt den Kopf und fängt hastig und unkonzentriert an zu essen. Plötzlich bekommt er einen Schlag auf den Hinterkopf. Er spuckt den Bissen, den er gerade in den Mund geschoben hat, wieder aus.

»Na, du Loser! Du würdest einen prima Köder für den Killer abgeben! Ey, das ist *die* Idee, wir binden den Spinner an einen Baum und brauchen bloß noch auf Norman Bates zu warten. Wenn er dich dann zufällig umbringen sollte, bezahlen wir dir von der Belohnung eine richtig schöne Beerdigung. Was sagst du dazu?«

Hinter dem Jungen hat sich Jörg Zankwart mit seiner Bande aufgebaut, die den Witz mit lautem Gejohle quittiert.

»Iiih, wie eklig, hat der eben wirklich auf seinen Teller gekotzt?«

Auch Tanja und Svane sind dabei. Warum, fragt sich der Junge, hängen Mädchen bloß mit Typen ab, die Dinge sagen wie: »Vielleicht erlöst uns der Mörder ja von dir, Arschloch!?«

Ein lautes Räuspern lässt die Runde aufschauen. Der Schuldirektor ist aufgestanden und sieht mit hochgezogenen Augenbrauen zu der Gruppe herüber.

Zankwart beugt sich zu dem Jungen.

»Also, schreib schon mal einen Abschiedsbrief an deine Mutter, Loser.«

Sein Flüstern klingt bedrohlich. Vermutlich imitiert er gerade einen Mafiaboss, den er in irgendeinem Film gesehen hat. Er nimmt sich die Apfelsine vom Essenstablett des Jungen und zerquetscht sie in seiner Hand. Dann richtet er sich auf, lässt sie auf den Teller des Jungen fallen, hebt seine Hände als Zeichen des

Friedens in Richtung Schulleiter und gibt seiner Entourage mit einem Nicken die Anweisung weiterzugehen.

Die Choreografie eines Geldeintreibers.

Bevor Zankwart sich endgültig abwendet, wischt er noch seine Hand an der Schulter des Jungen ab. Als Letzter der Gruppe verlässt der pummelige Ralf den Schauplatz. Er ist froh, nicht selbst Ziel des Klassenspottes zu sein. Der Junge und er teilen sich ein Zimmer, was Ralf aber nicht vom Versuch abhält, ihm ebenfalls einen Klaps auf den Hinterkopf zu geben. Mit einer schnellen Bewegung weicht der Junge dem Schlag aus und sieht Ralf drohend an. Der schaut verunsichert zu seiner Gang und ruft: »Hey, seht mal … der guckt wieder so scheiße. Sollen wir uns den nicht doch noch vornehmen?«

Aber Zankwart und seine Clique sind schon mit dem nächsten Opfer zugange: einem stotternden Mädchen.

»Glück gehabt, Loser!«, zischt Ralf dem Jungen zu, bleibt dabei aber auf Sicherheitsabstand und beeilt sich dann, in den Schutz der Gruppe zurückzukehren. Der Junge nimmt sein Tablett, steht auf und trägt es, ohne den Rektor noch einmal anzuschauen, zur Geschirrabgabe.

Eine Klassenfahrt in die DDR hält der Junge von Anfang an für eine ausgemachte Schnapsidee. Der Arbeiter-und-Bauern-Staat hat vor ein paar Monaten überraschend die Grenzen geöffnet und eine Übergangsregierung gebildet. Seither zeigen sich allerorts graue oder pastellfarbene Trabis. Vor den Banken, in denen es einhundert Westmark als Begrüßungsgeld gibt, bilden sich lange Schlangen. Den Lehrern der 6c aus der JFK-Realschule Braunschweig/Nordstadt kommt der Einfall, die neue Reisefreiheit andersherum zu nutzen. Ein Vater ist dagegen, alle anderen Eltern sind einverstanden. Aktuelle Geschichte hautnah miterleben. Warum nicht?

Eine alleinerziehende Mutter kann das Geld für die Klassenfahrt nicht aufbringen. Der Vorschlag der Elternsprecher, für diese Mutter zusammenzulegen, findet keinen großen Anklang. Ihr Sohn verbringt deshalb die Zeit in einer Parallelklasse. Überraschenderweise hat der Schulleiter beschlossen, die Gruppe zu begleiten. Für den Jungen, der zu gerne auf die Fahrt verzichtet hätte, ist das anfangs ein kleiner Trost. Er hofft darauf, dass die Anwesenheit des Rektors den Sadismus der Bande um Jörg Zankwart, deren favorisiertes Opfer er seit einer Weile ist, in die Schranken weisen wird.

Scharnow heißt der Ort, an dessen Rand das Schullandheim liegt. Scharnow in Brandenburg, nahe Berlin. Seit sie dort angekommen sind, haben sich sämtliche Vorurteile des Jungen gegenüber der DDR bestätigt. Sie sind seit fünf Tagen hier, und er kann es kaum erwarten, wieder nach Hause zu kommen.

Nach dem Abendbrot.

Der Junge hat es sich in seinem Bett bequem gemacht und liest in einem Comicheft. Die Schüler sind in Zweibettzimmern untergebracht, die Zuteilung wurde schon in Braunschweig ausgemacht. Der Junge hat sofort und ohne Diskussion das untere Bett genommen, weil ihm die Sache eine Auseinandersetzung mit dem dicken Ralf nicht wert ist. Es ist halb zehn. Die Regeln besagen, dass um 22 Uhr das Licht gelöscht wird. Ralf befindet sich wahrscheinlich noch im Gemeinschaftsbad, um mittels Zigaretten einen höheren Platz in der Klassenhierarchie zu erkaufen. Sein Vater führt einen Tabakladen, Ralf sitzt also an der Quelle. Heimlich hat er ein paar Schachteln auf die Klassenfahrt mitgenommen und verschenkt sie jeden Abend einzeln in der hintersten Toilettenkabine, weil die als einzige über ein Fenster verfügt.

Dem Jungen ist das nur recht. Er ist gern allein.

Als sich die Zimmertür öffnet, kehrt der Junge ihr den Rücken zu und rührt sich nicht. Er hat nicht vor, Ralf irgendeine Aufmerksamkeit zuteilwerden zu lassen. Der Zimmergenosse stellt keine Gefahr dar. Im Grunde genommen ist er feige, deshalb erwartet der Junge von ihm auch keinen Angriff.

Und er hat ja zur Not auch noch sein Messer.

So ignoriert der Junge den Mitschüler, der mit schweren Schritten auf ihn zukommt. Die Schritte stoppen direkt vor dem Bett. Stille. Wahrscheinlich sieht Ralf gerade auf den Jungen hinunter und rechnet sich seine Chancen in einem Zweikampf aus. Oder er denkt über einen coolen Spruch nach. Aber cool, das weiß der Junge, ist ein Attribut, das nicht mal zu zehn Prozent auf Ralf zutrifft. Außerdem machen Schläge oder Sprüche ohne Zuschauer nicht wirklich Sinn. Und ohne den Beistand seiner Freunde ist es Ralf sicher zu riskant, den durchgeknallten Freak, für den die meisten Schüler den Jungen halten, anzugreifen.

»Leg dich hin! Das ist besser für uns beide«, sagt der Junge, ohne den anderen anzuschauen. Seine Stimme ist sehr ruhig. Eiskalt. Cool.

Mit drei schweren Tritten klettert Ralf die Etagenleiter hoch und rollt sich auf seine Matratze. Das gesamte Bett ächzt und wackelt unter dem Gewicht. Er atmet geräuschvoll aus und beginnt dann mit den Fingern einen Rhythmus auf das Bettgestell zu klopfen.

Tack-tacktack-tacktacktack-tack-ta-tack-ta-tack …

Der Junge sieht genervt zur durchhängenden Matratze über ihm.

»Hey, würdest du bitte aufhören damit?«

Das Klopfen stoppt. Dann fängt es wieder an.

Tack-tacktack-tacktacktack-tack-ta-tack-ta-tack …

Der Junge tritt nach oben gegen die Beule in der Matratze. Nicht zu fest. An einer Schlägerei ist ihm nicht gelegen.

Es fühlt sich an, als würde er gegen einen Stein treten.

Er hört einen tiefen Seufzer über sich. Plötzlich öffnet sich die Tür. Der Junge dreht sich verwundert um und sieht Ralf ins Zimmer treten, der wie angewurzelt stehen bleibt und entsetzt auf das Bett über dem Jungen starrt. Sein Bett. Dem Jungen stockt der Atem. Wer, verdammt nochmal, liegt da oben? Zu wem hat er gesprochen?

Zwei Männerbeine in orientalischen Hausschuhen schwingen sich über die Bettkante. Mit einem behänden Sprung landet der Rektor direkt vor Ralf.

»Hallo, Ralf ... du bist spät dran. Ich dachte, vielleicht stört dich etwas an deinem Bett. Aber es scheint alles in Ordnung zu sein. Oder doch nicht? Stört dich etwas? Zum Beispiel die Matratze? Hängt ein bisschen durch, findest du nicht?«

Ralf sieht den Schulleiter an und schüttelt stumm den Kopf. Er hält die Luft an, was natürlich völlig überflüssig ist, weil seine Sachen zehn Meilen gegen den Wind nach Zigarettenqualm stinken. Unten kleben die Blicke des Jungen am Rücken des Rektors. Er ist vor Schreck wie gelähmt.

»Nein? Na dann ab ins Bett. Und du ...«

Der Schulleiter wendet sich dem Jungen zu.

»Wie geht es dir? Du siehst etwas blass aus.«

Mit einer weiteren schwungvollen Bewegung setzt er sich auf die untere Bettkante und legt seine Hand auf die Stirn des Jungen, bevor dieser vor ihr zurückweichen kann. Die Hand ist weich, aber kalt.

»Was liest du da? Zeig mal her!«

Der Rektor pflückt geschickt den Comic aus den Händen des Jungen.

»Superhelden, was? Muskelmänner in hautengen Anzügen. Ich wusste nicht, dass du das magst. Mögt ihr so was heutzutage?«

Den letzten Satz spricht er etwas lauter aus. Er ist offensichtlich für beide Jungen bestimmt. Ralf, der inzwischen in sein Bett geklettert und vom Luftanhalten garantiert schon lila angelaufen ist, kann ein Japsen nicht unterdrücken. Das scheint den Schulleiter aus dem Konzept zu bringen. Seine Gesichtszüge sind für den Jungen kaum zu erkennen, weil er die Deckenlampe im Rücken hat. Doch der fiebrige Glanz in seinen Augen lässt sich gut ausmachen.

»Deck dich gut zu. Nicht, dass du dir eine Erkältung einfängst, hörst du!«

Bevor der Junge antworten kann, steht der Rektor auf und geht zur Tür.

»Okidoki! Gute Nacht. In zwanzig Minuten macht ihr das Licht aus! Bitte!«

Beim Schließen der Tür wirft der Schulleiter einen letzten, seltsamen Blick auf den Jungen. Dieser Blick, sehnsuchtsvoll und mit einer Ahnung von Dingen, die der Junge nicht entschlüsseln kann, brennt sich in seinem Gehirn fest und macht ihm furchtbare Angst. Lange kann er nicht einschlafen. Er tastet nach dem Messer, das er im Kissenbezug versteckt hält. Es beruhigt ihn, dass es da ist. Dass es ihm helfen wird, falls er sich wehren muss. Schließlich überwältigt ihn die Müdigkeit, und er fällt in einen unruhigen Schlaf.

Mitten in der Nacht wird der Junge aus dem Schlaf gerissen. Er hat Wadenkrämpfe. Seine Beine zucken unkontrolliert. Er kann nicht anders, als vor Schmerz und Hilflosigkeit zu schreien. Über ihm erwacht Ralf, stöhnt schlaftrunken und herrscht ihn an, er solle endlich Ruhe geben.

»Sonst setzt es was!«

Unvermittelt wird die Tür aufgestoßen, und der Rektor stürzt herein. Er trägt einen Bademantel über dem Schlafanzug. Ohne zu fragen, was los ist, setzt er sich auf das Bett des Jungen, schlägt die Decke beiseite, nimmt das zuckende Bein und streckt es, bis die Krämpfe abebben und der Schmerz nachlässt. Dabei drückt er mit einer Hand am Fuß und mit der anderen am Oberschenkel. Mit dem kleinen Finger berührt er wie zufällig das Geschlecht des Jungen, was dieser in seiner Panik zunächst kaum wahrnimmt. Doch als die Schmerzen abebben, der Wadenmuskel weniger pocht, die Hand des Erwachsenen dennoch an der intimen Stelle liegen bleibt, steigt eine unerträgliche Scham in ihm auf. Die Finger des Rektors bewegen sich jetzt in kleinen Kreisen. Sie scheinen ihn zu streicheln.

Der Junge sieht sich hilfesuchend im Zimmer um. Ihm ist klar, dass er den Augen des Schulleiters, der beruhigend auf ihn einredet, nicht ewig wird ausweichen können. Er wagt einen Blick, schaut aber sofort wieder weg. Er kann ihn nicht ansprechen, kann ihn nicht bitten, mit den Berührungen aufzuhören. Er will sich diesem Mann einfach nur entziehen, seinen Körper verlassen. Doch der zuckende Wadenmuskel lässt das nicht zu.

Der Junge denkt wieder an das Messer, das endlos weit weg scheint.

Und dann ist es vorbei. Sein Bein krampft nicht mehr. Die Berührungen enden, die Finger ziehen sich zurück, und der Schulleiter erhebt sich vom Bett. Im Kopf des Jungen erhebt sich ebenfalls etwas: ein brüllendes Geräusch, das ihn keinen klaren Gedanken fassen lässt. Der Rektor fragt den Jungen, ob er in einem Raum weiterschlafen möchte, der näher an den Zimmern der Lehrer liegt. Die Stimme klingt fremd, weit entfernt. Der Junge schafft es unter Anstrengung, den Kopf zu schütteln.

Der Schulleiter geht zur Tür, dreht sich noch einmal um, nickt dem Jungen lächelnd zu. Das Lächeln ist freundlich, mitfühlend, aber unverbindlich, als wäre nichts passiert. Ein Bild wie aus einer anderen Realität. Der Junge zweifelt für einen Moment an seinen Sinnen. Hat er sich das alles nur eingebildet?

»Krass, Alter! Ich dachte, der lässt dich nie wieder los. Hat dir wohl gefallen, du schwule Sau!«

Ralfs Spott macht dem Jungen klar, dass er sich das eben Erlebte nicht eingebildet hat. Er schließt die Augen, wird erneut überrollt von Scham, Angst, Verwirrung. Seine Lage, das weiß er, ist ausweglos. Er hat sich nicht gewehrt, also wird es weitere Übergriffe geben, da ist er sich sicher.

Aber warum hat er sich nicht gewehrt? Er weiß es nicht.

Er tastet nach dem Messer im Kissenbezug und hält es fest in der Hand, während er versucht, wieder einzuschlafen.

In der Nacht bekommt der Junge weitere Krämpfe. Er unterdrückt den Schmerz so gut es geht und streckt seine Beine aus, bis sich die krampfenden Waden beruhigen und der Schmerz abklingt. Danach wälzt er sich im Bett hin und her, bis das erste Vogelgezwitscher und ein schwacher Lichtschein den kommenden Tag ankündigen. Im Morgengrauen fühlt er sich sicher. Um diese Zeit wird der Rektor nicht mehr erscheinen. Prompt schläft er ein und wird eine Stunde später durch den Morgenappell geweckt.

Der Tag vergeht ohne besondere Vorkommnisse. Der Schulleiter erscheint weder zum Frühstück noch zum Mittagessen, was die Zankwart-Gang nutzt, um den Jungen weiter zu piesacken. Eine Mandarine und ein Joghurtbecher werden dafür zweckentfremdet. Warum erniedrigen sich Menschen gegenseitig so gerne mit Lebensmitteln?, fragt sich der Junge und lässt die Quälereien ohne Gegenwehr über sich ergehen.

Erst beim nachmittäglichen Fußballspiel erscheint der Rektor wieder und bietet sich als Schiedsrichter an. Der Junge, dessen fußballerische Qualitäten unterhalb von mittelmäßig rangieren, sitzt auf der Ersatzbank und kann sich erfolgreich vor einem Einsatz drücken. Einmal trifft sein Blick auf den des Schulleiters. Der gibt sich freundlich, desinteressiert.

Beim Abendessen läuft er in seiner Ansprache für die Nachtwanderung dann zur Höchstform auf.

»Ich habe heute noch einmal mit der Polizei telefoniert, und sie haben uns grünes Licht für unsere Nachtwanderung gegeben. Der Mörder ist zwar noch immer auf freiem Fuß und soll auch hier in der Gegend gesehen worden sein. Aber sie vermuten, dass er uns als Gruppe nicht angreifen wird. Wir sind ja auch in der Lage, uns zu wehren, oder?«

Als Antwort folgt vereinzeltes Johlen, doch er gibt sich damit noch nicht zufrieden.

»Gegen die 6c hat ein Mörder keine Chance, oder?«

Diesmal kommt das Johlen deutlich lauter.

»Ich kann euch nicht hören, Leute. Seid ihr wie ich der Meinung, dass wir den Killer heute schnappen werden?«

Die Stimmung explodiert nun förmlich, obwohl der letzte Satz des Rektors objektiv gesehen gar keinen Sinn ergibt.

Der Junge wandert am Wegrand mit etwas Abstand zu den anderen. Die Stimmung ist erwartungsgemäß aufgeladen, auch wenn sich bisher nichts Nennenswertes ereignet hat. Im Vorfeld sind ein paar Taschenlampen an die Schüler verteilt worden. Natürlich hat der Junge keine abbekommen, was ihn nicht weiter stört. Das Schauermärchen von dem entlaufenen Mörder hält er sowieso für albern. Als würden sie in ihrem Alter noch an Monster und herumstreunende Mörder glauben!

Der Schulleiter und Wenker marschieren vorneweg, während die Klassenlehrerin – schon ihr Vorname Roswitha ist sexy, findet der Junge – rauchend und eigenen Gedanken nachhängend die Nachhut bildet.

Der Junge tastet in der Jackentasche nach dem Klappmesser. Es ist eine Art Jagdmesser, vermutet er, genau weiß er das nicht. Er hat es damals ohne nachzudenken eingesteckt, als er es bei einem seiner seltenen Besuche in der Garage seines Onkels herumliegen sah. Seinem Onkel müsste der Verlust längst aufgefallen sein. Erwähnt hat er es nie.

Das Messer gehört jetzt ihm. Eigentlich hat es ihm schon immer gehört. Es wollte zu ihm, das hat er damals in der Garage gespürt, und ihre Beziehung ist seither intensiver geworden.

Kann ein Messer ein Vertrauter sein?

Dieses Messer schon. Es versteht ihn, es ist für ihn da. Es gibt ihm Halt und Sicherheit. Wenn er es ganz ausklappt, wird die Klinge fixiert, und der Junge weiß, dass solche Messer verboten sind. Er ahnt auch, warum das so ist, aber es ist ihm egal. Jetzt, in der Jackentasche, öffnet er das Messer einen Spalt weit und tastet vorsichtig nach der Schneide. Sie ist scharf. Sehr scharf. Gefährlich für andere, aber nicht für ihn. Ihm wird das Messer nichts antun.

Er hebt den Kopf, schaut sich um, auf seine Mitschüler, die sich mit albernen Späßen die Zeit vertreiben oder über die neuesten Helden aus den Musikmagazinen fachsimpeln. Niemand beachtet ihn. Mit einem Mal befällt ihn ein merkwürdiges Gefühl. Ihm wird klar, dass er selbst beobachtet wird. Vorsichtig späht er zur Seite und entdeckt den Schulleiter, der neben einem Baum kniet und sich den Schuh zubindet.

Zumindest sieht es so aus, als würde er deswegen dort kauern.

Der Junge weiß es besser. Der Blick des Rektors – durchdringend, emotionslos – gilt ihm, es ist der Blick eines Jägers auf seine Beute. Genau wie letzte Nacht. Es macht ihm Angst. Was immer dieser Mann vorhat, der Junge will damit nichts zu tun haben.

Er beschleunigt seinen Schritt, drängt sich Schutz suchend mitten in eine Gruppe Schüler, die sein plötzliches Auftauchen mit unsanftem Rempeln quittiert. Der dicke Ralf gehört ebenfalls dazu und nutzt gleich die Chance, sich vor den anderen zu profilieren, indem er dem Jungen mit der flachen Hand einen

Schlag auf den Hinterkopf verpasst. Der Lehrerin entgeht das nicht. Sie fährt dazwischen und weist den Jungen an, bei ihr zu bleiben. Eine Aufforderung, der dieser nur zu gerne nachkommt.

Peter Märse, ein neuer Mitschüler, beobachtet die Szene interessiert. In ihm regt sich schon länger Mitgefühl für den Außenseiter.

Die Wanderung setzt sich ohne weitere Vorkommnisse fort. Der Junge blickt immer wieder verstohlen nach hinten. Dorthin, wo er den Rektor vermutet. Inzwischen ist es dunkel. Diejenigen Schüler, die eine Taschenlampe abbekommen haben, schalten sie ein. Von der anfänglichen Euphorie ist nicht mehr viel zu spüren. Lustlos leuchten sie in den dichten Wald hinein. Einigen tun die Füße weh, andere sind müde oder klagen über Langeweile.

Das war absolut zu erwarten, denkt der Junge noch, als überraschend eine Gestalt aus dem Gebüsch hervorbricht, das Gesicht halb unter einer Kapuze verborgen und von unten mit einer Taschenlampe angestrahlt, was eine unheimliche, fast dämonische Wirkung hat. Der Vermummte brüllt und gibt unverständliche Laute von sich. Dem Jungen kommt die Stimme bekannt vor, doch bevor er weiter darüber nachdenken kann, bricht um ihn herum das Chaos aus.

Einige Schüler weichen zurück. Andere schreien. Zankwart schreit am lautesten. Bei ihm allerdings klingt es eher wie ein Schlachtruf.

»Wir machen dich fertig, du Mörderschwein!«

Sofort fallen andere in das Gegröle mit ein.

»Tötet die Sau!«

»Du kriegst auf die Fresse!«

»Auf ihn!«

Binnen Sekunden stürzen sich sechs Jungen auf den Mann und treten und schlagen auf ihn ein. Die Taschenlampe fällt ihm aus der Hand und rollt auf den Waldboden. Die Laute, die der Vermummte jetzt von sich gibt, klingen mehr nach Panik. Keiner der Jungen, die auf ihn eindreschen – inzwischen sind es schon acht –, kümmert sich darum.

»Ahhh … aufhören! Aufh…!«

Der Vermummte wehrt die Schläge ab, aber es sind zu viele, und sie kommen von überall.

Seltsamerweise lächelt die Lehrerin. Sie macht absolut keine Anstalten, in die Situation einzugreifen. Wenker, der etwas weiter weg steht, eilt zwar auf die Gruppe zu, wirkt aber ebenfalls eher amüsiert. Dem Jungen wird klar, wer da Prügel bezieht. Er fasst einen Entschluss. Energisch tritt er zu dem herumtobenden Pulk und kämpft sich zwischen die Sechstklässler, die wie von Sinnen weiter auf den Mann einschlagen. Einige Mädchen sind jetzt auch dabei. In der Hand verborgen hält der Junge sein Messer.

»Hört doch auf … bitte aufhören! Ich bin … aaaah!«

Jetzt!

Das Messer gleitet in etwas Festes. Kratzt an etwas Hartem vorbei. Der Mann hört plötzlich auf zu schreien. Er scheint verdutzt zu sein. Beim Rausziehen hakt es ein wenig. Irgendetwas reißt. Der zweite Stich geht ohne Probleme und deutlich tiefer. Dann fängt der Vermummte wieder an zu schreien, doch diesmal klingt es anders. Die Schüler lassen von ihm ab.

»Da ist Blut!«

»Der blutet. Der Typ blutet!«

Einer der Schüler sieht auf seine Hand, die eben noch auf den Mann eingeschlagen hat. Sie ist großflächig mit Blut besudelt. Das Lächeln der Lehrerin erstarrt. Dann fängt auch sie an zu schreien.

Der Junge lässt das Messer unter seinem Pullover verschwinden, geht rückwärts von dem Mann weg. In dem Durcheinander fällt das niemandem auf. Zankwart zieht dem vermeintlichen

Mörder die Kapuze vom Kopf, bevor Wenker ihn daran hindern kann.

»Es ist der Direx!«

Der Junge rennt und rennt, bis er nicht mehr kann und seine Lunge sich anfühlt, als müsste er sie jeden Moment auswürgen. An einer großen Eiche bleibt er stehen und versucht, an den Stamm gestützt, seinen Atem unter Kontrolle zu bringen.

Er ist sich sicher, dass niemand seine Tat mitbekommen hat. Er ist nur einer der Schüler, die auf den Trick des Schulleiters reingefallen sind, weiter nichts. Wer genau in dem ganzen Wirrwarr zugestochen hat, wird nicht auszumachen sein. Viele der Beteiligten sind mit Blut besudelt. Der Junge selbst hat im Vergleich zu den meisten anderen sogar recht wenig davon abbekommen.

Was wohl mit dem Rektor ist? Verletzt, denkt der Junge, tot wohl eher nicht, und er ist darüber so enttäuscht wie erleichtert.

Am besten wäre wohl, er würde sofort ins Schullandheim zurückkehren. Wenn er davor noch das Messer entsorgt, wird man ihm nichts nachweisen können. Bleibt er länger weg, wird ihn das wiederum verdächtig machen. Er beschließt, das Messer in den Wald zu werfen. Doch als er ausholt, merkt er, dass er die Waffe – spätestens jetzt ist es auch eine Waffe – nicht einfach irgendwohin schleudern will. Seine Verbindung zu dem Messer ist zu stark. Vielleicht noch stärker als zuvor. Er muss es loswerden, aber so, dass er es später wiederfinden kann.

Da entdeckt er ein Erdloch unter einem Ausläufer der Baumwurzeln. Er ritzt ein großes M in die Rinde der Eiche, legt das Messer in die Mulde und schaufelt mit seinen bloßen Händen Walderde darauf. Hier liegt es nun, sein Messer. Sein Vertrauter. Wenn Gras über die Sache gewachsen ist, wird er zurückkommen und es sich holen. Er hängt der Vorstellung noch nach, als ihm klar wird, dass er nicht allein ist.

»Wir wollen mit dir sprechen«, hört er eine warme, Respekt einflößende Stimme sagen.

Der Schulleiter ist nicht lebensgefährlich verletzt. Das wissen Roswitha Zuchonns und Georg Wenker allerdings noch nicht, als sie ihn zum Schullandheim zurückbringen. Seine Kleidung ist blutdurchtränkt, und er wirkt apathisch. Wenker hat die Polizei informiert, die einen Krankenwagen mit Notarzt vorbeischicken will. Einen in Ermittlungsfragen erfahrenen Beamten gibt es um diese Uhrzeit hier nicht. Wenker hat auch nur von einem Unfall gesprochen, und so kommt man überein, dass die Polizei erst am nächsten Morgen vorbeischauen wird. Als der Krankenwagen vorfährt und die Sanitäter sich des Rektors annehmen, versammeln die beiden Lehrer die sichtlich verstörten Schüler im Speisesaal. Einige Mädchen sind in Tränen aufgelöst, werden von Freundinnen flüsternd getröstet. Auch die Jungs unterhalten sich leise. Die Bande um Zankwart wirkt trotzig. Als der Rettungsarzt Wenker nach draußen bittet, scheint der Sportlehrer darüber beinahe erleichtert. Er nickt seiner Kollegin aufmunternd zu und steigt kurz in den Krankenwagen.

So bleibt es Roswitha Zuchonns überlassen, die Schüler weiter zu beruhigen. Besonders gut gelingt ihr das nicht, auch wenn sie inzwischen erfahren hat, dass der Schulleiter nicht in Lebensgefahr schwebt. Ihre Hände zittern. Am liebsten würde sie sich hinlegen und an nichts mehr denken. Ihr Blick fällt auf Peter Märse. Den Neuen. Sie kennt ihn noch nicht so gut. Man hat ihr erzählt, dass er in seiner alten Schule einem Mobbing ausgesetzt war, dem mit pädagogischen Mitteln nicht mehr beizukommen war. Nun geht er in ihre Klasse und wirkt in diesem Augenblick bemerkenswert ruhig. Das gefällt ihr. Er schaut sie an, als wüsste er genau, wie es um sie steht, und wünschte sich nichts mehr, als ihr zu helfen.

»Peter. Vielleicht könntest du die Liste hier übernehmen? Schau einfach nach, ob alle da sind. Ich muss mich um die Mädchen kümmern.«

»Natürlich«, bekommt sie zur Antwort. »Das mache ich gerne.«

Peter freut sich über die Aufgabe. Seit Frau Zuchonns seine Klassenlehrerin ist, schwärmt er für sie. Und für ihre Brüste. Außerdem ist er sich ziemlich sicher, wer für die Bluttat verantwortlich ist. Er wundert sich darüber, dass keinem anderen Mitschüler die heimlichen Blicke des Rektors aufgefallen sind, und wie dieser immer bemüht war, in der Nähe des Jungen zu sein. Er nimmt die Liste entgegen und macht hinter jedem Namen einen Haken. Der Junge ist nicht im Raum. Peter geht davon aus, dass es außer ihm niemandem auffallen wird. Gut so. Auch den Namen des Jungen hakt Peter ab und gibt die Liste an seine Lehrerin zurück.

»Alle da, Frau Zuchonns.«

***

Mandarius und Zoyxe – sie haben eigentlich keine Namen, sondern hören auf Kennlaute, die allerdings am ehesten mit Mandarius und Zoyxe zu übersetzen sind – leben jetzt schon eine ganze Weile zusammen. Sie ergänzen sich perfekt, man könnte sogar sagen, sie inspirieren einander. So auch beim Anlegen des Wintervorrates, denn gerne unterbricht das eine Eichhornmännchen sein Tun, um dem anderen hinterherzujagen und mit ihm herumzutollen. Doch allzu viele Unterbrechungen können sich die beiden im Moment nicht leisten. Ihr Nahrungsvorrat ist noch lange nicht ausreichend für den nahenden Winter, und zu dieser Jahreszeit werden sie schneller müde. Am Ende eines wenig ergiebigen Tages beschließt Zoyxe, seinen Freund zu einer

Eiche zu führen, von der ihm eine Dächsin erzählt hat. Mandarius sorgt sich deswegen. Er wurde einmal von einem Dachs angefallen und hält die Eiche für eine Falle. Zoyxe zerstreut die Befürchtungen, so gut er kann.

»Wir sind doch so viel schneller als alle anderen Tiere des Waldes. Die Dächsin ist alt und wirklich freundlich, und was sie von der Eiche erzählt hat, klingt fantastisch. Lass uns dort sammeln gehen, bevor eine Rotte Wildschweine uns zuvorkommt.«

Weil Mandarius weiß, wie hartnäckig sein Freund sein kann, willigt er ein. Beim Baum angekommen, müssen sie allerdings feststellen, dass die Eiche – ein riesiges Exemplar mit endlos vielen Früchten, insoweit stimmt die Information, die Zoyxe erhalten hat – besetzt ist.

Ein männliches Menschenwesen steht gekrümmt am Baumstamm und blickt zu Boden, auf eine Stelle neben der Eiche, wo sich etwas zu bewegen scheint. Ein Erdloch, das erkennen die Eichhörnchen sogleich, die sich mit Erdlöchern auskennen. Am Eingang erscheint die Dächsin. Zoyxe schaut seinen Freund triumphierend an.

Die Dächsin ist alt. Älter, als Mandarius sie sich vorgestellt hat. Sie blickt den Menschen an, als wolle sie ihm etwas sagen. Laute sind zu hören. Sie klingen wie Menschenlaute. Vom Menschen kommen sie allerdings nicht. Seine Lippen bewegen sich genauso wenig wie er selbst. Wer spricht hier?

Die Dächsin ist zweifelsohne dieselbe, die Zoyxe von der ergiebigen Eiche erzählt hat. Aber irgendetwas stimmt nicht mit ihr. Sie verhält sich seltsam. Sie zittert und bewegt ruckartig ihren Kopf hin und her, als wolle sie ein lästiges Insekt abschütteln. Mandarius fällt plötzlich auf, wie viele weitere Tiere sich rund um den Baum eingefunden haben. Ein Fuchs ist lautlos neben die Eichhörnchen getreten, achtet aber nur auf den Menschen. Ein Hase schaut hinter einem Busch hervor. Eine Eule landet auf dem Boden. Es wimmelt nur so von Waldbewohnern, die sich sonst nicht eben grün sind. Die beiden Eichhörnchen wagen es nicht, sich zu bewegen. Zwei Meter vor ihnen hebt eine Schlange den Kopf, sie züngelt in Richtung des Menschenwesens. Und mit jedem neuen Tier verstärkt sich die körperlose Stimme um sie herum. Was sagt sie?

»Wir wollen mit dir sprechen.«

»Das Glück der Welt hängt von dir ab.«

Warum das Glück der Welt von einem Menschenwesen abhängen sollte, wüssten die Eichhörnchen nicht zu sagen. Wären sie nicht so zerstreut, würden sie eher das Gegenteil vermuten. Die Stimme aber ist unzweifelhaft da. Inzwischen klingt sie wie ein Chor, der aus vielen Kehlen spricht. Was ein Chor ist, wissen Mandarius und Zoyxe selbstverständlich auch nicht.

Mit einem Mal und völlig ohne Vorwarnung fährt ein grelles Licht in den Menschen. Ein lebendiges Licht. Ein Lichttier vielleicht? Ein Tier aus Licht?

Es geschieht völlig geräuschlos. Das Licht scheint buchstäblich in dem Menschen stecken zu bleiben. Wie aufgespießt steht er da. Ein leises Stöhnen. Helle Strahlen schießen aus Mund und Augen. Der Anblick versetzt die beiden Eichhörnchen in Panik. Doch es will ihnen nicht gelingen, sich zu bewegen. Erst als das Licht sich genauso unvermittelt zurückzieht, wie es gekommen ist, löst sich ihre Trance auf. Das Menschenwesen bricht zusammen. Die Eichhörnchen flüchten auf den nächstgelegenen Baum.

Nicht die Eiche, die ist tabu. Auch die anderen Tiere fliehen. Wohin, interessiert die Eichhornmännchen nicht, deren Instinkte ganz auf sich gerichtet sind.

Schon bald wird die Erinnerung an den seltsamen Vorgang in ihren Gehirnen verblassen. Was bleibt, sind vage Andeutungen in ihrem Unterbewusstsein. Für den Rest ihrer Existenz werden sie sich allerdings keinem Menschenwesen mehr nähern, und große Eichen werden ihnen Respekt einflößen.

Und wären Mandarius und Zoyxe nicht homosexuell, sie würden diese Erfahrung mit ihrer DNA an all ihre Nachkommen weitergeben.

***

Der Junge erreicht das Schullandheim kurz vor 23 Uhr. Peter wartet in der Empfangshalle auf ihn. Der Junge lässt sich erschöpft auf einen Sessel fallen. Er ist so mitgenommen, dass er gar nicht reagiert, als Peter ihn an der Schulter berührt.

»Komm«, sagt Peter und führt den Jungen die Treppe hinauf in dessen Zimmer. Ralf hat, wie es scheint, Bettdecke und Kissen mitgenommen, um die Nacht rauchend mit seiner Clique zu verbringen. Peter hilft dem Jungen, den Schlafanzug anzuziehen. Dabei fällt ihm ein Geruch auf. Der Junge riecht nach Verbranntem – und noch nach etwas anderem. Etwas Chemisches vielleicht? Der Junge wirkt erschöpft, gleichzeitig strahlt er Kraft und Stärke aus. Woran das liegt, kann Peter nicht sagen.

Der Junge legt sich in sein Bett und schläft sofort ein. Peter setzt sich neben ihn auf den Boden, lehnt mit dem Rücken an der Wand und lauscht dessen ruhiger werdenden Atemzügen. Er hat das Bedürfnis, ihn zu bewachen. Gleichzeitig weiß er, dass diesen Jungen keiner mehr bewachen muss. Nicht wie in den Tagen zuvor, als die Bande um Zankwart ihn ständig malträtiert hat – und als der Rektor, dieser Drecksack, ihn dauernd zu beobachten schien. Mein Freund kann sich jetzt wehren, denkt Peter, obwohl sie streng genommen noch gar keine Freunde sind.

Am nächsten Morgen erfahren die Schüler beim Frühstück, dass ihre Eltern über den Vorfall informiert worden sind und im Laufe des Tages vorbeikommen werden, um sie abzuholen. Georg Wenker hat mit den Polizeibeamten vereinbart, dass alle weiteren Formalitäten auch in Braunschweig erledigt werden können – diverse Eltern haben bereits darauf hingewiesen, dass eine Befragung ihrer Kinder ohne ihre Anwesenheit nicht in Frage kommt. Lediglich bei zwei Schülern sind die Eltern nicht erreichbar: bei dem Jungen und Peter Märse.

Wenker fährt die beiden in seinem Privatauto nach Hause. Der Sportlehrer zeigt sich wortkarg, nicht zuletzt wegen des braun gebrannten Surfertyps, der die noch immer sehr mitgenommene Roswitha Zuchonns abgeholt hat. Im Wagen spricht Peter den Jungen vorsichtig an. Der reagiert zurückhaltend, im Laufe der Fahrt wird ihre Unterhaltung jedoch intensiver. Die Geschehnisse der vergangenen Nacht erwähnen beide mit keinem Wort.

Bei der Ankunft in Braunschweig hat sich ein Vertrauen zwischen ihnen eingestellt. Peter ist der Erste, den Wenker absetzt. Danach dreht sich der Sportlehrer zu dem Jungen um und sagt: »Na Trotsky, wo musst du hin?«

Scharnow
Erster Tag danach

1

9,2 Millionen Klicks!

Mehr als für die Aufnahmen des unscharfen Punktes, der angeblich ein fliegender Mann sein sollte. Er war am Vortag über der Kreisstadt gefilmt worden und sofort ein Riesenhit auf den meisten Videokanälen gewesen. Doch die Aufnahmen von dem Überfall auf den Supermarkt in Scharnow hatten den menschlichen Flugvogel auf der Beliebtheitsskala schnell überholt. Hamid saß am Tresen des Internetcafés, lümmelte mit dem Gewicht nach vorn auf dem Barstuhl und betrachtete erstaunt die Klickzahl unter Namis Handyaufnahmen. Die Rekordzahl von gestern Abend hatte sich noch einmal vervierfacht!

Der Anblick der Bilder löste widersprüchliche Gefühle in ihm aus. Ihm wurde wieder bewusst, dass die Räuber bis auf ihre Masken unbekleidet gewesen waren. Die Tatsache, dass er sich nackte Männer im Internet anschaute, erfüllte ihn mit Scham. Nicht wegen der Nacktheit an sich. Eine Schamkultur unter Männern gab es in dem Kulturkreis, aus dem er kam, eher weniger. In seiner Heimat hielten sich Männer beim Spazierengehen an den Händen, küssten sich und verbrachten gemeinsam Zeit im Hamam. Aber man filmte sich nicht dabei und stellte das auch noch in aller Öffentlichkeit zur Schau. Der Erfolg von Namis

Aufnahmen war ein trauriger Beweis für die seelische Leere und die Abwesenheit von Glauben im Leben der Menschen in der westlichen Welt.

Doch dann dachte er an die zarte Hand, die den Überfall gefilmt hatte, und das wiederum fühlte sich an, als würde sein Herz mit warmer Schokolade übergossen.

Hamid hatte so ein Mädchen noch nie gesehen. Ihre dunklen, stark geschminkten Augen erinnerten ihn an die Frauen in seiner Heimat. Es waren Augen, die ein tiefes Mitgefühl und Wärme ausstrahlten, die weisen, wissenden Augen einer alten Seele. Und dabei war Nami noch so jung! Mit diesem Mädchen könnte er weinen, und es würde sich wundervoll anfühlen. Ihre Haare waren schwarz wie Vinyl und ihre Haut so ebenmäßig und weiß, wie er sich Alabaster vorstellte. Sie war schön wie die Stille nach dem ersten Schnee.

Er blickte verstohlen zu Tisch Nr. 11, wo der momentan einzige Kunde saß. Sie!

Nami wirkte müde und hatte im Gegensatz zum Vortag deutlich weniger Make-up aufgelegt, was ihrer Schönheit jedoch keinen Abbruch tat. Sein Blick streifte die blassen, fein geschwungenen Lippen, die gestern auf den seinen gelegen hatten.

Der Kuss war spontan gewesen und hatte drei endlose Sekunden gedauert. Er war der Auftakt für längeres, gierigeres Küssen gewesen, bis seine Kollegin sie unterbrochen hatte. Danach war Nami im Supermarkt geblieben, während er den ganzen Boden wischte und als klar wurde, dass die Polizei nicht mehr erscheinen würde, hatte er sie auf seiner Schwalbe zu ihrer Großmutter gefahren.

Selbstverständlich hatte er ihr seinen Helm überlassen. Die Fliegerkappe aus Leder, die darin verstaut gewesen war, war verschwunden. Sie ersetzte zwar keinen Helm, ging aber von Weitem als einer durch, und es ärgerte ihn furchtbar, dass jemand sie hatte mitgehen lassen. So war er die kurze Strecke ohne Kopfschutz gefahren. Für dieses Mädchen lohnte sich die kleine Gesetzesmissachtung allemal.

Am Ziel angelangt, hatten sie gerade noch mitbekommen, wie Namis Omili – wie sie ihre Großmutter nannte – in einen Krankenwagen geschoben wurde. Was genau geschehen war, wusste Hamid nicht. Er hatte es vorgezogen, außerhalb des Blickfelds des einzigen anwesenden Polizisten zu warten. Er kannte den Beamten vom Sehen. Der schaute ihn ohnehin immer misstrauisch an, als mache die Tatsache, dass Hamid offensichtlich nicht aus Deutschland kam, ihn automatisch zum Kriminellen. Nami hatte kurz mit dem Mann gesprochen und sich dann sichtlich aufgewühlt mit dem Hinweis, sie müsse mit ins Krankenhaus, von Hamid verabschiedet. Durch die Fensterscheibe des Krankenwagens hatte sie ihm mit abgespreiztem Daumen und kleinem Finger zu verstehen gegeben, dass sie ihn anrufen werde. Dass beide vergessen hatten, ihre Telefonnummern auszutauschen, war in diesem Moment weder ihm noch ihr bewusst gewesen.

Und heute war sie einfach so ins Internetcafé spaziert, als wüsste sie über seinen Tagesplan genau Bescheid. Dabei war Hamid doch nur hier, weil der Supermarkt wegen des Überfalls bis nachmittags geschlossen hatte und er nicht wusste, wo er sonst hätte hingehen sollen. Sein Onkel hatte sie bedient und so den direkten Kontakt zwischen den beiden vorerst verhindert. Kurz darauf war der Alte dann auf ein paar Mocca ins Döner-Imperium gegangen. Allerdings traute sich Hamid nun plötzlich nicht mehr, sie einfach so anzusprechen, also versuchte er erst einmal Blickkontakt zu ihr aufzunehmen. Doch Nami benahm sich, als wäre sie lediglich eine ganz normale Kundin, als hätte es zwischen ihnen nie etwas gegeben. Nichts. Vielleicht hatte das, was geschehen war, für sie keine Bedeutung. Woher sollte Hamid wissen, wie Frauen in diesem Land solche Dinge sahen?

Also hatte er den Customer Check auf dem Hauptcomputer eingeschaltet und betrachtete nun unbemerkt die erstaunlichen Klickzahlen auf ihrem YouTube-Kanal, der unter »Marsupi-Nami« firmierte. Dabei überlegte er, wie er weiter vorgehen könnte. Sollte er sie vielleicht einfach fragen, wie es ihrer Großmutter ging? Das wäre anständig und höflich. Mit Anstand und Höflichkeit machte man in so ziemlich keinem Land der Erde etwas falsch. Nahm er zumindest an.

Gleich, dachte er. Fürs Erste blieb er auf seinem Hocker sitzen und genoss es, ihr hin und wieder zaghafte Blicke zuzuwerfen.

Nami konnte seine Blicke spüren. Doch sie wagte es nicht, sie zu erwidern. Sie hatte Angst, dass ihr das Herz stehen bleiben würde. So sehr hatte die Begegnung mit Hamid sie aus der Bahn geworfen.

Dass sie es überhaupt an eine Konsole geschafft hatte, war einzig und allein der Tatsache zu verdanken, dass der Besitzer des Ladens ebenfalls da gewesen war. Und nun beobachtete sie, wie die Zahlen unter ihrem Handyvideo anstiegen, und klickte sich durch die Kommentare, die sie gerade kein Stück interessierten.

Nervös tanzte ein goldener Filzmarker zwischen ihren Fingern hin und her. Eigentlich sollte sie krank vor Sorge um ihr Omili sein. Die Ärzte in der Klinik hatten von einem plötzlichen Schockzustand gesprochen, der, so mutmaßten die Mediziner, durch ein katastrophisches Ereignis ausgelöst worden war. Welches Ereignis? Katastrophen gab es in Scharnow grundsätzlich keine. Katastrophale Langeweile vielleicht, dachte Nami, obwohl sie zugeben musste, dass ihr, seit sie gestern hier angekommen war, alles andere als langweilig gewesen war. Die Ärzte hatten beschlossen, die alte Dame in ein künstliches Koma zu versetzen, und Nami nach Hause geschickt. Sie hatte ihre Nummer hinterlassen, für den Fall, dass eine Änderung eintrat. Als sie heute gegen Mittag angerufen hatte, wurde sie beruhigt. Sie solle am Abend wiederkommen, vorher könne sie nichts für ihre Großmutter tun.

Stattdessen saß sie jetzt hier und verschwendete ihre Zeit im Internet. Sie schämte sich deshalb ein bisschen. Denn wenn sie ganz ehrlich war, war es weniger die Besorgnis um ihr Omili, die ihre Gedanken gefangen hielt, sondern dieser Junge. Er hatte so viele Dinge richtig gemacht! Gestern war er für sie eingestanden wie ein Held, als es plötzlich gefährlich wurde. Und dann waren da seine Lippen gewesen. Küsse, die sich angefühlt hatten wie ein samtenes Kissen. Weich! Zärtlich! Beim Gedanken daran wurde Nami von einer warmen Welle des Glücks erfasst. Gleichzeitig war es ihr in diesem Moment unmöglich, auch nur zu ihm hinüberzusehen.

Also starrte sie auf den Bildschirm vor sich und versuchte, mit der unfassbar großen Resonanz auf ihre Clips klarzukommen. Sie war siebzehn Jahre alt. 9,2 – jetzt waren es schon 9,34 – Millionen Menschen, mehr als alle Einwohner der Städte Berlin, Hamburg und München zusammen, kannten allein den letzten Videobeitrag, in dem auch Hamid kurz zu sehen war. Bei der Vorstellung kribbelte es in ihrem Bauch, als würde ein ganzes Ameisenvolk eine Parade für seine Königin abhalten. Und das war alles andere als unangenehm. Überhaupt war ihr Körper dabei, sie mit allen möglichen Anzeichen von positivem Stress zu überfluten. In plötzlicher Euphorie betätigte sie den Like-Button unter dem Clip.

Sofort hatte sie wieder ein schlechtes Gewissen. Ihr Omili lag vielleicht im Sterben, und was machte sie? Konkret etwas tun konnte sie natürlich nicht, das hatten die Ärzte ihr klargemacht. Pflichtbewusst hatte sie am Vorabend noch mit ihrer Mutter telefoniert und ihr die Situation geschildert. Ihre Mutter wirkte erleichtert, als Nami von sich aus vorschlug, noch ein paar Tage in Scharnow zu bleiben und nach ihrem Omili zu schauen. Sie schien davon auszugehen, dass die alte Frau sich erholen würde. Zäh wie ein Ackergaul, so hatte sie sich ausgedrückt. Nami war ihre Großmutter nicht besonders zäh vorgekommen, als sie neben ihr im Krankenwagen gesessen hatte. Doch selbst in dieser Situation, durch die leeren Straßen rasend, mit den Sirenen, die während der Fahrt heulten, war in ihr kaum Platz für etwas anderes gewesen als den Gedanken an Hamid, Hamid, Hamid, der überall in ihr war, stand, saß.

Sie war im Supermarkt geblieben, nachdem die Kassiererin sie im Lagerraum überrascht hatte. Die Frau war sehr blass gewesen, deshalb hatte sich Hamid nach ihrem Befinden erkundigt. Sie sagte nur, dass jemand gerade ihren Hund erschossen habe. Beide hatten sofort ihre Hilfe angeboten, aber die Frau hatte sich einfach eine Schaufel genommen und war wortlos nach draußen verschwunden. Hamid hatte der Filialleiterin geholfen, die Namen aller Geiseln zu notieren, dann aber darauf beharrt, Nami mit seiner Schwalbe zu ihrer Großmutter zu fahren. Nami hatte dankend angenommen, weil sie so auch etwas länger mit ihm zusammen sein konnte. Er hatte ihr seinen Helm angeboten und darauf bestanden, dass sie ihn trug. Nami fand seine Sorge um ihre Sicherheit zu süß, um abzulehnen.

Erneut spürte sie einen schuldbewussten Stich. Hätte sie das, was dort vorgefallen war, verhindern können, wenn sie früher zu ihrem Omili gefahren wäre? Zum Glück hatten die Sanitäter ihr geglaubt, als sie sich als Enkelin vorstellte.

Nach der bangen Wartezeit im Krankenhaus hatte sie die Hausschlüssel ihrer Großmutter genommen und war zurück zur Wohnung gefahren. Wo hätte sie auch sonst hingehen sollen? Seltsamerweise stand der Streifenwagen noch immer vor dem Haus, als sie dort eintraf. Aus der Nachbarwohnung kamen laute

Geräusche: hysterische Todesschreie, mal spitz, mal dumpf, oft erbärmlich. Kettensägen und Klingen, die durch Fleisch fuhren, wie in einer Metzgerei. Untermalt von dramatischer, irgendwie altmodischer, elektronischer Musik. Ein Horrorfilm, dachte Nami. Ihr Omili hatte sich nicht selten über die neuen Nachbarn beschwert. Wenn das deren Art war, die Abende zu verbringen, dann konnte Nami ihre Großmutter verstehen. Doch als sie schließlich die Tür hinter sich zugemacht hatte, ging es einigermaßen.

Viel hatte sich in Omilis kleiner Wohnung nicht verändert. Einige Schranktüren standen offen, aber sonst war ihr nichts aufgefallen, was auf ungewöhnliche, geschweige denn katastrophische Vorgänge hingewiesen hätte. Sie hatte sich eine Tütensuppe gemacht. Fürs Essen schien die alte Frau sich nicht mehr besonders zu interessieren, seit Nami ausgezogen war. Das einzig Essbare in der Wohnung waren neben der Tütensuppe trockener Zwieback und Artischockensirup. Auf die zerbeulte Cremerolle, die noch in ihrer Tasche lag, hatte Nami keine Lust gehabt.

Sie hatte sich eine Decke geholt, aufs Sofa gelegt und war sofort, noch in ihren Klamotten, eingeschlafen. Erst die Herbstsonne des nächsten Tages hatte sie geweckt.

Ein schaler Geschmack lag auf ihrer Zunge. Gegen Mittag, beim Verlassen der Wohnung, hatte sie eine Tüte Erdnussflips und eine Flasche Fanta vor der Wohnungstür gefunden. Ihr fiel der Lärm aus der Nachbarwohnung wieder ein. Die Spende passte zu dem Horrorfilm-Abend, den sie dort vermutet hatte. Es rührte sie ein wenig, dass sich die Männer, über die sich ihr Omili immer so ausgiebig beschwerte, Gedanken über ihr Wohlbefinden gemacht hatten. Wie aber hatten sie bei dem ganzen Lärm überhaupt mitbekommen, dass sie in der Wohnung gewesen war? Die Stiefel! Natürlich. Sie hatte sie in alter Manier vor die Tür gestellt. Ihre Nachbarn waren laut, aber auch aufmerksam.

Keine schlechte Voraussetzung, wenn sie noch eine Weile hierbleiben sollte.

Sie war dann ohne ein wirkliches Ziel aufgebrochen, und erst als sie vor dem Internetcafé stand, wurde ihr klar, dass sie Hamid gesucht hatte. Er war tatsächlich da gewesen, aber mit der Kaffeemaschine beschäftigt. So hatte sie beim Ladenbesitzer vorerst ein Terminal für eine Stunde gebucht.

Ein Kaffee wäre jetzt perfekt, dachte Nami. Vorsichtig spähte sie über den Bildschirm. Hamid hatte ihr den Rücken zugewandt, was ihr ganz recht war. So konnte sie ihn wenigstens von hinten betrachten.

Als es den Anschein hatte, als würde er sich in ihre Richtung drehen, vergrub sich Nami in ihrem Stuhl und starrte konzentriert auf den Monitor. Auf ihrem YouTube-Kanal wechselte sie zu dem Video vom Anfang des Überfalls. Immerhin 2,5 Millionen Klicks. Man sah darauf die Nackten, die mit ihren Küchengeräten herumfuchtelten, und wie einige der Kunden ängstlich zurückwichen. Sie selbst war auch zu erkennen, wie sie mit einem fröhlichen Lächeln ein Daumen-hoch-Zeichen in die Kamera machte. Im Hintergrund saß die Kassiererin, die ihr missbilligend zuzuschauen schien.

Nami stoppte das Video, ging in den Vollbildmodus, beugte sich vor und betrachtete sie genauer. Es war dieselbe Frau, die sie später im Lagerraum gestört hatte und deren Hund erschossen worden war.

»Das ist Sylvia. Du kennst sie ja. Sie ist in Ordnung, auch wenn sie meistens ziemlich streng rüberkommt.«

Nami ließ den Marker fallen. Sie hatte nicht gemerkt, dass Hamid zu ihr herübergekommen war.

»Ich hoffe, ich habe dich nicht erschreckt.«

Er zog besorgt eine Augenbraue hoch, was sie sofort reizend fand.

»Die arme Sylvia. An dem Hund hat sie sehr gehangen, sie hatte ihn immer dabei, wenn sie zur Arbeit kam.«

Er stellte zwei randvolle Kaffeetassen auf den Tisch und streifte dabei versehentlich ihre Schulter, die sofort glühend heiß wurde. Dann sagte er entschuldigend: »Ich dachte, nach all dem hättest du bestimmt nichts gegen einen Kaffee. Er ist nicht besonders gut, aber wahrscheinlich der beste, den man in Scharnow kriegen kann. Schau, ich trinke ihn sogar selbst.«

Hamid lächelte sie an. Zum ersten Mal, seit sie im Internetcafé war, schaute Nami ihm direkt in die Augen. Kurz ging ihr durch den Kopf, wie es wohl wäre, wenn er sich zu ihr beugen, ihr die Haarsträhne aus dem Gesicht streichen und sie küssen würde.

Natürlich geschah nichts dergleichen. Er sah sie nur mit seinem freundlichen, etwas schüchternen Lächeln an. Seine Unsicherheit war hinreißend. Sie griff wie in Trance nach dem Kaffee.

»Na dann ... prost!«

Etwas Besseres fiel ihr auf die Schnelle nicht ein.

»Prost?«

Hamids Lächeln wurde zu einem Grinsen. Dann zu einem Lachen. Nami konnte nicht anders, als mitzulachen. Glucksend stießen sie ihre Tassen aneinander. Nami betrachtete ihn, während sie trank. Was für ein wunderbarer, besonderer Mensch. In diesem Moment wollte sie an keinem anderen Ort im Universum sein.

2

Sylvia verbot sich nach dem Überfall und dem Anschlag auf Cloudy, eine Auszeit zu nehmen. Sie hatte über die Jahre gelernt, ihr Schicksal zu tragen. Davon wollte sie auch heute nicht abrücken.

Der Überfall hatte sie in seinem Irrwitz eher amüsiert. Als sie dann aber nicht einmal eine Viertelstunde später ihre geliebte Hündin verlor, wurde ihr Gleichmut auf eine harte Probe gestellt. Trotzdem wusste sie sofort, dass sie am nächsten Tag wieder zur Arbeit gehen würde. Alles andere hätte bedeutet, den letzten Halt im Leben zu verlieren.

So saß sie nun in der Kreisstadt Sahsenheim in einem Geschäft namens Gentleman's Corner, wo sie wie jeden Donnerstag ihrem Zweitjob nachging. Im Gentleman's Corner hatte sie schon gearbeitet, bevor ihr Mann, immerhin ein Milliardär, sich mit dem ganzen Vermögen aus dem Staub gemacht hatte. Nach seinem Abgang reichte das Geld nicht, also nahm sie zusätzlich die Stelle im Scharnower Supermarkt an. Dass sie Cloudy zur Arbeit mitbringen durfte, hatte den Ausschlag gegeben, schließlich war sie das Einzige, was ihr aus ihrem alten Leben geblieben war. Und nun war auch Cloudy nicht mehr da.

Vorwärts schauen, sagte sie sich.

Kurz gelang es ihr, das Bild der toten Hündin zu verdrängen, das ihr seit dem Vorabend ständig vor Augen stand. Sie blätterte in einem Fotobuch über die ehemals schönste Frau der Welt, die Schauspielerin und Erfinderin Hedy Lamarr. Im Hintergrund lief Musik auf einem Klassik-Radiosender, Beethovens *Ode an die Freude*. Auch dieser Job war alles andere als gut bezahlt, aber Sylvia hatte sich hier immer wohlgefühlt, so ganz ohne Kollegen und allein in einem Laden, der edle Waren für den gut gefüllten Geldbeutel anbot. Die Herrenanzüge mit englischem Schnitt, die Schuhe, Schals und Westen waren für eine Klientel bestimmt, in deren Kreisen sie nicht mehr verkehrte. Doch sie empfand darüber keine Bitterkeit. Einige der Stoffe waren ihr regelrecht ans Herz gewachsen – Freunde, die nicht viel fragten, auf die jedoch Verlass war. Hin und wieder sprach sie sogar mit ihnen. Holte sich bei ihnen Trost und auch mal Zärtlichkeit, wenn sie sie faltete, bügelte oder auf ein Mannequin drapierte. Sie ließen sich gern anfassen. Sylvia tat ihnen und sich den Gefallen. Es war die vielleicht unschuldigste und zuverlässigste Beziehung in ihrem Leben. Erst recht seit heute, dem ersten Tag nach dem Tod ihrer Hündin.

Eine Welle von Traurigkeit überrollte sie mit der Wucht eines Räuberclans, der einen Sack über sie geworfen hatte, als die Klingel der Ladentür ertönte.

Der junge Mann sah gut aus. Etwas zu gut und zu sportlich für den Laden. Seine Anwesenheit in diesen Räumlichkeiten empfand Sylvia als beinahe unpassend. Seine Haare waren zu lang, seine Haut zu braun. Er war zu muskulös, und sein Lächeln, das locker über vierzig gebleichte Zähne zum Vorschein brachte, wirkte antrainiert. Sie schob diesen ersten Eindruck beiseite, stand auf und bot ihre Hilfe an.

Der junge Mann fragte ausgesucht höflich nach einem klassischen Smoking mit Weste und dazugehöriger Fliege. Sylvia suchte ihm das Passende in seiner Größe heraus, allerdings ein Auslaufmodell, das bereits für den Abverkauf vorgesehen war. Der seltsame Kunde bedankte sich etwas zu fröhlich und verschwand mit den Sachen in der einzigen Umkleidekabine. Sylvia widmete sich erneut Hedy Lamarrs Leben – Aufmachung und Objekt des Buches passten ganz wunderbar in dieses Geschäft, stellte sie fest –, blieb aber mit einem Teil ihrer Aufmerksamkeit bei der Kabine. Von dort kamen bald schon ungewöhnliche Geräusche.

Hatte sie ihm die falsche Größe herausgesucht? Quetschte er sich mit Gewalt in die enge Smokinghose? Waren seine Schultern zu breit für den Schnitt des Jacketts? Auf ihr Augenmaß hatte sie sich bisher immer verlassen können, aber vielleicht hatte sie der gestrige Tag mehr mitgenommen, als ihr bewusst war. Wie auch immer, sie musste handeln. Schäden, die während der Arbeitszeit an der Ware auftraten, wurden ihr teilweise vom Lohn abgezogen. Im Falle eines Diebstahls mussten die Verkäuferinnen sogar zwei Drittel des Einkaufspreises begleichen. Es waren harte Zeiten für Unternehmer, und die Angestellten trugen sie mit.

Die Geräusche in der Kabine wurden heftiger. Sylvia beschloss nachzusehen.

»Ist alles in Ordnung?«

»Jaja«, kam etwas abgehetzt die Antwort. »Ich bin gleich so weit.«

Klick.

Klick, klick.

Es klang wie eine Kamera. Machte der Typ etwa Fotos? War er vielleicht ein Schnittspion? Einer, der sich die teuren Anzüge bei einem Billigschneider in China nachmachen ließ? Sylvias Chef hatte von solchen Praktiken erzählt. Die Smokinghose hing über dem Gestänge des Vorhangs, der einen Spaltbreit offen stand. Sylvia spähte hinein. Drinnen war viel Bewegung und noch mehr nackte Haut zu sehen. Was hatte der Mann vor?

Sie fasste sich ein Herz, riss den Vorhang zur Seite und rief: »Was ist hier los?«

Das Bild, das sich ihr bot, ließ sie erst mal verstummen. Der Mann war halbnackt. Er trug keine Hose, sondern nur einen silbern glänzenden – so was gab es noch? – Stringtanga. Die Beine steckten in Cowboystiefeln. Über den Oberkörper hatte er Weste und Smokingjacke gestreift, beides offen und einseitig heruntergezogen, dazu die Fliege locker um den Hals gebunden. Kein Hemd. An der Brustwarze sah Sylvia ein silbernes Piercing, einen Ring mit einem baumelnden Jesuskreuz daran. Er hielt ein Smartphone in der Hand und versuchte gerade, sich in einer lasziven Pose selbst zu fotografieren.

»Ich brauch nur noch eins, für meinen Instagram-Account!«

Sylvia schüttelte den Kopf. Insta-was?

»Machst du das für mich?«

Der Anblick dieses Mannes in seiner aufreizenden Stellung, dachte Sylvia, war nicht für sie bestimmt. Die Zunge, die über seine Lippen leckte, würde ihr kaum zu nahe kommen. Sein Mund hatte keinen Kuss für sie eingeplant. Für wen aber dann? Die Fotos, die er hier machte, nutzte er vermutlich eher beruflich als privat. Was hatte er mit ihnen vor? An einem Tag wie diesem fehlte ihr ganz einfach die Kraft, sich damit auseinanderzusetzen. Sie beschloss, ihm den Gefallen zu tun und ihn dann sofort aus dem Geschäft zu komplimentieren.

»Ich mach eins, und dann gehen Sie, okay?«

Er nickte und lächelte. Das Lächeln war dankbar und eine Spur selbstzufrieden. Er hatte gewonnen, und es sah ganz so aus, als sei er das Gewinnen gewohnt.

Sie hielt die Hand hin, und er reichte ihr das Telefon, strich dabei mit den Fingerspitzen leicht über ihre Handfläche. Die Berührung war von einer sinnlichen Langsamkeit und seltsam tröstlich, dabei konnte er doch gar nicht wissen, dass sie ihren

Hund verloren hatte. Sylvia spürte, dass sie kurz davorstand, die Fassung zu verlieren.

Seine gezupften Augenbrauen zogen sich fragend nach oben. Sylvia sah hinab auf das Smartphone und erblickte sich plötzlich selbst im Display.

Klick.

Ihr Bild erstarrte und wurde gespeichert, dann ging die Kamera wieder in den Aufnahmemodus.

»O nein, wie stelle ich das um?«

Ihre Frage wurde lediglich mit einem Lächeln quittiert.

»Und wie lösche ich jetzt dieses Bild von mir?«

Das Lächeln bekam Zähne.

»Gar nicht«, sagte der Mann, entwand ihr das Telefon, packte sie, drehte sie in seinen Arm und machte blitzschnell zwei weitere Bilder. Diesmal von ihnen beiden. Sylvia, die selbst bei den Ereignissen des Vortages ihre Ruhe bewahrt hatte, geriet in Panik. Alles in ihr wollte fliehen, gleichzeitig war sie zu keiner Bewegung fähig. Der Mann schaute sie mit seinem Lächeln an, das plötzlich das Lächeln eines Raubtieres war.

»Küss mich!«, hauchte er, und es klang in ihren Ohren wie ein Knurren. Ohne auf ihre Antwort zu warten, drückte er seinen Mund auf den ihren.

Klick.

Das Geräusch löste Sylvias Erstarrung. Sie packte einen Schirm, der zu Dekozwecken neben der Kabine hing – als Accessoire passte er perfekt zu englischen Anzügen –, und zog ihn dem verdutzten Zudringling über den Schädel.

»Auuuuuuh!«

Sein Schrei klang überraschend hoch und irgendwie herzerweichend. Er hatte sie losgelassen und hielt sich jetzt den Kopf. Plötzlich wirkte er beinahe zerbrechlich.

»Aau, auuu, auuuuuuh! Was soll das?«

Sylvia war verwirrt. Was war das für eine Frage? Der Typ hatte sich an ihr vergriffen. Sie fast vergewaltigt – nun ja. Kurz vor »fast« war es schon wieder vorbei gewesen, aber ein korrektes Verhalten sah definitiv anders aus. Sie bedrohte den Mann weiter mit dem Schirm und griff mit der freien Hand zum Telefon, das sie ebenfalls drohend hochhielt, während sie mit lauter Stimme sagte: »Verlassen Sie sofort den Laden, oder ich rufe die Polizei!«

»Ich blute! Verdammt, ich blute!«, heulte der Mann. »Gibt das 'ne Narbe? Schau dir das mal an! Habt ihr ein Pflaster hier?«

Sylvia merkte, wie sie unerwartet Mitleid mit diesem Häufchen Elend bekam. Deutlich ruhiger sagte sie: »Ich sehe mal nach, aber dann verlassen Sie sofort den Laden. Wenn nicht, wird das für Sie Konsequenzen ...«

»Ich bin Dave«, unterbrach er sie. »Eigentlich Peter, aber alle sagen Dave. Passt besser zu mir, oder? Gibst du mir deine Nummer? Bitte! Ich muss dich wiedersehen!«

Er schaute sie bei diesen Worten auf eine Art an, die der Duden als »Hundeblick« bezeichnet. Nur mit dem linken Auge blinzelte er ein bisschen, weil ihm ein bindfadenschmaler Blutstreifen über das Lid rann.

Sylvia war nun wirklich verblüfft. Ein unauffälliger Blick in den Spiegel der Umkleidekabine bestätigte ihr, was sie längst wusste. Sie war eine Frau jenseits der Fünfzig mit krummem Rücken, Schmerbauch und viel zu breiten Schenkeln. In ihrem Gesicht führten weiterhin Krähenfüße ein Regiment über mehr Sorgen- als Lachfalten, und auf ihrem Kopf hatte das Grau den Kampf gegen ihr Aschblond aufgenommen und war dabei zu gewinnen.

Sie richtete ihre Aufmerksamkeit wieder auf das halbnackte Elend in seinen Cowboystiefeln. Der athletische, braun gebrannte Mann war bei näherem Hinsehen etwa Mitte dreißig und investierte offensichtlich viel Mühe und Ehrgeiz in sein Äußeres.

Die Gesichtszüge waren nicht klassisch schön aber ebenmäßig, der Bartschatten perfekt getrimmt. Er hatte ein Sixpack und Brustmuskeln wie Tarzan. Wieder fragte sie sich, womit er wohl sein Geld verdiente. Als Model vielleicht? Wohl kaum. Als Stripper für Damenpartys? Das schon eher.

Und dieser Kerl wollte also ihre Telefonnummer? Hatte er etwa vor, sich mit ihr zu verabreden? Sylvia sah sich unauffällig um. Vielleicht war das hier ja *Die versteckte Kamera, Comedy Street* oder ein weiteres Auslaufformat des fossilen Fernsehens. Oder aber der Typ versuchte auf besonders raffinierte Art, etwas mitgehen zu lassen. Andererseits, was hatte sie schon zu verlieren? Sollte er sich als Stalker herausstellen, würde sie einfach nicht mehr ans Telefon gehen.

»Okay. Wenn du danach wirklich gehst« – sie war zum Du übergegangen, den Grund dafür wusste sie selbst nicht – »und die Fotos löschst! Dann bekommst du meine Nummer.«

Er zeigte ihr die Bilder auf seinem Display – Sylvia musste schlucken, als sie sie sah – und löschte sie vor ihren Augen.

Sylvia ging zum Verkaufstresen und schrieb Namen und Mobilnummer auf einen alten Kassenbon. Ihre richtige Nummer – das wurde ihr erst klar, als sie ihm den Zettel schon gereicht hatte. Er bemerkte ihre Verunsicherung, denn er sagte: »Bitte denk nicht schlecht von mir! Ich bin sonst nicht so!«

Er schlüpfte in seine Kleider, schaute auf den Zettel und ließ dann seine Finger auf dem Smartphone tanzen.

»Wie schön. Sylvia ist so ein starker, bedeutungsvoller Name!«

Bedeutungsvoll? Wie kam er darauf? Ihr Telefon, das auf lautlos eingestellt war, begann zu vibrieren.

»So, jetzt hast du auch meine Nummer«, sagte er und legte eine Kreditkarte auf den Tisch.

»Den Smoking nehme ich natürlich auch!«

Schon wieder hatte er sie überrascht. Zu ihrer eigenen Verblüffung merkte sie, wie sie anfing, ihn ein ganz klein wenig zu mögen.

3

»Wuff, wuff!«

Jason Weinbarths Seele war so eifrig damit befasst, der Seele seines Bruders Axel das linke Ohr abzureißen – oder das, was er dafür hielt –, während Axel wiederum mit Vehemenz und unter Zuhilfenahme der Zähne an Jasons Genitalien zerrte – jedenfalls ging er davon aus, dass es die Genitalien waren –, dass beide das Gebell im ersten Moment gar nicht hörten.

Erst als Axel eine Bewegung am Rande seines Gesichtsfeldes wahrnahm, stieß er seinen Bruder von sich. Dabei verlor er sein imaginäres Ohr, was ihm allerdings auch nur einen imaginären Schmerz bereitete.

»Wuff, wuff!«

Nun bemerkte auch Jason den seltsamen Hund, der mit heraushängender Zunge und wedelndem Schwanz im Nichts um sie herumsprang und dabei fröhlich bellte.

»Wo kommt der denn her?«

Es war das erste Mal in ihrem eine gefühlte Ewigkeit anhaltenden Kampf, dass einer von beiden sprach. Natürlich klang die Stimme nicht wie eine Stimme. Nicht im herkömmlichen Sinne jedenfalls. Vielleicht konnte man es mit einer Muschel vergleichen, die man sich ans Ohr hielt und in der sich das Rauschen des Blutes mit den Sprechtönen vermengte. Inhalt und Emotion des Gesprochenen waren absolut klar, aber die Wörter schienen nach dem Senden lose in der Luft zu hängen und dann vom Empfänger angesaugt zu werden.

»Das ist ein portugiesischer Wasserhund, du Flachpfeife. Die Obamas haben auch so einen. So was weißt du natürlich nicht. Ist ja klar!«

Axel kannte sich mit den Obamas nicht aus. Für Menschen, die so hießen, hatte er nur abfällige Worte parat, selbst wenn sie Präsident und First Lady der verdammten USA waren. Ganz bestimmt interessierte er sich auch nicht für deren Haustiere. Erneut keimte Wut in ihm auf, und er machte sich bereit für einen nächsten Angriff auf seinen Bruder, als der Hund plötzlich zu ihm lief und ihm die Hand, oder was er für eine Hand hielt, abschleckte.

Es war die erste liebevolle Berührung, die ihm seit seinem dritten Lebensjahr widerfuhr. Damals hatte ihm eine Verkäuferin den Kopf getätschelt, nachdem sie ihm einen Lutscher geschenkt hatte. Der Lutscher, der erste seines Lebens, war ihm gleich darauf von seinem Bruder weggenommen worden, aber die warme, wunderbar duftende Hand auf seinen Haaren und das freundliche Lächeln in ihrem Gesicht hatte er nie vergessen. Er erinnerte sich noch genau an das Gefühl von Stolz, von Wahrgenommenwerden, von Gemochtwerden, obwohl die Frau ihn doch gar nicht kannte.

Und nun wurde seine Hand von der Zunge eines Tieres liebkost. Einfach so. Ohne eine Gegenleistung zu erwarten. Bedingungslos. Beinahe real, selbst wenn auch diese Berührung unkörperlich war.

Musste er also sterben, um echtes Glück zu erfahren?, fragte eine Stimme aus den Tiefen von Axels Seele. Doch bevor er antworten konnte, griff sein Bruder ihn wieder an.

Walther Pfannschmidt war vierundachtzig Jahre alt und saß wie immer vor dem Fernseher, wo in ohrenbetäubender Lautstärke eine nachmittägliche Gerichtsshow lief, bei der sich gecastete Laiendarsteller mit viel Inbrunst während einer gestellten Verhandlung beschimpften und die Richter, mehr Detektive als Juristen, aus der Vielfalt der Aussagen den Schuldigen zu ermitteln versuchten.

Doch das, was auf dem Bildschirm geschah, nahm der alte Herr ohnehin nicht wahr.

Sein Zustand glich dem eines Menschen im Koma – mit dem einzigen Unterschied, dass er sehr wohl imstande war, allein zum Kühlschrank oder zur Toilette zu gehen. Andererseits war er hilflos genug, dass ihm an fünf Tagen die Woche das Essen geliefert wurde. Am Wochenende sah eine Betreuungsperson nach ihm. Er sprach wenig mit seinen Pflegekräften, und wenn, dann erzählte er teils mit verstellter Stimme wirre Geschichten, die wirkten, als kämen sie aus dem Leben ganz unterschiedlicher Personen. Bei einer Routineuntersuchung hatte ihm ein Arzt deshalb eine multiple Persönlichkeitsstörung attestiert. Aufgrund seines Alters und seiner mangelhaften Versicherung wurde keine weitere Behandlung angesetzt.

Verena Aslan, die junge Einser-Abiturientin aus Sahsenheim, die ihn einmal in der Woche für einen Ausgang abholte, störten seine Geschichten nicht weiter. Sie verbrachte ihr freiwilliges soziales Jahr in erster Linie auf WhatsApp, und während der alte Knacker vor sich hin plapperte, gab sie allenfalls darauf acht, dass er nicht hinfiel oder beim Spazieren irgendwo gegenlief.

Ansonsten saß Walther Pfannschmidt vor der Glotze, aß, schiss, schlief und wartete auf den Tod. So sah es jedenfalls von außen aus. Tatsächlich führte der alte Mann ein weit aufregenderes Leben, als seine Umwelt ahnte.

Schon seit fünf Jahren war Walther Pfannschmidt ein Seelenparkplatz – eine sehr lange Zeit angesichts der Belastungen, der

Menschen in dieser Funktion ausgesetzt waren. Er hatte viele Begegnungen mit vielen unterschiedlichen Menschen. Diese Begegnungen fanden alle am selben Ort statt. An einem Ort in seinem Geiste. Seine Besucher waren für niemanden sonst sichtbar.

Seelenparkplätze hatte es immer schon gegeben. Denn wenn das Angebot an neuem Leben, das die Seelen der Verstorbenen aufnehmen konnte, nicht mit den Todesfällen Schritt halten konnte, dann galt es, diese Seelen zwischenzuparken. Als »Parkplätze« fungierten dabei oftmals ruhige, lethargische Personen. Die meisten davon befanden sich selbst an der Schwelle des Todes. Sie lebten vornehmlich in ungefährlichen Regionen, in Ländern mit niedriger Sterberate und einer hohen Anzahl an alten Menschen. Es dürfte niemanden verwundern, dass Deutschland eine der höchsten Parkplatzdichten der Welt besaß. Maximal drei Seelen warteten auf einem solchen Parkplatz auf ihre Reinkarnation, die in der Regel auch zügig erfolgte. Der körperliche Stress war für den Seelenwirt trotzdem sehr groß. Walther Pfannschmidt gehörte zu denen, die ihr Los besser ertrugen als andere.

Bis zu diesem Tag.

Er war schon eine Weile leer gewesen und erholte sich vor dem Fernseher, als sich plötzlich die Seele einer Hündin bei ihm einfand. Tiere landeten selten auf Seelenparkplätzen, denn ihre Reinkarnation war weit unkomplizierter als diejenige von Menschen. Walther Pfannschmidt jedenfalls hatte das bisher noch nie erlebt. Als Wirt verspürte er ein gewisses Unbehagen, das sich in Form von Aufstoßen und Blähungen äußerte, und binnen kürzester Zeit roch sein Wohnzimmer wie eine Rasthoftoilette. Das Tier wiederum schien nicht vorzuhaben, ihn besonders zu beanspruchen, denn kurz nach seinem Aufschlag verfiel es in einen Warteschlaf. Doch dann gesellten sich zwei weitere Seelen hinzu. Diesmal waren es die Seelen zweier Männer, und sie waren verantwortlich für den Tod des jeweils anderen. Walther Pfannschmidt wusste weder, woher er dieses Wissen bezog, noch ob es irgendeine Rolle spielte. Er hätte auch niemanden fragen können. Und wenn es ihm doch gelungen wäre, die Frage zu stellen – wer hätte sie beantwortet? Die Wahrheit war, dass er sich seiner Aufgabe mit großer Aufmerksamkeit und Hingabe widmete. Doch als die beiden Männerseelen anfingen, miteinander zu kämpfen, und dabei die Hundeseele aus ihrer Wartestarre holten, gelangte seine Fürsorge an ihre Grenzen. Die kämpfenden Männerseelen und die aufgeregt bellende Hundeseele störten ihn beim Einschlafen, und er brauchte seinen Schlaf. Doch die Unruhe nahm nicht einen Moment ab und setzte sich bis weit in den nächsten Tag fort. Am Ende dieses Tages hatte Pfannschmidt als Wirt rapide abgebaut.

Er war nun selbst reif für eine Seelenwanderung.

4

Trotsky stand vor der Eiche und schaute auf den Boden, wie er es zum ersten Mal vor fast genau fünfundzwanzig Jahren getan hatte. Die lederne Kappe aus der Jacke des Fremden hielt er in der rechten Hand. Wie ein Trauernder, der an einem Grab Abschied von einem Toten nimmt.

Seit jenem Tag war er sehr oft hier gewesen. Doch diesmal war alles anders. Zum ersten Mal hatten auch gewöhnliche Menschen seine übermenschlichen Fähigkeiten wahrgenommen. Man hatte ihn fliegen sehen. Er hatte einen Fabrikschornstein zerlegt und war daraufhin von Polizisten gejagt worden. Deutlich Spektakuläreres war in der Vergangenheit völlig unbemerkt geblieben. Im Augenblick selbst hatte er nicht darüber nachdenken können. Das kam jetzt. Einen Tag danach. An diesem Baum, dem Ort seiner Initiierung.

Warum hatten sich plötzlich die Spielregeln geändert? Waren ihm die Weltenlenker auf die Schliche gekommen?

Waren sie seiner vielleicht überdrüssig?

Oder hatte der verdammte Krebs damit zu tun? Denn auch das hatte sich geändert: Er war, was er nie für möglich gehalten hätte, als Sterbender hier. Seine Zeit auf Erden war befristet. Daran gab es wohl keinen Zweifel.

Und doch kam es ihm vor, als hätte er zum ersten Mal in seinem Leben richtig Zeit.

Trotsky kniete sich hin und griff in die Erde, die Mulde unter der Wurzel. Da lag es, in ein Wachstuch gewickelt. Das Messer, mit dem damals alles begonnen hatte. Ein paar rostbraune Flecken klebten an ihm, Reste vom Blut des Schuldirektors, das er damals nicht hatte abwischen können, nicht hatte abwischen wollen.

Er setzte sich, lehnte sich mit dem Rücken gegen den Stamm und ließ seine Gedanken fließen. Wie Tentakel griffen sie nach einzelnen Bildern aus seiner Vergangenheit und zerrten sie an die Oberfläche. Er dachte an jene Nacht im Schullandheim. An die Tage und Wochen nach seiner Tat.

Der Schuldirektor hatte nur leichte Verletzungen davongetragen – darüber war Trotsky dann doch froh gewesen – und sich gleich nach seiner Genesung an eine andere Schule versetzen lassen. Vielleicht aus Scham, vielleicht aus Angst. Wer wusste das schon? Trotsky erinnerte sich nur, dass er sich erleichtert gefühlt hatte.

Seine Mutter war ihm keine Hilfe gewesen. Ihr hätte er sich anvertrauen wollen, aber seit der Trennung von seinem Vater war sie wenig empfänglich für seine Probleme. In dieser Zeit blieb ihm nichts anderes übrig, als alleine zurechtzukommen. Er erinnerte sich daran, wie ihm allmählich klar wurde, dass sein Körper sich verändert hatte. Sein Gehör registrierte Geräusche von Ereignissen am anderen Ende der Stadt. Auch seine Sehfähigkeit hatte exorbitant zugenommen: Durch die Fenster einer hoch am Himmel fliegenden Passagiermaschine konnte er die Augenfarbe verschiedener Fluggäste erkennen und sogar von ihren Lippen die Bestellungen ablesen, die sie bei der Stewardess aufgaben. Dem Zuwachs an körperlicher Kraft fiel eine ganze

Reihe von Haushaltsgegenständen zum Opfer, bis er lernte, damit umzugehen.

Erst hatte er sich bemüht, seine »Veränderung« vor der Öffentlichkeit geheim zu halten, besonders auch vor seiner Mutter. Dann stellte er fest, dass er vor ihren Augen im Wohnzimmer einen Sessel mit einer Hand hochheben konnte, ohne dass sie etwas dazu sagte, als hätte sie sein kleines Kunststück gar nicht gesehen. Bis dahin hatte ihn seine Veränderung nur verwirrt, doch irgendwann wurde ihm die Sache unheimlich, und das Verlangen erfasste ihn, mit jemandem über das zu reden, was gerade mit ihm geschah.

Nur, mit wem? Seine Probleme trug er mit sich selbst aus, enge Freunde hatte er keine, und seitdem er zur Zielscheibe der Gang um Zankwart geworden war, mieden ihn auch diejenigen Schüler, mit denen er sich früher einigermaßen verstanden hatte.

Bis auf Peter.

Natürlich. Peter!

Er hatte sich in jener Nacht um Trotsky gekümmert, er hatte dafür gesorgt, dass niemand gemerkt hatte, dass er fehlte. Also erzählte er Peter von dem, was im Wald geschehen war. Es tat gut, darüber zu reden, unendlich gut.

Doch Peter schien ihm nicht zu glauben, selbst dann nicht, als Trotsky ihm die neu entdeckten Flugkünste vorführte. In seiner Verzweiflung hatte er Peter gepackt und ihn ein paar Meter durch die Luft getragen. »Siehst du nun«, sagte er danach zu seinem Mitschüler. Doch der starrte ihn nur besorgt an. Das Ganze hatte sich angefühlt, erinnerte sich Trotsky, als wäre er in einem Traum gefangen gewesen. Einem Traum, in dem ihm umso weniger geglaubt wurde, je mehr Beweise er vorbringen konnte.

Frustriert gab Trotsky daraufhin sein Versteckspiel auf. Er beschloss, seine neuen Kräfte ganz offen einzusetzen. Irgendjemand würde diesen merkwürdigen Superjungen doch zur Kenntnis nehmen müssen? Und wenn es einer tat, dann würden die anderen zweifellos nachziehen.

Er begann sich mit denjenigen anzulegen, die bisher den Schulhof mit roher Gewalt terrorisiert hatten. Er verprügelte sie. Einem Grobian brach er sogar den Arm. Gleich danach flog er mit dem wimmernden Haufen Elend ins nächste Krankenhaus und lieferte ihn bei der Notaufnahme ab. Obwohl er direkt neben zwei Pflegern landete, schien sich niemand darum zu scheren. Selbst das Opfer wusste nur, dass Trotsky ihn bedroht hatte, mehr nicht. Immerhin handelte er sich den Ruf eines unberechenbaren Freaks ein, und damit kam eine andere Art von Aufmerksamkeit.

Schüler, die ihn früher gequält hatten, gingen ihm jetzt ängstlich aus dem Weg. Jörg Zankwart und seine Gang zogen es vor, sich andere Opfer zu suchen. Ralf versuchte sich mit Zigaretten und Süßigkeiten Schutz vor ihm zu erkaufen, was Trotsky erst amüsierte, dann nicht weiter interessierte. Tanja und Svane betrachteten ihn mit einer Mischung aus Abscheu und Faszination, wofür er sich am Ende auch nichts kaufen konnte. Angesichts der Angst, die er anderen einflößte, war ihm klar, dass er nun selbst Anführer einer Clique werden und die Form von Erniedrigung ausüben könnte, die ihm vor seiner Veränderung so zugesetzt hatte.

Das allerdings wollte er nicht. Das zuallerletzt!

Sein Ruf wurde ihm schließlich zum Verhängnis. Die Mutter des Schlägers mit dem gebrochenen Arm erstattete Anzeige gegen ihn, obwohl es niemanden gab, der seine Tat bezeugen konnte. Weitere Vorfälle folgten. Andere Eltern zogen nach. Schließlich wurde er von der Schule verwiesen. Es gab zu viele Kinder – selbst solche, denen er nie etwas angetan hätte –, die sich vor ihm fürchteten.

Seine Mutter war außer sich. Auf Anraten des neuen Rektors beschloss sie, ihren Sohn auf eine Schule für verhaltensauffällige Jugendliche zu schicken. Dort ging es ihm zwar nicht besser, aber auch nicht wirklich schlechter als in der Regelschule. Der Ruf, den er mitgebracht hatte, sorgte dafür, dass er in Ruhe gelassen wurde. Am Ende gelang es ihm, zumindest halbwegs wieder in seine ursprüngliche Unscheinbarkeit zurückzufinden. Er setzte seine neuen Kräfte nur noch im äußersten Notfall ein. Wenn niemand seine Übermenschlichkeit wahrhaben wollte, was brachte sie ihm dann ein?

Nicht einmal fliegen wollte er mehr.

Er legte einen halbwegs passablen Schulabschluss hin. Seiner Mutter zuliebe absolvierte er sogar eine Lehre als Elektriker. Er zog in eine kleine Wohnung in einer anderen Stadt, zu weit entfernt, um sich bei der Mutter noch regelmäßig zu melden, und versuchte, seine absonderlichen Kräfte so gut wie möglich zu vergessen.

Doch dann war Tormentor aufgetaucht.

Trotsky bückte sich und rieb sich das linke Knie. Jenes Knie, welches Tormentor einst mit einem Morgenstern komplett zertrümmert hatte. Wofür diesem von Trotsky dann im Gegenzug der Kopf zermalmt worden war.

Und Tormentor war erst der Anfang gewesen. In immer kürzeren Abständen waren ihm andere Supermenschen begegnet, die den Kampf mit ihm suchten und augenscheinlich genauso wenig von ihrer Umwelt wahrgenommen wurden. Anfangs gefiel Trotsky sein neues Doppelleben. Es gefiel ihm sogar sehr, war es doch immerhin der Beweis dafür, dass er nicht verrückt und seine Kräfte real waren. Real waren allerdings auch die Wunden, die er von den Kämpfen davontrug. Zwar heilten sie mit der übernatürlichen Geschwindigkeit, die seine körperlichen Fähigkeiten auch sonst kennzeichnete, aber nicht schnell genug, dass er irgendeiner regulären Arbeit hätte nachgehen können. Bald fehlte er so oft, dass er erst den Job und dann auch seine Wohnung verlor. Seine Kopfschmerzen waren chronisch. Er litt unter Wahrnehmungsverschiebungen, die er weder ignorieren noch behandeln lassen konnte. Und natürlich war er auch nicht mehr versichert. Das wenige Geld, das er noch hatte, reichte gerade für das Zimmer in einer billigen Pension. Seine Kräfte waren erneut zu einer Last geworden. Er wäre gerne in sein altes Leben zurückgekehrt, doch wie sollte er den Kämpfen aus dem Weg gehen?

Über Nacht beschloss er, sich ins Ausland abzusetzen, an einen Ort, wo ihn die Gegner hoffentlich nicht aufspüren würden. Es gelang ihm, in Italien unterzutauchen. Im Moloch Neapel lebte er zunächst auf der Straße, dann stellte man ihn trotz fehlender Sprachkenntnisse auf einer Mülldeponie ein. Er fühlte sich wohl zwischen dem Unrat und den Ratten. Den Gestank ertrug er gerne für den Luxus der Ruhe. Fünf Jahre blieb er in Neapel, bis ihm klar wurde, dass er herausfinden musste, was wirklich mit ihm geschehen war. Also kehrte er nach Deutschland zurück.

Als Erstes suchte er seine Mutter auf, die in Braunschweig immer noch in derselben Wohnung lebte, in der er aufgewachsen war. Sie hatte immer noch denselben Arbeitsplatz und würde wohl bis zur Rente dort beschäftigt bleiben. Sein Auftauchen war für sie ein Schock. Sie hatte ihn für tot gehalten, und ihre Freude über seine Wiederkehr wirkte echt. Mit Vorwürfen hielt er sich zurück, als er merkte, welche Schuldgefühle sie quälten. Stattdessen machte er einen Schritt auf sie zu. Entdeckte, dass eine Beziehung doch noch möglich war. Die Depressionen, von denen sie über Jahre immer wieder befallen wurde, hatte er als Jugendlicher nicht erkennen können. Und selbst wenn – er hätte sie aus diesen Zuständen nicht befreien können. Erst als der Sohn plötzlich verschwunden war, hatte sie sich in Behandlung begeben. Die Medikamente halfen ihr, nach Jahrzehnten wieder klarzusehen. Was sie da sah, erfüllte sie mit Reue und Bedauern. Vor allem, wenn es um ihn ging.

Nachdem sie einmal alles ausgesprochen hatten, stellte sich eine Vertrautheit zwischen ihnen ein, die beiden guttat. Er zog wieder bei ihr ein und arbeitete als Handlanger, nie in Festanstellung, verdingte sich beim Paketdienst, war Putzmann oder parkte Autos für das einzige Casino der Stadt. An Firmen, die einen Arbeiter ohne soziale Absicherungen einstellen wollten, gab es keinen Mangel. So verdiente er genug Geld, um seinen bescheidenen Lebensunterhalt abzudecken.

In der Freizeit fing er an, Nachforschungen anzustellen.

Seine Mutter besaß keinen Computer, also ging er in Internetcafés, nie mehr als zwei- oder dreimal in dasselbe, damit man ihm nicht auf die Spur kam. Er hatte noch immer keine Ahnung, mit wem oder was er es eigentlich zu tun hatte. Im Netz suchte er nach Einträgen über Menschen mit übernatürlichen Fähigkeiten oder Kräften, Menschen wie ihn. Und es war seltsam. Kaum hatte er eine Seite entdeckt, die ihm weiterhalf, war sie schon wieder verschwunden. Manchmal war sie am nächsten Tag nicht mehr da, manchmal schon nach einer Stunde. Es hatte fast den Anschein, als würde ihn jemand beobachten, als wollte jemand ihn daran hindern herauszufinden, was mit ihm los war. Jemand. Oder eine Organisation? Das Wort »Weltenlenker« tauchte immer mal wieder auf. Er verfluchte seine Unfähigkeit, russische oder chinesische Texte zu lesen. Sein Englisch ging einigermaßen. Am Ende gelang es ihm, im Darknet lange genug auf einer recht informativen kanadischen Website zu bleiben, bis er zumindest die Eckdaten einer Verschwörung erfasst hatte, die nicht nur ihn, sondern sämtliche Lebewesen auf Erden zu betreffen schien. Menschen. Tiere. Alles.

In ihrem Zentrum standen die Weltenlenker. Von »telepathischen Tieren« war auf der Seite die Rede, die ihre Halter beeinflussten. War einmal eine Verbindung hergestellt, machten die Weltenlenker über die Tiere dann mit diesen Personen, was sie wollten! Trotsky ahnte, dass diese Website die Antworten auf all seine Fragen enthielt. Ein Zirkusdirektor hatte sie erstellt, der schon seit einer Weile der Spur der telepathischen Tiere folgte. Trotsky beschloss, es ihm gleichzutun.

Dann starb überraschend seine Mutter.

Ein Blutgerinnsel im Gehirn nahm sie ihm schnell und schmerzlos – ausgerechnet jetzt, wo er zum ersten Mal in seinem Leben ein entspanntes Verhältnis zu ihr hatte. Mit den nötigen Formalitäten um ihren Tod gab er seine Anonymität auf, und nach der Beerdigung seiner Mutter beschloss er, Braunschweig umgehend zu verlassen, bevor seine ehemaligen Gegner ihn aufspürten. Nur wohin?

Einer Eingebung folgend, tippte er den Namen seines ehemaligen Mitschülers Peter Märse in die Suchmaschine eines Computers ein. Er wurde gleich zweimal fündig. Der eine, ein Dr. med. in Bad Neustadt, war dem Foto nach mindestens zehn Jahre älter als Trotsky. Der andere wohnte in Sahsenheim. Und freute sich aufrichtig, als Trotsky sich bei ihm meldete.

Peter schien ehrlich erschüttert über den Zustand seines alten Freundes. Er nahm Trotsky ohne zu zögern bei sich auf. Ihm selbst schien es blendend zu gehen. Der einst so dürre Junge hatte mächtig zugelegt. Sein im Fitnessstudio gestählter Körper brachte ihm als Erotiktänzer und Sexdarsteller augenscheinlich viel Geld ein. Die Einrichtung seiner geräumigen Wohnung war, soweit Trotsky das beurteilen konnte, teuer und erlesen. Ganz offensichtlich Designerzeug. Namen wie Bang & Olufsen, de Sede oder Poggenpohl sagten ihm zwar nichts, doch egal ob nun die Fernbedienung der Stereoanlage oder dieser Stuhl mit den Proportionen eines Sessels, der wie ein von Leder zusammengehaltenes Gestell aussah: Die Sachen wirkten kompliziert und dekorativ, aber wenig funktional.

Peter fuhr einen protzigen japanischen Geländewagen und trug legere Kleidung von Kenzo, Alexander McQueen und Hilfiger – Modemarken, die selbst Trotsky kannte.

Und er war privat versichert.

Beim Gedanken an den Freund, der ihm so großzügig Quartier gegeben hatte, fiel Trotsky die Versicherungskarte ein, die Peter ihm gestern früh geliehen hatte. Sie lag in seiner Brieftasche zusammen mit seiner Kleidung an der Bushaltestelle.

Verdammt.

Er hoffte inständig, dass seine Unachtsamkeit dem Schulfreund keinen Ärger einbrachte. Allein bei der Vorstellung bekam Trotsky einen Kloß im Hals. Er musste sich unbedingt aus dem Verkehr ziehen, das war für alle das Beste. Ihm fiel die Unterhaltung vom Vortag mit dem skeptischen Bürger, dem Hundemörder, wieder ein. Was hatte der Mann gesagt?

»In diesem Land, auf dieser Welt musst du nur auf der Straße leben, um zu verschwinden. Puff, bist du einfach nicht mehr da.«

Da war was dran. Trotsky hatte schon in Neapel auf der Straße gelebt, und niemand hatte sich um ihn geschert. Jetzt starrte er auf das Messer und fragte sich, warum er heute hergekommen war. Hatte er vielleicht vorgehabt, dem Ganzen ein Ende zu setzen? Ohne sich darüber im Klaren zu sein? Schon möglich. Die beste Lösung war das nicht. Es gab noch andere Arten, sich aus dem Verkehr zu ziehen. Und das würde er tun. Natürlich nicht hier am Baum. Aber doch an dem Ort, wo alles angefangen hatte.

In Scharnow. Dort war das Schullandheim gewesen, dort hatte der Rektor ihn angefasst, dorthin war er als ein Anderer zurückgekehrt. Und dort würde er jetzt eben noch einmal ein Anderer werden. Einen Versuch war es wert.

5

Niels wachte nach den Geschehnissen der Nacht als Erster wieder auf. Das geschah oft, denn schließlich schlief er auch regelmäßig als Erster ein. Er war in vielen Dingen der Erste: Der Erste, der besoffen war, der Erste, der kotzte, der Erste, der einen Blackout bekam, und der Erste, der morgens Kaffee machte.

Niels schaute sich um. Wie so oft hatte keiner daran gedacht, das Deckenlicht auszumachen. Er selbst lag noch an der Stelle, wo er vor ein paar Stunden – wie spät war es eigentlich gewesen? – mit einem Glas Mische in der Hand während des Finales von D'Amatos *Sado – Stoß das Tor zur Hölle auf* das Bewusstsein verloren hatte. Jemand hatte eine Decke über ihm ausgebreitet und ein Glas Wasser auf die sauber gewischte Glasplatte des Tischmonstrums gestellt. Außerdem trug er ein anderes T-Shirt, also hatte er sich wohl übergeben.

Die Art der Fürsorge trug eindeutig Pits Handschrift. Kalle und Sieben wären allenfalls auf die Idee gekommen, einen Mann zu entkleiden, wenn der von einer Granate schwer verletzt worden wäre und dringend behandelt werden müsste. Niels hatte Erinnerungslücken an den vorigen Abend, war sich aber sicher, dass der Pakt in keine Kriegshandlungen verwickelt gewesen war. Wobei auch Kalle ihn zugedeckt haben könnte, denn er achtete stets darauf, dass sich die Mitglieder des Paktes nicht erkälteten. Medikamente waren teuer.

Niels' Durst war an diesem Morgen groß genug, um das Glas Wasser in einem Zug zu leeren, aber einen wirklichen Kater hatte er nicht. Den hatte er schon seit Jahren nicht mehr, oder vielmehr gehörte ein Kater zu seinem Normalzustand. Er war Alkoholiker, das wusste er. In der Welt, aus der er kam, waren alle Alkoholiker. Da Niels eigentlich keinen Alkohol mochte, war es umso tragischer, dass ausgerechnet dieses Zeug der essenzielle Bestandteil ihres Unterwegsseins war, ihr Treibstoff sozusagen. Der Jetlag nach einem Interkontinentalflug hielt auch niemanden vom Reisen ab. Wozu also sich gegen das wehren, was vom Schicksal vorherbestimmt war?

Zudem hatte er einen Filmriss, was den Vortag anging. Seine Erinnerungen reichten gerade mal bis zum Überfall und verschwanden dann ganz nach Verlassen des Supermarkts. Er erinnerte sich nur noch daran, wie er im Wohnzimmer aufgewacht war und das Gemetzel auf dem Bildschirm gesehen hatte. Alles klar. Er hatte sein Glas Mische genommen und den anderen zugeprostet. Erst beim Trinken war ihm bewusst geworden, dass er alleine war. Bevor er weiter darüber hatte nachdenken können, hatte der hochprozentige Mix seine Wirkung entfaltet und ihn erneut in den Tiefschlaf versetzt.

Niels stand auf, streckte sich und gähnte laut. Hinter dem Sofa hörte er ein vertrautes Geräusch. Jemand schnarchte. Laut! Sehr laut!

Sieben lag auf dem Fußboden, ein Kissen unter dem Kopf, zugedeckt mit dem Lederblouson, auf den er so stolz war. Kalle und Pit waren demnach im Schlafzimmer, dem einzigen anderen Raum in der Wohnung. Niels stand auf, merkte, dass er pinkeln musste, und schnappte sich auf dem Weg zum Klo die Kaffeekanne von der behelfsmäßigen Kochstelle, die sie sich nach der

Notvermauerung der Küche eingerichtet hatten. Sie bestand lediglich aus einer Kühltasche, einer Kaffeemaschine und einer elektrischen Pfanne. Das reichte absolut. Küchen passten nicht wirklich zum Lebensentwurf des Paktes. Auf der Toilette bereitete ihm die Absonderung seines Urins ein körperliches Vergnügen, das er mit einem brachialen Furz zum Ausdruck brachte. Ein beeindruckend fauliger Gestank machte sich breit. Während er im Stehen in die Schüssel urinierte, ließ er am Waschbecken Wasser in die Kaffeekanne laufen. Als die Kanne voll war, war sein Strahl noch immer konstant stark. Er war froh, dass er sich im Schlaf nicht in die Hose gemacht hatte, und sah sich um. Neben dem Klo stand der Putzeimer, über dessen Rand mehrere Lappen hingen. Alle waren rostbraun verfärbt. Seltsam. Hatte Pit in dieser Nacht noch einen Großputz veranstaltet? Soweit sich Niels erinnern konnte, war die Wohnung nicht in einem Zustand gewesen, der eine solche Maßnahme erfordert hätte. Sein Strahl wurde schwächer und versiegte schließlich. Er schüttelte die letzten Tropfen ab, schwemmte, da die Spülung schon länger kaputt war, den Urin mit der Hälfte des Wassers aus der Kaffeekanne fort und wusch sich danach ausgiebig die Hände. Schließlich würde er Kaffee für alle machen, den wollte er nicht kontaminieren.

Der faulige Gestank der Blähung lag noch in der Luft. Im Bad gab es kein funktionierendes Fenster, also öffnete Niels die direkt daneben liegende Wohnungstür, um die üblen Gase wenigstens ins Treppenhaus abziehen zu lassen. Auf diese Weise konnte er auch gleich nachschauen, ob es noch Nacht oder schon Tag war. Bevor er einen Blick in den Flur wagte, betrachtete Niels kurz sein Spiegelbild im Glas des gerahmten Manifests neben der Wohnungstür. Eigentlich sah er gar nicht so mitgenommen aus, wie man es nach den Saufexzessen der Nacht hätte annehmen können. Der Flur war vom Tageslicht erleuchtet. Das freute ihn. Jeder neue Tag war ein neuer Anfang. Er genoss immer wieder das Gefühl der Hoffnung, welches damit einherging. Der zweite Genussmoment würde dann mit dem ersten Schluck Kaffee kommen, aber dafür musste er ihn erst mal kochen.

Der Flur strahlte geradezu, wenigstens kam es ihm so vor. Lag das an der Sonne? Er konzentrierte sich auf den Anblick vor ihm. Erstaunlich, dachte er dann. Der Hausflur war gründlich geputzt worden, selbst die Kacheln an der Wand waren nicht gelblich wie sonst, sondern blendend weiß. Der Linoleumboden war staubfrei und glänzte an ein paar Stellen sogar, als wäre er gebohnert worden. Die Vorstellung war absurd. Er schüttelte den Kopf, um diese Halluzination zu vertreiben, doch sie blieb hartnäckig bestehen. Welcher Putzteufel hatte hier sein Unwesen getrieben? Die alte Karpski von gegenüber wohl kaum. Die hätte sich doch lieber ihre Ohren abgerissen und sie paniert, gebraten und verspeist, als einen Wohnbereich sauber zu machen, der noch von anderen Hausbewohnern mitbenutzt wurde. Der alte Pfannschmidt von oben vielleicht? Oder gar dieses pickelige Mädchen, das sich hin und wieder um den alten Knacker kümmerte?

Niels stützte sich aufs Treppengeländer und schaute nach oben. Dort war alles wie immer, schmuddelig und vergilbt. Seine Verwunderung wuchs. Was war hier los? Ein weißer Tiger im Flur hätte ihn weniger überrascht als diese plötzliche Sauberkeit. Ihm fielen die Putzlappen auf dem Klo ein. Es schien nicht ausgeschlossen, dass der Pakt etwas mit der Sache zu tun hatte. Aber was? Und warum? Hatte er sich letzte Nacht vielleicht vor der Wohnung übergeben, und den anderen war das peinlich gewesen? Oder hatte die Putzaktion mit dem Überfall zu tun? Hatten seine Freunde vielleicht Spuren beseitigen wollen? Hatten sie womöglich eine Geisel genommen, die im Hausflur verblutet war? An eine Geisel konnte er sich nicht erinnern, andererseits konnte er sich streng genommen an gar nichts erinnern, was nach dem Überfall geschehen war.

Langsam bekam er nun doch Kopfschmerzen. Der Kick des neuen Tages war vorbei. Er sehnte sich nach einem Kaffee. Danach würde er klarer sehen. Er warf einen letzten Blick in den Flur und entdeckte vor der Wohnungstür gegenüber eine leere Fantaflasche. In ihrem Hals steckte wie die geheime Nachricht in einem Kinderfilm ein eingerolltes Stück Plastikfolie. Sehr leise schlich er sich an Elsa Karpskis Tür heran. Ein Treffen mit dem alten Drachen konnte er jetzt nicht gebrauchen, aber die Sache machte ihn doch neugierig. Vielleicht enthielt das Stück Plastik ja die Antwort auf das Rätsel um den geputzten Flur?

Er zupfte die Folie aus der Flasche und entrollte sie. Es handelte sich um eine leere Erdnussflipstüte der preiswerten Marke, die er selbst gerne aß. Jemand hatte mit einem goldenen Filzschreiber und in schön geschwungener Schrift etwas draufgeschrieben. Er kniff die Augen zusammen, um besser lesen zu können.

»Danke!«, stand da. Mehr nicht.

Seine Kopfschmerzen nahmen schlagartig zu.

Scheiß auf Kaffee, ein Bier … sofort, dachte Niels und kehrte mit Flasche und Flipstüte in die eigene Wohnung zurück.

6

Die graue, neblige Umgebung des Seelenparkplatzes nahm ihnen schließlich jede Lust am Kampf. Welchen Sinn hatte es, seinen Hass mit körperlicher Gewalt auszuleben, wenn man dem anderen keinen Schmerz zufügen konnte? Die Seele, die einmal Cloudy gewesen war, hatte sich ebenfalls wieder beruhigt und lag dösend neben den Brüdern im Nichts. Die Weinbarths hätten auch gerne gedöst, doch ihre Wut hielt sie wach.

Wie lange waren sie schon hier? Ihr Zeitempfinden funktionierte nicht mehr, und irgendwann – wann genau, hätten sie unmöglich sagen können – war ihnen bewusst geworden, dass sie neben Hass auch Langeweile verspüren konnten. Das wiederum hatte ihre Wut erneut aufflammen lassen.

Da tat sich plötzlich etwas.

Unter ihnen tauchte ein Strudel auf. Beide Brüder dachten unwillkürlich an die Spülung einer Toilette. Ein anderes Bild fiel ihnen nicht ein, dafür fehlte ihnen die Fantasie. Im Übrigen war das Bild nicht ganz verkehrt, denn es fühlte sich an, als würde ein Sog von unten an ihnen ziehen.

Tatsächlich spürten sie natürlich überhaupt nichts, weil sie ja gar keine Körper mehr hatten, die noch etwas hätten spüren können. Von Fakten hatten sich Jason und Axel allerdings noch nie beirren lassen, und sie hatten auch nicht vor, nach ihrem Tod noch damit anzufangen. Der Strudel zog sie also durch eine Art Nadelöhr in ein schwarzes Loch. Im einen Moment waren sie noch da, im nächsten bereits von Walther Pfannschmidts Seelenparkplatz verschwunden. Cloudy, indessen aufgewacht, bellte ihnen fröhlich hinterher. Zumindest war ihr, als würde sie bellen.

In ihrem Leben waren die Brüder Weinbarth nie besonders gläubig gewesen. Man stelle sich also ihre Überraschung vor, als sie sich einige tausend Meilen entfernt, in Malaysia genau genommen, in einer Platymma tweediei, einer frisch geborenen Feuerschnecke, wiederfanden. In ein und demselben Tier wiedergeboren. Für einen furchtbaren, höchstens zwei Millisekunden dauernden Moment wurden sich die Brüder ihrer neuen Gestalt noch bewusst. Mit einer Einigkeit, die ihnen in ihrem früheren Leben nie vergönnt gewesen war, dachten sie beide gleichzeitig: »Scheiße!«

Dann ergaben sich ihre Seelen vollkommen in ihr neues Dasein. Was auch immer von ihnen noch da war, würde jetzt ein Schneckenleben lang Zeit haben, an der gemeinsamen Beziehung zu arbeiten – und das mit einer Langsamkeit, an der jeder Therapeut seine Freude gehabt hätte.

Walther Pfannschmidt stöhnte erleichtert auf und rekelte sich in seinem Fernsehsessel. Dieses Rekeln war in seiner Vorstellung groß und behaglich. Tatsächlich war davon nicht mehr als ein leises Zucken zu sehen. Außenstehende hätten womöglich gar nichts wahrgenommen. Es gab aber keine Außenstehenden. Es gab nur den alten Mann in seinem Fernsehsessel. Und dem war das, was andere dachten, herzlich egal.

Die bin ich los!, seufzte er innerlich und spürte dabei, wie seine Lebensgeister langsam schwanden, mit einer Endgültigkeit, die sich großartig anfühlte. Es war Zeit, seine Aufgabe abzugeben. Wer sie übernehmen würde, interessierte ihn nicht. Er konnte ja kaum noch sein eigenes Leben bewältigen. Sollten sich diejenigen darum kümmern, die ihn vor fast fünf Jahren dafür auserwählt hatten.

Er hoffte nur, dass er fort sein würde, bevor diese pickelige, ignorante Göre vorbeikam, die andauernd auf ihr Mobiltelefon starrte. Aber bis zu ihrem Eintreffen würde es noch etwas dauern. Pfannschmidt spürte, wie der Tod auf ihn zukam. Er schloss seine Augen, ganz fest, in der irrealen Hoffnung, so die Ankunft beschleunigen zu können.

Da nahm er die Bewegung wahr. Der Hund!

Zum ersten Mal seit Tagen öffnete Walther Pfannschmidt den Mund und sprach. Er sagte nur ein Wort. Mehr brachte er nicht über die Lippen, und mehr brauchte es auch nicht.

»Hilfe!«

Sofort überkam ihn eine Leichtigkeit, wie er sie immer dann verspürte, wenn eine Seele ihn verließ. Fantastisch. Der Hund war nun also auch untergekommen. Der alte Mann rutschte noch tiefer in seinen Sessel und schloss wieder die Augen.

Und dann hieß er den Tod willkommen.

Vierzehn Kilometer entfernt, auf der Intensivstation des Bezirkskrankenhauses, erwachte Elsa Karpski aus ihrem Koma. Da ihre Vitaldaten elektronisch weitergeleitet wurden, ging im Schwesternzimmer ein Alarm los. Die diensthabende Schwester Elisabeth Gartrand rief über Intercom einen Arzt, und gemeinsam mit einem weiteren Krankenpfleger eilten sie in Elsas Zimmer. Elsa sah die Menschen, die hereingestürmt kamen, lächelte sie an, sagte aber nichts.

Worte, Sätze, Fragen tauchten in ihrem Inneren auf.

Bestimmung.

Sie hatte ihre Bestimmung gefunden.

Welche Bestimmung?

Woraus bestand sie?

Der Arzt sprach sie an und überprüfte dabei ihre Pupillenreflexe mit einer kleinen Stablampe. Eine Krankenschwester nestelte an ihrem Arm. Elsa lächelte weiter. Warum sie hier war, wusste sie nicht. Etwas war geschehen. Etwas Beängstigendes. Ihr blieb weniger eine Erinnerung daran als ein beklemmendes Gefühl. Doch diese Beklemmung wurde bald schon von ihrer neu gefundenen Euphorie verschluckt.

Während der Arzt und der Krankenpfleger sich weiter um die alte Dame kümmerten, gab Schwester Elisabeth die freudigen Nachrichten an die Enkelin weiter. Elsa ließ alles mit sich geschehen. Sie sah einfach nur aus dem Fenster, betrachtete die Lichter, die durch die Luft flitzten, und sprach völlig unvermittelt ihre ersten Worte seit dem Koma.

»Die Seelen sind unterwegs.«

Es waren Worte, die eine Reihe von Menschen noch eine ganze Weile beschäftigen sollten.

7

Jan-Uwe fühlte sich elend. Er hatte sich auf der Arbeit zwar krankgemeldet, aber sein Unwohlsein war nicht in erster Linie körperlicher Natur. Seine Seele war es, die sich schlecht fühlte.

Am Vortag war er mit seinen Mitverschwörern nach Scharnow gefahren und hatte einen Hund getötet. Und warum? Weil der Bund skeptischer Bürger dieses Tier für ein zentrales Glied im Rahmen einer Weltverschwörung hielt. Ein unschuldiges Wesen hatte sein Leben lassen müssen, nur weil eine Handvoll erwachsener Menschen einer hirnrissigen Theorie aus dem Internet Glauben schenkte, dem anonymen Hinweis eines Informanten, der sich auch noch HeidEgg nannte. Das war doch Wahnsinn!

Jan-Uwe war sich der intellektuellen Defizite der Anhänger des BsB sehr wohl bewusst. Warum also hatte er mitgemacht? Und schlimmer noch, den tödlichen Schuss höchstpersönlich abgefeuert? Als er seinen lädierten Wagen gesehen hatte, war ihm das wie die gerechte Strafe für seine Tat erschienen. Vielleicht lag es am Schock über das Wrack, dass er sich an das, was danach geschah, kaum noch erinnern konnte. Da war Polizei gewesen, und ein seltsamer Mann. Ein seltsamer, fliegender Mann. Oder doch nicht? Der Mann hatte ihn gerettet. Stimmte das? Jedenfalls war er, Jan-Uwe, mit einem Mal hoch oben in der Luft über das Industriegebiet getragen worden.

Quatsch. Es gab keine fliegenden Menschen. Und schon gar keine, die stark genug gewesen wären, einen ausgewachsenen Mann durch die Luft zu befördern.

Fakt war aber, dass er irgendwann mit einem Mann auf einer Wiese gesessen und sich mit ihm unterhalten hatte. Worüber, das wusste er nicht mehr so genau. Er erinnerte sich nur daran, dass ihm dieser Mensch traurig vorgekommen war. Irgendwie gebrochen. Und das entsprach in seiner Vorstellung ganz und gar nicht dem Profil eines Menschen, der übernatürliche Kräfte besaß.

Vor allem, weil es solche Menschen nun mal nicht gab.

Er stand immer noch vollkommen neben sich und hatte keine Ahnung, wo er einen Halt finden sollte. Bei sich selbst zuallerletzt, das wurde ihm gerade bewusst. Doch zumindest das konnte er ändern. Statt aus einer wahnwitzigen Idee heraus ein wunderschönes Tier zu erschießen, sollte er seine Energien lieber darauf verwenden, sein Privatleben in Ordnung zu bringen. Seine Frau hatte ihn verlassen. Den Hund hatte sie mitgenommen. Das Besuchsrecht bei der Tochter hatte er ebenfalls verloren. Seine durchaus legale Waffensammlung hatte bei dem Sorgerechtsstreit zweifellos eine Rolle gespielt.

Er sehnte sich nach Normalität. Nach positiven Gedanken und Erlebnissen. Nach seiner Familie. Er würde alles für eine zweite Chance geben. Er wollte ab jetzt ein guter Vater sein und kein anonymer Kämpfer gegen ein Hirngespinst. Mehr waren sie doch nicht, diese angeblichen Weltenlenker. Eine Einbildung. Ein Internetgerücht. Wie hatte er diesem Schwachsinn auch nur für eine Minute Glauben schenken können?

Wenn er Glück hatte, würde er für seine Tat nicht zur Verantwortung gezogen werden. Sie waren vorsichtig gewesen, hatten keine Spuren hinterlassen. Das Opfer war, so sehr die Schuldgefühle an ihm nagten, letztendlich doch nur ein Tier gewesen.

»Nur ein Tier.« Glaubte er das im Ernst?

Die Gesellschaft sah das so. Und dieser Gesellschaft wollte er sich von nun an unterordnen. Um nicht verrückt zu werden! In ein paar Wochen, vielleicht sogar schon in ein paar Tagen, würde er sich mit seiner Tat arrangiert haben. Er würde wieder ruhig schlafen können. Doch um dies zu erreichen, musste er sich definitiv von seinen Waffen trennen. So etwas wie gestern durfte schlicht nicht mehr vorkommen. Auch von den Idioten vom BsB galt es sich zu distanzieren. Um da einen Schlussstrich zu ziehen, brauchte er allerdings einen Verbündeten. Jemand, der zur Gruppe gehörte und Auskunft erteilen konnte, wenn die Rede auf ihn kam. Der die anderen, falls nötig, auch beruhigen konnte. Immerhin handelte es sich beim BsB um ausgemachte Paranoiker, und er wollte auf keinen Fall, dass die sich in den Kopf setzten, er sei der Feind.

Nur: Wer könnte das sein? Jemand, der etwas wollte, das Jan-Uwe ihm geben konnte. Und der für dieses Etwas alles tun würde. Allzu intelligent durfte er nicht sein. Es gab nur einen Menschen, auf den das alles zutraf. Jan-Uwe suchte einen Namen aus dem internen Speicher seines Telefons heraus und drückte die Wähltaste. Es klingelte zweimal, dann ging jemand ran.

»Zarm?«

»Ich bin's. Jan-Uwe!«

»Paslička, du Nacho, bist du verrückt geworden, bei mir anzurufen?«

»Mach dir nicht ins Hemd, Zarmo. Dass wir uns kennen, ist kein Geheimnis, und unsere Telefone werden nicht abgehört. Glaub mir!«

»Noch nicht …«

Jan-Uwe ignorierte Zarmos Unmut und kam zur Sache.

»Sag mal, bist du immer noch heiß auf Carla?«

Stille am anderen Ende der Leitung. Er wurde konkreter.

»Wir haben doch neulich drüber gesprochen. Und ich hab's mir überlegt. Du kannst sie haben!«

Totenstille. Zarmo schien nicht einmal mehr zu atmen. Die nächsten Worte stieß er in einem zischenden Flüstern aus.

»Paslička, wenn du mich verarschen willst ...«

»Ich verarsch dich nicht, Hans!«

Jan-Uwe konnte hören, wie es in Zarmo arbeitete.

»Was willst du für sie haben?«

Die letzten Worte hatte er sehr schnell ausgesprochen. Neben Misstrauen schwang jetzt auch Gier in seiner Stimme mit.

»Nichts, Zarmo! Du kannst sie haben. Du musst mir nur helfen, bei den Bürgern auszusteigen.«

Wieder herrschte ein paar Sekunden Stille.

»Du meinst jetzt gleich? Alter, nach gestern kannst du doch unmöglich aussteigen wollen?«

»Doch, gerade wegen gestern. Weißt du, ich liebe Hunde. Ich liebe alle Tiere, Hans. Wenn ich ehrlich bin, weiß ich nicht mehr, warum ich bei diesem Schwachsinn überhaupt mitgemacht habe.«

Das war nicht perfekt, aber zumindest nicht gelogen. Jan-Uwe entschloss sich, noch einen draufzusetzen. »Offen gestanden, ich halte auch den ganzen Druck einfach nicht mehr aus.«

So. Das sollte genügen. Bisher war Jan-Uwe – wenn auch nicht offiziell – der Starke, der Überlegene gewesen und Zarmo immer an zweiter Stelle. Dieser Satz würde ihm nun klarmachen, dass sich das Verhältnis geändert hatte. Die Freude darüber würde ihn zweifellos daran hindern, weiter über den Kollegen nachzudenken. Und wenn er dann noch das beste Mädel vom ganzen Puff in die Finger bekam ...

»Willst du sie jetzt oder nicht?«

»Ja doch, ja doch. Umsonst, meintest du?«

»Wie gesagt, halt mir bei den Bürgern den Rücken frei, mehr will ich nicht von dir.«

Vor lauter Verlangen überschlug sich Zarmos Stimme.

»Ich bin dabei!«

»Okay. Ich mach sie für dich fertig. Morgen?«

»Morgen schon! Bringst du sie zu mir?«

»Nein, komm du zu mir. Ich hab keinen Wagen mehr.«

Bevor Zarmo fragen konnte, was mit seinem Wagen war, legte Jan-Uwe auf. Der Typ war aber auch langsam. Jan-Uwe hatte direkt Kopfschmerzen nach dem Gespräch.

Er sah auf das Präzisionsgewehr, das vor ihm auf dem Tisch lag. Carla war hübsch. Carla war in jeder Hinsicht Zucker. Carla musste dringend weg. Er begann die Waffe auseinanderzuschrauben. Fort mit ihr, so schnell wie möglich, sagte er sich. Zarmo war scharf auf sie, und Jan-Uwe wusste jetzt, dass er ohne sie leben konnte. Hatte er das nicht schon einmal geschafft, damals, als die erste Carla ihm den Laufpass gegeben hatte? Wie alt war er gewesen? Zwanzig. Sie war damals siebenundzwanzig und in vielerlei Hinsicht seine große Liebe geblieben.

Wie nachhaltig diese Liebe weiter in ihm wirkte, war ihm erst klar geworden, als er, ohne großartig darüber nachzudenken, seinem Lieblingsgewehr ihren Namen gegeben hatte.

8

Nami und Hamid fuhren auf der Schwalbe Richtung Krankenhaus. Der Anruf von der Intensivstation war gekommen, als sie noch kichernd zusammen im Internetcafé gesessen hatten. Es war kein anderer Kunde da gewesen, also hatte Hamid beschlossen, den Laden zuzumachen und Nami zu ihrer Großmutter zu bringen. Sie trug wieder seinen Helm. Das geboten die Gesetze der Ritterlichkeit.

Nami war leicht ums Herz. Das schlechte Gewissen, das sie gequält hatte, weil Hamid kaum noch einen anderen Gedanken in ihr zuließ, konnte sie wieder ablegen. Mit ihrem Omili ging es bergauf! Und nun saß sie ganz dicht an Hamid gedrückt, atmete seinen Geruch ein und hoffte, die Fahrt würde ewig dauern.

Hamids Herz war ebenfalls leicht, so leicht wie seit seiner Flucht nicht mehr. Er war auf der Landstraße unterwegs, spürte den frischen, herbstlichen Fahrtwind auf seiner Haut, und hinter ihm saß dieses umwerfende Mädchen, dieses Wahnsinnsgeschöpf, und hielt ihn umschlungen. Ihn, Hamid, der es bisher kaum gewagt hatte, ein Mädchen auch nur anzuschauen! Zum ersten Mal, seit er hier war, hatte er das wunderbare Gefühl, angekommen zu sein. Die Luft schmeckte nach einem neuen, aufregenden Zuhause.

Die Schwalbe fuhr nicht schnell. Der Motor war mit dem Gewicht zweier Personen mächtig am Anschlag, aber sie schafften die Strecke bis zum Langenfeld-Hospital dann doch in etwas mehr als vierzig Minuten. Vor dem Krankenhaus sprang Nami vom Moped, nahm den Helm ab und bedeutete Hamid, sitzen zu bleiben. Sie legte ihm zwei Finger auf die Lippen.

»Geh nicht weg, ja?«

Mehr fiel ihr nicht ein, aber der kurze Satz schien perfekt.

Dann war sie fort, und Hamid starrte dorthin, wo sie eben noch gestanden hatte. Kein Zweifel, er war bis über beide Ohren verliebt. Sie ist schön, dachte er. Wunderschön.

Schön wie die Stille nach dem ersten Schnee …

9

Er rief noch am selben Abend an. Sylvia ließ es viermal klingeln, bevor sie abnahm.

»Pathe!«

»Hallo, Sylvia. Hier spricht Dave.«

Sie wusste natürlich, dass er es war, sie hatte schließlich seine Nummer gespeichert. Außerdem erhielt sie Anrufe sonst nur von Arbeitgebern oder ihren Kollegen, um Schichten und Arbeitszeiten abzusprechen. Nach den gestrigen Vorfällen hatte sich keiner von ihnen gemeldet, auch nicht, um nachzufragen, wie es ihr ging. Lediglich Marlies Henkel hatte mit barscher Stimme eine Nachricht auf Band hinterlassen, dass sie erst am Montag wieder zur Arbeit erscheinen müsse. Vielleicht war das ihre Art, Mitgefühl auszudrücken, dachte Sylvia. Besonders mitfühlend hatte es sich nicht angehört.

Seit ihr Mann verschwunden war, rief auch ihre Mutter kaum noch an. Sie hatte Felix sehr gemocht und machte Sylvia für die Trennung verantwortlich. Sie hatte sich einen reichen Mann für ihre Tochter gewünscht und meinte es vermutlich gut, aber dass Felix nun weg war, hatte Sylvia sich schließlich nicht ausgesucht. Von ihr aus konnte er bleiben, wo er war. Sie kam gut allein zurecht. Sie hatte ja Cloudy.

Gehabt!

»Sylvia?«

»Hallo, Dave. Wie geht's?«

Sie blieb unverbindlich, hielt ihn auf Distanz – sie hatte nicht vergessen, wie er sie in der Garderobe einfach gepackt und geküsst hatte. Wenn man das einen Kuss nennen konnte.

Umgekehrt konnte sie nicht behaupten, dass es sie nicht freute, eine menschliche Stimme zu hören. Und die Art, wie er gerade »Sylvia« gesagt hatte. So hatte schon sehr lange niemand mehr ihren Namen ausgesprochen.

»Mir geht es gut«, kam von Dave aus dem Hörer. »Heute bin ich dir begegnet, da kann es mir nur gut gehen.«

Ganz schön dick aufgetragen, dachte Sylvia. Er war flirty unterwegs, hätten sie und ihre Freundinnen früher gesagt. Sagte man das heute noch? War die Frage wichtig?

»Wie geht es dir?«, fuhr seine körperlose Stimme fort. »Hast du noch mehr Männer kennengelernt?«

»Ähm, nein. Du warst heute mein einziger Kunde. Was macht der Anzug?«

Sie wusste selbst nicht, warum sie das fragte. Wollte sie das wirklich wissen? Oder einfach nur das Gespräch verlängern, das sie zumindest daran hinderte, die Stille in der Wohnung wahrzunehmen, die Cloudys Tod hinterlassen hatte?

»Liegt noch in der Tüte. Sehen wir uns? Morgen? Soll ich ihn für dich anziehen?«

Das war allerdings sehr direkt. Sie holte scharf Luft, um ihn zu fragen, ob er noch ganz richtig tickte. Andererseits hatte sie im Laden ja bereits erlebt, wie schnell seine Fassade des Verführers einstürzen konnte. Was dahinter zum Vorschein kam, war nicht unsympathisch. Und da sie am Samstag frei hatte … Sie überlegte noch, wie sie am besten antworten sollte, da legte er nach.

»Sylvia, ich würde dich so wahnsinnig gern wiedersehen! Sag mir, wo du wohnst, ich hole dich ab.«

Bevor ihr bewusst war, was sie da tat, hatte sie ihm ihre Adresse gegeben. »Und du willst wirklich den Smoking anziehen?«, fragte sie, um etwas von ihrer Überlegenheit zurückzugewinnen.

»Ja, klar! Eine Frau wie du hat bestimmt etwas im Schrank, was dazu passt, oder? Überrasch mich! Ich bin morgen um sieben bei dir!«

»Gut. Bis dann«, sagte sie und legte auf.

Die Stille, die sie danach umfing, fühlte sich an wie Watte. Ihre Blase holte sie in die Realität zurück. Sie ging zur Toilette und pinkelte. Da entdeckte sie in ihrer Unterhose einen dunklen Fleck. Es schien eine halbe Ewigkeit her, seit ihr Körper solche Meldungen an sie gesandt hatte, doch sie wusste gleich, was los war.

Weniger klar war, was sie – ausgerechnet jetzt in tiefer Trauer um den einzigen Gefährten, der ihr in den letzten Jahren geblieben war – von der Sache halten sollte.

Das Telefonat mit diesem zudringlichen Kerl, diesem Dave, hatte sie ganz offensichtlich erregt.

Zwischenspiel
Der telepathische Zirkus

»Geld stinkt nicht!«, diesen Spruch hatte Felix Pathé einst gern und bei jeder denkbaren Gelegenheit benutzt. Und wenn er einmal starb, so hatte er es bei seinem Anwalt hinterlegt, sollte genau dieser Satz auf seinem Grabstein stehen. Das war lange her, vor der Sache mit den telepathischen Tieren, die sein Leben auf den Kopf gestellt hatte.

Vom Wesen her war Pathé ein eher ernster, in sich gekehrter Mensch. Der Spruch mit dem Geld und dem Stinken war der einzige Hinweis darauf, dass er zumindest einen Funken Humor besaß, denn er bezog sich auf die Art, wie er reich geworden war. Felix Pathé war reich, unfassbar reich, und diesen Reichtum verdankte er dem Gestank.

Felix Pathé war Güllemilliardär.

Als Erbe einer mittelgroßen Rinder- und Schweinezuchtfarm hatten ihn die enormen Mengen von Kot und Urin, die jeden Tag anfielen, zunächst zum Landwirt werden lassen, denn die Entsorgung von überschüssigen Tierexkrementen war teuer. Sehr teuer. Noch sein Vater hatte den stinkenden Abfall, der nicht für die Felder genutzt wurde, einfach in einem Tümpel am Rande des Dorfes entsorgt. Bis zum Ende der DDR hatte das keinen interessiert. Nach der Wiedervereinigung änderte sich dann aber vieles. Es traten Umweltgesetze in Kraft, die derlei Praktiken mit drakonischen Strafen belegten. Gleichzeitig zwang das neue Wirtschaftssystem Bauern wie Pathés Vater dazu, die Produktion bei sinkenden Preisen immens zu erhöhen. Eine gesteigerte Produktion bedeutete wieder mehr Tiere. Mehr Tiere produzierten mehr Kot. Die neue Zeit hatte den alten Mann schließlich ins Grab gebracht.

Sein einziger Sohn, Felix Pathé junior, sah sich gezwungen, sein BWL-Studium abzubrechen und den Hof am Rande von Scharnow zu übernehmen. Er ging die Situation pragmatischer an und begann Mais, Gerste und Tomaten anzubauen. Missernten und ein verregneter Sommer brachten ihn beinahe um die Existenz, doch solange seine kranke Mutter noch lebte, wollte er den Hof nicht verkaufen. Also suchte er nach einem Ausweg und fand ihn schließlich auch.

Die einzige Konstante in seinem Leben, überlegte er sich, war Scheiße. Einem Bauern, der Hühner hatte und mit deren Festmist nur einen Teil seiner Felder düngen konnte, bot er versuchshalber die Gülle für einen Spottpreis an. Das war der Grundstein für sein bald schon florierendes Geschäft.

Seine Gülle wirkte Wunder. Der Hühnerbauer bestellte nach. Da dieser sich weder synthetischen noch teuren natürlichen Dünger anderer Hersteller leisten konnte, stundete Pathé ihm die Schulden, bis der Bauer genug eingenommen hatte, um alles mit Zinsen zurückzuzahlen. Auch mit anderen Bauern machte Pathé das so. Bald schon war er der einzige Lieferant im Umkreis von fünfzig Kilometern. Seine Fairness den Kunden gegenüber sprach sich herum. Die Bauern kamen von immer weiter her, um sein Produkt zu kaufen.

Pathé lieferte Dick- und Dünngülle. Er erweiterte sein Angebot um Schwemmmist und Flüssigmist. Nach dem Tod seiner Mutter gab er die Korn- und Gemüsefelder auf und ließ Silos darauf errichten. Viele Silos. Und seine Rinder ließ er dazwischen weiden.

Das wachsende Umweltbewusstsein und der Aufstieg der Grünen machten Gülle bei den Bauern immer beliebter – vor allem, da synthetischer Dünger vom Umweltministerium jetzt hart besteuert wurde. Pathé experimentierte also mit der Ernährung seiner Tiere und verbesserte stetig die Qualität seiner Scheiße. Der Bedarf an Gülle war bald so groß, dass er anfing, anderen Tierzüchtern deren Dung abzukaufen. Damit baute er einen Großvertrieb für Naturdünger auf, der schließlich auch ins Ausland lieferte. Stets darauf bedacht, möglichst autark zu bleiben, schaffte sich Pathé Lastwagen an, stieg so auch ins Transportwesen ein und wurde zum Güllespediteur.

Der angekaufte Dünger hatte bei Weitem nicht die Qualität seiner eigenen Ware. Pathé reagierte darauf mit der Einführung verschiedener Güteklassen, die er zu unterschiedlichen Preisen verkaufte. Dazu gehörten Piggy firstclass very fine full grow, Bullshit 3000 medium grow, Thickshit 1 full grow, Mixshit 2.0 medium grow, Happy Crap Universal und außerdem seine Hausmarken Avalon grob, Avalon medium und Avalon dünn premium.

Erfolgreich war Felix Pathé aber auch deshalb, weil er seiner Konkurrenz stets um eine Nasenlänge voraus war. Als sich etwa die erste Energiekrise im wiedervereinten Deutschland ankündigte, stieg er auf Biogas um, das er in eigenen Anlagen herstellte und in all seinen Betrieben einsetzte. Die eingesparten Stromkosten wiederum halfen ihm über die Anlaufzeit hinweg, die sein neu geschaffenes Feld der Gülleverwertung brauchte, um Gewinn abzuwerfen. Und bald fand auch Pathés Biogas reißenden Absatz. Innerhalb von drei Jahren verdreifachte sich sein Vermögen. An den Güllebanken und Güllebörsen wurde Pathé zum gefeierten Star. Dort handelte er sich auch den Spitznamen »Der

Gülliardär« ein, den er später sogar auf seine Visitenkarten drucken ließ.

Sein Geschäftssinn war berüchtigt. Neue Gesetze oder Regulierungen verstand er zuverlässig zu seinem Vorteil umzumünzen. So durfte beispielsweise ab 2010 keine ausländische Gülle mehr importiert werden, die nicht drucksterilisiert war. Kurz darauf galt das auch für Exporte. Pathé schaffte sich also eine gigantische Drucksterilisationsanlage an und entkeimte fortan seinen Exportdünger – genauso wie den halblegal eingeführten Dünger für Spediteure, die seine Ware ins europäische Ausland brachten. Natürlich belastete der immer umfassendere Düngerbetrieb das Grundwasser vor Ort. Staatliche Sanktionen umging Pathé durch die Einfuhr von gutem, zertifiziertem Grundwasser aus der Lüneburger Heide, das er seiner Gemeinde umsonst lieferte. Gelagert wurde das Trinkwasser in riesigen unterirdischen Tanks, von denen jeder einzelne den Durchmesser eines Fußballfeldes besaß. Die Gemeinde musste nur für den Transport durch seine Lastwagen bezahlen. Und da er nun schon bei der Wasserförderung angelangt war, stieg er gleich auch mit einer eigenen Marke ins Mineralwassergeschäft ein. »Felix« in den Sorten Still, Medium, Natur und Höllensprudel wurde am Herkunftsort abgefüllt und vorerst nur in seiner eigenen Gemeinde verkauft. Bald aber florierte auch im weiteren Umkreis der Mineralwasserverkauf.

So war Pathé innerhalb von nur elf Jahren zu einem der größten Arbeitgeber und Steuerzahler Brandenburgs geworden. Trotzdem hatte er in seinem Umfeld kaum Freunde, weder in Scharnow noch in den vielen anderen Dörfern, die sich in der Nähe seiner Güllewiesen und Anlagen befanden.

Dafür gab es Gründe.

Auf dem Land ist man immer wieder temporären Geruchsbelästigungen ausgesetzt, das gehört dort zum Leben dazu.

Doch wenn das Leitungswasser im Sommer wie im Winter mieft, dann ist das etwas anderes – und das Leitungswasser in Scharnow und Umgebung miefte. Es miefte sogar erheblich. Pathés viele Quadratkilometer umfassende Anlagen erzeugten zudem einen anhaltenden Gestank, der bei starkem Wind sogar in den Vororten von Berlin wahrzunehmen war und sich zu keiner Jahreszeit, bei keinem Wetter abmilderte. Bei den Anwohnern hatte sich der Unternehmer deshalb den Spitznamen »Stinke-Felix« eingehandelt. Das war durchaus auch auf seine Person gemünzt, denn Pathé roch genauso streng.

Tatsächlich konnte Pathés Körpergeruch Blumen zum Welken bringen. Über die Jahre hatte er sich so intensiv mit Exkrementen beschäftigt, war so vielen Formen von Kot und Urin nahegekommen, dass deren Geruch auf ihn übergegangen war. Egal, was er unternahm, er wurde ihn nicht los. Er badete oft und ausgiebig. Er duschte mehrmals am Tag. Er entwickelte einen regelrechten Waschzwang, was ihm aber nichts weiter als einige hartnäckige Flechten bescherte. Er trug enorme Mengen von Eau de Toilette und Parfüm auf. Sobald aber die Duftstoffe auf seinen Körper trafen, schien sich sein Eigengeruch nur noch zu verstärken. Irgendwann gab er auf und vermied fortan, soweit es ging, den Kontakt mit anderen Menschen. Seine Geschäftsbücher und sein Computer waren seine einzigen Freunde – bis zu dem Tag, als er Sylvia Petersen kennenlernte und sich in sie verliebte.

Sylvia war die bodenständige Tochter eines Lehrers der Hatschepsut-Gesamtschule, die im Niemandsland zwischen Scharnow und Birkenau erbaut und der Gemeinde von Pathé gestiftet worden war. Er begegnete ihr bei der Grundsteinlegung für eine neue Turnhalle, der sie als Vertreterin des Deutschen Sportbundes beiwohnte. Etliche Jahre zuvor hatte ein Unfall ihre Karriere als Turmspringerin beendet. Trotzdem wurde sie in der

Gemeinde, auch wegen der Nominierung für das deutsche Olympia-Team kurz vor ihrem Unfall, weiterhin sehr geschätzt.

Pathé, der den Termin nur auf Wunsch eines für ihn wichtigen Landespolitikers wahrgenommen hatte, war von Sylvia sofort fasziniert.

Er hatte kaum Erfahrungen mit dem anderen Geschlecht. Alles, was er in dieser Hinsicht vorweisen konnte, waren einige wenige, betrunkene sexuelle Kontakte in der Universität, an der er studiert hatte, bevor sein Vater starb. Nun aber wurde er von Gefühlen überwältigt, von denen er nicht geahnt hatte, dass es sie gab. Er war zwar pragmatisch genug, sich nicht allzu viele Hoffnungen zu machen. Umgekehrt schien es aber doch so, als würde Sylvia ihn mögen. Auch sein Geruch machte ihr nichts aus, jedenfalls ließ sie sich nichts anmerken. Dreimal gingen sie miteinander aus, dann machte er ihr spontan einen Heiratsantrag, den sie zu seiner Überraschung annahm. Nach einer Kreuzfahrt, auf der er ihr eine Welt zeigte, die er selbst noch nicht kannte, kamen sie zurück nach Scharnow, und der Alltag hielt in ihrem Leben Einzug.

Pathé hatte mit seinen Güllehöfen zu tun. Sylvia vertrieb sich die Zeit im Haus oder mit langen Spaziergängen im Wald. Auch war sie eine hervorragende Köchin, ein Umstand, der ihren Mann jeden Tag pünktlich und mit Freuden nach Hause eilen ließ. Ihr Sexleben war intakt, und als Pathé ihr gestand, dass er keine Kinder wolle, nahm Sylvia dies gleichmütig hin und sprach ihn nicht mehr darauf an.

Nachdem Sylvias Vater gestorben war, bekam das Ehepaar häufig Besuch von ihrer Mutter. Doch irgendwann wurden diese Besuche seltener, denn Sylvias Mutter nahm kein Blatt vor den Mund, wenn es um den Geruch im Haus ging. Sie machte dafür die Tochter verantwortlich, die nicht mit dem nötigen Enthusiasmus putzen würde, ungeachtet der Tatsache, dass die Pathés eine Putzfrau beschäftigten. Der Bruch kam, als sie anbot, zu ihnen zu ziehen und selbst das Putzen zu übernehmen – ein Angebot, das beide wie aus einem Mund dankend ablehnten. Fortan stellte Sylvias Mutter ihre Besuche ein. Pathé war froh darüber, auch wenn er dies vor seiner Frau verbarg.

Seine Zweifel begannen im neunten Jahr ihrer Ehe. Er mochte Sylvia sehr, auch wenn er vielleicht nicht mehr ganz so verliebt war wie noch in den ersten Jahren. Dass sie jedoch absolut keinen Anstoß an seinem Geruch nahm, irritierte ihn plötzlich. Eines Tages hatte er eine defekte Filteranlage zu untersuchen, was unter anderem bedeutete, in die Maschine selbst hineinzuklettern. Hinterher wechselte er aus einer Eingebung heraus weder seine Kleidung, noch nahm er eine Dusche in den Hygieneräumen der Anlage. Auf dem Heimweg legte er nicht wie üblich ein Handtuch auf seinen Sitz und ließ während der Fahrt die Wagenfenster geschlossen. Zu Hause angekommen, umarmte er Sylvia, die in der Küche stand, herzlicher als sonst, behielt sie dabei aber genau im Auge.

»Entschuldige, Schatz, ich muss fürchterlich stinken. Ich nehme schnell ein Bad.«

Sie zuckte keinen Millimeter vor der Umarmung zurück.

»Halb so schlimm, Liebling. Gib mir deine Sachen, ich steck sie in die Waschmaschine.«

Er wusste, dass er nach einer Hochzeitsnacht von Puma und Iltis roch. Jeder normale Mensch hätte zumindest die Luft anhalten müssen, wenn er in seine Nähe kam, um dann beim ersten Atemzug in Ohnmacht zu fallen.

Nicht so seine Frau.

Eine weitere Prüfung hatte er für sie noch parat.

»Schatz, ich habe den Wagen unter dem Baum abgestellt. Würdest du ihn für mich in die Garage fahren? Sonst kacken die Vögel drauf, und das Zeug verätzt den Lack.«

»Aber gerne. Leg du dich ruhig in die Badewanne, das Abendessen ist erst in einer halben Stunde fertig.«

Sie ging nach draußen. Vom Fenster aus beobachtete er, wie sie ins Auto stieg, sich hinters Steuer setzte und zur Garage fuhr. Sie öffnete dabei kein Fenster und verzog auch, soweit er das ausmachen konnte, keine Miene. Dabei wusste er genau, wie schlimm es in dem Wagen roch. Warum bemerkte seine Frau das nicht? Nahm sie den Geruch wirklich nicht wahr? Oder tat sie nur so?

Er legte sich in die Badewanne und dachte nach. Eigentlich sollte er glücklich sein. Sie kochte gut, sie schlief mit ihm, wann immer er Lust danach hatte, sie ließ ihm so viel Freiraum, wie er wollte. Es gab nichts, worüber er sich hätte beschweren können. Trotzdem nagte das Misstrauen an ihm wie ein Eichhörnchen an einem verblichenen Kuhschädel. Noch bevor er zum Abendessen erschien, hatte er einen Plan gefasst.

Er beschloss, ihr Blumen mitzubringen. Das hatte er noch nie gemacht, er war im Umgang mit Frauen eher unbeholfen. Selbst den Brautstrauß für Sylvia hatte damals sein Sekretär besorgt. Doch nun fuhr er gleich am nächsten Tag nach der Arbeit zu einem Floristen und fragte die Verkäuferin nach den Blumen mit dem stärksten Duft. Sie bot ihm unglaublich teure orientalische Hyazinthen an. Der Geruch war überwältigend. Er kaufte ihr alle ab.

Zu Hause überreichte er Sylvia die Blumen, und sie nahm sie überrascht an. »Liebling, das ist aber schön!« Dann vergrub sie ihre Nase in dem üppigen Strauß. »Die duften ja ganz wunderbar.« Sie strahlte ihn an, er lächelte zurück und ließ sich nichts anmerken.

Am nächsten Tag brachte er ihr wieder Blumen mit. Diesmal waren es Petunien, die deutlich dezenter rochen. Und wieder vergrub sie die Nase darin und ergötzte sich an ihrem Duft. Er kaufte ihr ein Eau de Toilette. Sie war entzückt. Am Tag darauf kam er mit einem sündhaft teuren Parfüm an. Sie liebte es. Was ihn nun nicht mehr überraschte, denn längst war ihm klar geworden, dass sie ihn anlog. Vielleicht hatte sie ihn schon immer angelogen. Seine Zweifel waren Gewissheit geworden, und ihre Ehe zerbrach.

Zumindest war die Ehe in seinen Augen tot. Gut möglich, dass sie davon nichts ahnte, denn er stellte sie nicht zur Rede. Er hatte keine Lust auf etwaige Ausflüchte. Zudem wollte er den möglichen Vorsprung, den seine Erkenntnisse ihm verschafften, nicht verspielen.

Äußerlich ging also alles weiter wie bisher. Und wenn Pathé vor einem Teller Schweinekoteletts mit Minzsoße und Sylvias speziellen Speckknödeln saß, seinem Lieblingsgericht, gelang es ihm sogar, den Bruch in seiner Ehe komplett zu vergessen. Vielleicht war es ja möglich, so weiterzuleben, dachte er. Vielleicht sollte er ihre Täuschungen einfach ignorieren. Nur den ehelichen Pflichten im Bett war er nicht mehr gewachsen. Die Gewissheit, mit einer derart vollendeten Lügnerin zusammenzuleben, hatte eine verheerende Wirkung auf seine Libido. Er fing an, die Nächte vor dem Computer zu verbringen. Sylvia hatte verschiedene Kurse an einer Modeschule in Sahsenheim belegt und lag abends meist schon um zehn Uhr todmüde im Bett. In den Nachtstunden verlor Pathé sich immer mehr im Internet. Er wurde süchtig nach digitalen Nachrichten. Er richtete sich Accounts in fast allen sozialen Netzwerken ein, verbrachte viel Zeit in Chatrooms und fand den Weg zu einer Handvoll abseitiger Foren, die sich über Verschwörungstheorien austauschten. Anfangs belustigten ihn die Diskussionen über Außerirdische und deren geheime Allianzen mit dem Pentagon oder dem Kreml. Er kam sich vor wie ein Spion in einem paranoiden Irrenhaus. Doch bald schon begannen selbst die hanebüchensten Ideen sich in seinem

Kopf in etwas Mögliches, Denkbares und sogar Wahres zu verwandeln.

Und so stieß er schließlich auf die Weltenlenker.

Laut den spärlichen Informationen, die über sie zu finden waren, handelte es sich bei den Weltenlenkern um eine geheimnisvolle Instanz. Waren es Außerirdische? Die Nachfahren antiker Götter? Die Mutmaßungen dazu gingen weit auseinander. Klar war nur, dass sie im Schatten der existierenden Welt eine weitere Realität aufgebaut hatte, in der Naturgesetze und menschliche Errungenschaften nichts mehr galten. Es gab Hinweise darauf, dass die Weltenlenker aus diesem Schatten heraus Regierungen manipulierten, Naturkatastrophen und Kriege auslösten und ganz allgemein versuchten, die Welt der Menschen ins Chaos zu stürzen.

Die Verbündeten dieses brutalen Vorhabens, hieß es, waren unter anderem einflussreiche Ex-Politiker und Wirtschaftsbosse im Ruhestand. Um sie zu steuern, setzten die Weltenlenker »telepathische Tiere« ein. Der Chihuahua, die Perserkatze, das Zwergschwein, die angeblich so treuherzig das Leben der Superreichen und Supermächtigen teilten, waren also in Wirklichkeit alles Agenten dieser Instanz, die so in größter Ruhe, beinahe lustvoll, wie es schien, den Untergang der realen Welt plante.

Die Theorie war absurd. Voller logischer Löcher. Hanebüchen. Vollkommen durchgedreht.

Pathé sprang voll auf sie an.

Der Grund dafür war möglicherweise, dass Tiere in ihr eine zentrale Rolle spielten. Denn Pathé hasste Tiere.

Natürlich waren Rinder, Schweine und Hühner letztendlich für seinen Reichtum verantwortlich, hatten ihn zum Milliardär gemacht. Trotzdem konnte er sie nicht ausstehen. Ihre Scheiße war schließlich der Grund, warum er sein Studium hatte abbrechen müssen. Tierexkremente hatten seinen Vater in den Tod getrieben, so sah er das zumindest. Und der Geruch, der seit seinem Aufstieg zum Gülliardär an ihm haftete, hatte ihn von den Menschen entfremdet. Nur eine Person war bereit gewesen, sich auf ihn einzulassen: seine Frau. Doch gerade von ihr wusste er nun, dass sie ihm lediglich etwas vorspielte, immer schon vorgespielt hatte. Tiere waren nur noch Abschaum für ihn.

Reichte es nicht, dass sie mit ihren ballistischen Arschlöchern die Erde mit Kot und Urin kontaminierten? Mussten sie nun auch noch im Dienste fremder Mächte das Ende der Welt herbeiführen?

Was schließlich das Fass zum Überlaufen brachte, war die Sache mit dem Hund.

Als Pathé eines Tages von der Arbeit nach Hause kam, hielt Sylvia ihn davon ab, gleich in sein Arbeitszimmer an den Bildschirm zu eilen, indem sie sich ihm in den Weg stellte. Irgendetwas schien sie mit ihm besprechen zu wollen, doch es fiel ihr offensichtlich schwer, mit der Sprache herauszurücken. Sie druckste herum. Hatte sie sich vielleicht endlich dazu entschlossen, ihm zu gestehen, dass sie seinen Geruch sehr wohl wahrnahm, immer schon wahrgenommen hatte, und ihn dafür hasste?

Adrenalin schoss ihm in die Blutbahnen, und seine Hände wurden feucht. Es war seit Langem der erste wirklich spannende Moment zwischen ihm und seiner Frau.

Plötzlich hörte er hinter der geschlossenen Küchentür ein seltsames Schaben und Winseln. Er ging hin und öffnete sie. Ein großer schwarzer Hund mit kurzem, glattem Fell sprang auf ihn zu und drückte ihm hechelnd und schwanzwedelnd den Kopf an die Hüfte. Das Tier hatte einen weißen Bauch und drei weiße Pfoten. Es erinnerte ihn an etwas, nur woran?

Sylvia lächelte.

»Ich wusste nicht, wie ich es dir sagen sollte. Aber jetzt hat sie sich ja selbst vorgestellt. Das ist Cloudy.«

Pathé war entgeistert. Ein Hund, in seinen eigenen vier Wänden! Inzwischen war er einer der führenden Köpfe der Bewegung gegen die Weltenlenker geworden. Er war derjenige, an den sich andere wandten, wenn sie Informationen zu dieser apokalyptischen Organisation haben wollten. Er koordinierte den Widerstand. Er war ein Undercover-Agent im Kampf gegen das Böse. Im Netz operierte er neuerdings unter dem Pseudonym »Der General«. Seine persönlichen Daten hielt er geschickt verborgen. Konnte es sein, dass seine Tarnung aufgeflogen war?

»Sie ist ein portugiesischer Wasserhund, die haaren nicht, weißt du? Also auch für Allergiker gut geeignet, und sie sind sehr selten. In Deutschland gibt es gerade mal hundertfünfzig von ihnen. Und weißt du was?«

Sylvia schien seine Entgeisterung ganz falsch zu verstehen.

»Sie stammt von derselben Mutter ab wie Bo, der Hund von den Obamas!«

Natürlich. Jetzt wusste er, warum ihm der Hund bekannt vorkam. Auf den Seiten der Gruppen, die sich gegen die Weltenlenker zusammengeschlossen hatten, kursierten gleich dutzendweise Bilder von dem berühmten Hund, der einst der Präsidentenfamilie bei einem Deutschlandbesuch geschenkt worden war. Bo galt als Paradebeispiel eines telepathischen Tieres, eines bestialischen Flüsterkanals aus den geheimnisvollen Sphären der Weltenlenker, und vor ihm stand nun eine Hündin aus dem gleichen Wurf. Das konnte nur eins bedeuten. Man war ihm auf den Fersen.

Mit Cloudy war der Feind in sein Haus eingezogen.

Doch die Hündin wieder wegzugeben war keine Option. Sylvia liebte das Tier ganz offensichtlich heiß und innig. Und es gab ja immer noch die Möglichkeit, dass sie selbst im Dienst der

Weltenlenker stand. Warum nicht? Pathé traute seiner Frau inzwischen einiges zu.

Fortan nahm er den Computer mit ins Büro und fuhr für seine nächtlichen Recherchen auch dorthin zurück. Er machte sich nicht vor, dass ihn diese Vorsichtsmaßnahme vor der Aufmerksamkeit der Weltenlenker schützen könnte. Er würde nicht den Fehler begehen, das Ausmaß ihrer Macht zu unterschätzen – wo er doch nun einmal in ihren Fokus gerückt war. Er könnte die Sache aber mit etwas Geschick auch umdrehen. Er würde jetzt einfach selbst ihren tierischen Spitzel, den Agent Provocateur im Hundepelz, studieren und analysieren. Es war davon auszugehen, dass die Weltenlenker nicht ahnten, dass er wusste, dass sie wussten, wer er war und woran er arbeitete. Damit dies so blieb, wollte er die Kommunikation im Internet fortan lieber außerhalb seines Hauses betreiben.

Sylvia nahm seine Abwesenheit hin, so wie sie alles hinnahm, was ihn betraf. Zumindest beschwerte sie sich nicht darüber. Ihre Modedesignkurse hatte sie allerdings aufgegeben. Cloudy nahm ihre ganze Zeit in Anspruch, und hätte es Pathé nicht besser gewusst, er hätte beinahe meinen können, der Hund sorge dafür, dass seine Frau besser aussah als je zuvor.

Eines Abends erzählte Sylvia ihrem Mann von einer Stelle in einer Boutique in Sahsenheim, die man ihr angeboten hatte. Sie wollte dort zwei Tage die Woche arbeiten. Cloudy könnte sie mitnehmen, der Besitzer war der Ansicht, dass das Tier die Verkäufe nur fördern würde. Er hatte doch nichts dagegen?

Pathé hatte absolut nichts dagegen. Er knurrte sein Einverständnis und fuhr wieder ins Büro. Insgeheim betrachtete er diesen ersten Schritt seiner Frau in die Selbstständigkeit als Geschenk. Ihm blieb dadurch noch mehr Zeit, sich seinem Kampf zu widmen. Inzwischen hatte er Kontakt mit Freiheitskämpfern in den USA und Kanada aufgenommen. Ehemalige, hochrangige

Politiker und Wirtschaftsgrößen mit edlen Haustieren gab es in Nordamerika jede Menge, mehr als vielleicht in allen anderen Ländern der Welt. Und er dachte nun ganz konkret über die Voraussetzungen für einen effektiven Widerstand gegen die Machenschaften der Weltenlenker nach. Es galt, mobil zu bleiben. Außerdem brauchte es einen Ort, wo sich Freiheitskämpfer aus aller Welt treffen und koordinieren konnten – am besten einen, der nach außen hin wirkte, als wäre er das Gegenteil. Einen konspirativen Treffpunkt im öffentlichen Raum.

Und so kam es, dass Felix Pathé, Gülliardär aus Brandenburg, sich in Kanada einen Zirkus kaufte. Kurz darauf verschwand er aus Scharnow und auch aus dem Leben seiner Frau.

Der Zeitpunkt seines Verschwindens war mit Bedacht gewählt. Sylvia sollte in ihrem Modegeschäft drei Tage lang bei der Inventur mithelfen. Pathé schlug vor, für sie und Cloudy ein Zimmer in einer kleinen Pension zu buchen. Sylvia fuhr nicht gerne Auto, schon gar nicht nachts, deshalb war sie sofort einverstanden. In ihrer Abwesenheit überwies Pathé nicht nur sein gesamtes Vermögen an die Privatbank eines Gesinnungsgenossen in Kanada, sondern verkaufte auch sein ganzes Eigentum, einschließlich der Firma und des Hauses. Am Ende dieser drei Tage war nicht nur Scharnows wohlhabendster Bürger, sondern so gut wie alles, was er und seine Frau besessen hatten, wie vom Erdboden verschluckt. Als Sylvia am Samstagnachmittag zurückkam, waren Möbelpacker bereits dabei, die Einrichtung auseinanderzuschrauben. Eine Postkarte, die irgendwann in der Boutique in Sahsenheim eintrudelte, war das einzige Lebenszeichen, das sie nach seinem Abgang von ihrem Mann erhielt.

In Kanada begann Pathé sofort nach Tieren zu suchen, die dem Profil der Weltenlenker entsprachen: den Haustieren einflussreicher Menschen. Erstaunlich viele, stellte er fest, waren nicht nur auffindbar, sondern wurden ihm auch bereitwillig zum Kauf angeboten. Es schien, dass auch die Kinder der Reichen gerne mal ihr Interesse an den kuscheligen Freunden verloren, sobald die Geschlechtsorgane das Kommando übernahmen. Das zumindest war die offizielle Erklärung, wenn ihm wieder ein Hund, eine Katze, eine Handvoll Mäuse, ein Kanarienvogel oder gar ein Pony übergeben wurde.

Irgendwann wurde er dann doch misstrauisch. Es lief alles viel zu glatt, viel zu einfach. Steckten die Weltenlenker auch hinter diesem Zustrom an Tieren? Wollten sie a) die Tiere loswerden oder hatten ihnen b) den Auftrag erteilt, Pathés Zirkus auszuspionieren?

Für den zweiten Fall hatte er glücklicherweise einen Spezialisten ausfindig machen und auf seine Seite ziehen können, der die Tiere mittels Hypnose von ihrer telepathischen Fernsteuerung befreite. Solchermaßen abgesichert, zog der Zirkusbetrieb durch kanadische Kleinstädte und Dörfer, überquerte hin und wieder auch die Grenze zu den USA, und sein Direktor stellte mit Befriedigung fest, dass immer mehr Menschen die Strukturen anzweifelten, die sie umgaben, eine totalitäre Schattenwelt hinter der realen Welt vermuteten – kurzum: dabei waren, den Weltenlenkern, selbst wenn sie das Wort noch nie gehört hatten, auf die Schliche zu kommen. Jeder, der zweifelte, war als potenzieller Gefährte im finalen Kampf zu sehen. Wann und wie dieser Kampf stattfinden würde, wusste Pathé nicht – er wusste nur, dass es ihn geben würde.

Wenn es dann endlich so weit war, würde Pathé eine schlagkräftige Armee von Gleichgesinnten hinter sich wissen. Bis dahin müsste sein Team zweifellos auch in der Lage sein, die Tiere so zu programmieren, dass sie als Waffe gegen ihre einstigen Ausbeuter eingesetzt werden konnten. Was solche strategischen

Überlegungen anging, kannte Pathés Fantasie keine Grenzen. An seine Frau dagegen dachte er nur noch ein einziges Mal. Das war, als er in einem Chatroom einem deutschen Aktivisten von Cloudy berichtete und ihn mit der Organisation ihrer Liquidierung betraute.

Nebenbei lag Pathé das Metier des Zirkusdirektors deutlich weniger als sein Vorberuf als Gülleverkäufer. Die Nummern in seiner Show waren dilettantisch oder schlicht langweilig. Das Aufgebot setzte sich hauptsächlich aus abgelegten Haustieren zusammen, und es gab nun mal nur soundso viele Nummern mit Hunden, Katzen und Kanarienvögeln, die in der Lage waren, ein Publikum zu begeistern. Dazu kamen unlustige Clowns, genervte Dompteure und wirklich ungeschickte Artisten, die sich natürlich alle aus Eingeweihten rekrutierten, die nur zur Tarnung im Zirkus untergeschlüpft waren.

Der Spannung am Abend half das nicht. Pathés Zirkus war ein regelrechtes Trauerspiel. Es kamen immer weniger Zuschauer, und an den Orten, wo er schon einmal gewesen war, blieben sie ganz weg. Die fehlenden Einnahmen vermisste allerdings niemand, denn Pathés stinkendes Vorleben hatte ein Polster abgeworfen, von dem er und seine Mitverschwörer noch jahrelang würden zehren können. Das Einzige, worauf es jetzt ankam, war, bis zu dem Zeitpunkt auszuharren, an dem das manipulative Joch der Weltenlenker im letzten großen Gefecht abgestreift werden konnte. Felix Pathé wartete geduldig.

Und während er wartete, träumte er manchmal von Koteletts in Minzsoße mit Speckknödeln.

Scharnow
Zweiter und dritter Tag danach

1

Es war nun schon der zweite Tag, an dem dieser Polizeihauptmeister Senger mehr oder weniger ständig beim Pakt rumhing, und Sieben war davon schwer genervt. Deswegen hatte er, als eine weitere Fahrt zum Supermarkt anstand, überraschenderweise angeboten, zu Hause zu bleiben und die Wohnung zu putzen. Den anderen kam das nicht ungelegen. Siebens legendäre Unbeherrschtheit war in diesen Tagen, in denen der Pakt sich so unauffällig wie nur irgend möglich verhalten wollte, ein Risiko, dem man sich in der Öffentlichkeit lieber nicht aussetzte.

Folglich stand Sieben nun also auf der Toilettenschüssel und blickte durch das kleine Fenster dem Streifenwagen hinterher, der vom Parkplatz fuhr. Hören konnte er ihn nicht, aber die Klapperkiste wirkte zumindest so, als würde sie quietschen wie eine Dampflok bei einer Vollbremsung.

Ein alter Ascona.

Als Sieben noch Vollzeit-Hooligan gewesen war, fuhren einige seiner Freunde diesen Wagen. Es war ein ehrliches und für die damalige Zeit relativ schnelles, weil gut zu tunendes Auto. Die letzten Exemplare dürften Ende der Achtzigerjahre vom Band gerollt sein, bevor das Modell dann vom Opel Vectra abgelöst wurde. Für einen Dienstwagen der Polizei, selbst die größere

Coupé-Klasse, war er demnach sehr alt. Andererseits, was wusste Sieben schon? Er hatte ja nicht einmal mehr seinen Führerschein.

Sieben dachte wieder über Senger nach. Ihm gefiel nicht, dass der Kerl dem Pakt so nahekam. Sie brauchten die Außenwelt nicht. Und dann ausgerechnet ein Polizist? So kurz nach ihrem Überfall auf den Billkauf? Kalle hatte das so entschieden. Er war in diesen Dingen cleverer und hatte definitiv eine bessere Übersicht. Wenn er also sagte, Senger sei nicht nur okay, sondern auch gut für den Pakt, dann würde Sieben den Teufel tun zu widersprechen.

Er stieg von der Kloschüssel, ging ins Wohnzimmer und sah auf die Uhr an der Wand. Ein weiteres obskures Möbelstück, das sie bei einer Räumungsaktion in einem Kfz-Betrieb mitgenommen hatten. Das Zifferblatt war auf einem Bild angebracht, das einen wirklich erbärmlich aussehenden Suzuki-Kleinwagen zeigte, unter dem in fetten Lettern »Auto des Jahres 1997« stand. Es war kurz nach zehn, ungewöhnlich früh für den Pakt. Allerdings waren auch alle ziemlich ausgeschlafen gewesen. Am Vorabend, dem Abend nach der Nacht, in der Senger vor ihrer Tür zusammengebrochen und von ihnen mit Mische und Gore getröstet worden war, hatten sie nur moderat gesoffen. Vielleicht hätten sie sogar überhaupt nichts getrunken, wenn der Polizist nicht überraschend wieder vor ihrer Tür gestanden hätte, mit zwei Flaschen Raki und einigen Dönertaschen im Gepäck.

Wollte der sich einschleimen? Mit Alkohol ging beim Pakt eigentlich immer eine Tür auf. Der Schnaps war dann allerdings größtenteils von Senger selbst – mit Niels' kräftiger Beihilfe – geleert worden. Nach den Ereignissen der letzten Tage stand an diesem Abend niemandem der Sinn nach Gemetzel aus dem VHS-Gerät. Für die Onanie-Rituale während eines Pornofilms kannten sie Senger noch nicht gut genug. Also spielten sie Malefiz, bis wirklich niemand mehr konnte. Das war ihr Ausgleich nach besonders heftigen Nächten im Rausch von Alkohol, Gewalt und Pornografie. Nur der Pakt spielte Malefiz richtig, und zwar nach seinen eigenen Regeln. Zuerst galt es die Figurenrollen zu verteilen, die auf der Packung abgebildet waren. Senger wählte schon ziemlich angeschickert den Cowboy, was Sieben gar nicht schmeckte, weil diese Figur sonst immer für ihn reserviert war. Andererseits war Senger ihr Gast und der Pakt nun mal gastfreundlich. Immerhin konnte Sieben Niels dazu überreden, die laszive Bardame zu nehmen, sodass für ihn die elegante Frau mit dem hochgeschlossenen Kleid übrig blieb. Kalle war natürlich wie immer der alte Professor mit gezwirbeltem Schnurrbart und Monokel. Die Rolle stand ihm einfach zu. Warum aber Sieben die hochgeschlossene Frau lieber als die Bardame spielen wollte, hätte er auch nicht erklären können.

In ihren Charakteren spielten sie dann Runde um Runde. Senger entspannte sich zusehends und machte sich auch gar nicht schlecht, was Sieben zur Weißglut trieb, weil er selbst ständig verlor. Nur einmal nicht, als er wegen eines Spielfehlers von Niels Vorletzter wurde. Am Ende war es so spät geworden und Senger so betrunken gewesen, dass er lallend darum bat, die Nacht bei ihnen verbringen zu dürfen. Kalle hatte sofort und ohne mit dem Pakt Rücksprache zu halten zugesagt.

Wenn es nach Sieben gegangen wäre, hätte Senger in Pits Bett genächtigt, schließlich hatte der die Gruppe schon am frühen Nachmittag verlassen, um nach seiner Mutter zu schauen. Doch Kalle nahm Senger überraschend mit in sein Zimmer, was Sieben nach einigem Nachdenken schließlich als Sicherheitsmaßnahme ausmachte – nicht, dass der besoffene Ordnungshüter nachts aufwachte und ihren Müll nach Spuren durchsuchte! Einmal mehr rang ihm Kalles Weitsicht großen Respekt ab. Genau deswegen war er ihr inoffizieller Anführer, weil er eben immer noch am besten wusste, was für den Pakt gut war.

Als Kalle an diesem Morgen aufgewacht war, hatte er festgestellt, dass Senger schnarchend in seinen Armen lag. Sanft weckte er ihn, und der Polizist wirkte über die Nähe zu seinem neuen Bekannten zwar ein bisschen verlegen, mehr aber auch nicht. Das wiederum gefiel Kalle. Allerdings hatte Senger, der solche Mengen Alkohol offenbar nicht gewohnt war, einen grauenvollen Kater. Kopfschmerztabletten gab es in ihrem Haushalt keine. Medikamente waren teuer, und der Pakt verstand den Kater nach dem Rausch ohnehin als Teil des großen Ganzen: etwas, das es zu zelebrieren und nicht zu unterdrücken galt.

Irgendwann würde Senger das auch noch lernen. Im Moment aber brauchte der Mann ein paar Aspirin und viel Wasser. Das war natürlich das zweite Problem. Das Leitungswasser im Ort war nicht jedermanns Sache, denn es stank erbärmlich. Und trinkbar war es nur bedingt. Dem Pakt machte das nichts aus, die Männer tranken außer morgens beim Kaffee ohnehin kaum Wasser, und zum Waschen ging es gerade noch. Kalle bot Senger an, ihn mit dessen Ascona nach Hause zu fahren. Im eigenen Auto wollte er so kurz nach dem Überfall lieber nicht auf die Straße, und was war unverdächtiger, als im Streifenwagen der Ortspolizei unterwegs zu sein? Er beschloss, Niels mitzunehmen, der noch immer reichlich verwirrt schien. Dass Sieben zurückbleiben und aufräumen wollte, war Kalle mehr als recht, denn es war wichtig, jeden Ärger zu vermeiden – und Ärger, das war nun mal so, wurde von Sieben angezogen wie Katzen vom Atem eines neugeborenen Kindes. Dabei rechnete Kalle nicht damit, die Wohnung in dem sauber aufgeräumten Zustand anzutreffen, in den Pit sie üblicherweise mit seinen Putzaktionen versetzte. Sieben hatte nicht das Talent, ein Zuhause in einen behaglichen Ort zu verwandeln. Aber Gläser abwaschen und Müll beseitigen würde er wohl noch hinkriegen, und dafür wahrscheinlich so lange brauchen, bis Kalle und Niels wieder zurück waren.

Senger nahm Kalles Angebot gerne an. Auf dem Weg hielten sie beim Billkauf und kauften mit seiner EC-Karte Aspirin, Alkohol, Snacks und Fanta. Die Käse- und Fleischabteilung mieden sie sicherheitshalber. An der Kasse saß die ungesund aussehende Filialleiterin, die ihm zum Glück aber keine weitere Beachtung schenkte.

Für Kalle war es ein fast unwirkliches Gefühl, an der Kasse zu stehen und nicht rechnen zu müssen. Sie nahmen sogar zwei Sechserträger eines teuren Biers aus der Kühlung mit. Kurz sah er zum Zeitschriftenregal hinüber. Das Buch fiel ihm wieder ein. Ein Schmerz durchzuckte ihn. Vielleicht hätte er es aus dem Feuer retten können? Warum er das nicht getan hatte, war ihm im Nachhinein ein Rätsel. War er zu betrunken gewesen, oder hatte das pornografische Meisterwerk des guten alten Joe D'Amato ihn zu sehr abgelenkt?

Mit einem Seufzer schob er den Gedanken an das Buch beiseite. Heute war ein zu schöner Tag, um sich weiter mit seinem Verlust zu beschäftigen. Er würde gleich, auf dem langen Fußweg nach Hause, ein kaltes Bier trinken. Vielleicht sogar zwei. Da konnte er über alles Weitere nachgrübeln. Es gab nichts, was dem Nachdenken dienlicher war als ein Spaziergang mit einem Bier in der Hand. Vielleicht fiel ihm dabei auch endlich eine Lösung für die zwei Leichen im Keller ein, die Pit dort auf fünf Kompostsäcke verteilt in einer kühlen, trockenen Ecke deponiert hatte. Und er müsste noch Niels und Sieben einweihen, was nicht ging, solange Senger dabei war. Alles zu seiner Zeit, dachte er. Ja, ein langer Spaziergang mit einem Bier in der Hand war sicher eine gute Idee.

Sieben hatte schnell den Müll eingesammelt, in eine Tüte gestopft und in den Keller getragen. Zurück in der Wohnung hatte er die Gläser des Vorabends ausgespült und zum Trocknen auf den muffigen Läufer vor der Dusche gestellt. Zuvor aber hatte er die Alkoholreste in ein Glas zusammengeschüttet. Dann war er zum Sofa gegangen und hatte an der Rückseite ganz vorsichtig etwas aus einem kleinen Riss im Futter gezogen. Eine VHS-Kassette. Es war die Kassette aus der klobigen Kamera, die an jenem Abend vor zwei Tagen im Eingangsbereich der Wohnung von Frau Karpski gelegen hatte. Pit war auf einen Wink von Kalle rausgegangen, um nach der alten Dame zu schauen. Nach einer Weile hatte er Sieben dazugeholt, damit der auf sie aufpasste, während er im Flur saubermachte, bevor der Krankenwagen kam. Sieben war das recht gewesen. Die Alte lag auf der Auslegeware in ihrem Wohnzimmer und schien tot zu sein. Aus Langeweile hatte er die Kamera geöffnet und erstaunt festgestellt, dass darin eine VHS-Kassette steckte. Ob die normal abspielbar war? Der Akku der Kamera war leer gewesen. Also hatte er die Kassette mitgenommen und später in der Wohnung des Paktes ins Futter der Sofarückseite geschoben. Den anderen, die ganz in *Man-Eater* vertieft gewesen waren, war das nicht aufgefallen. Warum er die Kassette versteckt hatte, wusste Sieben selbst nicht genau. Kalle hatte ihn genervt. Im Suff war Sieben eben ein bisschen empfindlich.

Nun legte er die Kassette in den Player, nahm sich das Glas mit den Alkoholresten, drückte auf Play und trank einen großen Schluck von dem brennenden Gebräu, das ihm sofort zu Kopf stieg. Auf dem Bildschirm erschienen Senger und zwei Männer. Hinter ihnen sah man die Wohnungstür des Paktes. Senger drehte sich um, schaute direkt in die Kamera und versuchte offenbar die Filmaufnahmen zu unterbinden, doch Karpski, die geniale alte Kuh, hielt die Kamera stoisch auf das Szenario im Flur. Sieben drehte den Ton lauter, ganz offensichtlich war etwas

Ungewöhnliches im Gange. Er wollte keine Sekunde davon verpassen.

Er sah die beiden Männer sich einander zudrehen. Sah ihren Hass, sah, wie sie aufeinander zielten. Sah, wie sich das Auge des einen in einen Krater verwandelte, während sein Todesschrei jäh abbrach und hinter ihm Blut und Hirnmasse explosionsartig an die Wand klatschten. Dann ein geradezu perfekter Reißschwenk auf den anderen Mann, wie ihn kein Hollywood-Kameramann besser hinbekommen hätte. Kurz dachte er an Pit, der den Flur geputzt hatte. Die Männer waren nicht mehr dort gewesen. Diese Aufnahme hier zeigte eindeutig, dass zumindest einer der beiden diesen Showdown nicht überlebt hatte.

Siebens Kehle brannte von der teuflischen Mischung in seinem Glas. Trotzdem lief ihm das Wasser im Mund zusammen. Mit angehaltenem Atem betrachtete er den zweiten Mann, aus dessen Rachen es zischte und rot leuchtete. Die Einschussstelle befand sich am Hals, wo ein großes Loch klaffte. Der Mann lag offensichtlich ebenfalls im Sterben. Sieben stellte sich vor, wie die Leuchtpatrone Gaumen, Sehnen und Fleisch verbrannte. Und die zischenden, gurgelnden Geräusche halfen der Fantasie nach.

Er kippte den Rest der Höllenmischung in sich hinein, behielt die ätzende Flüssigkeit ein paar Sekunden im Mund und versuchte nachzufühlen, was der Mann auf dem Bildschirm in diesem Moment durchmachte. Als das Brennen unerträglich wurde, schluckte Sieben das Zeug hinunter. Obwohl der Geschmack ekelhafter war als alles, was er je getrunken hatte, lächelte er.

Der Film endete damit, dass die Kamera auf den Boden fiel. Das Bild wurde schwarz, dann krisselig, dann kamen ungeordnete Aufnahmen von Tieren aller Art, die Sieben erst nicht wahrnahm, weil ihn das davor Gesehene noch in seinem Bann hielt.

Er stoppte das Video, nahm die Kassette aus dem Player, versteckte sie wieder sorgsam im Futter des Sofas, setzte sich und atmete laut aus. Das Herz schlug ihm bis zum Hals. Er hatte gerade seinen ersten Snuff-Film gesehen, und ihm war jetzt schon klar, dass er danach süchtig war.

2

Susanne saß an diesem Abend in ihrem Lieblingscafé »Cheng Luigi's« an ihrem gewohnten Platz und blätterte in einer Ausgabe des Society-Magazins *Red Carpet*, das in einem Schutzumschlag steckte, auf dem das Logo von *Psychologie heute* prangte. Vor ihr stand ein halb geleerter Manhattan, ihr zweiter. Das Cheng nannte sich zwar Café, hatte aber auch eine ganz ansehnliche Cocktailkarte, was nicht unwesentlich zu seiner Popularität beitrug – hier genehmigten sich nicht wenige Kunden schon nachmittags ihren ersten Drink. Ein buntes Getränk mit einer Früchtegarnitur, egal wie hochprozentig, passte wunderbar zu einem Stück Torte.

Susanne war mit ihrer besten Freundin verabredet und hatte beim Reinkommen bereits zwei Cocktails – ohne Kuchen – bestellt, als die Textnachricht kam. Patty würde sich verspäten. Wieder mal! Susanne beschloss, die beiden Manhattan erst mal selbst zu trinken.

Sie hatte das Verlangen nach einem amtlichen Schwips. Den Tod ihres Nachbarn und alles, was danach geschehen war, sah sie als beunruhigenden Angriff auf die bürgerliche Fassade, die sie für sich und Dalida an ihrem neuen Wohnort doch hatte aufbauen wollen.

Sie betrachtete ihre Beine, die unter dem kurzen Rock hervorlugten. Durch die Strumpfhose konnte sie die Kratzer an den Knien und ein paar blaue Flecken erkennen. Sicherlich war sie hier im Café nicht die einzige Frau mit derlei Vergnügungsspuren. Nur dass Susanne diese Trophäen bei der Arbeit davontrug. Eine Arbeit, deren Ergebnis ja durchaus für eine interessierte Öffentlichkeit zu sehen war, die sie aber gleichzeitig so gut es ging vor ihrem näheren Umfeld verbarg. Dieser Widerspruch zerrte manchmal gehörig an ihren Nerven. Das Ganze wurmte sie umso mehr, als gegenwärtig einige ehemalige Pornostars im Fokus der Medien standen und als Schauspieler oder TV-Stars Karriere machten. Es schien, als würde eine allgemeine Akzeptanz dieser Unterhaltungssparte einsetzen, von der Susanne als alleinerziehende Mutter aber nicht profitieren konnte. Oder wollte. Das Glück ihrer Tochter rechtfertigte dieses Versteckspiel, das war es ihr wert.

Doch heute wollte sie weder an die Arbeit noch an die Vorfälle der letzten Tage denken, sondern ein paar unbeschwerte Stunden mit der Person verbringen, die ihr von allen die liebste und deren einzig unangenehme Eigenschaft ihr ständiges Zuspätkommen war.

»Es gibt Schlimmeres«, sagte Susanne leise zu sich selbst. Sie prostete dem leeren Stuhl zu, kippte den Rest des zweiten Manhattan auf ex hinunter, fischte die Cocktailkirsche aus dem leeren Glas und biss in die alkoholisierte Frucht. Dabei sah sie sich suchend nach der Bedienung um. Die junge Frau saß am Tresen und schaute hochkonzentriert auf ihr Mobiltelefon, von dem eine Schlaufe mit bunten Glasperlen herunterhing. Susanne hatte sie hier noch nie gesehen und beschloss, sie vorerst in Ruhe zu lassen. Schließlich wollten sie noch einige Stunden hierbleiben. Vielleicht sogar bis Ladenschluss. Patty würde die unaufmerksame Kellnerin schon einnorden. Es wäre nicht das erste Mal. Schmunzelnd zerkaute sie den Rest der Maraschino-Kirsche.

Das Publikum im Cheng Luigi's bestand überwiegend aus Studenten. Selbst wenn es darunter irgendwelche Pornofans gab, die Susanne erkennen könnten, würden sie das hier wohl kaum kundtun. Sie hatte sich überdies beim Schminken und mit der Kleidung bewusst zurückgehalten, ganz anders als ihr Pornofilm-Alter-Ego Eve Everdear. Und wenn Patty gleich auftauchte, hätten sowieso alle nur noch Augen für sie.

Susanne schmunzelte beim Gedanken an Patty, als ein seltsames Gefühl sie aufmerken ließ. Sie schaute sich unauffällig um, bis sie den Grund dafür entdeckte.

Am Tisch neben der Tür saßen eine Frau und ein Mann, die einem Paar aus ihrem Haus zum Verwechseln ähnlich sahen. Die Brahms aus dem elften Stock – was eigentlich nicht sein konnte. Leute aus dem Scharnower Silo fuhren nicht mal eben an einem Freitagabend etliche Kilometer in die Kreisstadt, um in einem Hipster-Café mit mehrheitlich linkspolitischer Klientel Cocktails zu trinken. Der Gedanke war absurd. Solche Leute tranken Bier in der Eckkneipe. Und jeder im Silo wusste, wes Geistes Kind die Brahms waren. Es war ein offenes Geheimnis, dass sie Kundgebungen der Sahgida in Sahsenheim besuchten und einen Ableger davon für Scharnow planten. Der Flurfunk, in Person von Agnes Petri, sprach auch von ominösen Heimatabenden, die das Ehepaar angeblich organisierte, auf denen aber natürlich keiner je gewesen war. In dem tristen Wohnblock stieß all das im Übrigen auf wenig Empörung. Am meisten Mitleid hatte Susanne mit Suske, die von der Ideologie ihrer Eltern regelrecht vergiftet wurde. Dalida war mit dem Mädchen befreundet. Über ihre Tochter bekam Susanne mit, wie genervt und verzweifelt Suske oft über ihre Eltern war. Susanne schüttelte es beim Gedanken an ihre Nazi-Nachbarn. Da sah sie, wie die Bedienung von ihrem

Telefon aufschaute, und nutzte die Gelegenheit, zwei weitere Manhattan zu ordern.

Du beeilst dich mal besser, Patty-Schatz, schickte Susanne einen Gedanken an ihre Freundin. Wenn Patty nicht bald auftauchte, würde sie Susanne nach Hause tragen müssen. Kräftig genug dafür war sie immerhin.

Die Kellnerin begab sich hinter den Tresen, um die Cocktails zu mixen. Susanne blickte noch einmal zu den Doppelgängern ihrer Nachbarn hinüber. Nein, das waren sie einfach nicht, beschloss sie und griff nach ihrer Illustrierten.

Deborah und Thies Brahms hatten ihre Nachbarin ebenfalls erkannt, sich aber nichts anmerken lassen. Sie waren inkognito unterwegs, und das nicht zum ersten Mal. Sie wollten sich, ohne sich zu verstellen, einfach mal wieder amüsieren. Und ausgerechnet in diesem alternativen Laden saß nun eine Nachbarin aus dem Silo? Wer hätte das ahnen können?

Das Doppelleben der Brahms hatte begonnen, als Suske noch ein kleines Mädchen gewesen war, unmittelbar nach einem Gespräch mit einer Freundin von Deborah, einer Jugendtrauma-Expertin. Es ging darin um die Pubertät und die dazugehörige Rebellion von Teenagern gegen ihre Eltern. Was wäre denn, überlegten Deborah und Thies hinterher, wenn sie diesen rebellischen Impuls, der gewissermaßen vor ihrer elterlichen Tür stand, zu ihren Gunsten nutzten, indem sie selbst vorgaben, das zu sein, was sie am meisten verachteten? Rassisten. Fremdenfeinde. Rechtsextreme. Nazis.

Die Idee nahm Form an und wurde zum Plan.

Allerdings gestaltete sich die Angelegenheit nach einer Weile komplizierter, als sie vorausgesehen hatten. Schließlich mussten sie, um glaubwürdig zu bleiben, auch außerhalb der eigenen vier Wände zu ihrer angeblichen Gesinnung stehen. Also gingen sie mit ihrer Tochter zu den fremdenfeindlichen Demonstrationen der Sahgida und registrierten mit heimlicher Freude das Unwohlsein des Mädchens. Den Preis, mit hasserfüllten Menschenfeinden auf der Straße zu marschieren, zahlten die Brahms zähneknirschend, aber entschlossen. Bei einer dieser Demonstrationen lernte Suske einen gleichaltrigen Jungen kennen. Auch er war mit seinen Eltern dort, und auch er wirkte wenig begeistert. Den Brahms wiederum wurde, als sie sich mit dessen Eltern unterhielten, mit einem Mal klar, dass diese mit ihrem Jungen genau dasselbe Spiel trieben wie sie. Mehr noch – außer ihnen waren noch eine ganze Reihe weiterer Eltern bei den Protestzügen, die ihren Rassismus nur vortäuschten, um ihren Nachwuchs in die richtigen Bahnen zu lenken. War die Pubertät der Kinder erst mal überstanden, würden die meisten von ihnen wieder in ihr politisch korrektes Leben zurückkehren. Dann galt es zwar, die von ihnen abgewandten Nachkommen von jener Läuterung zu überzeugen, doch die würden hinter dem Gesinnungswandel ihren eigenen Einfluss vermuten, und irgendwann würden die Familienbande gefestigter sein denn je. Zumindest in der Theorie.

Bis es aber so weit war, kostete diese Maskerade viel Kraft und eine Menge Willensstärke. Da war es, fand das Ehepaar Brahms, nur recht und billig, wenn sie sich zwischendurch mal einen Ausflug in ihr altes Leben genehmigten. Der jetzige allerdings war ihnen durch die unerwartete Anwesenheit der Nachbarin gründlich verdorben worden. Sie standen auf, bezahlten und verließen eilig das Café, ohne Susanne eines Blickes zu würdigen.

Susanne blätterte unterdessen weiter in der *Red Carpet.* »Cate Blanchetts Psychotricks bei Liebeskummer«, lautete die verheißungsvolle Überschrift eines Artikels. Genau die richtige Lektüre, dachte sie, um sich weitere Manhattan einzuverleiben, falls Patty nicht bald aufkreuzte.

Ihr Telefon summte. Die SMS war von Dalida.

3

Sylvia war schon seit einer Weile bereit für ihr Date, doch als es an der Tür klingelte, wurde sie ein wenig nervös. Ihre letzte Verabredung war Ewigkeiten her.

Sie atmete tief durch und drückte den Knopf an der Gegensprechanlage.

»Ich bin es, Dave. Bin ich zu früh?«

»Nein, nein, ich komme runter.«

Kurz lauschte sie noch den Geräuschen, die aus der Gegensprechanlage kamen, bevor diese sich nach exakt vier Sekunden selbst ausschaltete.

»Na dann«, sagte sie zu sich selbst und verließ die Wohnung.

Als sie aus dem Fahrstuhl trat, konnte sie Dave durch die Scheibe der Haustür sehen. Er war tatsächlich in seinem neuen Smoking erschienen. Und diesmal trug er ein Hemd darunter. Die obersten Knöpfe waren so weit geöffnet, dass der Ansatz gut trainierter Brustmuskeln gerade noch erkennbar war. Die Fliege hatte er sich um den nackten Hals gebunden, was dem eleganten Aufzug wohl einen frechen Sex-Appeal geben sollte. Sylvia schmunzelte. Dieser Mann war sich seiner Reize bewusst und trug sie offenbar gerne zur Schau. Aber er konnte doch nicht ernsthaft annehmen, dass sie so was anmachen würde? Obwohl … irgendwie, stellte sie mit leisem Erstaunen fest, gefiel ihr sein Aufzug doch ein bisschen.

Und er hatte Blumen dabei.

»Die schönsten Blumen und doch nur Unkraut gegen dich.«

Ach herrje, trägt der dick auf, dachte Sylvia. Es fiel ihr schwer, nicht laut loszulachen. Sie riss sich zusammen und schaffte ein verbindliches Lächeln, als sie die Blumen entgegennahm. Es war ein farbenfroher, geschmackvoller Herbststrauß, der nicht nach Tankstelle aussah.

Dave reichte ihr dazu eine Packung Pralinen. Damit konnte sie zwar weniger anfangen, da sie mit dem heutigen Tag beschlossen hatte, wieder mehr auf ihre Figur zu achten, aber das war schließlich nicht sein Problem.

»Mein Vater sagte immer: Frauen lieben Blumen und Konfekt. Wer das leugnet, hat nichts, aber auch gar nichts von Frauen verstanden! Und ich möchte noch hinzufügen: Je schöner die Frau, desto schöner die Blumen und süßer die Pralinen.«

Das wurde ja immer besser. Sylvia betrachtete ihn mit dem amüsierten Fatalismus, mit dem sie zuweilen kitschige Fernsehfilme schaute. Das hier hatte einen höheren Unterhaltungswert als eine TV-Schmonzette. Das hier war real.

Und es tat auch gut. Sie merkte, wie ihr leichter ums Herz wurde. Plötzlich war sie froh, dass sie sich auf dieses Date eingelassen hatte.

Sie hatte sich ebenfalls Mühe gegeben und die Haare nach dem Waschen gewellt. Sie war dezent geschminkt und trug eine elegante Kombination aus Bluse und Rock in rot-grauen Tönen. Rot stand ihr gut, das wusste sie, obwohl sie die Farbe selten trug. Er wollte sie in ein angesagtes Café ausführen. Sie willigte ein, brachte zuvor aber noch seine Geschenke in die Wohnung. Sein Wagen war ein glänzender SUV asiatischer Bauart. In Scharnow sah man diese Art Fahrzeug so gut wie nie. Sylvia versuchte nicht auf die Fenster der Siedlung zu achten. Der Gedanke, dass ihre Nachbarn sie dabei beobachteten, wie sie mit einem mindestens fünfzehn Jahre jüngeren Mann in ein so protziges Auto stieg, war ihr unangenehm.

Sieben Minuten später lag Scharnow hinter ihnen.

Dave fuhr schnell, aber nicht aggressiv. Er hielt an Zebrastreifen und beschleunigte nicht übermäßig, wenn eine Ampel auf Gelb schaltete. Sie fuhren nach Sahsenheim.

Wohin auch sonst?, dachte Sylvia.

Nachdem sie in der Innenstadt einen Parkplatz gefunden hatten, eilte er ums Auto, um ihr die Tür zu öffnen und ihr beim Aussteigen zu helfen. Auch dieses Verhalten wäre ihr normalerweise eher affig vorgekommen. Da sie sich aber nun auf dieses Abenteuer eingelassen hatte, beschloss sie, die Dinge nicht kritisch zu hinterfragen, solange sie ihren Spaß dabei hatte. Außerdem trug sie seit Ewigkeiten wieder mal Schuhe mit hohem Absatz, da hatte sie nichts gegen ein wenig Unterstützung einzuwenden. Er bot ihr den Arm an, und sie hakte sich ein. Wie lange war es her, seitdem sie das letzte Mal so mit einem Mann spazieren gegangen war? Bei Felix, ihrem Noch-Ehemann, hatte sie sich auch hin und wieder untergehakt, er war aber immer so schnell gelaufen, dass er ihr einige Male beinahe den Arm ausgerissen hätte. Dave dagegen flanierte entspannt mit ihr an Schaufenstern vorbei und plauderte charmant über dies und das. In der Auslage einer Fotogalerie entdeckte er ein Bild von Hedy Lamarr und zeigte darauf.

»Du liest doch gerade ein Buch über sie?«

Sie war beeindruckt, dass er sich das gemerkt hatte.

»Da vorne ist es, das Cheng Luigi's. Ich bin gespannt, wie es dir dort gefällt.«

Sylvia betrachtete den knallroten, von einem Halogenspot beleuchteten Namenszug, der aus zwei unterschiedlichen Schrifttypen zusammengesetzt war. Sie kannte sich in Sahsenheims

Nachtleben nicht wirklich aus, aber die äußere Erscheinung war für die Kreisstadt schon relativ großstädtisch, fand sie. Dave warf einen Blick durch das Fenster. Plötzlich zuckte er zusammen und machte einen halben Schritt zurück. Die Tür öffnete sich. Ein Mann und eine Frau traten ins Freie. Sylvia hörte die sanften Klänge elektronischer Musik. Sie spürte ein nervöses Kribbeln im Magen. Auf einen juvenilen, angesagten Laden hatte sie eigentlich keine Lust. In sogenannten Szenekneipen hatte sie sich noch nie wohlgefühlt. Unauffällig studierte sie das Paar, das sich langsam entfernte. Die beiden waren nicht besonders herausgeputzt. Das beruhigte sie etwas.

»Sylvia, da drin ist alles voll«, sagte Dave. »Da bekommen wir keinen Platz mehr. Lass uns etwas anderes suchen.«

Überrascht sah Sylvia ihn an.

»Da sind doch eben zwei Leute rausgekommen, die haben bestimmt einen Tisch freigemacht …«

Dave wirkte verunsichert, und da ihr an dem Laden nicht wirklich etwas lag, lenkte sie ein.

»Okay, suchen wir etwas anderes.«

Ein bisschen zu energisch führte Dave sie am Arm zurück zum Auto. Sylvia fragte sich, was mit ihm los war, als aus einer Seitenstraße unvermittelt eine Gestalt auftauchte und sie fast überrannte.

»Entschuldigung«, sagte die Person mit rauchiger Stimme.

Ihre Erscheinung war beeindruckend. Der voluminöse Körper steckte in einem Stretchkleid in hellen Pastelltönen. Am Hals hing eine auffällige Kette, deren Perlen viel zu groß waren, um echt zu sein. Die platinblonde Haarmähne war wild toupiert, und aus dem grell geschminkten Gesicht stachen falsche Wimpern wie eine Batterie orientalischer Krummdolche hervor.

»Nichts passiert«, sagte Sylvia und lächelte. Die imposante Frau stöckelte in ihren riesigen, hochhackigen Pumps weiter.

Trotz ihrer enormen Körpermaße hatte sie einen außerordentlich lasziven Hüftschwung. Sylvia konnte gerade noch sehen, wie sie im Cheng Luigi's verschwand, da zog Dave sie auch schon weiter.

Er hatte ihr etwas bieten wollen. Ein paar Drinks in einem angesagten Laden. Danach Sushi und ein Spaziergang durch die herbstliche Nacht. Er wollte diese ihm kaum bekannte Frau glücklich machen, ihr einen unvergesslichen Abend schenken und sich an ihrer Freude darüber ergötzen. So sein Plan.

Doch der war erst mal durchkreuzt worden. Als er durch die Scheibe des Cheng Luigi's gespäht hatte, war ihm sofort die gut gebaute rothaarige Frau aufgefallen, die allein an einem Tisch saß. Er kannte lediglich ihren Künstlernamen. In ihrer Branche wurde man nur persönlich, wenn man ernsthafte Absichten hegte. Dave hatte von Paaren aus der Pornoindustrie gehört, die den Nachnamen ihres Partners angeblich erst auf dem Standesamt erfahren hatten. Der Name, den er kannte, war Eve Everdear. Kein Superstar, aber immerhin eine vielgebuchte Darstellerin für Erotikfilme. Er hatte bei einer der drei Pornoproduktionen, für die er engagiert worden war, mit ihr zu tun gehabt. Das musste vor einem Jahr gewesen sein, als das Geld, das er als Tänzer und Gigolo verdiente, nicht ausreichte.

Sie hatten sich damals am Set recht gut verstanden.

Die Frau am Tisch war zwar zurückhaltend geschminkt und gekleidet, die Haare waren geglättet, trotzdem erkannte er sie sofort. Sie hatte zwei leere Gläser vor sich auf dem Tisch. Sie war also nicht alleine da. Es war eher unwahrscheinlich, dass sie sich darüber freuen würde, einen ihrer Filmpartner während eines Dates zu treffen. Die Sache könnte für ihn, aber auch für sie peinlich werden. Und was war mit ihrer jeweiligen Begleitung? Dave konnte sich nicht vorstellen, wie er sich mit Sylvia entspannen sollte, wenn irgendwo im Raum Eve Everdear saß.

»Lass uns etwas anderes suchen«, hatte er zu Sylvia gesagt und gespürt, wie sie aufbegehren wollte. Von daher war er der Transe dankbar, die aus heiterem Himmel aufgetaucht war. Unauffällig sah er zu Sylvia. War ihr klar, dass die aufgetakelte Dame gar keine Dame war? Offenbar nicht. Das nahm ihn weiter für sie ein, und übermütig beschloss er die Drinks auszulassen und gleich zum Sushi überzugehen.

»Magst du rohen Fisch?«, fragte er.

Als sie lachte, wurde ihm mit einem Mal klar, wie sehr er sie mochte. Damit hatte er nicht gerechnet. Das war mehr, als ihm an Abenden dieser Art sonst widerfuhr.

4

»Ich bin noch bei Suske. Wir spielen mit ihren Eltern Monopoly.«

Dalida war zwar in der Pubertät, machte aber wenig Ärger, was Susanne in diesem Moment, unterstützt durch die berauschende Kraft zweier Manhattan, plötzlich verdächtig vorkam. Was, wenn Dalida ihr etwas vorspielte? Die SMS fand Susanne angesichts der politischen Gesinnung der Brahms nicht gerade beruhigend, doch ging sie davon aus, dass beim Monopoly-Spielen nicht allzu viel verheerendes politisches Gedankengut verschoben werden konnte. Oder doch?

Immerhin ergab sich aus Dalidas Nachricht, dass die beiden von vorhin keinesfalls Suskes Eltern gewesen sein konnten. Grübelnd studierte Susanne das Display ihres Telefons, als ihr bewusst wurde, dass sich jemand direkt vor ihr aufgebaut hatte. Sie blickte auf. Eine hochgewachsene Gestalt stand an ihrem Tisch. Das hautenge Strechtkleid, die wallende Platinperücke, der grellrot geschminkte Mund zu einem strahlenden, einmaligen Lächeln verzogen, das so nur einer Person auf diesem Planeten gehören konnte. Die aufgetakelte Lady deutete auf die beiden leeren Cocktailgläser auf dem Tisch.

»Hat Madame schon genug?«

Susanne tat betont cool. »Die nächste Runde geht auf dich, das ist dir hoffentlich klar«, sagte sie streng. Dann sprang sie auf und fiel ihrer Freundin um den Hals. »Patty-Love, der Drink des Abends ist Manhattan! Das ist dir doch recht?«

Patty erwiderte die Umarmung, sah sich dann kurz im Lokal um, entdeckte an den anderen Tischen ein paar bekannte Gesichter und winkte ihnen mit affektiert-damenhafter Geste zu. Hinter dem Tresen stand die Kellnerin mit offenem Mund, das Smartphone in der Hand, vor sich zwei fertig gemixte Manhattan. Patty schaute erneut auf die leeren Gläser vor Susanne, dann wieder zum Tresen und zählte eins und eins zusammen.

»Schätzchen, bring uns doch mal die Drinks. Und in zehn Minuten dann gleich noch eine Runde. Kriegst du das hin?«

Die Kellnerin zögerte, griff dann aber nach dem Tablett und trug wie ferngesteuert die Gläser an den Tisch, immer mit Blick auf Patty. Die kümmerte sich nicht weiter darum und nahm mit einer ausladenden Bewegung Susanne gegenüber Platz, griff sich ein Glas, trank es in einem Zug leer und tat dasselbe mit Susannes Manhattan, bevor diese ihn anrühren konnte. Dann lächelte sie ihrer Freundin zu.

»Ah, jetzt sind wir quitt. Wie ist es dir ergangen, Baby? Bei mir war gerade die Hölle los …«

Ihr Satz wurde vom Summton einer weiteren eingehenden Textnachricht auf Susannes Telefon unterbrochen. Susanne entschuldigte sich und las.

»Ich hab dich auch lieb! Bis morgen! D.«

»Du guckst so komisch. Was Wichtiges?«

Pattys Frage war aufrichtig gemeint, das wusste Susanne, die ihre Fürsorge schätzte. Trotzdem fiel es ihr nicht leicht zu antworten. Sie war in dieses Provinznest gezogen, um unerkannt zu bleiben, und jetzt kam Dalida vielleicht unter die Räder, nur damit sich die Identität ihrer Mutter nicht herumsprach. Dabei hatte es noch nicht mal etwas genützt, wo sie doch vor Kurzem erst ihr eigenes Stöhnen durch die Tür der Nachbarwohnung gehört hatte. Und dann war der Nachbar auch noch tot, die Polizei recherchierte – und was, wenn sie dabei herausfand, dass die Darstellerin aus dem Pornofilm, der bei ihm gelaufen war, gleich nebenan wohnte?

Mit einem Mal brach alles aus ihr heraus. Es tat gut, ihre Sorgen mit Patty zu teilen, der Freundin alles zu erzählen, was ihr durch den Kopf ging. Patty hörte aufmerksam zu, während sie an einer Cocktailkirsche lutschte, und meinte schließlich mit einem entschlossenen Lächeln: »Ich schätze, das ist es, was uns verbindet: Wir werden uns beide outen müssen.«

Susanne stutzte kurz, dann lachte sie laut los. »Um Gottes willen, eine Freakshow in Scharnow. Ob dieser Ort das verkraftet?«, gluckste sie. Ihre gute Laune war wieder vollends hergestellt. Patty drehte sich zum Tresen.

»Und schon sind die zehn Minuten um, Süße. Das ist dir hoffentlich klar?!«

Tatsächlich hatte die Kellnerin bereits zwei weitere Manhattan fertig und brachte sie rasch an den Tisch.

»Braves Mädchen!« Patty blickte auf ihr Namensschild. »Für die nächsten kannst du dir Zeit lassen, Carina!«, schnurrte sie dann. »Und Schätzchen … Carina ist ein sehr schöner Name!«

Die Wangen der Kellnerin bekamen einen zarten Rotstich. Ohne zu antworten, eilte sie zum Tresen zurück. Susanne schnappte sich eins der Gläser und blickte gut gelaunt zu ihrer Busenfreundin. Genauso hatte sie sich den Abend vorgestellt.

»Also, Patty«, sagte sie. »Erzähl doch mal! Ist seit dem letzten Mal irgendwas Aufregendes passiert?«

»Könnte schon sein«, antwortete Patty und beugte sich über den Tisch. Ihr Gesichtsausdruck wurde ernst. Etwas leiser fuhr sie fort: »Hast du von dem Überfall auf den Supermarkt gehört?«

»Meine Nachbarin, die Haustratsche, hat mir davon erzählt. Stimmt es, dass die Räuber nackt waren?« Susanne kicherte. Patty blieb ernst.

»Ja, das stimmt. Rate mal, warum ich das so genau weiß.«

»Du kennst meine Nachbarin?«

»Leider ja, aber das ist nicht der Grund.«

»Jetzt spann mich doch nicht auf die Folter!« Susanne nahm einen Schluck aus ihrem Glas. Wurden die Manhattans besser, oder machte das der zunehmende Rausch?

»Ich weiß es deshalb, weil, nun ja … ich war dabei!«

Susanne sah Patty entgeistert an. Dann prustete sie los.

»Du warst im Billkauf? Waren die Typen wenigstens halbwegs ansehnlich? Hatten sie große Schwänze, oder eher so Stummel? O Gott, ich fass es nicht.« Susanne gluckste vor Begeisterung.

»Du verstehst mich nicht, Susanne!«

Pattys Stimme war nur noch ein Flüstern.

»Ich war selbst einer der Männer!«

Susanne starrte sie mit offenem Mund an.

»Und du glaubst nicht, was an dem Abend noch passiert ist.«

5

Trotsky beobachtete schon seit einer Weile das Haus von Peter Märse. Er hatte sich auf dem Balkon einer zwei Blocks entfernten Wohnung niedergelassen und wartete.

Es war unsinnig, richtiggehend kindisch gewesen, sich seiner Kleider zu entledigen, bevor er ins Industriegebiet geflogen war, um Dampf abzulassen. Vollends idiotisch war es gewesen, die Brieftasche ebenfalls auf den Haufen zu legen. Trotsky konnte seine Beweggründe dafür beim besten Willen nicht mehr nachvollziehen. Zumal Peters Krankenkassenkarte in der Brieftasche steckte. Was, wenn nun ein ehrlicher Finder die Brieftasche an sich genommen und zur Polizei gebracht hatte? Und was, wenn dieser ehrliche Finder Trotsky sogar hatte fliegen sehen? Schließlich konnte er nicht mit Gewissheit sagen, ab wann seine Kräfte für alle Welt sichtbar geworden waren. Er hielt es zwar für eher unwahrscheinlich, dass jemand die Brieftasche abgegeben hatte – ehrliche Finder waren in seinen Augen ein Mythos –, aber falls doch … Nicht auszuschließen, dass Peter bereits von der Polizei observiert wurde. Und um das herauszufinden, war es besser, erst mal aus sicherer Entfernung die Lage zu sondieren.

Trotsky kratzte sich am unrasierten Kinn. Er hatte in den vergangenen Nächten im Wald geschlafen, es zumindest versucht, und war froh gewesen, dass der Mann mit dem Gewehr ihm die Jacke überlassen hatte.

Die Zeit im Wald hatte Trotsky zum Nachdenken genutzt. Er wusste nun, dass er, wenn es so weit war, seinem Ende selbstbestimmt entgegentreten wollte. Dafür musste der fliegende Mann verschwinden. Das kopflose Randalieren vor zwei Tagen hatte ihn in den Fokus der Öffentlichkeit gerückt. Er wurde polizeilich gesucht. Sicher waren ihm auch die Weltenlenker bereits auf der Spur. Zeit also, unterzutauchen. Zeit, wieder unsichtbar zu werden. Trotsky dachte an den Moment bei der alten Eiche, als alles begonnen hatte. Wäre er damals nicht den Weltenlenkern in die Hände gefallen, was hätte aus ihm werden können?

Sein Blick fiel auf einen Kastenwagen direkt vor dem Haus, in dem ein Mann saß, ohne sich zu rühren. Ein Agent der Weltenlenker vielleicht? Er sah genauer hin. Der Mann war untersetzt und wirkte harmlos. Eine Frau kam aus dem Haus gelaufen. Der Mann ließ den Wagen an, noch bevor sie eingestiegen war. Gemeinsam fuhren sie weg, dann war es wieder ruhig. Trotskys Gedanken schweiften in seine Schulzeit zurück, die Zeit nach seiner Veränderung. Er erinnerte sich an die Lehrer, die damals dabei gewesen waren. Roswitha Zuchonns. Sie war immer nett zu ihm gewesen. Nicht lange nach dem Vorfall hatte sie den Lehrberuf ganz aufgegeben. Saß der Schock jener Nacht zu tief? Wenn dem so war, dann tat ihm das leid.

Wenker wiederum lebte nicht mehr. Er war einige Jahre nach der Klassenfahrt in die DDR auf ziemlich spektakuläre Weise abgetreten. Bei einem Schulausflug an die Ostsee war der berufsjugendliche Sportlehrer auf einen Felsen geklettert und hatte einen Salto ins Wasser probiert. Dummerweise fuhren unter ihm ein paar Schüler in einem kleinen Motorboot herum, um ihn anzufeuern. Wenker landete mitten auf dem Boot und brach sich vor den entsetzten Augen der Schüler das Genick. Keine schöne

Erfahrung für die Augenzeugen – Trotsky war sich sicher, dass Wenker wenigstens glücklich gestorben war.

Ein Geländewagen kam die Straße entlang. Trotsky erkannte Peters SUV, der langsam vorfuhr und wie im Film in eine leere Parklücke direkt vor dem Haus glitt. Offensichtlich hatte Peter seine Nobelkarosse waschen lassen – vor drei Tagen war sie noch ziemlich verschmutzt gewesen. Trotsky sah, wie Peter zur Beifahrerseite eilte und die Tür öffnete. Trug er wirklich einen Smoking? Trotsky kniff die Augen zusammen. Eine ältere Frau stieg aus dem Wagen. Dem Verhalten seines Freundes nach zu schließen handelte es sich entweder um eine Vorgesetzte oder eine Geschäftspartnerin. Oder aber, die dritte Möglichkeit: Peter war ein Gigolo und bot seine Dienste für Geld an.

Bei der Vorstellung verzog Trotsky den Mund, doch dann ermahnte er sich. Peter hatte ihn vor zwei Monaten aufgenommen und seitdem durchgefüttert. Er hatte ihm Kleidung gegeben und mit seiner Versicherungskarte zum Arzt geschickt. Trotsky stand es nicht zu, über das Leben seines Freundes zu urteilen. Und er hatte auch kein Recht, sich in dessen Privatleben einzumischen. Zwar hatte Trotsky seit Tagen kaum geschlafen und sehnte sich nach einem Bett, doch wenn er jetzt in der Wohnung auftauchte, würde Peter sich ohne Zweifel um ihn kümmern wollen. Wozu dessen Hilfsbereitschaft weiter strapazieren? Gegen den Monsterkrebs und die Metastasen konnte auch Peter nichts tun. Vielleicht war es das Beste, ihn von der Last zu befreien, die Trotsky zweifellos für ihn darstellte.

»Mach's gut, mein Freund, ich danke dir! Meine Sachen kannst du behalten oder verschenken, dir wird schon was einfallen. Leb wohl!«

Er murmelte die Worte in die Stille des Abends, dann setzte er sich die Fliegerhaube aus Leder auf und atmete tief durch. Die Kappe gefiel ihm wirklich gut, dachte er noch, bevor er abhob.

Beim Blick auf das hell erleuchtete Sahsenheim überkam ihn mit einem Mal eine wohltuende Ruhe. In einiger Entfernung konnte er die deutlich schwächeren Lichter eines Dorfes erkennen, aus dessen Mitte ein schwarzer Turm ragte.

Scharnow!

Er bog ab und flog in Richtung des Turms, der ihn magisch anzuziehen schien.

6

Dave fuhr langsam, er suchte einen Parkplatz.

»Das Rumble Fish ist da vorn. Es wird dir gefallen. Die haben ein paar sehr spezielle Gerichte und fünfzehn verschiedene Sorten Sake …«

»Dave?«, unterbrach ihn Sylvia leicht genervt. Der Abend drohte ein Reinfall zu werden. »Was hältst du davon, wenn wir zu dir fahren? Vielleicht kann man sich das Essen auch mitgeben lassen?« Sylvia ließ sich so gut wie nie etwas nach Hause liefern und hatte keine Ahnung, wie es um die Bringdienst-Situation in Sahsenheim bestellt war. In Scharnow und Umgebung gab es nur das Döner-Imperium, und das lag so nah an der Plattenbausiedlung, dass sie das Essen ebenso gut selbst abholen konnte, wenn sie mal Lust auf das überwürzte Hammelfleisch verspürte, das dort als Spezialität angeboten wurde.

Dave stoppte den Wagen und drehte sich zu ihr. Sollte ihr Vorschlag ihn aus dem Konzept gebracht haben, so ließ er sich das nicht anmerken.

»Oder wie wäre es mit Pizza? Es gibt da einen Laden, der macht die beste Frutti di Mare der Stadt, auf Wunsch mit Dinkelteig. Und ich habe noch einen mehr als passablen Weißwein im Kühlschrank.«

Sylvia war das nur recht, sie hatte keine Lust mehr auf rohen Fisch. Trotzdem wollte sie ihn noch etwas schmoren lassen.

»Gibt es vielleicht einen Vietnamesen in der Nähe? Ich liebe gebratene Reisbandnudeln!«

An seinem panischen Gesichtsausdruck erkannte sie, dass es keinen Vietnamesen gab. Sie wartete kurz, dann erlöste sie ihn.

»Pizza ist auch gut.«

Sie fuhren ohne ein weiteres Wort zu ihm.

Er wohnte im vierten Stock eines unscheinbaren grauen Hauses. Als sie durch die Wohnungstür traten, war Sylvia überrascht. Vor ihr lag ein sehr großer Raum, an dessen Kopfseite auf einer Art Podium ein gigantisches Bett thronte. Dave griente sie an.

»Willkommen in meinem Loft. Das einzige andere Zimmer ist das Bad, und ein Bad ist ja streng genommen kein Zimmer«, witzelte er, während er ihr aus dem Mantel half. »Na ja, außerhalb der Wohnung gibt es noch so halb legal ein kleines Gästezimmer. Dort wohnt im Moment ein Freund, aber der ist irgendwo unterwegs.« Dave hängte ihren Mantel an die Garderobe neben der Tür. »Mach's dir gemütlich, ich hole uns ein Glas Weißwein. Das haben wir uns jetzt verdient.«

Er ging zum Kühlschrank, während Sylvia sich umsah. Das Apartment – oder das Loft, wie Dave es nannte – war geschmackvoll und teuer eingerichtet. Sylvias Ex-Mann hatte eine Zeit lang Designermöbel als Geldanlage gesammelt, daher kannte sie sich in dem Bereich etwas aus. Sie entdeckte den unvermeidlichen Corbusier-Sessel, hütete sich aber, auf dem sperrigen Ungetüm Platz zu nehmen. Wenn man den Fehler beging und sich hineinfallen ließ, entkam man ihm nur noch mit peinlichen akrobatischen Verrenkungen. Da gefielen ihr die Art-déco-Vasen, der Jugendstil-Spiegel von Tiffany und der abstrakte Lüster von Swarovski schon deutlich besser. Entweder hatte er wirklich Geschmack oder genug Geld für einen guten Inneneinrichter.

Dave kam mit zwei Gläsern Wein und reichte ihr eins. Ohne mit ihm anzustoßen, nahm sie sofort einen großen Schluck.

Normalerweise rührte sie keinen Alkohol an. Doch jetzt konnte sie etwas zu trinken gebrauchen. Dave machte sich inzwischen daran, beim Lieferservice anzurufen und zwei Frutti di Mare plus Tiramisu zu bestellen. Er legte auf und sah sie zufrieden an.

»Dauert eine Dreiviertelstunde. Soll ich dir unterdessen ein bisschen was zeigen? Ich habe ein Faible für Design, weißt du?«

Ach, dachte sie und runzelte amüsiert die Stirn.

»Hier gibt es ein paar außergewöhnliche Möbelstücke, falls dich so etwas interessiert.«

Sie stellte ihr Glas auf den edlen Vinyl-Couchrundtisch von Cattelan, blickte ihn herausfordernd an und sagte einen Satz, den sie einmal in einer Biografie von Mae West gelesen hatte. Der leichte Kick, der nach den ersten Schlucken Wein einsetzte, gab ihr den Mut dazu.

»Fürs Erste würde mich nur das Bett interessieren.«

Als der Pizzabote nach exakt fünfundvierzig Minuten an der Tür klingelte, machten sie nicht auf.

Sie konnten nicht aufmachen.

Dave hatte Sylvia geschickt ausgezogen und dabei darauf geachtet, selbst jeweils ein Kleidungsstück zu verlieren, wenn er wieder etwas Haut von ihr freigelegt hatte. Der Anblick seines durchtrainierten, makellosen, leicht überbräunten Körpers gab ihr kurz das Gefühl, sie würde mit einer übergroßen Ken-Puppe aus dem Barbieland ins Bett steigen. Und wenn schon. Es gelang ihm schnell, ihre Zweifel zu zerstreuen. Er küsste sie an allen richtigen Stellen, zärtlich und gierig zugleich. Er verlangsamte oder erhöhte das Tempo seiner Zuwendungen, als könne er ihre Gedanken lesen. Es widerstrebte ihr, die Kontrolle aufzugeben. Andererseits hatte sie lange keinen Sex mehr gehabt. Und Dave war gut. Er war sehr gut.

Dave genoss die Lust, die Sylvia ganz offensichtlich immer bereitwilliger zuließ. Was ihm selbst die größte Wonne bereitete, war die Dankbarkeit seiner Gespielinnen. Frauen umfassend zu befriedigen erregte ihn so sehr, dass er mitten im Liebesakt schon mal an Pizza denken musste, um nicht vorzeitig zu ejakulieren. Er befolgte damit den einzigen Ratschlag seines Vaters, der ihn jemals weitergebracht hatte.

Pizza gehörte nicht zu Aphrodites Repertoire.

Eine Psychologin, mit der Dave verkehrte, hatte bei ihm einen narzisstischen Jesuskomplex diagnostiziert. Gemeint war damit der Umstand, dass ihn nicht sein Körper an sich interessierte, sondern dessen Wirkung auf Frauen. Je weniger sie sich seiner Meinung nach vorstellen konnten, dass jemand mit einem solchen Körper mit ihnen intim werden würde, desto erregter wurde er beim Gedanken, ihnen genau das zu ermöglichen. Er wollte der Glücksfall im Leben dieser Frauen sein. Die Ausnahme. Der Sechser im Lotto. An ihren Augen las er ab, wie sehr seine Zärtlichkeiten, seine erotischen Aufmerksamkeiten sie überraschten, bis er und seine Partnerin schließlich einen Zustand der Entrückung erlangten, der sie gemeinsam mit höchster Virtuosität durch die Untiefen der Ekstase steuerte.

Und je weiter sie sich auf diesem Weg vorwagten, desto fantastischere Pizzakreationen musste er sich ausdenken. Timing war alles.

Mit dieser Frau allerdings, dieser Verkäuferin aus dem Herrenladen, widerfuhr ihm etwas, was er so nicht kannte oder schon lange nicht mehr erlebt hatte. Er spürte, dass er dabei war, sich selbst zu verlieren.

Sylvia hatte spätestens nach dem kurzen Schreckmoment durch das Klingeln des Bringdienstes alle Hemmungen fallen lassen. Sie ließ sich zu Dingen inspirieren, die sie noch nie im Leben versucht hatte, von denen sie teilweise noch nicht einmal wusste, dass es sie gab. Und sie lernte Regionen des männlichen Körpers kennen, die in ihrem bisherigen Sexleben tabu gewesen waren. Worum es sich bei einem Analbleaching handelte, war ihr zum Beispiel nicht klar gewesen. Doch sein Intimbereich wirkte appetitlich hell, und sie genoss es sogar, seine Prostata wie ein Eis zu schlecken, während er mit der Zunge leidenschaftlich ihren gesamten Unterleib bearbeitete. Sie registrierte, dass sein Penis seltsam aussah. Er war groß, ab der Mitte allerdings anders gefärbt. Doch er wusste damit umzugehen, und nur darauf kam es an. Ihr Bäuchlein und die Zellulite an den Oberschenkeln waren ihr nicht mehr peinlich, sie waren ihr ganz einfach egal. Sylvia hatte drei Orgasmen, bevor er das erste Mal abspritzte. Und er ruhte sich nicht aus, wie sie es von anderen Männern kannte, sondern bespielte sie weiter. Schon bald spürte sie erneut seine harte Erektion an ihrem Oberschenkel. Sie kam ein viertes Mal. Auch er erlaubte sich einen weiteren Höhepunkt, bevor sie voneinander abließen und sich schwer atmend auf den Rücken rollten.

Er sah sie mit seinem perfekten, glücklichen Lächeln an – ein Lächeln, das viel zu wundervoll war, um dessen Aufrichtigkeit in Zweifel zu ziehen. Warum, verdammt nochmal, sollte sie das, was hier gerade geschehen war, nicht einfach genießen? Er nahm eine Schachtel Zigaretten aus der Brusttasche seines Hemds, das am Boden lag, und bot ihr eine an. Und obwohl Sylvia noch nie in ihrem Leben geraucht hatte, beschloss sie in diesem Moment, diesen vielleicht aufregendsten, mit Sicherheit aber überraschendsten Sex ihres Lebens mit einem so ausgelutschten Klischee wie der Zigarette danach abzurunden.

»Hinterm Bett ist der Balkon, aber ich bin jetzt zu faul, um aufzustehen. Stört es dich, wenn wir im Bett rauchen?«

Sylvia richtete sich langsam auf, sah zur Balkontür und schüttelte mit einem Lächeln den Kopf.

Er zündete beide Zigaretten an und küsste sie noch einmal, bevor er ihr eine davon zwischen die Lippen steckte. Sie atmete den Rauch ein. Husten musste sie nicht, aber ihr wurde sofort ein bisschen schwindlig. Auch das war ein schönes Gefühl.

Und nun, wunderbar träge und ermattet vom Sex, in der Vertrautheit, die zwischen ihnen entstanden war, erzählte er ihr von sich. Offen, uneitel. Als er sie schließlich bat, ihn bei seinem richtigen Namen zu nennen, wurde ihr klar, dass auch er dabei war, eine Grenze zu überschreiten, dass sie ihm etwas bedeutete – mehr zumindest, als er es selbst vielleicht erwartet hatte.

Für sie war er jetzt Peter. Dave war sein Name, wenn er für seine Kundinnen tanzte – und vermutlich hin und wieder noch mehr. Dave war der Name des Mannes, der sie im Laden erschreckt hatte. Doch es war Peter, der nun seine letzte Kippe in die Wasserflasche am Boden steckte, sich an sie schmiegte und die Augen schloss. Als Sylvia erste, zarte Schnarchgeräusche vernahm, fischte sie sich eine weitere Zigarette aus der Packung und genoss den Moment, der ganz allein ihr gehörte, egal, was die Zukunft bringen mochte.

Sie lehnte sich ans Kopfende des Bettes. Wie seltsam, dachte sie. Cloudys Tod schien ewig weit weg zu sein, und doch waren seither erst zwei Tage vergangen. Sie fühlte sich ein wenig schuldig deswegen, doch kam es ihr vor, als wäre sie noch nie in ihrem Leben so entspannt, ja, sogar glücklich gewesen.

7

Eine Gestalt hoch oben am Himmel, unterwegs von Sahsenheim nach Scharnow. Kurz bevor sie den schwarzen Turm erreicht, biegt sie ab, schießt steil nach oben in den Abendhimmel und verschwindet dann hinter einigen kleinen Wolken, die tief über der brandenburgischen Landschaft hängen.

Durch das Küchenfenster erhaschte Nami einen kurzen Blick auf den seltsamen Vogel, während sie für ihre Großmutter eine Dosensuppe zubereitete. Sie war leicht irritiert. Der Vogel war erheblich größer als normal, doch wieder nicht so ungewöhnlich groß, dass sie ihr Omili am Küchentisch auf die Suppe warten lassen wollte. Nami brachte ihr einen vollen Teller, half ihr beim Essen und ließ sie zwischendurch mit einem Strohhalm etwas Artischocken-Tee aus einem Glas saugen.

Die alte Dame hatte noch nicht wieder gesprochen, seitdem sie aus dem Koma erwacht war. Sie war an diesem Tag aus dem Krankenhaus entlassen worden. Hamid hatte Nami auf seiner Schwalbe zur Wohnung gefahren. Bis zur Ankunft des Krankenwagens hatten sie aufgeräumt und gemeinsam Artischocken-Tee getrunken. Er schmeckte scheußlich. Aber mit Hamid hätte Nami auch die Brühe aus einer Kloake in sich hineingeschüttet. Seine Nähe machte alles schöner, selbst Artischocken-Tee.

Am späten Nachmittag – von nebenan schallten wieder Todesschreie durch die Wand – war ihr Omili zu Hause eingetroffen. Sie saß zwar im Rollstuhl, war aber zu Namis Erleichterung nicht ganz hilflos. Als Nami jetzt beim Essen nicht schnell genug den nächsten Löffel Suppe zur Hand hatte, riss sie ihn ihr weg und löffelte selbst weiter. Nach der Mahlzeit wehrte sie sich auch gegen Beistand beim Umziehen, nur im Bad nahm sie die Hilfe ihrer Enkelin in Anspruch, während Hamid zum Döner-Imperium fuhr, um für sich und Nami eine Alternative zu den Dosensuppen zu besorgen. Es war das erste Mal, seit sie sich kannten, dachte Nami, als sie ihm an der Tür hinterhersah, dass Hamid beim Mopedfahren einen Helm trug.

Als er wiederkam, schlief ihr Omili bereits, und gemeinsam ließen sie sich die Dönertaschen schmecken, während ihr Hamid von seinem Leben in Syrien erzählte. Sie hielten sich dabei weder an den Händen, noch wagten sie es, sich anderweitig zu berühren, obwohl zumindest Nami ständig daran dachte. Erst weit nach Mitternacht erhob er sich, um zu gehen. Nami verabschiedete sich zuerst im Sitzen, sprang dann aber auf und lief ihm nach. An der Wohnungstür holte sie ihn ein, er drehte sich zu ihr um, und sie gaben sich einen langen, zärtlichen Kuss.

Kurz darauf hörte sie seine Schwalbe wegknattern.

Ihr Herz pochte laut im Zweitakt des Motors. Sie hatte das Gefühl, Bäume ausreißen zu können!

Sie war verliebt.

Als am frühen Nachmittag plötzlich das Punkmädchen aus dem Supermarkt mit diesem arabischen Kassierer aufgetaucht war, hatte Sieben erst die irrationale Befürchtung, die beiden wären dem Pakt auf die Schliche gekommen. Als sie aber in der

Nachbarswohnung verschwanden, fiel ihm ein, dass die alte Karpski eine Enkelin hatte. Einige Stunden später erschien ein Krankenwagen, der die greise Nebelkrähe höchstselbst nach Hause brachte. Der Pakt war da gerade mitten im ersten Film und noch mit der ersten Flasche Schnaps zugange, und Sieben bekam kurz Muffensausen, weil er davon ausgegangen war, dass die Alte den erlittenen Schock nicht überleben würde. Was, wenn sie sich jetzt an die Videokassette erinnerte? Nachdem er den Gedanken aber einige Male hin und her gewälzt hatte, kam er zu dem Schluss, dass sie annehmen musste, die Kassette wäre von der Polizei beschlagnahmt worden. Falls sie sich überhaupt noch an etwas erinnerte. Sonderlich wach wirkte sie nicht, soweit er das durch das kleine Toilettenfenster hatte erkennen können. Sieben beschloss, sich erst mal keine Sorgen mehr zu machen.

Im Übrigen war der Tag für den Pakt ebenso typisch wie angenehm verlaufen. Kalle und Niels waren ohne den Polizisten, dafür mit zwei Einkaufstüten randvoll mit Alkohol und Chipstüten zurückgekommen. Sie hatten Bier – gutes Bier – und später auch Mische getrunken und sich zwei Videoklassiker der Güteklasse A, *Das Engelsgesicht* und *Bloodsucking Freaks*, angeschaut. Bei gesteigertem, aber nicht wirklich extremem Pegel hatten sie dann den Abend mit einer Runde Malefiz ausklingen lassen, und Sieben durfte auch endlich wieder die Rolle des schwarzen Cowboys übernehmen. Sehr spät in der Nacht blieb er noch eine Weile alleine im Wohnzimmer sitzen. Pit war wieder zu seiner Mutter gefahren und Niels und Kalle schon schlafen gegangen.

Sieben strich mit der Hand an der Rückseite des Sofas über die Stelle, wo sein Schatz versteckt war, versuchte, das harte Plastik der VHS-Kassette zu erfühlen. Eine Welle der Zufriedenheit überkam ihn. Vor dem Haus knatterte das Moped des Araberjungen, doch Sieben widerstand dem Drang nachzusehen.

Lieber genoss er noch die warmen Empfindungen des Glücks. Gewöhnlich machten ihm solche Gefühle Angst. Doch diesmal gelang es ihm, sie ohne Anstrengung anzunehmen. Er lehnte sich zurück und schloss die Augen. War er überhaupt schon einmal in seinem Leben so entspannt und glücklich gewesen?

Plötzlich schnellte er hoch. Was war los? War er eingenickt? Er brauchte einen Moment, um zu sich zu kommen.

Da hörte er die Geräusche. An der Tür.

Patty hatte Susanne die Autoschlüssel abgenommen. Sie vertrug um einiges mehr als ihre Freundin. Die beiden waren zum Silo gefahren, wo sie noch eine ganze Weile Händchen haltend im Wagen sitzen geblieben waren, sich unterhalten und zwischendurch gegackert hatten wie eine Horde Teenager in den Anfangsminuten eines Splatterfilms. Das hatten sie dringend gebraucht. Beim Abschied hatten sie sich geküsst, sich versichert, dass sie sich bald wiedersehen würden, und sich noch einmal ausgiebig umarmt. Danach war Patty in Susannes Wagen mit einem Lied auf den Lippen und in leichten Schlangenlinien zum Haus ihrer Mutter gefahren.

Unterwegs war ihr nur ein einsamer Roller begegnet, den sie erst sehr spät gesehen und dem sie nur knapp hatte ausweichen können. Oder war er ihr ausgewichen? Als sie am Hause ausstieg, hatte sie gehörig Schlagseite. Sie war doch betrunkener, als sie dachte.

Patty stand vor dem Eingang und musste ein Auge zukneifen, um den Schlüssel ins Schloss zu bekommen. Es dauerte eine kleine Ewigkeit, bis die Tür aufging. Sie wankte in den Flur und blieb verwundert stehen. Irgendetwas war anders. Im Dunkel kam ihr eine große Gestalt entgegen. Ihre Mutter konnte das nicht sein, die schaffte es kaum aus dem Bett. Wieso stand sie überhaupt in einem Flur? So etwas gab es im Bauernhaus ihrer

Mutter doch gar nicht. Panisch suchte sie nach dem Lichtschalter, der nicht dort war, wo er sein sollte.

Was war hier los?

Endlich fand sie den Schalter.

Und drückte ihn.

8

Trotsky war nach seinem Flug durch die Nacht wieder über Scharnow angelangt. Um diese Zeit war in dem Ort selbst in der Nacht von Freitag auf Samstag nichts mehr los. Er nahm ein vereinzeltes Auto wahr, das leichte Schlangenlinien fuhr. Ein betrunkener Nachtschwärmer vielleicht oder der Zeitungsbote, der sich auf der leeren Straße austobte. Es war ihm egal. Er drehte sich auf den Rücken und schaute nach oben. Der Himmel war jetzt sternenklar. Ein wunderschöner Anblick.

Viel zu selten hatte er seine übernatürlichen Fähigkeiten für etwas Schönes genutzt, zum Beispiel für einen ausgedehnten Flug wie den, den er gerade hinter sich hatte. Die Einsicht schmerzte ihn. Er hatte nicht vor, für dieses spät erkannte Vergnügen von seinem Plan abzuweichen. Und zum Plan gehörte es nun einmal, so gut es ging auf seine übernatürlichen Kräfte zu verzichten.

Er drehte eine weitere Runde über dem Gebäude, das aus der Ferne wie ein schwarzer Turm aussah, sich aus der Nähe aber als ganz normales, eher hässliches Hochhaus entpuppte. In einer Wohnung im dritten Stock brannte noch Licht, sonst war alles dunkel.

Und ruhig. Trotsky genoss die Stille. Eine Runde wollte er noch drehen, dann sollte Schluss sein mit allem. Er wollte Abschied nehmen von den Fähigkeiten, die sein Leben so lange bestimmt hatten. Ausgelassen flog er in einer Spirale nach oben und ließ sich dann unvermittelt im Sturzflug Richtung Hochhausdach fallen. Auf einen Schlag hörten seine Kopfschmerzen auf. Er hatte sich so sehr daran gewöhnt, dass ihn das plötzliche Ausbleiben völlig aus der Bahn warf.

Fast wäre er gegen einen Balkon geprallt, konnte aber seine Flugbahn eben noch korrigieren. Er stieg wieder aufwärts. Viel zu hoch. Der plötzliche Kontrollverlust hatte ihn wütend gemacht. Trotsky lauerte auf das Wiedereinsetzen des Schmerzes. Stattdessen befiel ihn plötzlich ein ungeheurer Schwindel, der um ein Vielfaches stärker war als die bisherigen Anfälle. Augenblicklich verlor er die Orientierung und trudelte auf den Boden zu.

Mit einem Mal war er sich sicher, dass er sterben würde. Sterben konnte! Ein friedvolles Gefühl stieg in ihm auf. Der Wind in seinen Ohren machte kein Geräusch mehr. Alles verlangsamte sich. Wie in Zeitlupe segelte er auf die Erde zu. Trotsky lächelte. Er war bereit, sein Ende zu empfangen. Sein Leben hatte ein solches Maß an Komplexität erreicht, dass ihm der Tod, dieser alte Gleichmacher, als wunderbare Lösung all seiner Probleme erschien. Er breitete die Arme aus, schloss die Augen und überließ sich ohne Gegenwehr dem Gesetz der Schwerkraft.

Er fiel.

Und fiel.

Plötzlich prallte von unten etwas gegen ihn. Gleich darauf drang ein unerträgliches Quieken an seine hypersensiblen Ohren.

Trotsky öffnete wieder die Augen.

Er hatte eine Fledermaus erwischt, die nun versuchte, sich von ihm zu lösen, und sich dabei immer weiter in seiner flatternden Jacke verfing. Trotsky fasste nach dem Tier. Beide fielen jedoch so schnell, und die Fledermaus war so panisch, dass er

Angst hatte, sie zu verletzen, wenn er sie aus der Jacke zog. Sterben würde sie allerdings auch, wenn er nicht …

Mit einer ungeheuren Kraftanstrengung versuchte er, seinen Sturz abzubremsen. Einfach war das nicht, schließlich raste er mit mindestens dreihundert Stundenkilometern auf die Erde zu. Und dann war da auf einmal ein unglaubliches Ohrensausen, das ihn zusätzlich durcheinanderbrachte. Trotsky biss die Zähne zusammen, schüttelte den Kopf und steckte seine ganze Energie in die Bemühung, das Unausweichliche doch noch zu vermeiden. Im allerletzten Augenblick – er befand sich nur noch einen halben Meter über dem Boden – gelang es ihm, seinen Fall um 45 Grad nach vorn und gleich darauf um weitere 45 Grad nach oben zu korrigieren. Wieder himmelwärts fliegend, bremste er seine Geschwindigkeit langsam ab, stoppte nach zwanzig Metern und befreite die verängstigte Fledermaus aus seiner Jacke. Sie war so klein, dass sie in der Kuhle zwischen seinen beiden Händen fast verschwand. Er schaute das Tier an. Es starrte wie gelähmt zurück.

»Ist ja gerade noch mal gutgegangen, was?«

Trotsky lächelte und empfand eine große Dankbarkeit. Ein Gefühl von Mut durchströmte ihn, eine Ahnung von Glück. Er musste an ein Buch denken, das sein Freund Peter ihm als Teenager geliehen und das genau dieselben Gefühle in ihm ausgelöst hatte. Darin wurde die Geschichte von einem Mädchen erzählt, das einem Hasen in ein Wunderland folgt und dort feststellt, dass alles im Leben möglich ist, wenn man es nur will.

»Ich werde dich Alice nennen, auch wenn wir uns kaum wiedersehen werden.«

Er warf die Fledermaus in die Luft. Der kleine Nachtjäger flatterte eilig davon.

»Mach's gut, kleine Alice«, rief Trotsky ihr hinterher.

Sein Ohrensausen hatte sich gelegt, doch nun setzten die Kopfschmerzen in pochenden Intervallen wieder ein. »Alles beim Alten, Chance vertan«, sagte Trotsky leise zum Tod, der vermutlich noch irgendwo in der Nähe war. Er hoffte, dass der alte Schnitter sich genauso ärgerte wie er selbst.

Er blickte nach unten. In der Nähe des Hochhauses gab es eine Unterführung, daneben lag eine kleine Wiese. Der Platz war so gut wie jeder andere.

Hier würde er landen.

Erst jetzt, beim Hinunterschweben, fiel ihm der hohe Pfeifton in seinen Ohren auf – ein Tinnitus, der vielleicht durch den Stress des schnellen Fallens ausgelöst worden war. Er fragte sich, ob dieser Tinnitus von alleine weggehen oder bleiben würde, wie sein verdammter Tumor. Das irritierende Pfeifen nahm seine ganze Aufmerksamkeit in Anspruch, sodass er das Knattern des Zweitaktmotorrades überhörte, das gerade aus der Unterführung schoss. Er sah erschrockene Augen durch das Visier des Helms, konnte aber nicht mehr ausweichen. Der Fahrer prallte mit dem Oberkörper gegen Trotsky und wurde von seinem Sitz gerissen, als wäre er gegen eine Wand gerast. Das Moped rollte noch ein paar Meter weiter, bis ein Baum es stoppte und es auf die Seite fiel. Der Motor ging sofort aus.

Der Hinterreifen des Mopeds drehte sich noch in der Luft, als Trotsky sich über den Fahrer, einen dunkelhäutigen Jungen beugte. Der blickte einen Moment lang orientierungslos um sich und sah dann direkt in Trotskys Gesicht.

»Entschuldigung, ich hab Sie nicht gesehen«, stammelte er. »Hier ist sonst nachts nie jemand.«

»Und ich hab dich nicht gehört«, antwortete Trotsky. Sein Kopf fühlte sich an, als wäre er mit Schlamm gefüllt. »Geht's dir gut? Ist dir nichts passiert?«

Der junge Mann stand vorsichtig auf, schaute an sich herunter, streckte seine Arme aus und schüttelte die Beine. Dann nahm er den Helm ab und ließ den Kopf einmal von links nach rechts kreisen. Trotsky erkannte ihn. Es war der neugierige Angestellte aus dem Internetcafé.

»Scheint alles in Ordnung zu sein«, sagte Hamid mit zitternder Stimme. Dann schwankte er.

»Nicht umfallen, setz dich erst mal!«, befahl Trotsky.

Hamid hockte sich wieder hin. Trotsky ging zur Schwalbe, hob das Zweirad auf und besah sich den Schaden. Mit seinem Körper die Sicht auf die Schwalbe abschirmend, begradigte er geschickt die ziemlich verbogene Felge.

»Deinem Moped ist nicht viel passiert. Das Vorderrad braucht vielleicht neue Speichen, aber wenn du an den Zündkerzen das übergeschwappte Benzin wegwischst, kommst du damit noch nach Hause.«

Natürlich hätte er den Jungen mitsamt Moped nach Hause fliegen können, doch das Risiko, entdeckt zu werden, wollte er nicht eingehen. Er drehte sich zu Hamid um, der wieder auf den Beinen stand und ihn verwundert anstarrte.

»Entschuldigen Sie, aber … die Kappe, wo haben Sie die her?«

Trotsky nahm die Fliegerkappe vom Kopf und betrachtete sie.

»Die hat mir jemand geschenkt, warum?«

»Verzeihung, aber sie sieht aus wie eine Kappe, die ich seit zwei Tagen vermisse.«

Trotsky dachte nach. Vor zwei Tagen hatte er sich mit dem Hundemörder unterhalten. War es möglich, dass auch dieser junge Mensch mit den Verschwörungstheoretikern zu tun hatte? »Weißt du was«, sagte er schnell, »bevor wir hier lange rumrätseln, schenke ich sie dir, okay? Ich schenke sie dir zurück, wenn du so willst.« Er hielt dem Jungen die Kappe hin. »Ich habe dich von deinem Moped geholt. Das ist das Mindeste, was ich für dich tun kann. Na, nimm schon!«

Hamid machte einen Schritt auf ihn zu, griff nach der Kappe und inspizierte sie. An seinem Gesichtsausdruck war nicht zu erkennen, ob es wirklich diejenige war, die er vermisste. Dann sah er zu Trotsky hoch.

»Danke! Ich versuche mal weiterzufahren.«

»Vergiss nicht die Zündkerzen zu reinigen!«

Hamid kramte ein zerfleddertes Papiertaschentuch aus der Hosentasche und ging zu seinem Moped. Nach zwei Minuten war er fertig, stieg auf und betätigte den Kickstarter. Beim zweiten Tritt sprang die Schwalbe bereits an. Er drehte sich noch einmal zu Trotsky, der ihm stumm zugeschaut hatte.

»Also dann. Gute Nacht.«

Trotsky hob zum Gruß die Hand. Bei sich dachte er, dass das die sympathischste Begegnung seit Langem war. »Gute Nacht.«

Hamid stopfte die Lederkappe in seine Jacke, setzte seinen Helm auf und fuhr knatternd in Richtung des Hochhauses. Als er um die Ecke verschwunden war, öffnete jemand hoch oben ein Fenster und schrie: »Ruhe da unten, hier sind Leute, die schlafen wollen.«

Trotskys Pfeifen im Ohr hatte sich verflüchtigt. Das merkte er auch daran, dass er das Fensteröffnen und den Schreihals aus mehr als sechshundert Metern Entfernung hören konnte. Hoffentlich sind die hier nicht alle so, dachte er und setzte sich auf die Wiese neben der Unterführung. Er hatte beschlossen, genau hier seinen Plan umzusetzen – zumindest, bis der Tod einen neuen Versuch unternahm, ihn zu holen.

9

Sieben richtete seine ganze Konzentration auf die Geräusche, die der Schlüssel im Schloss machte.

Wer konnte das sein? Es war bestimmt schon halb zwei.

Pit, wer sonst!

Aber Pit war bei seiner Mutter. Er musste sich natürlich nicht anmelden, er konnte kommen und gehen, wie er wollte. Aber würde er seine Mutter mitten in der Nacht verlassen?

Vielleicht war Pit überfallen worden, und nun hatte jemand anders den Schlüssel und wollte sie bestehlen.

Aber was gab es hier schon zu holen?

Sieben schaute zum Sofa.

Die Videokassette!

Verfluchter Mist!

Er schlich sich in den kleinen Flur und starrte die Tür an. Wer auch immer dahinter stand, brauchte verdammt lange, um sie aufzuschließen.

Vielleicht hatte diese Person ja gar keinen Schlüssel.

Vielleicht waren das die Geräusche eines Dietrichs.

In Sieben arbeitete es.

War das die Polizei? Das wäre eine Möglichkeit. Senger hatte vielleicht einen Nachschlüssel machen lassen. Gelegenheit dazu hätte er gehabt, er war seit zwei Tagen fast ununterbrochen hier gewesen. War er auf Anhaltspunkte gestoßen, die die Beteiligung des Paktes am Supermarktüberfall beweisen konnten?

Oder war Senger hinter der Videokassette her?

Scheiße verdammt, natürlich! Das musste es sein! Schließlich hatten sich die beiden Männer ja tatsächlich vor der Wohnungstür des Paktes gegenseitig umgebracht, das war auf der Kassette deutlich zu sehen. Senger hatte, wie auch immer, die Leichen verschwinden lassen und wollte nun an das Beweismaterial ran, um es zu vernichten. Danach würde er zweifellos versuchen, dem Pakt die Morde in die Schuhe zu schieben. Lief das nicht immer so? Cops war einfach nicht zu trauen. Im Actionfilm wie im echten Leben.

Sieben atmete tief ein und machte sich auf einen Kampf gefasst. Wenn seine Überlegungen zutrafen, dann war die Aktion da draußen vor der Tür ebenfalls illegal. Und er würde sich ja wohl noch gegen einen Eindringling wehren dürfen, oder etwa nicht? Vorfreude stieg in ihm hoch, so wie immer, wenn es zur Sache ging.

Als Sieben noch Hooligan gewesen war, hatte Hacken, sein Idol und Anführer, zu ihm gesagt: »Kämpfe mit Wut! Kämpfe skrupellos! Kämpfe mit Niedertracht! Schlage, trete, beiße und kneife auch, wenn es sein muss, und zwar dorthin, wo der Widerstand am wenigsten zu spüren ist, wo es am meisten wehtut, wo du ein Andenken hinterlassen kannst!«

Sieben war kein Hüne und nicht sonderlich muskulös, aber er hatte die Wut eines tasmanischen Teufels in sich, und wenn es drauf ankam, konnte er so skrupellos sein wie ein Versicherungsmakler im Altersheim.

»Dein Gegner muss dir egal sein, weil du ihm egal bist! Mach, dass du ihm nicht mehr egal bist!«

Manchmal vermisste Sieben die Abende am Lagerfeuer mit seinen Schlägerfreunden, an denen Hacken immer neue Lehren verkündete, die alle inspirierten. Doch auch bei den Hooligans gab es Rangordnungen, und innerhalb dieser Hierarchie war er nicht mehr gewesen als ein unbedeutender Teil der Masse. Beim Pakt hingegen wurde er als Individuum respektiert und geachtet. Er war das gleichberechtigte Mitglied eines ganz besonderen Lebensentwurfes, dem er heute all seine Kräfte widmete, genauso wie die anderen auch.

Ein lautes Knacken riss ihn aus seinen Gedanken.

Die Tür öffnete sich mit einem Ruck. Sie war seit einer Weile ziemlich verzogen. Sieben hatte die Scharniere längst nachziehen wollen. Knarrend schwang sie auf.

Eine große Gestalt stand schwer atmend im Türrahmen. Im Treppenhaus hinter ihr brannte Licht, deswegen sah Sieben nur eine schwarze Silhouette. Doch er konnte zumindest erkennen, dass es sich um eine ziemlich große Frau handelte, die da schwankend auf ihren hohen Absätzen die Wohnung betrat. Ihre weißblonden Locken schimmerten. Sie hatte eine riesige Handtasche dabei.

Sieben kam sie wie ein aus der Form geratener Engel vor. Sein Kampfmodus stellte sich auf »Hold«.

Die Hand des Wesens tastete nach dem Lichtschalter. Als die nackte Glühbirne an der Decke plötzlich anging, kniffen Sieben und die Frau beide erst die Augen zusammen, bevor sie sich ansahen. »Scheiße nochmal!«, entfuhr es Sieben.

»Scheiße nochmal!«, sagte Pit.

10

Sylvia schreckte hoch. Wo war sie? Sie schaute auf den schlafenden Mann neben sich. Peter. Bei seinem Anblick durchfuhr sie ein angenehmer Schauer. Sie dachte an seine warme Stimme. Und an den Sex.

Da hörte sie es wieder.

Was war das für ein Geräusch?

Çem Schmöller war so richtig geladen. Die letzten Tage waren unfassbar anstrengend gewesen. Erst hatte es da dieses völlig bescheuerte Deeskalationstraining gegeben, »für die sanfte Überwältigung von Opfern von Drogenmissbrauch«, an dem er teilnehmen musste. Schon allein das Wort »Opfer« brachte ihn auf die Palme. Soweit er wusste, wurden die allerwenigsten Junkies, Speedfreaks oder Kiffer dazu gezwungen, ihre Körper mit diesem Dreck vollzupumpen.

Im Mittelpunkt des Trainings stand die Erkenntnis, dass Drogeneinfluss Menschen körperlich wie geistig hypersensibel machte. In dem Kurs sollten die Beamten darauf geschult werden, die individuelle Droge zu erkennen, die die Verdächtigen eingenommen hatten, um dann die entsprechenden Methoden zur Überwältigung der Person wählen zu können. Zu den

Methoden gehörte auch, die richtigen Worte zu finden. Kiffer zum Beispiel reagierten sehr stark auf Humor. Den Beamten wurde daher ein kleines Buch mit Witzen ausgehändigt, auf die Menschen unter Einfluss von THC angeblich besonders gut ansprachen. Menschen, die Aufputschdrogen genommen hatten, was meist deutlich gewalttätiger ablief, konnte man mit sanftem Streicheln oder profanem Kitzeln, gepaart mit Schmeicheleien, beikommen. Çem war klar, dass sich Süchtige mit Anschreien und körperlicher Gewalt nicht immer ruhigstellen ließen, aber streicheln? Ernsthaft? Und worin lag da die Abschreckung? Was für eine gequirlte Scheiße!

Es gab weitere Empfehlungen für die unterschiedlichsten Arten von Drogen, deren ausführliche Beschreibung bei Çem nur Unverständnis und Ekel auslöste. Insgesamt stand dieser Weichspülerscheiß absolut nicht für das, was Çem damals dazu bewogen hatte, Polizist zu werden. Nach dem Kursus bekämpfte er seinen Frust mit Burgern und Milkshakes, was wiederum dazu führte, dass er einige Extraeinheiten im Trainingsraum einlegen musste, denn Çem war übergewichtig. Die Dosis Steroide, die er sich regelmäßig spritzte, hatte er vor Kurzem erhöht, und seine Laune war davon nicht besser geworden. Die Muskeln wuchsen zwar, aber er bekam auch jede Menge kleine, weiße Pickel, und sein Bauchumfang hatte bisher noch kein bisschen abgenommen.

Und als wäre die Woche nicht schon beschissen genug gewesen, hatte es vor drei Tagen noch diesen Großeinsatz in Sahsenheim gegeben, bei dem ein fliegender Mann den halben Industriehafen auseinandergenommen hatte. Ein fliegender Mann! Çem wurde schlecht, wenn er nur daran dachte.

Erst hatte er an eine Ente geglaubt, doch dann hatte er den Kerl selbst gesehen, schemenhaft zumindest, als Gestalt, die durch den Himmel tobte und wahllos Gebäude zertrümmerte.

Der Typ war so schnell gewesen, dass Çem nicht mal hätte sagen können, in was für einem Kostüm er seinem Zerstörungstrieb nachkam. Er und seine Kollegen hatten alle Hände voll zu tun gehabt, Deckung zu suchen – eine Situation, in der sein Übergewicht sich einmal mehr als Handicap erwies.

Çem hasste seinen Körper.

Seine gesamte schlechte Laune projizierte er seither auf den fliegenden Mann, der zweihundert Polizisten zum Narren gehalten und in Lebensgefahr gebracht hatte. Entkommen würde der Kerl trotzdem nicht. Sie hatten seine Spur sehr schnell gefunden. An einer Bushaltestelle, wo Augenzeugen ihn kurz vor seinem Zerstörungsrausch hatten davonfliegen sehen, war seine Versicherungskarte in einer Brieftasche auf einem Kleiderhaufen gefunden worden.

Und nun also stand Çem mit seinen Kollegen vor der Wohnungstür dieses Arschlochs, und sie hatten nicht vor, ihn zu streicheln oder ihm Witze zu erzählen.

Sylvia hielt die Augen geschlossen und lauschte auf die Bewegungen hinter der Wohnungstür. Handelte es sich um einen Nachbarn auf dem Weg nach Hause? Wenn dem so wäre, müssten die Geräusche doch längst verklungen sein?

Da! Ein Flüstern! Mindestens zwei Personen standen dort draußen auf dem Flur und tuschelten miteinander. Wie spät war es eigentlich? Auf der Replik eines goldfarbenen Nachttisches mit Vogelbeinen von Meret Oppenheim zeigte der Digitalwecker von Neff 3:15 Uhr. Um die Zeit schliefen die meisten Leute.

Einbrecher natürlich nicht. Standen wirklich Einbrecher vor der Tür?

Sylvia öffnete die Augen und blickte auf Peter, der in Embryonalhaltung an sie gekuschelt lag. Ganz friedlich. Sie wollte ihn wegen ein paar seltsamer Geräusche nicht wecken. Vorsichtig zog sie den Arm unter ihm hervor, schwang die Beine über die Bettkante, stand auf und schlich zur Wohnungstür. Unterwegs hob sie sein Hemd vom Boden auf und zog es sich über. Kurz bevor sie bei der Tür ankam, entfuhr ihr ein leiser Furz. In der Stille kam es ihr vor wie eine Detonation. Sie blieb stehen und hielt die Luft an.

Wer auch immer sich hinter der Tür aufhielt, gab nun ebenfalls keinen Laut mehr von sich. Sie schlich auf Zehenspitzen weiter und legte das Ohr an die Tür.

Nichts.

Sie schaute durch den Türspion.

Das Treppenhaus war dunkel, doch links von ihrem Sichtfeld war ein Schatten, ein Umriss zu erkennen. Da war jemand, eindeutig.

Plötzlich raschelte es am anderen Ende des Raumes. Kurz schaute sie zum Bett hinüber. Sollte sie Peter wecken? Nicht nötig, stellte sie fest, er war in diesem Moment aufgewacht und blickte sie verschlafen und fragend an.

»Was ist denn los?«

Hinter ihm! Auf dem Balkon!

Eine Gestalt!

Sylvia öffnete den Mund, um Peter zu warnen – da explodierte in ihrem Rücken mit ohrenbetäubendem Knall die Wohnungstür. Mit Wucht wurde sie ins Rauminnere geschleudert. Sie blieb benommen auf dem Eichenparkett liegen, als direkt vor ihren Augen ein faustgroßes, rauchendes Objekt landete. Unmittelbar darauf war der ganze Raum in Nebel getaucht. Glassplitter von der Balkontür regneten auf ihren Kopf. Schwarze Stiefel landeten knallend vor ihr auf dem Boden. Der Raum füllte sich mit einem immer dichter werdenden akustischen Chaos. Ihre Sinne weigerten sich, das Geschehen zu begreifen. Männer schrien durcheinander. Aufforderungen. Befehle. Jemand sollte die Hände hochheben!

Sylvia?

Peter?

Peter!

Sie stützte sich auf den Ellbogen, hob den Kopf und blinzelte durch die Rauchschwaden. Neben dem Bett stand Peter – und ein bisschen wieder Dave, wie sie absurderweise in diesem Moment feststellte – in all seiner Pracht, wie eine griechische Statue. Brustmuskeln wie ein Comic-Superheld. Darunter das einzige Sixpack, das sie in ihrem Leben je berührt hatte. Er sah ebenfalls verwirrt, aber hellwach auf die schwarzen, schreienden Gestalten vor ihm, die durch alle Öffnungen der Wohnung zu kommen schienen. Um ihn herum war Gewusel und Geschrei, er dagegen schien sich in Zeitlupe zu bewegen. Oder lag das an den grellen Lichtern, die von allen Seiten auf ihn gerichtet waren?

Eine nackte Göttererscheinung inmitten von Chaos und Gewalt.

Çem Schmöller sah auf den durchtrainierten Mann, der vor ihm stand. In Schmöllers Welt war eine solche Erscheinung der Inbegriff von Männlichkeit. Brustmuskeln wie ein Marvel-Superheld. Ein Sixpack, von dem Çem schon so oft geträumt hatte. Der Anblick wirkte wie eine ganze Packung Grillanzünder auf seine Wut.

Der Mann hob die Hände und lächelte. Ein Lächeln, das mit seinen perfekt gebleichten Zähnen zu besagen schien, es sei alles ein Irrtum, er sei nicht der Mann, für den sie ihn hielten, wie komme denn einer wie er dazu, eine ganze Polizeieinheit auslöschen zu wollen?

Es war dieses Lächeln, das für Çem das Fass endgültig zum Überlaufen brachte. Zwar rief er dem Adonis noch eine

Warnung zu – so professionell war er immerhin –, doch sein Zeigefinger war bereits dabei, den Abzug der Maschinenpistole zu betätigen.

11

Samstagmittag. Zarmo saß in seiner Küche, dem einzigen Raum der kleinen Zweizimmerwohnung, in dem er Ordnung hielt, und betrachtete seine neuen Schätze. Am Vortag hatte er sie bei Jan-Uwe abgeholt, und gleich nach seiner Rückkehr den Küchentisch für seine persönliche Waffenshow präpariert, indem er die braungraue Baumwolldecke, die er ausschließlich zu diesem Zweck besaß, darauf ausbreitete und dann sorgfältig die Waffen darauf drapierte.

Und dort lagen sie nun schon seit ungefähr zwanzig Stunden. In der vergangenen Nacht war ihm das Schlafen schwergefallen. Eigentlich hatte Paslička ihm ja nur sein Präzisionsgewehr namens Carla vermachen wollen, aber dann hatte der alte Nacho einfach so noch seine drei Pistolen dazugelegt: einen .357er Magnum-Revolver – Männersache –, eine Makarow aus alten NVA-Beständen in der PB-Version mit eingebautem Schalldämpfer für Exekutionen und einen Ruger LCR .38 Special – Damensache, ein Handtaschenrevolver.

Der Kerl musste verrückt geworden sein. Andererseits war er schon immer ein ziemliches Weichei gewesen, was man ja auch an seinem Geschwafel über Tierliebe ablesen konnte. Viel zu verkopft. Und dieses Herumlaufen in Sandalen ohne Socken? Zarmo hatte von Anfang an den Verdacht gehabt, dass Paslička ein Hippie war. Ein komischer Naturfreak war er auf jeden Fall, und damit ganz falsch beim BsB, wo es Männer brauchte, echte Männer im Kampf gegen das Schweinesystem.

Egal. Ihm sollte es recht sein.

Zarmo strich ein paar Falten aus der Baumwolldecke und ging ins Schlafzimmer. Kurz darauf kam er mit Carla zurück, die die Nacht als Einzige nicht auf dem Küchentisch, sondern an seiner Seite verbracht hatte. Er schob die drei Pistolen an den Rand der Decke und bettete das Gewehr sorgsam, fast zärtlich, auf die speckige Baumwolle. Die Schönheit der Waffe raubte ihm den Atem. Sanft fuhr er mit der rechten Hand über den kalten Stahl. Vom Lauf bis zu dem rauen Kunststoffschaft kam sie ihm einfach nur hinreißend vor. Dies war mit Sicherheit das perfekteste Exemplar eines Gewehrs, das er je zu Gesicht bekommen hatte.

Zarmo nahm sich eine Dose Whiskey-Cola aus dem Kühlschrank, öffnete sie, wobei er peinlich darauf achtete, keine Flüssigkeit auf Carla zu verschütten, und prostete ihr zu.

»Schön, dass wir endlich zusammen sind, Baby.«

Der Drink war gut. Und kalt. Eisig rann es ihm die Kehle hinunter.

Er war nun mit Abstand das am besten bewaffnete Mitglied des BsB, stellte Zarmo zufrieden fest, und ihn überkam ein Stolz, als wäre er zum General befördert worden. Er, Hans Zarm, war der General des Widerstandes gegen das verdammte Sklavensystem. Ein Fall für die Geschichtsbücher. Wenn es endlich vorbei war mit dieser Diktatur der Gutmenschen und Weltenlenker, würde er als Kämpfer für dieses Land Lohn und Würden erhalten!

Sein Telefon klingelte.

Er ließ es klingeln. Es klingelte weiter.

Er hatte keinen Anrufbeantworter, und der Anrufer schien ihn unbedingt erreichen zu wollen. Zarmo seufzte und hob ab, ohne seine Augen von der Wunderwaffe zu nehmen.

»Ja?«

»Zarmo, alter Killer, ich bin's, Trönse.«

»Trönse, bist du irre, hier anzurufen, wir wollten doch ...«

»Alles gut, Alterchen, für unser Attentat interessiert sich keiner. Die Spackos, die da nackt in den Supermarkt rein sind, die hat irgendwer gefilmt, die sind ein richtiger Hit, sag ich dir. Und die Polizei kümmert sich nur um den fliegenden Mann.«

»Ein fliegender Mann? Wa... was redest du da für einen Müll?«

»Kein Wunder, dass du das noch nicht mitgekriegt hast, es kam bisher nur über Polizeifunk. Die Bullen reden von nix anderem mehr. Im Netz kursiert so 'n Film, der ihn angeblich beim Rumfliegen zeigt. Die scheiß Lügenmedien haben noch nichts dazu gebracht ... na logo, die halten das erst mal zurück, oder was meinst du?«

»Ich meine gar nichts, Trönse. Und wenn du nur tratschen willst, such dir 'nen anderen. Ich hab keine Zeit. Wiederhören.«

»Halt, warte, Zarmo, warte! Deshalb ruf ich nicht an. Es geht um eine neue Aktion. Ein Tier! Ich hab schon versucht, Jan-Uwe zu erreichen.«

»Paslička ist raus. Ich erklär's dir später. Und du hättest sowieso zuerst mich anrufen müssen, wie oft soll ich dir das eigentlich noch sagen?«

»Wir reden doch jetzt miteinander, oder?«

Trönse klang entnervt. Bei nächster Gelegenheit, dachte Zarmo, musste er den Nacho mal auf den Topf setzen. Er wurde langsam frech, und außerdem hatte er mitten im Einsatz zum Pinkeln seinen Posten verlassen, dafür würde Zarmo ihm sowieso noch einen einschenken müssen.

»Um was für ein Tier handelt es sich denn, Trönse?«

»Um eine Katze.«

»Hat HeidEgg euch das gesagt? Wieso nimmt der so kurz nach unserer Aktion Kontakt zu uns auf?«

»Die Info kommt nicht von HeidEgg. Der hat seit Mittwoch nichts mehr von sich hören lassen. Schmitzi hat das rausgefunden. Im Darknet. Im Tierheim in Kreisau gibt's eine Katze …«

»Im Tierheim?«, unterbrach ihn Zarmo, allein schon deshalb, weil Trönse ihn vorher unterbrochen hatte. Er hasste es, wenn ihm das Wort abgeschnitten wurde. Erst recht von einem Nacho wie Trönse. »Warum sollte ein von den Weltenlenkern eingesetztes Tier im Heim sein? Das ergibt doch keinen Sinn, du Nacho.«

»Fand ich auch komisch, aber Schmitzi sagt, das Vieh hat mal Gregor Gysi gehört, dieser linken Bazille. Zarmo, wenn wir die Miezekatze ins Visier nehmen, dann könnten wir hier direkt vor Ort, in unserem eigenen Land etwas bewirken.«

»Hmm, ist alles ein bisschen kurzfristig, oder? Wann sollen wir denn deiner Meinung nach losschlagen?«

»So schnell wie möglich. Die Muschi ist schließlich im Tierheim. Und wenn jemand kommt und sie mitnimmt, wird's gleich wieder kompliziert.«

»Trönse, das ist doch ganz einfach: Einer von uns könnte sie da abholen, wie irgendein stinknormaler Tierfreund. Mutzi, Mutzi, und dann ertränken wir sie im Teich. Dabei sparen wir auch noch Munition. Easy peasy, aus die Maus.«

»Wenn du ein Tier aus dem Tierheim holst, musst du deine Personalien angeben, und später kommen die Mitarbeiter dann zur Kontrolle bei dir zu Hause vorbei. Das machen die, weil die verkackten Pharma-Multis sich früher ihre Labortiere dort geholt haben.«

Zarmo wurde es langsam zu bunt. Auf jede Frage hatte dieser Trönse eine Antwort. Er dachte nach.

»Pass auf, ich sag dir, wie wir's machen. Wir treffen uns morgen im Clubhaus – ach Scheiße, morgen kann ich nicht, da hab ich diesen Fernrohrworkshop von der Jägervereinigung. Den darf ich nicht schwänzen. Wir treffen uns also am Montag – nee, da hab ich auch schon was. Wir treffen uns Dienstag! Dienstagabend ist gut. Um acht in der Garage, da gibt's WLAN. Dann besprechen wir alles. So lange wird's ja wohl noch Zeit haben. Kannst du das Schmitzi bitte auch gleich ausrichten?«

»Zarmo, ich weiß nicht. Sollen wir das nicht noch mal mit Jan-Uwe besprechen?«

»Trönse, du Nacho, bist du taub? Paslička ist raus. Alles Weitere am Dienstag. Tschüss.«

Zarmo legte auf. Es war höchste Zeit, den Jungs ein bisschen Disziplin beizubringen, dachte er. Jetzt, wo Paslička nicht mehr dabei war, würde er andere Saiten aufziehen. Er prostete noch einmal Carla zu und trank von seiner Whiskey-Cola. Zufrieden schaute er auf die stählerne Schönheit. Ihr Anblick ließ seine Augen glasig werden.

Er schüttelte sich. Dann fing er an zu grinsen.

Sein Grinsen wurde immer breiter.

»Schon mal 'ne Katze abgeknallt, Baby?«

12

Nachdem sie ihre Großmutter versorgt hatte, schob Nami die alte Frau im Rollstuhl ans Wohnzimmerfenster, damit sie die Mittagssonne genießen konnte.

»Ruh dich ein bisschen aus, okay, Omili?«

Nami hockte sich neben den Rollstuhl und positionierte eine kleine Tischglocke in Griffweite ihrer Großmutter.

»Ich hab ein paar Dinge mit Hamid zu besprechen, aber wenn du was brauchst, musst du nur klingeln, dann bin ich gleich da, ja?«

Elsa Karpski bekam ein knappes, aber erkennbares Nicken hin. Es würde noch eine Weile dauern, bis sie wieder die Alte war.

»Gut«, sagte Nami zufrieden. Sie ging zur Kompaktanlage hinüber, einem grauen Plastikblock, der Plattenspieler, CD- und Kassettenplayer zugleich war. Sie drückte ein paar Knöpfe, und kurz darauf ertönte Rex Gildos »Hossa« aus den Lautsprechern. Nami verdrehte die Augen. Sie liebte ihr Omili abgöttisch, auch weil sie sich in so vielem einig waren. Ihr Musikgeschmack gehörte eindeutig nicht dazu. Sie warf ihrer Großmutter noch einen aufmunternden Blick zu und ging dann zu Hamid, der auf dem Sofa saß und interessiert in einer Informationsbroschüre über die richtige Hilfe bei Notdurft und Stuhlgang von hilfsbedürftigen Menschen blätterte. Als er Nami vor sich entdeckte, deutete er auf die Lektüre und sah sie fragend an. Nami zuckte mit den Schultern.

»Hab ich alles vorhin schon mit dem Typen vom Pflegedienst besprochen. Das wird kein Problem, glaub mir«, flüsterte sie. »Danke, dass du dir heute freigenommen hast.«

»Ich hab einfach gesagt, ich bin krank, keine große Sache«, meinte er verlegen. »Nami, mir ist gestern Nacht etwas wirklich Seltsames passiert. Ein Mann ist in meinen Roller reingerannt, das heißt, eigentlich ist er gar nicht gerannt. Er war eigentlich gar nicht da. Und dann war er doch da, aber von oben, weißt du? Als wäre er vom Himmel ...«

Nami unterbrach ihn erschrocken.

»Bist du verletzt?«

»Nein.«

»Hat der Mann oder die Schwalbe etwas abbekommen?«

»Nein, nicht wirklich, aber ...«

Nami wirkte erleichtert. Dann lächelte sie.

»Erzähl's mir nebenan, was hältst du davon?«

Sie griff nach seiner Hand und führte ihn in den Nebenraum, das Schlafzimmer ihrer Großmutter. In der vergangenen Nacht hatte sie viel über Hamid nachgedacht. Sie wollte ihn, jetzt. Sie wollte nicht mehr warten, das war ihr nun klargeworden. Nami schloss die Tür hinter sich und blickte ihn auffordernd an.

»Küss mich!«, sagte sie leise.

Hamid machte einen Schritt auf sie zu. Nami schlang die Arme um ihn, und ihre Lippen trafen sich mit einer Heftigkeit, über die beide lachen mussten.

Ineinander verschlungen ließen sie sich aufs Bett fallen und begannen sich erst zärtlich, dann immer wilder zu küssen. Nami strich mit der Hand über Hamids Rücken und ließ sie unter sein T-Shirt rutschen, wo sie eine Weile liegen blieb. Dann nahm sie seine Hand und führte sie zu ihrer Brust. Ihre Brustwarzen waren hart. Sie spürte, wie er erschauerte, als er sie berührte, spürte, wie ihr ganzer Körper anfing zu zittern, und betastete vorsichtig, zögernd, unsicher, was nun geschehen würde, die Wölbung an seiner Hose. Als er kurz seufzte, wurde sie mutiger, öffnete seinen Reißverschluss und schob ihre Hand in die warme Enge seiner Jeans.

Die beiden waren so sehr voneinander gefangen, dass sie das Klingeln aus dem Wohnzimmer vollkommen überhörten.

Elsa war bei klarem Verstand. Es fiel ihr lediglich schwer, mit ihrer Umwelt zu kommunizieren. Was sie noch mehr verunsicherte, war diese Landschaft, die sie seit ihrem Erwachen vor ihrem inneren Auge sah. Eine Landschaft mit vereinzelt herumschwebenden ... Seelen? Um die sie sich auch noch kümmern sollte? Das alles machte sie ganz schwummerig im Kopf. Sie musste sich jemandem mitteilen. Am besten Nami. Aber so sehr sich Elsa auch anstrengte, sie bekam kein Wort über die Lippen. Ihre Stimme wollte ihr einfach nicht gehorchen. Vielleicht, wenn Nami ihr einen Block und einen Stift bringen würde?

Einen Versuch war es wert.

Mit Mühe griff sie nach der Glocke und bemerkte erfreut, dass ihr das Klingeln leichtfiel. Sogar sehr leicht. Nur zeigte sich ihre Enkelin nicht, obwohl das Geräusch mühelos Rex Gildo übertönte, dessen Best-of-CD Nami gerade für sie eingelegt hatte. Sie klingelte wieder.

Nichts.

Elsa klingelte noch rabiater. Dann ließ sie die Glocke in den Schoß fallen und versuchte, den Rollstuhl zu bewegen. Es gelang ihr, ihn zu drehen, indem sie sich vom Fensterbrett wegdrückte. Sie griff nach den Rädern, und nach einer kleinen Ewigkeit setzte sich der Stuhl knarzend in Bewegung. Sie rollte in den winzigen

Flur und stoppte vor ihrer Schlafzimmertür. Schwer atmend, beugte sie sich vor und stützte sich mit der Hand an der Tür ab. Aus dem Zimmer vernahm sie leise Geräusche. Erst wollte sie klopfen, doch dann kam ihr das absurd vor. Das wäre ja noch schöner. Schließlich war das hier ihre Wohnung. Sie tastete nach der Türklinke. Die ersten beiden Versuche, sie herunterzudrücken, schlugen fehl. Mit letzter Kraft schaffte sie es schließlich, die Klinke zu betätigen.

Langsam schwang die Tür auf.

Es war dunkel im Zimmer. Kein Wunder, die Vorhänge waren zugezogen. Aber auf dem Bett war jemand. Als ihre Augen sich an die Dunkelheit gewöhnt hatten, machte sie zwei ineinander verschlungene Gestalten aus, die sich rhythmisch bewegten. In ihrem Hals sammelte sich etwas Flüssigkeit, und plötzlich kamen Laute aus ihrer Kehle. Artikulierte Laute!

Worte!

»VERFICKTE HURENKACKE NOCHMAL, MÜSST IHR EURE BEPISSTEN FICKSPIELE UNBEDINGT IN MEINEM SCHEISSBETT VERANSTALTEN?«

Die Körper erstarrten. Elsas Organ erstarb in einem letzten Krächzen. Aus dem Dunkel des Raumes vernahm sie Namis zitternde Stimme.

»Omili, du kannst ja wieder sprechen?«

Scharnow
14 Tage später

1

»Nun schau dir mal den Penner an! Darf der hier einfach so seine Papphütte aufstellen, und wir müssen drum rumlaufen, oder was?«

Die drei Jugendlichen umringten die auf dem Boden hockende Gestalt, die sich aus einigen Pappkartons eine Art Lager direkt an der Unterführung zwischen Dorfstraße und Plattenbausiedlung gebaut hatte.

»Kann ja sein, dass ich mich irre, und das hier is 'ne ganz normale Wohnung, ein richtiges Luxusapartment? Und ich begehe gerade Hausfriedensbruch?«

Um seinen Worten Nachdruck zu verleihen, trat der Wortführer der drei – ein bulliger, aschblonder Junge in einer weißen, löchrigen Röhrenjeans, grauer Windjacke und einem schwarzen T-Shirt, auf dem in fetten Lettern »FUCK YOU, I HAVE ENOUGH FRIENDS« stand – auf eine neben dem Lager liegende, noch ungeöffnete Tüte Erdnussflips, die sofort zerplatzte und ihren wurmartigen Inhalt auf den Asphalt ausspie.

»Ey, du Arschloch! Ich rede mit dir! Ob anständige Bürger hier drum rumgehen sollen, hab ich gefragt?«

Die Stimme des Jungen bebte und überschlug sich fast vor Wut. Der Angesprochene zeigte keinerlei Regung.

So wie der Mann auf seinem aufgefalteten Karton hockte, die Arme um die Knie geschlungen, hätte er auch ein in Meditation versunkener Yogi sein können. Um ihn herum lagen eine Plastiktüte, aus der Lumpen quollen, zwei olivbraune Decken und die mit Wasser gefüllte Pet-Flasche eines Brauseherstellers, dessen Werbeanzeigen Lebensfreude anpriesen und den Geschmack der Zukunft versprachen. Von Lebensfreude oder irgendeiner Zukunft war an diesem Platz nichts zu spüren. Neben der zertrampelten Flipstüte lag eine noch ungeöffnete Flasche Fanta. Am Kopfende der Pappkartonbehausung waren ausgerissene alte Zeitungsartikel befestigt. Außer dem Obdachlosen und den drei Halbstarken befand sich niemand auf der Straße.

Der Anführer des Trios war der siebzehnjährige Skippy Maiser, der von allen ausschließlich Sechs genannt wurde. Er hasste seinen Vornamen, den er der Vorliebe seiner Mutter für Australien, Koalas und Kängurus zu verdanken hatte. Niemand außer ihr durfte ihn so nennen. Seine Kumpane waren Egmont Dulk, fünfzehn, Klassenkamerad und ehemaliges Opfer von Sechs, der sich erst seit Kurzem zu seinen Freunden zählen durfte, und Tasso Schmidt, der Sechs schon seit dem Kindergarten kannte. Tasso hatte sich stets gefragt, warum die Mutter von Sechs ein Land und dessen Tierwelt so sehr liebte, dass sie ihrem Sohn einen derart schrecklichen Namen gab. Seines Wissens war sie selbst noch nie in Australien gewesen. Er dachte über so etwas nicht laut nach. Die Mutter von Sechs war tabu. Wenn einem das eigene Leben lieb war, erwähnte man sie am besten gar nicht.

Missmutig beobachtete Tasso seinen Freund, der ganz offensichtlich kurz davorstand, die Beherrschung zu verlieren. Dann blickte er sich um, ob irgendjemand ihre Aktion mitbekam. Oben an der Bushaltestelle befand sich eine alte Frau im Rollstuhl und starrte auf sie hinunter. Zwei weitere Personen standen hinter ihr und unterhielten sich. Der Bus musste jeden Moment kommen.

Gut. Zeugen konnten er und seine Kumpels hier gerade gar nicht gebrauchen.

Sechs war einzig auf den Obdachlosen konzentriert. Er stand breitbeinig, mit einer Bierflasche und einer selbstgedrehten Zigarette in der linken Hand, vor dem Mann, der eine komplett verdreckte Jacke trug, und deutete mit dem Zeigefinger auf sein Opfer.

»Schaut euch den doch nur mal an, Leute! Da kommt einem ja das Essen wieder hoch.«

Seine Freunde kannten Sechs gut genug, um zu wissen, wann er wirklich wütend war und wann er nur Lust auf Stress hatte. Stress gab es zum Beispiel, wenn er jemandem seine Hand hinhielt und fragte, wie viele Finger zu sehen waren. Er hatte sich den Trick schon in der fünften Klasse ausgedacht und ihn zu seinem Markenzeichen gemacht. Deshalb nannten ihn alle Sechs – weil er darauf bestand, dass sich sechs statt fünf Finger an seiner Hand befanden. Regelmäßig verprügelte er jeden, der das Gegenteil behauptete. Der Ordnung halber sei gesagt, dass Sechs natürlich nur fünf Finger besaß, aber nicht selten mit dem Zählen durcheinanderkam und manchmal selbst nicht genau wusste, wie viele Finger sich tatsächlich an seiner Hand befanden.

Doch hier und heute ging es nicht um ein bisschen Stress, das konnten Tasso und Egmont klar erkennen. Sechs steigerte sich mehr und mehr in seine Wut, die zweifellos durch die Tatsache befeuert wurde, dass Suske aus dem Nachbarhaus ihm gerade mitgeteilt hatte, dass ihre Freundin Dalida sich nicht für ihn interessierte. Deshalb wollte er heute nicht nur Dampf ablassen. Heute sollte Blut fließen.

»Es ist zum Kotzen mit euch Pack. Keiner tut was dagegen. Wenn ich ’nen Typen falsch angucke, krieg ich sofort ’ne Anzeige, muss aber um so was wie dich ’nen Bogen machen. Ist das vielleicht gerecht?« Seine Stimme wurde leiser. Die nächsten Worte kamen beinahe zischend. »Wenn ich jetzt aber gar keinen Bock darauf habe, um irgendjemand 'nen Bogen zu machen, was dann? Das ist mein Land, hörst du? Nicht deins! Hier herrscht Sauberkeit, und Typen wie du gehören auf den Müll.«

Obwohl es noch früher Nachmittag war, ging die Lampe über der Unterführung plötzlich an und begann zu flackern. Sechs ließ sich davon nicht beirren.

»Ey, du Saftsack, pack deinen Scheiß zusammen und verpiss dich in die Kanalisation, wo du hingehörst, hast du verstanden? Du bist eine Schande für Deutschland! Geh ins Gas, du Abschaum, und verpeste hier nicht die Luft mit deinem Gestank.«

Sechs berauschte sich mehr und mehr an der eigenen Schimpftirade, gleichzeitig frustrierte ihn die fehlende Reaktion seines Gegenübers. Der Mann hatte sich kein Stück bewegt, er starrte weiter mit stumpfsinnigem Blick auf den Boden. Tasso wiederum war klar, dass hier gleich mehr passieren würde, als er mittragen wollte. Als sollten seine Befürchtungen bestätigt werden, holte Sechs unvermittelt eine kleine Dose Feuerzeugbenzin aus seiner Jacke und begann, die brennbare Flüssigkeit auf die Gestalt vor ihm zu verspritzen. Tasso versuchte ihn aufzuhalten.

»Ey, Sechs, lass den doch. Du willst dir an so einem doch nicht die Finger schmutzig machen?«

Er sah Hilfe suchend zu Egmont.

»Oder, Egmont? Der isses doch nicht wert!«

Egmont hatte seine Hände tief in den Taschen seines Bundeswehrparkas vergraben und kickte mit seinem Stiefel gegen einen Stein, ließ dabei aber Sechs und die Gestalt am Boden nicht aus den Augen.

»Kann mir doch egal sein!«, brummte er in Tassos Richtung.

Tasso konnte verstehen, dass sein Freund mehr Interesse daran hatte, Ärger mit Sechs zu vermeiden, als diesem Penner beizustehen. Schließlich war Egmont erst vor Kurzem zu einem

Günstling von Sechs aufgestiegen. Die Markenturnschuhe, die Sechs heute trug, das wusste jeder, hatten einmal Egmont gehört. Sie waren eines der seltenen Geschenke von seinem Vater gewesen, der sich nur noch sporadisch bei ihm blicken ließ, seitdem er in die Schweiz gezogen war.

»Du hältst die Schnauze, Tasso!«

Sechs leerte seine Bierflasche und warf sie wütend an die Wand hinter dem Mann, wo sie laut klirrend zerschellte. Nicht die kleinste Regung verriet, ob der Obdachlose etwas von der Situation mitbekam.

»Kannst dich ja gleich zu dem legen, wenn du solche Pennerzecken plötzlich so lieb hast. Zerleg ich eben euch beide.«

Er wandte sich wieder dem Mann zu.

»Hast du gehört, du Pennersau? Ich fackel dich jetzt ab und deck deine Asche danach mit meinem toten Kumpel zu!«

In seinen Augen loderte der Hass. Er schnippte seine brennende Zigarette direkt auf den benzingetränkten Mann. Funken stoben auf, als sie ihn traf, doch das Benzin auf der Kleidung entzündete sich nicht. Tasso fiel ein Stein vom Herzen. Er versuchte, Sechs zu beruhigen.

»Hey, Sechs ... war doch nicht so gemeint. Ich dachte nur ...«

»Hör auf zu denken und check mal die Gegend, ob du die Bullen hier irgendwo siehst. Und du, Egmont, mach dein Handy scharf! Gleich gibt's hier die Mega-Action.«

Tasso fiel die alte Frau an der Bushaltestelle wieder ein. Sie war nicht mehr da. Vermutlich war sie von ihrer Begleitung in den Bus befördert worden und hatte nichts mitbekommen. Oder sie hatte beschlossen, sich rauszuhalten, wie es die meisten Menschen taten.

Sechs zog ein Butterflymesser aus der Hosentasche und vollführte mit der rechten Hand eine viele Male geübte Choreografie, die jedoch angesichts der reglos vor ihm sitzenden Gestalt eher lächerlich wirkte. Immerhin war niemand vor Ort, der sich getraut hätte, darüber zu lachen.

»Wir machen jetzt ein kleines Filmchen, und du Stück Scheiße spielst darin die Hauptrolle.«

Sechs grinste teuflisch. Sein Körper entspannte sich. Ganz das Klischee eines B-Movie-Schurken, machte er sich mit der Messerspitze einen Fingernagel sauber. Da seine Nägel allerdings allesamt bis zum Nagelbett abgekaut waren, wirkte auch diese Geste eher deplatziert. Dem Obdachlosen war weiterhin nicht anzumerken, ob ihm der Ernst seiner Lage bewusst war. Sechs beugte sich vor und tippte mit der Messerspitze auf die Nase seines Opfers.

»Mit deinem hässlichen Kolben hier fang ich an!«

Die direkte Berührung schien etwas auszulösen, denn plötzlich regte sich der Mann. Sehr langsam hob er seinen Kopf und sah Sechs direkt ins Gesicht. Fast unmerklich spannte sich sein Oberkörper, während er den Kopf wieder etwas senkte, ohne dabei aber den Blickkontakt zu dem Jungen vor ihm zu verlieren. Sechs geriet aus dem Konzept. Er starrte auf sein Gegenüber und wich dann plötzlich erschrocken zurück.

Tief in den Augen des Mannes meinte er ein Leuchten zu erkennen, eine Art Flamme, die sehr langsam auf ihn zukam.

2

Sieben wusch sich die Hände. Das Werk war getan. Die anderen waren, wie üblich an einem Mittwoch, zum Einkaufen gefahren. Mal wieder ohne ihn, aber das war durchaus in seinem Sinne. Er hatte sich auf ein Mammut-Projekt eingelassen, an dem er in jedem unbeobachteten Moment wie besessen gearbeitet hatte. Fünf schwarze, prall gefüllte Plastiksäcke im Flur zeugten vom Umfang seines Unterfangens. Gerade war er damit fertig geworden. Zudem hatte er die Wohnung – inzwischen schon zum zweiten Mal an einem Mittwoch – in einen blitzsauberen Zustand versetzt. In Sachen Reinemachen konnte er es inzwischen mit Pit zu dessen besten Zeiten aufnehmen.

Oder zu ihren besten Zeiten?

Pit war jetzt Patty. Meistens jedenfalls. Und Patty war eine Dame. Unzweifelhaft! Eine Dame kümmerte sich nicht um den Haushalt, dafür waren andere zuständig. Ihre Diener? Verehrer? Liebhaber? Sieben gehörte jedenfalls dazu. Ob als Diener, Verehrer oder vielleicht sogar als Liebhaber, wusste er selbst noch nicht so genau.

Als er Patty vor ungefähr zwei Wochen das erste Mal in vollem Ornat gesehen hatte, in jener Nacht, als sie voll wie ein Amtmann zur Wohnung des Paktes statt zu ihrer Mutter gefahren war, war etwas Seltsames mit Sieben geschehen. Erst hatte er sich über Pits Aufzug erschrocken, doch gleichzeitig schien es, als wäre ihm nun einiges an Pit, das ihm bisher verdächtig vorgekommen war, klarer geworden. Und der Anblick selbst war kein bisschen abstoßend. Im Gegenteil!

Pit/Patty war selbst ziemlich durcheinander gewesen und hatte sich erst einmal setzen müssen. Sieben hatte Kaffee gekocht, sich zu seinem Freund gesetzt, und zum ersten Mal, seit sie sich kannten, sprachen sie etwas eingehender miteinander. Es war überwiegend Pit, der sprach. Noch immer ziemlich angesäuselt, erzählte er Sieben von seinen Gefühlen und der wunderbaren Energie, die ihn durchströmte, wenn er Frauenkleider trug. Er sei nicht schwul, versicherte er, was Sieben zuerst gar nicht glauben konnte. Oder er sei nicht *nur* schwul. Sieben verwirrte diese Aussage, aber er beschloss, wie so oft, nicht weiter darüber nachzudenken. Er bereitete noch zwei Gläser Mische zu, dann schauten sie ein paar Minuten gemeinsam einen Porno – einen Ron-Jeremy-Klassiker aus den 1970ern – und fingen an, sich wie schon so oft zuvor, gegenseitig zu mastubieren. Wessen Hand ihn massierte, war Sieben bisher egal gewesen. Bei Patty war das nicht mehr so, und er hatte sich dabei erwischt, wie er immer wieder zu der grell geschminkten Gestalt neben ihm hinsah.

Sieben seufzte und schüttelte den Gedanken an Patty ab. Er brachte die schwarzen Plastikbeutel in den Keller, wo er sie neben die Mülltonnen stellte. Dafür musste er ganze viermal laufen. Als er fertig war, warf er kurz einen Blick auf die Bauschuttsäcke, die in einem trockenen, kalten, unbenutzten Nebenraum ganz hinten in der Ecke standen. Eine Schicht altes Laub bedeckte den Inhalt. Aus den Säcken roch es streng und leicht süßlich. Noch hielt sich der Gestank in Grenzen.

Nach der Schießerei im Flur vor ihrer Wohnungstür, hatte Pit die beiden toten Männer ganz alleine hierher getragen, bevor der

Krankenwagen kam. Später hatten er und Kalle die Leichen auf die fünf Plastiksäcke verteilt. Wie genau, das wusste Sieben nicht, weil er sich an dem Abend um Senger kümmern musste. Er und Niels wurden erst einige Tage später in die Sache eingeweiht. Ein Vertrauensentzug, der Sieben anfangs schwer genervt hatte. Umgekehrt behielt er ja den Fund der VHS-Kassette auch für sich.

Die Videokassette. Sein Schatz steckte weiterhin im Futter der Sofarückwand. Und jetzt hatte er Zeit. Sein Werk war vollbracht. Warum sollte er sich nicht dafür belohnen?

Er legte die Kassette in den Player. Die Röhren des Fernsehers wurden warm, brummten, und langsam erschien auch das Bild. Sieben schmatzte vor Vorfreude. Er drückte auf Play und sah Senger, der auf die Person hinter der Kamera einredete. Er sah die Weinbarth-Brüder, in ihren Händen die Waffen, mit denen sie sich gleich vernichten würden. Sieben lief das Wasser im Mund zusammen. Er schaute das Video inzwischen zum vierten Mal. Als einer der Brüder plötzlich auf den anderen blickte und zischend »Du verdammtes Dreckschwein« ausstieß, formten Siebens Lippen die Worte stumm mit. Er wusste inzwischen von Pit und Kalle, wie die Brüder hießen. Der hier musste Jason sein.

»Gleich«, dachte Sieben, »gleich seid ihr tot.«

Er leckte sich die Lippen, rieb seine Fingerspitzen aneinander. In diesem Moment drehte sich ein Schlüssel im Schloss der Wohnungstür. Sieben zuckte zusammen, stoppte das Abspielgerät und schaltete den Fernseher aus. Er legte die Fernbedienungen auf die Sofalehne und drehte sich mit einem unschuldigen Lächeln zur Tür. Noch war er nicht bereit, seinen Schatz mit den anderen zu teilen.

Die Tür ging auf, und Susanne und Patty stolperten kichernd in die Wohnung. Von Sieben nahmen sie erst mal keine Notiz.

Dann bemerkte ihn Susanne und stieß Patty an. Die drückte ihm sofort ihre Einkaufstüten in die Hand.

»Sieben, Schatz, sei so gut und bring das Gemüse in die Küche, ja? Ich muss mal ganz dringend für kleine Mädchen.«

Sieben sah sie fragend an. Patty hielt sich in gespielter Verlegenheit die Hand vor dem Mund.

»Ach, ich Dummerchen. Wir haben ja gar keine Küche.«

Siebens fragende Miene verzog sich zu einem Grinsen. Patty stutzte.

»Wir haben doch keine Küche, richtig?«, fragte sie und drehte sich zur zugemauerten Tür.

Die! Nicht! Mehr! Zugemauert! War!

»Neeeee … Sieben, das ist jetzt nicht wahr, oder?«

Mit einem ohrenbetäubenden Jubel riss Patty die Tür auf, an deren Rahmen noch Fetzen von *Dirty Dancing* hingen. Sieben beobachtete seinen wunderbar weiblichen Freund dabei, wie er alles in der kleinen Küche inspizierte, Schubladen und den Kühlschrank aufriss und auch an der einen oder anderen Ecke schnüffelte.

»Ich kann von hier aus den Parkplatz sehen. Whoohooo!«

Patty war wirklich ganz anders als der introvertierte Pit. Und Sieben gefiel das. Es gefiel ihm sogar sehr. Er warf einen Blick in die beiden Papiertüten, die Patty ihm in die Hand gedrückt hatte, und stellte erstaunt fest, dass sie fast ausschließlich mit Gemüse und Obst gefüllt waren. Er runzelte die Stirn.

»Wir waren auf dem Markt«, meinte Susanne erklärend.

Inzwischen gehörte auch sie schon beinahe zum Pakt – und nicht nur deswegen, weil sie über den Inhalt der Säcke im Keller Bescheid wusste und damit bewundernswert souverän umging.

Patty hatte sich an dem Abend im Cheng Luigi's verplappert, und es war Susanne gewesen, die dazu geraten hatte, die Leichen samt etwas Löschkalk in größere Bauschuttsäcke zu legen und mit genügend Schutt und Müll aufzufüllen. Eine Frau mit einem derart kühlen, rationalen Verstand flößte ihm Respekt ein. Außerdem hatte Susanne natürlich eine ganze Palette an derben Sprüchen und Witzen parat, was beim Pakt gut ankam.

»Vitamine sind gesund«, fuhr Susanne fort. »Übrigens … hallo, Sieben.«

»Hey, Sue!«, antwortete er.

Susanne warf ihm einen belustigten Blick zu, als sie seine neueste Version ihres Namens hörte. Sie reichte ihm ebenfalls ihre Papiertüte, aus der ein halbes Dutzend Porree-Stangen lugten. Sieben begutachtete das Gemüse misstrauisch.

»Was genau habt ihr damit vor?«

»Wir machen heute mal einen gesunden Eintopf für alle. Kalle und Niels besorgen den Rest im Supermarkt«, trällerte Patty gut gelaunt, während sie den summenden Kühlschrank tätschelte.

»Wenn man vom Teufel spricht …«

Die Wohnungstür öffnete sich. Kalle und Niels betraten schnaufend die Wohnung. In den Armen balancierten sie mühsam einen ganzen Schwung Lebensmittel, den sie krachend auf die massive Glasplatte des Wohnzimmertisches fallen ließen. Sieben sah abgepackten Speck, Gemüsebrühe, Brot und allerlei Konserven. Keine Erdnussflips oder Snacks. Und nicht die Spur von Alkohol.

»Wir hatten kein Geld mehr für eine Tüte, verdammte Kacke. Seit wann muss man für so was überhaupt bezahlen?«, polterte Kalle.

»Auf die Hand ging's doch auch«, beschwichtigte ihn Niels, während er die Waren auf dem Tisch wie gewohnt in ordentliche Reihen sortierte. Dann schlug er sich mit der flachen Hand auf die Stirn.

»Ach Scheiße, ich hab was vergessen. Ich muss noch mal zurück zum Wagen.«

Kaum war er aus der Tür, kam ein Schrei aus der Küche. Kalle. Er brüllte: »Mösen und Granaten, hab ich Halluzinationen?« Dann stürzte er zurück ins Wohnzimmer und starrte Sieben an.

»Warst du das etwa, du Eisvogel?«

Sieben nickte und versuchte, bescheiden zu schauen. Kalle schüttelte bewundernd den Kopf. Dann stutzte er.

»Und der ganze Schutt, den du da rausgetragen hast, die Ziegelsteine und so, wo sind die?«

»In Plastiksäcken neben den Mülltonnen«, meinte Sieben leicht irritiert. »Der Müll wird aber erst in fünf Tagen abgeholt.«

»Nimm die da gleich wieder weg«, strahlte Kalle. »Das kommt alles in die Säcke im Nebenraum. Wetten, es verwest sich hervorragend unter unseren ehemaligen Barrikadiersteinen?«

Und damit packte er Sieben an den Schultern, hob ihn ein paar Zentimeter in die Höhe und gab ihm einen nassen, geräuschvollen Kuss auf den Mund.

3

Sechs schaute immer noch auf den Obdachlosen vor sich. Hatte er richtig gesehen? Der Mann hielt seinen Blick noch einen Moment lang, seufzte dann und schloss wieder die Augen. Das Leuchten, oder was immer es gewesen war, verschwand. Sechs holte tief Luft und machte mit leicht zitternder Stimme weiter.

»Du verdammte Missgeburt …«

Eine Hand legte sich auf seine Schulter. Sechs erstarrte.

Der Fremde war völlig unbemerkt an die Gruppe herangetreten. Er war ganz in Schwarz gekleidet, auf dem Kopf trug er eine unbedruckte, schwarze Baseballkappe und auf der Nase eine verspiegelte Pilotensonnenbrille. Die nackten Füße steckten in Sandalen. Seine Aura war dunkel, seine Stimme leise, der Befehlston unmissverständlich.

»Ich glaube, ihr verschwindet jetzt besser!«

Der Fremde überragte die drei Teenager nur um einen halben Kopf, wirkte aber kräftig und hatte die Ausstrahlung eines erfahrenen Kämpfers. Tasso und Egmont starrten ihn erschrocken an. Sechs dagegen wirkte plötzlich ganz ruhig. Angst inspirierte ihn. Das hier war seine Show. Er fegte die Hand des Störenfrieds von seiner Schulter, drehte sich zu ihm um und musterte ihn abschätzig. Provozierend langsam klatschte er ein paarmal in die Hände. Das Messer hielt er dabei fest zwischen Zeigefinger und Daumen.

»Eieiei, was haben wir denn da? Einen ganz leichtsinnigen Gutmenschen, der sich mal nicht hinter den Bullen versteckt, was? Dafür hat er sich Applaus verdient, Jungs!«

Er warf Egmont und Tasso einen auffordernden Blick zu, die daraufhin ein paar halbherzige Klatscher zustande brachten.

»Und zählen kannst du auch nicht, oder ist dir entgangen, dass wir zu dritt sind und du ganz allein?«

Sechs funkelte den dunklen Mann an, bevor er explodierte.

»Soll das eine beschissene Vorstellung von beschissener Zivilcourage sein, oder bist du lebensmüde? Glaubst du echt, du kannst hier die Fresse aufreißen? Ich sag dir mal was: Du hast dir den schlechtesten Moment für eine Mutprobe ausgesucht.«

Sechs leckte sich über die Lippen und wurde wieder ruhig. Es war so weit.

»Wollen wir mal sehen, ob du zählen kannst.«

Er hob die linke Hand.

»Wie viele Finger siehst du, Max Musterarsch?«

Der Mann nahm langsam seine Sonnenbrille ab und fixierte Sechs aus stahlgrauen Augen. Der Hand vor sich schenkte er keinerlei Beachtung. Ohne den Blick abzuwenden, stellte er seinen schwarzen, länglichen Koffer neben sich ab und öffnete mit einer kleinen, eleganten Bewegung sein Jackett. Nur ein bisschen, gerade genug, um den hölzernen Knauf freizulegen, der aus dem Bund seiner Hose ragte. Tasso und Egmont verschluckten sich gleichzeitig, während Sechs entgeistert und schon ein bisschen weniger souverän auf die Waffe starrte. In der rechten Hand hielt er noch immer sein Messer. Er tippte mit dem Zeigefinger nervös auf die Klinge und versuchte, seine Chancen abzuschätzen. Bevor er zu einer Entscheidung kam, begann sein Gegenüber zu sprechen.

»Glaubst du, es sind so viele Finger, wie ich Kugeln in meinem Revolver habe?«

Der Blick des Mannes war eiskalt. Sechs überkam etwas, das er seit langer Zeit nicht mehr gefühlt hatte: Hilflosigkeit. Sein Mund fühlte sich wie ausgetrocknet an.

Tasso wandte sich vorsichtig an seinen Freund.

»Ey, Sechs … vielleicht sollten wir …«

Eine Handbewegung brachte ihn zum Schweigen. Sechs zog Rotze aus den Nasennebenhöhlen in den Rachen, schluckte sie aber hinunter, statt sie auszuspucken. Er spürte ein Ziehen an seinem Schließmuskel. Sein Magen verkrampfte sich. Klein beigeben wollte er nicht. Er zog die einzige Trumpfkarte, die ihm noch blieb.

»Damit kommen Sie nicht durch! Wir sind minderjährig!«

Er hatte die Kinderkarte gespielt. Tiefer konnte man in seinen Augen nicht sinken, aber hier ging es ums Überleben.

Der Mann zog seinen linken Mundwinkel fast unmerklich nach oben. Wenn Tasso und Egmont das Grinsen ihres Anführers noch vor Kurzem als teuflisch eingestuft hatten, so war das Mikro-Lächeln dieses Fremden um ein Vielfaches furchteinflößender als alles, was Sechs je zustande bringen würde. Die nächsten Worte erstickten jeden letzten Hoffnungsfunken in Sechs, hier noch als Sieger vom Platz zu gehen.

»Minderjährig. Nun. Damit befasse ich mich, wenn das hier vorbei ist! Doch dann …«, er atmete scharf ein und flüsterte die letzten Worte: »… wird es euch nicht mehr geben.«

Die Drohung löste bei den drei Jungen einen sofortigen Panikanfall aus. Das Butterflymesser glitt Sechs aus der Hand und landete zwischen den Erdnussflips auf dem Asphalt. Egmont stöhnte laut auf, drehte sich um und rannte hysterisch schreiend davon. Weglaufen war auch Tassos erster Impuls. Doch er riss sich zusammen und versuchte, zitternd vor Angst, seinen Freund Sechs in einem letzten Akt der Loyalität an den Schultern mit sich zu ziehen. Dessen weiße Jeans hatte sich zwischen den Beinen verdunkelt. Sämtliche Reflexe des sonst so selbstsicheren Straßenkämpfers waren außer Gefecht gesetzt. Wie zum Beweis verbreitete sich über dem Szenario der beißende Geruch von menschlichen Ausscheidungen. Ohne Gegenwehr ließ sich Sechs von seinem Freund wegführen.

Der dunkle Mann blickte ihnen eine Weile nach, dann drehte er sich zu dem Penner am Boden, der dem Geschehen keinerlei Beachtung geschenkt hatte.

»Den dreien hab ich wohl gerade das Leben gerettet, was?«, sagte Jan-Uwe, während er die Pilotenbrille wieder aufsetzte. »Wenn die wüssten, wen sie hier aufs Korn genommen haben. Die haben echt keine Ahnung, welcher Gefahr sie entronnen sind. Was hättest du mit ihnen angestellt? Hättest du sie zehn Kilometer hoch in die Atmosphäre gezerrt, bis ihnen Eiszapfen an den Eiern gewachsen wären? Und dann die ganze Strecke wieder fallen lassen? Platsch! Püree auf Beton?«

Er schmunzelte.

»Hast du einen Hitzeblick, wie dieser Typ in den Comics? Oder Superpuste? Ich wette, du hättest es schnell gemacht. Du bist kein Sadist. Eher ein Romantiker. Wie ich sehe, trägst du die Jacke noch.«

Keine Reaktion von der Gestalt am Boden. Jan-Uwe seufzte und griff dann nach seinem Koffer. Da fielen ihm die Zeitungsausschnitte an der Wand der Papphütte ins Auge. Er beugte sich vor, um sie zu studieren. Ein Artikel war schon ziemlich verwittert, aber die Überschrift war noch gut zu lesen. In gefetteten Großbuchstaben stand da:

»FLIEGENDER MANN BEI VERHAFTUNG ERSCHOSSEN!«

Jan-Uwe runzelte die Stirn.

»Ich habe das geglaubt, weißt du?«, sagte er nachdenklich. »Dieses Foto in der Zeitung sah dir eigentlich gar nicht ähnlich, aber ich war mir auch nicht sicher. Es war dunkel damals, und ich war so aufgeregt. Ich wollte das einfach glauben, schätze ich.« Er sprach eher zu sich, aber laut genug für den Mann am Boden. »Einen Typen, der mit mir in den Nachthimmel fliegt, der einen erwachsenen Mann mit einer Hand auffangen kann, den erschießt man doch nicht so einfach.« Er warf dem anderen einen schnellen, freundschaftlichen Blick zu. »Die Leute sehen, was sie sehen wollen, das ist der Fehler, den jeder begeht. Ich hab mich jedenfalls nach unserer Begegnung aus der Weltverschwörungsszene zurückgezogen, wenn du verstehst, was ich meine. Und du bist auch ausgestiegen, wie es aussieht. Ich hätte wirklich nicht gedacht, dass ich dich je wiedersehen würde.«

Wieder seufzte er. Ihm fiel der Termin ein, zu dem er eigentlich unterwegs war. »Wie dem auch sei …«, Jan-Uwe fischte einen Zwanzig-Euro-Schein aus der Hosentasche, legte ihn vor dem einstigen Supermenschen auf den Boden und beschwerte ihn mit der Fantaflasche. »Hier. Vielleicht hilft dir das. Ich denke, damit sind wir quitt!«

Ohne eine Antwort abzuwarten, ging er festen Schrittes in Richtung der Plattenbausiedlung.

4

»Wir haben ihn gefunden, Captain.«

»Wo?«

»Erde, 2014, Planquadrant 12**17A, ein Ort namens Scharnow.«

»Dann holen wir ihn da ab.«

»Unverzüglich?«

»Natürlich unverzüglich! Wir suchen ihn seit fünfzehn Jahren, das ist ungefähr die doppelte Anzahl an Muzalkien. Wir holen ihn sofort.«

»Aye, Captain. Was, wenn er Widerstand leistet?«

»Er wird keinen Widerstand leisten. Wenn er merkt, dass wir ihn gefunden haben, weiß er, dass es kein Entkommen gibt.«

»Er soll die letzten Jahre sehr viel Treibstoff getrunken haben.«

»Ja, ich hörte davon.«

»Captain, entschuldigen Sie die Störung, aber wir sind angekommen. 2014, Planquadrant 12**17A.«

»Sehr gut. Schickt Pöhn! Die beiden kennen sich.«

»Wird gemacht, Captain.«

»Und Pöhn soll sich unauffällig kleiden!«

»Natürlich, Captain.«

»Gut. Ich werde in meiner Kabine das Reiseprotokoll aufsetzen. Wir parken das Schiff parallel Klapp Osem Shen. Wenn es etwas Neues gibt, ruft ihr mich!«

»Aye, Captain!«

5

Hamids Rücken schmerzte, doch er schob ohne zu klagen den Rollstuhl, während Nami nebenhertänzelte und ihr Omili so gut es ging unterhielt. Sie hatte sich dabei in die Rolle des quirligen Mangamädchens versetzt, wie sie es sich letztes Jahr in Berlin angewöhnt hatte. Auf Hamid wirkte das eine Spur künstlich. Umso mehr dagegen gefiel ihm, wie liebevoll Nami zu ihrer Großmutter war.

Sie kamen von einem Besuch bei Dr. Wannep, der keine Veränderung in der Sprachfähigkeit, aber doch eine Verbesserung der Reflexe der alten Dame festgestellt hatte. Ihren Gesamtzustand führte er auf eine beginnende Altersdemenz zurück, war ansonsten aber weitgehend zufrieden. Nami hatte das beruhigt. Ihre Herbstferien näherten sich dem Ende. Sie würde nicht mehr lange in Scharnow bleiben können.

Das war auch Hamid schmerzhaft bewusst, der umso mehr jede Minute mit ihr genoss. Ihr bei der Pflege der Großmutter zu helfen, war für ihn nicht nur selbstverständlich, sondern auch ein Ausdruck seiner Liebe zu ihr. Ihre Probleme waren nun auch seine. Ihre Familie ging ihn etwas an. Ohnehin hätte Nami ihre Großmutter niemals alleine zum Arzt bringen können. Hamid hatte sich zwar verhoben, als die alte Dame samt Rollstuhl in den

Bus gehievt werden musste, aber für Nami nahm er auch das gerne in Kauf.

Ihre Mutter hatte er inzwischen auch kennengelernt. Sie war nach Scharnow gekommen, um sich einen Überblick über die Situation zu verschaffen. Eine nette, aber nervöse Frau. Sie blieb einen halben Tag, organisierte eine Betreuung für die alte Dame, mit der verabredet wurde, dass sie fürs Erste nur eine Stunde vormittags vorbeikommen würde. Nami hatte darum gebeten, sich um den Rest selbst kümmern zu dürfen. Zumindest, bis ihre Herbstferien vorbei waren. Namis Mutter wirkte froh über den Vorschlag. Mit Hamid hatte sie sich freundlich unterhalten und ihm Komplimente zu seinem guten Deutsch gemacht. Wenn sie von den weiteren Motiven ihrer Tochter, in Scharnow zu bleiben, etwas ahnte, ließ sie sich das jedenfalls nicht anmerken.

Hamid fand es seltsam, dass die alte Frau Karpski seit ihrem Wutausbruch vor zwei Wochen kein Wort mehr gesprochen hatte, war aber natürlich auch froh darüber. Namis Mutter wäre sicher nicht so leichten Herzens abgereist, wenn die Großmutter ihr hätte berichten können, was sie in ihrem Schlafzimmer gesehen hatte. Erst recht bei der Ausdrucksweise, die sie dafür benutzt hätte.

Seit jenem Abend saß die alte Frau nur noch stumm lächelnd in ihrem Stuhl. Hamid hatte trotzdem einige Tage gebraucht, bis er sich in ihrer Gegenwart wieder entspannen konnte.

Der Rollstuhl stockte plötzlich. Eine Baumwurzel hatte die Gehwegplatte angehoben. Hamid drückte die Räder über das Hindernis und hielt dann jäh. Mitten auf dem Weg, wie aus dem Nichts aufgetaucht, stand ein Mann. Er ging auch nicht zur Seite, als Hamid mit dem Rollstuhl einen Bogen um ihn fuhr. Stattdessen legte er die Hand auf Hamids Schulter und befühlte sie, als wollte er sie kaufen. Hamid wich zurück. Nami hatte aufgehört zu plappern und starrte auf den Fremden. Selbst Elsa Karpski betrachtete ihn ohne ihr übliches Lächeln.

Er war eine Definition des Wortes »unauffällig«. Sein Haar war hell und auf seltsame Art farblos. Seine Gesichtszüge ebenmäßig, ohne irgendwelche Besonderheiten vorzuweisen. Seine Kleidung war ausnahmslos beige. Obwohl sie direkt vor ihm standen, hatte Hamid das merkwürdige Gefühl, der Mann könnte verschwinden, wenn sie nur kurz wegsahen, wie ein weit entfernter Punkt, den man in einem Fernglas entdeckt und nicht wiederfindet, wenn man ihn aus den Augen verliert.

»Hey, Leute. Schön, euch zu treffen.«

Niels stand mit einem Mal direkt neben ihnen.

»Wir kochen gleich bei uns, und ihr seid eingeladen. Klingt das cool für euch?«

Niels war fröhlich, eigentlich wie immer, seit Nami und Hamid ihn kennengelernt hatten. Das war kurz nach der Rückkehr von Namis Omili aus dem Krankenhaus gewesen. Sie waren ihm und Kalle, dem ältesten Mann in der WG, vor der Haustür begegnet. Die beiden hatten ihnen geholfen, die Großmutter samt Rollstuhl die fünf Stufen hoch bis in den Flur zu schaffen. Kurz darauf hatte Nami festgestellt, dass in der Wohnung das Klopapier aufgebraucht war. Als sie deswegen bei den Nachbarn klingelte, boten diese gleich an, für sie auch Besorgungen zu übernehmen. Inzwischen war Nami froh über die Hilfe, die die Männer ihr angedeihen ließen, vor allem dann, wenn Hamid noch bei der Arbeit war und sie mit dem Rollstuhl alleine klarkommen musste. Abends war es zwar weiterhin laut in der Nachbarswohnung, und die Geräusche waren gewohnt verstörend. Doch tagsüber kam es durchaus vor, dass einer der Männer von sich aus bei ihr klingelte, um zu schauen, ob sie irgendetwas brauchte. Vor allem der Typ, der gerne Frauenkleider trug, kümmerte sich auf eine wunderbar unverkrampfte Weise um sie.

»Den Müll stellst du einfach vor die Tür, Kindchen, einer von uns trägt ihn dann runter!«

Nami fand das großartig. Gab es etwas Öderes, als Müllsäcke in einen dunklen Keller tragen zu müssen?

»Ihr kocht? Echt?«, sagte sie jetzt zu Niels. »Hast du das gehört, Omili? Deine Nachbarn laden uns zum Essen ein.«

Ihre Großmutter taxierte Niels mit trüben Augen und bewegte dabei fast unmerklich die Lippen. Nur ein sehr gut geschulter Lippenleser hätte die folgenden Worte erkennen können: »Euren Dreck würde ich nicht mal fressen, wenn es Pimmelsuppe von afrikanischen Gewichthebern geben würde.«

Nami tauschte einen Blick mit Hamid. »Ich glaube, meine Oma ist da raus«, sagte sie dann. »Wir kommen gerade vom Arzt, und jetzt sollte sie sich eher ausruhen.«

Niels hob die Augenbrauen.

»Ihr wart bei Doktor Wannep? Das ist 'ne ganze Ecke. Einer von uns hätte euch doch fahren können! Senger wollte ohnehin zum Billkauf.«

»Ach«, winkte Nami ab, »kein Problem. Ich hatte sie ja gefragt, ob ich bei euch klingeln soll … sie versteht mich, auch wenn sie nicht spricht. Aber sie wollte partout nicht. Sie will euch wohl nicht zur Last fallen. Na ja, da haben wir den Bus genommen, der fährt ja immerhin viermal am Tag.« Dann beugte sie sich vor und senkte die Stimme. »Stell dir vor, Niels. Ich glaube, Omili hat ein Auge auf diesen Penner geworfen, der sich bei der Unterführung eingerichtet hat. Wir haben sie auf dem Weg zur Haltestelle kaum da weggekriegt und hätten beinahe den Bus verpasst. Sie hat die Räder festgehalten und wie hypnotisiert auf ihn runtergestarrt.«

Hamid lächelte gequält und rieb sich den Rücken.

Nami wechselte wieder einen Blick mit ihm und fuhr fort: »Hamid und ich sind dabei. Wenn es auch etwas Vegetarisches gibt.«

Niels zeigte mit dem Daumen nach oben.

»Komm, wir bringen Omili in die Wohnung«, meinte Nami dann zu Hamid. »Ich mach ihr was zu essen, und du hilfst unseren Nachbarn beim Kochen.«

»Könnt ihr mich denn brauchen?«, fragte Hamid.

»Aber immer«, sagte Niels. »Wir sehen uns gleich. Ich hab im Auto was vergessen.«

Er ging aber nicht zum Auto, sondern wartete, bis die drei im Haus verschwunden waren. Dann wandte er sich dem beigen Mann zu, der, die Unauffälligkeit selbst, nur wenige Schritte entfernt stand.

»Hallo, Pöhn«, sagte Niels. »Es ist so weit, was?«

Der beige Mann antwortete: »Hallo, Jarney. Ja. Zeit, dass du zurückkommst. Wir haben jedenfalls nicht vor, ohne dich zu fahren.«

6

Die zwanzig Euro waren das gesamte Geld gewesen, über das Jan-Uwe verfügte. Davon hätte er sich später eine Pizza kaufen wollen, aber da ihm vor seinem Treffen etwas mulmig zumute war, wusste er auch gar nicht, ob er danach noch Hunger haben würde. Da konnte er das Geld genauso gut dem Mann überlassen, den er trotz seiner Verwahrlosung sofort wiedererkannt hatte.

»Hier. Vielleicht hilft dir das. Ich denke, damit sind wir quitt.«

Mittlerweile kam sich Jan-Uwe gönnerhaft vor. Vor vierzehn Tagen hatte ihm der Mann das Leben gerettet, und das wollte er jetzt mit ein paar Kröten begleichen?

Andererseits war der Mensch auf erschütternde Weise heruntergekommen. Im ersten Moment hatte Jan-Uwe darin eine bewusste Entscheidung gesehen, doch nun war er sich nicht mehr sicher. Steckten dahinter etwa auch die Weltenlenker?

Jan-Uwe schluckte. Die Weltenlenker gab es doch gar nicht.

Er sah auf seine Uhr und seufzte. Das alles hatte er hinter sich gelassen, und er wollte auch nicht mehr darüber nachdenken. Außerdem musste er sich beeilen, denn er wollte auf keinen Fall zu spät kommen. Dem Supermenschen konnte er kaum helfen. Aber für ihn selbst gab es vielleicht noch Hoffnung auf ein bisschen Seelenfrieden. Er musste reinen Tisch machen, damit er sein Leben endlich von vorne beginnen konnte.

Auf der Suche nach dem richtigen Hauseingang hielt er Ausschau nach den Jugendlichen von vorhin, sah aber nur einen Mann, der hinter einem Gebüsch urinierte. Dem weißen Fiat Panda, der seitlich davon geparkt war, schenkte er keine Beachtung. Hätte er es getan, wäre der ihm zweifellos äußerst bekannt vorgekommen.

Die Tür des Hauses, zu dem er wollte, stand offen. Er nahm die Treppe und fand in der neunten Etage den Namen der Frau auf einem Klingelschild. Er läutete. Gleich darauf hörte er Geräusche in der Wohnung. Schnell strich er sein Jackett glatt, stieß dabei auf den Knauf in seinem Hosenbund – das Stück Holz, das die drei Trottel vorhin für eine Pistole gehalten hatten. Jetzt störte es nur noch. Gerade als er es rauszog, ging die Tür auf.

»Guten Tag, Frau Pathé, ich bin Jan-Uwe Paslička. Vielen Dank, dass Sie Zeit für mich haben.«

»Guten Tag. Kommen Sie doch rein.«

Ihre Augen wanderten zu seiner rechten Hand. Jan-Uwe folgte ihrem Blick, dann sagte er schnell: »Das Stück Holz hab ich auf dem Weg hierher gefunden. Ich dachte, Ihre Katze könnte vielleicht damit spielen.«

»Das sehen Sie ein bisschen falsch, Herr Paslička. Dave spielt lieber mit Häkelgarn als mit Holz.«

»Jeder sieht, was er sehen möchte, was?«, sagte Jan-Uwe und dachte wieder an die drei Jugendlichen. Das Holzstück hatte ihnen den Schrecken Gottes eingejagt. Zum Glück.

Die Wohnung war klein und sehr ordentlich. Sylvia Pathé führte Jan-Uwe ins Wohnzimmer und bat ihn, auf dem türkisfarbenen Sofa Platz zu nehmen. Den schwarzen Koffer stellte er neben sich auf dem Laminatboden ab. Fast hätte er dabei eine große, chinesische Vase umgestoßen.

Auf der Marmorplatte des Couchtisches stand eine geblümte Teekanne auf einem Stövchen, daneben zwei passende Tassen. Zu Jan-Uwes Verwunderung nahm die Frau nicht in einem der beiden türkisfarbenen Sessel Platz, sondern setzte sich neben ihn aufs Sofa.

»Mögen Sie Tee? Es ist ein grüner Tee aus Sri Lanka.«

Jan-Uwe nickte. »Gern.«

In diesem Moment schlich die Katze in den Raum. Sie war grau-schwarz getigert. Das Tier kam schnurrend auf ihn zu. Ihr aufgestellter Schwanz endete in einem kleinen Bogen. Das Zeichen für Sympathie.

»Schau mal, Dave, das ist Herr Paslička.«

Sylvia wandte sich ihrem Besuch zu.

»Eigentlich wollte ich ihn Peter nennen, nach einem verstorbenen Freund, aber Dave passt irgendwie besser zu einer Katze. Dave war früher im Besitz von Gregor Gysi und dessen Familie. Die nannten ihn E wie Egon, Erich oder Ernst. Furchtbar, oder?« Jan-Uwe sah sie verständnislos an. »Ich hatte Ihnen ja von Dave am Telefon erzählt. Was sind das denn nun für Informationen, die Sie mir über den Tod meiner Hündin überbringen wollen?«

»Gleich«, meinte Jan-Uwe, der sich vieles überlegt hatte, nur nicht, wie er das Thema anschneiden sollte, weswegen er hier war. »Zuerst wollte ich Ihnen mein Geschenk geben. Für Ihre Katze. Keine Angst, es ist kein weiteres Stück Holz.«

Er stellte die Teetasse auf dem Marmortisch ab und beugte sich zu seinem schwarzen Koffer. Er öffnete ihn, holte einige längliche Elemente hervor, kniete sich auf den Boden und begann unter den interessierten Augen von Dave und dessen Besitzerin, einen Kratzbaum zusammenzubauen.

Bei ihrem Telefonat hatte Jan-Uwe nur kryptische Hinweise fallen lassen, die zwar totaler Nonsens waren, aber interessant genug, dass Sylvia einem Treffen, noch dazu in ihrer Wohnung, zugestimmt hatte. Im Gespräch hatte sie ihre Katze erwähnt, deshalb war er in eine Zoohandlung gegangen, um ein Mitbringsel zu besorgen. Der transportable Kratzbaum war ziemlich teuer gewesen, aber angesichts dessen, was er dieser Frau angetan hatte, konnte sein Geschenk ruhig etwas größer ausfallen. Er wollte die Vergebung dieser Frau, und der Weg zu ihrem Herzen führte zweifellos über ihre Tierliebe.

Zufrieden schaute er auf den fertig montierten Kratzbaum.

»Die Montage ist kinderleicht. Den können Sie überallhin mitnehmen, und Ihr Dave hat seinen Kratzbaum immer dabei.«

Sylvia war offensichtlich gerührt von dem Geschenk.

»Tja nun, Katzen reisen eher nicht so gerne, aber für den Baum haben wir trotzdem Verwendung ... was, Dave?«

Dave schien das Ungetüm in seinem Lebensraum nicht geheuer zu sein, denn er versteckte sich hinter Sylvias Bein.

»Der war sicher teuer.«

Jan-Uwe winkte ab.

»Na gut, aber um Dave zu beschenken, sind Sie ja nicht hergekommen, oder?«, wechselte sie das Thema. »Sie wollten mit mir über Cloudy sprechen?«

Wieder zögerte Jan-Uwe. Er schaute auf Sylvias Bein. »Meinen Sie, Dave mag den Baum?«

Sylvia überlegte kurz, dann lächelte sie.

»Warten Sie! Ich hole etwas Baldrian aus der Küche, den sprüh ich auf den Baum. Dann wird Dave keine Probleme mehr damit haben.« Sie stand auf und verließ das Wohnzimmer.

Jan-Uwe versuchte seine Gedanken zu ordnen.

»Frau Pathé, ich habe Ihre Hündin getötet.«

Nein, das war zu direkt.

»Frau Pathé, ich fürchte, ich weiß, wer Ihren Hund erschossen hat.«

Schon besser, aber wie ging es dann weiter?

Er blickte grübelnd zu Dave, der den Kratzbaum zwar weiterhin misstrauisch ansah, aber immerhin schon wieder schnurrte. Plötzlich sah Jan-Uwe einen zuckenden roten Lichtpunkt auf dem Fell der Katze. Einen Moment verfolgte er ihn mit den Augen, und in seinem Kopf raste es. Ein Laserpointer. Von einem Gewehr? Oder waren es nur spielende Kinder aus einer Wohnung im Silo gegenüber?

Jan-Uwes Nerven waren zum Zerreißen gespannt, als der Punkt wieder verschwand.

Vorsichtshalber zog er sich die Kappe tiefer ins Gesicht.

7

»Millennium Falcon on point, I repeat, Millennium Falcon is on point!«

Zarmo lag auf dem Dach des Silos und suchte das Gebäude vor ihm mit bloßem Auge ab, während er auf Antwort von seinem Komplizen wartete.

»Millennium Falcon on point, copy that!«

Plötzlich ein Klicken aus dem Funkgerät.

»Alles klar, Millennium Falke, ich war nur mal austreten.«

»Du warst was bitte? Du Nacho rührst dich ab sofort nicht mehr vom Auto weg, verstanden? Copy that!«

»Yes, I copy. Funny Bones is ready.«

Zarmo sah auf das Funkgerät und runzelte genervt die Stirn. Es machte absolut keinen Sinn, mit Trönse, diesem Nacho Grande, über Funk zu kommunizieren. Außerdem wartete der ja, wenn er nicht gerade am Pissen war, eh nur unten am Fluchtwagen. Beim eigentlichen Auftrag war Zarmo auf sich allein gestellt.

»Dieser inkontinente Mega-Nacho«, sagte er leise zu sich selbst. »Und dann gibt er sich auch noch so einen bescheuerten Funknamen. Funny Bones? Ist unsere Mission für den nichts als ein Riesengag? Und was bitte soll denn an Knochen lustig sein?«

Mit einem Mal ärgerte sich Zarmo wieder über Jan-Uwe. Warum war bei dem Schleimscheißer die Tierliebe plötzlich so groß geworden, dass er sich von den Zielen des BsB lossagte? Hatte es vielleicht an ihm, an Zarmo gelegen? Sie waren doch ein Team gewesen, oder etwa nicht, verdammt? Bildete sich dieser arrogante Nacho-Schnösel vielleicht ein, dass er was Besseres war?

»Ich scheiß auf dich, Pasliĉka! Auf dich und deine Kuscheltiere«, grummelte er und blickte durch das Zielfernrohr.

Da war die Wohnung. Im neunten Stock.

Es war jemand da. Er erkannte zwei Personen, eine Frau in der Küche und im Wohnzimmer einen Mann mit einer Baseballkappe, daneben einen Kratzbaum. Bingo! Wo ein Kratzbaum war, gab es auch eine Katze. Zarmo leckte sich die Lippen, und seine Hände schlossen sich fester um das Gewehr. Was für eine Waffe. Eine der präzisesten, die je ein Konstrukteur entwickelt hatte. Und nun gehörte sie ihm. Carla.

Er streichelte den kalten Stahl. Etwas klickte. Er zuckte zusammen. Verdammt. Er hatte den Laserpointer aktiviert. Entsetzt über seine Unachtsamkeit fand er erst den Schalter nicht, und nachdem es ihm gelungen war, den Laser auf Off zu stellen, prüfte er sofort durch das Visier, ob es in der Wohnung bemerkt worden war.

Zarmo hielt die Luft an. Nichts. Keine Hektik. Kein Alarm. Die Frau in der Küche und der Mann im Wohnzimmer, wie gehabt. Die Katze sah er jetzt auch. Sofort war er wieder voll da.

Das hier würde sein Meisterstück. Ganz klar! Sein Mund war trocken. Er setzte das Gewehr ab, holte einen Flachmann aus der Innentasche seiner Jacke und nahm einen Schluck Jim-Beam-Cola. Ein warmes Gefühl breitete sich in seiner Magengegend aus. Er spürte seine wachsende Erektion. Manchmal wäre er gerne so eiskalt gewesen, wie er es bei Pasliĉka am Schießstand beobachtet hatte. Aber ein ordentlicher Ständer beim Schießen zeugte wenigstens von Leidenschaft. Die hatte Jan-Uwe, dieser Nacho, immer vermissen lassen.

Er lenkte seine Gedanken wieder auf seine Mission.

Sie hätten das Tier vor zwei Wochen aus dem Tierheim holen und gleich ertränken sollen, wie er es vorgeschlagen hatte. Warum musste er auch auf Trönse hören, diesen Obernacho? Und dann war die Katze weg gewesen. Trönse hatte immerhin herausgefunden, wo sie sich nun aufhielt.

Zarmo begab sich in Position und sah durchs Zielfernrohr.

Die Frau in der Küche war beschäftigt. Sie machte Schränke auf, schien etwas zu suchen. Im Wohnzimmer saß der Mann immer noch auf dem türkisfarbenen Sofa. Zarmo bewegte das Fadenkreuz langsam weiter und fand das Tier. Die Katze begaffte den Kratzbaum. Zarmo lächelte.

»Jetzt wird's ernst, meine Schöne. Miezi kommt gleich in den Katzenhimmel.«

Sie stand ideal. Direkt hinter der Fensterscheibe.

»Activate Laser«, flüsterte Zarmo leise zu sich selbst und aktivierte diesmal wissentlich den Laserpointer. Er holte tief Luft. Hielt den Atem an.

Sein Zeigefinger strich sanft über den Abzugshebel, bevor er zweimal kurz hintereinander abdrückte.

8

Hamid stand am Küchenfenster der Nachbarwohnung und beobachtete fasziniert den beigen Mann, der immer noch auf dem Parkplatz stand. Aus der kurzen Entfernung war es noch schwieriger ihn auszumachen. Unauffällig bis an die Grenze zur Unsichtbarkeit. Hätte Hamid nicht gezielt nach ihm Ausschau gehalten, hätte er ihn glatt übersehen. Der Mann schien mit seiner Umgebung zu verschmelzen, seine Konturen flirrten wie bei einer Fata Morgana.

Nami versorgte nebenan noch ihre Großmutter, würde aber jeden Moment nachkommen. Ihre Nachbarn hatten Hamids Hilfe nicht gebraucht. Der Eintopf köchelte bereits auf dem Herd vor sich hin und verbreitete einen kräftigen, appetitanregenden Duft. Die Gastgeber vertrieben sich die Zeit im Wohnzimmer mit Bier und einem Drink, den sie »Mische« nannten. Hamid hatten sie ebenfalls ein Glas angeboten, doch er hatte dankend abgelehnt. Die Zutaten für den Drink und das Bier hatte ein Polizist mitgebracht. Es war der Beamte, der in der Nacht des Überfalls vor Ort gewesen war, derjenige, der Hamid immer misstrauisch ansah, wenn er ihm mal begegnete. Seine Anwesenheit hatte den jungen Syrer erst erschreckt. Heute allerdings gab sich der Polizist so freundlich wie die anderen.

Hamid hatte sich entschuldigt, um in der Küche ein Glas Wasser zu holen. Tatsächlich aber war er irritiert. Sogar sehr irritiert. Inzwischen war er sich nämlich ziemlich sicher, dass es sich bei diesen Nachbarn um die Männer handelte, die vor zwei Wochen den Supermarkt überfallen hatten. Körpergröße und Statur kamen einigermaßen hin, ihre Stimmen klangen ähnlich. Und der Kerl, der – wenn Hamid das richtig verstand – gerade die Küche fertig renoviert hatte, was ihn in den Augen seiner Mitbewohner zu einem Helden machte, wurde Sieben genannt, weil er anscheinend einen seltsamen Tick mit der Anzahl seiner Finger hatte. Hatte der aggressivste der Räuber im Supermarkt nicht auch irgendetwas mit seinen Fingern gehabt?

Was nicht ganz ins Bild passte, war die Freundschaft zu dem Polizisten. Es sei denn, er war ein Komplize. Korrupte Polizisten gab es sicher auch hier, wie überall auf der Welt. Hamid schüttelte sein Misstrauen ab. Was ging es ihn an? Namis Nachbarn waren hilfsbereit und hatten sie jetzt sogar zum Essen eingeladen – und der Transvestit war, wie Nami meinte, immer besonders nett zu ihr.

Mit einem Mal tat sich etwas draußen vor dem Fenster. Der beige Mann fing an zu beben und zu zucken. Hamid glaubte zu sehen, wie sich seine Augen nach hinten verdrehten. Er stand unter einer seltsam aussehenden Laterne, Rauchschwaden stiegen von ihm auf, und plötzlich war es, als würde er einige Zentimeter über dem Boden schweben. Jetzt erst erkannte Hamid entsetzt, dass das keine Laterne war, sondern ein Loch. Eine Art Öffnung. Aber das Loch selbst schwebte in der Luft, ohne zu einem festen Körper zu gehören. Ein Loch in der Realität? In Hamids Kopf drehte sich alles. Da spürte er hinter sich eine Bewegung und fuhr erschrocken herum.

Niels war lautlos in die Küche getreten. Er legte Hamid kumpelhaft den Arm auf die Schulter und zog ihn ein bisschen zu dicht zu sich heran.

»Mach dir nicht zu viele Gedanken, Junge. Der Mann da hat nur eine Tür zu einer anderen Zeit durchschritten. Das macht er ständig. Dorthin werde ich heute Abend auch noch gehen. Nach dem Essen vielleicht, mal sehen.«

Hamid drehte den Kopf wieder zum Fenster, um nach dem beigen Mann zu sehen, aber da war nichts mehr. Er blickte Niels fragend an.

»Was meinen Sie damit, Sie werden auch dort hingehen?«

Der Nachbar seufzte. »Weißt du, es geht nicht nur vor und zurück, nicht nur nach oben oder unten oder zur Seite. In jeder Richtung liegen Orte, die bewohnt sind, und von überall machen sich Menschen auf die Suche nach anderen Orten, weil der Mensch nun mal so ist. Diese Küche hier hat auch schon vor einer Stunde existiert, und es gibt sie immer noch. Aber auch parallel gibt es diese Küche, nur ist sie wahrscheinlich anders, weil die Menschen dort andere Entscheidungen treffen.«

Hamids Gesicht war ein einziges Fragezeichen. Der Nachbar roch stark nach Alkohol. Und seine Rede klang nicht eben kohärent.

»Ach verdammt«, sagte Niels und nahm seinen Arm von Hamids Schulter. »Ich war nie gut im Erklären, tut mir leid.«

Hamid schaute wieder auf den Parkplatz. Vielleicht hatte er sich die Szene eben nur eingebildet.

Es klingelte an der Wohnungstür.

»Deine Freundin«, sagte Niels. Er musterte Hamid kurz, nickte zufrieden und fügte hinzu: »Und natürlich hast du recht. Das, was du gesehen hast, hast du nicht gesehen. Kannst du gar nicht gesehen haben. Totaler Hirnfick.«

Er öffnete die Tür. Nami stürzte herein und schlang die Arme um Hamid, der froh war, von ihr aus dem gerade erlebten Irrsinn gerissen zu werden.

»Stell dir vor«, rief sie. »Omili hat eben gesprochen!«

»Was hat sie denn gesagt?«, fragte Hamid, der sich an ihrem Glück erfreute und alles andere darüber komplett vergaß.

»›Miez Miez Miez‹, hat sie gesagt. ›Miez Miez Miez, du kleine Seele!‹«

9

Es war alles sehr schnell gegangen.

Das Klirren der berstenden Fensterscheibe wurde nur Sekundenbruchteile später von dem noch lauteren Geräusch der platzenden Chinavase übertönt. Der Kater reagierte als Erster. In irrer Panik sprang er von der Vase weg, flog mit einem weiten Hüpfer und in einer grotesken Verrenkung durch das geborstene Fenster und stürzte neun Stockwerke tief auf den Asphalt zwischen den Plattenbauten.

An jedem Stockwerk, das er bei seinem Sturz passierte, verlor er eins seiner neun Leben. Als er auf dem nackten Beton aufschlug, hauchte er sein letztes aus.

Sylvia war ins Zimmer geeilt, in der Annahme, ihr Besuch oder Dave hätten etwas umgestoßen. Jan-Uwe sprang sofort auf sie zu und zog sie hinter das Sofa, wo sie in Deckung gingen. Über seine Schulter sah sie die Scherben der Vase, entdeckte die kaputte Fensterscheibe genau in dem Moment, als von unten der Schrei eines Kindes ertönte: »IIIIIIIIIIIIIIIHHHH, Mami, da liegt eine total zermatschte Katze!«

Jan-Uwe sah vom Fenster zu den Überresten der Chinavase.

»Zarmo, verdammt!«, entfuhr es ihm.

10

Trotskys Körper war ein Schiff geworden. Dieses Schiff war mit Kräften ausgestattet, die ihn schützen sollten, wenn er in Gefahr geriet. Darüber hinaus bestand er nur noch aus Wesenheit. Ganz wenig blieb noch von dem, was einst der Mensch Trotsky gewesen war. Gefühle. Gefühle von außen nahm er noch wahr. Vermutlich würden auch sie bald verschwinden.

Der aggressive junge Mann hatte einen Alarm ausgelöst, und Trotsky war einen Moment lang zurückgekehrt. In seinen Körper. Zum Schiff. Beinahe hätte er überreagiert und eine ungeheure Zerstörung angerichtet. Im letzten Moment hatte er sich zurückgehalten. Und dann war der Mann in Schwarz aufgetaucht, der Mann, der Trotsky die Jacke geschenkt hatte. Von dem, was danach geschah, hatte er kaum noch etwas mitbekommen. Andere Realitäten aus anderen Welten strömten auf sein neues Trotsky-Wesen ein, so viele davon, dass es ihm nicht gelang, sich auf eine einzige zu konzentrieren.

Kurz blieb er noch in seinem früheren Menschsein, in seiner Erst-Welt. Vor sich sah er einen Zwanzig-Euro-Schein unter einer Flasche mit orangener Flüssigkeit. Er erinnerte sich, dass ein Polizist ihm die Flasche und eine bunt bedruckte Tüte geschenkt hatte. Die Tüte lag nun aufgeplatzt am Boden. Er hob Flasche und Schein auf. Aus der Flasche schüttete er etwas in seinen Körper. Das Schiff ächzte wohlig – ein Anzeichen dafür, dass es ihm guttat.

Durch dessen Augen, die nun wieder ausschließlich als Sichtfenster in die Erst-Welt fungierten, begutachtete Trotsky den Geldschein. Er faltete ihn zu einem kleinen Rechteck und schob ihn in die linke Hosentasche. Dann legte er seinen alten Körper, das Schiff, wieder auf das Pappbett.

Er starrte in den Herbsthimmel und betrachtete die dramatischen Wolkenformationen, die ihn verdunkelten, während gleichzeitig in ihnen vereinzelte Sonnenstrahlen funkelten. Die Schönheit dieses Moments machte ihn erneut für andere Realitäten empfänglich. Seine Wesenheit machte sich bereit, das Schiff zu verlassen. Ein paar unentschlossene Regentropfen benetzten sein Deck, doch der Wolkenbruch blieb aus. Das Schiff schloss die Augen, drehte sich mit einer abrupten Bewegung auf die Seite und dem Rest der Welt den Rücken zu.

Das Trotsky-Wesen war in Bewegung. Noch war es ihm nicht möglich, die Zeit zu überwinden, noch gab es ein Band, das ihn an das Universum des Schiffes fesselte. Seine Wesenheit würde das Schiff in jedem Fall aufgeben müssen, um dies zu ändern. Aber dazu war er noch nicht bereit.

Für sein neues Ich waren Wochen, Sekunden oder Jahre abstrakte Begriffe. Es fiel dem Trotsky-Wesen immer schwerer, in diesen Kategorien zu denken. So wanderte es durch seinen persönlichen Limbus. Was war es sonst? Waren es Dimensionen, die es durchschritt? Bewusstseinsstufen? Himmel? Hölle? Hades? Olymp? Asgard oder Niflheim? Solange es das nicht wusste, solange war das hier sein Limbusland.

Das Trotsky-Wesen ließ sich treiben. Noch konnte es lediglich die Rückkehr zum Schiff eigenmächtig steuern. Irgendwann würde sich das ändern. Das Trotsky-Wesen versuchte seine Wesensbahnen zu lenken, und es gelangen ihm ein paar vielversprechende Kurven. Es passierte einen riesigen Schatten über den Dächern von Scharnow. Dächer und Schatten befanden sich auf zwei verschiedenen Realitätsebenen. Das Trotsky-Wesen versuchte zu verstehen, warum seine Wahrnehmung auf beiden Ebenen gleichzeitig funktionierte, als ein seltsamer Funken seine Aufmerksamkeit erregte. Es folgte dem Funken und durchbrach eine Wand, die sich erst von der anderen Seite als Wand zu erkennen gab. Solche Entdeckungen freuten seine Wesenheit, sie forderten die noch neue Wahrnehmung heraus und schulten sie.

Das Trotsky-Wesen sah sich in dem Raum um, in dem es sich befand. Er war dunkel, hatte weder Boden noch Decke und auch keine Wände und fühlte sich doch wie ein Raum an.

Eine Bewegung. Ein Geräusch.

War es das Miauen einer Katze? Unweit der Stelle, von der das Geräusch gekommen war, entdeckte das Trotsky-Wesen eine gestreifte Katze, von der ängstliche Laute kamen und die einen Buckel machte. Was war das für ein Ort? Das Trotsky-Wesen wollte plötzlich weg von hier. Es spürte die Nähe von etwas Widerwärtigem, und seine Wesenheit sagte ihm, dass hier eine Daseinsart lauerte, die keine Selbstbestimmung mehr zuließ. Das Trotsky-Wesen verließ den seltsamen Raum auf dem Weg, auf dem es gekommen war, und machte sich auf, um sich den großen Schatten vorzunehmen.

Den Schatten sah es schon von Weitem und steuerte darauf zu. Unterwegs entdeckte es einen zufrieden grinsenden Mann auf dem Dach des großen Turms von Scharnow. Der Mann steckte ein Gewehr in eine längliche Tasche, küsste es aber noch, bevor er das Futteral schloss. Unterhalb des Turms lag eine zerschmetterte Katze auf dem Asphalt. In ihr erkannte das Trotsky-Wesen dasselbe Tier, das es eben noch miauend im Nichts hatte buckeln sehen. Es beschloss, den Schatten vorerst zu ignorieren. Das hier war spannender.

Das Trotsky-Wesen wurde zu einem Parkplatz hinter dem Gebäude gezogen. Dort stieg der Mann mit der Gewehrtasche gerade in einen weißen Fiat Panda, der lautlos davonfuhr. Dem Trotsky-Wesen wurde mit einem Mal klar, dass ein Zusammenhang zwischen der toten Katze und dem anderen, von ihm selbst initiierten Tiermord bestand und dass der Gewehrmann einer von den Fanatikern war. Etwas in Trotskys Wesenheit war noch menschlich genug, um darüber besorgt zu sein. Das Trotsky-Wesen schüttelte sich und folgte dem Wagen mit dem Tiermörder. Dabei kreuzte es erneut den Weg des Schattens, unterbrach die Verfolgungsjagd und wandte sich ihm zu. Als sich Trotskys Wesenheit direkt unter der Verdunklung befand, war noch immer nicht wirklich auszumachen, worum es sich dabei handelte. Das Trotsky-Wesen musste erst ein paar Haken schlagen, um in die Realität des Schattens vorzudringen, aber schließlich gelang es ihm.

Vor ihm erschien ein riesiges Gebilde, das wie ein beiges Ei aussah. Das Ei befand sich zwar auf einer anderen Realitätsebene, existierte aber im Jetzt, und so war es für das Trotsky-Wesen nicht schwer, ins Innere vorzudringen. Viele menschenähnliche Gestalten liefen dort herum und riefen sich Anweisungen zu. Eine Erinnerung aus Trotskys Vor-Wesenheit zog Vergleiche mit einem Raumschiff heran. Plötzlich fing die Welt um das Trotsky-Wesen an, sich zu verändern. Das Raumschiff schien im Begriff, die Gegenwart zu verlassen.

Das Trotsky-Wesen entfernte sich eilig. Für Zeitreisen war es noch zu früh, noch hielt sein menschliches Mutterschiff es zurück. Ohne weiter darüber zu reflektieren, nahm das Trotsky-Wesen wieder die Spur des Katzenmörders auf.

»Jemand muss sich um ihn kümmern«, dachte es.

Da hörte es eine überaus angenehme Stimme, die von überall und nirgends zu kommen schien.

»Es wird sich bereits darum gekümmert«, sagte sie.

11

Sieben stand im Wohnzimmer, das mit acht Personen fast überfüllt war. Auf dem Tischmonstrum hatten Niels und Kalle das Geschirr beiseitegeräumt und das Malefizspiel aufgebaut. Sie absolvierten bereits die zweite Runde mit der hübschen Nachbarin und ihrem orientalischen Freund.

Die beiden Gäste hatten, wie es sich für das Spiel gehörte, ihre jeweiligen Rollen gewählt und eingenommen. Doch während das Mädchen mit Inbrunst die laszive Bardame verkörperte, spielte der Junge nach Siebens Geschmack eine Spur zu schüchtern. Zumal er auch noch dessen Lieblingsfigur, der Cowboy, sein durfte! Siebens Kritik hatte diesmal nichts mit Groll zu tun. Ihm war sowieso nicht nach Spielen zumute. Heute wollte er nur er selbst sein: Sieben, der Held, der für den Pakt die Küche gerettet und dabei Legionen von Bakterien und Berge von Dreck bezwungen hatte.

Zufrieden mit sich betrachtete er noch einmal ihre neuen Freunde. Kalle hatte dem Pakt eingeschärft, wie wichtig es war, sich gut mit ihnen zu stellen und unter allen Umständen zu verhindern, dass sie den Keller betraten, bevor die Bauschuttsäcke entsorgt waren. Für Sieben war das absolut klar. Überhaupt sah er sich inzwischen jeder Aufgabe gewachsen. Die versiffte Küche war ein riesiges Problem gewesen, und die hatte er schließlich auch auf Vordermann gebracht.

Senger, Patty und Susanne standen am Fenster und unterhielten sich prächtig. Patty lachte dabei so hemmungslos, dass Siebens Herz in seiner Brust mitlachte. Ihre Lebensfreude war wirklich ansteckend. Seit Pit offen zu seiner weiblichen Seite stand, hatten auch in Siebens Leben viele positive Gedanken Einzug gehalten.

»Hey, Sieben … komm doch mal her.« Susanne sah ihn fröhlich an. »Kennst du die Unterführung am Silo, zwischen der Bushaltestelle und dem ausgebrannten Supermarkt?«

Sieben trat zu ihnen und nickte. »Ich war lange nicht mehr da. Was ist damit?«

»Dort wohnt seit Neuestem ein Obdachloser«, flötete Patty. »Dietmar hat ihn auch schon gesehen, nicht wahr, Diddimaus? Mein Gott, Obdachlose? Bei uns in Scharnow?«

Senger griente verlegen.

»Unser lieber Herr Polizeihauptmeister hat aber nichts gegen ihn unternommen. Im Gegenteil, nicht wahr, Didier?«

Flirtete Patty etwa mit Senger?

Sieben spürte einen Stich in der Herzgegend. Es war ein Gefühl, das er sich nicht erklären konnte, doch es gefiel ihm ganz und gar nicht. Susanne schaltete sich ein.

»Unser Freund und Helfer hat dem armen Tippelbruder eine Flasche Fanta und Erdnussflips geschenkt, stell dir das mal vor? Deshalb ist unsere Mische heute auch etwas stärker als sonst.«

Sieben hatte sich in den vergangenen Tagen mit dem Polizisten halbwegs arrangiert, aber musste der ausgerechnet jetzt den Hahn im Korb geben? Heute war doch Siebens Tag, verdammt. Er hatte in einem unglaublichen Kraftakt und noch dazu heimlich einen total kontaminierten Raum nicht nur sauber und benutzbar gemacht. Nein, er hatte auch sämtliche Küchengeräte gewartet und repariert.

»Ich räum mal das Geschirr in die Maschine«, sagte Sieben in der Hoffnung, seine Küchen-Heldentat wieder ins Bewusstsein des Kollektivs zu bringen.

Mit Erfolg.

»Oh wow, wie schön, wieder eine funktionierende Küche zu haben. Ich kann es immer noch nicht fassen«, trillerte Patty. »Sieben, du bist mein Held!«

Kalle schaute vom Wohnzimmertisch auf.

»Du hast den Geschirrspüler repariert? Der war doch schon kaputt, als wir hier eingezogen sind. Wahnsinn! Das muss ich mir anschauen!«

»Na, na ... geh du nicht auch noch weg. Niels ist schon 'ne Ewigkeit auf dem Klo, dabei bin ich gerade am Gewinnen.«

Namis Stimme war gespielt streng. Kalle ergab sich ihrem Wunsch, nickte aber Sieben noch einmal anerkennend zu.

Na also, geht doch, dachte Sieben, betrat die Küche und stellte das Schmutzgeschirr ab. Der Duft des Eintopfes lag noch in der Luft, und um ihn für eine kleine Weile zu konservieren, schloss er die Tür hinter sich. Für ihn war dieser Duft die höchste Anerkennung seiner Mühen, denn er bedeutete, dass alles lief. Eine Küche, in der ein Eintopf gekocht wurde, war eine funktionierende Küche.

Der Geschirrspüler. Wie ging das noch mit dem Einräumen?

Sieben sortierte erst die Schüsseln in den unteren Einschub. Ein paar flache Teller, auf denen sie Brot serviert hatten, direkt davor. Er trennte das Besteck. Stellte erst die Messer in den Besteckkorb, dann große Löffel, Gabeln und zum Schluss die kleinen Löffel. In dem Einschub darüber platzierte er die Gläser, von denen es viele gab. Die Maschine war schnell gefüllt. Es war wahrscheinlich ein kleines Gerät, aber Sieben fehlten die

Vergleichsmöglichkeiten, denn dies war der erste und einzige Geschirrspüler, den er je zu Gesicht bekommen hatte, und er funktionierte ja auch erst seit heute Nachmittag. Plötzlich fiel Sieben auf, dass etwas fehlte.

Das Waschmittel!

In Waschmaschinen kam auf jeden Fall immer Pulver. Was nahm man für Geschirrspüler? Was immer es war, sie hatten es nicht. Es gab nicht mal richtiges Spülmittel in diesem Haushalt. Klares Wasser würde es fürs Erste auch tun. Sieben setzte den Spüler in Gang und trat einen Schritt zurück. Da entdeckte er eine Suppenspur auf dem Boden. Es war etwas von den Tellern getropft. Sieben griff einen Lappen aus der Spüle, ging in die Knie und wischte akribisch die Spritzer weg. Dann richtete er sich auf und blickte sich zufrieden in der Küche um. Der Gasherd war aus. Der Kühlschrank war zu und schnurrte wie eine Katze. Er sah aus dem Fenster. Niels ging draußen über den Parkplatz. Hatte das Mädchen nicht eben gesagt, er sei auf dem Klo? Unvermittelt blieb Niels stehen, das Gesicht mit geschlossenen Augen gen Himmel gewandt. Was tat er da? Seine Arme waren seitlich abgespreizt. Und er begann ... zu schweben! Ungefähr einen halben Meter über dem Boden. Sieben wischte sich die Augen, als ihm etwas über Niels auffiel. Dort hing ein Wirbel, oder vielleicht auch ein wirbelndes Loch ... ein Loch in der Luft, als wäre die Welt da draußen nur eine Fototapete.

»Verdammte Scheiße!«, entfuhr es Sieben. Er trat näher ans Fenster und blickte nach oben. Ihm war, als würde in großer Höhe, noch über den Nachtwolken, ein riesiger Schatten hängen. Ein UFO vielleicht? Das musste es sein.

Die verdammte Invasion der Erde hatte begonnen.

Aber warum hier? Was wollten die von Niels?

Sieben blickte wieder zu seinem Freund und nahm mit hilflosem Entsetzen wahr, wie Niels anfing, sich von unten nach oben aufzulösen. Leichte Rauchschwaden stiegen von seinem Körper auf. Binnen Sekunden war er verschwunden, und das Loch über der Stelle, wo er eben noch gewesen war, schien sich selbst zu verschlucken. Der eiförmige Schatten war weg. Der abendliche Parkplatz wirkte gleich weniger dunkel.

Sieben war sofort klar, was das alles zu bedeuten hatte.

»Verdammter Kreuzschiss, die haben Niels entführt. Aber nicht mit mir!« Er drehte sich um und eilte ins Wohnzimmer, wo eine gespenstische Stille herrschte.

Kein Wunder, dachte Sieben, doch dann stockte er.

Der Fernseher war angeschaltet. Davor standen seine Freunde. Und ihre beiden Gäste. Entsetzte Gesichter wandten sich ihm zu. Was war hier los?

Natürlich!, überlegte Sieben. Die Aliens hatten die Sendestationen gekapert. Er sah auf den Bildschirm. Ein Standbild. Mitten in der Bewegung gestoppt. Er konnte nichts Genaues ausmachen, auch wenn es ihm bekannt vorkam. Sieben schaute zu Senger. Sah die Fernbedienung in dessen Hand, den Finger auf der Pause-Taste. Wieder blickte er zum Fernseher, und dieses Mal war ihm klar, was dort zu sehen war.

Es waren die beiden Weinbarth-Brüder, die kurz davorstanden, sich gegenseitig totzuschießen.

12

So hatte Jan-Uwe sich das Treffen nicht vorgestellt.

Er hatte der Frau seine Tat gestehen und von den Verschwörungstheorien erzählen wollen, die seinen Verstand lange vernebelt hatten, und davon, wie der Tod ihrer Hündin in ihm einen Sinneswandel ausgelöst hatte. Falls irgend möglich hatte er versuchen wollen, seine Tat wiedergutzumachen. Er war darauf gefasst gewesen, jeden Wutanfall und alle Vorwürfe demütig zu ertragen. Er hatte gehofft, dass die Frau erleichtert sein würde, wenn sie erfuhr, warum ihre Hündin gestorben war. Und natürlich hoffte er auch darauf, sich damit ein klein wenig Schuld von der eigenen Seele zu laden.

Doch bevor es dazu gekommen war, hatte ein weiteres Tier sterben müssen. Wäre ohne ihn der Kater vielleicht noch am Leben? Obwohl er nicht mehr zum BsB gehörte, schien es Jan-Uwe, als trüge er auch eine Mitschuld an Daves Tod.

Er überlegte noch, wie er mit der Situation umgehen sollte, als Sylvia anfing zu weinen. Und jetzt, wo sie damit begonnen hatte, schien sie nicht mehr aufhören zu können. Heulkrämpfe schüttelten sie. Jan-Uwe nahm sie in den Arm, um ihr Halt zu geben. Seine Schulter wurde nass von ihren Tränen, aber das machte ihm nichts aus. Es gefiel ihm sogar. Immerhin konnte er ihr so ein bisschen beistehen. Während er die weinende Frau im Arm hielt, wanderte sein Blick zu der kaputten Vase, neben der er ein Projektil entdeckte. Es war kaum verformt.

Kaliber 7.62 x 51.

Carla.

Die Entfernung vom Dach des Silos bis zu diesem Raum betrug kaum fünfundzwanzig Meter, doch Zarmo war eben auch mit Carla ein miserabler Schütze. Mit einem Mal durchfuhr Jan-Uwe ein Gedanke: Was, wenn sein alter BsB-Gefährte gar nicht das Tier, sondern ihn hatte treffen wollen? Hatten Hans Zarm und die skeptischen Bürger beschlossen, dass er eine Gefahr für die Bewegung darstellte?

Andererseits wusste Zarmo nicht nur von Jan-Uwes Ausstiegsplänen, sondern hatte sich auch Carla und die anderen Waffen schenken lassen. Machte das Zarmo nicht zu seinem Komplizen? Das wiederum könnte dessen Eifer, dem BsB einen größeren Dienst zu erweisen, nur weiter beflügelt haben.

Ein Anflug von Paranoia erfasste Jan-Uwe. Er schüttelte ihn schnell ab. Darum würde er sich später kümmern.

In diesem Moment löste sich Sylvia aus der Umarmung. Sie griff nach einer Packung Taschentücher auf dem Tisch und lächelte ihn tränennass an, während sie damit begann, ihr Gesicht trocken zu tupfen.

»Sie müssen mich für hysterisch halten. Dave war schließlich nur eine Katze …« Sie brach ab. Eine Haarsträhne fiel ihr ins Gesicht.

Nur eine Katze, dachte Jan-Uwe. Genau deswegen war er ja beim BsB ausgestiegen, weil er so nicht über Tiere denken wollte. Und sie offenbar auch nicht. Er sah sie an. In ihrer Trauer kam sie ihm unwahrscheinlich schön vor.

»In den letzten Wochen ist so viel passiert. Ein mir nahestehender Mensch ist vor Kurzem gestorben, und meine Hündin wurde erschossen. Ach, das wissen Sie ja schon.«

Sie schluckte. Einen Moment lang schien es, als würde sie wieder anfangen zu weinen. Sie senkte den Blick. Ihm war plötzlich, als würde sie seine Füße anstarren. Die steckten nackt in Sandalen. Wie immer. Wie damals im Supermarkt. Verdammt. Jetzt würde sie sich erinnern. Er hatte es damals schon geahnt, dass ihm sein Sandalentick zum Verhängnis werden würde. Aber das war ja Quatsch. Er hatte lediglich im Supermarkt eingekauft. Warum sollte sie das mit dem Attentat auf Cloudy in Verbindung bringen?

»Sie haben sehr schöne Füße, wissen Sie das?«

Jan-Uwe hatte mit vielem gerechnet, aber nicht damit.

»Sie erinnern mich an eine Jesus-Figurine, die ich als Kind einmal besessen habe.«

Bevor er etwas entgegnen konnte, sah ihm Sylvia mit klarem Blick in die Augen.

»Bleiben Sie doch noch ein bisschen bei mir. Ich koche uns einen Kaffee. Haben Sie vielleicht Hunger? Ich könnte etwas zu essen vertragen, und vor allem möchte ich jetzt nicht allein sein.«

Sie griff nach seiner Hand. Jan-Uwe durchströmte eine Wärme, die ihn glücklich machte, auch wenn er sich nicht ganz sicher war, ob er dieses Glück wirklich verdiente. Egal. Er hatte sich vom BsB losgesagt, er war heute einem Supermenschen beigestanden, er war ein freier Mann. Er wollte sich nicht gegen seine Gefühle zur Wehr setzen. Das hatte er zu oft in seinem Leben getan.

»Kaffee ist eine wunderbare Idee«, antwortete er.

13

Der Sicherheitsbeamte klopfte an die unscheinbare Tür am Ende des Flurs, lauschte kurz an einer winzigen Öffnung, die aussah, als hätte man einen Salzstreuer von der anderen Seite hindurchgestoßen, nickte dem Agenten zu und öffnete ihm.

Der Agent trat ein.

Es war ein verwinkelter Raum, dessen vorderer Teil von einer verdreckten Lampe nur notdürftig beleuchtet wurde. Innen war er deutlich größer, als die Tür vermuten ließ. Der Agent kniff seine Augen zusammen, um sich an das Halbdunkel zu gewöhnen. Er entdeckte einen mittelgroßen Wandspiegel an einer der unverputzten Betonwände, ansonsten schien das Zimmer leer zu sein. Der Agent spannte seine Muskeln an, lockerte sie gleich wieder und wiederholte diesen Vorgang fünfmal. Dieses minimale, aber hocheffektive Training diente nicht nur der Fitness, sondern beruhigte auch seine Nerven.

Er machte ein paar Schritte und hielt inne. Wer oder was auch immer ihn hier erwartete, war ihm in der Hierarchie der Firma übergeordnet. Die Zimmermitte gehörte dieser Präsenz.

Hinter ihm schloss sich die Tür. Er konnte nicht umhin, bei dem Geräusch zusammenzuzucken. Bemüht, sich wieder zu beruhigen, schob er noch zwei Anspannungsintervalle hinterher.

Dann forderte eine unbestimmte Bewegung in der Dunkelheit vor ihm seine Aufmerksamkeit. Etwas Massiges war dort. Ein animalischer Geruch breitete sich aus, der das Atmen in dem ohnehin stickigen, fensterlosen Raum erschwerte.

»Setz dich!«

Die Stimme war tief und rau, aber nicht unangenehm. Trotzdem jagte sie ihm einen Schauder über den Rücken. Er sah sich nach einer Sitzgelegenheit um. Etwa einen halben Meter rechts vor sich entdeckte er die Umrisse eines Stuhls. Er bewegte sich vorsichtig darauf zu, griff nach dem Möbel und ging damit in seine alte Position zurück. Dann setzte er sich.

Es war sein erster Besuch beim »Sekretär«, und er war gut gebrieft worden. Trotzdem fiel es seinen Sinnen nicht leicht, zu verarbeiten, was hier gerade geschah. Vor ihm schnaufte ein Wesen, ein Geräusch, das immerhin eine Richtung hatte. Die Stimme dagegen kam von überall und nirgends, sie war ihm weit näher als die Gestalt im Dunkeln, sie klang wie eine Stimme aus einem Kopfhörer – wie eine Stimme im Kopf.

Natürlich wusste der Agent, was Telepathie war. Doch wie sich telepathische Kommunikation anfühlte, erlebte er jetzt zum ersten Mal.

So etwas ließ sich nicht trainieren.

»Was hast du herausgefunden?«, hörte er die Stimme in seinem Kopf sagen, während gleichzeitig vor ihm das Schnaufen des Wesens den Raum füllte.

»Ich habe …«

»Warte!«, unterbrach ihn die Stimme. »Hier, nimm dies!«

Aus dem Dunkel vor ihm wurde etwas in seine Richtung geschoben. Es schlitterte über den Boden direkt vor seine Füße. Der Agent sah auf das Bündel vor ihm. Eine Puppe. Bunt, mit roter, geflochtener Wolle als Haarimitat auf dem Kopf. Etwas zu groß für ein Kinderspielzeug.

»Das ist Fratze. Heb sie auf!«

Er tat wie ihm geheißen. Die ungefähr neunzig Zentimeter große Stoffpuppe hatte ein lächelndes Gesicht, Sommersprossen und sehr große Augen, eine Knubbelnase mit breiten Nasenflügeln und einen breiten Mund, aus dem vereinzelt übergroße Zähne lugten. Sie trug eine Latzhose mit aufgedruckten Flicken, hatte gestreifte Strümpfe und klumpige Füße, überzogen mit glänzendem Stoff, eine Puppenidee von Schuhen.

»Sprich durch sie!«

Der Agent sah verwirrt in das Dunkel vor ihm, dann auf die Puppe.

»Na los, mach schon!«

Er packte das Spielzeug im Nacken und hielt es so, dass das Gesicht der Gestalt im Schatten vor ihm zugewandt war.

»Wenn du in ihre Hose greifst, findest du eine Öffnung. Schieb deine Hand dort hinein!«

Der Agent befolgte den Befehl. Durch den Puppenhintern bahnte sich seine Hand ihren Weg bis zum Hinterkopf. Er drehte die Hand nach links und rechts, übte ein wenig, Mund und Kopf der Puppe zu bewegen, bevor er zu sprechen begann.

»Wir haben ein Problem …«

»Nicht so!«, unterbrach ihn die Stimme. Der Agent verlor kurz seine Fassung. »Gib ihr eine eigene Stimme, und dann sprich durch sie! Nur Mut!«

Der Agent räusperte sich und fing an, mit verstellter und deutlich höherer Stimme zu sprechen. Weit kam er nicht.

»Das geht bestimmt noch besser. Streng dich an! Lass dir was einfallen! Gib ihr Seele, gib ihr Charakter!«, hallte es in ihm, und ob nun aus plötzlich aufblitzender Originalität oder weil er sich noch gut an seine Kindheit erinnern konnte, ließ er die Puppe nicht nur sehr hoch sprechen, sondern diesmal auch lispeln.

»Altho, wir haben ein Problem. Eine kleine Widerthtantsgruppe itht unth auf die Thliche gekommen, fürchte ich.«

»Das ist gut. Das ist sogar sehr gut. Das gefällt mir. Mach weiter!«

Der Agent musste sich zusammenreißen, um nicht hysterisch loszulachen. Das hier war absurd.

»Was …«, er verbesserte sich, »wath tholl daran gut thein, wenn ich fragen darf?«

»Deine Stimme, das Lispeln. Es gefällt mir!«

»Aber das … aber dath itht doch jetht völlig nebenthächlich. Ich thpreche von einer Gefahr, die ….«

»Schschschschsch!«

Die Gestalt löste sich aus dem Schatten und stapfte auf ihn zu.

Riesig.

Unfassbar groß.

Wunderschön.

Ein gigantisches Rhinozeros näherte sich ihm mit schwerem Schritt. Der Kopf des Tieres stoppte wenige Zentimeter vor ihm und schnaufte ihm ins Gesicht, sodass die Haare des Agenten etwas nach hinten geweht wurden.

»Deine Puppe hat jetzt eine Seele, eine eigene Sprache. Das gefällt mir. Das ist wichtig! Das ist essenziell.«

Das gigantische Tier vor ihm schnaufte erneut.

»Und was die hysterischen Tiermörder angeht: Wir wissen beide, dass die Spur, die sie verfolgen, falsch ist. Wie heißt es in einem ihrer heiligen Bücher: ›Im Anfang war das Wort.‹ Ha! Das gedruckte Wort wird sie vernichten.« Das Tier grunzte tief und mächtig. Dem Agenten liefen kalte Schauer über den Rücken.

»Du hast so wunderbare Fortschritte gemacht. Sei stolz auf dich und verschwende keinen Gedanken mehr an diese Fanatiker. Es wird sich bereits darum gekümmert.«

Der Agent hielt die Luft an und starrte an dem Horn vorbei in eines der seitlich abstehenden Augen des Rhinozeros. Es war glänzend schwarz. Ein schwaches Leuchten ging von ihm aus.

Dann schien die Begeisterung in dem Tier mit einem Mal zu verblassen. Woran der Agent das erkannte, konnte er nicht sagen, aber es überraschte ihn nicht, als die Stimme in seinem Kopf seufzend sagte: »Du kannst jetzt gehen!«, während das Nashorn den Kopf schief stellte und einen halben Meter nach hinten ging, wobei »ging« natürlich nicht im Entferntesten die Bewegung dieses großen Tieres beschrieb.

Der Agent zog seinen Arm aus der Puppe und stand vorsichtig auf, als die Stimme noch einmal ertönte.

»Nimm Fratze mit. Die Puppe gehört jetzt zu dir. Lass sie sprechen, so oft es geht. Wir werden uns wiedersehen.«

»Auf ... auf Wiederthehen!«

Der Stoff seines Ärmels war dunkel, feucht. Ihm kam es so vor, als wäre er bei dem Gespräch ruhig und professionell geblieben, doch beim Hinausgehen traf sein Blick den Spiegel an der Wand, und er schrak zusammen. In ihm sah er das leichenblasse Gesicht eines Fremden. Im Zwielicht des Raumes wirkte sein feines, blondes Haar nun rot und dick wie Wolle. Seine Haut war mit Sommersprossen übersät. Sein Gesicht war dabei, sich in jenes der Puppe zu verwandeln, die seine Hände krampfhaft umfasst hielten. Das Wort »Metamorphose« fiel ihm ein. In seinem Kopf begann sich alles zu drehen. Er konnte kaum noch atmen.

Mit schwindender Kraft schaffte er es zur Tür, klopfte ungeduldig, und als der Sicherheitsbeamte kurz darauf öffnete, verließ er eilig das Zimmer des Sekretärs.

Das Rhinozeros drehte ab und stapfte wieder in die dunkle Ecke des Raumes, wo es sich dem Heuhaufen widmete, der dort lag.

Epilog

»Aaah, ein Sudoku-Rätselheft.« Zarmo betrachtete die Werbesendung in seinen Händen. »Sehr gut! Sehr praktisch! Und umsonst!«

Er nahm die restliche Post aus dem Briefkasten, drehte sich noch mal zur Straße um und sah Trönse hinterher, der lautlos in seinem Elektropanda davonfuhr.

Der Wagen ist schon 'ne Eins, aber sonst? Lange geht das mit dem Nacho nicht mehr gut, dachte er, ohne darüber seine Bombenlaune zu verlieren.

Heute hatte er, Hans Zarm, bewiesen, aus welchem Holz er geschnitzt war.

Im Flur sah er die Post in seinen Händen durch, warf den größten Teil davon weg und steckte das Rätselheft in die Außentasche des Gewehrfutterals.

»Ein bisschen Kopftraining für unterwegs, was, Carla?«, sagte er mit Blick auf die Tasche. Er fühlte sich rundum zufrieden. Dass er die Katze verfehlt hatte und sie eigentlich erst durch den Sprung aus dem Fenster ums Leben gekommen war, spielte am Ende keine Rolle. Wichtig war nur, dass das Ergebnis stimmte. So hatte die ganze Sache wie ein Unfall ausgesehen, was eigentlich noch besser, ja, geradezu genial war.

Vielleicht sollte er seine Technik in diese Richtung perfektionieren, dachte Zarmo. Wenn er seine Opfer in den Selbstmord trieb, war er streng genommen kein Mörder, und das verdammte Schweinesystem konnte ihm gar nichts. Die Genialität seiner Idee ließ ihn noch euphorischer werden.

Er war der Checker, der Boss, der Mann mit dem Plan.

Ein weiterer, entscheidender Schlag gegen die Weltenlenker war gelungen.

Und das ihm!

Ihm allein! Denn Trönse, der Nacho, zählte nicht.

Keine Zeugen! Keine Spuren!

Er hatte es nicht versaut! Ganz und gar nicht versaut!

Er würde nie wieder etwas versauen!

Es ging also auch ohne den verdammten Paslička, diesen Premium-Nacho, der immer alles besser wusste, alles besser konnte und am Schluss wie ein Weichei den Schwanz eingezogen hatte.

Zarmo ging in die Küche und nahm sich eine Dose Whiskey-Cola aus einem Sechserträger, der zusammen mit einer Packung Eier den einzigen Inhalt seines Kühlschranks darstellte. Er öffnete die Dose und trank ein paar tiefe Schlucke. Das tat gut.

Mit einem Mal begann er, über sich selbst am meisten überrascht, den Oberkörper hin- und herzuwiegen. Seine Schuhe machten rhythmische kleine Schrittfolgen auf dem Küchenboden, dann drehte er sich mit einer eleganten Pirouette zurück in den Flur. Dort griff er nach dem Gewehrfutteral, nahm Carla, die Göttliche, heraus und zog reflexartig noch den Reißverschluss der Außentasche zu. Mit der Whiskey-Cola-Dose in der Hand und Carla im Arm schwang er sich tanzend durch die Tür ins Schlafzimmer.

Das Sudoku-Rätselheft hatte er in diesem Moment schon komplett vergessen.

»So ein Mist!«, dachte das Heft, welches nun im Dunkeln in der verschlossenen Außentasche kauerte und in diesem Moment nicht wusste, wie es seinen Auftrag ausführen sollte.

Siedlung im Norden
Walther Pfannschmidt
Pakt der Glücklichen
ELSA Karpski
Hakon's Kiosk & Internetcafé
POLIZEI
Polizei
Dönerimperium
Silo
Plattenbau Siedlung
Discount
Susanne Scharster
Agnes Petri
Wassmann

Scharnhower Forst
Schullandheim
Billkauf
Wiese

Toby Wilkinson

Gli ultimi faraoni

L'antico Egitto da Alessandro Magno a Cleopatra

Rizzoli

Pubblicato per

Rizzoli

da Mondadori Libri S.p.A.

ISBN 978-88-17-19092-3

Prima edizione: marzo 2025

Titolo originale dell'opera:
THE LAST DYNASTY

Traduzione e realizzazione editoriale: Netphilo Publishing, Milano

Gli ultimi faraoni

A John e Peter

Nota sui nomi propri

Scegliere il modo migliore per rendere i nomi di luoghi e persone del mondo antico è un compito complesso e in gran parte una questione di preferenze personali.

Per l'Egitto tolemaico, si possono scegliere tre versioni diverse di un nome di luogo: egizio antico, greco e arabo moderno. Così la città chiamata dagli egizi Khemnu («città delle otto», dal nome di un gruppo locale di otto divinità) era conosciuta dai greci come Hermopolis (dal nome di Hermes, l'equivalente greco del dio egizio Thoth) e corrisponde all'attuale città di Ashmunein (che, curiosamente, si rifà al nome originale egizio). A seconda dei capricci dell'archeologia e della storia, i luoghi possono essere meglio conosciuti con la forma greca (esempi sono Heliopolis, Sais e Sebennytos) o con la forma araba anglicizzata (Karnak, Luxor, Dendera e Edfu).

In questo libro, che si occupa di un periodo in cui il greco era la lingua di governo in Egitto e in tutto il Mediterraneo orientale, sono state generalmente utilizzate le forme greche dei nomi dei luoghi, sia per i siti più noti (Memphis, Thebai) sia per quelli meno noti (ad esempio, Karia, Kilikia, Kyrene e Tarsos, piuttosto che Caria, Cilicia, Cirene e Tarso). Laddove la versione latinizzata o anglicizzata è così familiare che l'uso di qualsiasi altra variante non farebbe altro che confondere, sono state mantenute le forme comuni: quindi Egitto, Karnak, Cipro, Rodi, Atene, Cartagine e Babilonia – e, appunto, Roma.

Un approccio simile è stato adottato per i nomi di persona. I personaggi meno familiari (come Antipatros, Kassandros, Seleukos e Antiochos) sono resi nella loro forma greca (al posto dei latinizzati o anglicizzati Antipater, Cassander, Seleucus e Antiochus), ma sono state mantenute le grafie comuni per i nomi più familiari (principalmente Alessandro e Filippo, Tolomeo e Cleopatra, ma anche Erodoto, Giulio Cesare, Marco Antonio e Ottaviano).

I numeri ordinali attribuiti a ciascuno dei Tolomei (I-XV) e Cleopatra (I-VII) sono una convenzione moderna. Ai loro tempi, ogni sovrano tolemaico sarebbe stato conosciuto con il suo nome e il suo titolo di culto, quindi Tolomeo Soter (Tolomeo I), Tolomeo Epifane (Tolomeo V), e così via. Gli studiosi sono generalmente dell'opinione che Tolomeo VII Neos Filopatore non abbia goduto di un regno indipendente, ma sia stato incorporato nel culto del sovrano tolemaico solo dopo la sua morte. Tuttavia, in questo caso è stata seguita la numerazione tradizionale, con Tolomeo VI succeduto dal fratello Tolomeo VIII.

Nota sulle date

Tutte le date sono a.C. se non diversamente indicato.

Le date nell'antico Egitto erano espresse in termini di anni di un re sul trono, con ogni anno di regno che iniziava alla data di ascesa al potere. Una data nel formato 306/5 indica che un singolo anno di regno (antico) comprendeva due anni solari (moderni).

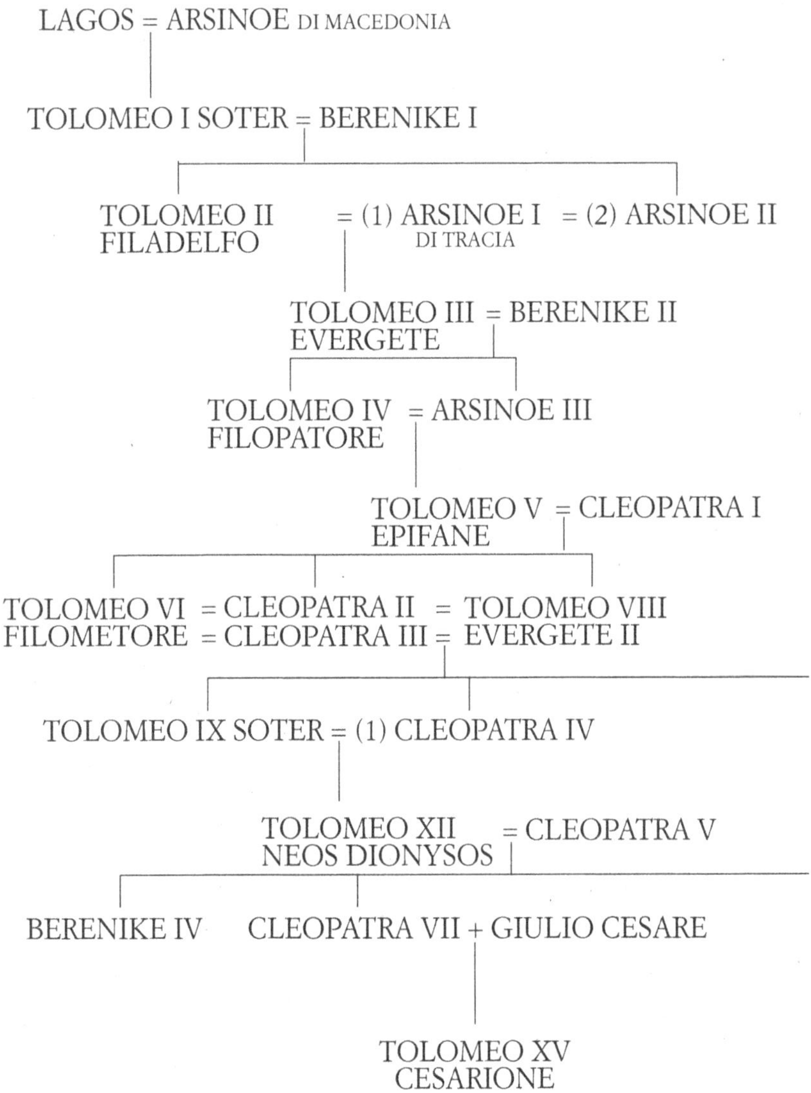
LAGOS = ARSINOE DI MACEDONIA
TOLOMEO I SOTER = BERENIKE I
TOLOMEO II FILADELFO = (1) ARSINOE I DI TRACIA = (2) ARSINOE II
TOLOMEO III EVERGETE = BERENIKE II
TOLOMEO IV FILOPATORE = ARSINOE III
TOLOMEO V EPIFANE = CLEOPATRA I
TOLOMEO VI FILOMETORE = CLEOPATRA II = TOLOMEO VIII
= CLEOPATRA III = EVERGETE II
TOLOMEO IX SOTER = (1) CLEOPATRA IV
TOLOMEO XII NEOS DIONYSOS = CLEOPATRA V
BERENIKE IV
CLEOPATRA VII + GIULIO CESARE
TOLOMEO XV CESARIONE

La casa reale tolemaica

= (2) CLEOPATRA SELENE = TOLOMEO X
ALESSANDRO

BERENIKE III = TOLOMEO XI ALESSANDRO

+ MARCO ANTONIO TOLOMEO XIII FILOPATORE TOLOMEO XIV FILOPATORE

ALESSANDRO ELIO

CLEOPATRA SELENE = GIUBA II DI MAURETANIA

TOLOMEO FILADELFO

TOLOMEO

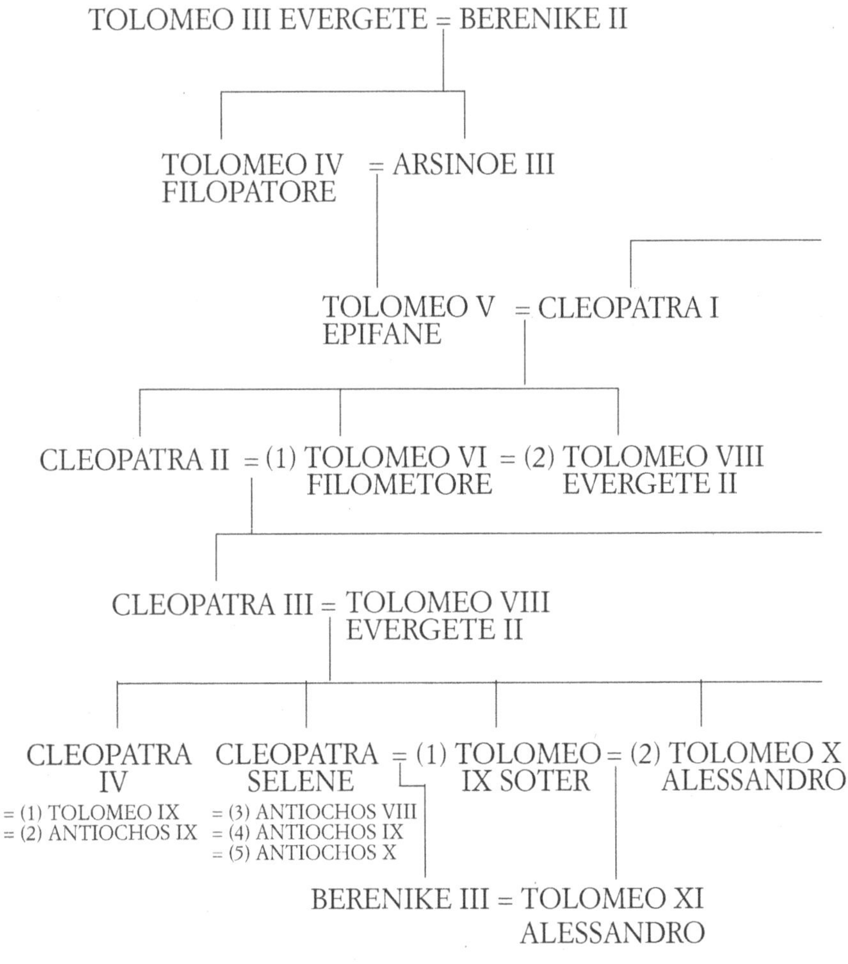
TOLOMEO III EVERGETE = BERENIKE II
TOLOMEO IV FILOPATORE = ARSINOE III
TOLOMEO V EPIFANE = CLEOPATRA I
CLEOPATRA II = (1) TOLOMEO VI FILOMETORE = (2) TOLOMEO VIII EVERGETE II
CLEOPATRA III = TOLOMEO VIII EVERGETE II
CLEOPATRA IV
= (1) TOLOMEO IX
= (2) ANTIOCHOS IX
CLEOPATRA SELENE
= (3) ANTIOCHOS VIII
= (4) ANTIOCHOS IX
= (5) ANTIOCHOS X
= (1) TOLOMEO IX SOTER = (2) TOLOMEO X ALESSANDRO
BERENIKE III = TOLOMEO XI ALESSANDRO

Dinastie tolemaiche e seleucide

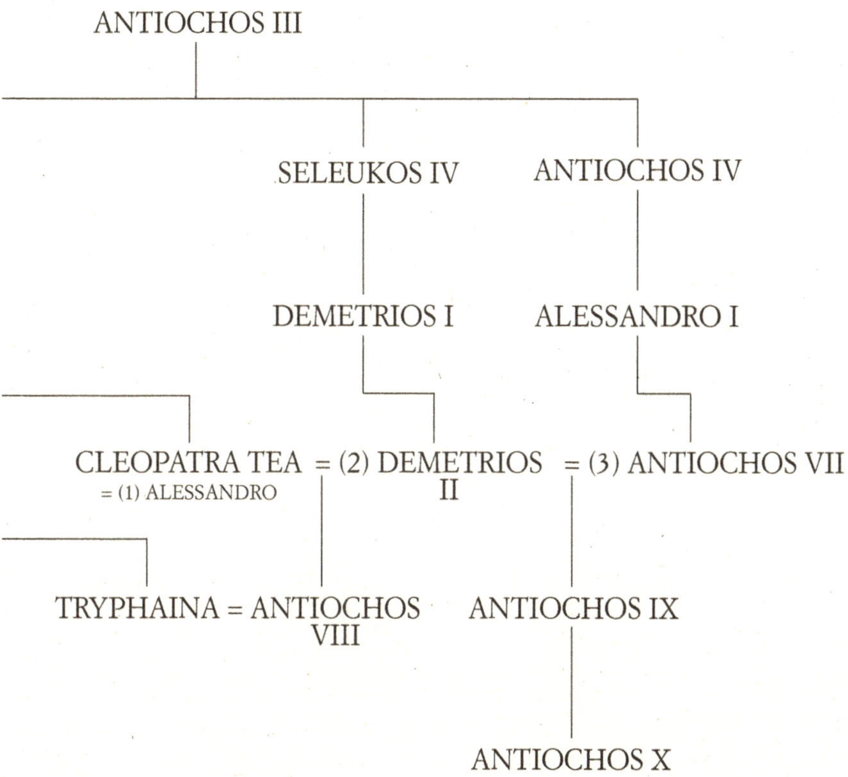

ROMA
TRACIA
BISANZIO
KHALKEDON
MACEDONIA
Thasos
PAPHLA
BRUNDISIUM
PELLA
Samotracia
EORDAIA
AIGAI
BITINIA
KARDIA
PHOENIKE
TESSAGLIA
Dardanelli
AZIO
(31 a.C.)
ATENE
FRIGIA
Sicilia
SIRACUSA
CARTAGINE
PANFILIA
CESAREA (550 km)
LICIA
Cipro
NUOVA PAPHOS
Mar Mediterraneo
TOLEMAIDE
KYRENE
KYRENAIKA
ALESSANDRIA
oasi di
Siwa
MEMPHIS
PERGAMO
Mar Egeo
Chios
IONIA
ATENE
EPHESOS
CORINTO
PIREO
Samo
MILETO
Peloponneso
Delo
KARIA
SPARTA
Kos
Rodi
Creta
Nilo
EGITTO
THEBAI
SYENE
NAPATA
SESTA CATERATTA

Mar Nero
GONIA
PONTO
ARMENIA
Mar Caspio
CAPPADOCIA
IMPERO SELEUCIDE
Cidno
TARSOS
ANTIOKHEIA
ATROPATENE
SIRIA
MESOPOTAMIA
PARTIA
FENICIA
KOILE-SYRIA
Tigri
Eufrate
SELEUKEIA AL TIGRI
SAMARIA
BABILIONIA
GERUSALEMME
ALESSANDRIA
ARACHOSIA (670 km)
Arabia
Mar Rosso
IL
MONDO
ELLENISTICO
TOLEMAIDE
DELLE CACCE
0
500
1000 km
QUINTA
CATERATTA
MEROË

FARO DI PHAROS
Grande
Porto
Pharos
Antirrhodos
Eunostos
HEPTASTADION
EMPORIO
CAESAREUM
Kibotos
MOLI
MAGAZZINI
BRUCH
PORTA DELLA
NECROPOLI
VIA DEI CANOPI
MUSEO &
BIBLIOTECA
SOMA
PANEION
NECROPOLI
RHAKOTIS
VIA DEL SOMA
SARAPIEION
STADIO
Canale

ALESSANDRIA D'EGITTO NEL PERIODO TOLEMAICO
Lochias
PALAZZO REALE
TEMPIO DI POSEIDONE
QUARTIERE REALE
EION
QUARTIERE EBRAICO
IPPODROMO
PORTA DEI CANOPI
GINNASIO
MURA DELLA CITTÀ
N
0
500
1000 m
lago Mareotis

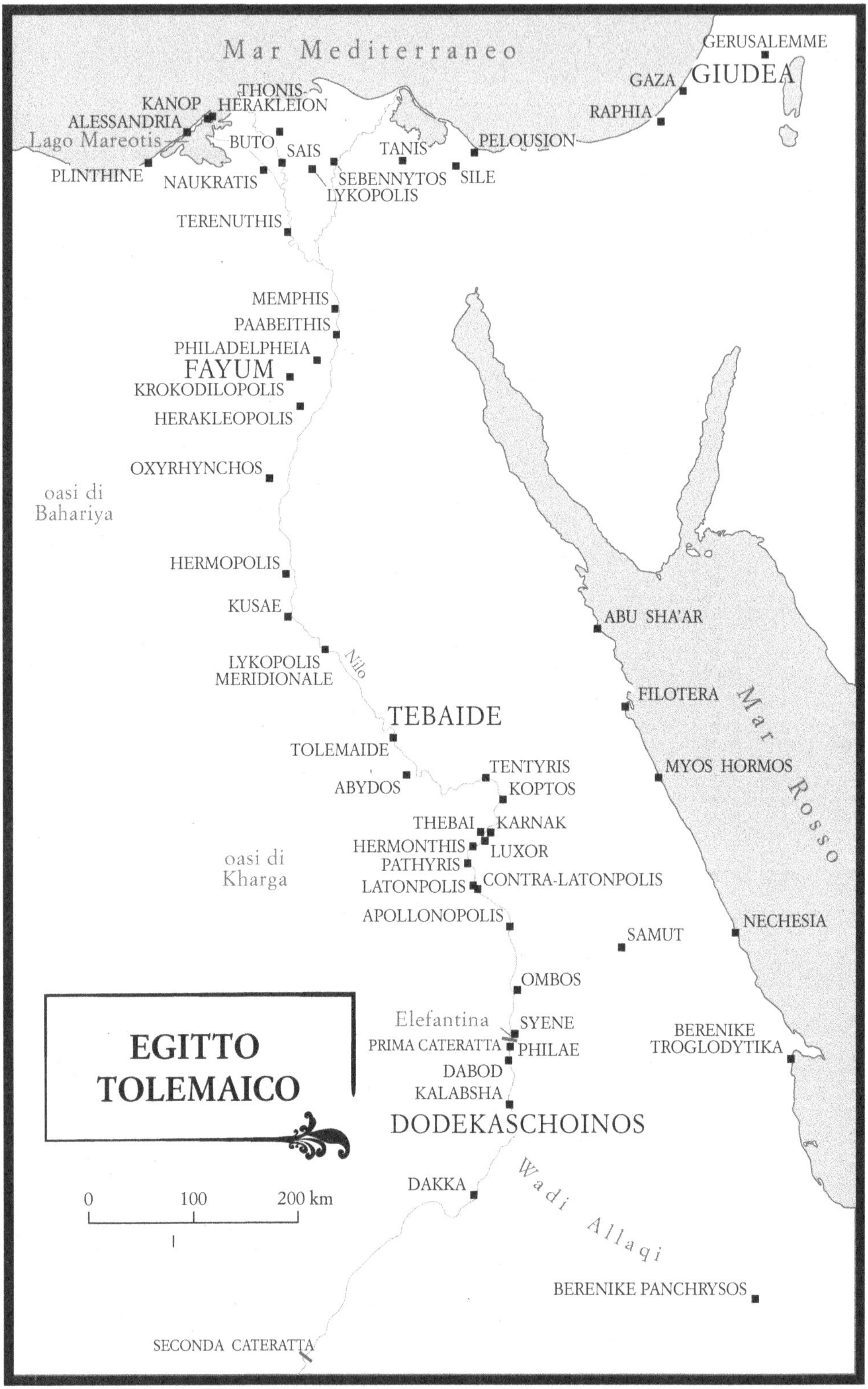
Mar Mediterraneo
GERUSALEMME
GIUDEA
GAZA
RAPHIA
THONIS-HERAKLEION
KANOP
ALESSANDRIA
Lago Mareotis
BUTO
SAIS
TANIS
PELOUSION
PLINTHINE
NAUKRATIS
SEBENNYTOS
SILE
LYKOPOLIS
TERENUTHIS
MEMPHIS
PAABEITHIS
PHILADELPHEIA
FAYUM
KROKODILOPOLIS
HERAKLEOPOLIS
OXYRHYNCHOS
oasi di Bahariya
HERMOPOLIS
KUSAE
ABU SHA'AR
LYKOPOLIS MERIDIONALE
Nilo
FILOTERA
Mar Rosso
TEBAIDE
TOLEMAIDE
TENTYRIS
ABYDOS
KOPTOS
MYOS HORMOS
THEBAI
KARNAK
HERMONTHIS
LUXOR
oasi di Kharga
PATHYRIS
LATONPOLIS
CONTRA-LATONPOLIS
APOLLONOPOLIS
SAMUT
NECHESIA
OMBOS
Elefantina
SYENE
PRIMA CATERATTA
PHILAE
BERENIKE TROGLODYTIKA
DABOD
KALABSHA
EGITTO TOLEMAICO
DODEKASCHOINOS
Wadi Allaqi
0
100
200 km
DAKKA
BERENIKE PANCHRYSOS
SECONDA CATERATTA

Introduzione.
Questioni di identità

Il 10 agosto del 30 a.C., la regina Cleopatra e le sue due ancelle si ritrovarono finalmente sole in una sala del palazzo reale di Alessandria. Un complesso tentacolare di stanze opulente e cortili ariosi, la residenza reale occupava un promontorio sulla costa mediterranea dell'Egitto. Dalle sue finestre si godeva di una vista mozzafiato sul porto, pieno di imbarcazioni di ogni nazione, sullo svettante faro di Pharos sullo sperone roccioso, la cui cima era sormontata da una scintillante statua di Zeus, e sul mare aperto. Al di fuori delle mura del palazzo, la città brulicante e cosmopolita, fondata da Alessandro Magno circa tre secoli prima, era ora la metropoli più vivace del mondo, dove persone e idee provenienti da Europa, Asia e Africa si incontravano in un mix inebriante. La sua biblioteca e il tempio delle Muse avevano nutrito le menti più raffinate, facendo progredire la conoscenza in ogni ambito dell'indagine umana. E, al centro di tutto, il quartiere reale, base del potere dei monarchi che avevano creato Alessandria e l'impero di cui la città era il gioiello della corona.

Ma, quel giorno, la dinastia che aveva governato la Valle del Nilo più a lungo di qualsiasi altra nei suoi tremila anni di storia stava per terminare. Immerso in una geopolitica sempre più complessa, l'Egitto si era trovato a sostenere la parte sbagliata in una lotta di potere tra stranieri che avrebbe rimodellato l'intero mondo antico. Di fronte all'invasione su due fronti, il Paese era caduto. Le truppe romane occupavano Alessandria e tutte le vie di fuga erano bloccate. La spodestata sovrana d'Egitto, Cleopatra, era stata fatta prigioniera e rinchiusa nel suo stesso palazzo, sorvegliata giorno e notte dai suoi rapitori.

La capacità di persuasione della regina era stata la caratteristica distintiva del suo ventennale regno e ora la mise a frutto per l'ultima volta, convincendo le annoiate guardie che non rappresentava una minaccia. Poi, non appena i carcerieri si distrassero, «indossò i suoi abiti più belli, dispose il suo corpo nel modo più elegante, prese in mano tutti gli emblemi della regalità e così morì».[1] Quando le guardie tornarono, era troppo tardi: «Trovarono Cleopatra che giaceva morta su un divano d'oro, vestita in modo regale. E delle sue due donne, quella che si chiamava Iras stava morendo ai suoi piedi, mentre Charmion, già barcollante e con le mani pesanti, cercava di sistemare il diadema che cingeva la fronte della regina».[2]

Le modalità precise della morte di Cleopatra erano un mistero,

> perché gli unici segni sul suo corpo erano leggere punture sul braccio. Alcuni dicono che si sia applicata un aspide che le era stato portato in un vaso d'acqua, o forse nascosto in alcuni fiori. Altri dichiarano che aveva spalmato di veleno uno spillo con cui era solita fissare i capelli... In questo modo o in un modo molto simile morì, e con lei le sue due ancelle.[3]

* * *

La vita turbolenta, il regno tumultuoso e la tragica morte di Cleopatra – la settima regina della sua casa reale a portare questo nome – hanno affascinato i suoi contemporanei e catturato l'immaginazione di tutto il mondo nei duemila anni successivi. Per i Romani, che ereditarono il suo regno, fu l'artefice della sua stessa fine:

> Per amore ottenne il titolo di regina degli Egizi, e quando sperò con lo stesso mezzo di ottenere anche quello di regina dei Romani, fallì in questo e perse anche l'altro. Si accattivò i due più grandi romani del suo tempo, e a causa del terzo si distrusse.[4]

I repubblicani più convinti di Roma avevano una visione sempre più negativa. Per loro, Cleopatra era l'incarnazione del lusso e della licenziosità, una despota orientale abbattuta dalla sua stessa turpitudine morale.

Il popolo di Cleopatra vedeva le cose in modo diverso. Per i suoi sudditi di lingua greca, immigrati e loro discendenti da tutto il Mediterraneo orientale, era stata una nobile rampolla della sua dinastia. Il suo lontano antenato, il generale macedone Tolomeo figlio di Lagus, era stato uno dei più stretti luogotenenti di Alessandro Magno prima di fondare un impero sull'eredità del conquistatore. I Tolomei successivi avevano trasformato l'Egitto nel più grande dei regni ellenistici e Alessandria in un faro di prosperità, cultura e raffinatezza. Naturalmente, nel corso dei secoli ci sono stati alti e bassi, ma Cleopatra VII sembrava essere dalla parte giusta della storia. Aveva riconquistato per la corona molti dei suoi antichi territori e aveva fatto mostra di sfarzi e fastosità che non avevano nulla da invidiare a nessun sovrano. In breve, aveva incarnato la magnificenza della monarchia.

Per gli abitanti nativi dell'Egitto, i cui antenati avevano coltivato i fertili terreni della Valle del Nilo per innumerevoli generazioni, Cleopatra era stata un vero faraone. Pur essendo di origine greco-macedone, aveva compreso l'importanza di onorare le divinità tradizionali dell'Egitto. Aveva costruito e abbellito i templi, osservato gli antichi riti e le feste e reso omaggio di persona agli animali sacri che erano una caratteristica distintiva della religione egizia. Come ogni faraone, anche lei era stata circondata dalla divinità. Regnando come Iside vivente, incarnazione terrena della dea universale e madre del mondo, Cleopatra era stata il modello stesso della regalità egizia.

In breve, ciò che si pensava di Cleopatra, durante la sua vita e subito dopo la sua morte, dipendeva dal proprio contesto di provenienza. Allo stesso modo, nella nostra epoca di opinioni contestate, le questioni di identità ruotano intorno alla regina da ogni parte. Era bella? (Non lo era, a quanto pare, secondo gli standard dell'estetica moderna.) Africana? (In parte: pur essendo nata nel continente africano, dove i suoi antenati avevano vissuto per oltre due secoli, era di origine greco-macedone. Era regina d'Egitto, ma non una regina egizia.) Era un'impavida paladina dei diritti delle donne o una lasciva prostituta? (Nessuna delle due: queste etichette moderne non possono essere applicate facilmente a un passato lontano, e farlo rischia di trasformare figure storiche complesse in attori monodimensionali del nostro dramma contemporaneo.)

Se vogliamo capire Cleopatra, come prodotto del suo tempo e del suo luogo, dobbiamo porci una serie di domande diverse. Quali erano le correnti culturali e politiche che hanno plasmato la storia del Mediterraneo nei secoli precedenti la sua vita e il suo regno? Come convivevano i diversi gruppi di popolazione in Egitto? Qual era la natura della monarchia tolemaica? Che tipo di città era l'antica Alessandria? L'ascesa di Roma e la caduta dell'Egitto erano inevitabili? Esaminando la complessa eredità di Cleopatra – attraverso l'intero arco della storia tolemaica, da Alessandro Magno al regno della regina stessa –, il presente libro cerca di rispondere a queste domande.

* * *

Alessandro Magno e Cleopatra: due dei nomi più noti della storia. Eppure il periodo di tre secoli che intercorre tra queste due grandi vite è sorprendentemente poco conosciuto al di fuori dei circoli accademici specializzati. Anche per gli studiosi, il periodo tolemaico è un fallimento sotto ogni punto di vista: troppo tardo per gli egittologi, troppo presto per gli storici romani; «il divario tra la fine della Grecia classica e l'inizio della Roma imperiale».[5] Coloro che si avvicinano all'Egitto tolemaico lo fanno generalmente attraverso le testimonianze classiche: i papiri greci e i resoconti (fortemente distorti) dei commentatori greci e romani. Essi raccontano di un Paese vivace e cosmopolita, in fermento per il commercio e le nuove idee, una terra di innovazione e opportunità. Ma ciò rivela solo un lato della storia. L'Egitto tolemaico era un Paese di (almeno) due culture. L'arte, l'architettura, i manufatti e le iscrizioni prodotti da e per la popolazione indigena raccontano un'altra storia: quella di una terra che custodiva i suoi antichi costumi, ma che cercava anche di reinterpretarli e reinventarli per adattarli ai tempi che cambiavano. Una terra di tradizione e di tranquilla evoluzione.

Il materiale di partenza per la storia tolemaica è ricco e vario. Oltre ai resoconti ben noti (ma spesso pesantemente distorti) di storici, geografi e commentatori dell'antichità – scrittori come Polibio, Diodoro Siculo, Strabone, persino lo stesso Giulio Cesare – ci sono iscrizioni su statue, stele e pareti di templi, e letteralmente migliaia di documenti papiracei. L'antico Egitto è sempre stato un Paese ossessivamente burocratico e si stima che un singolo ufficio governativo sotto i Tolomei potesse utilizzare fino a venti rotoli di papiro al giorno. Fortunatamente, il clima secco dell'Egitto è particolarmente favorevole alla conservazione dei materiali organici e i papiri recuperati – gettati su antichi cumuli di rifiuti o trasformati in cartonnage per le casse delle mummie – illustrano la vita nell'Egitto tolemaico in modo straordinariamente dettagliato. Sono stati portati alla luce circa cinquanta archivi di papiri risalenti al periodo tra Alessandro e Cleopatra. Il più grande ritrovamento è stato effettuato poco prima della Prima guerra mondiale tra le rovine di un'antica città, da contadini che scavavano per trovare mattoni di fango da usare come fertilizzanti; comprende oltre duemila documenti separati e fa luce su tutto, dall'agricoltura e dai lavori di irrigazione al commercio interno e al governo locale. Un altro archivio è stato scoperto tra gli involucri di coccodrilli mummificati in un antico cimitero.

Oltre ai testi, ci sono anche gli oggetti. La scultura reale e privata, lungi dal presentare una versione degenerata degli antecedenti greci o faraonici, comprende alcune delle opere d'arte più innovative e avvincenti sopravvissute dal mondo antico. Eppure questo aspetto dell'Egitto tolemaico è sorprendentemente poco conosciuto. Da piccoli oggetti votivi a interi templi, le testimonianze materiali rivelano la ricca eredità culturale della Valle del Nilo sotto i Tolomei. Elementi che esistevano da molto prima della conquista di Alessandro si affiancano a nuove mode portate da altre terre orientali. I manufatti parlano di antiche strutture sociali che coesistono con nuove istituzioni economiche e politiche.

Le iscrizioni e i resti materiali confutano qualsiasi idea di un Egitto ellenistico come una pallida imitazione del suo precursore faraonico, parlando invece di un indubbio «splendore tolemaico».[6] Questo libro si propone di riportare in vita tale splendore, rivelando di nuovo eventi eccezionali, conquiste notevoli e personaggi straordinari. La narrazione segue la nascita, la fioritura, il declino e la caduta del potere tolemaico da Alessandro Magno a Cleopatra. È organizzata in quattro parti, corrispondenti alle quattro fasi principali della storia tolemaica: l'età dell'oro dei Tolomei I-III, in cui si formò un grande regno; un'epoca di transizione sotto i Tolomei IV-VI, in cui l'impero cominciò a sfilacciarsi ai margini, colpito da guerre straniere e rivolte interne; gli anni di crisi dei Tolomei VIII-XI, quando il Paese, dilaniato dalle dispute dinastiche, si indebolì fatalmente; e l'epilogo, sotto i Tolomei XII-XV e la grande Cleopatra, quando il dominio tolemaico conobbe un'ultima fioritura prima di soccombere al potere di Roma.

Entrare nel vivo dell'Egitto tolemaico è impegnativo, ma immensamente gratificante. Perché quello che emerge, sia nelle sale santificate della Grande Biblioteca di Alessandria tra i migliori intellettuali del mondo di lingua greca, sia nei templi della Valle del Nilo tra il clero nativo egizio, è un periodo di insolito dinamismo e creatività. Un periodo che ha plasmato non solo la vita e il regno di Cleopatra, ma anche il mondo delle idee che ancora abitiamo. Un periodo come nessun altro nella storia.

Prologo.
Acclamazione dell'eroe conquistatore

In autunno, la stagione della nuova crescita, quando i germogli verdi cominciarono a comparire nei campi ben irrigati lungo le rive del Nilo, un sovrano straniero proveniente dall'altra parte del mare si diresse verso l'antica capitale dell'Egitto. Non era venuto da solo, ma era accompagnato da un consistente distaccamento di soldati, perché questo guerriero aveva appena conquistato l'Egitto con la forza delle armi e si stava dirigendo a Memphis per reclamare il suo premio e ricevere l'omaggio dei suoi nuovi sudditi.

Nel tempio principale della città, dedicato al dio creatore locale Ptah, c'era un'area speciale riservata alla sua incarnazione vivente, un toro sacro. La bestia aveva la sua stalla, i suoi sacerdoti e viveva una vita di lusso bovino coccolato. Era venerato non solo come manifestazione di Ptah, ma anche come garante dell'autorità reale e della prosperità nazionale. Il suo culto risaliva agli albori della storia, un filo ininterrotto che aveva resistito – attraverso guerre e carestie, invasioni e disordini – immutato e immutabile. Il toro sacro affermava con la sua stessa presenza nel cuore di Memphis che l'Egitto dei faraoni continuava a vivere.

Mentre l'animale camminava avanti e indietro nella sua stalla, i sacerdoti addetti devono aver provato una certa apprensione. Il nuovo sovrano del loro Paese avrebbe rispettato la tradizione secolare venerando il toro affidato alle loro cure? L'ultimo conquistatore non era un nativo egizio, quindi non ci si poteva aspettare una particolare fedeltà agli dèi egizi. I sacerdoti ricordavano fin troppo bene il recente dominio degli odiati Persiani, che avevano mostrato scarsa considerazione per i culti animali dell'Egitto, cementando la paura e il disgusto del popolo per i padroni stranieri. Un altro nuovo re avrebbe potuto non essere migliore. Infine il rumore degli zoccoli dei cavalli e degli uomini in marcia si fece sentire: il momento della verità era arrivato.

* * *

Gaza, porta dell'Egitto: tra settembre e novembre del 332, Alessandro III di Macedonia, noto ai posteri come Alessandro Magno, assediò e conquistò la città-fortezza nel Sud della Palestina. Militarmente non era un obiettivo vitale e le sue truppe avrebbero potuto facilmente aggirarla nel loro cammino verso la Valle del Nilo. Ma Alessandro riteneva che la cattura di Gaza, a lungo considerata inespugnabile, avrebbe dato lustro alle credenziali del suo esercito come forza inarrestabile. Tuttavia, potrebbe esserci stato un altro motivo per cui la cattura della città era ritenuta importante, persino necessaria: circa undici secoli prima, il più grande faraone guerriero d'Egitto, Thutmose III, aveva strappato Gaza ai suoi abitanti palestinesi e l'aveva stabilita come base militare avanzata per le successive campagne di conquista nel Vicino Oriente. Così facendo, aveva ribattezzato la città, con il tipico stile faraonico, «Catturata dal sovrano». Alessandro era ben informato, ben consigliato e ben consapevole della storia egizia. La cattura di Gaza non solo inviò un messaggio ai suoi acerrimi nemici, i Persiani, ma annunciò anche agli Egizi – nominalmente sudditi persiani nell'ultimo decennio, ma ferocemente orgogliosi della propria storia e identità – che c'era un nuovo eroe conquistatore, un degno successore dei potenti faraoni del passato.

La città, con le sue truppe a difesa rinforzate da mercenari arabi e con scorte di cibo, resistette ostinatamente all'esercito di Alessandro per due mesi; le sue solide mura, circondate su tutti i lati da un terreno soffice e sabbioso, avevano resistito con successo ad altri eserciti; ma alla fine la determinazione, le tattiche e le armi macedoni prevalsero. Alessandro ordinò di costruire un'alta collina intorno alla città, dando alle sue macchine d'assedio l'opportunità di attaccare le mura di Gaza nei loro corsi superiori, dove erano più sottili e deboli, mentre i tunnel scavati segretamente sotto le fortificazioni ne accelerarono il crollo. Le truppe di Gaza combatterono e morirono. Alla fine, la città cadde.

Ciò che accadde dopo tradì la spietatezza di Alessandro e più di una vena di crudeltà. Fin da ragazzo era stato affascinato, se non addirittura ossessionato, dal racconto epico di Omero sulla guerra di Troia. Si dice che portasse sempre con sé una copia dell'*Iliade*, annotata dal suo precettore di gioventù, Aristotele.

Uno dei tanti episodi che gli rimasero impressi nella mente fu il trattamento riservato da Achille allo sconfitto Ettore, il cui corpo era stato legato a un carro e trascinato intorno alle mura di Troia per ben tre volte. Alessandro colse ora l'opportunità di vivere la sua fantasia omerica. La sfortunata vittima era il governatore arabo sconfitto di Gaza, l'eunuco Batis. Fu attaccato a un carro mentre era ancora vivo e trascinato intorno alle mura della città fino a una morte straziante e umiliante. Senza dubbio i soldati macedoni ridevano, mentre le donne e i bambini di Gaza guardavano inorriditi. Essi stessi furono prontamente venduti come schiavi prima che la città fosse ripopolata dai villaggi circostanti e mantenuta da Alessandro come base militare fortificata.

La notizia della caduta di Gaza e del destino di Batis dovette viaggiare velocemente. Quando Alessandro e il suo esercito raggiunsero Pelousion, al confine nordorientale dell'Egitto, dopo una marcia di sette giorni e più di duecento chilometri, il governatore persiano in attesa, Mazaces, sapeva di non avere altra scelta che arrendersi. (Senza dubbio pensava alla propria pelle, oltre che al destino della Valle del Nilo.) L'Egitto aveva inviato un gran numero di truppe a sostegno del suo signore persiano, Dario III, nella fatidica battaglia di Issos, nel novembre dell'anno precedente; di conseguenza, il Paese era ora privo di combattenti, incapace di opporre una resistenza anche solo simbolica alla forza macedone. A far pendere ulteriormente la bilancia a favore di Alessandro era la sua flotta di navi da guerra, salpata dalla Fenicia quando aveva lasciato Gaza e già ormeggiata al largo di Pelousion. Gli Egizi erano in inferiorità numerica sia in mare sia a terra. Come scrisse in seguito il biografo di Alessandro:

> Quando Mazaces il persiano [...] si accorse dell'esito della battaglia di Issos, che Dario era fuggito in modo vergognoso e che la Fenicia, la Siria e la maggior parte dell'Arabia erano già in possesso di Alessandro, non avendo forze persiane con cui opporre resistenza, ammise Alessandro nelle città e nel Paese in modo amichevole.[1]

Inoltre, si dice che Mazaces abbia consegnato l'intero contenuto del tesoro dello Stato egizio, una somma di ottocento talenti.

Dopo aver ottenuto la sottomissione dell'Egitto, ci si sarebbe potuti aspettare che Alessandro passasse all'obiettivo militare successivo (come aveva fatto dopo ognuna delle sue precedenti vittorie), inseguendo i Persiani verso est. Invece, per ragioni che rimangono oscure, si volse a sud e si diresse verso la capitale dell'Egitto. Qualunque fossero le sue motivazioni, sembra chiaro che l'Egitto, la più antica e sofisticata delle civiltà del Vicino Oriente antico, esercitasse un fascino particolare sul conquistatore macedone. In particolare, l'ideologia faraonica tradizionale – una monarchia onnipotente e trascendente istituita per diritto divino – faceva appello all'immagine di sé che Alessandro stava sviluppando.

Così, nel novembre del 332, dopo aver insediato una guarnigione a Pelousion e aver ordinato alle sue navi di risalire il fiume, Alessandro stesso si mise in viaggio via terra. La sua prima tappa fu il centro di culto del dio del sole Ra, a lungo considerato dagli Egizi come il dio creatore per eccellenza e la divinità protettrice della regalità divina. Gli Egizi chiamavano il luogo Iunu, ma Alessandro e i suoi successori di lingua greca lo avrebbero conosciuto come Heliopolis, «città del sole». Da lì, con il Nilo alla sua destra, continuò a marciare verso la capitale: «Raggiunse quella città attraverso il deserto, dopo essersi impossessato di tutti i luoghi sul suo cammino grazie alla resa volontaria degli abitanti. Quindi attraversò il fiume e giunse a Memphis».[2]

* * *

Nel tempio di Ptah, i sacerdoti adibiti al toro sacro non avevano motivo di preoccuparsi. Alessandro non era solo incuriosito e affascinato dalla religione egizia, ma aveva anche una comprensione istintiva del potere della propaganda. Se voleva conquistare l'Egitto, doveva essere accettato e accolto dagli Egizi come un faraone legittimo. Ciò richiedeva a sua volta che si comportasse come tale. Liberando l'Egitto dal dominio persiano, aveva iniziato bene. Laddove i Persiani avevano acquisito la reputazione – forse ingiusta, ma ampiamente diffusa – di disonorare le divinità egizie, Alessandro si sarebbe fatto in quattro per onorarle. Per questo motivo, egli tributò un'adeguata riverenza al toro sacro di Memphis – chiamato Hep in egizio, reso Apis in greco – e ordinò alle sue truppe di rispettare la sensibilità egizia non invadendo la necropoli che dominava la città. Un pezzo di papiro, affisso all'ingresso del cimitero dal generale di Alessandro, recava la breve ma chiara istruzione: «Ordine di Peukestes: divieto di ingresso, proprietà sacerdotale».

Prima di lasciare Memphis, Alessandro osservò anche i tradizionali riti dell'ascesa faraonica, che si svolgevano nella città fin dalla fondazione dello Stato egizio. A ogni ascesa al potere, il nuovo faraone adottava e proclamava i suoi nomi ed epiteti ufficiali: diversi elementi di un quintuplice titolario che riassumeva i molteplici ruoli di un sovrano egizio. Come sempre, la scelta dei titoli da parte di Alessandro dimostra la sua consapevolezza della storia dell'Egitto e il suo desiderio di essere considerato un re legittimo. Il suo nome al trono, «eletto di Ra, amato dal [dio] Amon» (eg. *setepenra-meryamun*), richiamava deliberatamente il favoloso e glorioso regno di Ramses II, combinando due epiteti portati per la prima volta da quell'illustre faraone circa nove secoli prima. Gli altri titoli reali di Alessandro seguivano precedenti più recenti, ricordando il regno di Nakhthorheb, l'ultimo faraone nativo dell'Egitto che aveva perso il suo regno a favore dei Persiani vent'anni prima che Alessandro arrivasse in soccorso. Il più significativo è l'epiteto «colui che scaccia gli stranieri» (eg. *teken-khasut*). Il messaggio non poteva essere più chiaro: pur essendo straniero, Alessandro intendeva governare la Valle del Nilo come un re egizio, restituendo al popolo la sua indipendenza dopo due decenni di sottomissione a un giogo straniero. Come disse un commentatore successivo, «poiché i Persiani avevano commesso empietà contro i templi e avevano governato con durezza, gli Egizi accolsero con favore i Macedoni».[3]

La preoccupazione di Alessandro di sostenere e associarsi ai riti tradizionali della monarchia egizia si riflette anche nel suo patrocinio, scelto con cura, dei culti e dei templi del Paese. Nell'ambito del suo programma per l'Egitto, ordinò nuovi lavori nel grande complesso religioso di Karnak (Ipet-sut, «il più selezionato dei luoghi»), il principale sito sacro del Paese nell'Alto Egitto, cuore della regalità faraonica. Tra la miriade di corti, piloni e santuari del complesso di Karnak, scelse come fulcro del suo mecenatismo la cappella del culto reale costruita dal faraone guerriero Thutmose III. Restaurando l'opera di un grande conquistatore del passato, Alessandro si allineava alla venerabile tradizione egizia di una regalità vigorosa e militarista. Un altro dei suoi progetti a Karnak fu quello di commissionare una serie di rilievi per il piccolo tempio di Khonsu. Anche in questo caso, la scelta fu deliberata: nell'antica religione egizia, Khonsu era considerato il figlio di Amon, il dio più grande dell'intero pantheon. Inoltre, sulle pareti del tempio di Khonsu, Alessandro si fece raffigurare con la pelle di leopardo di un sommo sacerdote. Conquistatore, figlio di un dio e sommo sacerdote: ecco un nuovo re che aveva capito cosa significava governare come un faraone.

I restanti elementi del lavoro di Alessandro a Karnak si concentrarono sul restauro di parti del percorso cerimoniale utilizzato dalla statua di culto di Amon quando il dio viaggiava dal suo tempio principale alla sua residenza secondaria nella vicina Luxor (ad esempio Ipet-resyt, «santuario meridionale»). E fu proprio Luxor che Alessandro scelse per il suo principale progetto nella capitale religiosa dell'Egitto: un nuovo santuario per ospitare l'immagine divina di Amon. Questo nuovo luogo sacro, chiamato «grande camera», fu eretto nel santuario millenario costruito per la prima volta dal faraone Amenhotep III come monumento alla sua divinità. Come spiegano le iscrizioni di accompagnamento: «Egli [Alessandro] ha creato la grande camera di nuovo in bella pietra arenaria bianca, dopo che essa esisteva dai tempi di [...] Amenhotep».[4]

Era un riconoscimento della storia dell'edificio e della continuità essenziale della regalità egizia. Inoltre, Alessandro doveva sapere – i suoi consiglieri lo avevano sicuramente informato – che il *sancta sanctorum* a Luxor era il luogo in cui i faraoni di un tempo «ricaricavano» ogni anno la loro divinità comunicando in privato con l'immagine di Amon. Alessandro avrebbe anche saputo che nella camera adiacente al santuario si trovava un rilievo, commissionato da Amenhotep III, che raffigurava la nascita divina del faraone. Si trattava di un concetto che esercitava un fascino particolare sul sovrano macedone, il quale, grazie all'esposizione alle culture del Vicino Oriente, si vedeva sempre più come un re orientale, nominato da Dio e impregnato di divinità. Nella stessa ottica, Alessandro commissionò un tempio completamente nuovo nell'oasi di Bahariya, dedicato congiuntamente ad Amon-Ra e a Horus, dio falco e protettore dei re.

Ma sapeva anche che i suoi nuovi sudditi egizi non erano l'unico pubblico che doveva placare. Il suo esercito, e il più ampio mondo di lingua greca che seguiva i suoi progressi con un misto di stupore e apprensione, consideravano i costumi orientali come sviliti e dissoluti, il concetto di regalità divina come autocelebrativo e anatema per la sensibilità greca. Alessandro doveva, in qualche modo, fare appello a entrambe le culture. Per questo motivo, nell'ambito dei riti di ascesa a Memphis, organizzò gare ginniche e musicali nella tradizione greca e, si dice, «gli artisti più illustri in queste materie vennero da lui dalla Grecia».[5] Gli incontri sportivi e artistici, come i giochi olimpici quadriennali, erano stati per secoli una caratteristica centrale e molto popolare della cultura greca. Alessandro stava dando ai suoi seguaci ciò che si aspettavano, e apprezzavano, da un potente conquistatore. Fin dall'inizio, si sforzò di mantenere il delicato equilibrio richiesto a qualsiasi governante straniero dell'Egitto.

* * *

Oltre alle grandi ricchezze agricole, al lustro di una religione antica e al fascino della regalità divina, l'Egitto offrì ad Alessandro un premio che nessun altro luogo del Vicino Oriente avrebbe potuto offrire: risposte definitive alle domande esistenziali che lo ossessionavano sulla sua discendenza e sul suo destino. All'estremità dell'Egitto, nel profondo del deserto libico, si trovava l'oasi di Siwa. Al centro dell'oasi si trovava un tempio dedicato al dio Amon (Ammon in greco), che il mondo di lingua greca equiparava al proprio dio Zeus. Alessandro sentiva un legame particolare con Zeus-Ammone, il cui culto era stato celebrato nella sua patria macedone per quasi cento anni. Inoltre, il tempio di Zeus-Ammone aveva un'ulteriore attrattiva, in quanto sede di un famoso oracolo che prometteva risposte alle domande più spinose dei fedeli. L'oracolo era rinomato in tutto il mondo di lingua greca e godeva di un illustre pedigree: nel V secolo era stato celebrato dal poeta Pindaro e consultato dal grande generale spartano Lisandro. Non c'è da stupirsi, forse, che «Alessandro fu colto da un ardente desiderio di visitare Ammone in Libia, in parte per consultare il dio, perché si diceva che l'oracolo di Ammone fosse esatto nelle sue informazioni… Di conseguenza fece la spedizione da Ammone con il desiderio di conoscere con maggiore certezza le proprie origini».[6]

Alessandro lasciò Memphis per Siwa all'inizio del 331, accompagnato dal suo esercito. Secondo i resoconti più tardivi, l'esercito scese prima lungo il Nilo fino alla riva del Mediterraneo, poi avanzò verso ovest lungo la costa prima di dirigersi verso l'interno, attraverso il deserto, in direzione dell'oasi. Si dice che le piogge abbiano mantenuto l'esercito di Alessandro ben rifornito di acqua e che questa liberazione dalla siccità sia stata presa come un segno della provvidenza divina. Tuttavia, le mutevoli dune di sabbia del Sahara settentrionale resero difficile l'orientamento; «l'esercito di Alessandro perse la strada, e persino le guide erano in dubbio sul percorso da seguire».[7] Un resoconto fantasioso del viaggio sosteneva che due serpenti erano apparsi e avevano condotto l'esercito in avanti, fino all'oracolo e poi di nuovo indietro; un altro dava il merito a una coppia di corvi, che volavano davanti all'esercito come guide. Che si sia trattato di un atto divino, di un'abile navigazione o di semplice fortuna, Alessandro e la sua scorta arrivarono comunque sani e salvi a Siwa e il re fu condotto, da solo, nel santuario interno del tempio per consultare l'oracolo. Dopo aver posto le sue domande, Alessandro si spostò in una stanza adiacente dove fu accolto dal sommo sacerdote del tempio e acclamato come figlio di Zeus-Ammone.

Le moderne indagini a Siwa hanno rivelato il funzionamento dell'oracolo. Al di sopra del santuario c'era una camera nascosta dove un sacerdote poteva nascondersi e ascoltare le domande poste dai fedeli. Poi poteva trasmetterle al sommo sacerdote, che aveva il compito di pronunciare le risposte del dio, prima che venisse fatta una proclamazione pubblica a coloro che aspettavano pazientemente fuori dal tempio. Nel caso di Alessandro, le fonti più tarde sono contraddittorie e non poco caute riguardo a ciò che chiese all'oracolo e alle risposte che ricevette. Un resoconto afferma semplicemente che «udì ciò che era conforme ai suoi desideri».[8] Un altro fornisce una versione molto più dettagliata, anche se sicuramente molto ricamata, degli eventi:

> Quando Alessandro fu condotto dai sacerdoti nel tempio, e si fu intrattenuto per un po' con la divinità, colui che ricopriva il ruolo di profeta, un uomo anziano, gli si avvicinò e gli disse: «Rallegrati, figlio; prendi anche questo modo di rivolgermi a te come proveniente dal dio». Egli rispose: «Accetto, padre; per il futuro sarò

> chiamato tuo figlio. Ma dimmi se mi dai il dominio di tutta la terra». Il sacerdote entrò ora nel recinto sacro e, mentre i portatori sollevavano il dio e si muovevano secondo alcuni suoni prescritti della voce, il profeta gridò che con certezza il dio aveva esaudito la sua richiesta... Alessandro fu felice di queste risposte».[9]

L'unico dato certo che emerge dalla visita di Alessandro a Siwa è il suo riconoscimento da parte dell'oracolo come figlio di Zeus-Ammone. In un programma coordinato di legittimazione, questa dichiarazione fu successivamente confermata da altri due oracoli nell'Anatolia di lingua greca (l'attuale Turchia): quello di Apollo presso Mileto e quello di Atena in Ionia. Il fatto che la regione fosse stata da poco conquistata da Alessandro doveva offrire una misura di fiducia nei probabili pronunciamenti dei suoi oracoli. Essere dichiarato discendente di Zeus avrebbe rafforzato le credenziali di Alessandro presso i suoi seguaci greci, mentre essere riconosciuto come figlio di Ammone/Amon avrebbe legittimato la sua ascesa a faraone. È probabile che il verdetto di Mileto sia stato riferito in occasione della seconda visita di Alessandro a Memphis, nel marzo 331, quando potrebbe aver preso parte a una cerimonia di incoronazione in piena regola secondo i riti tradizionali egizi. All'incirca in quel periodo iniziò a emettere monete che mostravano le corna d'ariete di Amon spuntare dai suoi riccioli greci. Un incontro in un'oasi remota lo aveva trasformato da uomo a dio.

* * *

Confermata la sua divinità e la sua discendenza, assicurato il suo destino, i pensieri di Alessandro si rivolsero ancora una volta alla conquista e all'imperativo di inseguire il re persiano Dario e le sue forze fino ai confini più remoti del loro impero in disfacimento. Alessandro, per sua stessa ammissione, era spinto da un desiderio interiore (il *pothos* greco) di raggiungere ogni nuovo obiettivo apparentemente impossibile. E, prima di lasciare l'Egitto, aveva ancora un'azione da compiere, un ulteriore tassello della sua eredità da porre in essere.

Pur essendo cresciuto sulle montagne della Macedonia, Alessandro aveva una visione mediterranea. Tutti i territori che aveva conquistato fino ad allora, compreso l'Egitto, circondavano il Mare dei Greci (come lo chiamavano gli egizi). Se il suo nuovo impero fosse fiorito, la sua prosperità si sarebbe basata sul commercio marittimo. La capitale tradizionale dell'Egitto, Memphis, era ben situata per il traffico fluviale sul Nilo, ma era troppo lontana dal mare per essere un'attrice importante nel commercio mediterraneo. Per garantire la futura ricchezza dell'Egitto e consolidare il suo posto al centro di un grande impero marittimo, sarebbe stata necessaria una nuova metropoli rivolta verso il mare. Alessandro conosceva il posto giusto.

Nel quarto libro dell'*Odissea*, l'autore preferito di Alessandro menziona un'isola di nome Pharos, poco distante dalla costa egizia, appena oltre l'estremità nordoccidentale del Delta del Nilo. Sembra che nell'area vi fosse stato, in passato, un porto costiero, e fu in quella regione che Alessandro condusse le sue truppe. Secondo un resoconto, la sua idea iniziale era quella di costruire una nuova città proprio su Pharos, ma presto si scoprì che l'isola era troppo piccola per i suoi grandiosi progetti. È probabile che abbia fatto una ricognizione dell'area circostante, dal porto di Kanop, alla foce di un importante ramo del Nilo, al grande specchio d'acqua interno noto come lago Mareotis. Dopo aver valutato i vantaggi e gli svantaggi delle diverse località, il 7 aprile 331 (secondo la tradizione successiva) Alessandro decise finalmente per il sito prescelto: uno stretto istmo, i cui accessi verso terra erano protetti dal lago e quelli verso il mare da una serie di isolotti rocciosi, tra cui Pharos:

> La posizione gli sembrava molto bella per fondare una città e prevedeva che sarebbe diventata prospera. Perciò fu preso da un ardente desiderio di intraprendere l'impresa e tracciò lui stesso i confini della città, indicando il luogo dove doveva essere costruita l'agorà, dove dovevano essere costruiti i templi, specificando quanti dovevano essere e a quali divinità greche dovevano essere dedicati, e segnando in particolare un punto per un tempio dell'egizia Iside. Indicò anche il punto in cui il muro doveva essere portato intorno a esso.[10]

La decisione specifica di Alessandro di onorare la dea Iside nella sua nuova città, accanto alle divinità greche dei suoi antenati, è eloquente. Il culto di Iside, uno dei più antichi dell'Egitto, aveva conosciuto un'impennata di popolarità presso gli egizi comuni nel primo millennio a.C., ma stava iniziando a diffondersi anche nel Mediterraneo orientale. Già nel 333 aveva raggiunto il porto ateniese del Pireo e Alessandro non tardò ad apprezzare il fascino universale della dea. Un tempio di Iside, che combinasse caratteristiche architettoniche egizie e greche, avrebbe quindi attratto sia i nativi egizi sia i coloni di lingua greca: un culto per unire i popoli della sua nuova provincia.

Sembra che Alessandro abbia scelto il luogo della sua nuova fondazione e ne abbia tracciato personalmente le caratteristiche maggiori: i viali principali e i templi, la piazza del mercato e le mura della città. Cominciò a circolare la storia che, non essendoci sabbia per tracciare i confini, «uno dei costruttori pensò di raccogliere in vasi l'orzo che i soldati portavano con sé e di gettarlo sul terreno dove il re indicava la strada; in questo modo il cerchio della fortificazione che stava costruendo per la città fu completamente tracciato». Quando gli uccelli scesero a mangiare l'orzo, gli indovini profetizzarono che la città avrebbe prosperato, «soprattutto grazie ai frutti della terra».[11] A differenza della maggior parte delle altre fondazioni coloniali di Alessandro, che erano situate e progettate come avamposti militari, la città sul mare che in seguito portò il suo nome – Alessandria – fu fondata per ragioni commerciali. Le acque profonde immediatamente al largo fornivano l'ancoraggio per le più grandi imbarcazioni marittime, mentre i canali che sfociavano nel lago Mareotis davano accesso all'interno dell'Egitto, attraverso il Nilo. Un ulteriore vantaggio della posizione costiera del sito era il suo clima favorevole: «Scegliendo l'angolo giusto delle strade, Alessandro fece respirare la città con i venti etesii, in modo che questi, soffiando attraverso una grande distesa di mare, rinfrescassero l'aria della città, e così fornì ai suoi abitanti un clima moderato e una buona salute».[12] Avendo dettato l'assetto generale della città, Alessandro si accontentò di delegare il resto della pianificazione urbana al suo architetto, Deinokrates di Rodi.

Il regalo d'addio di Alessandro all'Egitto fu la riorganizzazione della sua amministrazione. Nominò un persiano e un egizio, chiamati nelle fonti successive Doloaspis e Petisis, come governatori civili delle regioni settentrionali e meridionali (Basso e Alto Egitto); quando Petisis rifiutò di servire, Doloaspis ricevette l'intero Paese. Le principali guarnigioni furono poste sotto un comando separato e affidate a membri dell'élite dei Compagni macedoni di Alessandro: a Pantaleone di Pydna fu affidata Memphis, e a Polemone, figlio di Megacle, originario della capitale macedone Pella, andò Pelousion. Le frange più esterne del territorio egizio, le coste confinanti con la Libia e il Sinai, ricevettero i propri governatori di lingua greca, rispettivamente Apollonios e Kleomenes. Nella Valle del Nilo e nel Delta, i governatori provinciali autoctoni (gr. *nomarca*) furono lasciati al loro posto, ma fu loro ordinato di pagare le tasse a Kleomenes, che doveva anche supervisionare la costruzione di Alessandria. Infine, i reparti dell'esercito che dovevano rimanere in Egitto furono posti sotto il comando di due generali, Peukestes e Balakros.

Questa serie di nomine ebbe l'effetto di mantenere le tradizioni autoctone di governo locale, pur ponendo le principali leve del potere in mani fidate, e di dividere l'autorità civile, militare ed economica. Come ha osservato un commentatore successivo, «si dice che Alessandro abbia diviso il governo dell'Egitto tra così tanti uomini, perché era sorpreso dalla forza naturale del Paese e riteneva poco sicuro affidare il governo dell'intero Paese a una sola persona».[13] Si trattava di una lezione importante, che molti regnanti successivi dell'Egitto avrebbero però imparato a proprie spese.

Nella primavera del 331, dopo aver trascorso appena sei mesi in Egitto, Alessandro lasciò il Paese per riprendere le sue campagne. Negli otto anni successivi, gli stimoli interni che lo spingevano ad andare avanti lo avrebbero portato in Persia, nell'Hindu Kush e ai confini dell'India: i confini del mondo conosciuto. Non tornò mai in Egitto, ma l'Egitto non lo abbandonò mai. Quando morì a Babilonia, il 10 giugno 323, lasciò istruzioni affinché il suo corpo fosse sepolto nel tempio di Zeus-Ammone a Siwa, il luogo che si può dire abbia dato alla sua vita un senso e uno scopo.

Di tutte le conquiste di Alessandro, l'Egitto sembrava offrire le prospettive più rosee per un ambizioso successore. Tutti i tasselli erano stati messi al loro posto da Alessandro stesso: la legittimità agli occhi della popolazione autoctona, l'acclamazione da parte di greci ed egizi, un'amministrazione ben strutturata e le basi di una grande città commerciale per sfruttare le ricchezze dell'Egitto e collegarlo al resto del mondo mediterraneo. Tuttavia, Alessandro stesso non lasciò alcuna dinastia che portasse avanti i suoi piani o ereditasse il suo impero. Dopo di lui avrebbero regnato, ma solo di nome, il suo fratellastro debole di mente e un figlio postumo di Roxane, moglie persiana di Alessandro. I veri eredi di Alessandro erano i fidati generali che avevano condotto le campagne al suo fianco, da Macedonia a Babilonia. Uno di loro, in particolare, lo aveva accompagnato in Egitto – al santuario di Apis a Memphis, all'oracolo di Siwa, al sito della futura Alessandria – ed era rimasto colpito dalla fertilità e dalle promesse della Valle del Nilo. Forse ora *lui* avrebbe potuto perseguire e sviluppare la straordinaria visione del suo defunto comandante.

Il nome del generale era Tolomeo.

PARTE I

APOTEOSI (323-221 a.C.)

1

L'ascesa di una dinastia

Tolomeo nacque nel 367 a.C. da una rispettabile famiglia dell'Eordaia, una regione montuosa a ovest del regno di Macedonia. Suo padre Lagos (nome che significa «capo del popolo») era un membro della corte reale, mentre la madre Arsinoe («di mente elevata», in altre parole «intelligente») era a sua volta di sangue nobile e intima della famiglia reale macedone al potere, la dinastia Argead. In effetti, un mito successivo suggeriva che Tolomeo fosse il risultato di una relazione extraconiugale tra Arsinoe e il futuro re di Macedonia, Filippo II.

Lagos e Arsinoe chiamarono il figlio Tolomeo, dalla forma macedone della parola greca *polemos* («guerra»). Fu una scelta azzeccata e preveggente. La nobiltà macedone si vantava della sua resistenza e della sua risolutezza, e negli anni precedenti alla nascita di Tolomeo il suo Paese aveva già iniziato a mostrare i muscoli, attaccando la vicina regione della Tessaglia. Tolomeo crebbe alla corte reale e, dopo che Filippo II divenne re nel 359, si impadronì della cultura apertamente marziale e della filosofia espansionistica che avrebbe poi visto la Macedonia estendere le sue frontiere fino ai confini del mondo. Ma fu il figlio di Filippo, Alessandro, nato un decennio dopo Tolomeo, ad avere la maggiore influenza sul corso della sua vita. I due presero lezioni insieme, imparando le arti della guerra ma anche venendo introdotti alla ricchezza dell'erudizione greca dal precettore di Alessandro, Aristotele. Filippo II aveva convocato il filosofo alla sua corte con l'esplicito scopo di insegnare al figlio; Tolomeo, quindi, era una sorta di beneficiario accidentale, ma prese a cuore le lezioni e l'esempio di Aristotele.

I compagni di studi, Tolomeo e Alessandro, divennero inseparabili: quasi come un fratello maggiore e uno minore. Quando Alessandro succedette al padre come re di Macedonia, all'età di vent'anni, nel 336, raccolse intorno a sé un gruppo affiatato di compagni: uomini macedoni che condividevano la sua educazione, le sue prospettive e la sua visione, e sui quali sapeva di poter contare. Tolomeo aveva tutte le carte in regola. Ben presto fu nominato membro della guardia del corpo reale e sarebbe stato al fianco dell'amico per tutto il decennio successivo, mentre Alessandro prima riaffermava il controllo macedone sui suoi vicini, poi assumeva il comando di tutti i Greci e infine invadeva l'impero persiano. Tolomeo accompagnò Alessandro in Egitto nel 332 e rimase al suo seguito fino alla fine. Nelle campagne del 327 contro le popolazioni montane dell'Hindu Kush, Tolomeo comandò un terzo dell'esercito di Alessandro; in seguito, fu uno dei comandanti della flotta dell'Indo. Tolomeo seguì lealmente la guida del suo padrone sposando una donna persiana, Artakama, da cui divorziò poco dopo, al matrimonio di massa organizzato da Alessandro a Susa nel 324; e Tolomeo era presente al fianco di Alessandro quando il re morì a Babilonia nel giugno del 323.

A quarant'anni, quindi, Tolomeo aveva studiato filosofia con il più grande pensatore dell'epoca, aveva appreso in prima persona le arti della guerra e della costruzione di un impero dal più grande conquistatore che il mondo avesse mai conosciuto e aveva dimostrato il proprio valore come generale sul campo di battaglia. La sua fedeltà ad Alessandro non fu mai messa in dubbio, ma Tolomeo era anche politicamente astuto e ambizioso per se stesso. Nel giro di pochi mesi, avrebbe messo in campo tutta la sua formazione e tutta la sua esperienza per emergere come il più grande beneficiario della straordinaria eredità di Alessandro.

* * *

La prematura scomparsa di Alessandro gettò il suo impero embrionale nel caos e nella confusione. Sul letto di morte, consegnò l'anello con il sigillo, strumento del suo governo, al generale più alto in grado della sua guardia del corpo, Perdikkas. Ma i Compagni sapevano che, senza l'ambizione e il carisma personale di Alessandro, le sue vaste conquiste – che si estendevano dalle coste dell'Egeo alle rive dell'Indo – non avrebbero mai potuto essere tenute insieme da un unico sovrano. I principali generali del defunto re iniziarono quindi a discutere su come dividere al meglio il bottino tra loro. Tolomeo, dimostrando la sua capacità di pensiero strategico e di immaginazione, suggerì una confederazione libera, con ciascuno dei territori governato da un satrapo (secondo il modello persiano) e un Consiglio dei Satrapi che si sarebbe riunito di tanto in tanto per prendere decisioni a livello di impero. La proposta fu respinta: a pochi giorni dalla morte di Alessandro, le motivazioni egoistiche dei suoi successori stavano già venendo alla luce. Invece di una confederazione di Stati amici, i generali concordarono, inevitabilmente, di dividere l'impero tra loro.

L'insediamento di Babilonia, come è stato chiamato, decise di riconoscere il fratellastro di Alessandro, Arrhidaios, come re (con il nome regale di Filippo III), per governare insieme al figlio di Alessandro e Roxane, non ancora nato, se fosse stato un maschio. Il figlio si rivelò un maschio e fu debitamente chiamato Alessandro (IV). Ma tutto questo esercizio era una copertura politica, progettata per perpetuare la finzione di una monarchia macedone ereditaria affidata alla dinastia di Argead, mentre i generali assicuravano i propri interessi. Arrhidaios aveva problemi mentali, Alessandro era un bambino. Nessuno dei due poteva governare nella realtà. La macchina del governo fu invece affidata a un triumvirato composto da Antipatros (nominato reggente della Macedonia, che ormai comprendeva gran parte della Grecia continentale), Perdikkas (ancora aggrappato all'anello con sigillo di Alessandro) e Krateros, un rispettato comandante sul campo. Nominalmente sotto la loro supervisione, ma in realtà governanti indipendenti, agli alti ufficiali militari furono assegnate le varie regioni dell'impero come satrapie – circa ventiquattro in totale. Lysimachos, membro della guardia del corpo reale, ricevette la Tracia; Antigonos, splendidamente chiamato (e senza dubbio sfigurato in modo disarmante) il Guercio, che aveva servito sotto Filippo II ed era stato nominato satrapo della Frigia da Alessandro, aggiunse al suo territorio la Panfilia e la Licia nell'Anatolia meridionale; Eumenes di Kardia ricevette la Paphlagonia e la Kappadokia nell'Anatolia centrale. Erano tutte belle ricompense, regioni di prugne del familiare mondo di lingua greca. Ma il vero premio era altrove, ai confini dell'impero: Tolomeo fece in modo che gli venisse assegnato l'Egitto.

Prima della fine del 323, Tolomeo si diresse verso la Valle del Nilo. Lì trovò Kleomenes – che Alessandro aveva lasciato a capo delle difese del confine orientale, della costruzione di Alessandria e, cosa più importante, delle finanze del Paese – che esercitava il controllo come satrapo. Tolomeo sapeva che, per ottenere il pieno controllo dell'Egitto, Kleomenes avrebbe dovuto essere rimosso; sapeva anche che non se ne sarebbe andato volontariamente. La soluzione fu quella di accusare Kleomenes di corruzione – un'accusa tutt'altro che campata in aria, viste le ricchezze che passavano per le mani del satrapo – e di farlo destituire in modo sommario. Ciò ebbe l'ulteriore vantaggio di fornire a Tolomeo il contenuto del tesoro egizio, stimato in circa ottomila talenti, ovvero dieci volte la somma consegnata ad Alessandro quando aveva conquistato l'Egitto solo nove anni prima.

Fedele al suo istinto militare, Tolomeo iniziò subito ad arruolare mercenari per rinforzare le guarnigioni egizie e costruire il proprio esercito. L'Egitto aveva il vantaggio di avere confini naturali formidabili, circondati su tutti i lati dal deserto e dal mare, ma non erano impenetrabili. La storia e l'esperienza recente l'avevano dimostrato. Dal momento in cui Tolomeo arrivò nel Paese, intraprese un programma attentamente calcolato per rafforzare le difese dell'Egitto.

Iniziò con i suoi accessi occidentali. Per gran parte del primo millennio, l'Egitto era stato soggetto agli attacchi delle tribù libiche. Con le loro rinomate abilità militari, si erano persino impadroniti del trono, governando come faraoni per circa duecentocinquant'anni tra il X e l'VIII secolo. Assicurare l'Egitto contro ulteriori attacchi libici era un prerequisito necessario prima che Tolomeo potesse rivolgere la sua attenzione alle più prospere terre del Mediterraneo orientale. La città principale della Libia orientale era Kyrene, una colonia greca fondata nel 631. Nei tre secoli successivi era diventata la capitale di uno Stato prospero, la Kyrenaika, governata prima da una linea di re e poi, a partire dalla metà del V secolo, da una repubblica. Una prima opportunità di ottenere il controllo di Kyrene e del suo entroterra si presentò a Tolomeo nel 322, quando una forza di mercenari spartani depose gli oligarchi al potere della città e li mandò in esilio. Tolomeo colse l'occasione per intervenire. Il suo esercito, guidato dal generale Ophellas, marciò su Kyrene, giustiziò il capo dei mercenari, restaurò gli oligarchi e occupò tutta la Kyrenaika come «forza amica». Riconquistando l'autonomia, Kyrene perse il suo status di città libera. D'ora in poi sarebbe stata parte integrante dei domini tolemaici.

Nonostante questi primi successi militari, Tolomeo si rese conto che, per garantire la sua posizione a lungo termine, la forza delle armi sarebbe stata necessaria ma non sufficiente. Doveva anche costruire il suo capitale politico. Nelle iscrizioni ufficiali, quindi, Tolomeo mantenne la linea ufficiale secondo cui il fratellastro e il figlio di Alessandro erano ora i re regnanti. (Gli scribi egizi datarono i monumenti a Filippo III fino all'annuncio della sua morte nel 316, e poi ad Alessandro IV.) Mostrare il dovuto rispetto per gli eredi di Alessandro era politicamente astuto. Il mondo di lingua greca aveva riconosciuto Alessandro come proprio leader grazie alla sua brillantezza come capo militare; era la loro migliore e unica speranza di sconfiggere gli odiati Persiani. Ma i successori di Alessandro non avevano conquistato le loro satrapie grazie al loro coraggio sul campo di battaglia; si erano limitati a spartirsi l'impero di Alessandro in una sporca e libera competizione. Agli occhi dei greci, Tolomeo rimaneva un satrapo, soggetto al dominio di un re. Non osava pretendere di più – non ancora, almeno. Per il momento, l'eredità personale di Alessandro rimaneva il più potente garante della legittimità. Tenendo conto di ciò, Tolomeo elaborò un piano audace che, se fosse riuscito, avrebbe assicurato non solo il controllo dell'Egitto, ma anche la sua preminenza nel mondo post Alessandro.

Alessandro aveva lasciato chiare istruzioni affinché il suo corpo fosse sepolto nel tempio di Zeus-Ammone a Siwa. Ma subito dopo la sua morte, sembra essersi fatta strada l'idea di inumarlo nella sua patria, accanto al padre, nel cimitero reale ancestrale di Aigai (l'attuale Vergina). Prima che la sepoltura potesse avere luogo, tuttavia, c'era la piccola questione del trasferimento del corpo di Alessandro da Babilonia; inoltre, egli aveva indicato che, al momento opportuno, non sarebbe stato sufficiente niente di meno che un treno funebre spettacolare, con al centro un carro funebre scintillante. Mentre gli imbalsamatori si occupavano di preservare il corpo di Alessandro per il lungo viaggio che lo attendeva, iniziarono i lavori di costruzione del carro funebre. Sembra che Babilonia non fosse il luogo più adatto per un progetto così complicato e i lavori si trascinarono per quasi due anni.

Alla fine, nel 321, il corteo partì alla volta delle colline macedoni. Ma a metà del tragitto, in Siria, fu dirottato dagli agenti di Tolomeo e deviato verso sud, in Egitto. Il carro funebre e il suo prezioso carico furono portati subito a Memphis. Lì Alessandro fu sepolto accanto ai suoi antenati faraonici. A presiedere l'intera cerimonia c'era il satrapo Tolomeo. Ora aveva il corpo mortale di Alessandro – una reliquia immensamente potente, anzi sacra – che gettava la sua aura e il suo potere sul suo regno. Era un talismano che nessuno degli altri satrapi poteva sperare di replicare. Inoltre, Tolomeo, con il suo amore per l'apprendimento e la storia, non avrebbe ignorato la tradizione egizia, secondo la quale chi si occupava della sepoltura di un faraone ne diventava il legittimo erede e successore.

L'intercettazione e il sequestro del corpo di Alessandro provocarono un'immediata reazione ostile da parte di Perdikkas che, in quanto reggente ufficiale dell'impero, temeva l'ambizione di Tolomeo. Ma Tolomeo aveva previsto una simile reazione, allestendo le sue difese e le sue forze armate per respingere qualsiasi attacco. Inoltre, Perdikkas si era già alienato la maggior parte degli altri successori. Con il suo tentativo di conquistare la Kappadokia si era inimicato Antigonos il Guercio, satrapo delle province vicine. Allora Perdikkas accettò di sposare la figlia di Antipatros, ma presto ruppe il fidanzamento a favore di una partner ancora più prestigiosa, la sorella di Alessandro. La pubblica umiliazione di Antipatros non procurò a Perdikkas alcun amico in Macedonia. Infine, Krateros si sentiva sempre più ignorato ed escluso dal processo decisionale del reggente. Così, quando Perdikkas decise di invadere l'Egitto nel 321, per tarpare le ali a Tolomeo, si trovò senza alleati.

L'attacco arrivò, come previsto, da nordest: l'esercito di Perdikkas entrò in Egitto nei pressi di Pelousion. Gli aggressori avevano il vantaggio degli elefanti da guerra provenienti dall'India, i carri armati del mondo antico; ma i difensori dell'Egitto conoscevano il loro territorio ed erano ben preparati. In un primo scontro, lo stesso Tolomeo, alla testa delle sue truppe, riuscì a cavare un occhio all'elefante di Perdikkas. Il reggente si diresse a sud, verso Memphis, ma fu una decisione fatale. Mentre il suo esercito cercava di attraversare il Nilo, le sabbie mobili del letto del fiume cedettero sotto i loro piedi; duemila uomini persero la vita, annegati o divorati dai coccodrilli. Demoralizzate e di fronte all'annientamento, le truppe rimaste si ammutinarono e passarono dalla parte di Tolomeo. Lo sfortunato Perdikkas fu rapidamente eliminato dai suoi ufficiali rimasti. Tolomeo fu magnanimo nella vittoria, accogliendo a braccia aperte i veterani di Perdikkas.

Con la morte di Perdikkas, la reggenza era ora in palio e potrebbe essere stata offerta a Tolomeo. Saggiamente, però, si dice che egli l'abbia rifiutata: con la frattura dell'impero di Alessandro inevitabile, cercare di tenerlo unito era follia. Antipatros fu confermato reggente dell'intero impero e si mosse rapidamente per riassegnare le satrapie. Tolomeo fu confermato satrapo dell'Egitto e della Kyrenaika, e gli fu anche concesso il dominio su tutte le terre più a ovest di Kyrene che avrebbe potuto conquistare in futuro. Babilonia, invece, fu assegnata a Seleukos, ex vice di Perdikkas e uno dei suoi assassini.

Mentre i tasselli di un accordo duraturo cominciavano a sistemarsi al loro posto, i rivali continuarono a tramare e a manovrare, intuendo che una divisione permanente dell'impero era inevitabile e cercando di massimizzare il proprio vantaggio. Le conseguenti Guerre dei successori si trascinarono per oltre quattro decenni, caratterizzate da spostamenti di alleanze, battaglie intestine e trattati infranti. La lotta per la posizione si intensificò dopo la morte di Antipatros nel 319, quando questi passò il testimone al figlio Kassandros e lasciò la reggenza a Poliperchon, che i successori si rifiutarono prontamente di riconoscere. Nel conseguente tutti contro tutti, Antigonos il Guercio sconfisse e uccise Eumenes, conquistando la maggior parte dell'Anatolia ed estendendo il suo controllo verso est. In risposta, Seleukos fuggì da Babilonia e si alleò con Tolomeo, Lysimachos di Tracia e il vendicativo Kassandros di Macedonia. Intuendo un vantaggio, Tolomeo annetté la Siria e la Fenicia, ritirando poco dopo le sue truppe ma lasciando delle guarnigioni a guardia di una zona cuscinetto con l'Egitto. Come per la mossa preventiva contro la Kyrenaika, Tolomeo seguiva un precedente consolidato: i più grandi faraoni del passato avevano perseguito una politica simile, stabilendo protettorati in Siria e

Palestina, per prevenire qualsiasi incursione in Egitto da quelle parti.

I contendenti continuarono a litigare tra loro. Nel 317, la temibile madre di Alessandro, Olimpiade, fece assassinare il figliastro Filippo III Arrhidaios. Ciò spianò la strada al nipote di Olimpiade, Alessandro IV, per regnare come unico monarca. Purtroppo per Olimpiade, aveva giudicato male gli animi e fu lei stessa condannata a morte per regicidio. All'inizio del 316, Alessandro IV era agli arresti domiciliari in Macedonia. Il nuovo sovrano, Kassandros, non voleva concorrenza, soprattutto da parte dell'unico membro superstite della dinastia di Argead.

Tolomeo approfittò del caos e della confusione per estendere ulteriormente il suo dominio, invadendo Cipro nel 315 con l'assistenza del fratello Menelaos e del suo nuovo alleato Seleukos. L'isola, situata tra l'Egitto, la Fenicia e l'Anatolia, era di estrema importanza strategica, sia dal punto di vista commerciale sia militare. Tolomeo sapeva che la difesa dei suoi interessi e la costruzione di una grande nazione commerciale avrebbero richiesto una marina forte; una marina efficace, a sua volta, avrebbe avuto bisogno di basi nel Mediterraneo orientale. Cipro non solo offriva una posizione eccellente, ma era anche ricca di risorse naturali, in particolare rame, legname e grano. Entro due anni dall'invasione, Tolomeo aveva formalmente annesso Cipro.

Nel frattempo, i satrapi d'Asia avevano iniziato ad agitarsi contro Antigonos il Guercio che, dopo la sua vittoria su Eumenes, era in ascesa. Nel 314, gli chiesero di cedere la Licia e la Kappadokia a Kassandros, la Frigia a Lysimachos, tutta la Siria a Tolomeo e di restituire Babilonia a Seleukos. Spingendo ancora più in là la fortuna, chiesero ad Antigonos di condividere tutto il bottino che aveva catturato nelle sue campagne di espansione. Egli si rifiutò su tutta la linea. Il risultato fu la guerra, di nuovo. Dopo altri cinque anni di scontri intermittenti, Antigonos aveva consolidato il suo potere in Anatolia, mentre Seleukos aveva riconquistato Babilonia e le province orientali. Il trattato di pace conclusivo, prima ancora che l'inchiostro fosse asciutto, era stato violato sia da Kassandros sia da Tolomeo: i successori di Alessandro sentivano ormai di essere entrati nella partita finale.

A far precipitare l'ultima contesa per il territorio e l'influenza furono le notizie provenienti dalla Macedonia. Alla fine dell'estate del 309, iniziò a circolare la voce che Alessandro IV fosse stato assassinato, insieme alla madre Roxane, per ordine di Kassandros. Il ragazzo aveva compiuto il quattordicesimo anno, si stava avvicinando alla maturità ed era considerato una minaccia troppo grande per essere lasciato in vita. Con la scomparsa di tutti i parenti di Alessandro Magno, la finzione di un impero unificato si sgretolò. I suoi luogotenenti superstiti iniziarono una contesa disperata per il vantaggio finale.

In Libia, Tolomeo estese il suo controllo verso ovest fino al Golfo della Sirte, per avere accesso al lucroso commercio tra le città costiere greche e l'Africa interna. Quando il governatore della Kyrenaika, Ophellas, fu ucciso in una rivolta, Tolomeo insediò il proprio fratello, Magas, per assicurare la provincia. Una decisione simile fu presa per Cipro, dove Menelaos fu nominato governatore e nominato re titolare di Salamina (una città-stato sulla costa orientale di Cipro) – un bel bocconcino per comprare la sua perpetua fedeltà. Si rivelò una scelta sbagliata. Nel 306, Menelaos non riuscì a resistere a un'invasione guidata dal figlio di Antigonos, Demetrios. Cipro cadde in mano agli invasori e non sarebbe stata restituita al controllo tolemaico per altri vent'anni.

Antigonos era entusiasta di aver strappato il controllo di un possedimento così strategico al potente Tolomeo e compì il passo decisivo di assumere il titolo di re; conferì lo stesso titolo al figlio Demetrios. Fino ad allora, nessuno dei successori di Alessandro aveva osato reclamare il manto della regalità, anche se erano impegnati a ritagliarsi i loro regni. Forse temendo l'avversione del mondo di lingua greca, avevano mantenuto la finzione che Filippo III e Alessandro IV fossero gli unici re legittimi dopo la morte di Alessandro Magno. Questa finzione era ormai morta. In risposta alla mossa di Antigonos, Tolomeo fu acclamato re dal suo stesso esercito e riconosciuto formalmente come tale nel gennaio 304. Kassandros di Macedonia, Lysimachos di Tracia e Seleukos d'Asia seguirono presto l'esempio.

L'età dei successori era terminata. Era iniziata l'età ellenistica.

* * *

Essere re nel mondo di lingua greca era relativamente chiaro, anche se non proprio semplice. Era consuetudine ottenere il riconoscimento di sovrano attraverso il territorio «conquistato con le lance», in altre parole con le conquiste militari. Tuttavia, il territorio principale di Tolomeo – l'Egitto – era stato conquistato da Alessandro; da qui la volontà di Tolomeo di associarsi al suo ex maestro, non da ultimo portando il corpo di Alessandro in Egitto per dimostrare la continuità con il proprio regno. Al più tardi nel 311, Tolomeo aveva trasferito la sua capitale – e con essa le spoglie di Alessandro – ad Alessandria, rafforzando ulteriormente l'associazione. Per tutto il tempo, anche dopo l'eliminazione di Alessandro IV, Tolomeo continuò a farsi chiamare satrapo, un chiaro segno della sua fedeltà alla dinastia di Argead e alla memoria di Alessandro Magno. Il titolo greco di *basileus*, che Tolomeo e i suoi compagni dinasti adottarono infine nel 306/5, indicava lo status reale, ma non aveva una particolare connotazione geografica. Poco dopo questa data, le monete emesse dalla zecca tolemaica abbandonarono l'iscrizione *Alexandrou* («di Alessandro») a favore di *Ptolemaiou basileôs* («del re Tolomeo»), e la testa di Tolomeo, che indossava il diadema reale macedone, sostituì quella di Alessandro. Agli occhi dei greci, Tolomeo era ora un re *in* Egitto, ma non era esattamente un re *d'*Egitto. La regalità greca era una questione di prestigio individuale, conquistato con la forza delle armi. Per gli abitanti dell'Egitto, invece, regalità e territorio erano inestricabilmente legati. Essere faraone significava essere «signore delle due terre», padrone e difensore della Valle del Nilo e del Delta. Questa contraddizione fondamentale tra i concetti greci ed egizi di regalità, tra il personale e il nazionale, avrebbe plasmato la monarchia sotto Tolomeo I e tutti i suoi successori – plasmata e, a volte, messa a dura prova.

In nessun altro luogo la tensione è meglio evidenziata che in uno straordinario monumento risalente al 311, durante il periodo in cui Tolomeo era satrapo d'Egitto. Conosciuta come Stele del Satrapo, rimane la più importante fonte storica del periodo. La lastra di pietra segue, in apparenza, la tradizione faraonica di lunga data delle iscrizioni reali. In alto è raffigurato il re che si offre agli dèi, sotto la protezione di un paio di ali spiegate. In basso, una ventina di righe di geroglifici accuratamente tagliati riportano i nomi e i titoli del re, un inno di lode per il sovrano e, infine, lo scopo principale della stele, la riaffermazione di una concessione reale di terra ai templi di Buto, un'importante città e centro di culto nel Delta del Nilo nordoccidentale. Tutto ciò è la quintessenza dello stile egizio. Tuttavia, uno sguardo più attento rivela la confusione generata da una situazione del tutto inedita nella storia egizia: un re assente (Alessandro IV) e un sovrano non reale (Tolomeo). I tentativi di conciliare questo stato di cose con il protocollo reale e religioso egizio hanno richiesto alcune capriole linguistiche.

L'iscrizione inizia, in modo del tutto corretto, con i nomi e gli epiteti del re regnante e la data ufficiale, l'anno 7 di Alessandro IV. Ma poi ammette la disordinata realtà: «Egli è re nelle Due Terre e nelle terre straniere. Sua Maestà è tra gli Asiatici, mentre un grande capo è in Egitto, il cui nome è Tolomeo». Segue tutta una serie di epiteti elogiativi, di solito rivolti a un faraone, ma in questo caso descrittivi del «grande capo» Tolomeo:

> È un uomo giovane, forte delle sue due braccia, efficace nei consigli, potente negli eserciti, dal cuore robusto, dal piede fermo, che attacca senza voltare le spalle, che affronta i suoi avversari quando combattono, preciso di mano quando ha impugnato l'arco senza sbagliare il tiro, che combatte con la spada nel mezzo della battaglia, non essendoci nessuno che possa stare al suo cospetto, un campione attivo le cui armi non vengono respinte, senza che ciò che esce dalla sua bocca possa essere invertito, che non ha eguali nelle Due Terre o nelle terre straniere.[1]

Il testo prosegue raccontando le campagne vittoriose contro la Siria e la Nubia, ma, ancora una volta, sono attribuite a Tolomeo, non al re Alessandro. Fino a questo punto, gli scribi erano stati scrupolosi nel riferirsi a Tolomeo come «grande capo» o «grande sovrano d'Egitto». Tuttavia, quando il testo giunge alla decisione chiave di confermare la donazione di terre ai templi di Buto, l'ingegnosità linguistica e la flessibilità culturale degli scribi cede. Tolomeo diventa ora «Sua Maestà». Il motivo è semplice: nella teologia egizia, solo una persona poteva concedere terre agli dèi, e cioè il re. Tolomeo aveva riaffermato la concessione, quindi Tolomeo doveva agire come re. Un re de iure «tra gli asiatici» e un re de facto che si comportava come un faraone: era tutto troppo confuso. Non c'è da stupirsi che gli scalpellini abbiano lasciato vuoti i cartigli reali (anelli dei nomi) in cima alla stele.

Solo dopo che Tolomeo ebbe formalmente rivendicato i titoli regali la contraddizione fu definitivamente risolta. I documenti egizi considerano il 305/4 come primo anno di regno di Tolomeo I, anche se altre fonti fanno riferimento alla morte di Alessandro, avvenuta circa diciotto anni prima, quando il territorio egizio «conquistato con la lancia» era passato di diritto da Alessandro al suo generale.

Per consolidare la sua legittimità agli occhi dei sudditi egizi, Tolomeo scelse il successivo anniversario della morte di Alessandro, il 12 gennaio 304, come data per la sua ascesa formale al potere. Si assicurò di tenerla a Memphis, capitale tradizionale dell'Egitto, e non ad Alessandria, che gli scribi egizi insistevano a chiamare – in modo un po' tortuoso e non poco sprezzante – «la fortezza di [...] Alessandro, il cui nome precedente era Rhakotis, sulla riva del mare dei Greci». Rhakotis, tra l'altro, significava semplicemente «cantiere»: da quando Alessandro aveva fondato la città nel 331, era sempre stato così. I nativi egizi avrebbero continuato a riferirsi alla città con questo soprannome denigrativo anche dopo la fine dei lavori di costruzione.

La sovvenzione reale registrata sulla Stele del Satrapo dimostra un significativo grado di continuità tra vecchie pratiche faraoniche e nuove disposizioni tolemaiche. Gli scribi che hanno composto il testo, e i sacerdoti che hanno beneficiato delle sue misure, conoscevano bene le pratiche culturali egizie tradizionali, i doveri che competevano a un re e il linguaggio appropriato con cui descriverli. I testi classici utilizzati per la formazione degli scribi erano sopravvissuti indenni alle recenti vicissitudini politiche. Né un decennio di dominazione persiana né un altro decennio di dominio macedone erano riusciti a indebolire, e tantomeno a soppiantare, il giusto decoro della regalità egizia. Non è un caso che la decisione di Tolomeo di ridedicare le terre intorno a Buto ai principali templi della città riaffermasse una decisione presa dall'ultimo faraone nativo, l'effimero e oscuro Khababash. Sembra che fosse un capo ribelle che guidò una rivolta contro il dominio persiano nel 340 e riuscì a farsi riconoscere come re, almeno in alcune zone del Delta. Facendo riferimento alla donazione di Khababash, e di fatto confermandola, Tolomeo – quando era ancora, ufficialmente, solo satrapo – si collegava deliberatamente alla linea dei faraoni legittimi che risaliva fino agli albori della storia egizia e si distingueva pubblicamente dai re persiani degli ultimi tempi. Tolomeo era certamente uno straniero, ma uno straniero che comprendeva e rispettava le tradizioni egizie e intendeva mantenerle.

Un altro monumento creato durante il mandato di Tolomeo come satrapo fu una grande porta sull'isola di Elefantina, situata sul Nilo alla frontiera meridionale dell'Egitto. Il tempio locale, iniziato prima della conquista persiana, era stato lasciato incompiuto allo scoppio delle ostilità; i governanti persiani dell'Egitto non avevano mostrato alcun interesse nel terminarlo, così era rimasto lì, parzialmente costruito, un affronto al dio. Tolomeo ne ordinò la completa realizzazione e il grande portale si erge ancora oggi. Quando Tolomeo divenne re, continuò sulla stessa linea, prestando particolare attenzione agli edifici di culto iniziati, o completati, dai re della trentesima dinastia, l'ultima casa reale autoctona a governare l'Egitto prima della presa di potere persiana.

Alessandro si era preoccupato di contrapporsi agli odiati Persiani onorando i culti egizi. Quando assunse i titoli reali, Tolomeo I seguì l'esempio: uno dei suoi primi atti da re fu quello di emanare un decreto che vietava l'alienazione delle proprietà dei templi. Ma si spinse anche oltre, facendo della costruzione e dell'abbellimento dei templi una parte importante del suo programma di governo. Sebbene il tempo non sia stato clemente con i progetti edilizi faraonici di Tolomeo, il suo nome è stato rinvenuto in siti sparsi in tutto l'Egitto, il che fa pensare a un programma ampio, ambizioso e concertato. Si sa che costruì o aggiunse templi in una serie di siti nel Delta: Tanis, Paabeithis, Naukratis e Terenuthis. Nella scelta dei luoghi e delle dediche, Tolomeo volle associarsi alla tradizione reale e ai culti popolari, una combinazione vincente. Più a sud, egli patrocinò un tempio a Tebtunis, nel Fayum, dedicato al dio coccodrillo, un altro culto che aveva acquisito grande popolarità. Nel tratto centrale della Valle del Nilo (Medio Egitto), scelse anche siti inaugurati o ampliati sotto la trentesima dinastia: luoghi come Kusae e Oxyrhynchos. Nell'importante centro di culto di Hermopolis, Tolomeo aveva già ampliato il tempio del dio locale Thoth nei primi tempi della sua satrapia, quando Filippo III Arrhidaios era ancora nominalmente re.

Tolomeo non si limitò ad aggiungere qualcosa agli edifici precedenti o a copiarli pedissequamente per i propri progetti. Egli contribuì anche al continuo sviluppo dell'architettura sacra egizia, riprendendo forme introdotte per la prima volta nella trentesima dinastia ed elaborandole. L'esempio più eclatante è il tipo di santuario oggi noto come casa della nascita. In origine era concepito come un'aggiunta minore a un tempio principale. Assomigliando a un piccolo santuario con un proprio piazzale e un percorso di accesso, la casa della nascita era separata dal tempio principale e ospitava le celebrazioni periodiche della nascita divina del faraone. Sotto Tolomeo I, la casa natale divenne un tempio a tutti gli effetti, anche se in miniatura, e iniziò a svolgere un ruolo nel rituale di culto quotidiano del tempio principale. Sotto Tolomeo, per la prima volta dopo quattro decenni, la religione e la cultura faraoniche ripresero vita.

* * *

La rinascita della civiltà egizia evidenzia una caratteristica cruciale del regno di Tolomeo: l'influenza dei membri dell'antica élite egizia sia in ambito religioso sia civile. Alessandro aveva riconosciuto i vantaggi di lasciare al loro posto i funzionari indigeni, anche se con una forte supervisione da parte dei suoi fidati luogotenenti macedoni. L'Egitto era semplicemente un Paese troppo grande, con usi e costumi troppo radicati, per essere governato da un'élite straniera di lingua greca senza la collaborazione attiva della vecchia guardia. Mentre Alessandro aveva accettato gran parte dello status quo ante come necessità pratica, Tolomeo coltivò attivamente la classe superiore autoctona, non solo per rafforzare la propria presa sul potere, ma anche per ripristinare la vivacità della cultura faraonica. Storico egli stesso, Tolomeo era interessato a conoscere l'antica civiltà del Paese che aveva ereditato, traendo ispirazione dai precedenti storici.

In Egitto c'erano sempre state alcune anime coraggiose che, di fronte alla dominazione straniera, avevano cercato di porsi come interlocutori, per interesse personale o per una genuina preoccupazione di conservazione culturale: uomini come Udjahorresnet. Egli aveva negoziato con successo la continuazione dei riti e delle tradizioni faraoniche nella sua città natale, Sais, al momento della prima invasione persiana nel 525. Si era diligentemente avvicinato al conquistatore persiano Cambise per convincerlo dell'opportunità politica di rispettare la cultura egizia. Sotto Tolomeo I, i successori di Udjahorresnet si trovarono davanti a una porta aperta. A differenza dei Persiani, Tolomeo intendeva fare dell'Egitto la sua dimora permanente e la sua sede dinastica. Sarebbe stato un faraone residente, non assente. Il modo più semplice per conquistare l'élite autoctona era quello di mantenere le caratteristiche principali del regime della trentesima dinastia. Il segnale più forte fu quello di portare ad Alessandria il corpo di Nakhthorheb, l'ultimo sovrano della dinastia. Il suo sarcofago fu inumato all'interno del recinto sacro dove era stato sepolto Alessandro. Non poteva esserci indicazione più chiara della determinazione di Tolomeo a presentarsi come legittimo erede di entrambi i suoi illustri antenati, egizi e macedoni.

Le prove della permanenza di egizi di alto rango nel governo sotto Tolomeo e i suoi immediati successori sono numerose. Il pronipote del primo re della trentesima dinastia mantenne il potere nella sua sede ancestrale di Sebennytos. La governò, insieme alla vicina città di confine di Sile, in qualità di governatore, ricoprendo anche un'alta carica militare come «grande ufficiale di primo rango dell'esercito di Sua Maestà». Suo zio, figlio maggiore ed erede di Nakhthorheb, ricopriva il ruolo di comandante in capo, una situazione straordinaria se si considera che lo stesso Nakhthorheb aveva sostenuto i Persiani nella loro lotta contro Alessandro. Ancora più eclatante è il caso di Somtutefnakht, della città mediorientale di Henen-nesut (gr. Herakleopolis), che continuò a ricoprire alte cariche sotto Tolomeo come capo di un sacerdozio locale, pur avendo egli stesso combattuto dalla parte dei Persiani nella battaglia di Issos. È evidente che Tolomeo non era un uomo che serbava rancore: si dice che l'esercito che radunò a Gaza nel 312 per attaccare le forze di Antigonos comprendesse «un gran numero di egizi»,[2] tra cui, senza dubbio, veterani che avevano affinato le loro abilità combattendo *contro* l'esercito macedone.

L'accomodamento avvenne in entrambe le direzioni. La ricettività dell'élite egizia nei confronti del dominio macedone è illustrata con maggiore chiarezza dalla famiglia di Padiusir (gr. Petosiris) di Hermopolis. Nella pratica religiosa egizia, era comune che i membri delle famiglie più importanti partecipassero alla vita dei templi locali ricoprendo ruoli a tempo parziale, sia clericali sia laici (anche se la distinzione non è sempre netta). Ciò contribuiva a costruire il capitale sociale di una famiglia all'interno della comunità e portava anche benefici economici (ad esempio, una quota delle offerte presentate alla divinità residente). Nell'Egitto faraonico, come nell'Europa medievale, una singola famiglia poteva effettivamente monopolizzare i ruoli nel culto locale per diverse generazioni, rafforzando il proprio posto nella gerarchia sociale. La famiglia di Padiusir ne fu un buon esempio, ricoprendo alte cariche nel culto locale, quello del dio ibis Thoth, per almeno cinque generazioni, che coprono l'ultima parte della trentesima dinastia, la seconda dominazione persiana (343-332), la conquista di Alessandro e l'inizio del dominio tolemaico. La storia inizia con il nonno di Padiusir, Djed-djehuty-iufankh («Thoth ha detto che vivrà»), e suo figlio, Nes-Shu, che servì sotto l'ultima dinastia autoctona dell'Egitto. Il testimone passò poi ai due figli di Nes-Shu, Djed-djehuty-iufankh il più giovane e Padiusir stesso. Quest'ultimo, tra il 340 e l'inizio del 330, svolse le sue mansioni nel tempio di Thoth con una diligenza esemplare, anche se l'Egitto stesso si opponeva al controllo dei Persiani. Secondo le sue stesse parole: «Ho trascorso sette anni come controllore di questo dio, amministrando la sua dotazione senza che si trovassero errori, mentre il sovrano di terre straniere era protettore in Egitto, e nulla era al suo posto, poiché erano iniziate le lotte all'interno dell'Egitto, il Sud era in tumulto, il Nord in rivolta».[3] Padiusir si vanta inoltre di aver riportato il tempio di Thoth alle sue condizioni precedenti, di aver ripristinato i giusti riti, di aver provveduto al sacerdozio e di aver mantenuto in generale le forme di culto tradizionali contro ogni previsione e nonostante l'incuria e le depredazioni dei Persiani.

Alla fine della sua iscrizione biografica, composta al momento della sua morte, il tono di Padiusir cambia nettamente e parla di essere stato «favorito dal sovrano d'Egitto» e «amato dai suoi cortigiani». Sebbene il sovrano in questione non venga nominato, ciò non può che riferirsi alla nuova dispensazione sotto Tolomeo, quando l'élite egizia si trovò nuovamente a godere del favore della corte. La misura in cui vecchie famiglie come quella di Padiusir abbracciarono il dominio macedone è dimostrata dalla cappella della sua tomba (nell'attuale Tuna el-Gebel). Decorata dal figlio e dal nipote, presenta un amalgama di stili e motivi egizi e greci. Accanto a capitoli dei Testi delle Piramidi e del *Libro dei morti*, a inni al sole e a testi religiosi di nuova composizione che lodano le antiche divinità dell'Egitto, vi è una rappresentazione dei membri della famiglia riuniti intorno alla tomba, vestiti in stile greco con acconciature macedoni alla moda; alcuni di loro sono raffigurati a pieno viso, in linea con l'arte ellenistica. Poiché Tolomeo aveva manifestato il suo rispetto per le tradizioni sacre dell'Egitto, gli egizi sembrano aver rispettato a loro volta lui e i suoi modi. Questa convivenza amichevole pareva essere di buon auspicio per il nuovo regno di Tolomeo I.

Persone come Padiusir e i suoi discendenti continuarono a venerare i loro vecchi dèi, a patrocinare i loro vecchi templi e a gestire gli affari nelle loro vecchie province. Anche alla corte tolemaica di Alessandria c'erano egizi di alto rango. Uno di questi, la cui influenza si fece sentire nel cuore del governo di Tolomeo, era un sacerdote di Sebennytos, chiamato nelle fonti greche Manethon ma meglio conosciuto con la forma latinizzata Manetho. Il suo nome egizio significava probabilmente «amato dal grande dio», un nome appropriato per un sacerdote dell'antica religione. Il fatto che Manethon provenisse dalla città natale della trentesima dinastia, e che potesse addirittura essere imparentato con l'ex famiglia reale, deve aver favorito la sua causa. Secondo i resoconti più tardivi, egli servì come sommo sacerdote del tempio di Ra a Heliopolis, uno dei templi più importanti dell'Egitto, ma fu come storico, non come uomo di culto, che raggiunse una fama duratura. All'inizio della dominazione tolemaica, Manethon fu incaricato di scrivere una storia dell'Egitto.[4] Le storie di nazioni, popoli e grandi uomini erano un genere amato dal mondo di lingua greca, ma estraneo alla letteratura egizia antica. In qualità di sommo sacerdote, Manethon aveva accesso ai registri del tempio, in particolare alle liste dei re morti da tempo e agli annali che registravano gli eventi principali dei loro regni. Con questo materiale, compilò minuziosamente una grande opera chiamata (in greco) *Aigyptiakà* («storia dell'Egitto»). La storia della Valle del Nilo, dai tempi mitici all'arrivo di Alessandro, fu disposta in ordine cronologico e presentata in tre volumi. Solo alcuni frammenti sono sopravvissuti, estratti nelle opere di autori più tardi, ma la sua trattazione rivoluzionaria della storia egizia si è dimostrata straordinariamente duratura. Manethon fu il primo a suddividere gli innumerevoli re dell'Egitto in trenta «dinastie» (dal greco *dynasteia*, «potere governativo») e la sua struttura di base è ancora oggi utilizzata dagli egittologi.

Sebbene sia stato composto da un egizio immerso nella cultura faraonica, l'*Aigyptiakà* era un'opera destinata a una corte composta in gran parte da macedoni e greci. Il suo scopo non era solo quello di fare appello al loro amore per l'apprendimento (e a quello di Tolomeo), ma, cosa più importante, di inquadrare la loro nuova patria, la terra d'Egitto, in termini accessibili e comprensibili. In poche parole, la sfida di Manethon era quella di spiegare l'Egitto ai Greci, scrivendo una storia dell'Egitto in stile greco. Se c'è un tema che definisce il regno di Tolomeo I, è il suo delicato gioco di equilibri per placare entrambe le popolazioni, indigeni e immigrati. Ogni sua politica interna sembra essere stata concepita con l'obiettivo di mantenere questo equilibrio. Forse la politica più duratura e che ha avuto il maggiore impatto è stata quella religiosa. Era ancora più ambiziosa della compilazione di una storia completa dell'Egitto: era niente meno che l'invenzione di un nuovo dio.

Da quando aveva dirottato il corpo di Alessandro, Tolomeo si era crogiolato nella gloria riflessa del conquistatore. Con l'annessione di Kyrene, prima, e di Cipro, poi, e i suoi interventi decisivi nelle Guerre dei successori, si era messo in luce in tutte le terre di lingua greca. L'apice della sua reputazione nel mondo mediterraneo si raggiunse nel 305/4, più o meno in concomitanza con la sua ascesa formale a Memphis. Demetrios, reduce dalla conquista di Cipro, decise di attaccare un altro Stato insulare greco, Rodi. Schierando un mostruoso ariete manovrato da un migliaio di uomini e una torre d'assedio su ruote soprannominata «conquistatrice di città», Demetrios assediò la capitale rodiana per settimane, ma questa resistette coraggiosamente, con le sue difese rafforzate dalle truppe inviate da Tolomeo. (Dopotutto egli non era affatto amico di Demetrios.) Alla fine si raggiunse un compromesso e i rodiani, riconoscenti, conferirono al loro amico Tolomeo il titolo di Soter («salvatore»). Egli apprezzò il gesto e da quel momento in avanti si fregiò di quel titolo.[5] In Egitto, tradotto in geroglifici, «salvatore» dava a

Tolomeo un'aria da dio. Ma i suoi sudditi di lingua greca, comprendendo le sue origini politiche, erano meno impressionati. Tolomeo voleva un'aura di maestà divina che tutto il suo popolo avrebbe rispettato.

Fin dal momento in cui aveva accompagnato Alessandro a Memphis, nell'autunno del 332, Tolomeo era stato colpito dall'incrollabile devozione degli egizi per il toro sacro della città, Apis. Il rispetto che Alessandro aveva mostrato per la bestia aveva cementato la sua legittimità agli occhi degli egizi, e Tolomeo ne seguì l'esempio quando divenne sovrano dell'Egitto. Un toro di Apis – forse proprio quello che Alessandro aveva venerato – morì di vecchiaia nel 299, all'inizio del regno di Tolomeo. La sua risposta fu quella di fornire un prestito, dal tesoro del governo, di cinquanta talenti d'argento per contribuire a sostenere i costi del periodo di lutto e mummificazione di settanta giorni e della sepoltura del toro nella sua speciale catacomba sotterranea sulle colline sopra la capitale. Il gesto deve essere stato molto apprezzato dai sacerdoti di Apis e dai numerosi fedeli indigeni del toro.

L'enorme popolarità dell'Apis vivente e dei suoi predecessori defunti, conosciuti dagli Egizi come Usir-Hep (in greco Osiride-Apis o Osorapis), fece venire un'idea a Tolomeo. Forse un'incarnazione di Osorapis, raffigurata nella forma umana abitualmente adottata dalle divinità greche, avrebbe potuto interessare la popolazione egizia di lingua greca. In questo modo, forse, uno stesso dio avrebbe potuto unire entrambe le parti della società, in un'unica comunità di adoratori. Il risultato – uno dei pochi esempi storicamente attestati di divinità inventata – fu chiamato Sarapis. Il personaggio fondeva abilmente aspetti e ruoli di tre grandi divinità greche: Zeus (re degli dèi e patrono reale), Ade (dio degli inferi) e Dioniso (dio della vegetazione, del piacere e della fertilità). Se si crede ai commentatori successivi, la teologia del culto di Sarapis fu elaborata con l'assistenza di Manethon, mentre gli attributi greci del dio – tra cui la sua rappresentazione come una figura barbuta simile a Zeus che indossa una corona di mais dionisiaca – furono formulati da Timotheos di Atene, un noto interprete dei sacri misteri che era stato portato da Tolomeo ad Alessandria per dare consigli sulla politica religiosa. La promozione di Sarapis fu portata avanti da Tolomeo stesso. Il nuovo dio fu nominato patrono della capitale del re e protettore della sua dinastia. Ad Alessandria, su un'altura che dominava la città, fu edificato un nuovo tempio, chiamato Sarapieion; in superficie assomigliava a un tempio greco classico, completo di statue di Tolomeo e della sua famiglia in stile greco, ma in profondità aveva una serie di gallerie e catacombe, ispirate all'architettura funeraria egizia.[6] Nella capitale e in tutti i territori assoggettati, Tolomeo I e i suoi successori favorirono la loro identificazione personale con Sarapis, il cui culto combinava elementi adatti a ogni pubblico. Per i sudditi egizi, il re e la regina tolemaici erano Sarapis/Osiride e la sua consorte Iside, l'antica coppia divina reincarnata sulla terra. Per i popoli di origine greca e macedone, Tolomeo era l'erede di Zeus e l'incarnazione di Dioniso, fondendo la regalità del primo con il lusso trionfale del secondo.

Sostenuto da un'attenta propaganda reale, il culto di Sarapis si diffuse presto in lungo e in largo, raggiungendo l'Anatolia costiera e le coste del Mar Caspio. Nonostante la pletora di antiche divinità egizie e greche riconosciute da Alessandro e dai suoi successori, fu un dio inventato a rappresentare l'Egitto tolemaico in tutto il mondo ellenistico.

E che mondo che era.

2
Un mondo nuovo

Quando Alessandro Magno salì al trono all'età di diciannove anni, il suo regno macedone era relativamente piccolo e insignificante. Solo di recente si era espanso oltre il suo nucleo centrale, un regno di montagna ai confini settentrionali del mondo greco. Quando morì, appena tredici anni dopo, il suo impero, conquistato a colpi di spada, si estendeva dall'Adriatico all'India, dal Mar Nero alle cataratte del Nilo. Dalla Libia costiera all'Asia centrale e all'Hindu Kush, tutto il mondo conosciuto era sotto il suo dominio.

Ma una serie così estesa e disparata di conquiste, con nulla in comune se non la persona che le aveva fatte, sarebbe stata sempre difficile da governare. Con la morte di Alessandro, il compito divenne impossibile. Le interminabili guerre dei successori furono combattute non per conquistare l'intero impero di Alessandro, ma per assicurarsi le porzioni migliori. Quando i principali beneficiari si dichiararono re, fu un riconoscimento del fatto che il sogno di Alessandro di un superstato unificato e multinazionale era svanito.

Ciò che rimase, quando la polvere si depositò, fu un mosaico di regni rivali governati da dinastie ferocemente competitive. Attraverso il Mediterraneo orientale, l'Africa settentrionale e l'Asia occidentale, i Paesi che emersero sulla scia di Alessandro erano diversi da qualsiasi cosa il mondo avesse visto prima. I loro governanti parlavano greco, ma la maggior parte delle loro popolazioni conversava in una gamma vertiginosa di lingue, dal berbero e dal fenicio all'aramaico e al persiano. Innumerevoli dèi e dee autoctoni si contendevano i fedeli con le divinità tradizionali del pantheon greco. E i regni ellenistici, come sono conosciuti, avevano a disposizione una straordinaria gamma di risorse naturali: stagno e ferro, vetro e cedro, ebano e avorio, lapislazzuli e oro – una vera e propria cornucopia che i cittadini dell'antica Atene o di Sparta potevano solo sognare.

Anche l'Egitto faceva parte di questo nuovo mondo. La Valle del Nilo, pur avendo radici antiche ed essendo orgogliosa dei propri costumi, si trovò a essere parte integrante di un insieme molto più vasto. Fin dagli albori della civiltà, gli egizi erano stati aperti al commercio internazionale e ai legami culturali con gli stranieri, ma alle loro condizioni. Ora erano semplici pedine in un gioco più grande di politiche di potere nel Mediterraneo. Mentre l'Egitto definiva e modellava la dinastia tolemaica, il più ampio panorama geopolitico avrebbe giocato un ruolo decisivo nel determinare le correnti della storia tolemaica.

* * *

Dal momento in cui Tolomeo si assicurò la satrapia d'Egitto, nei giorni successivi alla morte di Alessandro, la sua politica estera ebbe un solo obiettivo: garantire la difesa e l'integrità territoriale del suo nuovo regno. Sapeva fin troppo bene – se non dalla storia, dalla recente esperienza personale – che l'Egitto non era così inviolabile come gli piaceva pensare. Era sempre vulnerabile agli attacchi: da est attraverso il ponte terrestre del Sinai, da nord da qualsiasi forza navale ben equipaggiata, da ovest lungo la rotta costiera libica e da sud via terra o via fiume. L'isolamento dell'Egitto era immaginario. Perciò, con mezzi diplomatici e militari, Tolomeo dedicò le sue energie a garantire il regno ai suoi successori.

Il suo mondo era concepito come una serie di cerchi concentrici che si irradiavano dall'Egitto. I più lontani, da gestire e contenere, erano gli altri regni governati da ex compagni di Tolomeo. Il primo di questi, per prestigio se non per promesse, era il Regno di Macedonia, patria e cuore di Alessandro. Sebbene remota e isolata, la Macedonia presentava tre vantaggi naturali distinti rispetto ad altre parti del mondo di lingua greca: un clima più favorevole all'agricoltura, un'abbondanza di legname e ricchi giacimenti minerari, soprattutto di argento e oro. Queste risorse avevano alimentato l'ascesa della Macedonia sotto Filippo II e avrebbero continuato a renderla attraente ai governanti ambiziosi lungo tutta la storia antica. Grazie soprattutto al duraturo splendore di Filippo II e di Alessandro Magno, la Macedonia uscì dalle Guerre dei successori relativamente intatta e continuò a crogiolarsi nella gloria riflessa della casa reale di Argead, ormai defunta. Ma la forza della Macedonia era anche la sua debolezza. Chiunque volesse rivendicare il mantello di Alessandro doveva prima assicurarsi il suo trono ancestrale, mentre le città di lingua greca dell'Egeo che si erano schierate al fianco di Alessandro contro i Persiani guardavano con sospetto all'egemonia macedone dopo la sua morte. Il risultato furono decenni di disordini all'interno e all'esterno dei confini macedoni. Ciò giovò parecchio a Tolomeo.

Kassandros ereditò il titolo di «Re dei Macedoni» dal padre Antipatros, che era stato messo al comando da Alessandro stesso; ma un altro padre e un altro figlio ambiziosi, Antigonos il Guercio e Demetrios, avevano progetti sul trono macedone. Quest'ultimo riuscì a prendere il controllo nel 294, dopo che un'invasione di tribù celtiche dal Nord aveva destabilizzato il Paese. Sebbene i discendenti di Demetrios (chiamati Antigonidi, dal nome del fondatore della dinastia) avrebbero continuato a governare la Macedonia per i successivi centoventisei anni, non fu mai una passeggiata. Il regno dovette affrontare pressioni incessanti su più fronti. Le incursioni dal Nord rimanevano una minaccia costante, mentre il mondo di lingua greca a sud si risentiva della presunzione di sovranità della Macedonia. Atene era particolarmente ostile, anche se incapace di opporre una resistenza efficace. Le alleanze politiche si formarono, si sciolsero e si riformarono mentre gruppi diversi cercavano di minare e sfidare il potere macedone. Confederazioni come la Lega Etolica nella Grecia nordoccidentale e la Lega Achea nel Peloponneso settentrionale si rivelarono un perenne grattacapo per i governanti macedoni. I Tolomei, da parte loro, erano ben felici di inviare denaro e grano per sostenere chiunque potesse impedire alla Macedonia di riconquistare la sua antica gloria, ma senza rischiare le proprie truppe in un intervento diretto. Il risultato fu un secolo e mezzo di guerre per procura e un secolo e mezzo di disunione greca.

In tutto l'Egeo, innumerevoli isole e città-stato, un tempo orgogliosamente indipendenti prima dell'arrivo di Alessandro, ripresero qualcosa della loro precedente autonomia; ma, nel nuovo mondo della politica delle grandi potenze, dovettero bilanciare il desiderio di libertà con il bisogno di protezione. Le varie leghe offrivano un po' di quest'ultima, ma piuttosto poco della prima. Infatti, la Lega degli Isolani finì per essere conquistata da Tolomeo I, inaugurando un trentennio di egemonia tolemaica nelle Cicladi. Tolomeo poteva permettersi di mettere le isole e gli Stati l'uno contro l'altro: a parte una o due che offrivano un ancoraggio sicuro per la marina tolemaica, avevano poca importanza strategica. Erano pedine utili in un gioco più grande, potenziali alleati per frenare le ambizioni macedoni. Quando le isole dell'Egeo cercavano di accattivarsi il favore di Tolomeo, ad esempio erigendo un santuario in suo onore, si trattava di un semplice riconoscimento della realtà politica. Il prezzo della protezione era l'adulazione.

L'eccezione più rilevante fu lo Stato insulare di Rodi, che per tutta l'epoca ellenistica occupò una posizione dominante e influente nel Mediterraneo orientale. L'isola era stata conquistata da Alessandro all'inizio del suo regno, ma fu anche uno dei primi territori a riaffermare la propria indipendenza dopo la sua morte, espellendo la guarnigione macedone. La difesa di Rodi da parte di Tolomeo nel 305/4, durante l'assedio di Demetrios durato un anno, non era stata una dimostrazione di altruismo. Piuttosto, il suo raro intervento diretto negli affari di un altro Stato – che gli valse l'epiteto elogiativo di «salvatore» – dimostrava l'importanza di Rodi per gli interessi commerciali dell'Egitto. Questi legami risalivano a centinaia di anni prima, almeno al regno del faraone della ventiseiesima dinastia Ahmose II (570-526). Riflettevano la posizione strategica di Rodi, il suo ruolo di trampolino tra la Grecia, l'Anatolia, la Siria e la Fenicia e la sua posizione favorevole per il commercio diretto con l'Egitto. La rotta di quattro giorni tra Rodi e la costa egizia rimaneva aperta alle navi tutto l'anno, a differenza di altre rotte marittime del Mediterraneo, caratterizzate da correnti mutevoli e venti inaffidabili. Il fatto che Rodi si trovasse anche più o meno direttamente a nord di Alessandria ha dato un ulteriore impulso ai legami commerciali. (L'isola più vicina al porto di Alessandria si chiamava Antirrhodos, «di fronte a Rodi».) Rodi manteneva anche una forte forza navale e svolgeva un ruolo chiave nel contrastare la pirateria in alto mare, che costituiva una minaccia persistente per il commercio marittimo. La marina dell'isola disponeva di una classe speciale di vascelli molto veloci, chiamati «navi di protezione», che pattugliavano in squadroni le principali rotte marittime.

Nello stesso spirito di innovazione, i rodiani furono pionieri di una nuova forma di attività commerciale, che coinvolgeva consorzi di commercianti piuttosto che mercanti solitari. Ciò consentiva di commerciare interi carichi, anziché spezzettarli e venderli in modo frammentario. Si trattava di un cambiamento fondamentale e di una sfida all'organizzazione del commercio internazionale, che rese Rodi una calamita per uomini d'affari ambiziosi e intraprendenti. L'isola sostituì Atene come città-stato commerciale più importante del mondo greco e divenne anche un centro della finanza internazionale. Tutti questi vantaggi fecero di Rodi un alleato fondamentale. L'Egitto, da parte sua, era un importante fornitore di grano e un Paese ricco e potente. In altre parole, ognuno aveva qualcosa di cui l'altro aveva bisogno. La relazione amichevole tra Rodi e l'Egitto fu una caratteristica che contraddistinse il dominio tolemaico, una rara costante nell'altrimenti imprevedibile flusso e riflusso della politica di potere ellenistica.

Il prossimo tassello importante nella cerchia più esterna del mondo tolemaico fu l'insieme eterogeneo di territori che, solo pochi decenni prima, erano stati governati dalla potente Persia. Conosciuto oggi dagli storici come regno seleucide, dal nome del suo fondatore Seleukos I, contemporaneo di Tolomeo I,[1] la sua dinastia regnante era praticamente l'unica caratteristica unificatrice. Il regno – impero sarebbe un termine più preciso – si estendeva su un'area di circa quattro milioni di chilometri quadrati, dalle coste dell'Egeo all'attuale Afghanistan e dal Mar Caspio alla Fenicia. Anche dopo che Seleukos cedette le sue terre più orientali all'imperatore indiano Chandragupta Maurya nel 303 in cambio di elefanti da guerra, l'ex generale macedone rimase padrone di una popolazione quattro volte superiore a quella dell'Egitto. Ciò rendeva il regno seleucide un avversario potente e pericoloso. In particolare, il potere seleucide minacciava l'accesso egizio ai porti fenici, così cruciali per il commercio. Pertanto, mentre le relazioni dei Tolomei con la Macedonia erano semplicemente conflittuali, la rivalità con l'Asia rasentava la distruzione reciproca.

Tolomeo e i suoi successori in Egitto furono fortunati perché i re seleucidi dovettero dedicare praticamente tutto il loro tempo e le loro energie a tenere insieme il loro stesso regno. Con un esercito permanente di non più di settantamila uomini, non era un compito facile. L'impero era così esteso e disparato che richiedeva non una, ma due capitali: le nuove fondazioni di Antiokheia (dal nome del padre di Seleukos, Antiochos) sul fiume Oronte in Siria e Seleukeia (dal suo nome) sul fiume Tigri in Babilonia (l'attuale Iraq). Ma il governo centrale poteva essere esercitato efficacemente solo nel territorio circostante delle due città. Più lontano, vaste aree rimasero in gran parte indipendenti dal controllo seleucide. I capi tribù continuavano ad avere il potere nelle campagne, i dinasti e i sacerdoti nelle antiche città e nei templi della Mesopotamia. Questi schemi di governo feudale consolidati da tempo riconoscevano a malapena i nuovi padroni di lingua greca dell'impero, e modelli culturali profondamente radicati minavano qualsiasi tentativo di governo centralizzato.

Seleukos e il suo immediato successore cercarono di cambiare il panorama politico del loro regno fondando decine di colonie greche in luoghi strategici per la difesa e il commercio. Molte di esse presero il nome di membri della famiglia reale: Seleukeia, Antiokheia, Laodikeia (dal nome della madre di Seleukos), Apameia (dal nome della moglie iraniana) e Stratonikeia (dal nome della moglie macedone). Un insediamento, sulle rive del fiume Oxus nella lontana Bactria (l'attuale Afghanistan settentrionale), deve aver presentato un'immagine bizzarra con il suo ginnasio in stile greco e le statue di rinomati scultori greci; potrebbe essere stato sollevato, pietra dopo pietra, dalla Macedonia o dal Peloponneso. Un altro coraggioso avamposto dell'ellenismo fu stabilito ad Alessandria in Arachosia (l'attuale Kandahar). L'idea alla base di questi luoghi era quella di attirare coloni avventurosi e ambiziosi dalle terre greche d'origine, in cerca di una vita nuova e migliore. Ma la maggior parte di queste nuove fondazioni non riuscì ad attecchire: i venti contrari culturali e politici erano semplicemente troppo forti. Le poche nuove città che riuscirono a prosperare mantennero una profonda fedeltà alla casa reale dei Seleucidi e servirono da baluardo contro le popolazioni autoctone in rivolta. Mentre i coloni greci, in gran parte maschi, spesso prendevano mogli locali, la coesistenza razziale non fu accompagnata da un adattamento culturale. Le città mantennero un carattere decisamente greco.

Il controllo seleucide fu sempre più debole alle periferie dell'impero e più forte al suo centro. In Occidente, l'Anatolia non fu mai completamente conquistata; le province settentrionali della penisola, la Bitinia e il Pontos, e la provincia centrale di Kappadokia ebbero i loro fieri leader che difesero vigorosamente la loro autonomia e resistettero al dominio di una potenza straniera. Anche la grande città-stato di Pergamo, sulla costa egea, continuò a essere governata da una propria dinastia locale, pagando una fedeltà solo nominale ai re seleucidi. La Siria, invece, grazie ai suoi stretti legami commerciali con il Mediterraneo orientale, si ellenizzò rapidamente. Produsse una notevole serie di filosofi greci, in particolare gli Stoici, e la sua capitale Antiokheia divenne una delle più grandi città del mondo antico.

Anche Babilonia dimostrò una forte fedeltà al regime seleucide, favorita dall'odio del suo popolo per i Persiani conquistati da Alessandro. In una rara dimostrazione di accomodamento culturale, Seleukos ricompensò la fedeltà dei Babilonesi permettendo loro di mantenere le proprie strutture governative, legali e sociali e onorando i templi delle divinità locali: Marduk, Anu e Nabu. A sua volta, l'astronomia e la matematica babilonesi esercitarono una profonda influenza sul sapere greco, mentre un sacerdote locale, Beroso, compilò una storia in tre volumi della sua terra natale, la *Babyloniakà*, per spiegarne la storia e i costumi alla classe dirigente di lingua greca.[2]

La Mesopotamia aveva anche una grande importanza economica. Tutte le rotte terrestri della Mezzaluna fertile si incontravano a Seleukeia al Tigri, che divenne un importante centro commerciale e bancario, mentre il Paese circostante era una ricca zona agricola che produceva cibo e tessuti per l'esportazione. I governanti seleucidi trassero enormi vantaggi dal controllo delle rotte commerciali che collegavano il Mediterraneo, l'Arabia e l'India, facilitati da una monetazione unificata in tutto l'impero.

Mentre la Mesopotamia era ben contenta di liberarsi del giogo persiano, l'Iran la pensava in modo molto diverso. Il cuore della Persia fece di tutto per mantenere intatta la propria cultura, resistendo attivamente all'ellenizzazione. Ogni volta che il governo centrale era distratto da questioni interne, le terre iraniche si staccavano una a una. La vasta provincia di Bactria fu persa per sempre entro cinquant'anni dalla fondazione del regno seleucide, seguita poco dopo dall'altopiano iranico e dalla Mesopotamia orientale.

Fu questa politica di reazione a catena a tenere occupati i re seleucidi per la maggior parte del tempo. Tuttavia, nei brevi momenti in cui la stabilità interna veniva ripristinata, i Seleucidi coglievano immancabilmente l'occasione per attaccare i Tolomei o gli interessi tolemaici lungo la costa orientale del Mediterraneo. La Fenicia con i suoi porti era particolarmente contesa, così come il territorio a sud del fiume Eleutheros (l'attuale Nahr al-Kabir). Il risultato fu una successione apparentemente infinita di «guerre siriane» – gli storici ne riconoscono sei, anche se a chi le visse dovettero sembrare un unico, lungo conflitto – che infuriarono per oltre cento anni, distraendo e dominando la politica estera di molti dei successori di Tolomeo I.

I regni macedone e seleucide erano avversari familiari – i loro governanti, dopotutto, erano stati compagni di Tolomeo – ma la terra a sud dell'Egitto presentava un quadro completamente diverso. Il Regno di Kush, un antico Stato che potrebbe far risalire le sue origini all'inizio del secondo millennio, controllava la maggior parte della Valle del Nilo nubiano a monte della Prima Cateratta (la più settentrionale delle sei serie di rapide che interrompono il flusso del fiume). Pur non avendo mai fatto parte del mondo ellenistico (le sue radici e le sue prospettive erano africane piuttosto che mediterranee), era un importante vicino, partner commerciale e potenziale rivale dei Tolomei, che questi ultimi non potevano permettersi di ignorare.

Originariamente incentrato sul sito dell'attuale Kerma, appena sopra la Seconda Cateratta, il Regno di Kush aveva poi spostato la sua capitale a Napata, situata sotto la Quarta Cateratta e dominata dalla montagna sacra del Gebel Barkal. Nella città di Napata abbondavano le influenze egizie: il tempio principale era dedicato al dio egizio Amon e i re kushiti del primo millennio si consideravano portatori della cultura faraonica. Mentre l'Egitto stesso era colpito da una serie di infiltrazioni e invasioni straniere, i Kushiti credevano di mantenere la vera religione, non contaminata da influenze aliene. Quando Tolomeo I rivendicò il trono egizio, i legami tra Kush ed Egitto si erano indeboliti e il centro del dominio kushita si era ritirato ancora più a sud, in un sito tra la Quinta e la Sesta Cateratta. Qui, presso la città di Meroë, vicino alla confluenza dell'Atbara e del Nilo, la pista del deserto che attraversava la grande ansa del Nilo raggiungeva il suo capolinea meridionale, mentre altre rotte a est verso il Mar Rosso e a ovest verso il Kordofan e il Darfur convergevano. Di conseguenza, Meroë controllava le rotte commerciali via terra e via fiume in tutte le direzioni e si trovava in una posizione ideale per trarre profitto dal commercio tra l'Africa subsahariana e l'Egitto. Dall'inizio del III secolo, Meroë si espanse come principale centro amministrativo del regno.

Ben presto divenne una delle più grandi città dell'Africa, con un'estensione di almeno due chilometri quadrati. Era circondata da fertili praterie e benedetta dalle piogge estive annuali, in netto contrasto con le aree della Nubia più a nord, che dovevano affidarsi interamente al Nilo come fonte d'acqua. Per immagazzinare l'acqua piovana furono creati grandi serbatoi intorno alla città, uno dei quali richiese la rimozione di un quarto di milione di metri cubi di terreno. Grazie al vantaggio dell'irrigazione perenne, nei campi intorno a Meroë si coltivavano orzo e miglio e venivano sostenute grandi mandrie di bovini. La città stessa ospitava fiorenti quartieri industriali, tra cui un'importante fonderia di ferro. Gli edifici pubblici comprendevano un grande tempio di Amon, a cui si accedeva lungo un viale di arieti di pietra, e un vasto complesso reale con palazzi e edifici governativi.

I re di Kush possono aver continuato a venerare Amon e a farsi seppellire nelle piramidi, ma la loro cultura di corte, separata dall'Egitto, mostrava un progressivo allontanamento dalle influenze egizie e un ritorno a modalità espressive più africane. Oltre ad Amon, gli altri culti popolari erano di origine nubiana: il dio leone Apedemak, il dio della creazione Sebiumeker e gli elefanti divini. Le sepolture reali abbandonarono le statuette dei servi in stile egizio a favore di quelli veri, e il sacrificio dei servitori fu riadottato come usanza funeraria. La classe dirigente comprendeva un piccolo numero di famiglie che parlavano una lingua estranea ai loro sudditi nubiani e i re sembravano governare con la forza delle armi; erano spesso raffigurati con armi in mano e venivano abitualmente sepolti con lance e attrezzature per il tiro con l'arco. Tuttavia, le donne avevano uno status elevato e potevano governare da sole.

In questa remota parte dell'Africa, a più di milleseicento chilometri lungo il Nilo, i visitatori stranieri erano rari, eppure la corte reale meroitica abbracciava la cultura ellenistica – il prestigio dell'esotico – nella sua arte e architettura. La statuaria umana poteva combinare la posa rilassata della scultura greca con l'amore delle forme abbondanti secondo il gusto locale, mentre gli edifici dei templi potevano giustapporre elementi classici e nubiani. Anche i manufatti portati alla luce dall'archeologia, tra cui bronzi, ceramiche e tessuti, mostravano l'ispirazione dello stile mediterraneo. Questa ricettività alle influenze ellenistiche sottolineava un più generale accordo tra l'Egitto tolemaico e la Nubia kushita. Ciascuno aveva bisogno dell'altro per mantenere la propria prosperità e sembra che tra i due regni siano esistiti buoni rapporti per gran parte del periodo tolemaico. Kush assicurava un flusso costante di merci dall'Africa subsahariana all'Egitto – avorio, elefanti vivi, spezie e schiavi – mentre cereali e manufatti scorrevano nella direzione opposta.

* * *

Macedonia, Asia e Kush: a nord, est e sud, Tolomeo I si trovava di fronte a un anello di rivali potenzialmente ostili. Il suo genio strategico fu quello di creare una zona cuscinetto all'interno di questo anello per proteggere il suo possedimento principale, l'Egitto.

Il primo tassello a essere messo in opera fu Kyrenaika (l'attuale Libia costiera), che Tolomeo si assicurò nel 321, all'inizio del suo mandato di satrapo d'Egitto. Aveva il vantaggio di essere già ellenizzata, almeno nel caso del principale centro abitato, Kyrene (vicino all'attuale Shahhat). Il fatto che la città e il suo entroterra rurale si trovassero così a ovest – a circa ottocento chilometri da Alessandria, oltre l'oasi di Siwa, al di là dei sogni di conquista di Alessandro – significava che non era mai stata realmente nel mirino di nessuno degli altri regni ellenistici.

A causa di questa relativa mancanza di minaccia, l'atteggiamento dei Tolomei nei confronti di Kyrenaika sembra essere stato piuttosto rilassato. Tolomeo fondò una nuova città (chiamata, inevitabilmente, Tolemaide) e impose alla città di Kyrene una nuova costituzione, ma molte misure di questo documento confermarono di fatto lo status quo. Allo stesso modo, le istituzioni civiche

che esistevano prima dell'annessione di Tolomeo furono autorizzate a continuare, o in alcuni casi furono addirittura rinnovate. In assenza di intensi legami commerciali tra la Kyrenaika e l'Egitto – poiché la prima aveva poche risorse che la seconda bramava – l'interesse principale del governo tolemaico era quello di estorcere tasse. L'unione monetaria con l'Egitto facilitava il flusso di reddito verso est, verso Alessandria. Poiché l'amministrazione tolemaica era interessata soprattutto alla riscossione delle entrate, il controllo centrale era in gran parte limitato alle principali città; le relazioni preesistenti tra l'élite urbana stanziale della Kyrenaika e la popolazione rurale nomade rimasero in gran parte inalterate. Anche nelle città i culti tradizionali locali furono lasciati in pace, sebbene integrati dal culto del sovrano tolemaico e del nuovo dio Sarapis. Kyrene vantava anche due templi di Iside, un culto che era già stato introdotto molto prima dell'epoca di Tolomeo, quando la città manteneva legami con i coloni greci della città egizia di Naukratis. Grazie a questi legami storico-culturali e a un'amministrazione coloniale relativamente benevola, Kyrenaika, una volta assicurata all'Egitto, sarebbe rimasta un possedimento tolemaico fondamentale, incontestato da qualsiasi potenza rivale, per oltre due secoli.

La parte successiva della cintura difensiva intorno all'Egitto era il litorale levantino. Questa zona aveva fatto parte dell'impero egizio ai tempi dell'età d'oro dei faraoni e Tolomeo riconobbe subito l'importanza strategica ed economica della regione. Già nel 320 riuscì ad assicurarsi il controllo della costa fenicia e dell'entroterra libanese, ma li perse nuovamente cinque anni dopo. Imperterrito, dopo la morte di Antigonos il Guercio nel 301, Tolomeo superò il suo rivale Seleukos I e si impadronì della fascia costiera fino al fiume Eleutheros. Questo nuovo territorio, noto come Koile-Syria, non solo portò maggiore sicurezza all'Egitto, ma diede anche a Tolomeo accesso a preziose risorse naturali: i famosi cedri del Libano per la costruzione di navi, le spezie dall'Arabia, il grano, l'olio e il vino dalla Siria e i mercenari e gli amministratori ebrei dall'ex regno indipendente di Giudea. Quest'ultimo gruppo avrebbe costituito una parte importante della popolazione di Alessandria, e di altre città greche in Egitto, per i secoli a venire.

Tolomeo I dovette attendere un altro decennio prima di riuscire a strappare il controllo delle enclavi commerciali di Sidon e

Tyros ai Seleucidi, che non erano disposti a rinunciare a tali preziose basi senza combattere. In tutta la regione, l'amministrazione tolemaica era sostenuta da una notevole forza militare. Nelle principali città furono istituite guarnigioni, i cui comandanti erano scelti dal re per la loro abilità e lealtà. Per rendere sicure le campagne circostanti – o, almeno, per rendere meno probabile il successo di qualsiasi insurrezione autoctona – il governo tolemaico insediò i veterani militari su terreni al di fuori delle principali aree urbane. Sembra che fossero attivamente incoraggiati a prendere mogli locali per assicurarsi l'acquiescenza dei nativi. A volte, i membri di importanti famiglie locali levantine potevano essere assunti al servizio dei Tolomei e incaricati di sorvegliare i coloni militari. Ogni occupazione coloniale ha i suoi collaboratori.

Come in Kyrenaika, così in Fenicia e in Koile-Syria: una delle principali preoccupazioni del governo tolemaico era la riscossione delle tasse. Le strutture amministrative create per raggiungere questo obiettivo sembravano essere state modellate su quelle già presenti in Egitto. Dalle scarse testimonianze documentarie che ci sono pervenute, sembra che i burocrati fossero dislocati nei distretti e nei villaggi per supervisionare l'accertamento e la riscossione di una quota del raccolto; inoltre, ogni anno veniva effettuato un censimento del bestiame, con pene severe in caso di inadempienza. La gente era incoraggiata a denunciare i sospetti evasori fiscali, con la promessa di una parte delle sanzioni finanziarie o delle proprietà confiscate ai trasgressori. Con il vicino che spiava il vicino, le relazioni nelle comunità rurali dovevano essere particolarmente tese al momento del censimento. Un'altra fonte di tensione era la schiavitù. La proprietà degli schiavi era strettamente controllata, anche se i coloni militari con mogli native erano liberi di tenere schiavi senza registrarli. Al contrario, il commercio di schiavi tra Siria ed Egitto era un'attività fiorente. Come i regimi coloniali successivi, l'amministrazione tolemaica capì chiaramente che ridurre in schiavitù un popolo nella propria terra poteva portare a disordini civili, mentre inviarlo all'estero era una buona fonte di profitto.

Si sa relativamente poco delle città della Fenicia e della Koile-Syria sotto il dominio tolemaico. Poiché svolgevano un ruolo minore nella riscossione delle imposte rispetto alle loro controparti in Kyrenaika, sono meno presenti nella documentazione. Il re locale di Sidon sembra aver mantenuto il suo status, se non la sua autorità, dopo l'annessione della città da parte di Tolomeo I, come dimostrano i sarcofagi della necropoli reale di Sidon, attualmente esposti al Museo archeologico di Istanbul. Altri esponenti locali adottarono con entusiasmo le usanze ellenistiche per accattivarsi il favore dei loro nuovi padroni.

La terza componente importante dei possedimenti tolemaici al di fuori dell'Egitto era Cipro. Dopo aver conquistato l'isola nel 315, per poi perderla nuovamente un decennio dopo, Tolomeo non perse tempo a riconquistarla nel 295, non appena se ne presentò l'occasione. L'approccio tolemaico alla sua nuova colonia fu molto diverso, e molto netto. Invece di tollerare o accomodare le strutture economiche o politiche consolidate, il nuovo regime impose un controllo totale. I regni locali, che esistevano da secoli, furono aboliti in modo sommario. Furono installate guarnigioni in ogni città, comprese le nuove fondazioni urbane, e furono poste sotto il controllo di un unico, onnipotente governatore militare (gr. *strategos*), nominato da Tolomeo stesso. Non solo era il comandante in capo, ma era anche la massima autorità religiosa dell'isola. La scrittura cipriota locale fu soppressa; da quel momento in avanti tutti i documenti ufficiali sarebbero stati scritti in greco. Aspetti della cultura indigena sopravvissero nelle campagne; ma, nel giro di pochi anni dall'annessione di Tolomeo, la Cipro urbana si era completamente ellenizzata.

Lo scopo principale di questi cambiamenti amministrativi era quello di assicurarsi il controllo totale dell'economia. A Cipro, come in Kyrenaika e in Koile-Syria, fu permessa la circolazione della sola moneta tolemaica, e la produzione, così come gli scambi, divennero un monopolio reale. Per generazioni, le campagne cipriote erano state controllate dalle città; ora, le città erano controllate dal governo tolemaico. Questo assicurava che tutte le risorse naturali dell'isola – legno, vino e, soprattutto, rame (da cui l'isola prende il nome) – andassero direttamente al tesoro di Alessandria. In effetti, Cipro divenne un possedimento personale della monarchia tolemaica.[3]

Due sviluppi illustrano questa trasformazione in modo particolarmente evidente. Il primo riguarda la pratica religiosa. All'esterno, i templi ciprioti mantenevano le loro forme architettoniche tradizionali, ma all'interno dei santuari avevano trovato collocazione divinità diverse. Tra queste spiccava Sarapis, divinità personale e dinastica di Tolomeo. Non appena Tolomeo assunse il controllo di Cipro, il suo dio protettore acquisì una singolare rilevanza in alcuni dei più importanti santuari dell'isola, non da ultimo nelle capitali di due dei suoi regni pretolemaici, Soloi sulla costa settentrionale e Salamina sulla costa sudorientale. La seconda espressione inequivocabile del potere coloniale tolemaico fu la creazione di una nuova capitale sulla costa occidentale, un atto che sostituì Soloi e Salamina, relegandole a mero status provinciale. La città, chiamata Nuova Paphos (la vecchia Paphos era stata distrutta da Tolomeo durante la sua prima invasione di Cipro), era situata in una posizione strategica per sfruttare i due prodotti più desiderati dai nuovi governanti dell'isola: i giacimenti di legname e le miniere di rame, entrambi situati sui monti Troodos dell'interno occidentale. Altrettanto importante, forse, era che Nuova Paphos offriva una facile rotta marittima verso la costa egizia. Le abbondanti risorse naturali di Cipro sarebbero confluite direttamente nei porti di Alessandria.

* * *

Alessandria si trovava nell'epicentro dell'impero di Tolomeo. Negli anni successivi alla sua fondazione, «il castello di Alessandro sul mare dei Greci» crebbe rapidamente, mentre i sogni del fondatore della città venivano trasformati in realtà. Non per niente i nativi egizi si riferivano ad Alessandria come al «cantiere»: nell'arco di diversi decenni, l'intera area brulicò di lavoratori edili, le strade risuonavano del frastuono di martelli, seghe e scalpelli, i canali e i moli si riempivano di pietre da costruzione provenienti da tutto l'Egitto. Un esercito di costruttori seguiva il piano generale ideato da Alessandro stesso. La visione di Alessandria, pienamente realizzata sotto Tolomeo, mostrava un'acuta consapevolezza delle caratteristiche naturali della città e della sua posizione unica; fu progettata con un orientamento primario verso nord, verso il mondo mediterraneo, massimizzando al contempo il potenziale dei suoi collegamenti con la fertile Valle del Nilo.

Oggi sono pochi i resti visibili dell'antica città, ma grazie a un'ampia descrizione di prima mano fatta dal geografo greco Strabone (Strabo) alla fine del I secolo, possiamo ricostruire l'Alessandria tolemaica nei minimi dettagli. I viaggiatori che arrivavano via mare scorgevano per la prima volta la città quando si avvicinavano alla costa. Sebbene la linea costiera fosse piatta e priva di elementi, la topografia locale creava le condizioni perfette per un ancoraggio sicuro, «poiché la costa della terraferma forma un'insenatura, in quanto spinge due promontori nel mare aperto, e tra questi è situata l'isola che chiude l'insenatura, poiché giace longitudinalmente parallela alla riva». Si trattava dell'isola di Pharos, citata da Omero nell'*Odissea*, che aveva attirato visitatori nella zona per centinaia di anni. La sua estremità orientale si trovava molto vicina al promontorio orientale (chiamato Lochias), formando così una stretta bocca di porto. L'accesso occidentale non era altrettanto stretto, ma richiedeva comunque cautela e un attento pilotaggio da parte delle imbarcazioni in arrivo.

Con un brillante colpo di genio dei progettisti alessandrini, fu costruita una strada rialzata larga circa duecento metri che collegava la terraferma a Pharos. Questo non solo permetteva un accesso immediato all'isola, ma divideva anche il porto in due parti, offrendo alle navi il doppio delle possibilità di ormeggio e di attracco. La strada rialzata fu chiamata Heptastadion, «sette stadi», per indicare la sua lunghezza, che superava il chilometro. In cima e in fondo era tagliata e coperta da ponti, permettendo alle navi di passare da un lato all'altro del porto. Un'ulteriore opera d'ingegno fu quella di incorporare un acquedotto nella muratura della strada rialzata, per portare acqua dolce a Pharos.

A est dell'Heptastadion, l'ancoraggio fu chiamato Grande Porto e fu all'altezza della sua fama. Secondo le parole di Strabone, «oltre a essere splendidamente racchiuso sia dal terrapieno sia dalla natura, è [...] così profondo vicino alla riva che la nave più grande può essere ormeggiata ai gradini». Inoltre, nell'angolo sudorientale del Grande Porto, vicino alla riva, si trovava il piccolo isolotto di Antirrhodos, che era proprietà privata di Tolomeo. Ospitava un palazzo reale e proteggeva i due porti più interni, il Piccolo Porto e il Porto Reale, quest'ultimo un bacino artificiale riservato all'uso esclusivo del re. Lungo le mura del Porto Reale e sul promontorio di Lochias si estendeva il principale quartiere reale di Alessandria, dove Tolomeo aveva i suoi palazzi, intervallati da «boschetti e numerose logge dipinte in vari colori». Si trattava di una posizione straordinaria: a ovest si vedeva il Grande Porto, a est il mare aperto, mentre a nord l'isola di Pharos brillava in lontananza.

Sul lato occidentale dell'Heptastadion, il porto fu chiamato Eunostos, «porto del buon ritorno». (L'antico porto egizio di Memphis portava un nome simile, Perunefer, «buon viaggio».) Sebbene Eunostos non avesse il prestigio del Grande Porto, era di gran lunga il più pratico per l'esportazione di merci dall'Egitto. Infatti, sul suo lato meridionale si univa a un bacino portuale artificiale, Kibotos («scatola»), collegato tramite un canale al lago Mareotis, che a sua volta dava accesso al Nilo e quindi all'interno del Paese. Come notò Strabone, «attraverso questi canali le importazioni sono molto maggiori di quelle dal mare».

Situato tra due grandi specchi d'acqua, il mar Mediterraneo a nord e il lago Mareotis a sud, l'istmo di terra su cui fu costruita la città stessa fu pensato per assomigliare al mantello militare macedone noto come *clamide*. Estesa per circa trenta stadi (poco più di cinque chilometri e mezzo) da ovest a est, e tra sette e otto stadi (circa un chilometro e mezzo) da nord a sud, era divisa in quartieri o quartierini. All'estremità occidentale, secondo l'antica usanza egizia, sorgeva la necropoli o città dei morti «in cui si trovano molti giardini e tombe e luoghi di sosta attrezzati per l'imbalsamazione dei cadaveri». Seguiva il quartiere di Rhakotis (l'originale «cantiere»), a cavallo del canale che collegava il porto di Kibotos al lago Mareotis. Questo era il quartiere egizio dove la popolazione autoctona viveva e lavorava, caricando e scaricando le navi che andavano e venivano dall'interno dell'Egitto. Rhakotis sosteneva anche una fiorente industria della morte legata alla vicina necropoli: gli egizi autoctoni erano i più qualificati nelle arti della mummificazione e della costruzione di bare, e praticavano un virtuale monopolio.

Spostandosi verso est oltre Rhakotis, il quartiere successivo costituiva il cuore cerimoniale di Alessandria, dove si trovavano molti degli edifici pubblici. Secondo Strabone, questi comprendevano «un quarto o addirittura un terzo dell'intero circuito della città». Riflettevano la cultura greca della classe dirigente della città. Sul lato sud, vicino alla riva del lago, si trovava lo stadio (per le gare a piedi), e accanto a esso il principale tempio di Sarapis della città, il Sarapieion. Sul lato nord, un po' più a est, si trovavano l'agorà (piazza del mercato), il teatro (per le rappresentazioni drammatiche) e il ginnasio (per gli sport al coperto, i bagni e la conversazione). Quest'ultima istituzione, considerata una componente essenziale di ogni città greca civilizzata, era particolarmente splendida; abbellita da portici ombreggiati che si estendevano per circa duecento metri, era considerata la più bella di tutti gli edifici pubblici di Alessandria. Ospitava anche boschetti di alberi e la principale corte di giustizia della città. L'altro punto culminante (letteralmente) del quartiere centrale era il Paneion o tempio di Pan. Si trattava di un'altura artificiale, «a forma di cono d'abete, simile a una collina rocciosa, a cui si sale per mezzo di una strada a spirale; dalla cima si può vedere tutta la città sottostante su tutti i lati». Lungo tutta la riva del porto, a ovest e a est dell'Heptastadion, si trovavano cantieri navali, moli per il carico e lo scarico e magazzini per lo stoccaggio delle merci. Le merci importate venivano portate al vicino emporio per essere esposte e vendute. Sempre in riva al mare, su uno spicchio di terra che sporgeva nel Porto Grande, si trovava il tempio di Poseidone. La sede dinastica e la capitale commerciale di Tolomeo era quindi protetta, a sud e a nord, dalle divinità tutelari, rispettivamente della famiglia reale e del mare.

A est del quartiere cerimoniale si trovava il principale quartiere residenziale della popolazione di lingua greca di Alessandria. Conosciuto come Brucheion, confinava con il quartiere reale a nord. Questa giustapposizione conferiva prestigio ai greci della città – proiettando Alessandria, per sempre, come città greca agli occhi degli egizi – ma dava loro anche un senso di appartenenza e di influenza sugli affari della città e della dinastia. La popolazione di Alessandria si guadagnò la reputazione di essere febbrile e incline ai tumulti, e la vicinanza al palazzo reale di una popolazione titolata, istruita e politicamente impegnata si sarebbe rivelata una persistente spina nel fianco dei Tolomei. L'ultimo quartiere della città, quello più orientale, era il quartiere ebraico, dove si stabilirono in gran numero amministratori e veterani militari della Giudea controllata dai Tolomei. Oltre il quartiere ebraico, al di fuori delle mura della città, si trovava l'ippodromo e, nelle vicinanze, una rete di canali che si collegavano alla foce canopica del Nilo, pochi chilometri più a est. Questi canali portavano ad Alessandria anche l'acqua dolce, che veniva immagazzinata in grandi cisterne sotterranee nel centro della città.

Per qualsiasi egizio proveniente da uno sgangherato insediamento della Valle del Nilo, o per qualsiasi visitatore proveniente da una città mediterranea, una delle caratteristiche più sorprendenti di Alessandria, oltre alla sua splendida posizione naturale e agli imponenti edifici pubblici, era la sua pianta. L'intera città era infatti disposta secondo uno schema a griglia: un progetto semplice ma estremamente innovativo, attribuito originariamente a Ippodamo di Mileto e messo in atto ad Alessandria da Dinokrates di Rodi, che avrebbe influenzato l'urbanistica per sempre. Tra l'incrocio di strade larghe, «praticabili sia a cavallo sia guidando dei carri», c'erano due magnifici viali larghi più di trenta metri. Il primo era la via dei Canopi che correva direttamente da ovest a est e tagliava un'ampia fascia al centro dell'istmo. All'estremità occidentale si trovava la Porta della Necropoli, che dava accesso al cimitero principale della città; all'estremità orientale la Porta dei Canopi, che conduceva alla vicina città di Kanop. Intersecata ad angolo retto con la via dei Canopi, si trovava l'altrettanto imponente via del Soma, che collegava il Porto Reale al lago Mareotis. Le sue estremità settentrionale e meridionale erano anch'esse contrassegnate da porte, la Porta della Luna sul lato del porto e la Porta del Sole sul lato del lago. La via del Soma prendeva il nome dal vicino recinto che faceva parte del complesso reale e che ospitava in un magnifico mausoleo il corpo (gr. *soma*) di Alessandro Magno, il talismano sacro del dominio tolemaico.[4]

Con tante meraviglie, naturali e artificiali, Alessandria divenne rapidamente famosa in tutto il mondo antico. Un commentatore greco la dichiarò «la prima città del mondo civilizzato», classificandola «molto più avanti di tutte le altre per eleganza, estensione, ricchezza e lusso».[5] Un altro affermò che Tolomeo I aveva «audacemente realizzato progetti grandiosi che nessun altro, se non lui, avrebbe mai potuto pensare».[6] Anche tre secoli dopo la sua costruzione, Alessandria attirò le lodi dei visitatori romani, uno dei quali osservò che non avrebbe mai potuto essere bruciata perché non c'era legna da bruciare: la città era un'ipnotica miscela di calcare levigato, granito lucido e marmo abbagliante. Con le sue rotte marittime dirette verso Cipro e Rodi, i suoi canali di collegamento con il Nilo e il suo ancoraggio sicuro per le navi provenienti da tutto il Mediterraneo, Alessandria divenne rapidamente il più grande trampolino di lancio del mondo, dove lingotti di rame provenienti da Cipro, tronchi di cedro dal Libano e anfore di vino da Rodi potevano essere visti accatastati sui moli insieme a pelli di leopardo provenienti dalla Nubia, bastoncini di cannella dall'India e alberi di incenso dall'Arabia – per non parlare dei vasti carichi di grano provenienti dai fertili campi dell'Egitto.

L'Alessandria tolemaica era una calamita per gli ambiziosi di tutto il mondo antico, un crogiolo di razze e lingue – prima città universale. Era un luogo dove chi aveva energia e spirito imprenditoriale poteva fare fortuna. Ma Tolomeo, immerso nella storia greca e istruito da Aristotele, credeva che la grandezza non si potesse misurare semplicemente con la moneta o con la bilancia commerciale. Per questo re filosofo, una grande città doveva essere una città di cultura. Nei secoli precedenti ad Alessandro, Atene si era guadagnata la reputazione tanto per i suoi filosofi quanto per i suoi mercanti o generali. Se Alessandria doveva sostituire Atene come la più grande città del mondo di lingua greca, doveva brillare intellettualmente oltre che commercialmente. Fortunatamente per Tolomeo, uno dei primi arrivati ad Alessandria sapeva esattamente cosa sarebbe servito per conquistare la corona di Atene, perché l'aveva indossata lui stesso. Demetrios di Phaleron (un porto di Atene) era stato, come Tolomeo, allievo di Aristotele e aveva raggiunto la fama di filosofo della scuola peripatetica. Era stato anche uno statista ateniese di successo, governando la sua città natale per un decennio, un periodo di pace e stabilità che fu interrotto solo dall'invasione macedone. Come molti altri in cerca di una nuova vita, Demetrios fuggì, prima nella Beozia e poi ad Alessandria. Arrivò in città nel 297 con una reputazione di fine pensatore, scrittore e oratore. Una delle sue prime azioni utili, se si crede alla leggenda, fu quella di essere colpito da cecità e di recuperare rapidamente la vista pregando il dio patrono della città, Sarapis. Un simile miracolo avrebbe certamente contribuito a consolidare la popolarità del culto di Sarapis presso la popolazione di lingua greca di Alessandria e avrebbe reso Demetrios altrettanto popolare presso Tolomeo. Il fatto che Demetrios si sia subito dato da fare a scrivere un inno al dio è stato un ulteriore vantaggio.

Incoraggiato, forse, da Demetrios, Tolomeo decise di fare di Alessandria una calamita per gli studiosi e per i commercianti.

La sua soluzione fu quella di fondare un tempio delle Muse, un Mouseion, in cui i grandi pensatori avrebbero avuto il tempo, lo spazio e le risorse per codificare le conoscenze esistenti e crearne di nuove. Come lo descrisse in seguito Strabone:

> Il Mouseion fa anche parte dei palazzi reali; ha una passeggiata pubblica, un'esedra con sedili e una grande casa, in cui si trova la mensa comune degli uomini di cultura che condividono il Mouseion. Questo gruppo di uomini non solo detiene proprietà in comune, ma ha anche un sacerdote che si occupa del Mouseion.[7]

La fondazione di Tolomeo I sarebbe diventata il primo grande centro di studio del mondo, un'istituzione in cui straordinarie imprese di erudizione e invenzione avrebbero cambiato il corso della storia umana.

Quando Tolomeo invecchiò e intuì, forse, che i suoi giorni sulla terra erano contati, commissionò un ultimo straordinario monumento che avrebbe letteralmente trasmesso le meraviglie di Alessandria al mondo intero. Nonostante la posizione perfetta per il commercio, la città era stata costruita su un tratto di costa pianeggiante con pochi punti di riferimento di rilievo. Questo rendeva molto difficile l'individuazione delle navi in arrivo quando erano ancora in mare aperto. Quando si avvicinavano alla costa, banchi di sabbia e scogli pericolosi nascosti sotto la superficie rendevano difficile la navigazione. A peggiorare le cose, alcuni degli scogli più insidiosi si trovavano nello stretto passaggio tra Pharos e il promontorio di Lochias, proprio all'ingresso del Porto Grande. Occorreva un punto di riferimento visibile e un faro.

L'imprenditore scelto da Tolomeo, un uomo di nome Sostratos proveniente da Cnido, nell'Anatolia sudoccidentale, ideò il progetto di un grande faro, da erigere all'estremità orientale di Pharos, con vista sul principale canale di navigazione. La costruzione della struttura richiese dodici anni (Tolomeo non sarebbe vissuto per vederla terminata), per un costo colossale di ottocento talenti (la stessa cifra dell'intero tesoro statale egizio che era stato consegnato ad Alessandro nel 332). Si trattava di un miracolo di ingegneria che il mondo non aveva mai visto prima. Con un'altezza di almeno centoventi metri, pari a quella di un edificio di quaranta piani, il faro fu costruito con enormi blocchi di calcare del peso medio di settantacinque tonnellate – alcuni dei quali sono stati recentemente ritrovati sotto le acque della baia di Abukir – e rivestito di marmo bianco abbagliante. La torre si ergeva su tre piani massicci, a loro volta quadrati, ottagonali e cilindrici. Alla sommità, sormontata da una gigantesca statua di Zeus il Salvatore (gr. Zeus Soter), si trovava il coronamento: un faro che ardeva giorno e notte. La sua luce, amplificata da specchi, era visibile a quasi cinquanta chilometri dal mare, per guidare persone, merci e idee da tutto il Mediterraneo verso il fiorente regno di Tolomeo.[8] L'iscrizione dedicatoria recitava: «Sostratos, figlio di Dexiphanes il Cnidiano, lo ha dedicato agli dei salvatori, a nome di tutti coloro che navigano per i mari». Punto di riferimento pratico per la navigazione e potente simbolo del potere reale e commerciale, il faro di Pharos incarnava l'energia e l'ambizione di Tolomeo il Salvatore, sovrano d'Egitto, fondatore di una nuova dinastia e foriero di una nuova era.

3

Grano, oro e gloria

Nel corso del suo lungo e movimentato regno, Tolomeo I riparò ai torti subiti per mano degli odiati Persiani, rispettò le tradizioni della sua nuova patria e assecondò le aspirazioni dei grecofoni e degli immigrati provenienti da tutto il mondo ellenistico. Negli anni della sua giovinezza, scrisse la sua storia di Alessandro, che divenne la fonte principale per la più importante biografia sopravvissuta. Tolomeo si assicurò così che i posteri ricordassero il suo amico d'infanzia – e naturalmente lui stesso – nella luce più favorevole. Così come sperava di plasmare la narrazione dell'ascesa della sua dinastia, si adoperò anche per garantirne il futuro. Grazie alla sua conoscenza della storia e alla sua esperienza di crescita in Macedonia, era fin troppo consapevole della minaccia che una successione contesa poteva rappresentare per qualsiasi famiglia regnante. Inoltre, sembra che i lignaggi nobiliari macedoni avessero una particolare propensione alle dispute interne, e il clan di Tolomeo non faceva eccezione. La sua vita privata non aveva fatto altro che aumentare le tensioni, dato che si era sposato tre volte: la prima per volere di Alessandro, con una donna persiana, Artakama, durante le nozze di massa a Susa nell'aprile del 324; la seconda con Eurydike, figlia del reggente macedone Antipatros; la terza con la cugina e dama di compagnia di Eurydike, Berenike. Dal secondo e dal terzo matrimonio, Tolomeo I aveva generato una serie di figli, ognuno dei quali, in assenza di una tradizione di rigida primogenitura, poteva sperare di seguire le orme del padre e rivendicare il trono d'Egitto. Con l'avanzare dell'età, assicurare la successione reale divenne una preoccupazione pressante.

Inizialmente le speranze erano state riposte sul figlio maggiore, nato dal matrimonio con Eurydike. Il ragazzo era nato ad Alessandria intorno al 319 ed era stato chiamato – con più enfasi sulla successione dinastica che sull'originalità – Tolomeo. Ma questo giovane Tolomeo non era tale e quale al padre. Anzi, acquisì presto un soprannome che rivelava la sua personalità distintiva: Keraunos («fulmine»). Infatti, a mano a mano che raggiungeva la maturità, mostrava un carattere sempre più impaziente e impetuoso, per non dire distruttivo. Divenne presto evidente che era del tutto inadatto a governare, soprattutto su un regno geograficamente esteso e culturalmente complesso. Se Tolomeo I aveva cercato una mano sicura per succedergli come re d'Egitto, doveva essere rimasto amaramente deluso. Pare che le relazioni tra padre e figlio abbiano raggiunto il loro punto più basso intorno al 287, quando Tolomeo Keraunos lasciò Alessandria per cercare fortuna alla corte di un monarca rivale, Lysimachos di Tracia. I dubbi di Tolomeo I si rivelarono presto giustificati, quando Keraunos si invischiò nella politica dinastica tracia, portando infine alla conquista del regno da parte di Seleukos I (che Keraunos prontamente uccise).

Al posto del ragazzo del fulmine, l'attenzione di Tolomeo I si posò sul figlio avuto dalla terza moglie. Anche questo principe, nato sull'isola di Kos nel 309 mentre il padre era in campagna, fu chiamato Tolomeo. Pur essendo un macedone purosangue, sembra essere stato meno focoso del fratellastro e offriva la gradita prospettiva di assicurare, anziché distruggere, il lavoro di una vita del padre. Più volte nel corso della sua lunga carriera, Tolomeo I si era dimostrato un politico astuto, troppo astuto per lasciare al caso il futuro della sua dinastia. Così, nella primavera del 285, quando aveva già superato la stragrande maggioranza dei suoi contemporanei e doveva aver intuito che i suoi anni sul trono stavano per finire, nominò Tolomeo figlio di Berenike come suo coreggente formale. La coreggenza era un'istituzione venerabile in Egitto ed era stata utilizzata in innumerevoli occasioni nel corso dei secoli per assicurare una successione regolare da padre a figlio. Riconoscere il figlio come re mentre il padre era ancora in vita riduceva le possibilità di una disputa quando il trono diventava vacante.

E così si dimostrò. Quando Tolomeo figlio di Lagos morì, ben oltre gli ottant'anni (un'età sorprendente per l'epoca), il suo erede come *basileus* e faraone agì rapidamente per impedire qualsiasi sfida al suo dominio: uno dei primi atti di Tolomeo II fu quello di ordinare l'esecuzione dei due fratellastri rimasti, che appartenevano al ramo di Keraunos della famiglia. Altrettanto rapida e decisiva fu l'espulsione da Alessandria del famoso Demetrios di Phaleron, ispiratore dell'istituzione del Mouseion, perché il saggio aveva osato sostenere le rivendicazioni dei figli di Eurydike (con a capo Keraunos) contro quelle di Berenike (con a capo Tolomeo II).

Avendo assicurato il suo trono, Tolomeo II poteva ora dedicare le sue energie a sfruttare appieno il suo diritto di nascita. Gli egizi si aspettavano da tempo che i loro re portassero prosperità. Per quanto riguarda i sovrani greci, il loro successo e la loro reputazione si misuravano in base alla magnificenza (gr. *tryphé*) della loro corte. Memore di entrambe le tradizioni, Tolomeo II intraprese un piano per trasformare l'Egitto nella terra più ricca e sfolgorante del mondo intero.

Nei primi quattro decenni del dominio tolemaico, l'ingegno macedone aveva gettato le basi perché l'Egitto diventasse il più ricco di tutti i regni ellenistici. I concetti economici greci furono introdotti nella Valle del Nilo, tra cui un sistema bancario nazionale e un'economia monetaria, con la banca di Stato ad Alessandria che emetteva moneta, sostenuta da cambiali. Nelle campagne, le filiali delle banche locali agivano come agenzie del governo centrale, fornendo le sementi e gli strumenti necessari per l'agricoltura intensiva, soprattutto per la coltivazione dei cereali. L'abbondanza agricola dell'Egitto era favolosa e aveva sostenuto la civiltà dei faraoni per migliaia di anni. Ma per produrre il tipo di eccedenze desiderate da Tolomeo II – sufficienti a generare una sana bilancia commerciale e a finanziare le sue ambizioni di politica estera – era necessario un massiccio aumento della produzione. Grazie alla casuale scoperta di centinaia di papiri ai margini del deserto d'Egitto, abbiamo la testimonianza di prima mano di due degli uomini coinvolti nella realizzazione della visione economica di Tolomeo II.

Kleon era un ingegnere giunto in Egitto come parte di un'ondata di immigrati nei primi decenni del III secolo. Arrivato nella grande città portuale di Alessandria, si diresse presto verso la città provinciale di Shedyt, nella regione pianeggiante del Fayum, a ovest della Valle del Nilo. La città era famosa in tutto l'Egitto per il suo santuario dedicato al dio coccodrillo locale, Sobek, dove i rettili sacri erano tenuti in un recinto speciale; i pellegrini venivano da lontano per nutrirli. Per Kleon e i suoi colleghi di lingua greca, quindi, Shedyt era conosciuta come Krokodilopolis, «città dei coccodrilli». Come si addice a una regione presieduta da una divinità acquatica, la principale caratteristica geografica del Fayum era un enorme specchio d'acqua dolce, chiamato dagli Egizi «Grande Lago» (eg. Mer-wer), alimentato da un ramo secondario del Nilo. Come il livello dell'acqua del Nilo si alzava e si abbassava nel corso dell'anno, così il lago cresceva e diminuiva. È stato così per millenni, fino all'avvento della dinastia tolemaica. I macedoni, infatti, ne sapevano qualcosa di drenaggio e bonifica. Sotto il regno di Filippo II, le pianure paludose intorno alla sua nuova città di Filippi, nella Tracia occidentale, erano state drenate per migliorarne la produttività agricola. Un'opera di drenaggio simile era stata effettuata intorno alle rive del lago Kopais, in Beozia. Quando i governanti e i coloni macedoni arrivarono nella Valle del Nilo, riconobbero subito il potenziale speciale della regione del Grande Lago. Per trasformarla nel cesto di grano dell'Egitto, avevano bisogno di un gruppo di ingegneri idraulici qualificati. Kleon faceva perfettamente al caso loro. Poco dopo il suo arrivo a Krokodilopolis, fu nominato da Tolomeo II ingegnere capo (gr. *architekton*) responsabile di tutte le opere pubbliche del Fayum. Si trattava di un ruolo importante a capo di una grande squadra, composta da un vice, almeno dieci capisquadra e migliaia di operai. Gli umili lavoratori erano tutti egizi e guadagnavano appena un quindicesimo del salario di Kleon: nell'Egitto tolemaico la ricchezza, così come la cultura, divideva la popolazione autoctona da quella immigrata. I lavori di irrigazione – taglio e dragaggio di canali, costruzione e riparazione di dighe e bonifica su larga scala – dominarono la vita lavorativa di Kleon, mentre il governo di Tolomeo II si impegnava ad aumentare la superficie e la produttività dei terreni agricoli. Gli elementi chiave del piano complessivo comprendevano una nuova chiusa all'ingresso del Fayum, un grande argine e una diga che controllavano il flusso dell'acqua e lo deviavano verso il margine occidentale della regione, e una serie di nuovi canali per gestire il drenaggio. Queste innovazioni, che riunivano le competenze macedoni ed egizie, riuscirono a far abbassare il livello del Grande Lago di ben dieci metri, esponendo un ampio tratto di terra per la bonifica, l'irrigazione e l'agricoltura.

La corrispondenza superstite di Kleon è piena di riferimenti alla costruzione di ponti e moli, chiuse e paratoie, fascine e argini: tutto l'armamentario dei progetti di irrigazione su larga scala. Ma la creazione delle infrastrutture era solo una parte della sfida: la loro manutenzione era un lavoro duro e incessante. Se non curati, i canali si intasavano di sabbia e limo, mentre le dighe e gli argini si rompevano, lasciando preziosi terreni agricoli esposti al disseccamento o alle inondazioni.

Per mantenere in ordine la complessa rete di irrigazione del Fayum, Kleon aveva bisogno di integrare la sua forza lavoro principale con detenuti e schiavi. In situazioni di emergenza, poteva anche ottenere un'autorizzazione speciale del governo per requisire manodopera e forniture da altri progetti, anche se questo doveva renderlo profondamente impopolare con gli altri funzionari, che cercavano di raggiungere i propri obiettivi. Nel complesso, quello dell'ingegnere capo era un lavoro stressante, non aiutato dalla tendenza dei lavoratori egizi a sottrarsi al proprio lavoro se ritenevano di essere trattati ingiustamente. Il tono delle lettere di Kleon rivela una costante tensione tra il soddisfare le aspettative e le richieste del governo di Alessandria e il lavorare con le imperfette realtà del Fayum.

In questa atmosfera, l'annuncio di una visita reale al Fayum non fece che aumentare la pressione. A mano a mano che si avvicinava il giorno dell'arrivo di Tolomeo II, con il lavoro che doveva ispezionare ancora incompiuto, lo stress per Kleon e la sua famiglia cominciò a farsi sentire. Sua moglie Metrodora gli scrisse, ansiosa: «Sono spaventata [...] e mi chiedo come andranno le cose per te e per noi».[1] L'unica opzione rimasta a Kleon per salvare la sua reputazione, e forse il suo lavoro, era fin troppo familiare nei luoghi di lavoro di tutta la storia: si mise in malattia. Questo lo allontanò dalla linea di fuoco immediata – non sapremo mai cosa trovò Tolomeo II durante la sua visita – ma portò, in breve tempo, al pensionamento definitivo o al licenziamento di Kleon. La creazione delle infrastrutture per il miracolo economico del re ebbe un costo enorme, sia in termini di vite umane sia di denaro.

Uomini come Kleon furono i soldati della rivoluzione agricola di Tolomeo II. I beneficiari finali, oltre alla corte reale stessa, erano i membri dell'élite di lingua greca a cui la corona aveva concesso le nuove terre bonificate. Naturalmente, essi erano tenuti a coltivare queste proprietà nel modo più produttivo possibile, al fine di generare il massimo gettito fiscale per il governo centrale; ma, nel corso del processo, i proprietari terrieri divennero essi stessi favolosamente ricchi. Un esempio lampante fu il ministro delle Finanze (gr. *dioiketes*) di Tolomeo II, un uomo di nome Apollonios. In cambio del suo fedele servizio, il re gli concesse una tenuta di più di 2750 ettari nel Fayum. Apollonios sfruttò la sua posizione di maggiore esponente locale per promuovere i propri interessi privati, assicurandosi al contempo di pagare le tasse in tempo e per intero all'erario. Gli agenti che lavoravano per Apollonios si scontrarono con Kleon in più di un'occasione, chiedendo che la manodopera e i materiali fossero dirottati sui progetti del loro padrone. Era difficile, se non impossibile, resistere a tali pressioni quando provenivano dal secondo uomo più potente del Paese. E questo rendeva il compito di Kleon ancora più difficile.

Il secondo testimone oculare degli audaci piani di Tolomeo II per la trasformazione dell'Egitto avrebbe simpatizzato con la situazione di Kleon. Zenon era l'amministratore delle proprietà di Apollonios e aveva il difficile – e a volte impossibile – compito di mediare tra le insaziabili richieste del suo capo e i limiti pratici del fare affari nella campagna egizia. Grazie alla scoperta dell'archivio personale di Zenon, sappiamo più cose su quest'uomo che su qualsiasi altro personaggio dell'Egitto tolemaico. La sua storia fa luce sui meccanismi interni dell'economia sotto Tolomeo II e rivela come il programma di sviluppo del re abbia cambiato per sempre il paesaggio e il tessuto sociale della Valle del Nilo.

Come Kleon, Zenon era un immigrato. Nacque a Kaunos, una città sulla costa sudoccidentale dell'Anatolia, nella provincia di Karia. La regione era stata colonizzata da grecofoni già nel 1100 a.C. e Kaunos si aggiunse presto al territorio tolemaico. I legami tra la Karia e l'Egitto erano già di lunga data – i kariani si erano insediati nella Valle del Nilo fin dall'inizio del VI secolo – e quindi l'Egitto sarebbe stato una destinazione naturale per un uomo come Zenon, in cerca di fortuna. Arrivato ad Alessandria, ottenne presto una posizione al servizio di Apollonios, che si dava il caso fosse un kariano: nel mondo ellenistico, il contesto familiare e l'origine geografica contavano. Per cinque anni, a partire dal 261, Zenon fu l'agente commerciale di Apollonios, rappresentando i suoi vasti interessi commerciali privati in Egitto e all'estero, tra cui i vigneti sul mare di Galilea. Apollonios aveva persino le sue navi, per trasportare le merci dalle sue varie proprietà ai mercati del Mediterraneo orientale. Poi, nel 256, Zenon si trasferì nel Fayum come amministratore delle proprietà terriere di Apollonios.

A spingere Zenon a cambiare posizione potrebbero essere state la promulgazione di nuove leggi nel 259 per aumentare le entrate fiscali e il censimento a livello nazionale della ricchezza agricola dell'Egitto ordinato da Tolomeo II l'anno successivo. Facendo rivivere un'istituzione risalente all'epoca faraonica, il re era determinato a ottenere una valutazione accurata della capacità produttiva nazionale. I resoconti dovevano essere presentati da scribi e funzionari distrettuali in ogni provincia e l'intera operazione era sotto il controllo dello stesso ministro delle Finanze. Alla fine dell'esercizio, Apollonios avrebbe avuto un quadro dettagliato delle fonti d'acqua dell'Egitto, dell'estensione delle proprietà terriere dei templi e della corona, nonché dell'ubicazione e del potenziale di ogni appezzamento di terreno, insieme al suo attuale stato di coltivazione e a un registro delle colture praticate.

La tenuta del ministro delle Finanze nel Fayum divenne presto una specie di fattoria modello, una vetrina per le tecniche superiori dei Tolomei in materia di bonifica, gestione del territorio e produzione agricola. Il Fayum fu visitato da ambasciate provenienti da Bosforo e Argo, e sembra che si sia guadagnato la reputazione di luogo ideale per chi cercava lavoro e opportunità. Il centro delle operazioni era un villaggio di nuova fondazione chiamato Philadelpheia. Infatti, uno dei primi compiti di Zenon fu quello di supervisionare la costruzione dell'insediamento. Piccoli dettagli dell'archivio di Zenon rivelano aspetti della vita a Philadelpheia e della sua cultura ibrida greco-egizia. Il villaggio aveva un proprio ginnasio, un'istituzione essenziale nella vita dei (maschi) di lingua greca, mentre una birreria-mercato soddisfaceva ampiamente i gusti della popolazione egizia. I coloni greci, invece, preferivano il vino, e il villaggio era un importante centro di produzione, con una fiorente industria della ceramica per la produzione di anfore. Il governo centrale incoraggiò attivamente la piantagione di viti nel Fayum, sia per far contenti i coloni sia per fornire allo Stato una fonte affidabile di entrate fiscali, riscosse al tasso di un sesto del raccolto. Una volta che un proprietario terriero come Apollonios aveva piantato un vigneto, era più probabile che rimanesse nell'area e mantenesse la terra il più produttiva possibile per recuperare il suo investimento. Altri cambiamenti nell'uso del suolo furono l'introduzione di colture più adatte ai terreni marginali e in sintonia con le preferenze alimentari dei nuovi coloni del Fayum. Al posto del farro, precedentemente coltivato dagli egizi, Apollonios piantò il grano duro. L'olivo, tuttavia, si rivelò impossibile da coltivare nel clima egizio; Zenon e i suoi compatrioti dovettero accontentarsi dell'olio di sesamo per cucinare e dell'olio di ricino per l'illuminazione.

Un'altra attività chiave a livello locale era l'allevamento del bestiame. La tenuta di Apollonios allevava un gran numero di maiali; in un anno, una mandria di quattrocento esemplari fu affittata a un allevatore locale, che dovette consegnare una parte dei maialini ottenuti (duecentoundici all'anno, per la precisione) come pagamento. Si allevavano anche pecore e capre, sempre per soddisfare i gusti dei coloni greci, che preferivano abiti di lana a quelli di lino degli egizi. Sotto Tolomeo II, vennero introdotte in Egitto nuove razze di pecore e capre con vello superiore, a preferenza delle razze domestiche che venivano allevate principalmente per il latte e la carne. Le greggi da premio erano spesso curate da esperti pastori provenienti dall'Arabia. Quanto a Zenon, sembra che avesse una predilezione per le galline rare e, in un'occasione, fu lieto di ricevere in dono volatili di colori diversi.

Tutti questi prodotti, ovviamente, dovevano essere trasportati al mercato. Ciò significava un primo viaggio via terra a dorso d'asino fino al più vicino porto interno sul Nilo, poi a valle fino ad Alessandria. Qui Apollonios teneva una grande flotta di chiatte di sua proprietà per la spedizione delle merci al mercato; in questo modo controllava ogni parte della catena di approvvigionamento. Una delle sfide di Zenon, in qualità di gestore della tenuta, era quella di procurare forniture di legname di buona qualità per la costruzione di navi: un compito non facile in Egitto, con la sua vegetazione prevalentemente arbustiva. Inoltre, non gli era consentito utilizzare le imbarcazioni del suo padrone per i propri spostamenti: ogni volta che doveva visitare Memphis o Alessandria, Zenon doveva trovare, e pagare, un proprietario di barche disponibile.

La vita di Zenon, tuttavia, non è stata caratterizzata soltanto da lavoro ingrato. Il suo archivio personale rivela un uomo colto, con gusti educati. Scriveva in un greco conciso e corretto e possedeva copie della letteratura greca. Quando il suo cane da caccia preferito, Tauron («toro»), morì per le ferite riportate mentre salvava il suo padrone dall'attacco di un cinghiale, Zenon commissionò due epigrammi in onore del cane. Nelle lettere di Zenon non si fa menzione di una moglie o di figli, ma egli si prese cura di alcuni orfani, figli di mercenari greci morti al servizio di Tolomeo II. Zenon si assicurò che ricevessero tutti gli elementi di una rispettabile educazione ellenistica, dalla lettura e scrittura alla musica e alla ginnastica. (Anche in campagna, lontano da Alessandria, la cultura greca rimaneva forte tra la popolazione di lingua greca.) Fedele alla sua formazione greca, Zenon sembra aver operato, in casa e sul lavoro, in una società largamente dominata dagli uomini; delle tremila persone nominate nella sua corrispondenza, solo sessanta sono donne e la maggior parte di queste sono nominate una sola volta.

Attraverso gli occhi di un imprenditore agricolo che agisce per conto di un potente funzionario, i papiri di Zenon illustrano i cambiamenti sociali ed economici provocati dalla politica di intensificazione agricola di Tolomeo II. Zenon era la figura principale nella vita di un piccolo villaggio, ma la varietà dei prodotti delle tenute di Apollonios e le reti di scambio sottolineano la visione internazionalista e la portata commerciale dell'impero tolemaico.

* * *

I prodotti agricoli, in particolare il grano, erano il pilastro dell'economia rurale egizia e il fondamento della prosperità tolemaica. Ma fu un altro bene a rendere Tolomeo II non solo ricco, ma favolosamente ricco: l'oro.

Fin dagli albori della storia egizia, le colline e le valli aride del deserto orientale, situate tra il fiume Nilo e il Mar Rosso, hanno fornito abbondanti scorte d'oro. L'Egitto era famoso in tutto il mondo antico per le sue riserve di metallo prezioso. Come scrisse un invidioso sovrano straniero al faraone nel XIV secolo a.C., «nel Paese di mio fratello l'oro è abbondante come la terra».[2] Tolomeo I riavviò uno sfruttamento intensivo e sistematico, concentrando l'attività intorno a un sito che combinava i due vantaggi dell'oro e dell'acqua. Il sito, oggi noto come Samut, ospitava un pozzo naturale che forniva i mezzi di sussistenza nel profondo del deserto. Inizialmente, l'estrazione mineraria avveniva a circa cinque chilometri a nord del pozzo, vicino a una vena di quarzo aurifero. Accanto alla miniera, un accampamento comprendeva alloggi per i minatori e il loro supervisore, strutture per cucinare e mangiare in comune, magazzini per le attrezzature e un piccolo santuario. Ma il lavoro aveva la precedenza su tutto il resto: c'erano ampie aree per la frantumazione del quarzo e il lavaggio delle rocce polverizzate per separare l'oro.

I Tolomei portarono con sé dal mondo greco mulini efficienti e strumenti di ferro, che permisero una lavorazione dell'oro più intensiva ed efficiente. Questa nuova tecnologia è ben visibile a Samut, dove furono installati due grandi mulini circolari, ciascuno di nove metri di diametro. Ogni mulino era pavimentato con grandi lastre di pietra e circondato da bassi muri fatti di pietre locali legate insieme con una malta di argilla. Al centro di ogni mulino, una buca sosteneva l'asse di una macina, che veniva fatta ruotare da uomini o animali che camminavano lungo il perimetro dell'installazione. Tuttavia, nonostante questi investimenti, l'estrazione dell'oro nel sito di Samut settentrionale non durò più di un decennio. Prima della fine del regno di Tolomeo I, le rocce contenenti il minerale si erano esaurite. Quando Tolomeo II salì al trono, dovette trovare altre fonti d'oro per finanziare le sue ambizioni.

L'attenzione si spostò quindi su aree più a sud. L'«oro di Kush», come lo chiamavano gli egizi, era sempre stato il motivo principale dell'interesse faraonico per la Nubia e lo stimolo per successive ondate di invasione e colonizzazione egizi. Nel IV secolo, il governo faraonico aveva perso il controllo delle miniere d'oro nubiane e il Regno di Kush ne era il principale beneficiario. Per due volte, Kush si spinse verso nord dal cuore della sua Alta Nubia per riaffermare il controllo sulla Bassa Nubia. Mentre l'Egitto soffriva sotto il giogo persiano, due successivi sovrani kushiti, Harsiyotef e Nastasen, estesero il loro dominio rispettivamente fino alla Prima e alla Seconda Cateratta. Tolomeo II fece un tentativo concertato per riconquistare il controllo delle miniere d'oro della Nubia. Nel 275, condusse una campagna militare ben pianificata nelle regioni meridionali. Una vittoria decisiva contro le forze kushite gli permise di annettere un tratto di centoventi chilometri della Bassa Nubia (chiamato in greco Dodekaschoinos, «territorio dei dodici *schoinoi*»; lo *schoinos* è un'unità di lunghezza pari a quaranta stadi). Egli donò simbolicamente la terra al tempio di Iside a Philae e fece scolpire sulle pareti del tempio un elenco dei territori nubiani assoggettati.

Il controllo della Bassa Nubia diede a Tolomeo II l'accesso alle miniere d'oro più redditizie. Potrebbe anche aver dislocato truppe nelle fortezze della Seconda Cateratta della dodicesima dinastia – costruite circa 1700 anni prima, ma ancora solide – per rafforzare la presenza egizia nella regione. Un risultato secondario della campagna fu che il Regno di Kush, tagliato fuori dai suoi mercati settentrionali, divenne di fatto uno Stato cliente dell'impero tolemaico, obbligato a inviare «tributi» al governo di Alessandria. Tale tributo comprendeva regolari forniture d'oro.

Per garantire il libero accesso alle miniere, Tolomeo II fondò un nuovo insediamento. Situato nel cuore del Paese dell'oro, fu chiamato Berenike, in onore della madre del re, ma con l'aggiunta dell'epiteto Panchrysos («tutto oro»). Gli archeologi hanno riscoperto Berenike Tutta d'Oro nel 1989 e le loro indagini hanno rivelato l'applicazione della strategia e dell'efficienza tipicamente tolemaica allo sfruttamento delle risorse aurifere di Nubia.[3] Il villaggio principale si estendeva per una distanza di un chilometro e mezzo, ai lati di una strada principale che seguiva il fondo del wadi. L'estensione delle abitazioni fa pensare a una popolazione residente consistente, forse fino a diecimila persone al suo apice. Accanto all'ampia strada centrale, larga sei metri, c'erano due strade parallele più strette, una delle quali correva ai piedi delle colline. Le strade che si intersecavano racchiudevano una piazza centrale. Anche qui, in mezzo al deserto inospitale, la preferenza macedone per l'urbanistica ortogonale era evidente. E non si tratta dell'unica importazione ellenistica in questo sito remoto: la tecnologia utilizzata per la fusione dell'oro ricorda da vicino quella presente in Grecia nello stesso periodo.

Su tutta la superficie dell'insediamento sono presenti testimonianze della lavorazione dell'oro, tra cui mortai e pestelli utilizzati per frantumare e polverizzare la roccia aurifera. Le condizioni nelle miniere d'oro erano dure e spietate: i minatori lavoravano in condizioni di caldo intenso in strette trincee e in fondo a pozzi scavati nella roccia a decine di metri di profondità. Alcuni oggetti di uso quotidiano ritrovati nel villaggio – piccoli oggetti votivi e dadi – suggeriscono che la preghiera e il gioco d'azzardo erano tra le poche consolazioni a disposizione dei lavoratori in questo luogo dimenticato da Dio. L'insediamento e le miniere associate erano sovrastati da due fortini rettangolari costruiti a secco, per tenere fuori i predoni o dentro i lavoratori, o entrambe le cose.

L'estrazione dell'oro dalle vene di quarzo che scorrono in profondità nelle montagne era solo il primo ostacolo logistico. La polvere e i granuli d'oro così ottenuti dovevano essere trasportati per centinaia di chilometri alla Valle del Nilo, per essere poi spediti al Tesoro di Alessandria. Il programma di Tolomeo II per la Nubia prevedeva quindi la costruzione di una vasta rete di strade, stazioni e torri di guardia attraverso il deserto orientale, insieme a nuove strutture portuali sulla costa del Mar Rosso. Una serie di tumuli di pietra segnava il percorso dalla Seconda Cateratta allo Wadi Allaqi. Conosciuta come la «Via dell'Oro», era protetta a intervalli regolari da posti di guardia fortificati.

Un'altra via più settentrionale attraverso il deserto fu ricondizionata e fortificata da Tolomeo II. Si estendeva dalla Valle del Nilo ad Apollonopolis (l'attuale Edfu) fino a un porto di nuova fondazione sulla costa del Mar Rosso. Quest'ultima fondazione, come la città dei cercatori d'oro, fu chiamata Berenike in onore della madre del re, ma con l'epiteto Troglodytika («degli abitanti delle caverne»), apparentemente in riferimento ai nomadi del deserto locali. La città sembra essere entrata in uso durante il primo decennio di regno di Tolomeo II e divenne rapidamente un vivace porto e una fiorente comunità. L'insediamento fu costruito con materiali disponibili in loco: ciottoli e massi naturali, integrati da corallo, gesso e mattoni di sabbia compressa. Come si addice a una fondazione reale tolemaica, c'era un tempio del dio Sarapis. Oltre all'oro del Wadi Allaqi, i moli e i magazzini trattavano merci esotiche provenienti da lontano. Le importazioni comprendevano incenso e mirra dall'Arabia e dal Corno d'Africa, seta dalla Cina, pepe, cannella e cassia dall'India; le esportazioni dall'Egitto e dal Mediterraneo includevano corallo del Mar Rosso, vetro, lino, vino e grano.

Le merci che arrivavano via mare a Berenike degli Abitanti delle Caverne impiegavano dodici giorni per raggiungere la Valle del Nilo con una carovana di asini; ma erano disponibili anche percorsi più brevi per raggiungere il mercato, grazie alla costruzione di una serie di strutture portuali lungo tutta la costa egizia del Mar Rosso. Più o meno di fronte ad Apollonopolis, Tolomeo II stabilì un porto a Nechesia. Aveva il vantaggio di essere vicino alle uniche miniere di smeraldo dell'Egitto. Più in alto sulla costa, c'era un altro porto a Myos Hormos (l'attuale Quseir), facilmente accessibile dalla Valle del Nilo attraverso il Wadi Hammamat. Ancora più a nord, furono creati nuovi porti a Filotera e all'attuale Abu Sha'ar. Nel 270/69, Tolomeo II fece dragare e riparare il vecchio canale che collegava la Valle del Nilo al Golfo di Suez, scavato per la prima volta sotto la dominazione persiana, fornendo un'ulteriore via d'accesso dal fiume al mare. Stabilì anche una città di guarnigione alla testa del Golfo di Aqaba, che chiamò – prevedibilmente – Berenike. Insieme a una colonia sulla costa araba, a nord di Gedda, aveva lo scopo di proteggere il lucroso commercio marittimo dell'incenso. Porti, strade, fortificazioni e un canale: tutte queste installazioni rappresentarono un enorme investimento da parte dell'amministrazione di Tolomeo II, ma furono più che ripagate dall'aumento dell'attività economica che favorirono e dalle tasse che lo Stato riscosse sulle importazioni.

C'era un'altra ragione per cui Tolomeo II era così desideroso di assicurarsi l'accesso alla Nubia e per cui si impegnò a fondo per stabilire porti sulla costa del Mar Rosso e rotte dirette via terra verso la Valle del Nilo: gli elefanti. L'efficacia dei grandi pachidermi come strumenti di guerra era stata messa in evidenza per la prima volta dai soldati macedoni quando combatterono al fianco di Alessandro Magno nella battaglia dell'Hydaspes, nel maggio del 326. Un gran numero di elefanti indiani con i loro mahout fu poi acquistato dai re seleucidi durante la spartizione dell'impero di Alessandro e alcuni di questi furono catturati da Tolomeo I durante le Guerre dei successori. Ma sotto il regno di Tolomeo II, queste bestie erano morte o troppo vecchie per essere utili in battaglia. Come figlio di un generale, Tolomeo II sapeva che la prosperità economica doveva essere sostenuta dalla forza militare. A cosa serviva un Egitto fiorente se poteva cadere troppo facilmente vittima di un aggressore ben armato?

In effetti, a soli dieci anni dall'inizio del suo regno, Tolomeo II sperimentò in prima persona queste minacce. Nel 274, il figlio e successore di Seleukos I, Antiochos I, si impadronì dei territori della Siria costiera e dell'Anatolia meridionale. L'esercito seleucide era stato rafforzato da elefanti indiani provenienti dalla Bactria. Tolomeo II recuperò le perdite ed estese il dominio tolemaico in tutta l'Anatolia costiera meridionale fino a Karia. Ma non appena la polvere della cosiddetta Prima guerra siriana si fu posata, egli decise di assicurarsi una pronta fornitura di elefanti da guerra per contrastare la minaccia seleucide in corso.

Poiché il mercato degli elefanti indiani era di fatto monopolizzato dall'avversario, l'unica possibilità per Tolomeo era quella di cercare di acquistare i loro cugini più piccoli, gli elefanti delle foreste africane. All'inizio le spedizioni partirono da Filotera, ma il viaggio dalla costa settentrionale del Mar Rosso all'habitat naturale degli elefanti sopra la Quinta Cateratta era lungo. Così, dopo essersi assicurato il controllo del deserto orientale della Nubia, Tolomeo II stabilì una nuova base per le spedizioni di caccia agli elefanti, a sud di Berenike degli Abitanti delle Caverne. L'insediamento prese il nome di Tolemaide delle Cacce. Secondo i resoconti successivi, fu fondato su ordine del re da un funzionario di fiducia, che «racchiuse segretamente una specie di penisola con un fossato e un muro e poi, trattando con cortesia coloro che cercavano di ostacolare i lavori, li conquistò come amici anziché come nemici».[4] Quest'ultimo riferimento indiretto sembra alludere a disordini tra la popolazione locale causati dalla recrudescenza delle attività egizie. In effetti, i nubiani delle vicinanze tentarono di rovesciare il loro re filellenico Arqamani (gr. Ergamenes), ma con l'appoggio tolemaico egli mantenne il suo trono – e Tolomeo II conservò il controllo delle risorse naturali della Nubia.

Tolemaide delle Cacce era ben posizionata, con abbastanza terra fertile nelle vicinanze per sostenere una comunità vitale senza dover dipendere dalle importazioni dal lontano Egitto. Per circa sette decenni, la città fu la base principale della caccia agli elefanti tolemaica. Come per l'estrazione dell'oro, anche per la caccia agli elefanti procurarsi la merce desiderata era solo l'inizio: riportarla in Egitto era una sfida altrettanto impegnativa. Trasportare gli elefanti per centinaia di chilometri dalla Nubia costiera alla Valle del Nilo richiedeva particolare ingegno. Si trattava di un carico eccezionalmente pesante, che richiedeva navi da trasporto appositamente progettate, note come *elefantegos*. Furono costruiti cantieri per la manutenzione e la riparazione delle imbarcazioni, mentre gli animali stessi venivano scaricati a Berenike degli Abitanti delle Caverne prima di essere portati a piedi attraverso il deserto fino alla Valle del Nilo. Nei pressi di Luxor esistevano strutture speciali per ospitare gli elefanti, dove le bestie potevano essere nutrite e rimesse in salute dopo l'arduo viaggio in mare e la marcia nel deserto.

Il risultato di tutto questo sforzo – «forse il più grande e complesso progetto mai intrapreso dai Tolomei»[5] – fu che Tolomeo II riuscì a costituire un consistente corpo di elefanti da guerra: secondo le fonti scritte, forse un centinaio di animali.

* * *

Con il grano e l'oro che riempivano i suoi forzieri e un formidabile corpo di elefanti da guerra per scoraggiare ogni potenziale aggressore, Tolomeo II presiedette un'epoca d'oro del commercio internazionale e stabilì qualcosa che si avvicinava al potere egemonico nel Mediterraneo orientale. La Prima guerra siriaca (274-271) rafforzò il controllo tolemaico sulle coste della Siria e dell'Anatolia, anche grazie alla creazione di una guarnigione a Halikarnassos e di una base navale sull'isola di Samos. Allo stesso tempo, la Lega degli isolani diede a Tolomeo II la possibilità di influenzare le politiche nell'Egeo centrale. Attraverso il governatore nominato dalla Lega (gr. *nesiarca*), Tolomeo esercitava di fatto la sovranità su tutte le Cicladi, comprese Nasso, l'isola sacra di Delo e Thera, con il suo eccellente porto naturale. Tolomeo II era un abile promotore di se stesso e fece in modo che in tutto l'Egeo venissero eretti altari alla dinastia tolemaica, mentre ad Alessandria d'Egitto venivano fabbricate statue di lui e della sua regina da esportare in tutto il mondo mediterraneo. Nella città di Thmuis, situata nel Delta centrale del Nilo, fu commissionato a un artista di nome Sophilos un pavimento a mosaico che raffigurava Alessandria come una donna che indossa una corona, con la prua di una nave sulla fronte e con lunghi nastri. Il suo simbolismo era chiaro: Alessandria era la regina dei mari, Tolomeo II il loro indiscusso padrone.

Il consolidamento del potere tolemaico si estese anche alla Grecia continentale. Qui la rivalità con la Macedonia fu il motore dominante della politica estera di Tolomeo II. Egli concluse un trattato antimacedone con Atene e Sparta e si unì a loro nell'attaccare la Macedonia nella cosiddetta Guerra Cremonidea (267-261). Tolomeo non era tanto preoccupato delle fortune di Atene o di Sparta quanto di indebolire la Macedonia per far avanzare i propri interessi egemonici. In effetti, si trattenne dal dispiegare tutte le sue forze militari nella guerra, con il risultato che Atene fu assediata e costretta ad arrendersi (senza mai riacquistare l'indipendenza) e il generale ateniese Chremonides fuggì in Egitto, portando con sé il suo notevole talento militare. In seguito fu comandante della flotta di Tolomeo II, composta da quattrocento navi, la più grande del mondo ellenistico.

Mentre Tolomeo II consolidava il suo potere nel Mediterraneo orientale, un'altra guerra infuriava molto più a ovest, nell'isola di Sicilia. Qui la potenza dominante, l'impero cartaginese, stava subendo la pressione di un vicino emergente, la Repubblica romana. Il conflitto navale che scoppiò tra Cartagine e Roma nel 264 per il controllo della Sicilia si trascinò per quasi un quarto di secolo (264-241), il più lungo conflitto continuo dell'antichità. (È conosciuta oggi come Prima guerra punica.) Si sarebbe conclusa con la sconfitta cartaginese, l'annessione della Sicilia come provincia romana e l'emergere di Roma come principale potenza militare nel Mediterraneo occidentale. Ma per il momento, e per Tolomeo II, si trattava di una disputa in un Paese lontano tra persone di cui non sapeva nulla.

Le imprese militari di Tolomeo furono finanziate dalla rapida crescita economica dell'Egitto e dagli alti livelli di tassazione. Alla fine della Guerra Cremonidea, cercò di recuperare le perdite promulgando un'ampia serie di leggi sulle entrate che stabilivano la percentuale di ogni raccolto da consegnare all'erario. Una clausola tipica recitava così: «Se i coltivatori non rispettano [una qualsiasi] di queste norme in conformità con la legge, pagheranno il doppio della quota».[6] Una delle misure imponeva un monopolio reale sulla coltivazione e sulla produzione di olio per cucinare e per l'illuminazione – elementi essenziali della vita quotidiana. Il monopolio copriva tutte le varietà di piante oleaginose autoctone e prevedeva che ogni fase della produzione fosse supervisionata da agenti reali. Lo Stato prescriveva persino la superficie di terreno da seminare e le particolari colture di semi oleosi da coltivare in ogni campo. Ancora più draconiana fu l'imposizione di una nuova tassa su tutti gli abitanti adulti dell'Egitto. Chiamata «tassa sul sale», era la prima volta nella lunga storia dell'Egitto che veniva imposta una tassa monetaria agli individui.

Anche nei porti egizi venivano imposti dazi esorbitanti. Uno dei papiri dell'archivio di Zenon elenca i dazi che dovevano essere pagati sui carichi di due navi che attraccarono a Pelousion nel 259. Le merci includevano miele dalla regione di Atene, Karia e Rodi; noci e pesce da Pontos, sulla costa meridionale del Mar Nero, e vini dalle isole egee di Chios e Thasos. Il dazio all'importazione dell'olio d'oliva era del trentatré per cento, quello del vino del cinquanta per cento – le tariffe più alte conosciute nell'antico mondo mediterraneo. E c'è di più: l'armatore doveva anche pagare i diritti per il mantenimento della marina tolemaica (che forniva protezione alla navigazione mercantile), per il trasporto delle merci dal Pelousion e una tassa portuale del diciannove per cento. È sorprendente che i mercanti utilizzassero affatto i porti egizi, ma le ricompense erano comunque sufficienti e, in verità, le terre tolemaiche erano ancora il posto migliore nel mondo ellenistico per arricchirsi rapidamente. Per incrementare il commercio internazionale nel Mediterraneo, Tolomeo II coltivò strette relazioni diplomatiche con la lontana Bitinia e con il porto di Bisanzio per ottenere un accesso preferenziale alle fertili terre produttrici di grano intorno alle coste del Mar Nero. A Rodi fece un ricco dono di monete egizie, in particolare monete di bronzo per l'uso quotidiano, creando in sostanza una moneta parallela a quella dell'isola. Si trattava di un gesto notevole a prima vista – l'Egitto era altrimenti una zona monetaria chiusa – ma era stato accuratamente calcolato per risparmiare ai commercianti egizi che operavano a Rodi le spese extra per cambiare il loro denaro con la valuta locale. L'effetto desiderato fu quello di incentivare la prosecuzione degli scambi commerciali tra Rodi e l'Egitto, a vantaggio di entrambi i governi. All'altro capo della rotta commerciale marittima, Alessandria divenne ben nota in tutto il mondo ellenistico come esportatrice di merci di alto valore come papiro, lino, oggetti in vetro, profumi, gioielli, sculture, mosaici e olio.

* * *

Con una ricchezza e un dominio commerciale senza precedenti, Tolomeo II si accinse a suggellare la sua reputazione personale di più grande sovrano dell'epoca e quella della sua dinastia come la più fastosa del mondo ellenistico. L'ostentazione appariscente definì il periodo di permanenza sul trono di Tolomeo II e fissò un livello di eccellenza per i suoi successori.

La spudorata autopromozione iniziò con la sua stessa famiglia. Proprio all'inizio del suo regno, Tolomeo aveva sposato Arsinoe (I), figlia di Lysimachos di Tracia. Ma nel giro di un decennio fu mandata in esilio interno, soppiantata dalla sorella dello stesso Tolomeo, Arsinoe II. Il matrimonio tra fratelli e sorelle era poco comune in Egitto, ma culturalmente accettabile, soprattutto per i reali. Era un modo pragmatico per mantenere tutte le leve del potere all'interno della stessa famiglia, ma era anche venerato come un modello stabilito dagli dèi: Iside e Osiride erano fratello e sorella, oltre che marito e moglie. Perciò il matrimonio di Tolomeo II con Arsinoe II non suscitò quasi alcuno stupore nei templi della Valle del Nilo; i sacerdoti forse si rallegrarono persino di vedere un sovrano di origine macedone comportarsi come un faraone tradizionale. Ma per i sudditi di lingua greca di Tolomeo il matrimonio tra fratelli era un anatema e infrangeva un tabù fondamentale. Uno dei poeti greci residenti ad Alessandria, Sotades, compose un poema satirico e osceno che attaccava il matrimonio incestuoso. Il testo comprendeva il verso: «Stai infilando il tuo pene in un buco empio». Tolomeo II si infuriò e fece imprigionare il poeta. Quando riuscì a fuggire, il re lo fece inseguire, catturare, mettere in una bara di piombo e gettare in mare. Per contrasto, il poeta di corte di Tolomeo II, Theokritos, fece ciò che ci si aspettava da lui e celebrò l'unione di fratello e sorella paragonandoli agli dèi. Divenne così un favorito reale, celebrato in tutte le terre tolemaiche.

Per celebrare il suo secondo matrimonio, Tolomeo II adottò il soprannome di Philadelphos («amante dei fratelli»). Chiaramente arrivò a credere alla propria retorica e si considerò in linea con i precedenti divini. Fece in modo che la moglie fosse venerata insieme a lui nell'ambito del culto del sovrano tolemaico. In tutto il mondo ellenistico, i fondatori di città e altri governanti importanti, come Alessandro Magno, potevano diventare oggetto di un proprio culto. Questi individui divinizzati erano raramente venerati in santuari specifici (anche se Alessandro era un'eccezione), e avevano invece statue collocate nei templi di altre divinità (greche). Tolomeo II era un appassionato esponente di questa pratica – per la sua stessa famiglia. Insieme, lui e la moglie erano Theoi Philadelphoi («gli dèi amanti dei fratelli») e quando Arsinoe II morì nel luglio 270, la fece divinizzare formalmente a pieno titolo. Nel tempio di Mendes, nel Delta, fu posta una stele commemorativa che mostrava Tolomeo II e la sua defunta moglie mentre adoravano insieme il dio egizio locale. L'iscrizione di accompagnamento dichiarava che l'immagine di Arsinoe doveva essere collocata in ogni tempio egizio, come «dea ospite» accanto alla divinità principale. E Arsinoe non era solo un'ospite nei santuari di altre divinità. Seguendo l'esempio di Alessandro, furono costruiti templi in suo onore, tra cui un «Arsinoeion» a Memphis e un altro presso i Laghi Amari, i cui riti di fondazione furono eseguiti da sacerdoti egizi secondo la più antica tradizione.

Il distretto del Fayum fu ribattezzato provincia di Arsinoite, con la regina defunta come divinità patrona. Il gettito fiscale dei vigneti doveva essere destinato al finanziamento del culto di Arsinoe. In Egitto e altrove vennero fondate numerose città che portavano il suo nome e la regina divenne la divinità protettrice dei marinai di tutto il Mediterraneo orientale. Persino ad Alessandria, dove la popolazione era più scettica, la gente creava i propri altari e organizzava feste in suo onore (gr. *Arsinoeia*). Per coronare il tutto, fu costruito un santuario alla regina morta in una posizione di rilievo sulla riva del porto, ornato da un obelisco portato dal tempio del dio Sole a Heliopolis. L'attrazione principale era una statua della regina in ferro che pendeva all'interno del santuario, sospesa a mezz'aria per magnetismo. Laddove Tolomeo I aveva introdotto il culto di un dio inventato, Sarapis, per servire i suoi scopi dinastici, suo figlio riuscì a creare un centro di culto basato su un membro della sua stessa famiglia. L'intento era senza dubbio quello di rafforzare il prestigio e il potere della casa reale tolemaica.

La magnificenza della corte di Tolomeo II culminava in una grande processione allestita ad Alessandria. I festival erano un modo riconosciuto di affermare l'identità nel mondo ellenistico e

Tolomeo riconobbe il potere sottile derivante dall'ospitare partecipanti e spettatori da tutto il mondo di lingua greca. L'istituzione della festa delle Ptolemaia, in onore dei suoi genitori, era un meccanismo per celebrare e affermare le credenziali dinastiche proprie e della sua famiglia.

L'invito a partecipare alle Ptolemaia fu accolto con entusiasmo in tutto il Mediterraneo. La Lega degli Isolani, ad esempio, emise un decreto formale per registrare la propria accettazione. In esso si osservava con orgoglio che Tolomeo I era stato una benedizione per gli isolani e per gli altri greci, e che Tolomeo II stava ora continuando sulla stessa linea, offrendo in onore del padre «una gara ginnica, musicale ed equestre di pari livello con i Giochi olimpici».[7] Il decreto fu affisso sull'isola sacra di Delo, accanto all'altare di Tolomeo I.

Alle prime Ptolemaia, organizzate nel 279/8, gli inviati provenienti da tutto il mondo furono accolti in un padiglione sormontato da enormi aquile dorate, le cui ali si estendevano per quasi otto metri. L'aquila, tradizionalmente immagine di Zeus, veniva ora utilizzata dai Tolomei come proprio simbolo dinastico e la festa rappresentava l'occasione perfetta per utilizzare questo nuovo elemento di propaganda. Il momento culminante fu una grande processione per le strade di Alessandria. L'evento fece una tale impressione a tutti coloro che vi assistettero che se ne parlò e se ne scrisse per anni.

L'inizio dell'evento vide tre piccole processioni attraversare la città, onorando la Stella del Mattino, i genitori divinizzati di Tolomeo II e tutti gli dèi del pantheon greco. Questo era solo l'atto di riscaldamento. La parte centrale della Grande Processione era dedicata a Dioniso, dio del vino e del piacere, entrambi offerti in abbondanza. I partecipanti si schierarono nello stadio cittadino di Alessandria prima di spostarsi nelle strade circostanti. Per primi arrivarono gli araldi e gli sceriffi per mantenere l'ordine tra la folla eccitata. Erano vestiti da fauni con mantelli viola e cremisi e da satiri che portavano torce dorate decorate con foglie di edera. Ad accompagnarli c'erano donne che rappresentavano la dea della vittoria, Nike, con ali d'oro, molti gioielli d'oro e mantelli abbondantemente ricamati. Poi c'era un gruppo di attori, chiamato Gilda degli artisti di Dioniso, che rappresentavano scene in giro per la città.

Seguiva una serie di elaborati carri allegorici con scene della vita mitica di Dioniso. Un doppio altare lungo circa tre metri, ricoperto di foglie d'edera dorate e coronato da un diadema di foglie di vite, era scortato da ragazzi in mantello viola che portavano doni di incenso, mirra e zafferano dorato su centoventi piatti d'oro. Un carro a quattro ruote, trainato da centottanta uomini, portava una statua di Dioniso stesso: alta quasi cinque metri e vestita di una tunica viola, versava vino da un calice d'oro. Davanti c'erano altri vasi d'oro pieni di vino, incenso, cassia e zafferano; e a coprire il tutto, un tendone ornato con altre foglie di edera e di vite. Un altro carro portava una statua seduta di Nysa, personificazione del luogo in cui Dioniso era stato cresciuto. Per la gioia della folla, la statua era un automa e «si alzava meccanicamente senza che nessuno la toccasse, e si rimetteva a sedere dopo aver versato una libagione di latte da una fiala d'oro».

Se gli spettatori incantati erano venuti in cerca di divertimento, non furono delusi. Arrivò infatti un altro carro a quattro ruote, ancora più grande del carro del dio, trainato da trecento uomini. Su di esso era stato allestito «un torchio lungo più di dieci metri e largo sette metri, pieno di uva matura. Sessanta satiri la calpestavano mentre intonavano un canto di vendemmia al flauto».[8] Il carro seguente era trainato da seicento uomini e trasportava un enorme otre, fatto di pelli di leopardo, che conteneva tremila misure di vino. Quando rilasciava il suo contenuto, il vino scorreva letteralmente nelle strade. Poi, una serie di carri allegorici celebrava la camera nuziale della madre di Dioniso e la grotta del dio stesso. Quest'ultima era ricoperta di edera e tasso e da essa sgorgavano due sorgenti, una di latte e una di vino, mentre piccioni e colombe volavano dalla grotta.

Uno dei motivi per cui Tolomeo II volle enfatizzare il culto di Dioniso – oltre all'opportunità che offriva per un'orgia di ostentazione e piacere – era la sua risonanza per la monarchia tolemaica. Uno degli episodi chiave della vita del dio fu il suo ritorno trionfale dall'India; il parallelo con la vita di Alessandro non sfuggì ai cittadini di Alessandria. Gli elementi della Grande Processione che simboleggiavano il ritorno di Dioniso dall'India erano quindi tra i più sontuosi dell'intero spettacolo. Una figura del dio sul dorso di un elefante era seguita da un'enorme parata di carri – trainati non da cavalli, ma da animali selvatici provenienti da ogni parte del mondo conosciuto. C'erano ventiquattro carri trainati da elefanti, sessanta da capre, dodici da antilopi saiga dell'Asia centrale, sette da orici arabi, quindici da alci e otto da struzzi (in rappresentanza dell'Africa), sette da asini selvatici e quattro da onagri (Asia), quattro da cavalli – che convenzionalità! – e sei da cammelli provenienti dalla Bactria. Seguirono poi i tributi umani provenienti dalle regioni più lontane dell'impero tolemaico: mulattiere che trasportavano donne indiane, inviati etiopi che portavano tutti i prodotti dell'Africa (seicento zanne d'avorio, duemila tronchi d'ebano, sessanta coppe d'oro e d'argento e duemilaquattrocento cani da caccia), e centocinquanta uomini che trasportavano alberi con uccelli e animali sospesi. Infine, una sfilata di animali esotici del serraglio reale presentava pappagalli, pavoni, faraone e fagiani; pecore provenienti dall'Etiopia, dall'Arabia e dall'isola greca di Eubea; mucche provenienti dall'India e dall'Etiopia; un grande orso bianco (sicuramente un albino piuttosto che un orso polare, anche se quest'ultimo non può essere del tutto scartato); quattordici leopardi, sedici ghepardi, quattro caracal, tre cuccioli di ghepardo, una giraffa e un rinoceronte. Tolomeo II era un appassionato collezionista di animali selvatici, procurati sia dai cacciatori (che venivano ampiamente ricompensati per la cattura di esemplari vivi) sia come doni diplomatici provenienti da oltreoceano. Ma mai prima d'ora i cittadini di qualsiasi città, in qualsiasi parte del mondo, hanno potuto assistere a una così straordinaria collezione di fauna come quella che sfilava quel giorno d'inverno ad Alessandria.

Quando la processione si avvicinò al gran finale, la natura orgiastica e sessuale di Dioniso fu celebrata da un carro che portava un pene d'oro lungo cinquantacinque metri, avvolto da nastri d'oro e sormontato da una stella d'oro di tre metri di circonferenza. Altri animali selvatici, tra cui ventiquattro leoni estremamente grandi e duemila tori di colore identico, precedevano la statua dorata di Alessandro Magno, trasportata su un carro trainato da quattro elefanti. Seguirono altre statue che rappresentavano Tolomeo I, Arete (la personificazione dell'eccellenza), la città di Corinto e il dio Priapos, seguite da donne vestite come altre città greche, tutte accompagnate da un gruppo di musicisti.

Come la Grande Processione era iniziata con la Stella del Mattino, così ora culminava con l'apparizione della Stella della

Sera. Ma prima che il più stravagante degli eventi giungesse alla sua conclusione, c'erano due spettacoli finali. Un'esposizione di tesori senza precedenti, che rifletteva la ricchezza e la magnificenza della casa reale tolemaica, era consapevolmente progettata per stupire e impressionare. Tra questi, una corona, che si dice sia stata realizzata con diecimila pezzi d'oro, esposta sul trono di Tolomeo I; sette palme dorate, ognuna alta tre metri e mezzo; aquile dorate – il simbolo tolemaico – alte dieci metri; altre tremiladuecento corone d'oro; venti scudi d'oro e sessantaquattro armature d'oro; quattrocento carri d'argento, venti d'oro e ottocento di spezie, tra cui cannella, cassia e giaggiolo provenienti dall'India; e statue d'oro dello stesso Tolomeo II, alcune portate su carri, altre in cima a colonne. Tutta questa opulenza, che simboleggiava la sua inimmaginabile ricchezza, era seguita da una parata di 57.600 fanti e 23.200 cavalieri per sottolineare la sua potenza militare. L'idea non sarebbe sfuggita ai delegati provenienti da tutto il mondo ellenistico, forse ben centotrenta, che osservavano dalla tenda dorata di Tolomeo II allestita tra le mura della cittadella reale.

Complessivamente, il Grande Corteo costò la cifra impressionante di 2.239 talenti e cinquanta mine. Ma il costo era irrilevante: lo scopo dell'intera stravaganza, di tutta quella ricchezza e potenza grezza, era quello di promuovere Tolomeo II come il più grande sovrano dell'epoca. Onorando gli dèi dinastici – soprattutto Dioniso, Alessandro e la prima coppia reale tolemaica – il re affermava la continuità del suo regno e legittimità della sua eredità. Onorando città greche come Corinto, Tolomeo II si presentava come il campione della libertà panellenica. Ma nessuna ostentazione poteva tenere a bada le forze che dalla morte di Alessandro stavano lacerando il mondo mediterraneo. Nel 260 scoppiò nuovamente il conflitto con l'impero seleucide. Un nuovo re seleucide, Antiochos II, era determinato a ribaltare le perdite territoriali subite dal padre. Dopo aver stretto un'alleanza con il re di Macedonia, lanciò un attacco contro le terre tolemaiche in Asia e riuscì a riconquistare le importanti città di Miletos ed Ephesos, oltre a ulteriori territori lungo le coste occidentali e meridionali dell'Anatolia. La guerra si concluse solo nel 253, quando Tolomeo II offrì la propria figlia, Berenike, in sposa ad Antiochos. L'unione fu suggellata, per la gioia dei Seleucidi, da una massiccia dote d'argento e d'oro. Per Tolomeo, si trattava di una misura per salvare la faccia: meglio una dote che le riparazioni di guerra, anche se costavano la stessa cifra.

Fu quindi con una certa stanchezza del mondo che Tolomeo II contemplò la sua vita e la sua eredità negli anni successivi alla Seconda guerra siriaca. Secondo un commentatore più tardo, il re, confinato nel suo palazzo da un doloroso attacco di gotta (risultato di una vita di lusso e licenziosità), guardava da una finestra la riva alessandrina sottostante e invidiava i contadini che mangiavano il loro cibo semplice e godevano dei semplici piaceri del mare. Se questo è vero, indica un altro aspetto della personalità del re: la sua inclinazione filosofica. Il fascino del senso dell'esistenza e della natura dell'universo produsse altre glorie nell'Alessandria tolemaica: non il successo passeggero di una conquista territoriale o il breve spettacolo di una grande processione, ma intuizioni durature che avrebbero cambiato il mondo per sempre.

4

La vita della mente

I Tolomei erano una famiglia insolitamente colta, anche per gli elevati standard del mondo ellenistico. Da giovane, Tolomeo I era stato istruito da Aristotele, il più grande filosofo-studioso dell'epoca; Aristotele era stato istruito da Platone. Il primo Tolomeo era quindi il beneficiario e l'erede di decenni di studi e di pensiero critico sul mondo naturale e sul posto dell'umanità in esso.

In parte per soddisfare il proprio interesse per l'apprendimento, in parte per affermare la propria capitale dinastica come nuovo epicentro della scienza e della cultura, Tolomeo I si impegnò a creare ad Alessandria un'infrastruttura accademica che le permettesse di competere con Atene, e anzi di superarla. Come abbiamo visto, il primo tassello da mettere in piedi fu il Mouseion, un'istituzione fondata sotto la guida, se non su istigazione, dell'ateniese Demetrios di Phaleron. Dopo essere stato esiliato da Atene nel 307, Demetrios aveva vagato per il Mediterraneo, arrivando infine ad Alessandria nel 297, pochi anni dopo che Tolomeo I aveva assunto i titoli reali. Il legame tra i due uomini era chiaramente forte – erano stati entrambi allievi di Aristotele – e Tolomeo nominò Demetrios suo consigliere per gli affari culturali. Demetrios convinse il re che un'accademia in grado di rivaleggiare con quella di Platone era ciò di cui Alessandria – e Tolomeo – avevano bisogno per conquistare la corona di Atene.

Fin dall'inizio, il Mouseion era stato concepito come una torre d'avorio, un luogo in cui gli intellettuali potevano cercare rifugio dal mondo esterno e concentrarsi sui loro studi. Gli studiosi residenti, che erano forse una trentina, avevano uno stipendio pagato dallo Stato ed erano ben forniti anche in altri modi. C'erano una sala da pranzo comune, un portico ombreggiato e un giardino alberato, che offrivano spazi conviviali per discussioni e dibattiti. I membri del Mouseion organizzavano anche cene formali e feste alcoliche (*simposi*), alle quali poteva partecipare anche il re; inoltre venivano assegnati dei premi ai partecipanti più brillanti. Tutto sommato, era una vita affascinante. E la sua crescente reputazione cominciò presto ad attrarre intellettuali di spicco da tutto il mondo di lingua greca.

Uno dei primi studiosi a essere attratti da Alessandria fu il matematico e logico Euclide. Si sa molto poco della vita dell'uomo soprannominato «padre della geometria», ma è generalmente accettato che risiedesse ad Alessandria dal 300 circa – in altre parole, nello stesso periodo di Demetrios – e che fu nella capitale tolemaica che svolse il nucleo del suo lavoro più importante. Potrebbe anche aver insegnato al Mouseion. La sua opera più nota, che è considerata il libro più tradotto, pubblicato e studiato del canone occidentale dopo la Bibbia, è un trattato chiamato *Elementi*. Organizzato in tredici libri distinti, sintetizzava le teorie dei precedenti matematici greci e le combinava con intuizioni brillanti e originali per stabilire le basi della geometria come disciplina distinta. I primi sei libri trattano la geometria dei piani, i libri dal settimo al nono la teoria dei numeri, il decimo i numeri irrazionali e gli ultimi tre la geometria solida. Il cuore degli *Elementi* è costituito da una serie di teoremi, ed Euclide aprì nuove strade fornendo prove che erano allo stesso tempo rigorose ed eleganti; il suo approccio sarebbe diventato una caratteristica distintiva delle scienze teoriche.

Sebbene gli *Elementi* rimangano di gran lunga l'opera più famosa di Euclide, almeno altri cinque suoi libri sono giunti fino ai giorni nostri e illustrano la straordinaria portata della sua ricerca geometrica. *Sulle Divisioni* esamina la divisione delle figure geometriche in due o più parti uguali, mentre i *Dati* trattano le conoscenze e le incognite in vari problemi geometrici. A queste opere altamente teoriche si affiancano studi basati sull'osservazione dei fenomeni naturali, in particolare della vista e della visione. L'*Ottica* è il primo trattato superstite sulla prospettiva; la *Catottica* studia la matematica degli specchi e il modo in cui le immagini si formano negli specchi concavi; i *Fenomeni* hanno per oggetto l'astronomia sferica – portando le discipline della geometria e della matematica all'osservazione dei corpi celesti. Tutte e cinque le opere adottano la stessa struttura della sua opera principale, con proposizioni accompagnate da eleganti prove.

Come se questi notevoli contributi all'erudizione non fossero sufficienti, a Euclide sono attribuite anche altre quattro opere, da tempo perdute ma citate negli scritti di altri autori. Anche in questo caso, le opere spaziano dall'ambito altamente teorico a quello pratico e comprendono uno studio sul ragionamento geometrico (le *Fallacie*) e un trattato in quattro libri sulle sezioni coniche (le *Coniche*). Nelle ricerche condotte e redatte da Euclide durante il suo soggiorno alessandrino, la teoria e l'applicazione ricevono la stessa attenzione, riflettendo la produttiva fusione di approcci greci ed egizi. (I rilevamenti del territorio, effettuati dai funzionari egizi fin dalla fondazione dello Stato faraonico, devono aver dato origine a un corpus significativo di conoscenze; alcuni documenti sopravvissuti includono notazioni matematiche piuttosto complesse.) All'interno dei chiostri del Mouseion, gli studiosi avevano lo spazio e la libertà, forse per la prima volta nella storia, di riflettere sulle leggi fondamentali della natura e sui fenomeni visibili che esse producevano. Questa rivoluzionaria combinazione di teoria e applicazione fu estesa ad altre aree del sapere oltre alla matematica.

Lo studio del corpo umano e delle malattie era un caso emblematico. Nella storia della medicina occidentale, il nome di Ippocrate risuona nei secoli; il giuramento di Ippocrate rimane un principio centrale della professione medica. La tradizione ippocratica dell'osservazione clinica fu portata ad Alessandria mentre Tolomeo I era ancora ufficialmente satrapo, alla fine del IV secolo, da un certo Praxagoras di Kos. Ma fu l'allievo di Praxagoras, Herophilos di Khalkedon, a portare la materia in nuove e vitali direzioni. Ad attrarlo a studiare ad Alessandria non fu solo il sostegno dato agli studiosi del Mouseion, ma anche la particolare reputazione della Valle del Nilo per le conoscenze mediche avanzate. La pratica millenaria della mummificazione, che comportava l'eviscerazione e l'imbalsamazione del corpo, aveva permesso agli Egizi di costruire una conoscenza dell'anatomia umana senza precedenti nel mondo antico – un mondo in cui, per molte culture, interferire con i corpi dei morti era un tabù. Questa intimità con il funzionamento del corpo, gli organi interni e le cause delle malattie si riflette nei papiri medici sopravvissuti.

Uno di questi, il Papiro chirurgico di Edwin Smith, potrebbe rappresentare una copia successiva di un testo molto più antico, risalente all'età delle piramidi, oltre duemila anni prima dei Tolomei. Tuttavia, il suo approccio è straordinariamente moderno e tratta in modo sistematico le lesioni da trauma, partendo dalla sommità del capo e scendendo fino alle vertebre spinali. In totale, vengono presi in considerazione quarantotto casi, ognuno dei quali riassume i sintomi, prima di indicare se sono curabili o meno. Se il trattamento della condizione è considerato fattibile, segue una descrizione della procedura appropriata. Un secondo testo medico significativo è oggi noto come Papiro di Ebers. Si concentra sulle malattie interne e mostra un livello di conoscenza medica pari a quello dell'Europa premoderna. Per esempio, ci sono alcune prove che le proprietà dell'oppio erano conosciute e applicate. Sembra che gli antichi Egizi avessero anche una conoscenza rudimentale del sistema circolatorio, che immaginavano – non del tutto erroneamente – come una rete di vasi incentrata sul cuore e che si estendeva agli organi e alle altre parti del corpo.

Sebbene molti greci dell'età ellenistica guardassero dall'alto in basso la cultura faraonica, considerandola esotica (nella migliore delle ipotesi) o addirittura barbara, la scienza egizia, e in particolare le conoscenze mediche, erano ampiamente ammirate. I Tolomei avevano una politica, molto insolita per l'epoca, di fornire i cadaveri dei prigionieri giustiziati per la dissezione. (Alcuni autori sostengono che i prigionieri venivano forniti per la vivisezione quando erano ancora vivi.) Per un aspirante medico come Herophilos di Khalkedon, non c'era posto migliore dell'Egitto per proseguire i suoi studi. Grazie a una fornitura costante di corpi, egli poté fare della dissezione una pratica regolare, che gli permise di acquisire una conoscenza senza precedenti e ineguagliata dell'anatomia umana. La sua attenta osservazione e registrazione trasformarono la comprensione del cervello, dell'occhio, del fegato, dell'intestino e degli organi riproduttivi. Herophilos utilizzò le sue intuizioni anche per criticare il corpus ippocratico (la raccolta delle prime opere mediche greche attribuite a Ippocrate) e per completare il suo lavoro pionieristico sulla terminologia medica.

Il suo collega più giovane, Erasistratos, con cui lavorò ad Alessandria, fece progressi ancora maggiori nella conoscenza del corpo umano, studiando interi sistemi – digestivo, vascolare e nervoso – e cercando di capirne il funzionamento. Descrisse le valvole del cuore, distinse arterie e vene e concluse accuratamente che il cuore non era la sede delle emozioni (come credevano in precedenza gli antichi Egizi e i Greci), ma era soprattutto, e prosaicamente, una pompa. Erasistratos fu forse il primo medico della storia a dedurre il ruolo dei nervi nel controllo del movimento, a distinguere tra nervi motori e sensoriali e a collegare il sistema nervoso al cervello. Sembra infatti che abbia riconosciuto che le malattie del sistema nervoso fossero proprio tali – malattie – e non il risultato di un'interferenza soprannaturale. Oggi è considerato il fondatore della psichiatria e delle neuroscienze. Anche se la dissezione regolare sembra essere terminata dopo il lavoro di questi studiosi pionieri, la scuola di medicina di Alessandria da loro fondata divenne la più importante del mondo antico e avrebbe in seguito promosso luminari della medicina come Galeno.

È evidente che Tolomeo I si interessò personalmente alla miriade di progressi accademici compiuti nel suo Mouseion. Egli contribuì anche all'impennata dell'attività accademica mettendo in campo la propria formazione e le proprie competenze di storico, dedicando il capitolo conclusivo del suo regno non all'arte del governare, ma alla stesura di un resoconto della vita e delle campagne di Alessandro. Oltre a essere un esercizio accademico di biografia, che si addiceva a un re erudito, l'opera aveva uno scopo politico: assicurare la reputazione di Alessandro – e quella del suo fedele luogotenente, Tolomeo – per l'eternità.

Il Mouseion non fu l'unico contributo di Tolomeo I alla vita della mente. Aveva un'istituzione gemella ad Alessandria il cui scopo era quello di raccogliere non studiosi ma libri. Fondata nel 284, negli ultimi mesi del regno di Tolomeo, la Biblioteca di Alessandria era adiacente al Mouseion e sembra fosse stata creata su iniziativa di Demetrios di Phaleron. La Biblioteca era collegata al Mouseion da un colonnato di marmo bianco. All'interno era divisa in sale, e ognuna di esse comprendeva spazi di studio dedicati a una diversa branca del sapere. Sopra l'ingresso era scolpita l'iscrizione «Un sanatorio per la mente». Con il tempo, la Biblioteca avrebbe superato il suo vicino in reputazione.

Riconoscendo che la sua neonata Biblioteca avrebbe avuto bisogno di una guida ispirata per affermarsi e prosperare, Tolomeo I nominò uno dei principali filologi dell'epoca, Zenodotos di Ephesos, come primo bibliotecario capo. Oltre a curare e arricchire la collezione di libri, l'altro compito del bibliotecario era quello di istruire i figli reali: Tolomeo voleva che la sua prole condividesse l'amore per l'apprendimento che Aristotele gli aveva trasmesso. Zenodotos si dedicò a entrambi i compiti con alacrità. Ma, dopo due anni dal suo arrivo ad Alessandria, il suo patrono reale, Tolomeo I, morì.

Se il suo successore nutriva qualche dubbio sulla possibilità di continuare la notevole eredità intellettuale del padre, l'arrivo ad Alessandria di un altro straordinario studioso, poco dopo l'ascesa al trono di Tolomeo II, sembrava averlo convinto che la strada per la fama e la gloria risiedeva tanto nei risultati accademici quanto nelle conquiste territoriali, nelle esportazioni di grano, nelle miniere d'oro o nelle grandiose processioni. L'ultimo arrivato – come Praxagoras, Herophilos ed Erasistratos, un immigrato – era un uomo chiamato Aristarchos. Egli proveniva dall'isola di Samo, al largo della costa occidentale dell'Anatolia, nota anche – e propiziamente – come luogo di nascita di Pitagora. Aristarchos seguì le orme del figlio più famoso della sua isola e si dedicò allo studio della matematica. Ciò che lo differenziava da Pitagora (e da Euclide) era il suo interesse non tanto per la teoria dei numeri, quanto per la loro applicazione ai misteri del cosmo. Combinando l'osservazione ravvicinata del cielo con una profonda comprensione dei principi matematici, Aristarchos fece una serie di deduzioni straordinarie e rivelatrici. Ad esempio, riconobbe le dimensioni relative del sole, della terra e della luna: le generazioni precedenti avevano considerato i due corpi celesti più o meno uguali e notevolmente più piccoli della terra. La più rivoluzionaria di tutte fu la proposta di Aristarchos secondo cui «la terra ruota intorno al sole sulla circonferenza di un cerchio e il sole si trova al centro dell'orbita».[1]

Mai prima di allora qualcuno aveva proposto seriamente un modello eliocentrico dell'universo. La congettura di Aristarchos minacciava di minare le fondamenta stesse della filosofia e della religione consolidata, e altri studiosi erano inorriditi. Uno di essi, il filosofo stoico Kleanthes di Assos, scrisse una controrisposta intitolata *Contro Aristarchos*. A seguito di tale opposizione, il modello eliocentrico venne considerato eretico e non trovò adepti né ai tempi di Aristarchos né nelle generazioni successive. Quando, circa diciannove secoli dopo, Copernico lo proporrà, incontrerà la stessa resistenza da parte delle autorità religiose.

Mentre Aristarchos pensava ai suoi pensieri rivoluzionari nel Mouseion, nella biblioteca accanto Zenodotos faceva delle scoperte fondamentali. Teneva lezioni sui poeti Esiodo e Pindaro, ma la sua passione particolare era il più grande di tutti i poeti greci, Omero. Così, mentre i due assistenti di Zenodotos, Alexandros di Aetolia e Lykophron di Chalkis,[2] si misero al lavoro per redigere rispettivamente gli autori tragici e comici della Biblioteca, Zenodotos si impegnò a produrre le prime edizioni critiche delle opere raccolte di Omero. A tal fine, riunì tutti i diversi manoscritti omerici già presenti nella Biblioteca, eliminando i versi che riteneva fuori posto, trasponendo versi e introducendo nuove letture. Inoltre, divise i poemi di Omero in ventiquattro libri.

Questa attitudine alla categorizzazione letteraria servì a Zenodotos nella sua più grande impresa professionale: la classificazione dell'intero patrimonio della Biblioteca. Si trattava di un compito immane, ma il suo approccio metodico portò ordine in una collezione così varia e tentacolare. I dettagli del suo sistema rimangono sommari, ma potrebbero includere la categorizzazione per argomento e poi in ordine alfabetico secondo il nome dell'autore (un sistema di classificazione bibliotecaria utilizzato fino ai giorni nostri). Zenodotos comprendeva anche le esigenze dei suoi lettori. Per rintracciare un testo particolare, gli studiosi erano abituati a srotolare faticosamente innumerevoli papiri per trovare quello che cercavano. Zenodotos fece attaccare alla fine di ogni rotolo un piccolo documento che riportava il nome dell'autore e altre informazioni bibliografiche essenziali. Per gli studiosi del Mouseion, che a quanto pare costituivano i principali utenti della Biblioteca, questa brillante idea consentì di risparmiare ore del loro prezioso tempo, tempo che poteva essere più proficuamente impiegato per riflettere e svelare i segreti dell'universo.

L'entusiasmo di Zenodotos rassicurò chiaramente Tolomeo II sul fatto che valeva la pena di conservare la Biblioteca. In effetti, egli ampliò notevolmente la collezione e potrebbe persino aver commissionato la prima traduzione greca della Torah, i primi cinque libri delle Scritture ebraiche. Anche il Mouseion beneficiò del mecenatismo di Tolomeo II, venendo ampiamente – e costosamente – ricostruito sul lungomare adiacente al quartiere del palazzo di Alessandria. Rifinita in marmo bianco, la nuova accademia vantava aule, sale di riunione e, senza dubbio per la gioia di Aristarchos, un proprio osservatorio.

* * *

Alla morte di Tolomeo II, all'inizio del 246, Alessandria si era affermata come uno dei più grandi centri di apprendimento del mondo ellenistico, al pari di Atene o di Pergamo. Il re successivo, Tolomeo III, istruito dal grande Zenodotos, era intenzionato a riprendere da dove il padre aveva lasciato, e a fare del Mouseion e della Biblioteca istituzioni di ineguagliabile distinzione intellettuale. Ma prima che potesse dedicare la sua attenzione ai libri o all'apprendimento, problemi esterni e interni sconvolsero la quiete erudita del palazzo reale.

Ancora una volta, la fonte esterna di tensione fu l'impero seleucide. Anche il grande rivale di Tolomeo II, Antiochos II, era morto nel 246; ma la successione al trono seleucide era ferocemente contesa tra il figlio nato dal suo primo matrimonio (con Laodike, una nobildonna dell'Anatolia) e il figlio nato dal suo secondo matrimonio (con la figlia di Tolomeo II, la principessa Berenike). Come parte dell'accordo matrimoniale che risolse la Seconda guerra siriaca, Antiochos II aveva promesso che qualsiasi suo figlio da Berenike avrebbe ereditato il trono seleucide. Tuttavia, non appena Antiochos II morì, Laodike partì dal suo esilio ad Antiokheia proclamando suo figlio, Seleukos (II), come legittimo re. Sostenne persino che Antiochos II si era convertito in punto di morte e aveva rinunciato alla sua precedente promessa. Tolomeo III, da parte sua, si sentì costretto a intervenire a sostegno della sorella e del nipote neonato. Guidando le sue truppe in Siria, venne a sapere che sia Berenike sia il figlio neonato erano stati uccisi per volere di Laodike. Furioso, proseguì la campagna – la Terza guerra siriaca – fino alla Mesopotamia, finché l'intero cuore dell'impero seleucide non fu sottomesso. Nella primavera del 245, dopo aver insediato i propri governatori nei territori conquistati e con un ingente bottino, Tolomeo III tornò in Egitto vittorioso e fu acclamato come Evergete («benefattore»).

Ma il suo trionfo fu di breve durata. Quello che avrebbe dovuto essere un glorioso ritorno a casa fu quasi subito oscurato dai problemi interni. (Infatti potrebbe essere tornato in Egitto per gestire una crisi in corso.) Una bassa inondazione del Nilo portò a un fallimento dei raccolti in tutto l'Egitto, aggravando la miseria della popolazione rurale che aveva già sofferto per le ingenti tasse imposte per finanziare lo sforzo bellico. Il risultato fu la prima rivolta indigena della storia tolemaica. Per le truppe di Tolomeo III, forgiate dalle battaglie, sedare l'insurrezione fu relativamente facile, ma per evitare una fame su larga scala fu necessario uno sforzo erculeo. Il governo fu costretto a importare grano, con enormi spese, dalla Koile-Syria e da Cipro. L'Egitto, rinomato per la sua produttività agricola, era ora costretto a comprare cibo per evitare la carestia. Mentre il re si preoccupava di riportare la stabilità nel suo regno egizio, l'Asia occidentale tornò rapidamente sotto il controllo dei Seleucidi, seguita a ruota dalla Mesopotamia. Seleukos II fu riconosciuto come re a Babilonia nel luglio 245.

Le conquiste di Tolomeo III in Anatolia e in Tracia si rivelarono più fedeli. Ephesos, in particolare, divenne un possedimento tolemaico fondamentale per il mezzo secolo successivo. Nel 241, le ostilità con l'impero seleucide terminarono formalmente con la firma di un trattato di pace. Secondo i termini del trattato, Tolomeo fu riconosciuto come sovrano di quasi tutta l'Anatolia costiera, compresa la Ionia, i Dardanelli e la Tracia, e di un'enclave strategica sulla costa della Siria (chiamata, con non poca ironia, Seleukeia). Il regno tolemaico era ora lo Stato più potente del Mediterraneo orientale.

Tolomeo accrebbe questo successo rinforzando le parti meridionali e occidentali del suo impero. Rafforzò le basi esistenti sul Mar Rosso e ne fondò una nuova, Adulis, sull'isola di Massaua (nell'attuale Eritrea); la Kyrenaika, da poco tornata sotto il pieno controllo tolemaico dopo circa quarant'anni di indipendenza de facto, fu riorganizzata a fondo per garantire il controllo reale. Ciò comportò la fondazione di tre città incontaminate, in sostituzione dei vecchi centri del potere kirenaico: una nuova capitale, chiamata Tolemaide, e due nuovi porti, Berenike e Arsinoe. Insieme alla stessa Kyrene, esse formarono una lega di città e ricevettero un'autonomia teorica, ma in realtà erano sotto la diretta autorità tolemaica.

Dopo aver esteso i confini dell'Egitto all'estero e averne assicurato la stabilità in patria, Tolomeo III fece in modo che gli eventi straordinari del suo primo regno fossero commemorati in un modo senza precedenti. Alla fine di febbraio del 238, in coincidenza con il suo compleanno, convocò tutti i sacerdoti d'Egitto in sinodo. Tali riunioni sacerdotali – invariabilmente convocate per emanare decreti in lode del sovrano – non erano sconosciute nella tradizione greca, ma il sinodo del 238 rappresentò qualcosa di assolutamente nuovo nella lunga storia della religione egizia. Il risultato della convocazione fu un decreto, datato 7 marzo, il cui scopo principale era quello di lodare Tolomeo III e sua moglie Berenike II come Theoi Euergetai («divinità benefiche»). Mentre le iscrizioni faraoniche generalmente lodavano il re per aver preservato l'ordine cosmico, questo decreto tolemaico onorava la coppia reale per aver conferito benefici materiali al loro regno.

Del decreto sono sopravvissute non meno di sei copie: tale era la sua importanza che ne fu ordinata l'affissione nei principali templi in tutto il territorio dell'Egitto. Dopo la consueta recita di nomi e titoli reali, l'iscrizione racconta le lodevoli imprese della coppia reale:

> Tolomeo [...] e Berenike [...] i due Dèi Benefattori, stanno compiendo molte azioni grandi e benevole per i templi degli Egizi, e in ogni occasione santificano l'onore degli dèi, e in ogni stagione provvedono ai bisogni di Apis e Mnevis e di tutti gli altri animali sacri che risiedono nei santuari e sono venerati in Egitto; e forniscono tutto ciò che è necessario in grandi quantità, e provviste in abbondanza per assicurare lo svolgimento del servizio adeguato.

Tolomeo fu particolarmente lodato per aver ripristinato la dignità e la sicurezza dell'Egitto:

> Per quanto riguarda le immagini divine che i vili Persiani avevano portato via dall'Egitto, Sua Maestà ha intrapreso una spedizione nelle terre d'Asia, ha ripreso le immagini e le ha riportate in Egitto e le ha collocate sui loro troni nei templi in cui si trovavano originariamente, e ha reso l'Egitto molto sicuro e protetto combattendo oltre i suoi confini, nella valle e nella pianura, e in molte terre straniere e contro molti governanti stranieri; e ha reso sicuro e protetto tutto il popolo d'Egitto e tutti gli abitanti di tutti i territori soggetti.

Infine, ma non meno importante, la coppia reale ha dimostrato una cura esemplare per i propri sudditi:

> Quando arrivò un anno con un Nilo molto basso, e i cuori di tutti gli uomini e le donne in Egitto furono afflitti dal dolore [...] Sua Maestà e sua sorella si presero molta cura di coloro che vivevano nei templi e del popolo egizio, mostrando molta lungimiranza e rinunciando a grandi quantità di entrate per mantenere il popolo in vita; fecero importare grano dalla Siria, dalla Fenicia e da Cipro, e da altre terre straniere, e spesero grandi quantità d'oro per comprare il grano a un prezzo elevato, preoccupandosi solo di proteggere il popolo egizio.[3]

La ricompensa del sinodo per questi atti di munificenza temporale fu una serie di onorificenze spirituali. In primo luogo, in tutti i principali templi del Paese dovevano essere erette statue della figlia della coppia reale, recentemente scomparsa e appena divinizzata, la principessa Berenike, e il suo culto doveva essere integrato nel pantheon egizio esistente. Ciò segnò un cambiamento decisivo nella teologia tolemaica: la divinizzazione non richiedeva più azioni coraggiose, ma poteva essere ottenuta e promulgata con un semplice decreto reale. La principessa Berenike si era guadagnata la divinità in virtù del suo sangue reale e perché i suoi genitori lo avevano desiderato. Questo ha creato un precedente che i governanti successivi avrebbero abbracciato con entusiasmo. In secondo luogo, il controllo del re sul clero fu rafforzato e codificato. Alle quattro tradizionali «tribù» (gr. *phylai*) di sacerdoti, che avevano servito ogni tempio egizio da tempo immemorabile, fu aggiunto un nuovo quinto gruppo, nominato esclusivamente dal sovrano. Questo gruppo comprendeva tutti i sacerdoti nominati fino a quel momento durante il regno di Tolomeo III e tutto il clero entrante. In terzo luogo, gli stessi Tolomeo III e la moglie ricevettero degli onori, sotto forma di una festa da tenersi ogni anno il primo giorno dell'anno.

La cosa non è stata così semplice come avrebbe potuto essere. Per lunga tradizione, il Capodanno egizio era segnato dal sorgere della stella del cane, Sirio, sopra l'orizzonte, poco prima dell'alba. Nella notte dei tempi, quando il nascente regno egizio aveva ritenuto necessario adottare un calendario formale, la levata eliaca di Sirio coincideva con l'inizio dell'inondazione annuale del Nilo, quando il fiume, gonfiato dalle piogge estive, rompeva gli argini e portava acqua vitale e limo fresco nei campi dell'Egitto. Sembrava una coincidenza propizia e un momento appropriato per segnare l'inizio dell'anno agricolo. Ma il calendario ufficiale, che comprendeva dodici mesi di trenta giorni ciascuno, più cinque giorni aggiuntivi («epagomeni») alla fine dell'anno, non teneva conto della reale durata di un anno solare (365 giorni e un quarto). Nel corso dei secoli, la mancanza di un anno bisestile ha fatto sì che il calendario civile uscisse progressivamente dalla sincronizzazione con le osservazioni astronomiche. Dopo circa settecentotrenta anni, il Capodanno cadeva esattamente sei mesi dopo il sorgere di Sirio. Altri settecentotrent'anni dopo, le due cose coincidevano di nuovo. E così continuò, attraverso i millenni di dominio faraonico. Fino al regno di Tolomeo III. Le osservazioni e i calcoli di studiosi come Aristarchos rivelarono il vero funzionamento del sistema solare e la regolarità dei fenomeni astronomici. Improvvisamente divenne chiaro che il calendario stesso era difettoso e doveva essere aggiustato. Il decreto di Tolomeo III del 238 riconobbe questo fatto: «Le feste che si celebrano [propriamente] in inverno sono osservate in estate, a causa del cambiamento della festa di Capodanno di un giorno ogni quattro anni, mentre altre feste che si celebrano [propriamente] in estate sono osservate in inverno».[4] Per rimettere le cose a posto e garantire che la festa di Tolomeo III e della sua regina fosse celebrata ogni anno nel giorno giusto, il decreto stabiliva che

> da questo giorno in poi, un giorno, una festa degli Dèi Benefattori, sarà aggiunto ogni quattro anni ai cinque giorni supplementari all'inizio del nuovo anno, in modo che tutti gli uomini sappiano che la [precedente] disposizione delle stagioni era in qualche modo difettosa, e che l'anno stesso, e le regole e le credenze riguardanti l'ordine dell'universo, sono state sistemate dai due Dèi Benefattori.[5]

Si trattava di un caso eclatante in cui l'erudizione ellenistica veniva applicata a un problema secolare. Un ulteriore vantaggio era che gli dèi benefattori sarebbero stati d'ora in poi – e per l'eternità – associati all'inondazione, garante della prosperità dell'Egitto. Ma né Tolomeo III né le menti più brillanti del Mouseion avevano fatto pienamente i conti con l'innato conservatorismo della società egizia. Il clero poteva essere disposto ad accettare la divinizzazione di una principessa e l'imposizione di una quinta tribù di sacerdoti, ma alterare il grande ritmo dell'universo era un passo troppo lungo, per quanto la proposta fosse basata su prove. Così il tentativo di Tolomeo III di riformare il calendario egizio fallì e l'aggiunta di un giorno bisestile fu accettata ufficialmente solo il 29 agosto del 22 d.C., duecentosessant'anni dopo la prima proposta. Non per la prima né per l'ultima volta nella storia, la fede ha avuto la meglio sui fatti.

* * *

Il sinodo e il decreto del 238 segnarono la stabilizzazione del regno di Tolomeo III. Lasciate alle spalle le prove e le tribolazioni dei primi anni di vita, il sovrano poté ora assecondare la sua passione per l'apprendimento, in particolare per i libri. Secondo un commentatore successivo, il re scrisse una lettera, «A tutti i sovrani del mondo», in cui dichiarava il suo desiderio, nientemeno che di acquistare una copia di ogni libro mai scritto. Alla fine della sua vita, Tolomeo III aveva più o meno raggiunto il suo obiettivo: al suo apice, la Biblioteca di Alessandria conteneva forse tre quarti di milione di volumi. Questa straordinaria impresa di raccolta fu raggiunta con una varietà di mezzi, non tutti rispettabili. Ad esempio, le navi che attraccavano nei porti di Alessandria venivano sistematicamente perquisite da agenti governativi alla ricerca di manoscritti. Quelli trovati venivano immediatamente confiscati e portati alla Biblioteca per essere copiati. La copia, non l'originale, veniva poi restituita ai proprietari. Tolomeo III era così desideroso di acquisire edizioni originali dei classici della letteratura greca che ricorse addirittura al furto. Il suo stratagemma consisteva nel prendere in prestito manoscritti dalle grandi biblioteche di Atene, in cambio di un cospicuo deposito di quindici talenti d'argento. Non appena i documenti arrivavano ad Alessandria, il re inviava i suoi ringraziamenti agli ateniesi: loro potevano tenersi il deposito, lui si teneva i libri. Tolomeo III era un bibliofilo così appassionato – anzi, ossessivo – che fondò una succursale della Biblioteca principale accanto al tempio di Sarapis ad Alessandria. Le biblioteche dei templi erano una tradizione egizia di lunga data, ma questa non era una risorsa esclusiva per i teologi. Sembra che fosse aperta all'uso degli insegnanti e forse anche dei membri del pubblico in generale.

Dall'altra parte della città, nella Biblioteca principale, al primo direttore, Zenodotos di Ephesos, era succeduto Apollonios di Rodi. Il suo principale titolo di fama fu la paternità del poema *Argonautica*, che narrava la storia di Giasone e della sua ricerca del vello d'oro. Si trattava di un audace esercizio di reimmaginazione della poesia epica omerica per l'età ellenistica, che si sarebbe rivelato influente per generazioni di poeti successivi. Mentre Apollonios descriveva le imprese di Giasone e degli Argonauti, il suo assistente, Kallimachos di Kyrene, era stato incaricato di ricatalogare l'intera Biblioteca, aggiornando il lavoro di Zenodotos per una collezione notevolmente ampliata. Il risultato fu un'opera in centoventi volumi, intitolata *Elenco di coloro che si sono distinti in tutti i rami dell'apprendimento e dei loro scritti*, o in breve *Elenco* (gr. *Pinakes*). Il suo nome era falsamente modesto. Il catalogo di Kallimachos, infatti, non era un semplice elenco di libri. Si trattava di una rassegna completa del patrimonio della Biblioteca, corredata da informazioni biografiche e bibliografiche su ogni autore. Era così importante, in tutti i sensi, che uno degli allievi di Kallimachos, Aristophanes di Bisanzio, pubblicò una risposta sarcastica, *Contro gli elenchi della biblioteca di Kallimachos*. Come le comunità accademiche di tutti i tempi, anche nella Biblioteca di Alessandria non mancarono mai rivalità e scontrosità.

Imperterrito, Kallimachos continuò a lavorare, pubblicando anche poesie ispirate ai classici ed epigrammi che si distinguevano per la loro concisione e la finezza delle frasi. (La sua opera principale fu le *Cause* o *Origini*, in greco *Aetia*). Si tratta di una raccolta di storie di origine, scritte in distici e che originariamente si estendevano per circa quattromila righe, organizzate in quattro libri. Scritta con la voce propria di Kallimachos, raccoglieva miti e leggende che abbracciavano l'intero mondo ellenistico.

Forse il più grande contributo di Tolomeo III alla vita intellettuale della sua epoca fu quello di nominare (come successore di Apollonios) uno studioso ancora più brillante come terzo direttore della Biblioteca e precettore dei figli reali. Eratosthenes di

Kyrene era il candidato ideale. La sua città natale era, se non proprio una rivale di Alessandria, certamente un centro di notevole impegno e successo accademico. Sotto la costituzione liberale concessa alla città da Tolomeo I, i suoi studiosi avevano sviluppato una reputazione di pensiero libero e di sfida alla saggezza ricevuta. Da Kyrene, Eratosthenes si era trasferito ad Atene. Lì era entrato in contatto con gli Scettici, una scuola di filosofi che cercava di comprendere la natura dell'universo «cercando» (gr. *skeptomai*) la verità. Così, quando Eratosthenes arrivò ad Alessandria su invito di Tolomeo III, portò con sé un'acuta comprensione delle principali correnti intellettuali dell'epoca, una profonda conoscenza della filosofia greca e un desiderio di scoperta.

Su suo impulso, la Biblioteca ampliò le proprie collezioni di autori come Aiskhylos (Eschilo), Sophokles ed Euripides. Lo stesso Eratosthenes scrisse brevi poemi epici e un'opera in dodici volumi *Sulla commedia antica.* Ma la sua attività di studioso non si limitava alla letteratura. Da vero eclettico, i suoi interessi spaziavano in lungo e in largo e si applicava a una gamma vertiginosa di sfide. Nel campo dell'astronomia, scrisse libri sulle costellazioni e compilò un catalogo di 675 stelle principali. Nel campo della storia, fece il primo tentativo concertato di fissare tutte le date principali della storia politica e letteraria greca dall'assedio di Troia fino ai suoi tempi; il risultato fu un'opera, la *Cronologia*, che di fatto generò un'intera nuova area di studio. In matematica, riassunse l'intera materia e ideò un metodo di calcolo dei numeri primi che viene utilizzato ancora oggi, chiamato «crivello di Eratostene». Inoltre, fornì una soluzione all'annoso «problema di Delo», uno dei tre enigmi che preoccupavano i matematici dell'epoca. Eratosthenes compose un epigramma che spiegava la sua soluzione e lo fece incidere su una colonna eretta ad Alessandria. (Da allora è stato dimostrato che il problema di Delo è insolubile.)

Ma fu nello studio della terra che fece le sue scoperte più notevoli e durature, coniando un nuovo termine per la materia: geografia. Eratosthenes voleva capire e misurare ogni aspetto del pianeta. Si rese conto che la Terra era inclinata sul suo asse, calcolò l'angolo di inclinazione come 23°51' – appena un dodicesimo di grado in meno (in realtà è 23°46') – e creò la sfera armillare per spiegare le sue intuizioni; una fu collocata nel portico del Mouseion. In un colpo solo, la sua scoperta fornì una spiegazione scientifica alle stagioni. Rielaborò la mappa esistente del mondo conosciuto, migliorandone notevolmente la cartografia e utilizzando le linee di latitudine e longitudine. (Il primo meridiano naturalmente passava per Alessandria.) Creò anche una mappa dettagliata dell'Egitto, fino alla Quinta Cateratta. Il più grande risultato di Eratosthenes, quello per cui è ricordato ancora oggi, fu quello di calcolare con sorprendente precisione la circonferenza della terra. Per gli standard dell'epoca, si trattava di un'impresa straordinaria sia dal punto di vista scientifico sia dell'immaginazione. Per cominciare, nel III secolo non era affatto universalmente accettato che la terra fosse sferica. Eratosthenes, da scienziato pratico qual era, potrebbe essere salito in cima al faro di Pharos e aver osservato la curvatura dell'orizzonte. Di certo, il successivo geografo greco Strabone (che citò ampiamente Eratosthenes) osservò: «È ovviamente la curvatura del mare».[6] Avendo così dimostrato che la Terra non era piatta, il passo successivo fu quello di tentare di misurarne le dimensioni. In questa impresa, Eratosthenes mostrò la genialità del suo ragionamento. Avendo notato – o essendogli stato fatto notare – che a Syene (l'attuale Assuan), a mezzogiorno del solstizio d'estate, il sole era direttamente sopra la testa e splendeva fino al fondo di un pozzo, al successivo solstizio d'estate misurò l'ombra proiettata da un bastone verticale ad Alessandria. Poi, usando un pachiderma reale, misurò la distanza tra le due località. Grazie alla semplice geometria, queste misure gli fornirono la circonferenza della Terra, che Eratosthenes calcolò in 252.000 stadi, ovvero quasi quarantamila chilometri. Oggi sappiamo che, misurata intorno ai poli, la circonferenza della Terra è in realtà di 40.008 chilometri. Eratosthenes aveva sbagliato di meno dell'uno per cento. Riunì tutte le sue scoperte in un'opera epocale, *Geographika*. Da quel momento, i sacerdoti egizi iniziarono a scrivere il nome di Syene con i segni geroglifici di un goniometro e di un filo a piombo.

Eratosthenes sopravvivverà al suo mecenate reale, vivendo fino a ottant'anni. Quando l'età e l'infermità cominciarono a farsi sentire, e si rese conto che stava perdendo la vista e che presto non avrebbe più potuto leggere, scelse invece di lasciarsi morire di fame. Semplicemente non poteva sopportare di vivere una vita senza libri. I suoi colleghi accademici gli avevano affibbiato il soprannome di Pentathlos («pentatleta»); ma il suo epitaffio lo ricorda semplicemente come morto «dopo aver riflettuto su questioni elevate».[7]

Tra questa galassia di stelle intellettuali, meritano una menzione speciale altri due studiosi attivi ad Alessandria durante il regno di Tolomeo III. I loro risultati non risiedono tanto nella comprensione del funzionamento dell'universo, quanto nell'applicazione della scienza al funzionamento di dispositivi pratici qui sulla terra. Il primo fu Ktesibios, che si dice abbia iniziato la sua carriera come barbiere, fino a quando la sua invenzione di uno specchio regolabile lo portò ad abbandonare il taglio dei capelli per una vita da inventore impenitente. Una delle sue invenzioni più durature, e quella per cui oggi è forse più conosciuto, fu un organo ad acqua, precursore del moderno organo a canne; si dice che sia Ktesibios sia sua moglie Thais eccellessero nel suonare il nuovo strumento. Oltre a questi svaghi, il suo fascino per l'idraulica lo portò a riflettere anche su sfide più pratiche. Una di queste era il cronometraggio. Fino al regno di Tolomeo III, il mezzo più preciso per tenere il tempo era l'orologio ad acqua (gr. *klepsydra*). Questo strumento era stato inventato in Egitto già nel XVI secolo a.C. e all'epoca di Alessandro aveva adottato la forma classica di un recipiente di pietra (spesso basalto) con un piccolo foro vicino al fondo che permetteva all'acqua di fuoriuscire. Quando il livello dell'acqua all'interno del vaso scendeva, segnava il passare delle ore. Il problema, a cui Ktesibios si applicò, era la velocità dei gocciolamenti. Infatti, man mano che il volume dell'acqua all'interno del vaso diminuiva, diminuiva anche la pressione, rallentando così la velocità di gocciolamento. La sfida consisteva nel trovare un modo per regolare l'orologio in modo da non dover rabboccare continuamente il vaso. La soluzione ingegnosa di Ktesibios è stata quella di ideare un meccanismo a tre livelli in cui una cisterna si svuotava nel contenitore dell'orologio per garantire che rimanesse pieno, mentre un terzo contenitore conteneva un galleggiante e una lancetta per indicare il tempo trascorso. La *klepsydra* di Ktesibios rimase l'orologio più preciso al mondo per i quindici secoli successivi. Come progetto di base, sarebbe stato superato solo dall'invenzione dell'orologio a pendolo, avvenuta nel 1656 d.C.

Ktesibios era altrettanto affascinato dalle proprietà e dagli usi dell'aria compressa e la sua opera perduta, *Sulla pneumatica*, ha aperto nuove strade nella descrizione dell'elasticità dell'aria. L'Alessandria tolemaica non era solo un terreno fertile per gli studiosi che sviluppavano nuove teorie, ma anche un parco giochi per gli inventori che le mettevano alla prova. I santuari e i templi greci della città utilizzavano ogni sorta di marchingegno per stupire i fedeli, dalle statue di ferro sospese a mezz'aria grazie al magnetismo, alle luci nascoste che brillavano dagli occhi delle statue. L'ingegno di Ktesibios nei campi dell'idraulica e della pneumatica è stato applicato per produrre una serie di effetti speciali abbaglianti: porte del tempio che si aprivano come per magia, spinte dall'aria calda delle offerte bruciate dai pellegrini; statue che sembravano muoversi da sole; fanfare di trombe e improvvisi scoppi di fuoco sull'altare alimentati da soffietti idraulici nascosti. Un visitatore di un tempio alessandrino doveva sentirsi come Dorothy nella Città di Smeraldo.

In un'ottica più pratica, unendo due aree di studio – l'acqua e l'aria – Ktesibios potrebbe essere stato il primo a descrivere il principio del sifone e gli viene attribuita l'invenzione di una delle prime pompe per l'estrazione dell'acqua dai pozzi. Non si trattava di un semplice capriccio da inventore: estrarre l'acqua da un pozzo o dal Nilo per irrigare i campi a molti metri di altezza dal livello del fiume aveva un'immensa importanza pratica in Egitto. Per migliaia di anni, gli egizi si sono affidati al lavoro manuale per svolgere questo compito essenziale. Nel XIV secolo a.C., l'introduzione dello *shaduf* aveva reso la vita più facile, ma l'acqua poteva ancora essere estratta solo un secchio alla volta. Nel III secolo, l'attenzione dei Tolomei per l'incremento della produzione agricola rese urgente l'invenzione di un dispositivo di estrazione dell'acqua più efficiente. La pompa di Ktesibios fu un primo passo. Ma la vera svolta avvenne per mano di un secondo ingegnere-studioso attivo ad Alessandria sotto Tolomeo III. A differenza di Ktesibios, il suo nome risuona nei secoli: Archimedes.

Figlio di un astronomo, Archimedes nacque nella colonia greca di Siracusa, sull'isola di Sicilia, nel 287 circa. Sebbene non esistano prove concrete del suo arrivo ad Alessandria, divenne amico e corrispondente di Eratosthenes e dell'astronomo di corte di Tolomeo III, Konon di Samos (oggi famoso soprattutto per aver dato il nome alla costellazione «Serratura di Berenike», in onore della moglie del re), e ciò può essere avvenuto solo grazie al loro incontro personale. Konon e Archimedes lavorarono entrambi sul problema delle sezioni coniche, ma fu quest'ultimo a fare i progressi più importanti. Nel suo lavoro sulla geometria solida, superò persino Euclide, e il suo libro *La sabbia* mostrò una comprensione dei numeri più avanzata di quella di qualsiasi altro matematico antico. Un semplice elenco di alcune delle sue opere sopravvissute accenna all'ampiezza della sua erudizione: *Spirali*, *Conoidi e sferoidi*, *Sfera e cilindro* e *Quadratura della parabola*. In questi trattati dimostrò e provò le formule per misurare l'area di un cerchio, la superficie e il volume di una sfera, l'area di un'ellissi e l'area sottostante una parabola. In un'altra opera giovanile, *Misura di un cerchio*, Archimedes fornì un'approssimazione accurata del valore di pi greco, dimostrando che è maggiore di 223/71 e minore di 22/7. Anche nel campo della matematica pura, anticipò il calcolo moderno e ideò un sistema per esprimere numeri molto grandi.

Ma è forse nel campo della matematica applicata che Archimedes fece le sue scoperte più note. Applicando i principi fondamentali ai problemi pratici, divenne il più importante ingegnere del suo tempo. Ad esempio, i principi della meccanica delineati nel suo libro *Sull'equilibrio dei piani*, in cui dimostrò la legge della leva, furono applicati per calcolare i centri di gravità di varie figure geometriche e quindi per inventare ingegnose macchine da guerra per difendere la sua città natale, Siracusa, dagli invasori. Si dice che abbia detto: «Datemi un solo punto fermo su cui stare e muoverò la terra».[8] Fu anche abile nel formulare teorie per spiegare i fenomeni naturali: inventò l'intero campo dell'idrostatica osservando come la massa del suo corpo spostava l'acqua della sua vasca da bagno, provocando la sua famosa (anche se apocrifa) esclamazione «*Eureka!*» («L'ho scoperto!»). Per l'Egitto, la dimostrazione più utile di un principio fondamentale fu l'invenzione di un dispositivo per prelevare l'acqua. Girando una vite all'interno di un tubo aderente, l'acqua poteva essere facilmente portata dal Nilo ai campi. Anche se un dispositivo simile potrebbe essere stato sviluppato in Egitto già prima del periodo tolemaico, fu Archimedes a descriverlo per primo – e a comprenderne la scienza – e da allora è associato a lui.

* * *

Un critico contemporaneo può aver deriso gli studiosi del Mouseion e della Biblioteca come «papirofili di clausura che litigano all'infinito nella gabbia delle Muse»,[9] ma fu nell'Alessandria tolemaica che l'intero patrimonio letterario e intellettuale dell'antico mondo greco fu raccolto e rimaneggiato, mescolato con il meglio della scienza egizia e babilonese e – cosa fondamentale – messo per iscritto in modo da essere trasmesso alle generazioni successive, compresa la nostra. Il Mouseion e la Biblioteca di Alessandria costituivano il primo complesso di ricerca multidisciplinare integrato della storia e rappresentavano il più grande deposito di conoscenza del mondo, la prima vera università. Nei suoi primi sette decenni di vita, ospitò i più grandi pensatori e inventori in ogni ambito immaginabile dell'indagine umana, dalla geografia e dall'astronomia alla bibliografia e alla filosofia, dalla matematica e dalla medicina all'ingegneria e all'esegesi. Mai prima, e mai più dopo, un gruppo relativamente ristretto di studiosi aveva avuto una tale familiarità con l'intera letteratura greca. La geometria pionieristica di Euclide e la visione solitaria dell'universo di Aristarchos, la comprensione della mente e del corpo umano da parte di Erasistratos e la misurazione della terra da parte di Eratosthenes: il fatto che queste scoperte fondamentali nella storia della scienza siano avvenute in pochi decenni in un'unica città è notevole, ma non casuale. La visione di Tolomeo I, coltivata e ampliata sotto i suoi due successori, era quella di affermare la sua autorità e quella della sua dinastia come re degli studiosi.

Il successo dei primi tre Tolomei risiedeva anche nella consapevolezza che la loro posizione – in patria e all'estero – dipendeva tanto dall'adempimento del ruolo di faraone egizio quanto dalla soddisfazione delle aspettative associate a un *basileus* greco. Così Tolomeo III continuò la politica del nonno, nominando leader indigeni a posizioni importanti nel suo governo. Un esempio fu un uomo di nome Djedhor, che ricoprì il ruolo di nomarca (governatore provinciale), combinando una varietà di uffici amministrativi, sacerdotali e militari.

Forse influenzato da questi uomini, Tolomeo III sponsorizzò un programma di costruzione su larga scala in alcuni dei siti più sacri dell'Egitto. Costruì una casa natale e un nuovo santuario per Iside e il piccolo Horus nel tempio di Philae e un nuovo tempio di Iside nella vicina Syene. Nel grande complesso religioso di

Karnak, aggiunse una porta al tempio di Khonsu, mentre nelle vicinanze ordinò la costruzione di un lago sacro e di un santuario per il dio della guerra tebano Montu. A Kanop, dove si trovava una delle copie del decreto sacerdotale del 238, fondò un nuovo tempio dedicato a Osiride, signore dei morti e dio della resurrezione; mentre nella lontana oasi di Kharga decorò un tempio iniziato dal re persiano Dario I circa duecentocinquanta anni prima.

Tutti questi atti di beneficenza sarebbero stati riconosciuti dalla popolazione egizia come commisurati ai doveri tradizionali di un faraone e avrebbero contribuito a garantire l'accettazione e la reputazione di Tolomeo III come sovrano legittimo. Ma egli fece un ulteriore passo avanti nel tentativo di ottenere il sostegno dei sacerdoti e del popolo nativo: fondò un nuovo spettacolare tempio nell'Alto Egitto meridionale, cuore della civiltà faraonica tradizionale. Il luogo prescelto, Apollonopolis, era infatti sacro a nientemeno che la divinità protettrice della regalità egizia, il dio falco Horus (che i greci identificavano con il loro dio Apollo). Un tempio vi era stato fondato per la prima volta da Nakhtnebef, primo re della trentesima dinastia, ma non era andato oltre un portale monumentale. Ora Tolomeo III decise di portare a compimento il sogno di Nakhtnebef. La cerimonia di fondazione ebbe luogo il 23 agosto 237, appena un anno dopo il decreto di Kanop. La costruzione proseguì, con interruzioni, per centosessantasette anni, finché il tempio fu finalmente pronto per essere consacrato. Il tempio di Horus rimane a tutt'oggi l'esempio meglio conservato, più armonioso e più completo di un tempio faraonico tradizionale – eppure fu concepito e fondato non da un Amenhotep o da un Ramses, ma da un Tolomeo. All'interno del suo santuario, Tolomeo III fece rivivere un'altra tradizione egizia: quella del culto degli antenati come elemento esplicito del culto reale. Questo aspetto della religione faraonica si sposava perfettamente con l'usanza ellenistica del culto del sovrano; era quindi particolarmente attraente per Tolomeo, che cercava di rafforzare le credenziali divine della sua dinastia agli occhi di tutti i suoi sudditi.

Estendendo i confini del suo regno, garantendone la prosperità, promuovendo i suoi studiosi e onorando le sue divinità, Tolomeo III riuscì a eguagliare la grandezza dei suoi due predecessori. Conquistando due decenni di pace grazie alla sua brillantezza sul campo di battaglia, presiedette una corte scintillante ad Alessandria e una rinascita dell'edilizia templare nelle campagne. La dinastia dei Tolomei, fondata dal nonno e rafforzata dal padre, era stata solidificata e assicurata dal figlio.

O almeno così sembrava.

In realtà, i semi dell'instabilità erano già stati gettati e si annidavano nel terreno fertile dell'Egitto, pronti a germogliare non appena le condizioni fossero cambiate. Proprio quando i Tolomei sembravano aver raggiunto l'apoteosi, la crisi era in agguato.

PARTE II

CRISI (221-145 a.C.)

5

Stato fragile

Quando Tolomeo III morì nell'inverno del 222/1, dopo un regno di ventiquattro anni sostanzialmente pacifico, si stavano già addensando nubi di tempesta. Ancora una volta, la rivalità tra i regni ellenistici e le dispute interne ai loro confini stavano provocando instabilità nel più ampio Mediterraneo orientale. Negli ultimi anni di vita di Tolomeo, gli eventi nella Grecia continentale lo avevano spinto a difendersi da un'ulteriore espansione macedone, non da ultimo rafforzando l'alleanza con Atene, sempre desiderosa di manovrare contro l'odiato sovrano. Fornì anche mercenari a Sparta, che stava affrontando la propria guerra contro la Macedonia. Tuttavia, quando le forze macedoni prevalsero sull'esercito spartano per avanzare attraverso l'Istmo di Corinto, il re di Macedonia, Antigonos III, giocò un asso nella manica per capitalizzare il suo successo: offrì di cedere alcuni territori in Anatolia a Tolomeo se questi avesse ritirato il suo sostegno a Sparta. Per Tolomeo III, la possibilità di ampliare ulteriormente il suo impero era un'occasione troppo ghiotta per resistere. In ogni caso, Sparta era troppo costosa da difendere a lungo termine e non aveva un grande valore strategico per l'Egitto. Così Tolomeo abbandonò Sparta al suo destino. L'esercito spartano fu completamente sconfitto nella battaglia di Sellasia del 222, costringendo il suo leader, Kleomenes III, all'esilio. Egli fuggì ad Alessandria, sperando che il suo amico di un tempo si schierasse di nuovo al suo fianco e lo aiutasse a riconquistare il trono. Rimase molto deluso. Tolomeo III, infatti, aveva un problema più urgente da affrontare: un giovane monarca seleucide, Antiochos III, salito al trono solo pochi mesi prima. Tolomeo rinunciò a qualsiasi intervento futuro in Grecia per concentrarsi sulla risorgente minaccia ai suoi territori siriani.

Per questo motivo, quando divenne faraone e *basileus* al volgere dell'anno, Tolomeo IV, ancora poco più che adolescente, ereditò una situazione geopolitica carica di pericoli: una Macedonia vittoriosa in Grecia e un nuovo determinato rivale sul trono seleucide. Facendo buon viso a cattivo gioco, assunse il titolo di culto di Philopator («amante del padre»), cercando, senza dubbio, di incanalare un po' della reputazione del padre defunto. In modo simile, promosse il culto di Dioniso, che aveva forti connotazioni con il glorioso regno di suo nonno e, ancora più indietro, con Alessandro; ed eresse un santuario, all'interno del Sarapieion di Alessandria, dedicato a «Horus il bambino, figlio di Sarapis e Iside», identificandosi con l'erede delle divinità protettrici della dinastia tolemaica. Ma era un nuovo monarca inesperto, alle prese con questioni che minacciavano la sua stessa eredità. Per avere consigli e indicazioni si rivolse quindi al suo principale ministro, Sosibios di Alessandria, un cortigiano intelligente e potente che si era fatto conoscere come atleta prima di essere nominato sacerdote di Alessandro da Tolomeo III. Ma Sosibios era anche un manipolatore e un ingannatore. Se si crede ai commentatori successivi, Tolomeo IV rinunciava di fatto alla responsabilità degli affari esteri e interni, lasciando tutte le decisioni difficili nelle mani di Sosibios, abile e calcolatore.

Una volta prese le redini del potere, il cortigiano non mostrò alcuna pietà. Prima ancora che il corpo di Tolomeo III fosse freddo nella tomba, Sosibios fece assassinare ogni potenziale rivale per il trono. Tra le vittime ci furono lo zio del nuovo re, Lysimachos, il fratello minore, Magas, e persino la madre, Berenike II, nonostante avesse contribuito a far progredire la carriera di Sosibios. In un colpo solo, tutti gli aspiranti sfidanti di Tolomeo IV furono eliminati. Poi, Sosibios fece mettere agli arresti domiciliari l'esiliato re spartano Kleomenes; alla fine sarebbe fuggito e avrebbe tentato di incitare la popolazione alessandrina alla rivolta, ma, non ricevendo alcun sostegno, si sarebbe tolto la vita per evitare la cattura e un destino ancora peggiore. Le azioni di Sosibios servirono a garantire la propria posizione di potere dietro il trono, ma ebbero un effetto inquietante sulla corte di Alessandria. Intrighi e paure si aggiravano per i corridoi del palazzo reale, paralizzando l'efficiente funzionamento del governo. Nella lontana Siria, Antiochos III cercò di approfittare di questa instabilità nel cuore del regno del suo rivale. Entro un anno dall'ascesa al trono, il nuovo monarca seleucide aveva già riconquistato le province ribelli della Media (l'attuale Iran nordoccidentale) e della Persia. Poi volse lo sguardo verso la terra tolemaica della Koile-Syria. Nel 221, lanciò un'invasione infruttuosa, seguita due anni dopo da un assalto su larga scala. Con la rapida conquista delle città della Fenicia, tra cui lo strategico porto di Tiro, ebbe inizio la Quarta guerra siriaca.

Di fronte a questa grave minaccia – non solo per il prestigio tolemaico sulla scena internazionale, ma per la stessa sicurezza dell'Egitto – Sosibios avrebbe tenuto un consiglio con il suo fidato luogotenente Agathokles. Tolomeo IV sembra essersi distinto per la sua assenza. Fedeli alla forma, i due ministri principali decisero una strategia di inganno: avrebbero inviato ambasciate agli alleati tolemaici, tra cui Rodi e Bisanzio, incoraggiandoli a inviare delegati per discutere una soluzione negoziata del conflitto. In questo modo Antiochos avrebbe avuto l'impressione che gli amici di Tolomeo stessero cercando di convincerlo a cedere la Koile-Syria senza combattere. Nel frattempo, sotto questa copertura di frenetica attività diplomatica, i preparativi per una guerra su larga scala potevano procedere alacremente in Egitto.

Secondo un resoconto successivo, Sosibios e Agathokles si stabilirono a Memphis, la capitale tradizionale dell'Egitto, dove ricevettero gli inviati di Antiochos III con «ogni segno di cortesia». Allo stesso tempo, convocarono ad Alessandria – al di fuori della vista dei diplomatici seleucidi – mercenari provenienti dai possedimenti d'oltremare e dagli alleati di Tolomeo e iniziarono ad accumulare una cassa di guerra per pagare l'esercito che si stava radunando. Durante questi preparativi, ciascuno dei ministri principali si recava a turno ad Alessandria, «per verificare che non mancassero le forniture necessarie al loro scopo».[1]

Altrettanto vitale quanto l'approvvigionamento di mercenari stranieri era l'invio di ufficiali reclutatori nelle campagne egizie per arruolare truppe nazionali. In questo momento di necessità, una politica tolemaica di lunga data mostrò i suoi meriti. Dal momento in cui l'impero di Alessandro Magno era stato diviso tra i suoi generali, ciascuno dei governanti ellenistici aveva avuto bisogno di costruire un proprio esercito per difendere i territori appena acquisiti, dato che le forze di Alessandro dovevano la loro fedeltà, prima di tutto, alla Macedonia. L'impiego di mercenari era un'impresa costosa, quindi l'opzione preferita era una grande forza di riservisti. La sfida consisteva nel reclutamento. La soluzione di Tolomeo I era radicalmente diversa da quella adottata dai Seleucidi. Invece di fondare comunità di soldati, egli attirò in Egitto i combattenti con la promessa di concessioni individuali di terre. La sicurezza economica aggiuntiva che ne derivava legava i coloni alla loro nuova patria, riducendo notevolmente il rischio di diserzione o di emigrazione. (E mentre l'Egitto aveva una politica di porte aperte nei confronti degli immigrati, per lasciare il Paese era necessario un permesso di uscita.) Questa politica mostrò subito i suoi meriti. Quando, nel 307, l'esercito tolemaico fu sconfitto da Demetrios a Cipro, la maggior parte di coloro che furono catturati come prigionieri di guerra sfidò la consuetudine rifiutandosi di entrare al servizio di Demetrios, spiegando che i loro mezzi di sostentamento erano in Egitto.

Gli immigrati che giungevano in Egitto per servire nell'esercito tolemaico, perlopiù provenienti da villaggi impoveriti della Macedonia e della Grecia rurale, venivano trattati al loro arrivo ad Alessandria da agenti della corona. A ciascuno di loro veniva assegnato un appezzamento di terra dallo Stato – da cinquanta a cento *aroura* (fino a ventisette ettari e mezzo) per un membro della guardia reale o della cavalleria, venticinque o trenta *aroura* (fino a otto ettari) per un fante – prima di essere spediti lungo il Nilo verso la loro nuova proprietà terriera. Inizialmente, le concessioni di terre erano legate allo svolgimento di incarichi militari; gli assegnatari, noti come cleruchi (dal greco *klerouchos*, «detentore del lotto»), dovevano rispondere alla chiamata ogni volta che lo Stato aveva bisogno di soldati. Quando un colono moriva, la sua terra tornava alla corona. Un papiro del regno di Tolomeo III, datato al dicembre 239 o al gennaio 238, riporta le istruzioni a un funzionario distrettuale di riprendersi le proprietà terriere dei cavalieri appena deceduti. Tuttavia, nel giro di una o due generazioni, e sicuramente già dal regno di Tolomeo IV, i cleruchi erano arrivati a considerare i loro appezzamenti come terreni privati, da affittare o vendere, o da trasmettere alla generazione successiva, senza alcun permesso ufficiale. Con il tempo, questo avrebbe cambiato radicalmente la struttura dell'economia rurale e indebolito la capacità dei Tolomei successivi di reclutare truppe armate.

Oltre a legare i coloni militari alla terra e quindi alla corona tolemaica, un altro vantaggio significativo della politica dei cleruchi era quello di contribuire a rendere produttive le terre abbandonate o marginali. La spinta a espandere l'economia agricola, perseguita con maggior vigore sotto Tolomeo II, richiedeva mani volenterose per preparare e coltivare terreni precedentemente improduttivi. I cleruchi costituivano una componente vitale di una forza lavoro rurale in espansione. Coloro che coltivavano appezzamenti meno favorevoli pagavano tasse più basse. Tuttavia, la competizione per la terra migliore era intensa e i coloni militari appena arrivati usavano ogni mezzo a loro disposizione per ottenere un'assegnazione favorevole. Zenon, il responsabile delle proprietà del ministro delle Finanze nel Fayum, era abituato a ricevere lettere di elemosina in cui si chiedevano favori speciali nell'assegnazione di terre e di posti di lavoro.

Questa corrispondenza tocca un altro aspetto controverso dell'insediamento militare: la sistemazione temporanea degli immigrati appena arrivati presso le famiglie egizie locali. Questo non era del tutto gradito a molti padroni di casa. Le famiglie locali avevano poca voce in capitolo, se non nessuna, nel decidere se ricevere o meno un inquilino non invitato; le tensioni tra i cleruchi di lingua greca, arroganti e condiscendenti, e gli ospiti egizi, rancorosi e risentiti, portavano spesso ad attriti. Alcuni dei primi editti reali tolemaici sopravvissuti riguardano gli abusi perpetrati dai soldati alloggiati.

Nel 221, poco dopo l'ascesa al trono di Tolomeo IV, un cleruco, a cui era stato assegnato un alloggio in un villaggio rurale, sfrattò semplicemente il proprietario di un'altra casa che gli piaceva di più. Era poco utile, e molto pericoloso, opporsi a un soldato addestrato, per di più inviato per volontà del governo. Disperati, alcuni proprietari di casa ricorsero a stratagemmi per scoraggiare gli inquilini indesiderati, bloccando le porte, abbattendo i tetti, persino costruendo altari contro gli ingressi delle stanze libere per farle sembrare santuari domestici. Ma le autorità si accorsero ben presto di questi sotterfugi, tanto che un ufficiale incaricato dell'assegnazione dei posti di lavoro scrisse al suo superiore: «Per favore, visto che siamo a corto di posti di lavoro, date ordine di costringere i proprietari delle case a rimuovere gli altari».[2] Gli inquilini, da parte loro, potevano tentare di proteggere la propria locazione e la propria privacy costruendo un muro interno per dividere la loro sezione da quella del proprietario di casa. Tali abitazioni bifamiliari – o meglio, case a occupazione multipla – divennero presto una pratica comune nelle campagne egizie.

* * *

Arruolando cleruchi dalle campagne egizie e reclutando mercenari da tutto il Mediterraneo orientale, i ministri di Tolomeo IV riuscirono, nel giro di un anno o due, a mettere insieme il più grande esercito dai tempi di Alessandro Magno. La falange di lingua greca contava venticinquemila soldati regolari e ottomila mercenari, tra cui tremila cretesi e tremila libici della Kyrenaika. La cavalleria comprendeva settecento macedoni d'élite, tremila libici e duemila mercenari. Seimila traci e galati erano affiancati da quattromila cleruchi e dai loro discendenti. E, cosa più significativa per la successiva traiettoria della storia tolemaica, fu reclutata una falange separata di soldati nativi egizi, per un totale di ventimila uomini, sotto il diretto comando di Sosibios stesso. Era la prima volta, dalla scomparsa dell'ultima dinastia autoctona dell'Egitto nel 343, che degli egizi venivano arruolati per servire nel loro esercito nazionale.

Antiochos III, nel frattempo, si era crogiolato nella sua conquista della Koile-Syria e interpretò la mancanza di risposta da parte egizia come una prova della capitolazione tolemaica. Non poteva sbagliarsi di più. Finalmente, nell'estate del 217, l'esercito tolemaico era pronto e riunito. Il 13 giugno Tolomeo IV, con al fianco la moglie Arsinoe II, marciò da Pelousion alla testa delle sue forze – l'ultima volta che un faraone avrebbe guidato personalmente le sue truppe in battaglia in Asia. Alla vigilia della battaglia il re si rivolse al suo esercito, recitando la parte di un faraone tradizionale, ma la finzione non ingannò nessuno, soprattutto perché dovette ricorrere a un interprete per tradurre dal greco all'egizio.

L'esercito tolemaico e quello seleucide si incontrarono appena fuori dalla piccola città siriana di Raphia (l'attuale Rafah, vicino a Gaza). Dopo alcuni giorni di scaramucce minori, la battaglia decisiva ebbe luogo il 22 giugno. Le forze contrapposte erano ingenti: Tolomeo (circa ventiquattro anni) comandava settantamila soldati di fanteria, cinquemila cavalieri e settantatré elefanti da guerra africani; Antiochos III (di appena un anno più anziano del suo rivale) guidava sessantaduemila soldati di fanteria, rafforzati da Medi e Persiani provenienti dai territori recentemente riconquistati, seimila cavalieri e centodue elefanti da guerra indiani. Fu l'unico incontro militare della storia a contrapporre i pachidermi africani ai loro cugini indiani, e in effetti il comportamento degli elefanti di entrambi gli eserciti si rivelò decisivo per il corso della battaglia. Nella foga della prima carica, gli elefanti africani si fecero prendere dal panico, girarono la coda e fuggirono nelle loro stesse file, causando caos e confusione. Ma il giovane Tolomeo, che si era «ritirato al riparo della falange, si fece improvvisamente avanti e mostrandosi alle sue truppe provocò la costernazione del nemico e ispirò ai suoi uomini maggiore alacrità e spirito».[3]

Sostenuto da questa dimostrazione di forza reale, l'esercito tolemaico prevalse. Antiochos si ritirò nella sua capitale dinastica, Antiokheia, e chiese la pace. Tolomeo, intuendo che il momento era ormai favorevole, inviò l'astuto Sosibios a negoziare per suo conto. Il risultato fu che la Koile-Syria nella sua interezza fu restituita a Tolomeo e il re poté tornare in trionfo in Egitto, da eroe conquistatore come i suoi antenati. Il suo ritorno in patria portò anche grandi quantità di bottino, sequestrato sul campo di battaglia: prigionieri di guerra, elefanti, oro e argento. Il re ricompensò il suo esercito con trecentomila pezzi d'oro, soddisfacendo le aspettative nei confronti di un leader vittorioso nel mondo antico.

Nonostante la vittoria decisiva a Raphia, Tolomeo non impose condizioni punitive contro i Seleucidi. Piuttosto, il trattato firmato con Antiochos III all'indomani della battaglia cercò di ripristinare lo status quo precedente. Tolomeo e i suoi consiglieri si resero senz'altro conto che non avrebbero mai potuto sconfiggere del tutto il regno seleucide; la politica statale richiedeva il ripristino dell'equilibrio di potere nel Levante.

Come ogni altro faraone prima di lui, Tolomeo IV sfruttò il più possibile la sua vittoria a scopo propagandistico. Fece coincidere il suo ritorno in Egitto con la festa che celebrava la nascita del dio Horus, equiparando così sottilmente il suo successo contro Antiochos alla mitica vittoria di Horus, dio della regalità, su Seth, dio della confusione. Per rafforzare il concetto, fu dato ordine che una statua del re, chiamata «Tolomeo Horus che protegge suo padre e la cui vittoria è bellissima», fosse posta in ogni tempio del Paese. In un colpo solo, il suo epiteto «amante del padre» ebbe risonanza presso i sudditi egizi. Le celebrazioni della vittoria – tenutesi a Memphis, non ad Alessandria – culminarono in un grande sinodo dei sacerdoti egizi, riuniti da tutto il Paese. Come da tradizione, essi emanarono un decreto, datato 15 novembre 217.[4] Inscritto, secondo il precedente tolemaico, in egizio e in greco, solo il testo egizio (demotico) è in gran parte sopravvissuto. Esso esprime, nel tradizionale linguaggio faraonico, la prodezza personale del re nel difendere l'Egitto e proteggere la sua religione nativa.

Il decreto poneva deliberatamente l'accento sulla restituzione delle statue sacre trafugate dai templi egizi durante l'occupazione persiana, nei decenni precedenti ad Alessandro. Nelle parole del testo, Tolomeo IV aveva ordinato di cercare i pezzi mancanti, riportando quelli ritrovati nel loro ambiente originale. Agli occhi dei sudditi egizi di Tolomeo, questo era esattamente il comportamento che ci si aspettava da un faraone legittimo; mentre, per i suoi compatrioti di lingua greca, il re stava seguendo le orme del padre Tolomeo il Benefattore e, ripetendo le sue azioni, dimostrava la sua natura di «amante del padre». La stessa iscrizione parlava quindi, in modi sottilmente diversi, a entrambi i pubblici.

Per suggellare la sua reputazione di grande benefattore, una volta conclusi i festeggiamenti a Memphis, Tolomeo IV intraprese un tour della vittoria in Egitto, cogliendo l'occasione per visitare tutti i principali templi, fare offerte alle loro divinità e abbellire i loro santuari – anche se aveva già speso un'enorme somma per la campagna militare stessa. E qui stava il risvolto negativo. La vittoria di Raphia, infatti, aveva avuto un prezzo elevato e le tasse imposte per finanziare la guerra – tasse che ricadevano soprattutto sulla popolazione rurale dell'Egitto –, insieme all'armamento degli egizi per servire nell'esercito tolemaico, avrebbero presto dato luogo a una serie di conseguenze indesiderate.

All'indomani di Raphia, il governo tolemaico riconobbe esplicitamente il ruolo svolto dai soldati egizi e in seguito rese possibile anche per loro l'assegnazione di appezzamenti di terreno propri come cleruchi, sebbene l'assegnazione tipica, di appena cinque o dieci *aroura* (fino a poco meno di tre ettari), sottolineasse il loro status inferiore. Tuttavia, in un colpo solo, ai contadini impoveriti furono offerte opportunità di miglioramento economico e di avanzamento sociale di cui non avevano goduto per generazioni. C'erano però delle restrizioni. Quando venivano arruolati, i cleruchi egizi erano esclusi dal servizio nei ranghi più alti dell'esercito; quando erano a casa, nei loro villaggi, non potevano entrare nel club locale degli ufficiali e degli arruolati (gr. *politeuma*). L'Egitto era un Paese a due classi, divise dalla lingua e dall'etnia.

* * *

Il difficile rapporto tra un'élite di lingua greca e una popolazione in gran parte di lingua egizia si riflette nei documenti sopravvissuti. Numerose lettere e memorandum su papiro rivelano il funzionamento dell'apparato di governo nelle piccole comunità su e giù per il Nilo. Per capire come funzionava il sistema e come veniva vissuto sul campo, è necessario innanzitutto comprendere la struttura del governo locale nell'Egitto tolemaico.

La divisione amministrativa della Valle del Nilo e del Delta in province risale alla fondazione dello Stato faraonico all'inizio del terzo millennio. Quando Tolomeo divenne satrapo d'Egitto nel 323, ereditò un sistema che funzionava molto bene, soprattutto in un Paese geograficamente esteso come l'Egitto. I governatori provinciali esercitavano l'autorità nelle loro località per conto del governo centrale e assicuravano il pagamento delle tasse al tesoro reale. Le province stesse erano basate su bacini di irrigazione naturali, a testimonianza del fatto che lo sfruttamento efficiente delle ricchezze agricole del Nilo era al centro dello Stato egizio fin dall'inizio.

In qualità di satrapo e poi di re, Tolomeo I lasciò la struttura di base,[5] anche se ogni provincia, o nomo, prendeva ora il nome dalla sua capitale amministrativa: così, ad esempio, la provincia di Hare divenne il nomo di Hermopolite, dalla città di Hermopolis. Ciò rifletteva l'importanza storica delle città nel mondo di lingua greca e nella visione greca del governo. Anche Tolomeo mantenne la carica di nomarca, anche se i governatori provinciali ora riferivano al ministro delle Finanze di Alessandria. Il nomarca era ancora responsabile della supervisione della produzione agricola nella sua provincia ed era assistito a livello locale da governatori di distretto e di villaggio (rispettivamente toparca e comarca, dal greco *toparches* e *komarchos*). Gli scribi reali continuavano a tenere registri dettagliati, soprattutto per quanto riguardava la proprietà e l'uso della terra, proprio come avevano fatto da tempo immemorabile; anche loro avevano assistenti a livello locale, gli scribi di distretto e di villaggio. In ogni provincia, il sostituto ufficiale del governatore era chiamato «amministratore della casa» (gr. *oikonomos*): come suggerisce il titolo, era responsabile della supervisione delle finanze e della salvaguardia degli interessi economici dello Stato, sempre di primaria importanza.

Uno dei documenti più rivelatori sopravvissuti all'epoca di Tolomeo IV è un memorandum del ministro delle Finanze a un *oikonomos* anonimo, che lo istruisce su come svolgere le sue funzioni. Sebbene tali documenti sul corretto esercizio dell'autorità amministrativa avessero una lunga tradizione nell'antico Egitto, questa particolare missiva evidenzia l'estrema attenzione ai dettagli che ci si aspettava da un *oikonomos*. La prima sezione di istruzioni riguarda la produzione di cereali, la spina dorsale dell'economia egizia, e inizia con l'irrigazione, fondamentale per l'intero sistema agricolo. L'*oikonomos* era tenuto a ispezionare i canali d'acqua che attraversavano i campi, osservando attentamente «se le prese in essi hanno la profondità prescritta e se c'è spazio sufficiente in essi». I canali dovevano essere controllati regolarmente per valutare «se sono costruiti in modo solido e se le entrate dal fiume sono mantenute il più possibile pulite».

L'*oikonomos* era tenuto a fare un giro di ispezione nella sua provincia per assicurarsi che la terra fosse utilizzata al massimo dell'efficienza, poiché il gettito fiscale dello Stato dipendeva dall'entità del raccolto. Nell'economia tolemaica pianificata centralmente, anche le colture da praticare in ogni campo erano prescritte dal governo; e all'*oikonomos* veniva ricordato: «Devi considerare come uno dei tuoi doveri più importanti quello di assicurarti che il nomo sia seminato con le colture indicate nel programma di semina». Alla fine dell'anno agricolo, la corretta supervisione della raccolta e del trasporto del raccolto era un compito vitale. L'imperativo dello Stato era quello di garantire «che i carichi di grano prescritti [...] siano portati ad Alessandria al momento giusto».

Oltre al grano, le altre principali fonti di ricchezza e di tassazione del governo erano il bestiame – di cui era obbligatorio un censimento annuale – e la lavorazione di prodotti secondari. La produzione tessile era un'impresa controllata dallo Stato ed era responsabilità di un *oikonomos* sorvegliare le tessiture della sua provincia, assicurando un regolare approvvigionamento di lino per alimentare i telai. Anche la produzione di olio era regolata in modo analogo, e per di più in regime di monopolio reale. Nell'esercitare la supervisione delle fabbriche di olio, l'*oikonomos* era invitato ad assicurarsi che «le quantità dosate ai lavoratori dell'olio non siano superiori a quelle che verranno utilizzate nei frantoi», per evitare attività illecite o di mercato nero. Un'altra lunga sezione delle istruzioni riguarda la piantumazione di alberi autoctoni sugli argini dei fiumi e dei canali, per fornire il legname tanto necessario in un Paese in cui è sempre scarseggiato.

Il ruolo di un *oikonomos* era quindi ampio e impegnativo. Come spiegò il ministro delle Finanze, «non è facile includere tutto e trasmetterlo attraverso dei memorandum». Il compito principale dell'*oikonomos* era quello di controllare i conti delle entrate statali all'interno della sua provincia – idealmente villaggio per villaggio, ma, se ciò non era possibile, distretto per distretto – per garantire che tutte le somme dovute al governo fossero pagate per intero e in tempo. Come simili testi di istruzione di periodi precedenti della storia faraonica, la missiva ricordava all'*oikonomos* la necessità di esercitare il potere con giustizia: «Fai particolare attenzione a non commettere atti di estorsione o altri misfatti. Perché tutti coloro che vivono nel Paese devono sapere e credere chiaramente che tutti questi atti sono finiti e che dipendevano dal precedente cattivo stato di cose».[6] Il «responsabile della casa» veniva inoltre esortato: «Durante il tuo giro di ispezione cerca di incoraggiare tutti e di farli sentire più felici»[7] – una richiesta difficile per un ispettore fiscale.

Le considerazioni economiche erano sempre in primo piano, come del resto lo erano state per tutta la storia egizia; ma già in epoca tolemaica l'insediamento di un gran numero di cleruchi rese necessario un cambiamento nella struttura del governo locale. Poiché l'intero scopo dei coloni militari era quello di fornire al re una forza di riserva da impiegare nelle campagne estere, ma anche di sedare eventuali disordini interni, non era ragionevole che i cleruchi rispondessero a un nomarca, poi a un ministro e solo in seguito al faraone. I Tolomei volevano un controllo molto più stretto sui loro riservisti dell'esercito. La soluzione fu quella di nominare un comandante militare in ogni provincia, che riferisse direttamente al monarca. Tutti i cleruchi di un nomo – fanteria e cavalleria di tutti i gradi – ricadevano sotto l'autorità personale del comandante, mentre i comandanti erano nominati dal re. Questo nuovo sistema ebbe l'effetto di diminuire l'autorità dei nomarchi. Fin dall'inizio della storia egizia, essi avevano esercitato il potere nelle loro località. Ora, il loro potere era in gran parte limitato alla popolazione nativa, mentre il comandante era indiscutibilmente il primo funzionario di ogni provincia. Inoltre, i coloni militari e i loro comandanti costituivano di fatto uno Stato nello Stato. Si trattava di una struttura di potere per gli egizi autoctoni, un'altra per gli immigrati di lingua greca.

Nell'ambito di questo sistema, Tolomeo IV, al momento dell'ascesa al trono nel 221, nominò una serie di nuovi comandanti militari. Uno di questi fu Diophanes, il cui baliato era il Fayum. Il suo archivio epistolare, che copre i primi quattro anni di regno di Tolomeo IV, rivela quanto fosse precario l'equilibrio necessario a un comandante di lingua greca per mantenere la pace e la prosperità nella sua regione.

Tutti i documenti della vasta collezione di Diophanes riguardano lamentele private. Venivano presentate al comandante come oggi si potrebbe scrivere al proprio membro del Parlamento o al rappresentante del Congresso. La maggior parte delle denunce mirava a recuperare denaro o beni che il denunciante riteneva fossero stati estorti in modo scorretto o ingiusto. In conformità con le consuetudini egizie di lunga data, ogni cittadino poteva in teoria presentare una petizione direttamente al re, cercando di ottenere un risarcimento per qualsiasi questione. In pratica, il compito di rispondere a queste noiose e spesso insignificanti lamentele era delegato al principale rappresentante dello Stato in ogni regione – in altre parole, il comandante.

Il volume di documenti consegnati a Diophanes era tale che egli sviluppò rapidamente un sistema efficiente per gestirli. Un cancelliere leggeva il reclamo ad alta voce a Diophanes, che dettava una breve risposta, che il cancelliere annotava sulla petizione prima di passare alla successiva. Dopo essere stato elaborato, il documento originale veniva archiviato nell'ufficio di Diophanes e una copia, che registrava sia il reclamo sia l'indennizzo approvato, veniva riconsegnata al firmatario perché la consegnasse al funzionario competente incaricato dell'azione successiva. (Nella maggior parte dei casi si trattava del capo della polizia del villaggio in cui viveva l'accusato.) Si trattava di un processo burocratico, ma relativamente snello.

Il modus operandi di Diophanes era quello di cercare la linea di minor resistenza. La sua preferenza era quella di trovare un accordo che riconciliasse le parti in conflitto: qualsiasi cosa per una vita tranquilla. Per questo motivo, la sua istruzione più frequente, scarabocchiata dall'impiegato in fondo al documento, era: «Se possibile, riconciliateli. Ma se non è possibile, mandalo/la/li da me, così che possa occuparmene». Un'altra risposta preferita è stata: «Controlla la legge e fai in modo che facciano ciò che è giusto». Per i casi più complessi, che richiedevano un po' di informazioni in più, il cancelliere riceveva spesso l'istruzione: «Aggiornami su cosa si tratta».[8] Queste istruzioni erano così familiari che i cancellieri svilupparono una propria forma di stenografia: qualche breve ghirigoro per indicare la risposta del comandante. Solo se queste misure non riuscivano a risolvere una controversia, Diophanes doveva assumersi l'onere di prendere una decisione o di deferire la questione al tribunale competente.

L'archivio rivela tutte le tensioni della vita di un villaggio rurale, dove le famiglie allargate vivevano a stretto contatto e le piccole rivalità erano amplificate dall'atmosfera claustrofobica. Tali tensioni sono fin troppo familiari anche nei paesi di oggi. In condizioni di ristrettezza, le dispute domestiche erano particolarmente comuni. Una petizione, datata 27 febbraio 221, coinvolgeva un padre, un figliol prodigo e una prostituta: tutti i personaggi necessari per una commedia greca. Anche i pagamenti arretrati e le bollette non pagate erano frequenti motivi di lamentela. Il giorno precedente, il 26 febbraio, Diophanes ricevette una petizione da un barbiere arabo di nome Parates, che viveva in un insediamento chiamato Tolemaide degli Arabi. La sua ubicazione precisa è sconosciuta, ma è chiaro che aveva attirato un gran numero di coloni arabi e aveva sviluppato un proprio carattere distintivo. Uno dei clienti di Parates, un siriano di nome Malichos, non aveva pagato il conto del suo barbiere. Il fatto che un comandante militare incaricato di amministrare un'intera provincia dovesse occuparsi di casi così insignificanti può sembrare inefficiente; ma l'escalation di ogni reclamo, non importa quanto piccolo, fino ai vertici è ancora oggi una caratteristica della vita in molte società tradizionali. L'esito del caso non è noto, ma Malichos stava giocando con il fuoco: secondo il codice legale tolemaico, il mancato pagamento di un debito entro i termini previsti comportava una penale del cinquanta per cento e poteva portare alla carcerazione dei debitori.

In una provincia come il Fayum, che aveva visto un particolare afflusso di coloni militari, le dispute tra gli abitanti autoctoni e gli stranieri erano frequenti. Le denunce (il più delle volte da parte di un egizio contro un greco) andavano dai danni alla proprietà e dalle liti per l'alloggio alle inadempienze sui prestiti, ai furti e alle aggressioni. In un'altra petizione, datata 26 febbraio 221, un contadino egizio lamentava di essere stato cacciato dalla propria casa da un proprietario terriero greco locale, anche se quest'ultimo aveva già un alloggio nel villaggio. Come se non bastasse, il bestiame del contadino era stato deliberatamente lasciato libero. La stanca risposta di Diophanes – che deve aver ricevuto innumerevoli lamentele simili – fu quella di incaricare il capo della polizia di riconciliare le parti o, se ciò non fosse stato possibile, di mandarle dal «tribunale misto» (un tribunale per risolvere questioni che coinvolgevano egizi e greci)[9] per essere giudicate. In un'altra occasione, una donna egizia, Tetosiris, che aveva intentato una causa contro un greco, Apollodoros, ricevette la visita di un delinquente assoldato da quest'ultimo per intimidire lei e i suoi testimoni.

Di fronte alla persecuzione arbitraria, i poveri contadini egizi non avevano grandi aspettative di giustizia, soprattutto in una terra in cui i coloni di lingua greca avevano l'attenzione delle autorità. A volte, quindi, gli egizi trovavano altri modi per opporsi al sistema. In un caso, un contadino greco si lamentò che i suoi vicini egizi avevano interferito con il sistema di irrigazione, causando l'allagamento del suo campo, che aveva appena seminato.

Anche se Diophanes agiva come rappresentante personale del re ed esercitava la piena autorità dello Stato, le sue istruzioni non sempre riuscivano a risolvere una controversia. Quando un caso che coinvolgeva contadini rivali era stato riferito al capo della polizia locale, il poliziotto gli aveva risposto che aveva convocato le parti, ma che queste avevano rifiutato i suoi tentativi di conciliazione, per cui le aveva inviate a Diophanes. Il cuore del comandante doveva essere affondato quando aveva ricevuto la nota.

* * *

Mentre le tensioni nelle campagne ribollivano, Tolomeo IV fallì singolarmente nell'esercitare un comando efficace. Dopo la vittoria decisiva a Raphia, ci si sarebbe potuto aspettare che il giovane re affermasse la sua autorità personale, si impegnasse attivamente negli affari esteri e interni e continuasse il glorioso governo dei suoi tre predecessori. Invece, secondo il severo giudizio di un commentatore successivo, «abbandonò completamente la strada della virtù e si diede a una vita di dissipazione».[10] In verità, Tolomeo IV non fu un disastro totale. Continuò il patrocinio reale del Mouseion e fondò un intero ramo della Biblioteca dedicato alla raccolta, alla collazione, alla redazione e alla revisione delle opere complete di Omero. Era la prima volta nella storia che un singolo autore veniva scelto per l'attenzione degli studiosi. Tolomeo costruì persino un tempio e istituì un culto per Omero ad Alessandria. Compose anche una sua opera teatrale (la tragedia *Adone*) e sponsorizzò un Festival delle Muse – una celebrazione di musica, poesia e teatro – nella capitale tolemaica.

Ma queste attività intellettuali sono sempre state condotte *parallelamente* agli affari di Stato. Nel caso di Tolomeo IV, sembrano aver sostituito qualsiasi interesse per la politica o il governo. Sicuro della propria posizione dopo Raphia, si dice che sia diventato sempre più «disattento agli affari e difficile da raggiungere per quanto riguarda i membri della sua corte e i funzionari che amministravano l'Egitto», trattando i responsabili degli affari esteri in particolare «con totale negligenza e indifferenza».[11] Non è difficile immaginare un giovane uomo, favolosamente ricco e sicuro della propria autorità, che delega le decisioni difficili ad altri e si abbandona a una vita di divertimenti – nelle parole di un critico successivo, «amori vergognosi e ubriacature insensate e continue».[12]

Un esempio eclatante di questa decadenza fu il panfilo reale commissionato da Tolomeo IV. Nel mondo ellenistico, una nave era un simbolo importante della ricchezza e dell'autorità di un monarca, una dimostrazione molto visibile del concetto di *tryphé* (magnificenza). Un panfilo reale poteva fungere anche da nave ammiraglia e i sovrani ellenistici facevano a gara per costruire le imbarcazioni più imponenti. Tuttavia, anche per gli standard dell'epoca, la nave di Tolomeo IV era scandalosa per dimensioni e ostentazione. Lunga mezzo stadio o duecento cubiti (più di cento metri) e larga trenta cubiti (quasi sedici metri), richiese un molo speciale ad Alessandria per essere costruita e varata. È probabile che sia stata tenuta nel Porto Reale di Alessandria per la maggior parte del tempo: un luogo per incontri diplomatici o feste reali, progettato per impressionare.

Alla nave stessa, un catamarano, si accedeva da poppa. Un'infilata di sale a pilastri conduceva a un salotto centrale rivestito di costosi legni di cedro e cipresso di Koile-Syria e circondato da colonne di cipresso con capitelli corinzi intarsiati d'avorio e rivestiti di foglie d'oro. All'interno di questa sala sfarzosa c'erano divani per venti persone. Porte in legno di cedro e decorate con altro avorio conducevano al ponte principale, che ospitava anche gli alloggi delle donne, una sala da pranzo e una camera da letto di Stato. Una scala conduceva al ponte superiore, che rivelava spettacoli ancora più grandiosi: un tempio di Afrodite in miniatura, completo di una statua in marmo della dea, e un salotto dedicato a Dioniso, decorato con una replica della grotta del dio. Questo salotto superiore aveva le pareti esterne intarsiate d'oro e di pietre preziose, mentre all'interno si trovavano le statue traslucide di Tolomeo IV e di altri membri della famiglia reale. Gran parte della porzione centrale del ponte superiore era a cielo aperto, ma poteva essere coperta da un immenso tendone viola. L'albero della nave, di settanta cubiti (circa trentasette metri), portava un'immensa vela di trinchetto della stessa tonalità imperiale. Verso la poppa del ponte superiore si trovava un terzo salotto decorato in stile «faraonico», con colonne papiriformi e pannelli di alabastro intarsiati con motivi floreali. Nelle viscere della nave si trovavano i magazzini, le cucine e gli alloggi dell'equipaggio. Un palazzo galleggiante richiedeva un vasto personale di servizio.

Ma la magnificenza non era sufficiente per un sovrano ellenistico del III secolo: bisognava anche essere pronti a impegnarsi nella politica di potere e a combattere, se necessario, per mantenere il proprio trono. Le prime battaglie con Antiochos III avrebbero dovuto insegnare a Tolomeo questa lezione; invece, mentre lui passava il tempo con sontuosi divertimenti sull'acqua, il mondo mediterraneo stava entrando in uno dei periodi più pericolosi della sua turbolenta storia.

All'indomani della battaglia di Raphia, Antiochos non era rimasto inattivo. Se non poteva ancora riprendere il controllo della Koile-Syria, poteva cercare di consolidare gli altri territori e riportare l'impero seleucide al suo antico splendore. Nel 216, fece marciare le sue forze in Anatolia per reprimere una ribellione locale. Tolomeo IV cercò di aiutare gli oppositori interni del suo nemico ma, nel giro di due anni, i ribelli furono espulsi e giustiziati. La città di Sardi, nell'Anatolia occidentale, resistette ad Antiochos ancora per qualche mese, ma alla fine si arrese. Con gran parte della penisola anatolica centrale tornata sotto il controllo dei Seleucidi, Antiochos rivolse la sua attenzione alle regioni settentrionali e orientali. Nel 212, il re d'Armenia fu assediato e costretto a capitolare. Tre anni dopo, fu la Parthia (l'attuale Iran nordorientale) a essere invasa, occupata e sottomessa. Ma Antiochos continuava a insistere.

Fresco della vittoria in Parthia, condusse il suo esercito in Bactria, che riportò all'ovile, e continuò sulle orme di Alessandro attraversando le montagne del Caucaso e scendendo nelle terre indiane, per trattare con il sovrano della valle di Kabul. Il risultato dell'incontro diplomatico – un esito che ogni monarca ellenistico avrebbe sognato – fu il dono di elefanti indiani, che portarono la forza totale dei Seleucidi a centocinquanta bestie. Dopo aver condotto personalmente gli animali alla città dinastica di Seleukeia al Tigri, Antiochos condusse una breve spedizione lungo la costa araba del golfo per assicurarsi il fianco meridionale. Grazie a queste straordinarie vittorie, che ristabilirono il controllo seleucide a est, egli adottò il titolo dei sovrani persiani di un tempo, «Grande Re», e si fece chiamare Antiochos il Grande.

Il risorgere dell'impero seleucide a nord e a est avrebbe dovuto essere un avvertimento sufficiente per Tolomeo IV. Ma anche le terre a ovest erano in fermento. Una generazione prima, la Prima guerra punica tra Roma e Cartagine si era conclusa – dopo ventitré anni e pesanti perdite da entrambe le parti – con una vittoria romana. Leccandosi le ferite, i Cartaginesi avevano rivolto la loro attenzione all'Iberia, espandendo il loro territorio nella penisola.

Nel 219, il loro capo Annibale assediò e catturò la città romana di Saguntum, provocando una dichiarazione di guerra da parte di Roma pochi mesi dopo. La Seconda guerra punica si protrasse per i successivi diciassette anni. Nelle sue fasi iniziali, l'impeto fu dei Cartaginesi. Annibale sorprese i suoi nemici facendo marciare un esercito via terra dall'Iberia, attraverso la Gallia e le Alpi fino all'Italia settentrionale, ottenendo vittorie decisive, prima di proseguire verso sud e sconfiggere il più grande esercito romano riunito fino a quel momento (nella battaglia di Canne). L'entità delle perdite di Roma – oltre centoventimila uomini in meno di tre anni – convinse i suoi alleati, nell'Italia meridionale e in altre regioni, a disertare dalla parte dei Cartaginesi. Tra i nuovi protagonisti del conflitto vi erano la città greca di Siracusa e il Regno di Macedonia. Di conseguenza, nel 215, quasi tutto il Mediterraneo centrale era coinvolto nel conflitto.

La guerra genera guerra. Il giovane Filippo V di Macedonia, percependo la debolezza di Roma, decise di cercare di espandere la propria influenza verso ovest, nell'Illiria, che si trovava nell'orbita romana. Alla notizia delle prime vittorie di Annibale nell'Italia settentrionale, Filippo mise insieme la più grande flotta che la Macedonia avesse conosciuto dai tempi di Alessandro: circa cento navi da guerra di nuova costruzione e marinai addestrati per manovrarle. Dopo Canne, Filippo inviò degli ambasciatori ad Annibale per negoziare un'alleanza formale tra Macedonia e Cartagine. Il risultato fu un trattato in cui entrambe le parti promettevano di sostenersi a vicenda nella lotta comune contro Roma. La notizia dell'alleanza provocò la costernazione di Roma, che inviò altre navi per rafforzare la sua flotta adriatica, temendo un'invasione via mare della penisola italiana.

Roma, ormai in lotta per la sua vita su due fronti, prese misure drastiche per aumentare le forze sotto il suo comando. Vennero arruolati lavoratori in età da combattimento che non soddisfacevano i consueti requisiti di proprietà, schiavi, persino criminali condannati. In Sicilia e in Sardegna, l'esercito romano resistette agli assalti dei Cartaginesi e, nel 211, fu in grado di lanciare una controffensiva in Iberia. A est, cercò un'alleanza contro la Macedonia con la Lega etolica (una confederazione antimacedone di Stati della Grecia centrale) e con il sovrano indipendente di Pergamo. Roma inviò persino un'ambasciata in Egitto per rinnovare i legami di amicizia e, cosa fondamentale, chiedere spedizioni di grano per sfamare l'esercito e la popolazione in difficoltà. La risposta di Tolomeo IV fu quella di rimanere in disparte, non sostenendo attivamente Roma né rispondendo a un'analoga richiesta di assistenza da parte di Siracusa. Forse Tolomeo credeva di proteggere i propri interessi prendendo le distanze dal conflitto in corso, rintanandosi nelle sue stanze dorate mentre il Mediterraneo bruciava. Ma se riuscì a tenere l'Egitto fuori dalla guerra, ciò avvenne al prezzo di un indebolimento fatale dell'influenza tolemaica nella pace che seguì.

Alla fine l'esercito romano iniziò a guadagnare terreno contro i Cartaginesi, catturando la loro base principale in Iberia nel 209 e conquistando l'intera penisola tre anni dopo. In Grecia, riuscirono a bloccare Filippo V, impedendogli di inviare assistenza militare ad Annibale. Da una posizione di forza, Roma chiese la pace. L'Egitto, in quanto potenza neutrale, fu uno degli Stati che, insieme a Rodi, inviò rappresentanti alla conferenza di pace. Alla fine, nel 205, dopo quasi due anni di diplomazia, a Phoenike (Finiq, nell'attuale Albania) fu stipulato un trattato che pose fine alla cosiddetta Prima guerra macedonica.

Ma il prestigio che l'Egitto avrebbe potuto trarre dall'accordo svanì presto. Nel giro di pochi mesi dal trattato di pace, Tolomeo IV morì, a soli quarant'anni: la sua eredità non era di forza e prestigio, ma di debolezza e crescente irrilevanza. Come erano cambiate le cose da quando il suo bisnonno era stato acclamato *basileus* e faraone esattamente un secolo prima! Afflitto dalle crisi all'estero, Tolomeo IV aveva optato per la neutralità laddove Tolomeo I aveva fatto una campagna per difendere ed espandere i propri interessi. Alessandria, un tempo gioiello della corona tolemaica, era ora un gioiello pacchiano, una città di lusso e licenziosità. L'intera campagna egizia, dopo aver assorbito generazioni di immigrati di lingua greca e di coloni militari, era ora attraversata da tensioni etniche. E laddove i Tolomei precedenti avevano arricchito il loro tesoro con abbondanti quantità di grano e oro, Tolomeo IV aveva speso ingenti somme per aumentare e ricompensare il suo esercito, mentre i conflitti esteri interrompevano il commercio da cui dipendeva in ultima analisi la ricchezza dell'Egitto.

L'aspetto più dannoso per la stabilità e la sicurezza a lungo termine del suo regno è che Tolomeo IV aveva trascorso la maggior parte del suo regno concentrandosi in modo ossessivo sui suoi rivali ellenistici, determinato a superare e a eclissare sia la Macedonia sia l'impero seleucide. Nel farlo, aveva ignorato due minacce crescenti, una dall'esterno e l'altra dall'interno. Al di là dei confini dell'Egitto, la principale minaccia geopolitica non si trovava più in Grecia o in Oriente, ma nella penisola italiana. La potenza emergente che stava sfidando Cartagine per l'egemonia nel Mediterraneo centrale e occidentale era un esercito in marcia. Troppo presto avrebbe bussato alle porte dell'Egitto. All'interno del Paese, l'insoddisfazione e il dissenso stavano crescendo tra la popolazione autoctona, appesantita da anni di tasse opprimenti e consegnata allo status di cittadini di seconda classe nella propria terra. Eppure, migliaia di uomini egizi non avevano forse combattuto – e vinto – a Raphia? Dopo essere stati smobilitati e rimandati ai loro villaggi, era solo questione di tempo prima che la situazione precipitasse.

All'inizio del regno di Tolomeo IV si avvicinava una tempesta. Alla fine, la tempesta scoppiò con forza cataclismatica.

6

Ribellione e taglio delle spese

A pochi giorni dalla scomparsa di Tolomeo IV, si scatenò l'inferno.

Il re aveva appena quarant'anni quando morì, alla fine dell'estate del 204. Suo figlio ed erede, Tolomeo V (che era stato proclamato coreggente poco dopo la sua nascita), non aveva ancora sei anni e non era in grado di esercitare un potere effettivo. Le diverse fazioni di corte iniziarono subito a contendersi la posizione, sapendo che chiunque fosse emerso come tutore ufficiale del ragazzo avrebbe avuto carta bianca per gestire il regno. La madre, Arsinoe III, aveva la più ovvia pretesa di reggenza, ma altri avevano idee diverse.

Il machiavellico consigliere di Tolomeo IV, Sosibios, si mosse rapidamente per garantire la propria posizione – che avrebbe potuto essere seriamente minacciata se Arsinoe fosse salita al potere – alleandosi con il suo compagno di corte, Agathokles. L'ascesa al potere di quest'ultimo sotto Tolomeo IV, così come le modalità del suo avanzamento, lo avevano reso una delle figure più odiate di Alessandria. Poteva vantare una tenue parentela con la casa reale tolemaica – la sua bisnonna era sorellastra di Tolomeo II – e alcuni suoi parenti erano stati al servizio della famiglia reale. Ma Agathokles doveva la sua posizione alla lussuria, non al sangue: sua sorella, Agathoklea, era stata l'amante di Tolomeo IV. Sia il fratello sia la sorella erano stati presentati al defunto re all'inizio del suo regno dalla loro ambiziosa madre; Tolomeo IV li aveva favoriti entrambi, portando la sorella nel suo letto e il fratello nella sua corte. Agathokles aveva persino servito per un anno come sacerdote del culto di Alessandro, una delle posizioni più prestigiose nel dono del re. Anche dopo il matrimonio di Tolomeo IV, Agathoklea era rimasta la sua favorita.

La vedova Arsinoe III non amava né il fratello né la sorella e Agathokles aveva tutto da perdere. Lui e Sosibios tacquero la morte del re abbastanza a lungo da permettere loro di saccheggiare il tesoro reale e uccidere Arsinoe III. Secondo un resoconto successivo, poi

> convocò una riunione della guardia del corpo e delle truppe domestiche, nonché degli ufficiali della fanteria e della cavalleria. Quando tutti si furono riuniti, Agathokles e Sosibios salirono sulla predella e, in primo luogo, riconobbero la morte del re e della regina e ingiunsero alla popolazione di portare il lutto come era loro consuetudine. Poi incoronarono il ragazzo [Tolomeo V] e lo proclamarono re, quindi lessero un testamento falsificato, in cui era scritto che il defunto re aveva nominato Agathokles e Sosibios tutori del figlio. Essi pregarono gli ufficiali di rimanere ben disposti e di mantenere il ragazzo sul suo trono; poi portarono due urne d'argento, una delle quali si diceva contenesse le ossa del re e l'altra quelle di Arsinoe. In realtà, l'una conteneva le ossa del re, mentre l'altra era piena di spezie. A questo punto celebrarono subito il funerale.[1]

La verità sulla sorte di Arsinoe si fece lentamente strada nella compagnia riunita e la notizia si diffuse presto tra la popolazione di Alessandria. Si dice che «caddero in un tale stato di follia e di afflizione che la città era piena di gemiti, di lacrime e di lamenti incessanti».[2] È difficile dire se questo riflettesse un genuino amore per la regina uccisa o l'odio per Agathokles.

Sembra che Sosibios sia morto poco dopo il momento del trionfo. La sua scomparsa lasciò il benessere di Tolomeo V ad Agathoklea e gli affari di Stato nelle sole mani del fratello di lei. Con un'opinione pubblica pericolosamente alle stelle, Agathokles cercò di comprare l'appoggio dell'esercito – sempre un mediatore di potere vitale in queste situazioni – dando alle truppe due mesi di paga. Per quanto riguarda gli ufficiali, li inviò a occuparsi di affari di Stato urgenti – i negoziati per la proposta di matrimonio dell'infante Tolomeo V con la figlia di Filippo V di Macedonia – per toglierli di mezzo. Poi fece arrivare nuove reclute per il personale della divisione domestica e della guardia di palazzo, e allo stesso modo sostituì i distaccamenti di soldati di stanza ad Alessandria. In questo modo, calcolò, «gli uomini che lui stesso aveva arruolato e che pagava, non avendo simpatie politiche riguardo a eventi passati di cui non erano a conoscenza, e poiché riponevano su di lui le loro speranze di conservazione e di avanzamento, lo avrebbero prontamente sostenuto e si sarebbero uniti di cuore all'esecuzione di tutti i suoi ordini».[3] È il modus operandi dei capi di Stato di tutta la storia.

Ma questi stratagemmi finirono per esaurirsi. La popolazione di Alessandria divenne sempre più esasperata dagli oltraggi a viso aperto di Agathokles e, entro un anno dal suo colpo di Stato, i cittadini si sollevarono contro di lui. Di notte circondarono il palazzo e si fecero strada al suo interno con la forza. Agathokles implorò per la sua vita, ma senza successo. Fu ucciso dai suoi amici come atto di pietà, per evitare che venisse dilaniato dalla folla assetata di sangue. Un simile destino attendeva Agathoklea e le sue sorelle quando i rivoltosi le scoprirono nascoste in un tempio vicino. Furono trascinate fuori e portate allo stadio di Alessandria, dove la loro frenetica uccisione fu messa in scena come spettacolo pubblico. Anche tutti gli altri membri del clan di Agathokles, implicati nell'omicidio di Arsinoe III, furono cacciati e uccisi. Mentre il loro sangue scorreva per le strade di Alessandria, il trono di Tolomeo V, che aveva appena un anno, vacillava sull'orlo del baratro.

E c'erano notizie peggiori in arrivo. Gli ufficiali inviati da Agathokles per negoziare un matrimonio diplomatico tra i regni d'Egitto e di Macedonia avevano invece scoperto un complotto, ordito dai sovrani macedoni e seleucidi, per smembrare il regno tolemaico e dividerlo tra loro. Per un secolo, i rivali ellenistici dei Tolomei avevano guardato all'Egitto e ai suoi domini con occhi gelosi. Ora, con l'ascesa di un giovanissimo faraone e una corte in subbuglio, il regno tolemaico non era mai sembrato così debole. Secondo i termini del patto, Filippo V avrebbe ricevuto la Kyrenaika e i territori intorno all'Egeo, mentre Antiochos III avrebbe aggiunto Cipro e la Valle del Nilo al suo impero già molto esteso.[4]

Nonostante le sue difficoltà, l'Egitto non si sarebbe arreso senza combattere. Quando la notizia giunse ad Alessandria, l'esercito del faraone si preparò alla guerra. Il conflitto che ne derivò, che si protrasse per sette anni tra il 202 e il 195, è definito la Quinta guerra siriaca. All'inizio Antiochos III lanciò una fulminea offensiva contro la provincia tolemaica di Koile-Syria. Incontrando solo una leggera resistenza, riuscì a impadronirsi delle città portuali strategiche della costa fenicia, tra cui Sidon e Gaza, interrompendo le reti commerciali tolemaiche. Il governatore tolemaico della Siria disertò prontamente dalla parte dei Seleucidi. Nel frattempo, Filippo V aprì un secondo fronte nell'Egeo, nel tentativo di imporre l'egemonia macedone sull'intera regione. La conseguenza non voluta fu quella di coinvolgere nella mischia Roma, che era determinata a impedire un simile esito. Quando Filippo respinse l'ultimatum romano di cessare le ostilità, il conflitto con la nascente potenza del Mediterraneo divenne inevitabile. La Seconda guerra macedonica (200-197), combattuta tra Roma e la Macedonia, occupò tutte le energie di Filippo, impedendogli di realizzare i suoi obiettivi strategici più ampi.

Ma se l'esercito egizio pensava che Roma sarebbe passata dalla sua parte, si sbagliava di grosso. Un'ambasciata romana arrivò infatti ad Alessandria nel 200, ma non mostrò alcun interesse a sostenere attivamente il governo di Tolomeo V. Piuttosto, la sua intenzione sembrava essere quella di assicurarsi che la Quinta guerra siriaca continuasse a infuriare, occupando le energie seleucidi e impedendo così un'alleanza di Antiochos III e Filippo V contro Roma.

Roma ottenne il suo desiderio e la guerra si trascinò. Nell'inverno del 201, una controffensiva tolemaica aveva riconquistato alcuni territori. Poi, l'estate successiva, le forze contrapposte si incontrarono in uno scontro decisivo presso il Monte Hermon, in una località fluviale famosa per una grotta sacra al dio Pan (gr. Paneion). L'esercito di Antiochos III contava circa settantamila uomini, persino più numeroso di quello schierato a Raphia diciassette anni prima. C'erano battaglioni di fanteria, cavalleria pesante, un reggimento di cavalleria d'élite e, naturalmente, i mitici elefanti da guerra seleucidi. Di fronte a loro c'era l'esercito tolemaico, forte di cinquantamila uomini, schierato su una linea del fronte larga quattro chilometri. Comprendeva un reggimento d'élite di trentamila soldati macedoni, un battaglione di elefanti da guerra africani e una forza di seimilacinquecento mercenari provenienti dall'Etolia, una regione montuosa della Grecia centrosettentrionale, guidati dal loro connazionale Scopas, che deteneva anche il comando supremo dell'esercito tolemaico. Alla fine, la battaglia di Paneion fu rapida e risolutiva. La cavalleria pesante seleucide aprì l'offensiva attaccando e sbaragliando la cavalleria tolemaica. Quando le forze tolemaiche guadagnarono il centro, furono fermate da una carica di elefanti seleucidi. La cavalleria seleucide attaccò quindi le truppe tolemaiche dalle retrovie, senza lasciare loro alcuna via di fuga. L'élite macedone comandata da Tolomeo fu annientata sul posto. Scopas fuggì dal campo, portando con sé circa diecimila soldati, e cercò rifugio a Sidon. Gli altri superstiti dell'ex macchina da guerra tolemaica batterono una ritirata disorganizzata verso Gerusalemme e Samaria. Tutti furono costretti ad arrendersi entro la fine del 198, quando Antiochos III emerse come indiscusso sovrano di tutta la Koile-Syria e della Giudea.

L'era del potere tolemaico in Levante era giunta a una fine ingloriosa. Tre anni dopo, Tolomeo V fu costretto a firmare un trattato di pace che riconosceva la vittoria dei Seleucidi. Questa pillola amara fu addolcita dall'offerta della mano della figlia di Antiochos, insieme alla sua considerevole dote.

* * *

Nessun Tolomeo precedente avrebbe subito una simile sconfitta militare, né tantomeno avrebbe concesso ai Seleucidi un territorio tanto combattuto. Ma nessun Tolomeo precedente aveva affrontato la combinazione di pressioni che ora assalivano il governo di Alessandria. Infatti, mentre i nemici all'estero cercavano di dividere e conquistare, i nemici in patria cercavano di privare Tolomeo V del suo stesso trono.

I problemi dell'Egitto, che si verificarono parallelamente alla scomparsa di Tolomeo IV e alla Quinta guerra siriaca, ebbero origine alcuni anni prima. La causa principale era la cattiva gestione economica. Il reclutamento dei contadini egizi, pur avendo contribuito alla vittoria della battaglia di Raphia, aveva avuto l'involontaria conseguenza di ridurre la produzione agricola nelle campagne. Questo, a sua volta, aveva portato a un forte aumento dei prezzi dei generi alimentari. In risposta, il ministro delle Finanze aveva introdotto un cambiamento radicale nel valore relativo dell'argento e del bronzo, svalutando la moneta di bronzo che era la moneta corrente nelle città e nei villaggi di tutto l'Egitto. Il prezzo dei beni denominati in bronzo subì quindi un'impennata, scatenando una spirale inflazionistica che rovinò innumerevoli famiglie rurali quando i loro risparmi divennero sempre più inutili. L'aumento della tassazione per finanziare lo sforzo bellico non fece altro che aggiungere la beffa al danno. Gli egizi che si erano abituati a essere governati da un'élite di lingua greca cominciarono a mettere in dubbio la legittimità di un governo che non era più in grado di provvedere ai loro bisogni fondamentali.

Quando la salute di Tolomeo IV iniziò a deteriorarsi, a molti sembrò che le cose sarebbero andate di male in peggio. Il risentimento che covava nelle campagne si trasformò rapidamente in una vera e propria rivolta, quando migliaia di soldati egizi, smobilitati dopo Raphia, usarono il loro addestramento militare per promuovere i propri interessi. Una delle prime aree a ribellarsi fu l'insediamento del Delta di Lykopolis («città dei lupi», l'attuale Segin al-Kom), vicino al porto interno di Naukratis. Secondo un resoconto contemporaneo, «banditi egizi attaccarono una postazione militare e il recinto di un tempio; gli assalitori provenivano da un'area esterna al villaggio»[5]. L'insurrezione nelle vicinanze di una *polis* libera – e di una delle pietre miliari della rete commerciale internazionale dei Tolomei – era una seria minaccia per l'autorità reale. La riconquista di Lykopolis divenne quindi una priorità immediata e urgente per il governo.

Con lo Stato distratto dalla ribellione nel Nord, dalle minacce dall'estero e dal disordine nelle sue stesse file, gli egizi dell'estremo Sud del Paese, dove il dominio tolemaico era sempre stato mal sopportato, colsero il momento. Un'insurrezione iniziata nel 206 si trasformò in una vera e propria rivolta e i suoi leader proclamarono re uno dei loro. Si trattava della sfida più grave all'ordine politico dopo la conquista di Alessandro centoventi anni prima. Il nuovo pretendente, di nome Horwennefer, iniziò a emanare i propri decreti, mentre le comunità e le organizzazioni simpatizzanti – tra cui alcuni sacerdoti nativi – gli diedero il loro riconoscimento formale datando i documenti al nuovo «regno». La costruzione di templi si arrestò, mentre i sacerdoti si affrettavano a recidere i legami con il governo tolemaico. Ad Apollonopolis, ad esempio, le massicce porte principali del tempio erano pronte per essere montate sui cardini, ma avrebbero dovuto attendere altri trent'anni prima di essere collocate. I greci che vivevano al di fuori delle mura del tempio dovettero fuggire dalle loro case perché gli egizi locali cercavano di «ripulire» la città dai suoi abitanti non nativi.

Nell'autunno del 205, le forze ribelli presero il controllo della città santa di Thebai (l'attuale Luxor), cuore della religione e della cultura egizia. Horwennefer assunse il tradizionale titolo di «faraone» e l'appellativo di «amato da Amon-Ra, re degli dèi». Ora toccò ai greci di Thebai abbandonare le loro case, mentre i lavori nei templi locali si interruppero bruscamente. Il clero tebano si dissociò dal suo ex signore: non è stato trovato un solo documento che menzioni il sovrano tolemaico nell'Alto Egitto meridionale (Tebaide, dal greco *Thebais*) nei sei anni successivi all'arrivo di Horwennefer. Inoltre, nessuna tassa veniva pagata alla banca di Stato di Thebai. Anche nel remoto deserto orientale, i soldati abbandonarono la fortezza a guardia delle miniere d'oro di Samut, non volendo, a quanto pare, affidarsi a linee di rifornimento vulnerabili ora che lo Stato tolemaico stava lottando per la propria sopravvivenza. La base non sarebbe mai più stata presidiata in modo permanente.

Il nuovo regime di Horwennefer sembra aver adottato misure concertate per affermarsi come governo alternativo pienamente funzionante. Fu istituita una nuova cancelleria per gestire la riscossione delle tasse. La gente continuò a sposarsi, a comprare e vendere terreni e, in sostanza, a condurre la vita di sempre, ma i contratti legali erano ora redatti sotto l'autorità del nuovo faraone. I ribelli erano ansiosi di presentarsi non come insorti, ma come un vero e proprio governo che agiva di conseguenza.

Si rivolsero anche alla religione per sfidare l'autorità tolemaica e affermare la propria legittimità. Il nome stesso del loro leader, Horwennefer, includeva un noto epiteto (Wennefer) di Osiride, il dio il cui governo mitico era stato considerato il modello della regalità divina. La stessa dinastia tolemaica aveva cercato di stabilire uno stretto legame teologico con il culto di Osiride, dedicandogli edifici in tutto l'Egitto. Tolomeo IV aveva persino accostato il suo nome a quello di Osiride, come se dio e re regnassero insieme. I ribelli ora rinfacciavano al governo la stessa teologia.

La risposta iniziale del governo a questa sfida senza precedenti sembra essere stata quella di aggirare Thebai e concentrare la controffensiva più a sud, forse per evitare che i ribelli si alleassero con Kush. Il regime di Horwennefer fu così in grado di estendere la propria autorità oltre Thebai. Nell'autunno del 204 il capo dei ribelli era citato in un documento proveniente da Pathyris (l'attuale Gebelein); due anni dopo ottenne il riconoscimento del nome copto e l'anno successivo conquistò il sito sacro di Abydos. A quel punto, però, il governo tolemaico aveva radunato le sue forze nella Valle del Nilo settentrionale ed era pronto a lanciare una vera e propria battaglia. Il primo grande insediamento a tornare all'ovile tolemaico fu la fondazione reale di Tolemaide, un bastione di lealisti di lingua greca. Essa riconosceva pubblicamente il governo di Tolomeo V già nel sesto anno del suo regno (200/199).

Poi accadde qualcosa di strano. Non appena la ribellione iniziò a subire una pressione sostenuta, Horwennefer scomparve dalle cronache. Al suo posto apparve un nuovo re, chiamato Ankhwennefer. In genere si ritiene che quest'ultimo fosse il successore di Horwennefer, ma questa interpretazione presenta dei problemi. In primo luogo e soprattutto, Ankhwennefer continuò gli anni di regno di Horwennefer. Non c'erano precedenti nella storia faraonica e i capi dei ribelli non erano altro che dei veri e propri pignoli della tradizione faraonica. In secondo luogo, un successivo decreto tolemaico si riferiva ad Ankhwennefer come al «ribelle contro gli dèi [...] che ha iniziato la lotta all'interno dell'Egitto», suggerendo che egli avesse guidato la ribellione fin dal suo inizio. In terzo luogo, la somiglianza dei nomi Horwennefer e Ankhwennefer potrebbe indicare fasi diverse di un unico regno, piuttosto che due regni separati. *Esistevano* precedenti faraonici in tal senso, soprattutto in tempi di conflitto.

Che si tratti di un nuovo faraone o di un vecchio faraone che dichiara in modo provocatorio una nuova vita (eg. *ankh*), il passaggio da Horwennefer ad Ankhwennefer segna un'escalation nel conflitto tra ribelli e forze governative. Nell'agosto del 199, l'esercito tolemaico assediò Abydos e le altre roccaforti dei ribelli iniziarono a crollare. Nella provincia di Lykopolis meridionale (l'attuale Asyut) si verificarono massacri e carestie. Thebai ritornò sotto il controllo tolemaico prima della fine del 199. Invece di fuggire a sud per affrontare le truppe governative, i ribelli fecero un'audace mossa verso nord, forse utilizzando le vie del deserto a ovest di Thebai. Questa brillante manovra tattica, accompagnata da feroci combattimenti, riuscì a tagliare le linee di rifornimento dello Stato verso Alessandria. Le truppe tolemaiche a Thebai si trovarono isolate, i loro compagni più a sud tagliati fuori. Nell'autunno del 198, i ribelli riuscirono a riprendere Thebai. La terranno per i sette anni successivi, permettendo di datare i contratti in tutta la Tebaide al regno del «faraone Ankhwennefer». Davvero una nuova vita.

Il governo di Tolomeo V rispose alla perdita di Thebai con misure punitive straordinarie. Un decreto reale del 12 novembre 198 legalizzava, per la prima volta, la riduzione in schiavitù di qualsiasi nativo egizio catturato dai soldati governativi nel corso di operazioni anti-insurrezionali. E c'erano anche fattori esterni, ben al di fuori del controllo dei ribelli, che ora sconvolgevano i loro calcoli. Le mutevoli placche della geopolitica si spostarono decisamente a favore di Tolomeo V con la fine della Quinta Guerra siriaca. La pace che ne derivò permise al re di concentrarsi sulla riconquista del controllo della Valle del Nilo. Radunando le sue forze e rivolgendole verso sud, riconquistò il distretto di Lykopolis meridionale, devastando il territorio, prima di riconquistare Thebai una volta per tutte. Le linee di rifornimento tolemaiche tra Alessandria e l'Alto Egitto vennero ripristinate e la Tebaide inviò grano verso sud, a Syene, per nutrire le truppe greche stanziate lì.

Le opzioni dei ribelli si restringevano rapidamente. Non avendo scampo a nord, Ankhwennefer e i suoi seguaci fuggirono a sud, sperando di assicurarsi il sostegno dei Kushiti. Le testimonianze di questa fase finale della Grande Ribellione Meridionale sono scarse, fino all'ultima battaglia, combattuta in una località non identificata dell'Alto Egitto meridionale il 27 agosto 186. Le truppe kushite combatterono effettivamente a fianco del faraone ribelle, ma non furono all'altezza delle forze tolemaiche ben addestrate e ben armate. Ankhwennefer fu sconfitto e fatto prigioniero; suo figlio e aspirante erede fu ucciso in azione. Ci vollero dieci giorni interi perché la notizia arrivasse ad Alessandria. Secondo la successiva iscrizione di vittoria di Tolomeo V, il capo dei ribelli – bollato come «nemico degli dèi» – fu portato «in catene di rame nel luogo dove si trovava il faraone».[6]

In seguito a un intervento dei sacerdoti, sembra che ad Ankhwennefer sia stata risparmiata l'esecuzione, non per una dimostrazione di misericordia tolemaica, ma per evitare che diventasse un martire. Per quanto riguarda i suoi seguaci, un decreto di amnistia emanato poco dopo la vittoria, il 9 ottobre 186, sembra che li abbia risparmiati a patto che si impegnassero a garantire eterna fedeltà a Tolomeo e tornassero subito alle loro case e ai loro campi. Il decreto riduceva i debiti e perdonava tutti i crimini (tranne gli omicidi e i furti nei templi) commessi fino a quella data, segno evidente di quanto il governo desiderasse disperatamente un ritorno alla normalità. Anche a Thebai non ci sono prove di una punizione una volta che la città tornò all'ovile tolemaico. Ciononostante, per cercare di prevenire eventuali future ribellioni, i soldati greci furono insediati nelle comunità egizie dell'Alto Egitto e fu creata la carica di comandante militare supremo (gr. *epistrategos*) con sede nella fedele *polis* greca di Tolemaide.

Per due decenni, la fiamma del nazionalismo egizio aveva bruciato più che mai dalla sconfitta di Nakhthorheb da parte dei Persiani nel 340. Alla fine, la superiorità militare tolemaica prevalse e la Grande Ribellione fu soffocata. Mai più un movimento di resistenza indigeno avrebbe lanciato una sfida efficace all'autorità dello Stato.

I sacerdoti di Iside a Philae, che erano rimasti sempre fedeli al governo tolemaico, furono felici di emettere un decreto che forniva la versione ufficiale degli eventi:

> Il ribelle agli dèi, colui che aveva fatto la guerra in Egitto, radunando gente insolente da tutte le contrade a causa dei loro crimini, fece cose terribili ai governatori dei nomi, profanò i templi, danneggiò le statue divine, molestò i sacerdoti e soppresse le offerte sugli altari e nei santuari. Saccheggiarono le città e la loro popolazione, donne e bambini compresi, commettendo ogni tipo di crimine nel tempo dell'anarchia. Rubarono le tasse delle province e danneggiarono le opere di irrigazione.
> [Invece] Il re dell'Alto e Basso Egitto Tolomeo, amato da Ptah, ha dato molti ordini e ha mostrato una notevole cura per la protezione dei templi [...] Sua Maestà ha fatto in modo che grandi quantità di argento e oro arrivassero nel Paese per portare truppe in Egitto, denaro proveniente dalle tasse delle province, al fine di proteggere i templi dell'Egitto contro gli empi che li violavano.[7]

Nonostante il tono fiducioso, tuttavia, lo shock dell'esperienza era stato profondo. La guerra civile aveva provocato molte vittime da entrambe le parti e un gran numero di persone era fuggito dalle proprie case; il danno al prestigio tolemaico era stato duraturo. Inoltre, non erano state affrontate le cause alla base della rivolta: l'esautorazione della popolazione autoctona combinata con tasse punitive per finanziare disastrose guerre straniere.

Inoltre, la rivolta nel Delta continuava a divampare. L'esercito di Tolomeo V aveva fatto qualche passo avanti un decennio prima, assediando Lykopolis, bloccando i canali circostanti per interrompere l'approvvigionamento idrico, prendendo d'assalto la città e portando i capibanda a Memphis per essere giustiziati. Ma il terreno paludoso del Delta, attraversato da numerosi rami del Nilo e canali di irrigazione, lo rendeva perfetto per una guerriglia di basso livello.[8] Ritenendo impraticabile un assalto militare a tutto campo, Tolomeo V optò invece per un sotterfugio. Nel 185, con il pretesto di cercare un accordo negoziale, attirò alcuni degli insorti a Sais, nel Delta nordoccidentale. La città era stata per secoli un centro simbolico dell'identità e della resistenza del Basso Egitto. Troppo tardi i ribelli capirono che si trattava di una trappola. Per ordine del re, furono spogliati, imbrigliati come buoi su carri e costretti a trainarli per le strade della città – osservati dagli abitanti terrorizzati – prima di essere torturati a morte.

La vittoria finale del governo arrivò poco dopo. Nel marzo 184, Tolomeo V guidò le sue truppe contro gli ultimi insorti nel Delta centrale e nordorientale. Battaglie navali sui rami del Nilo posero fine alla ribellione.

* * *

Un decennio prima, con la sua regalità contestata da ogni parte, Tolomeo V aveva avuto disperatamente bisogno di occasioni per affermare la propria legittimità e autorità. Dopo la fine della Quinta guerra siriaca, i suoi consiglieri decisero di organizzare una spettacolare incoronazione, non ad Alessandria ma nella tradizionale sede del potere faraonico, Memphis. La cerimonia fu condotta personalmente dal sommo sacerdote di Ptah, che pose la doppia corona sul capo del monarca tredicenne il 27 marzo 196. L'intrattenimento principale del banchetto di incoronazione fu l'esecuzione pubblica dei ribelli di Lykopolis.

Il giorno seguente, i sacerdoti di tutto il Paese si riunirono in sinodo per rendere omaggio al re ed emettere un decreto. L'inizio è consueto, con l'elogio del monarca in termini tradizionali. Il riferimento alla conquista dei nemici da parte del re, benché sia una frase comune a questo tipo di iscrizioni, avrebbe colpito particolarmente l'uditorio, vista la rivolta nel Basso Egitto e la ribellione nell'Alto Egitto. La maggior parte del decreto comprendeva un lungo elenco di atti di munificenza del re verso i templi, specialmente quelli di Memphis. In particolare si elogiava Tolomeo V per la sua pietà verso il toro sacro Apis. Il testo ricordava anche il recente assedio di Lykopolis e come il re avesse punito «in modo adeguato» i capibanda.[9]

Come riconoscimento delle azioni pie di Tolomeo, i sacerdoti ordinarono che una statua del re fosse installata in tutti i principali templi del Paese; ogni statua avrebbe raffigurato Tolomeo che riceveva la spada della vittoria dalla divinità residente nel tempio. Altre statue reali sarebbero state collocate nei santuari dei templi. I santuari contenenti le statue del re sarebbero stati decorati con dieci corone d'oro, ognuna delle quali recava il cobra rampante (gr. *uraeus*) che simboleggiava l'autorità faraonica; i privati cittadini sarebbero stati incoraggiati ad avere repliche di questo santuario nelle loro case, come segno di fedeltà. Il compleanno del re e il giorno dell'incoronazione sarebbero stati da quel momento in poi celebrati come feste religiose; e ogni sacerdote della terra, oltre al suo ruolo principale, sarebbe diventato sacerdote di Tolomeo V, con un'iscrizione geroglifica in tal senso incisa sull'anello della sua carica.

Infine, l'iscrizione stabiliva che una copia del decreto stesso sarebbe stata posta in ogni tempio «della prima, della seconda e della terza divisione» – in altre parole, non solo i templi maggiori, ma anche i santuari relativamente piccoli – con il testo riportato nella «scrittura delle parole divine, scrittura dei documenti e la scrittura degli Ioni»: geroglifico, demotico e greco. Nonostante queste disposizioni, solo una copia sostanzialmente completa del Decreto di Memphis è sopravvissuta, per essere scoperta nel 1799 dai soldati di Napoleone mentre fortificavano una cittadella a est di Alessandria. Oggi il Decreto di Memphis è meglio conosciuto come la Stele di Rosetta, la chiave per la decifrazione dei geroglifici e il documento fondante dell'egittologia.

I sacerdoti che si riunirono a Memphis per l'incoronazione e il sinodo si trovarono di fronte a un luogo ancora impregnato di tradizione faraonica, ma con una spiccata componente ellenistica. La maggior parte dei visitatori arrivava via fiume. Su un'isola del Nilo si trovava un accampamento dell'esercito – per mantenere il controllo del governo – mentre la riva del fiume era dominata dai cantieri reali e dal porto di Memphis, completo di dogana. Nelle vicinanze, il Nilometro di Memphis aveva un'importanza nazionale, in quanto serviva come misura ufficiale dell'altezza dell'inondazione annuale, il punto di riferimento per prevedere i raccolti agricoli e le tasse. Vicino alla riva c'era un vivace mercato dove si compravano e vendevano merci provenienti da tutto l'Egitto.

Dietro i moli e le banchine, la città occupava una serie di colline, con vista sulla pianura circostante. Nelle vivaci aree residenziali, i mercati e i venditori ambulanti di cibo portavano rumore e colore, e l'aria era pungente per l'odore che proveniva dalle discariche e dalle fogne a cielo aperto. Come pausa dalla realtà più cruda della vita, gli abitanti di Memphis, più ricchi e di lingua greca, potevano godersi gite a teatro o in palestra, prima di ritirarsi nelle loro confortevoli ville dietro robusti cancelli di bronzo per tenere fuori gli *hoi polloi*.

A nord della città dominava il quartiere dei palazzi, alcuni dei suoi edifici fatiscenti risalivano a mille anni prima, al regno di Ramses II. Un faraone successivo aveva costruito la sua spettacolare residenza in una posizione particolarmente dominante, ma anche questa aveva visto giorni migliori. Così i Tolomei costruirono il loro palazzo, dove si tenne l'incoronazione di Tolomeo V; una guarnigione vicina garantiva la sicurezza del re. Oltre i palazzi, nella pianura ben irrigata, c'erano giardini reali, frutteti e vigneti.

Se Memphis nord era riservata ai reali, Memphis sud era per gli dèi. In effetti, per il visitatore occasionale, Memphis era soprattutto una città di templi. Il settore meridionale era dominato dal recinto sacro di Ptah. Aveva una superficie di venti ettari e porte monumentali in ognuna delle quattro pareti, comprendeva una serie di piloni, tribunali, sale cerimoniali e santuari, insieme a stalle, un cortile per gli esercizi e imbalsamatori per il toro Apis e la sua madre divina. C'erano anche aree speciali per l'allevamento di animali sacri e altre per le corride; in un recinto cresceva un albero speciale sotto il quale sedeva un babbuino sacro. Il tempio di Ptah era il più grande luogo di culto di Memphis, ma non l'unico. Tra le altre divinità con i loro santuari vi erano Astarte (una dea asiatica della guerra) e gli dèi greci Eracle e Zeus. Un'offerta multireligiosa per una città multiculturale. In effetti, i vari quartieri residenziali erano caratterizzati da gruppi etnici diversi e spesso erano murati per protezione. La comunità di immigrati con le radici più profonde proveniva da Karia, nell'Anatolia sudoccidentale. Poiché i karomemfiti erano rimasti in Egitto più a lungo di qualsiasi altro gruppo, erano particolarmente apprezzati dagli immigrati successivi come fonte di conoscenze locali. Conoscendo gli strani costumi e le abitudini della Valle del Nilo, i kariani svolsero un ruolo chiave come interpreti dell'Egitto presso i conquistatori macedoni di lingua greca e i loro alleati. Con una posizione privilegiata tra le diverse comunità della capitale, i Karomemfiti prosperarono sotto i primi Tolomei; il loro quartiere si trovava a nord della città, circondato da parchi e giardini verdeggianti.

Un secondo gruppo, le cui origini potrebbero risalire al VI secolo, è quello degli Ellenomemfiti, discendenti dei mercanti ionici che per primi avevano fondato la colonia commerciale di Naukratis. Il quartiere ellenomemfita era situato in posizione centrale e aveva un proprio santuario, l'Hellenion, dedicato a «Zeus il re» (gr. *Zeus basileus*).

I primi coloni kariani e ionici si assimilarono relativamente in fretta, sposando donne egizie e adottandone alcuni costumi. Al contrario, gli immigrati provenienti dalla Fenicia costiera mantennero la propria identità, costantemente rafforzata da ondate di nuovi immigrati provenienti dalla Koile-Syria. Conosciuti come fenicio-egizi, vivevano nel quartiere meridionale di Memphis, adiacente al tempio di Astarte. Come altri gruppi di immigrati, la loro religione contribuì a rafforzare il loro senso di comunità. L'anno precedente all'incoronazione di Tolomeo V, fu registrato un venditore di resine siriano che viveva della necropoli: fornire unguenti all'«industria della morte» era probabilmente la sua principale fonte di sostentamento. I fenici, da parte loro, sembrano aver mantenuto i loro legami con la navigazione e il commercio. Anch'essi provenienti dal Levante, gli ebrei avevano prestato servizio come truppe di guarnigione in Egitto per oltre un secolo. A Memphis avevano la loro sinagoga e il loro cimitero.

Se la capitale tradizionale dell'Egitto era quindi un crogiolo di popoli e culture, le tensioni tra i governanti del Paese e i suoi abitanti nativi rimasero, nonostante gli sforzi e i tesori che la corte spendeva in cerimonie sontuose, statue reali e feste annuali in onore del re.

* * *

Al momento della sua ascesa, Tolomeo V aveva seguito la tradizione familiare adottando un titolo di culto. Suo padre era stato «amante del padre», suo nonno «il benefattore». I consiglieri del giovane re, più per speranza che per aspettativa, scelsero per lui Epiphanes («manifesto»). Il titolo cercava di attrarre i sostenitori di lingua greca del monarca e allo stesso tempo di risuonare con i sudditi egizi, per i quali la nozione del re come dio incarnato era antica quanto la stessa civiltà faraonica. Il problema era che, fin dall'inizio del regno di Tolomeo V, l'unica cosa che si manifestava era la disintegrazione dell'autorità reale, in patria e all'estero.

La verità è che l'impero tolemaico aveva superato se stesso. I territori al di fuori dell'Egitto erano stati duramente conquistati, ma richiedevano uno sforzo enorme, un esercito forte e grandi quantità di denaro per essere mantenuti all'interno della sfera di influenza tolemaica. Quando i tempi erano buoni e il monarca capace, l'impero poteva essere tenuto insieme. Ma senza prosperità economica o stabilità dinastica in patria, era un compito impossibile. I faraoni dell'antichità avevano scoperto la stessa dura verità e l'impero egizio era sorto e tramontato nel corso dei secoli. I Tolomei dovettero affrontare l'ulteriore sfida della complessa geopolitica del Mediterraneo orientale: tre regni ellenistici (tolemaico, seleucide e macedone) che si contendevano la supremazia e una quarta potenza, Roma, che mirava al dominio mondiale.

La Seconda guerra macedonica si concluse con un trattato di pace che inferse un colpo mortale ai progetti di espansione territoriale della Macedonia e confermò il potere romano nell'Egeo.

Dopo la battaglia di Paneion, quando fu chiaro che le forze tolemaiche avevano perso ogni speranza di riconquistare la Koile-Syria, Roma intervenne per impedire un impero seleucide troppo potente. Proprio nell'anno dell'incoronazione di Tolomeo V, il Senato romano inviò un emissario, Lucio Cornelio Lentulo, in Siria per mediare tra i monarchi egizi e seleucidi. Gli antichi riti di Memphis si rivelarono così un teatro vuoto, poiché il faraone veniva ora rappresentato in negoziati diplomatici da una potenza straniera. Lentamente ma inesorabilmente, l'Egitto veniva trascinato nell'abbraccio soffocante di Roma.

Come abbiamo visto, Antiochos affermò la propria indipendenza dando la figlia in sposa a Tolomeo V, cementando così le relazioni tra i due regni rivali e lasciando Roma in disparte. Incoraggiato, il sovrano seleucide volse lo sguardo all'Egeo e, dichiarandosi «campione della libertà greca contro la dominazione romana», condusse una guerra di quattro anni contro Roma per riconquistare il controllo della Grecia continentale per gli eredi di Alessandro. Tolomeo V cercò di approfittare della situazione e inviò una propria ambasciata a Roma, offrendo il sostegno tolemaico per una guerra totale contro Antiochos III – sperando, senza dubbio, di recuperare alcuni dei territori persi nella Quinta guerra siriaca. Ma Roma era del tutto disinteressata. La Repubblica sapeva combattere le proprie battaglie e non desiderava vedere il regno tolemaico in ascesa.

La vittoria romana pose definitivamente fine alla dominazione seleucide in Anatolia e le rivendicazioni tolemaiche nella regione non furono nemmeno messe in discussione. Gli ex possedimenti tolemaici di Ephesos, Lykia e Karia furono assegnati ai sostenitori di Roma, e Roma stessa divenne l'arbitro ultimo delle sorti ellenistiche.

Il resto del regno di Tolomeo V fu una storia di declino gestito. L'adesione alle tradizioni faraoniche sembrava essere diventata la sua ultima speranza politica. Un secondo proclama fu emesso a Memphis per celebrare l'intronizzazione di un nuovo toro Apis. Come prevedibile, il testo confermava le entrate dei templi e ne riduceva le tasse; ma l'aspetto più sorprendente era il risalto dato alla moglie di Tolomeo V. Il suo nome era nuovo per il popolo. Il suo nome era nuovo per la famiglia reale tolemaica: Cleopatra (gr. *kleopatra*, «gloria del padre»). Le nozze si svolsero a Raphia, al confine tra il regno tolemaico e quello seleucide, le cui case reali si stavano unendo grazie a questo matrimonio. Per Tolomeo V il luogo doveva essere agrodolce: il luogo della grande vittoria del padre sui Seleucidi ospitava ora una cerimonia che segnava la sua sconfitta. Ciononostante, egli accolse la sua nuova regina nel seno della casa reale, concedendole lo status di cui avevano goduto le precedenti consorti tolemaiche. Ad esempio, un proclama del 185 la elogia in termini appropriati: «La regina, signora delle due terre, Cleopatra [...] ha fatto regali d'argento, d'oro e di pietre preziose in grande quantità per le altre statue delle dee d'Egitto, per fare sacrifici e versare libagioni e per il resto delle cerimonie eseguite nei templi degli dèi e delle dee d'Egitto». Come sempre, c'era l'aspettativa di un quid pro quo:

> In cambio di queste cose, tutti gli dèi e le dee dell'Egitto hanno concesso molti anni di potenza, forza, vita, benessere e salute al re dell'Alto e del Basso Egitto, il figlio di Ra, Tolomeo (che viva in eterno, amato da Ptah), e a [...] Cleopatra: i due dèi manifesti stabiliscono il loro regno in tutta la terra, con la loro dignità consolidata per loro e per i loro figli per sempre.[10]

Era una speranza vana; ma Cleopatra, almeno, avrebbe soddisfatto il peso delle aspettative riposte in lei. E il suo nome sarebbe stato adottato come talismano dalle future regine tolemaiche, fino all'ultima.

7

Il cardine del destino

Tolomeo V fu un monarca particolarmente sfortunato. Dalla travagliata ascesa al trono fino alla morte prematura – avvenuta nella primavera del 180, a soli trent'anni – il periodo della sua reggenza fu funestato da rivoluzioni e intrighi. Il destino lo segnò fino all'ultimo; la sua macabra fine fu causata da una coppa avvelenata. Si diceva che i suoi generali dell'esercito avessero agito per impedirgli di mettere in atto la minaccia di sequestrare i beni dei sudditi più ricchi allo scopo di finanziare un assurdo piano per riconquistare la Koile-Syria. La perdita dei territori tolemaici in Asia aveva oscurato tutto il suo regno; era forse fatale che un tentativo disperato di recuperarli gli costasse la vita. Di conseguenza, l'Egitto si ritrovò, per la seconda volta in due decenni, con un giovanissimo faraone. Il nuovo monarca, Tolomeo VI, aveva appena sei anni, la stessa età del padre quando era salito al trono. La corte di Alessandria, e il regno in generale, si prepararono ad affrontare un altro periodo di turbolenze dinastiche.

La differenza, questa volta, risiedeva nella personalità della regina vedova. Mentre Arsinoe III aveva ceduto al pugnale di un assassino poche ore dopo la morte del marito, Cleopatra I era sufficientemente popolare – e astuta – da sopravvivere e prevalere. Ben presto si impose come reggente incontrastata in nome del giovane figlio, pur avendo lei stessa solo ventiquattro anni. Esercitò il potere esclusivo per conto della corona: prima regina tolemaica a farlo. Per rafforzare la sua autorità, fece coniare monete con il suo nome e la sua effigie. Inoltre, improntò la sua politica estera ponendo fine alle ostilità con il regno seleucide (ora governato dal fratellastro, Seleukos IV) per conseguire un periodo di relativa calma e stabilità dopo decenni di conflitti. La mano di Cleopatra può essere individuata anche nella nomina di un nuovo governatore militare di Cipro. Con la recente perdita del-

Alessandro Magno: vincitore contro i governanti persiani della valle del Nilo, accolto dagli Egizi come un eroe conquistatore

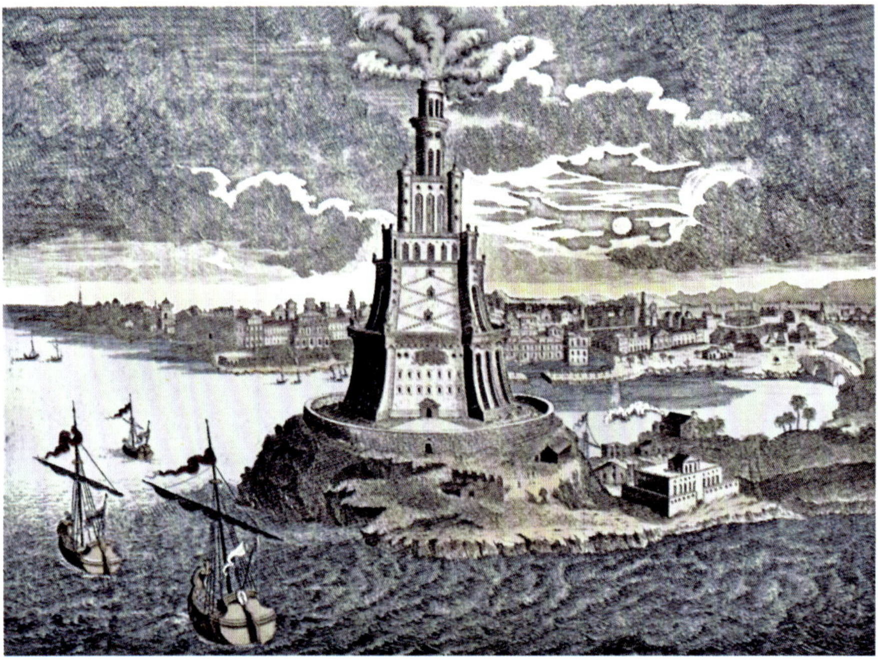

Una fantasiosa ricostruzione del XVIII secolo del faro di Alessandria:
faro e miracolo dell'ingegneria, tramandata dalla civiltà tolemaica in tutto il mondo

Tolomeo I, il fondatore della dinastia

Tolomeo II, raffigurato come un eroe greco

Eratosthenes, uomo di cultura e direttore della biblioteca di Alessandria sotto Tolomeo III

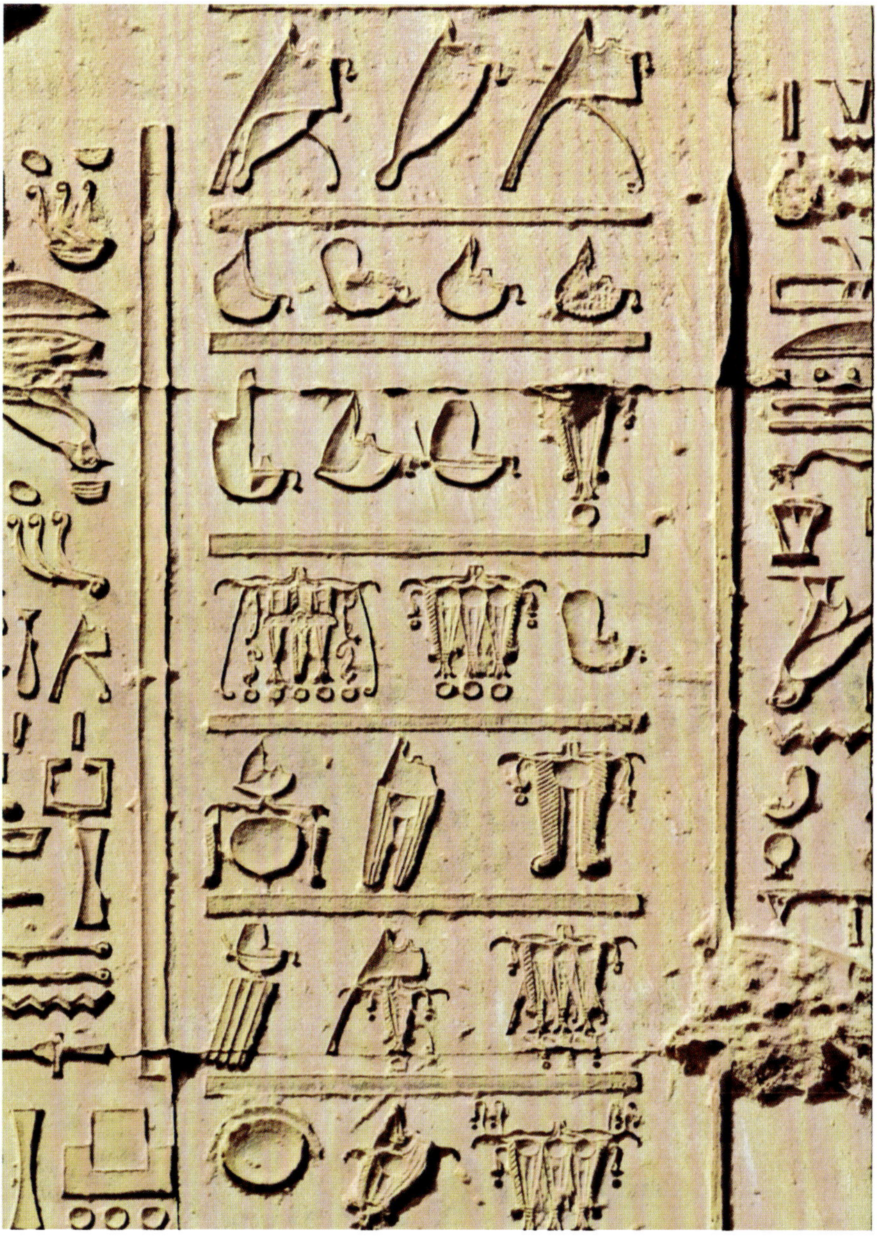

Preservare le tradizioni faraoniche per un monarca di lingua greca di fronte all'aggressione romana: le corone reali egizie, su un rilievo dal muro posteriore del tempio di Hathor a Tentyris (Dendera), regno di Cleopatra VII

Una scena di raccolto dalla tomba di Padiusir/Petosiris a Hermopolis (Tuna el-Gebel), primo periodo tolemaico, in cui si mescolano stili egizi ed ellenistici

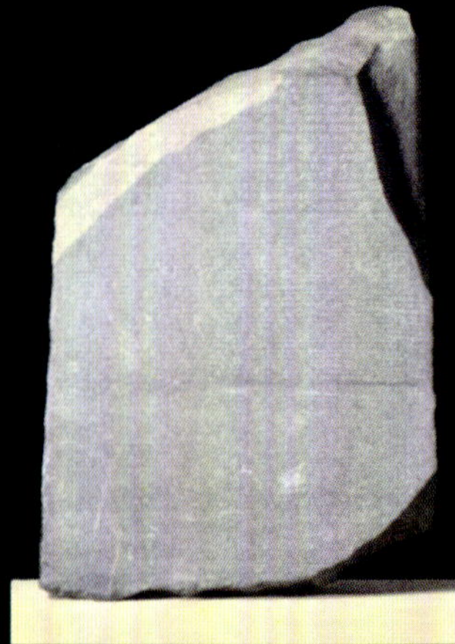

Il Decreto di Memphis (Stele di Rosetta), chiave per la decifrazione dei geroglifici e documento fondante dell'egittologia, regno di Tolomeo V

L'intarsio di un mobile in oro e vetro, raffigurante la dea egizia della verità, Maat

Figura in terracotta di un mercenario africano dell'esercito tolemaico

Giara egizia in terracotta decorata con la testa di Medusa, la celebre gorgone greca

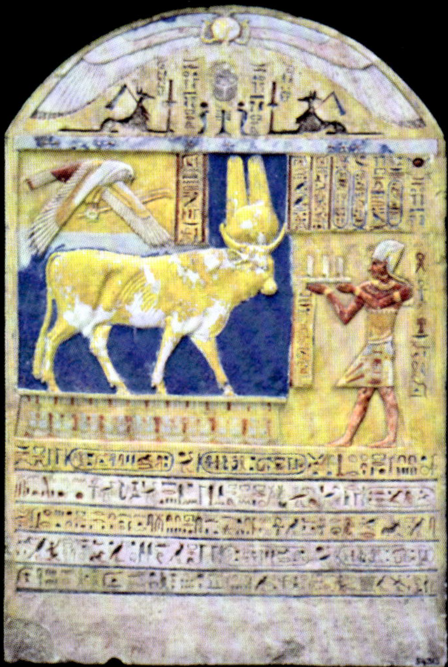

Stele raffigurante Tolomeo V
che offre a Buchis il toro sacro di
Hermonthis (Ermonti)

Un busto di Sarapis,
il dio inventato dai Tolomei

Tavolo per le offerte in pietra
calcarea con rappresentazioni
delle divinità egizie Osiride,
Iside e Min

Il mosaico di Palestrina: rappresentazione tardo-ellenistica della valle del Nilo

ΔΡΚΟC
ΚΡΟΚΟΔΙΛΟCΧΕΡCΑΙΟC
ΚΡΟΚΟΔΙΛΟΠΑΡΔΑΛΙC

Il culto faraonico in tutto il suo splendore: la sala ipostila dipinta del tempio di di Hathor a Tentyris (Dendera)

Un re e una regina tolemaici davanti a Horus, il dio egizio della regalità; tempio di Sobek e Horus, Ombos (Kom Ombo)

Il retro di un amuleto d'oro a forma di uccello Ba, che per gli egizi rappresenta una delle parti dell'anima umana

Archeologia subacquea a Thonis-Herakleion. L'esplorazione ha rivelato una città sommersa sulla riva del «mare dei Greci», a circa trenta chilometri da Alessandria, con un complesso di templi dedicati a uno dei più importanti gruppi di divinità del pantheon egizio, la triade tebana Amon, Mut e Khonsu

Il tempio di Horus a Apollonopolis (Edfu)

Il tempio di Iside sull'isola di Philae

Papiro tradizionale egiziano del *Libro dei morti*, trascritto per un individuo di alto rango sotto il dominio tolemaico. I testi includevano preghiere e formule magiche per guidare e proteggere il defunto durante il suo viaggio nell'aldilà

Una rara dimostrazione di unità dinastica: Cleopatra III, Cleopatra II e Tolomeo VIII davanti al dio Horus; tempio di Sobek e Horus, Ombos (Kom Ombo)

Moneta d'oro di Tolomeo V, raffigurato come uno splendente dio greco

Busto in marmo di Tolomeo IX

Placca d'oro di Tolomeo VI: sovrano greco che indossa una

L'imperatore Augusto (Ottaviano)

Marco Antonio

Moneta di
Cleopatra VII

Busto di marmo raffigurante
Cleopatra VII

Moneta emessa da Augusto
in occasione
della «cattura dell'Egitto»:
sul dritto, la testa
dell'imperatore romano;
sul rovescio, un coccodrillo
incatenato, che rappresenta
l'Egitto, e la scritta
AEGYPTO CAPTA

Fine di una linea dinastica: Cleopatra VII e suo figlio Tolomeo XV (Cesarione) recano offerte agli dèi sul muro di fondo del tempio di Hathor a Tentyris (Dendera)

la Koile-Syria, della Tracia e dei territori tolemaici in Anatolia, Cipro aveva acquisito una rinnovata importanza in quanto unico possedimento significativo della dinastia nel Mediterraneo orientale. Il suo valore strategico, economico e commerciale aumentò di conseguenza e vi era l'imperativo di massimizzare le entrate cipriote che affluivano nelle casse di Alessandria. Secondo un commentatore successivo, il nuovo governatore «era dotato di buon senso e abilità. Infatti, avendo assunto il comando dell'isola quando il re [Tolomeo VI] era ancora un bambino, si applicò diligentemente alla raccolta delle entrate».[1]

Cleopatra I creò un precedente, stabilendo il diritto e le qualifiche dei membri femminili della dinastia tolemaica a governare a pieno titolo. Ma il suo protagonismo non arrivò all'improvviso. Quasi fin dall'inizio, i Tolomei promossero dei ruoli per le loro mogli e figlie, a differenza degli altri monarchi ellenistici i cui regni rimasero decisamente a guida maschile (sebbene Antiochos III fosse accompagnato dalla moglie, Laodike, nella battaglia di Raphia). Berenike I, la terza moglie di Tolomeo I, alla sua morte fu formalmente incorporata nel culto dinastico del defunto marito e le fu concesso un proprio santuario ad Alessandria, il Berenikeion. Tolomeo II dedicò un'attenzione simile alle sue amanti. Di una di esse fu scolpita una statua collocata nei templi di Alessandria, mentre la sua amante preferita, Bilistiche, fu formalmente identificata con Afrodite e le furono concessi santuari propri. Per la moglie-sorella, Arsinoe II, si spinse ancora oltre. Le sue onorificenze postume comprendevano il proprio nome al trono (l'appellativo ufficiale adottato da un sovrano al momento della sua ascesa al potere) e il proprio sacerdozio, esercitato a volte dal sommo sacerdote di Ptah a Memphis. Nel regno di Tolomeo III, la regina consorte, Berenike II, divenne la prima moglie tolemaica a ricevere un titolo reale in vita. Nei documenti demotici, veniva quindi descritta come «il faraone donna» (in lingua egizia, *ta peraat*). Sua figlia, invece, fu divinizzata postuma e, come la nonna, insediata in ogni luogo di culto del regno come «dea che condivide il tempio».

Sia per il culto religioso greco sia per quello egizio fu facile accogliere divinità femminili. Arsinoe II, ad esempio, era identificata dai greci con Era, Demetra e Afrodite, e dagli egizi con Iside. Anche in altri modi le due culture dell'Egitto tolemaico erano abituate a onorare le donne di spicco del regno: nella tradizione ellenistica, con la fondazione di città e l'istituzione di feste eponime; in quella egizia, emulando la nomenclatura reale (le famiglie sacerdotali egizie di Memphis chiamavano spesso le loro figlie Arsinoe o Berenike). Ma il peculiare protagonismo delle donne tolemaiche, sia in ambito politico sia culturale, rifletteva soprattutto l'ambiente egizio di origine.

L'Egitto faraonico era stato governato dalla sua prima regina reggente già all'inizio del terzo millennio e dalla sua prima regina regnante a metà del secondo.[2] Le donne faraone potevano essere l'eccezione, ma la diciottesima dinastia in particolare, all'apice dell'età dell'oro dell'Egitto, era stata caratterizzata da una serie di potenti mogli reali che esercitavano una notevole autorità politica e religiosa accanto ai loro mariti. Il concetto di una potente «grande moglie del re» era quindi familiare e rassicurante per i sudditi egizi dei Tolomei. Anche le donne avevano un ruolo di primo piano nella vita quotidiana. Fin dagli albori della storia, le donne egizie avevano ricoperto cariche templari, dominato alcune industrie (in particolare la produzione di lino) e gestito la casa. Un testo didattico egizio della diciottesima dinastia consigliava ai suoi lettori (maschi): «Non controllare tua moglie in casa sua [...] Lascia che il tuo occhio osservi in silenzio e vedrai la sua abilità».[3] Le donne egizie godevano anche di una maggiore uguaglianza giuridica rispetto alle loro controparti in qualsiasi altra civiltà del mondo antico. Mantenevano il controllo dei propri beni anche dopo il matrimonio, potevano divorziare o testimoniare contro il marito e potevano disporre della propria ricchezza come meglio credevano.

Queste libertà a lungo conservate sopravvissero indenni alla dominazione macedone, aiutate dal fatto che la tradizione macedone imponeva alle donne meno restrizioni rispetto alla cultura greca. Le donne egizie continuarono a servire nei templi delle loro divinità native. Nel culto della dea gatto Bastet, ad esempio, una particolare carica riservata a una donna era quella di «balia del gatto», responsabile di nutrire i felini sacri con pane e latte. Un papiro del III secolo proveniente dal nomo di Arsinoite (il Fayum) fa riferimento ad associazioni formate da donne locali per contribuire a condividere i costi della mummificazione e della partecipazione alle attività religiose. Le donne erano addette alle necropoli e potevano essere sacerdoti mortuari e potevano comprare, vendere, ereditare e lasciare in eredità queste cariche lucrative. Le donne egizie erano così sicure dei loro diritti che non esitavano a farli valere, anche di fronte a una burocrazia di lingua greca dominata dagli uomini. Un papiro del luglio 256 riporta la protesta – concisa e colma di rabbia – di una vedova egizia che si lamentava con il pezzo grosso greco locale (Zenon) perché un altro funzionario greco le aveva confiscato l'asino, impedendole di trasportare i suoi alveari nei prati migliori. La vedova faceva notare a Zenon che, se l'asino non fosse stato restituito immediatamente, il tesoro reale, e quindi il re stesso, ne avrebbe sofferto. Questo non era il tipico comportamento associato alle donne greche, ma era radicato nel carattere egizio. E, lentamente ma inesorabilmente, cominciò a infiltrarsi nell'intera società tolemaica.

Il cambiamento si rivelò più chiaramente nel contesto matrimoniale. I contratti nuziali redatti in demotico, tra nativi egizi, mantenevano la tradizione giuridica faraonica. Così, in un documento di questo tipo stilato a Thebai nel 226, il marito prometteva di restituire alla moglie, in caso di divorzio, tutti i beni che lei aveva portato con sé nel matrimonio (uno scialle, un cappotto e un mantello, diversi oggetti in bronzo e argento, alcuni gioielli e due letti), e anche un terzo di tutti i beni di lui. Al contrario, un contratto di matrimonio proveniente da Elefantina, datato 311, scritto in greco e redatto tra due immigrati di lingua greca, seguiva la prassi corrente nel mondo greco, attribuendo un ruolo dominante al padre della sposa. È vero che le inibizioni dell'antica Grecia, che impedivano a un uomo di sposare una donna di un'altra città, non erano più vincolanti (il marito in questione era di Temnos in Anatolia, la moglie dell'isola di Kos), ma nessuna delle clausole del contratto mostrava alcun segno di influenza egizia.[4] Nel giro di poche generazioni, tuttavia, i costumi locali avevano iniziato a diffondersi tra la popolazione dei coloni. In un contratto di matrimonio proveniente da Krokodilopolis, redatto sotto il regno di Tolomeo VI, una donna macedone rivendicava il suo diritto di darsi in sposa, invece di essere data in sposa dal padre. Lentamente ma inesorabilmente, una maggiore indipendenza giuridica delle donne in merito a questioni personali o dei figli si diffuse tra la popolazione non autoctona.

Il potere politico esercitato da Cleopatra I era quindi una caratteristica tipica e distintiva della società tolemaica, che rifletteva l'influenza duratura (e lo sfruttamento consapevole) delle tradizioni faraoniche e che differenziava l'Egitto dagli altri regni ellenistici. I romani avrebbero in seguito considerato l'autorità esercitata dalle regine successive come simbolo della decadenza orientale dei Tolomei. In realtà, l'attribuzione di tale potere alle madri, alle mogli e alle sorelle dei re rappresentava una risposta pragmatica alla necessità politica – dovuta alla consuetudine dei sovrani tolemaici di morire giovani – e al contempo rafforzava le credenziali della dinastia macedone agli occhi dei sudditi egizi. Fin dall'inizio, i Tolomei furono abili nell'utilizzare e modificare le tradizioni per costruire un'identità che li legittimasse agli occhi dei loro sudditi multiculturali e multietnici. Nel caso dell'autorità regale, i precedenti faraonici furono accolti con entusiasmo.

* * *

Seguendo una linea di pensiero a sostegno dell'opportunismo politico, Cleopatra I riuscì a stabilizzare il regno tolemaico in un momento di grande pericolo. Con l'ascesa al trono di un sovrano minorenne, evitò altro spargimento di sangue all'interno del territorio. Ma la reggenza – la sua mano ferma – durerà solo quattro anni. La sua morte, avvenuta nella primavera del 176, privò il regno della sua salda influenza. La storia tolemaica soleva ripetersi e, come di consueto, due cortigiani emersero nel ruolo di nuovi tutori di Tolomeo VI. Nessuno dei due era particolarmente carismatico o in grado di garantire un governo forte e stabile. Lenaios era un ex schiavo; giunto ad Alessandria dalla Siria, probabilmente come parte del seguito di Cleopatra I in occasione del suo matrimonio con Tolomeo V, si occupò delle finanze del governo. Il suo collega, Eulaios, era un eunuco che aveva fatto da precettore al giovane Tolomeo VI; essendo il più anziano dei due coreggenti, non perse tempo ad apporre il proprio nome sulle monete di rame e d'argento.

Eunuco ed ex schiavo: l'improbabile coppia ora alla guida dell'Egitto sapeva di dover prendere provvedimenti per affermare e consolidare il proprio potere. Il modo più semplice per farlo era rafforzare il profilo del loro giovane capo, Tolomeo VI. Così, all'inizio del 175, annunciarono il matrimonio del re di appena dieci anni con la sua giovane sorella, chiamata Cleopatra come la loro madre. I reggenti speravano, senza dubbio, che questa unione fratello-sorella avrebbe ricordato al popolo egizio i giorni di gloria di Tolomeo II e Arsinoe II. La nuova coppia reale fu formalmente incorporata nel culto dinastico tolemaico e le fu dato il titolo congiunto di Theoi Philometores («gli dèi amanti della madre») in onore di Cleopatra I, recentemente scomparsa. Tradotto in lingua egizia, questo titolo richiamava immediatamente l'archetipo del rapporto madre-figlio tra Iside e Horus. Il fatto che Iside fosse forse la divinità autoctona più popolare in Egitto – con una crescente notorietà anche tra la popolazione di lingua greca – mentre Horus era il dio della regalità, dava a questa associazione una risonanza particolarmente forte.

Lenaios ed Eulaios avevano iniziato bene. Ma, come spesso accade nella storia tolemaica, gli eventi al di fuori dei confini dell'Egitto gettarono ben presto nel caos i piani accuratamente predisposti. La causa dell'instabilità fu, ancora una volta, il regno seleucide. Lo zio di Tolomeo VI, Seleukos IV, aveva rispettato l'intesa con la sorella Cleopatra I e per un certo periodo i due regni ellenistici rimasero in pace. Tuttavia, nel settembre 175, fu assassinato in una congiura di corte, facendo precipitare l'impero nel caos. Il figlio maggiore ed erede si trovava a Roma come ostaggio della Repubblica, mentre il figlio minore, Antiochos, era un bambino di cinque anni. Avvertendo un'opportunità, lo zio dei ragazzi si precipitò in Siria e si fece proclamare re con il nome di Antiochos IV. Seguirono mesi di conflitto tra gli opposti schieramenti, con Antiochos IV che alla fine risultò vincitore.

I disordini in Siria spinsero i falchi dell'amministrazione tolemaica a sollecitare una guerra totale con l'intento di riconquistare la Koile-Syria, la cui perdita era ancora dolorosa. I reggenti furono complici o impotenti nel resistere a questi appelli. Nel 172, i preparativi per l'azione militare erano ben avviati. Nel frattempo, il terzo regno ellenistico, la Macedonia, era coinvolto in un conflitto che ribolliva. Il suo sovrano, Perseus, nutriva ambizioni simili di ripristinare i territori dei suoi antenati; nel caso della Macedonia, Roma era il principale ostacolo. Perseus si impegnò a fomentare il sentimento antiromano, nel tentativo di conquistare amici e alleati per la sua causa. Ma Roma non aveva intenzione di permettere che la Grecia continentale le si rivoltasse contro. Prima che Perseus potesse riunire una coalizione efficace, Roma dichiarò guerra alla Macedonia nel 171. Il conflitto che ne seguì, noto come Terza guerra macedonica (171-168), infuriò soprattutto nella stessa Macedonia e nella vicina Tessaglia. Una prima battaglia, combattuta nei pressi della capitale tessalica, vide i due eserciti rivali, con le loro cavallerie che si fronteggiavano quasi uomo contro uomo, combattere in una situazione di stallo. Con Roma impegnata a difendere i suoi interessi greci e con l'impossibilità di intervenire in un conflitto più ampio, il governo tolemaico decise che i tempi erano maturi per lanciare un attacco al regno seleucide.

I reggenti tolemaici non erano strateghi militari, ma abili nella propaganda. Mentre preparavano il loro territorio a una costosa guerra straniera, attuarono una serie di misure straordinarie per rafforzare la loro legittimità e convincere l'opinione pubblica. Innanzitutto, nel settembre 170, promossero il fratello minore e omonimo di Tolomeo VI allo status di co-monarca con i suoi due fratelli: era ora il regno congiunto di «Tolomeo, Tolomeo il fratello e Cleopatra la sorella». Una mossa del genere non aveva precedenti, anche nello strano mondo della politica dinastica tolemaica, e poteva alludere a un tentativo di riconciliazione delle opposte fazioni di corte. Fosse stato così, non poteva convincere tutti: una petizione dei sacerdoti di Iside ad Assuan, datata 17 settembre 170, prometteva offerte per «il faraone, sua sorella e suo fratello»;[5] la parola «sorella» accompagnata dal segno geroglifico di una divinità, la parola «fratello» no. La mossa successiva dei reggenti fu quella di annunciare una nuova era, riconoscendo sia la triplice monarchia sia la rivendicazione dell'Egitto sulla Koile-Syria. Un contratto legale del villaggio di Philadelpheia, nel nomo di Arsinoite, redatto il 12 novembre, utilizzava la nuova formula di datazione prescritta, facendo riferimento all'Anno 1 della triplice monarchia anziché all'Anno 12 di Tolomeo VI. Infine, lo stesso Tolomeo VI, ormai sedicenne, fu dichiarato adulto e celebrò il formale compimento della maggiore età. In teoria, ora governava a pieno titolo; in pratica, Lenaios ed Eulaios continuavano a esercitare il controllo. Essi avrebbero condotto il regno tolemaico non alle glorie del passato, ma sull'orlo dell'estinzione.

Nella seconda metà del novembre 170, l'esercito egizio si mise in marcia verso la Siria; ma il nemico era ben preparato, ben schierato sulla difensiva e con linee di rifornimento migliori. Le due forze si incontrarono all'ombra del monte Kasios, vicino a Pelousion, al confine nordorientale dell'Egitto. In uno scontro rapido e decisivo, le forze tolemaiche furono completamente sconfitte; la disfatta fu talmente evidente che un ulteriore impegno militare fu considerato inutile. Deposte le armi, Antiochos IV prese possesso di Pelousion, porto e polo commerciale chiave e anche fortezza di frontiera. Questo permise a lui e al suo esercito di accedere liberamente all'Egitto e di occupare con rapidità gran parte del Delta.

Le ripercussioni ad Alessandria furono gravi e immediate. Si disse che Eulaios avesse tentato di mandare in esilio Tolomeo VI sull'isola greca di Samotracia, insieme al contenuto del tesoro reale. Ma, in ogni caso, il complotto fallì. Gli sfortunati Lenaios ed Eulaios furono allontanati dal governo e se ne persero le tracce. Presero il loro posto due illustri cittadini di Alessandria, Komanos e Kineas, che, riconoscendo la propria inadeguatezza, avviarono trattative con gli invasori. Un primissimo passo fu quello di abbandonare la farsa della nuova era e tornare alle date del regno di Tolomeo VI. È probabile che questo fosse un segnale di buona volontà nei confronti dei Seleucidi, per i quali qualsiasi rivendicazione implicita della Koile-Syria equivaleva a una dichiarazione di guerra. Nel frattempo, Antiochos IV cercò di rafforzare la sua posizione in Egitto conquistando la città grecofona di Naukratis. All'inizio del 169, le forze seleucidi stavano avanzando verso la stessa Alessandria.

Tolomeo VI, forse nel tentativo di affermare la propria indipendenza, lasciò la città per incontrare Antiochos IV. I due sovrani – zio e nipote – negoziarono un accordo che proclamava la loro reciproca amicizia. In pratica, però, l'accordo riduceva Tolomeo a poco più di un sovrano fantoccio. L'ambiguità del suo status è dimostrata da un documento papiraceo dell'epoca che riporta un ordine di consegna di orzo. La destinazione dei rifornimenti viene indicata come «l'accampamento con il re» anziché il solito «l'accampamento del re». Tolomeo VI era o non era re? Nessuno sembrava esserne sicuro.

Quando la notizia del patto giunse ad Alessandria, i cittadini fecero quello che sapevano fare meglio e insorsero. Komanos e Kineas rifiutarono in toto l'accordo preso da Tolomeo VI e dichiararono il fratello minore e coregnante come unico re (con Cleopatra II ancora al suo fianco). Antiochos, mascherato da protettore di Tolomeo VI, rispose ponendo Alessandria sotto assedio. Tuttavia, la città era ben rifornita e riuscì a resistere per molti mesi.

Nell'estate del 169, il governo inviò un'ambasciata a Roma per chiedere il suo intervento. Roma temporeggiò, preoccupata dalla lotta contro Perseus di Macedonia. A settembre, Antiochos fu costretto a tornare in Siria per risolvere i problemi interni e il suo esercito si ritirò a Pelousion. Nella pace che ne seguì, Tolomeo VI e il fratello si riconciliarono per un breve periodo e la triplice monarchia fu restaurata. L'Egitto tornò alla calma, ma era la calma prima della tempesta.

Tolto di mezzo Antiochos, il riunito governo di Alessandria ripudiò l'accordo stipulato da Tolomeo VI e iniziò a reclutare nuove truppe dalla Grecia. Invece di aumentare la pressione su Antiochos, questa decisione non fece altro che farlo infuriare ulteriormente. La primavera successiva, l'esercito seleucide conquistò Cipro e invase l'Egitto per la seconda volta, occupando gran parte del Delta e i ricchi terreni agricoli del Fayum. Ora non c'era più la pretesa di difendere gli interessi di Tolomeo VI: Antiochos puntò dritto a Memphis, dove venne incoronato faraone. Poi marciò su Alessandria. Sembrava che nulla potesse più ostacolare l'unione dei regni seleucide e tolemaico sotto la sua corona.

La mossa galvanizzò Roma che entrò in azione. La politica della Repubblica nei confronti dei regni tolemaico e seleucide era quella del *divide et impera*. L'unificazione, sia con la diplomazia sia con la conquista, era inconcepibile. Quando l'esercito romano sconfisse Perseus nella battaglia di Pydna, ponendo fine all'indipendenza macedone, poté rivolgere la propria attenzione agli eventi che si stavano svolgendo in Egitto.

Se Antiochos credeva che la sua neutralità nella Terza guerra macedonica gli avrebbe procurato il favore di Roma, non avrebbe potuto sbagliarsi di più. All'inizio di luglio, mentre attraversava il ramo del Nilo a Eleusi, circa sei chilometri e mezzo a est di Alessandria, fu accolto da un inviato del Senato romano, Gaio Popilio Lenate. Il monarca seleucide tese la mano in segno di saluto amichevole; in risposta, Popilio non tese la propria, ma le tavolette con il decreto del Senato. Disse ad Antiochos di leggerlo. Il re, vedendo da che parte tirava il vento, prese tempo, dicendo che avrebbe convocato il suo consiglio per valutare la risposta. Ma Popilio, severo e imperioso come sempre, fece una mossa sorprendente: con il bastone che portava con sé, tracciò un cerchio intorno al re e disse: «Prima di uscire da quel cerchio, dammi una risposta da presentare al Senato». Antiochos, stupito da un comportamento così perentorio, si dice abbia esitato per qualche istante, prima di concedere: «Farò ciò che il Senato ritiene giusto».[6] Solo a quel punto Popilio tese la mano al re. Il 30 luglio 168, Antiochos diede all'esercito in Egitto l'ordine di ritirarsi. Su disposizione di Popilio, Tolomeo VI e suo fratello si riconciliarono formalmente. L'ambasciata romana si recò quindi a Cipro per supervisionare il ritiro dell'esercito seleucide e ripristinare l'autorità tolemaica.

Tirando un enorme sospiro di sollievo, il governo di Alessandria mandò un proprio inviato, Numenios, a Roma per ringraziare il Senato del suo intervento decisivo. Il resoconto del suo viaggio, scritto dieci anni dopo in demotico, ha la particolarità di essere il più antico riferimento alla città di Roma in un testo egizio. Ma, in realtà, i Tolomei avevano ben poco di cui essere grati: il «giorno di Eleusi», come venne chiamato, fu un'umiliazione totale per un regno che un tempo era stato grande. Laddove gli eserciti tolemaici non erano riusciti a salvare il loro territorio dall'annessione straniera, ci era riuscito un semplice inviato romano. A peggiorare le cose, l'invasione di Antiochos aveva scatenato una rivolta autoctona, in quanto i nazionalisti egizi vedevano ancora una volta la possibilità di rovesciare il dominio di una dinastia di lingua e cultura greca. Ciò provocò l'abbandono di vaste aree produttive, indebolendo l'economia agricola egizia e rendendo il governo sempre più dipendente dal sostegno straniero. In una lettera privata del 29 agosto 168, meno di un mese dopo la partenza di Antiochos dall'Egitto, si parla di «tempi come questi»: per la popolazione in generale, l'invasione e le sue conseguenze inaugurarono un periodo di profondo disagio.[7]

Il giorno di Eleusi rappresentò una svolta decisiva nella geopolitica dell'intero mondo antico. Mediando la fine della disputa tra Tolemaici e Seleucidi, una rivalità che risaliva alla morte di Alessandro, Roma aveva affermato il suo diritto di intervenire nel futuro di entrambi i regni e di arbitrare anche nelle questioni dinastiche interne. Il nucleo dell'impero di Alessandro, la Macedonia, aveva cessato di esistere, diviso in quattro repubbliche clienti asservite a Roma. I due regni ellenistici rimasti erano stati umiliati e non avrebbero mai più cercato di affermare l'egemonia nel Mediterraneo orientale. Ognuna delle prime cinque guerre siriache si era conclusa a vantaggio dei Tolomei o dei Seleucidi. La sesta e ultima si concluse a scapito di entrambi.

* * *

L'invasione di Antiochos IV e la sua successiva proclamazione a faraone assestarono un duro colpo all'istituzione tolemaica della regalità. Da quando Tolomeo I si era elevato da satrapo a sovrano, la legittimità del ruolo era dipesa dalla soddisfazione di due diverse concezioni di monarchia. Per gli egizi nativi, il ruolo del faraone era quello di proteggere il popolo, onorare gli dèi e fungere da interlocutore tra l'umanità e la divinità. Per i sudditi di lingua greca dei Tolomei, la regalità traeva il suo status dalle prodezze sui campi di battaglia e dalle dimostrazioni di magnificenza. Gli eventi del 168 privarono Tolomeo VI della sua credibilità su entrambi i fronti: il suo status faraonico era stato apertamente messo in discussione, mentre la sua debolezza militare era stata resa evidente a tutti. A peggiorare le cose, la conseguente dislocazione socioeconomica portò a esaurire le riserve dell'erario, limitando fortemente la capacità del re di fare sfoggio della propria ricchezza. La risposta della corte fu quella di cercare altri modi per dimostrare lo status del re, guardando al precedente secolo e mezzo di dominio macedone per trarne ispirazione.

Alessandro Magno aveva creato una regalità personale – suscitando l'orrore di alcuni dei suoi sudditi greci, per i quali la monarchia rappresentava un ritorno a un passato barbarico – in virtù della grandezza delle sue imprese militari. Egli emanava una «carismatica invincibilità» e il territorio conquistato con la sua lancia, che si estendeva dal Nord Africa all'India, gli diede il diritto di portare il titolo di *basileus*. Il suo status regale dipendeva dal successo ottenuto come «salvatore, liberatore, protettore, fautore e garante di fertilità e abbondanza»,[8] qualità che furono consapevolmente adottate e promosse dai primi due Tolomei. Infatti, protessero e ampliarono il loro regno, difesero i loro alleati e fecero pubbliche donazioni alle città e ai santuari greci. L'adozione dell'iconografia dionisiaca equiparava il monarca al dio del vino, della fertilità e dell'abbondanza. Agli occhi dei greci, la ricchezza di un re era il fondamento e la dimostrazione del suo successo. Tolomeo III adottò persino l'epiteto di Trifone («il magnifico», dal greco *Tryphon*) per sottolineare questo concetto.

L'alba dell'età ellenistica portò a un crescente scetticismo nei confronti degli antichi dei dell'Olimpo. Al loro posto, la gente si rivolgeva agli eroi umani. Nel IV secolo si assiste a una proliferazione dei culti dei sovrani, con particolare attenzione ai fondatori di città. Non per niente Alessandro diede il suo nome alla sua nuova città portuale sulla costa settentrionale dell'Egitto e a una serie di altre fondazioni nel suo impero. Tolomeo I seguì l'esempio, in particolare con la città di Tolemaide nell'Alto Egitto, destinata fin dall'inizio a sostituire Thebai come capitale regionale. A tempo debito, il Fayum fu ribattezzato nomo di Arsinoite, mentre furono fondati numerosi insediamenti intitolati a Berenike, non da ultimo nel deserto orientale.

Tolomeo I riuscì a far istituire il suo culto in tutto il Mediterraneo orientale, da Rodi a Delo; Bisanzio avrebbe poi reso un onore simile a Tolomeo II e Atene a Tolomeo III. Ma il meccanismo principale con cui i Tolomei si assicurarono lo status divino agli occhi dei loro sudditi di lingua greca fu quello di associarsi ad Alessandro. La traslazione del corpo di Alessandro da Memphis ad Alessandria mirava a circonfondere l'intera capitale tolemaica dell'aura dell'eroe divino; un'altra innovazione fu quella di elevare Alessandro a divinità di Stato e il suo sacerdote eponimo a preminenza tra il clero. Il sacerdozio di Alessandro era riservato ai macedoni e ai greci di alto rango sociale; uno dei primi detentori della carica fu proprio il fratello di Tolomeo I, Menelaos.

Il culto del sovrano si sarebbe trasformato, con il tempo, nell'elemento centrale della concezione tolemaica della regalità greca. Elevò l'istituzione del *basileus* a un piano teologico, rafforzando la legittimità di ogni re successivo associandolo ai suoi illustri antenati. Tolomeo II intuì la potenza dell'istituzione e aggiunse al culto di Alessandro la coppia reale vivente (lui stesso e la sorella-moglie Arsinoe II). Il sacerdote di Alessandro fu da allora conosciuto come «sacerdote di Alessandro e degli dèi fratello-sorella». Nel regno successivo, Tolomeo III e sua moglie

Berenike II si fecero incorporare nel culto e il titolo sacerdotale fu ulteriormente esteso come riconoscimento. I privati iniziarono a fare donazioni alla coppia regnante, accanto a divinità consolidate come Iside e Sarapis. Tolomeo IV completò l'assetto aggiungendo Tolomeo I e Berenike I, in modo che tutte le coppie regnanti dalla nascita della dinastia fossero ora formalmente parte del culto dei sovrani, a partire da Alessandro fino a re e regina in carica in quel momento.

Non è un caso che Tolomeo IV avesse cercato di affermare la legittimità e la continuità della sua dinastia proprio quando il suo potere politico cominciava a scemare. Anche se i re successivi e le loro consorti vennero aggiunti al culto del sovrano, le divinità dinastiche erano invocate meno spesso dai privati perché questi rilevavano livelli decrescenti di divinità in una serie di monarchi sempre più impotenti e patetici. Tolomeo V si aggiunse al culto dei sovrani nel 199/8 e Cleopatra I poco dopo il loro matrimonio. Ma, senza vittorie militari o esibizioni di ricchezza, la credibilità del sovrano subì un danno irreparabile.

Un approccio diverso, sperimentato anche da Tolomeo IV di fronte al declino politico, fu quello di sottolineare il legame diretto della sua dinastia con Alessandro, seppellendo nuovamente l'eroe (per la terza volta) in un nuovo mausoleo (il Soma), eretto all'interno del recinto del palazzo di Alessandria. L'edificio doveva servire anche come luogo dell'estremo riposo dei monarchi tolemaici. Il mausoleo fu dotato di una sovrastruttura a forma di piramide. La battaglia di Raphia e le relative conseguenze segnarono un cambiamento decisivo nell'equilibrio tra le due concezioni tolemaiche di regalità: mentre il ruolo del re come *basileus* iniziava a tramontare, la sua posizione di faraone veniva deliberatamente promossa.

L'invenzione e la promulgazione del culto di Sarapis (Osiride-Apis) avevano lo scopo di colmare il divario teologico tra i sudditi di lingua greca e i nativi egizi. Di fatto, la nuova divinità si dimostrò più popolare presso il primo gruppo. Gli abitanti in digeni della Valle del Nilo avevano già abbastanza divinità proprie, con pedigree decisamente più lunghi, e mostravano scarso interesse per gli dèi greci. Alessandro aveva riconosciuto istintivamente il potere della religione faraonica e aveva fatto di tutto per onorare i culti tradizionali, da Apis di Memphis ad Amon di

Luxor. I Tolomei elargivano regolarmente donazioni alle divinità egizie. La restituzione ai templi nativi di terre e statue confiscate o saccheggiate dai Persiani fu un tema particolarmente discusso. Tolomeo III affermò di aver restituito fino a 2500 immagini di culto dalla sua spedizione all'estero, mentre il quarto Tolomeo asserì di aver concluso la ricerca delle statue sacre rubate e di aver riportato in Egitto quelle che era riuscito a trovare. Queste azioni non solo avevano una certa risonanza presso il potente sacerdozio egizio, ma ricordavano anche alla popolazione nativa che i macedoni avevano liberato la Valle del Nilo dagli odiati Persiani.

I Tolomei cominciarono così a presentarsi non come semplici guardiani del pantheon egizio, ma come membri a tutti gli effetti. Sotto il regno di Tolomeo V, il prestigio della monarchia dipendeva più dalle benedizioni dei sacerdoti locali che dalla vittoria in guerra. Così, mentre i precedenti raduni di sacerdoti avevano avuto luogo presso le fondazioni greche di Alessandria (nel 243) e Kanop (nel 238), Tolomeo V riunì il suo clero nell'antica capitale d'Egitto. Il decreto di Memphis (stele di Rosetta) non rappresentava tanto una monarchia trascendente e imperiosa, quanto un accordo stipulato da due parti che avevano bisogno l'una dell'altra. D'ora in poi, i sinodi sarebbero stati convocati per ratificare tutte le decisioni reali importanti.

Tolomeo VI potrebbe essere stato onorato dai cittadini di Atene con una statua equestre di bronzo sull'Acropoli; ma più vicino a casa, all'indomani di un'invasione straniera, di un'insurrezione interna e di un'umiliazione diplomatica, si rivolse all'ideologia egizia piuttosto che a quella ellenistica per riparare le sue compromesse credenziali reali. Insieme alla sorella Cleopatra II si recava annualmente a Memphis in coincidenza con la festa di Capodanno, durante la quale Tolomeo avrebbe svolto personalmente i rituali che ci si aspettava da un faraone. Anche l'iconografia del suo regno si rifaceva ai precedenti faraonici, sebbene in modo peculiarmente tolemaico. Una delle più famose immagini superstiti di Tolomeo VI si trova su un anello con sigillo in oro, attualmente conservato al Louvre. Il ritratto reale, accuratamente inciso, lo mostra di profilo con il naso prominente e il mento sporgente così caratteristici della sua dinastia. Sfoggia le basette e i riccioli di un eroe greco e la doppia corona di un re egizio, mentre i festoni gemelli della regalità macedone gli svolazzano intorno alle spalle. Questa consapevole mescolanza di attributi riflette il rapporto complesso e fluido tra un re tolemaico e i suoi sudditi. Bilanciare due concezioni molto diverse della regalità era una sfida costante.

* * *

Dopo il ritiro delle forze seleucidi nel luglio del 168, l'Egitto tornò a una fragile pace. Il giorno di Eleusi portò due sviluppi inaspettati: uno di immediato beneficio per il regime tolemaico, l'altro di duratura importanza per la storia dell'Egitto.

Tolomeo VI riuscì a riaffermare il controllo sul tratto settentrionale della Valle del Nilo nubiano, il Dodekaschoinos, tra la prima e la Seconda Cateratta. Questo portò a un tributo da parte dei capi nubiani locali, fornendo un pingue contributo al tesoro reale. Una parte delle entrate aggiuntive fu poi concessa ai templi di Philae, per garantirsene la fedeltà. Per assicurare il controllo tolemaico, nella Bassa Nubia furono fondate due nuove colonie militari, chiamate Filometore e Cleopatra in onore di Tolomeo VI e di sua sorella, e l'intera regione fu posta sotto il controllo del comandante militare dell'Alto Egitto. È anche possibile che fossero ricominciate le spedizioni di caccia agli elefanti, per rifornire l'esercito tolemaico dopo le gravi perdite subite di recente. Per un certo periodo, il ripristino del dominio a sud della Prima Cateratta prefigurò un ritorno a tempi più felici e prosperi.

Un secondo traguardo andò similmente a vantaggio dell'establishment militare. Antiochos IV, tornato in patria dopo l'umiliazione di Eleusi, sfogò la sua furia contro gli avversari interni. In particolare, avviò una prolungata campagna contro gli ebrei, seminando il sospetto che fossero sleali. Ma un attacco al loro tempio a Gerusalemme riuscì solo a provocare una grande insurrezione. La Rivolta maccabea (167-160) provocò un'ondata di emigrazione, con gli ebrei che fuggivano dalle persecuzioni e dai disordini; molti di loro si diressero in Egitto, dove i loro parenti avevano servito a lungo nell'esercito. Il leader del principale gruppo di rifugiati era un uomo di nome Onias IV, figlio del sommo sacerdote che Antiochos IV aveva deposto. All'arrivo in Egitto, Onias e i suoi figli ottennero importanti incarichi nell'esercito e divennero figure influenti a corte. Ai suoi seguaci fu concesso di stabilirsi nella città di Leontopoli, nel Delta del Nilo, e di costruirvi un tempio a Yahweh, con Onias come sommo sacerdote. (Leontopoli è oggi conosciuta come Tell el-Yehudiyeh, «collina dei giudei».) Gli ebrei che abitavano ad Alessandria avevano un loro quartiere, completo di sinagoghe, e Tolomeo VI concesse loro una comunità autonoma. Sembra infatti che il re nutrisse un particolare interesse per la letteratura ebraica: un'esegesi del libro di Mosè del filosofo Aristobulos fu dedicata a Tolomeo VI. Gli ebrei di Alessandria sarebbero rimasti un gruppo significativo e influente fino ai tempi moderni.

Ma anche questi vantaggiosi sviluppi non fecero altro che coprire le crepe. La tregua temporanea tra Tolomeo VI e suo fratello si ruppe presto, portando a nuove lotte a corte. La nomina di egizi ad alte cariche, per la prima volta dopo diverse generazioni, fu forse un tentativo di rafforzare l'unità nazionale, ma si ritorse in modo spettacolare. Nel 165, uno dei funzionari egizi di questa nuova schiera, un uomo di nome Dionysios Petosarapis, tentò un colpo di Stato. Nello stadio principale di Alessandria, annunciò alla folla che Tolomeo VI stava progettando di assassinare il suo scomodo fratello. Rendendosi conto che si trattava di mettere a repentaglio l'esistenza stessa della loro dinastia, i fratelli diedero una dimostrazione di unità con un'apparizione pubblica nello stadio per rassicurare la popolazione. Dionysios fuggì da Alessandria (a Eleusi, tra l'altro), ma non prima di aver convinto alcune unità militari a fare ammutinamento.

La ribellione fu soffocata in tempi abbastanza rapidi, ma disordini e incertezza non fecero che aggravare una situazione calamitosa nelle campagne: dopo anni di conflitto, di fronte alla possibilità di arruolamento e alla certezza di una tassazione punitiva, i contadini avevano abbandonato in massa le loro terre, spesso cercando rifugio e lavoro nei templi come braccianti occasionali. Questa fuga dalle campagne (in greco, *anachoresis*) aveva un forte impatto sulle entrate del governo; se non controllata, avrebbe potuto portare al completo collasso economico. La risposta dello Stato, alla fine dell'estate del 165 – prima dell'inizio della nuova stagione di semina – fu l'emanazione di un decreto reale. Intitolato *Sull'agricoltura*, il decreto imponeva la coltivazione obbligatoria dei terreni abbandonati. Ogni campo non rimesso volontariamente a coltura veniva semplicemente assegnato a un abitante del luogo con l'aspettativa di farlo fruttare. Non c'era diritto di rifiuto e nemmeno i soldati erano esenti. Fu istituito un nuovo ramo del governo, chiamato idiologo (gr. *idios logos*, «conto privato»), per amministrare le tenute che erano tornate automaticamente di proprietà della corona a causa dell'abbandono.

Queste misure, sebbene necessarie dal punto di vista economico, si rivelarono profondamente impopolari. I soldati nativi egizi si lamentarono aspramente e il ministro delle Finanze rispose annacquando i regolamenti. Ma era troppo poco e troppo tardi. Scoppiò una ribellione nella Tebaide, regione da sempre epicentro dell'opinione pubblica dei nativi egizi; sacerdoti e coloni greci furono presi di mira, accusati di collaborare con il governo. I ribelli saccheggiarono persino un tempio e bruciarono gli atti di proprietà. Le forze di Tolomeo VI riconquistarono Thebai con poche difficoltà, ma Panopolis, più a nord, si arrese solo dopo un lungo assedio.

Un altro sintomo dei disordini e dell'illegalità diffusa nella Valle del Nilo fu l'aumento degli attacchi al traffico fluviale da parte di bande di fuorilegge. L'Egitto dipendeva dalla navigazione per il trasporto dei raccolti dai depositi provinciali ai granai statali, quindi nessun governo poteva permettersi di ignorare le minacce al commercio fluviale. La risposta di Tolomeo VI fu quella di costituire gruppi di cleruchi che, come dei *marines*, pattugliassero il Nilo su barche della polizia. A questi si aggiunsero guardie fluviali dislocate a intervalli regolari lungo il Nilo.

La rivolta degli indigeni e le relative conseguenze scossero seriamente il regime; le tensioni a lungo covate tra il re e il fratello si manifestarono apertamente. Nel momento in cui Tolomeo VI tornò ad Alessandria dall'Alto Egitto, il fratello fece una mossa decisiva contro di lui. I precisi dettagli di ciò che accadde rimangono oscuri, ma il risultato fu drammatico. Tolomeo VI fuggì dalla città, accompagnato solo da tre schiavi e da un eunuco. Si recò prima a Roma, ma il giorno di Eleusi non si sarebbe ripetuto: invece di ricevere aiuto, Tolomeo fu accolto con freddezza. Si recò quindi nella leale provincia di Cipro, dove fu presto raggiunto dalla sorella. Il loro fratello, il più giovane Tolomeo, governava da solo l'Egitto. (In modo un po' confuso, gli storici si riferiscono a lui come Tolomeo VIII, perché chi un tempo è stato identificato come Tolomeo VII successivamente si è rivelato essere il risultato di un equivoco accademico.)

I cittadini di Alessandria erano una forza inesorabile di cambiamento politico, ma anche amici volubili. Nell'estate del 163, dopo appena un anno di nuovo regime, insorsero contro Tolomeo VIII. Ora toccava a lui andare in esilio. Tolomeo VI fu richiamato da Cipro e il suo potere restaurato. Per cercare di ricucire la rivalità tra fratelli all'interno della famiglia reale, e forse su pressione di Roma, assegnò al fratello la Kyrenaika e Cleopatra II fu riconosciuta come monarca ufficiale congiunto. I sovrani fratelli, che ora regnavano come «i faraoni Tolomeo e Cleopatra», fecero la loro visita annuale a Memphis in occasione del nuovo anno. Ma c'era ancora nervosismo. Prima di partire, Tolomeo inviò una lettera al comandante militare della città per chiarire che non voleva essere chiamato a dirimere questioni legali durante il suo soggiorno; inoltre, temendo possibili attacchi, il comandante ordinò di perquisire il recinto sacro vicino al palazzo reale.

Per ottenere l'appoggio dei nativi, Tolomeo VI seguì i precedenti consolidati, organizzando un sinodo di sacerdoti ed emanando un decreto di amnistia ad ampio raggio. Ma un'incombente instabilità non era ipotesi lontana. Tolomeo VIII non si accontentò della Kyrenaika: voleva anche Cipro. Si recò perciò a Roma per perorare la sua causa, il che fece gioco al Senato. Come osservò in sintesi un commentatore successivo, «il Senato [...] desideroso di realizzare un'effettiva spartizione del regno per sé, accolse la richiesta del fratello minore, che coincideva con i propri interessi».[9] Si trattava della vecchia tattica del *divide et impera*, secondo la quale «avvalendosi degli errori altrui aumenta e costruisce efficacemente il proprio potere, facendo allo stesso tempo un favore e sembrando di conferire un beneficio».[10]

Due ambasciatori romani furono inviati a Cipro per accompagnare Tolomeo VIII – ora ufficialmente «amico e alleato» (in latino, *amicus et socius*) di Roma – e imporre il trasferimento del potere. Tolomeo VI, tuttavia, prese tempo e si rifiutò di cedere. Sapeva bene che Roma era impegnata in un'altra imminente guerra contro i cartaginesi e che difficilmente avrebbe fornito assistenza pratica al fratello. Gli ambasciatori, frustrati dall'intransigenza del re, tornarono a Roma. Cipro rimase fedele a Tolomeo VI.

Avendo preso il sopravvento sull'avversario, avrebbe potuto usare la sua autorità per riportare stabilità e prosperità in Egitto; ma questa non era la via tolemaica. Invece, Tolomeo VI decise di partecipare a un piano per destabilizzare il regno seleucide. Antiochos IV era da poco morto in campagna, lasciando il trono al figlio minorenne, Antiochos V. L'ascesa di un minorenne fece sì che Tolomeo VI facilitasse la fuga dalla prigionia del cugino di primo grado, Demetrios (figlio maggiore ed erede di Seleukos IV), che tornò immediatamente in Siria per reclamare il suo trono. Il re bambino Antiochos V fu deposto e per un breve momento sembrò che Tolomeo VI potesse trarre vantaggio dal suo ruolo di sostenitore del nuovo monarca. Ma una volta ottenuto il titolo di sovrano, Demetrios tornò presto sui suoi passi e iniziò i preparativi per la guerra contro il suo sostenitore tolemaico.

Mentre i funzionari si preparavano all'inevitabile conflitto, il governatore di Cipro cercò di vendere l'isola a Demetrios per 500 talenti. Ma il suo piano fu scoperto e così si impiccò per evitare l'esecuzione per tradimento.

La situazione nel Mediterraneo orientale stava rapidamente evolvendo e Roma era sempre più preoccupata per i propri interessi. Così, quando nel 154 Tolomeo VIII si appellò ancora una volta al Senato, dopo essere sopravvissuto a un attentato di cui incolpava gli emissari del fratello, i politici della Repubblica accettarono di inviare truppe e cinque quinqueremi per aiutare Tolomeo VIII a conquistare Cipro con la forza. Gli eserciti contrapposti dei fratelli si incontrarono sulla costa settentrionale dell'isola. Il più giovane Tolomeo fu catturato e costretto ad accettare le condizioni di resa: l'abbandono delle pretese su Cipro, l'esilio in Kyrenaika e il versamento annuale di grano all'erario alessandrino.

Nel frattempo, la crisi dinastica seleucide, fomentata da Tolomeo VI, era entrata in una nuova fase con la comparsa di un terzo pretendente al trono, Alessandro Bala. Le sue origini sono misteriose. Sebbene sostenesse di essere figlio di Antiochos IV, è forse più probabile fosse stato strappato a un ambiente oscuro e usato come fantoccio dalle forze che si opponevano a Demetrios. Poiché a Tolomeo VI conveniva sostenere qualsiasi influenza de stabilizzante, diede in sposa la figlia adolescente (Cleopatra Tea) al pretendente. Forte dell'alleanza, Alessandro Bala riuscì a uccidere Demetrios e a consolidare la propria posizione di monarca. Quanto a Tolomeo VI, avendo rafforzato il suo diritto di interferire negli affari seleucidi, nel 145 lanciò un'invasione su larga scala della Siria. Le sue truppe non incontrarono resistenza e l'esercito di Alessandro Bala le considerò amichevoli. In pochi mesi, Tolomeo VI riuscì a realizzare l'ambizione della sua vita: riprendere il controllo della Koile-Syria costiera.

A quel punto le cose si complicarono. Alessandro Bala, furioso per il tradimento di Tolomeo, elaborò un piano per ucciderlo. Il complotto fu scoperto prima che potesse essere messo in atto, spingendo Tolomeo a cambiare schieramento e a sostenere il giovane figlio e omonimo di Demetrios (Demetrios II). Tolomeo fece risposare Cleopatra Tea con il nuovo pretendente e continuò la sua marcia verso nord. Dopo aver ricevuto l'appoggio di diverse città importanti, fu ufficialmente incoronato re d'Asia. Un sistema di doppia datazione dei documenti reali equiparava l'Anno 36 del regno di Tolomeo in Egitto con l'Anno 1 del suo regno in Asia. Ma sapeva che Roma non avrebbe riconosciuto una tale affermazione pubblica di unificazione. A malincuore, abbandonò il titolo di «re d'Egitto e re di Siria» e si impegnò a servire come leale precettore il giovane Demetrios II.

Dopo tutte le vicissitudini dei tre decenni precedenti, Tolomeo VI aveva ristabilito le sorti della sua dinastia e, come suo nonno, poteva rivendicare la legittimità come *basileus*, oltre che come faraone. Ma il suo momento di gloria fu di breve durata. Un'ultima decisiva battaglia contro Alessandro Bala portò alla totale sconfitta del pretendente seleucide, ma Tolomeo fu ferito nello scontro dopo essere caduto da cavallo. Morì tre giorni dopo.

I regni del quarto, quinto e sesto Tolomeo erano stati funestati da una serie di crisi. Ne sarebbero seguite altre.

8

Una terra, due culture

I tentativi dei successivi Tolomei di tranquillizzare lo stato d'animo degli egizi, insieme alle periodiche ribellioni dei nativi, servivano a non dimenticare che la Valle del Nilo era una terra lacerata da divisioni etniche e culturali. Ad Alessandria e nelle altre due città greche (gr. *poleis*), Naukratis e Tolemaide, le persone parlavano prevalentemente la lingua greca. Nelle campagne, invece, la maggior parte della popolazione era egizia. Le comunità greca ed egizia vivevano fianco a fianco, senza mescolarsi troppo. Ognuna di esse si atteneva con rigore alla propria cultura, alla propria religione e alla propria lingua. I greci rimasero inequivocabilmente greci, anche dopo diverse generazioni cresciute in Egitto. E la maggior parte degli egizi non fu toccata dall'ellenismo, anche se ora pagava le tasse ai faraoni stranieri. L'Egitto tolemaico era una terra caratterizzata prevalentemente dal senso di «coesistenza, non di coalescenza».[1]

La conquista dell'Egitto da parte di Alessandro nel 323 aveva provocato una prima ondata migratoria dal mondo grecofono verso la Valle del Nilo. Sotto i primi Tolomei, questa ondata si trasformò in un'inondazione. Gli abitanti delle comunità impoverite dell'Egeo e dell'Anatolia si affrettarono a raggiungere l'Egitto in cerca di una vita migliore. I coloni arrivarono da oltre duecento località attraverso il Mediterraneo e non era difficile capire perché. Nel III secolo, un poeta ellenistico, Herondas, elogiava il regno di Tolomeo II come una terra traboccante di latte e miele: «In Egitto hanno tutto ciò che esiste o viene prodotto in qualsiasi parte del mondo: ricchezza, sport, potere, clima eccellente, fama, panorami, filosofi, oro, giovani uomini, un santuario degli dèi fratelli, un re illuminato, il Museo, vino [...] e donne!».[2] Pochi anni dopo, il poeta di corte di Tolomeo II, Theokritos (anch'egli originario di Siracusa, ma ora stabilitosi ad Alessandria), scrisse il seguente consiglio ai giovani in cerca di fortuna: «Se sei pronto a stringere il mantello militare sulla spalla destra, se hai il coraggio di piantare saldamente le gambe per resistere all'attacco dell'audace guerriero, raggiungi rapidamente l'Egitto».[3]

Alessandro aveva fondato la sua città omonima sulla costa, dando le spalle all'Egitto e guardando il Mediterraneo: non poteva esserci indicazione più chiara del fatto che Alessandria era destinata, fin dall'inizio, a far parte del mondo greco. Gli egizi ne presero atto e nelle iscrizioni ufficiali si riferivano alla città come «la fortezza di Alessandro sul Mare dei Greci». Era il primo scalo, la destinazione naturale, per i migranti. Tuttavia, con l'arrivo in città di un numero sempre crescente di grecofoni, non tutti potevano trovare una casa definitiva nelle immediate vicinanze. I coloni militari e gli altri migranti si dispersero quindi nelle campagne, fondando nuove comunità in tutta la Valle del Nilo: isole di ellenismo in un mare di cultura egizia autoctona.

Una provincia che vide un particolare e duraturo afflusso di immigrati fu quella del Fayum (nomo di Arsinoite). Piuttosto che vivere fianco a fianco con i nativi egizi, i coloni stanziarono le proprie comunità dove fossero in grado di mantenere le loro preziose tradizioni culturali. Il villaggio di Philadelpheia era uno di questi insediamenti. Per qualsiasi visitatore egizio, abituato alla fitta struttura dei villaggi indigeni, Philadelpheia avrebbe presentato un aspetto del tutto estraneo. Era disposta secondo il sistema a griglia tipico degli insediamenti greci pianificati. Le strade ad angolo retto dividevano l'area edificata in isolati, ognuno dei quali misurava cento per duecento cubiti (cinquanta per cento metri circa) e comprendeva venti abitazioni ciascuno, con stretti vicoli che correvano tra le case. Anche gli edifici pubblici erano di una tipologia del tutto sconosciuta nella Valle del Nilo: templi di varie divinità greche e un ginnasio, istituzione vitale nella cultura greca dove i giovani ricevevano la loro educazione (accademica e fisica) e da cui la comunità nel suo complesso coltivava il senso di appartenenza alle proprie radici. Anche in insediamenti greci piuttosto piccoli, un ginnasio era considerato essenziale e tali edifici erano spesso finanziati dall'intera comunità o da singoli benefattori.

Con tali mezzi, i grecofoni in Egitto furono in grado di adattarsi alla loro nuova patria senza sminuire la propria identità; anche dopo diverse generazioni nella Valle del Nilo, i discendenti dei coloni erano soliti definirsi «greci nati in Egitto», non «egizi».[4] La loro posizione privilegiata come parte di una classe dominante permise loro di assumere un atteggiamento di condiscendenza e sfruttamento nei confronti dell'Egitto e della popolazione autoctona. Gli egizi, da parte loro, mal sopportavano le vessazioni dei padroni stranieri, come del resto succedeva sempre: una ricetta per la diffidenza, l'incomprensione e il risentimento che ribolliva.

Tra le migliaia di documenti papiracei sopravvissuti all'Egitto tolemaico, alcuni forniscono una testimonianza di prima mano dei rapporti conflittuali tra le comunità di immigrati e quelle autoctone. In molte parti del territorio, l'élite e le classi inferiori sembravano aver vissuto in un'atmosfera di permanente ostilità reciproca. Ad esempio, in una lettera risalente al regno di Tolomeo III, un sacerdote egizio si lamentava del fatto che il colono greco ospitato nella sua casa lo guardasse dall'alto in basso «perché è un egizio».[5] In un altro documento, una donna greca si lamentava di essere stata deliberatamente scottata da un addetto egizio quando si era recata ai bagni comuni (istituzione greca per eccellenza, anche se gestita da personale indigeno mal pagato): «Mentre mi immergevo nel bagno del suddetto villaggio [...] ed ero uscita per insaponarmi, quando ha portato le brocche di acqua calda ne ha svuotata una [?] su di me e mi ha scottato il ventre e la coscia sinistra fino al ginocchio».[6]

Un terzo caso rivela quanto rapidamente le tensioni potessero diventare violente. Un uomo greco di nome Herakleides, allora residente nella capitale del nomo di Arsinoite, affermò che mentre era in visita a un villaggio vicino (egizio), una donna locale di nome Pasetenbast (in greco Psenobastis) si affacciò dalla finestra e

> svuotò un vaso da notte pieno di urina sui miei vestiti, così da inzupparmi completamente. Quando la rimproverai con rabbia, mi insultò. Quando risposi in modo gentile, Psenobastis mi tirò con la mano destra il lembo del mantello [...] lo strappò e me lo tolse di dosso, così da denudarmi il petto. Mi sputò anche in faccia [...] Quando alcuni astanti la rimproverarono per quello che aveva fatto, lei semplicemente se ne andò e rientrò in casa.[7]

Sconvolto e furioso per il trattamento ricevuto, Herakleides fu spinto a scrivere al re ad Alessandria d'Egitto. Il senso di ingiustizia provato da un uomo greco aggredito da una donna egizia rivela la sensibilità interetnica che permeava le comunità tolemaiche grandi e piccole.

L'etnia non era solo una questione di identità o di posizione sociale: aveva anche ramificazioni legali. Almeno a partire dal regno di Tolomeo II, tutti i cittadini maschi in Egitto necessitavano di un'etnia ufficiale in ambito legale. Le cause che coinvolgevano gli egizi seguivano il tradizionale organismo giudiziario di precedenti faraonici, noto come «leggi della terra», a meno che non venisse sostituito da un editto reale tolemaico; mentre le cause che coinvolgevano i greci facevano riferimento a leggi scritte. I due tipi di cause venivano persino giudicati in due diversi tipi di tribunale. I *dikasteria* furono istituiti nelle capitali provinciali per soddisfare le esigenze dei coloni di lingua greca ed erano supervisionati dal giudice capo (gr. *archidikastes*) di Alessandria, che rispondeva direttamente al re. Nelle campagne, i tribunali di giudici greci (gr. *chrematistai*) trattavano le cause tra greci (o derivanti da contratti scritti in greco), mentre i tribunali di giudici egizi (gr. *laokritai*) trattavano le cause che coinvolgevano gli egizi. I contratti tra greci, scritti in greco, erano soggetti alla legge «greca»; quelli tra egizi, scritti in demotico, alla legge indigena. Sembrava tutto giusto ed equo; ma nei casi che coinvolgevano membri di entrambe le comunità, i giudici greci erano fortemente prevenuti nei confronti degli egizi, rafforzando le rimostranze della popolazione nativa nei confronti del suo padrone imperialista.

Queste rigide distinzioni, tuttavia, sembrano essersi gradualmente dissolte man mano che greci ed egizi si abituavano l'uno all'altro e al rispettivo stile di vita. Ad esempio, a Taposiris Magna, situata a quarantacinque chilometri a ovest di Alessandria, una popolazione in gran parte immigrata fondò una città con un proprio complesso termale greco. Eppure, accanto alle terme e a una serie di ricche ville, si trovava una necropoli di animali sacri piena di ibis e falchi mummificati. Alla fine del III secolo, come risultato di questa compenetrazione culturale, l'identità etnica era diventata in parte una questione di autodefinizione. A partire dal regno di Tolomeo VI, uno stesso individuo era apparentemente in grado di adottare sia l'identità greca sia quella egizia e di attingere a entrambe le tradizioni giuridiche a seconda delle necessità. Ci sono numerosi esempi di persone che portavano sia il nome greco sia quello egizio: il primo era generalmente usato in contesti ufficiali, il secondo nella sfera privata. Così, un notaio poteva portare un nome greco quando redigeva documenti legali, ma essere chiamato con il suo nome egizio in ambito familiare. Al contrario, uno scriba di villaggio usava il suo nome egizio (Menkhes) in veste ufficiale e il nome greco (Asklepiades figlio di Ammonios) solo occasionalmente, pur riferendosi a se stesso come «greco nato in Egitto».

È impossibile stabilire con certezza se questi doppi nomi appartenessero a egizi ellenizzati o a greci «egizizzati»; ma, in pratica, era estremamente raro che i greci imparassero la lingua egizia – la scrittura nativa (demotica) era notoriamente difficile da apprendere per uno straniero – o che prendessero in prestito le usanze egizie, mentre un egizio in ascesa era incentivato a imparare il greco, ossia la lingua della classe dirigente, e ad appoggiarsi a un personaggio pubblico greco per avanzare professionalmente. In effetti, fin dall'inizio della storia tolemaica, gli egizi che conoscevano bene il greco erano molto richiesti dai governi locali. Con la progressiva apertura delle funzioni statali agli abitanti autoctoni dell'Egitto, la conoscenza del greco divenne un passaporto per accedere alle alte cariche. A partire dalla metà del III secolo, i ruoli di segretario reale e di funzionario delle finanze furono ogni tanto ricoperti da egizi; un secolo dopo, fu possibile per un egizio diventare comandante; alla fine del II secolo, un egizio fu nominato comandante supremo della regione della Tebaide, una carica che – un po' ironicamente – comportava il rango di «cugino del re». Sembra che alcuni egizi avessero adottato il doppio nome pur non ricoprendo alcuna carica ufficiale, forse riflettendo le loro aspirazioni sociali. Sotto il regno di Tolomeo VI, né il nome né la designazione ufficiale rivelavano molto sulle origini etniche di una persona.

* * *

Il complesso rapporto tra egizi e grecofoni, tra gli abitanti nativi d'Egitto e i discendenti degli immigrati, è ben illustrato dalla storia di un personaggio particolare vissuto nell'Alto Egitto, la cui carriera ha attraversato i regni di Tolomeo VI e dei suoi due successori. Dryton nacque intorno al 195, l'anno dell'umiliante trattato di pace di Tolomeo V con Antiochos III. Nonostante la perdita della Koile-Syria e le sconfitte subite dalle forze egizie, la vita militare offriva ancora opportunità agli uomini ambiziosi. Dryton era uno di questi e si arruolò nell'esercito; avrebbe trascorso tutta la sua vita adulta come soldato, di stanza nelle guarnigioni o nei posti di polizia nei dintorni di Thebai.

L'Alto Egitto era il cuore della cultura faraonica, Thebai la sua capitale religiosa. Ma la prima esperienza di Dryton fu in un ambiente completamente diverso, poiché egli nacque nella città greca di Tolemaide. Un villaggio egizio preesistente, Nesyt, fu inglobato in una città importante, destinata a diventare la più grande dell'Alto Egitto. Tolemaide era greca nella sua interezza. Nesyt divenne un quartiere riservato agli egizi, ma il resto della metropoli rimaneva un luogo di costumi e architettura stranieri. Aveva templi dedicati a Zeus e Dioniso, sebbene il culto principale fosse quello del suo fondatore, Tolomeo I. I privilegiati abitanti greci della città eleggevano i propri magistrati e giudici, avevano un proprio consiglio comunale e un'assemblea; i cittadini di Tolemaide, come le loro controparti in tutto il mondo di lingua greca, erano organizzati in tribù e demi (dal greco, *demos*). Tolemaide intratteneva vivaci relazioni diplomatiche e commerciali con località del Mediterraneo orientale. Le anfore rinvenute nel sito includono importazioni da Rodi e Cnido, nell'Anatolia sudoccidentale.

Il giovane Dryton, di origini cretesi, con il suo nome greco in una città greca, deve essere apparso agli egizi come «uno di loro», non «uno di noi». Il suo precoce servizio militare, nella guarnigione di Diospolis Parva, avrebbe consolidato il suo status e la sua identità. Tanto più destabilizzante fu quindi il trasferimento, all'età di trent'anni, nella città di Pathyris, a sud di Thebai. Pathyris era infatti quasi interamente egizia; il greco si sentiva solo raramente nelle strade strette, tortuose e polverose. Il trasferimento di Dryton a Pathyris sembra facesse parte di un piano del governo di Tolomeo VI per proteggersi dall'insurrezione. Ma i soldati non si comportavano sempre come ci si poteva aspettare. A volte diventavano indigeni. Dryton, ad esempio, iniziò a vivere sempre più come un egizio, adottando i costumi locali e scrivendo persino in demotico. Questa graduale acculturazione era particolarmente sorprendente per un ufficiale di cavalleria – come Dryton era ormai diventato – perché la cavalleria era in genere riservata agli uomini di pura discendenza greca. Pochissimi greci imparavano a leggere o scrivere in demotico, considerandolo la lingua delle classi inferiori, che non portava vantaggi per la carriera.

La trasformazione di Dryton da membro dell'élite di lingua greca a pilastro della società in una città in gran parte egizia fu cementata dal suo matrimonio con una donna locale, egizia. I matrimoni erano iniziati circa un secolo prima, all'inizio nelle aree rurali tra le fasce più povere di entrambe le popolazioni, per poi diffondersi gradualmente negli insediamenti militari, soprattutto in quelli isolati dai centri della cultura greca urbana. Il matrimonio di un ufficiale greco con una donna indigena segnò il culmine di questo processo. Tutti i casi documentati riguardavano un uomo greco che sposava una donna egizia, mai il contrario. Per il marito, il matrimonio con una ragazza locale poteva essere l'unica scelta possibile. Per la moglie, il matrimonio con la classe dirigente conferiva enormi vantaggi sociali. Sembra certamente che la moglie di Dryton, Setenmontu – un buon nome tebano – avesse apprezzato questo suo farsi strada nel mondo. In molte occasioni rinunciò al suo nome egizio, usando più spesso un nome greco: Apollonia. Come dimostrano i documenti, Apollonia sapeva di aver scelto un buon partito ed era determinata a sfruttare il suo nuovo status per far progredire la propria carriera e la fortuna dei suoi figli.

I nativi egizi raramente ricevevano un'accoglienza totale da parte dell'élite di lingua greca.[8] Lottando contro questa tendenza, Apollonia cercò senza dubbio di enfatizzare l'identità greca dei suoi figli: Esthladas, il maschio, seguì le orme del padre arruolandosi nell'esercito, mentre le sorelle si consideravano assolutamente greche e godevano dello status giuridico superiore che ne derivava. Tuttavia, anche loro non potevano rimanere insensibili alla cultura egizia predominante di Pathyris, soprattutto dopo che tre dei loro matrimoni si erano conclusi con un divorzio. Nel corso della loro vita, sarebbero tornate a usare i loro nomi egizi.

Lo stato delle cose nell'Alto Egitto rurale viene messo a fuoco dall'ultimo scritto di Dryton, firmato e datato a Pathyris il 29 giugno 126. Si tratta di un uomo di successo di pura discendenza greca che stilò il documento che avrebbe determinato la distribuzione del suo patrimonio dopo la sua morte. Il testamento di Dryton era scritto in greco; ma, dopo aver indicato i nomi e le professioni dei testimoni, fu aggiunta la seguente frase a titolo di chiarimento: «Questi quattro hanno firmato in scrittura autoctona perché non ci sono abbastanza greci in quest'area».[9] Al di là di Alessandria e Tolemaide, l'Egitto era ancora un territorio prevalentemente egizio.

Dryton morì intorno al 111, ben oltre gli ottant'anni; più del doppio dell'aspettativa di vita media nell'Egitto tolemaico. La sua carriera gli era servita molto. Anche la moglie si arricchì dopo il matrimonio con l'affascinante ufficiale di cavalleria: abbandonando l'economia del baratto tipica della sua cultura, abbracciò l'economia monetaria dei governanti di lingua greca dell'Egitto e divenne lei stessa un'usuraia. I documenti sopravvissuti la ritraggono come una donna dalla testa dura, dal pugno di ferro e dal cuore freddo in egual misura. Spesso applicava tassi di interesse esorbitanti – fino al cinque per cento al mese, nonostante il massimo legale fosse solo il due per cento – e violava regolarmente la legge che vietava che l'importo totale degli interessi superasse il valore del capitale. Apollonia doveva essere una figura profondamente impopolare nella comunità locale. Esthladas mantenne questa nuova attività di famiglia accanto alla sua carriera militare.

L'adozione di pratiche economiche ellenistiche da parte di aspiranti membri della popolazione nativa egizia illustra la pressione di fatto unidirezionale dell'acculturazione. Un egizio in carriera traeva vantaggio dall'apprendimento del greco e dall'acquisizione di una patina di cultura greca. Per la stragrande maggioranza, tuttavia, gli strani modi degli «ionici» e dei loro simili rimanevano del tutto estranei. La cultura egizia conservava il suo innato sciovinismo e conservatorismo.

Un'eccezione a questa regola fu la professione scelta da Apollonia, il prestito di denaro. L'uso diffuso della moneta e l'introduzione di un'economia monetaria in Egitto furono alcuni dei cambiamenti più importanti introdotti dai primi Tolomei. I papiri dell'inizio del III secolo, prima che questi cambiamenti trovassero un assestamento, dimostrano quanto queste novità fossero sconcertanti per la massa dei contadini egizi.

All'inizio esisteva un solo tipo di banca, la «banca reale». Si trattava di un braccio del governo centrale, gestito da funzionari pubblici a beneficio del Tesoro. C'era una sede in ogni capoluogo di provincia, con filiali nei villaggi più grandi. La maggior parte degli egizi le chiamava «uffici delle imposte», ed è proprio questo che erano. Sebbene i privati potessero aprire conti, effettuare depositi e chiedere prestiti, l'esperienza della maggior parte della popolazione con la banca reale era il pagamento annuale delle tasse.

Poi, sotto Tolomeo II, fu introdotto un secondo tipo di banca, nota come «banca concessionaria», che rappresentava qualcosa di piuttosto diverso e nuovo per gli egizi. Innanzitutto, il diritto di gestire una delle banche concessionarie, che erano relativamente poche, veniva affittato dallo Stato al miglior offerente. In questo modo si introduceva un elemento di impresa privata nel settore della gestione finanziaria: un concetto familiare nel mondo ellenistico ma del tutto estraneo all'economia egizia, che era stata pianificata e diretta a livello centrale per millenni. Le banche concessionarie si concentrarono sull'attività bancaria privata, compreso il cambio di valuta e il prestito su pegno.

Tutti i banchieri erano greci. Al momento della nomina, ognuno doveva prestare e firmare un giuramento d'ufficio. La prima clausola del giuramento era la più importante: «Depositerò debitamente e realmente tutti i pagamenti al Tesoro». La principale preoccupazione di un banchiere erano i fondi governativi conservati presso la sua filiale. Ciò è confermato da un dossier di documenti raccolti da un banchiere di nome Nikanor, che gestiva una filiale provinciale della banca reale nell'Alto Egitto settentrionale durante i regni di Tolomeo II e III. Egli conservava meticolosamente le ricevute di tutti i pagamenti effettuati e le copie delle note ufficiali che li autorizzavano. In un caso, pagò una somma alla polizia locale con i proventi dei tributi riscossi l'anno precedente. In un'altra occasione, ricevette una somma dall'erario per il conto di acquisto del grano di una provincia vicina, e registrò accuratamente sia la somma di «quindici talenti di rame» sia il completamento della transazione.

Gli affari del governo avevano la priorità, ma Nikanor aveva anche alcuni clienti privati, che erano ricchi proprietari terrieri e funzionari. (Zenon, ad esempio, teneva un conto privato a Memphis e un altro ad Athribis, nel Delta.) Per questa parte degli affari, un'infarinatura di egizio era utile; un banchiere era quindi autorizzato ad assumere un assistente egizio, purché avesse una sufficiente conoscenza del greco.

Quando Apollonia intraprese la carriera di prestatrice di denaro, quindi, il funzionamento e la struttura dell'economia egizia erano stati radicalmente modificati da oltre un secolo di pratiche greche.

* * *

Questi cambiamenti nel modo millenario di lavorare sono stati percepiti non solo nelle città importanti o nelle più grandi città di provincia come Pathyris, ma anche nelle campagne. Per tutta la storia egizia, i contadini avevano pagato le tasse – riscosse in proporzione al raccolto – allo Stato. Sotto i Tolomei, la riscossione delle imposte fu radicalmente riformata per aumentarne l'efficienza e garantire allo Stato le entrate previste, con o senza carestia. Il governo ottenne questo risultato appaltando la riscossione delle imposte a operatori privati. Conosciuti come «coltivatori fiscali», erano ricchi imprenditori in grado di pagare in anticipo le imposte dovute su uno specifico appezzamento di terreno. Se la resa effettiva di un appezzamento non raggiungeva la somma garantita, il coltivatore fiscale si faceva carico della perdita; se c'era un'eccedenza, ne tratteneva una buona parte come profitto. I contratti con il governo venivano venduti alle aste annuali e i rilanci delle offerte per quelli più redditizi erano molto agguerriti. Un appezzamento di terreno fertile produceva quasi sicuramente un'eccedenza, anche se l'imposta era piuttosto elevata, e rappresentava un buon investimento. Un campo più marginale poteva attirare tasse più basse, ma era una proposta più rischiosa. Perciò i coltivatori fiscali spesso operavano come consorzio, per distribuire il rischio e condividere la ricompensa; inoltre, per proteggere i propri interessi, tenevano sotto controllo ogni fase della riscossione delle imposte. Questo, a sua volta, andava a vantaggio dello Stato, che poteva contare su molte più paia di orecchie e occhi per sradicare qualsiasi eventuale imbroglio. Introducendo la ricompensa privata come incentivo, il governo tolemaico si assicurava che le proprie casse fossero riempite anno dopo anno in modo affidabile.

La maggior parte dei coltivatori fiscali era composta da uomini d'affari, investitori che non si erano mai sporcati le mani con l'agricoltura. In genere affittavano i loro appezzamenti a contadini veri e propri, o addirittura a intermediari che poi li subaffittavano a contadini egizi senza terra a canoni esorbitanti. Con il sistema dei Tolomei di gestione della terra, il governo e la classe dei coloni prosperavano, ma i benefici per la popolazione autoctona erano scarsi.

Il modello dell'impresa privata fu replicato anche in altri settori dell'economia. Molte industrie – dalla lavorazione del vetro e dei metalli a quella dei tessuti e dei profumi, dalla produzione di birra a quella di mattoni – erano gestite come concessioni governative. Il diritto di gestire una particolare attività in una determinata area per un periodo di tempo prestabilito veniva venduto all'asta al miglior offerente. Lo Stato traeva vantaggio non solo dalla vendita della concessione, ma anche dalle imposte riscosse sui prodotti finiti. La produzione di olio, principalmente dal ricino e dal sesamo, era regolata in modo particolarmente severo e i profitti di questa lucrativa industria venivano convogliati direttamente allo Stato. Inoltre, non c'era possibilità di evitare la tassa sull'olio attraverso importazioni a basso costo: l'olio importato era tassato al cinquanta per cento e doveva essere venduto al governo a un prezzo fisso (basso), rendendolo antieconomico.

Alcune entrate statali erano destinate a sostenere specifiche aree di spesa pubblica, tra cui una tassa sulle dighe (per la manutenzione e la riparazione del sistema di irrigazione), una tassa sulla polizia e una sulla spesa sanitaria; ma la maggior parte finiva direttamente nelle casse reali di Alessandria. Gran parte delle entrate dell'erario erano in natura – principalmente grano, ma anche frutta, bestiame, lino e altri prodotti manifatturieri – ma venivano riscosse anche tasse monetarie su attività specifiche. C'era una tassa sulla produzione di sale, una tassa sull'uso della terra come pascolo e una tassa sul commercio. I diritti doganali venivano riscossi sulle merci trasportate su e giù per il Nilo; Memphis era una delle dogane principali, supportata da una serie di posti di blocco lungo il vicino tratto di fiume, e i pedaggi portuali menfiti sono ben documentati.[10]

Ovunque ci siano tasse da pagare c'è l'opportunità di corruzione e i funzionari doganali erano noti per aver accettato di fare da sponda. Un resoconto delle spese commerciali sostenute da un armatore in viaggio da Memphis ad Alessandria elenca le quantità di vino e birra date agli ispettori come pagamenti agevolati (tangenti). Nemmeno le navi di grano che portavano il raccolto ad Alessandria per l'esportazione erano esenti da interferenze, come testimonia una lettera di reclamo di un armatore al ministro delle Finanze, datata dicembre 258. I doganieri non disdegnavano di confiscare oggetti da vendere per profitto personale; se questi includevano parti dell'equipaggiamento di una nave, il proprietario poteva trovarsi non solo senza soldi, ma anche impossibilitato a proseguire il viaggio. Le importazioni e le esportazioni erano pesantemente tassate, a meno che non si trattasse di monopoli della corona. Il commercio delle spezie era così prezioso che gli operai impiegati nelle fabbriche di Alessandria venivano perquisiti ogni sera prima di tornare a casa.

A volte i crescenti livelli di regolamentazione e tassazione governativa erano sinonimo di rovina economica. Il piccolo villaggio di Plinthine, sulla costa settentrionale del Delta, ne è un esempio. La comunità, composta da immigrati di lingua greca, sembra fosse stata interamente orientata alla produzione di vino. Sperimentarono diverse varietà di uva per trovare quelle più adatte ai terreni sabbiosi della zona e costruirono un tino comune e una piattaforma di pigiatura che potevano produrre oltre seicento litri di succo in una sola pressatura. Il vino di alta qualità che ne derivava poteva essere venduto ai clienti della vicina Taposiris Magna e forse anche di Alessandria. Ma la produzione di vino si interruppe bruscamente nel II secolo e le strutture annesse furono abbandonate: vari potevano essere stati fattori di questa interruzione, ma è probabile che la perdita di mercati o l'aumento delle tasse avessero giocato un ruolo importante.

Attraverso concessioni, tasse e imposte, il controllo tolemaico sull'economia era capillare, di vasta portata e attentamente calcolato per massimizzare le entrate statali. Come osservò laconicamente Apollonios, ministro delle Finanze per più di due decenni sotto Tolomeo II, «tutto è regolato per il meglio».[11] Lo Stato ne traeva i maggiori benefici, esportando ogni anno milioni di moggi di grano attraverso i centri di distribuzione internazionali sulle isole di Rodi e Delo. I ricchi coloni greci, che costituivano la maggior parte della classe imprenditoriale, realizzavano profitti consistenti, accrescendo la reputazione dell'Egitto come luogo di prosperità. E, sempre in fondo alla filiera produttiva, la popolazione comune ne sopportava il peso. Pertanto, se da un lato l'Egitto tolemaico fu il più ricco dei regni ellenistici, dall'altro la sua politica economica contribuì a provocare periodicamente instabilità e insurrezioni.

* * *

I diversi filoni dell'economia tolemaica intessevano un tessuto complesso. Questo è ben illustrato a Memphis, l'antica capitale faraonica ma anche un importante centro industriale e commerciale. La produzione di grano era alla base della prosperità dell'Egitto, ma Memphis era un consumatore netto. I campi che circondavano la città producevano grano, orzo e farro, ma non in quantità sufficiente a sfamare la popolazione urbana. A un certo punto, durante il regno di Tolomeo IV o V, il governo di Alessandria si sentì in dovere di nominare un funzionario della corona per supervisionare la distribuzione del grano a Memphis e garantire che la popolazione di una città così importante non soffrisse la fame. L'agricoltura entro i confini della città sembrava soddisfare in gran parte i gusti degli immigrati. Le olive menfiti non erano del tipo selvatico egizio, ma una varietà mediterranea introdotta dai primi coloni ionici, molto apprezzata dagli abitanti greci locali. I vigneti di Memphis producevano un vino dolce molto gradito dai palati greci. Lo stesso valeva per i melograni, i fichi, le noci e i gelsi coltivati nelle orticolture della città. Il parco del palazzo a nord di Memphis conteneva un vivaio di piantine, tra cui alberi di noce.

Ciò che mancava a Memphis nella produzione primaria di prodotti agricoli, era compensato dalla capacità manifatturiera. I semi di sesamo e di ricino venivano portati in città dal Fayum per essere trasformati in olio per cucinare e illuminare. Gli ispettori del governo tenevano d'occhio la produzione, ma si preoccupavano meno delle condizioni di lavoro. In un documento del II secolo si racconta di come uno sfortunato operaio fosse morto in una vasca di olio di ricino.

La città aveva una particolare reputazione come centro dell'industria tessile e dell'abbigliamento. Le greggi di pecore e capre venivano allevate su terreni arbustivi ai margini del deserto, e velli e pelli venivano portate in una grande fabbrica di lana. In Egitto c'era una scarsa tradizione di abbigliamento in lana, ma questi capi erano popolari tra le comunità di immigrati. All'inizio del III secolo furono introdotti dal Mediterraneo nuove razze di pecore, allevate per il loro vello. Le pecore di Mileto, ad esempio, si diceva indossassero «velli protetti sotto giacche di pelle»[12] che dovevano essere scuoiati piuttosto che tosati.

Il lino, coltivato nelle vicine province di Arsinoite e Herakleopolite, veniva portato a Memphis per essere sbiancato. Questo processo richiedeva natron e olio di ricino. Poiché entrambi i prodotti erano controllati dallo Stato, ottenere forniture affidabili poteva rivelarsi difficile. La lavorazione di lana e lino per ottenere il tessuto, tradizionalmente un'attività artigianale svolta dalle donne a casa, fu semi-industrializzata sotto i Tolomei. Memphis ospitava una serie di grandi capannoni per la tessitura, uno dei quali era di proprietà del ministro delle Finanze, Apollonios. Egli si trovava in una posizione privilegiata per ottenere la concessione di un simile stabilimento. In alcune fabbriche, i lavoratori si impegnarono in una contrattazione collettiva per ottenere salari migliori. Ma Apollonios non dovette far fronte a tali richieste: i suoi dipendenti – ragazze addette alla filatura, uomini alla tessitura – erano schiavi. I prodotti dell'industria tessile venivano commercializzati a livello locale, ma anche all'estero.

Anche altre industrie menfiti riflettevano le priorità dell'amministrazione tolemaica. I bronzisti della città producevano armi per l'esercito, e la fornitura di materiale per la Quarta guerra siriaca era organizzata da Memphis. Le fonderie sfornavano anche stampi per i modelli di terracotta tanto amati dagli abitanti greci dell'Egitto. Molti di questi stampi e modelli sono stati ritrovati durante gli scavi archeologici a Memphis. L'industria della maiolica, che per millenni ha caratterizzato l'economia della Valle del Nilo, si adattò rapidamente al gusto ellenistico, sostituendo il classico acquamarina della maiolica faraonica con il verde o il blu pavone preferito dai Tolomei. Anche gli oggetti si adeguarono alle preferenze greche: al posto delle statuette votive, le botteghe producevano ora medaglioni, teste ritratto e brocche ornate con le immagini delle regine tolemaiche.

Persino i templi autoctoni, bastioni della cultura tradizionale che coprivano un terzo della città e davano lavoro a un gran numero di egizi, furono costretti a adattarsi al dominio e allo stile stranieri. Certo, gli ibis sacri venivano ancora allevati lungo le dighe della città e nel vicino Lago del Faraone, e il toro Apis continuava a scalpitare nelle stalle, ma l'infrastruttura sacra era fondamentalmente cambiata. Sotto i faraoni, il tempio di Ptah era servito come una filiale dello Stato, garantendo i pesi usati nelle transazioni; ora garantiva la purezza dell'argento usato nella monetazione tolemaica. Anticamente, i templi avevano tratto enormi ricchezze dalle loro vaste proprietà terriere. Ora, di gran parte di questi terreni se n'era appropriato il governo e i templi ricevevano invece una sovvenzione in blocco (gr. *syntaxis*) dall'erario, integrata dai proventi dei pellegrini e dei turisti.

Sotto i Tolomei, Memphis rinunciò al suo status di capitale nazionale a favore di Alessandria. Cessò di essere la sede del governo e svolse solo un ruolo di supporto negli affari di Stato. Allo stesso tempo, la grande espansione dell'agricoltura nel Fayum incrementò le fortune della città come mercato e porto. Praticamente tutto il grano dell'Egitto passava per il porto di Memphis. Le spedizioni e le costruzioni navali ebbero un boom. I vigneti e gli uliveti modificarono la produzione per soddisfare i gusti dei nuovi acquirenti; gli artigiani trovarono nuovi sbocchi per i loro prodotti e nuove merci apparvero sui mercati urbani.

La popolazione indigena dell'Egitto era cruciale per la missione dei Tolomei di creare lo Stato più ricco del mondo ellenistico. Tuttavia, il risentimento dei nativi periodicamente esplodeva, alimentando una serie di rivolte. All'inizio del II secolo, gli oppressivi livelli di tassazione, esacerbati dalle costose guerre straniere e dalla perdita dei mercati d'oltremare, colpirono duramente l'economia, costringendo innumerevoli contadini impoveriti e disperati ad abbandonare le loro terre. Come si legge in una lettera papiracea dell'epoca: «Siamo esausti, scapperemo».[13] Ma per la stragrande maggioranza della popolazione non c'era altro posto dove andare.

PARTE III

NEVROSI (145-80 a.C.)

9

Fuori dal comune

Nel corso della storia, i sovrani hanno sempre avuto due preoccupazioni principali: tenersi stretto il proprio trono e lasciarlo in eredità in modo ordinato. Tolomeo VI si dimostrò un fallimento su entrambi i fronti. Quando morì, nell'estate del 145, non c'era nessun figlio ed erede che gli succedesse. Circa sette anni prima, il re aveva nominato coreggente il figlio maggiore, Tolomeo Eupatore, ma l'adolescente era morto nel giro di pochi mesi. In seguito, Tolomeo VI aveva istituito un culto eponimo per la sua seconda figlia, Cleopatra (III), identificandola di fatto come il suo successore prescelto. Ma quando giunse il momento, il popolo alessandrino optò per la continuità e la stabilità richiamando il fratello minore del defunto monarca, Tolomeo VIII, dal suo esilio a Kyrene. Dopo un interregno di sole tre settimane, tornò nella capitale per essere acclamato come sovrano.

Questo era il momento che Tolomeo VIII aveva atteso per tutta la sua vita adulta. Un quarto di secolo prima era salito al trono per la prima volta, ma nel contesto di un accordo condiviso con il fratello maggiore e la sorella. Per alcuni brevi mesi nel 164/3, aveva spodestato il fratello per regnare come unico faraone, ma poi i volubili alessandrini gli si erano rivoltati contro, costringendolo all'esilio. Per i successivi diciotto anni, dovette accontentarsi di governare la Kyrenaika. Lì si era comportato come un monarca ellenistico, dando feste spettacolari, facendo laute donazioni al tempio di Apollo e sponsorizzando imponenti progetti di costruzione, tra cui un mausoleo reale. Ma la Kyrenaika era un premio di consolazione. Tolomeo VIII considerava la Valle del Nilo il suo regno legittimo e il ritorno trionfale ad Alessandria nel 145 rappresentava la realizzazione delle sue ambizioni.

Circa due decenni prima, all'indomani del fallito colpo di Stato di Dionysios Petosarapis, Tolomeo VIII aveva adottato il titolo di culto di Evergete (dal greco *euergetes*, «benefattore»), deliberatamente emulando Tolomeo III. Ma l'appellativo ora suonava vuoto: una volta tornato in Egitto, il nuovo re mostrò una vena di crudeltà, epurando chiunque gli si fosse opposto. Secondo un resoconto, lasciò che i suoi soldati si scatenassero per le strade di Alessandria uccidendo in modo indiscriminato, finché non «si ritrovò a essere un re non di uomini, ma di case vuote».[1] Tolomeo il Benefattore poteva dare, ma poteva anche togliere.

Tolti di mezzo i suoi avversari politici, rimaneva la questione della sorella (e vedova del defunto fratello), Cleopatra II. La donna rimase ufficialmente coreggente, uno status che aveva mantenuto per gran parte del regno di Tolomeo VI. Per evitare che diventasse una rivale o centro di dissenso, Tolomeo VIII la sposò prontamente. L'anno successivo gli diede un figlio che, prevedibilmente, chiamarono Tolomeo. La sua nascita, avvenuta in concomitanza con l'incoronazione della coppia reale a Memphis, gli valse l'epiteto di Menfite. In un'iscrizione del tempio fu identificato come «successore del re», in altre parole principe ereditario. Il ragazzo non sapeva cosa gli avrebbe riservato il destino.

Ad Alessandria si intensificarono le epurazioni. Nel mirino del re finirono gli intellettuali della città, accusati di scarsa lealtà (o, peggio, di opporsi pubblicamente al sovrano). Tra i bersagli c'era nientemeno che Aristarchos di Samotracia, direttore della Biblioteca di Alessandria, che fuggì a Cipro prima che gli scagnozzi del re potessero arrestarlo. Tuttavia, il trauma di lasciare la sua amata città e la sua Biblioteca si rivelò troppo forte e così morì nel giro di pochi mesi, privando il mondo ellenistico di uno dei suoi massimi pensatori. L'esodo degli accademici diede ad Alessandria un colpo definitivo come centro di cultura; non avrebbe mai più recuperato il suo status di preminente città dell'erudizione.

Gli alessandrini reagirono bollando Tolomeo VIII non come un benefattore, ma come il suo opposto, Kakergetes («malfattore»). Gli diedero anche il soprannome di Fiscone (*physkon*, «ciccione»), in riferimento alla sua abbondante corporatura (frutto di tutti i lauti banchetti degli anni trascorsi a Kyrene). Quando il potere coercitivo dello Stato era schierato contro di te, c'era sempre la satira a cui ricorrere.

Un'insurrezione fallita nel maggio del 141 non fece altro che rafforzare ulteriormente la posizione di Tolomeo, che emerse come padrone indiscusso dell'Egitto e dei suoi possedimenti oltremare. Ma non si poteva nascondere il triste ridimensionamento del regno tolemaico dai tempi dell'infanzia del re. Le conquiste della Sesta guerra siriaca erano state perse quasi subito alla morte di Tolomeo VI e la Koile-Syria era rimasta sotto il controllo dei Seleucidi. Un riconoscimento della nuova realtà fu la decisione di richiamare le truppe tolemaiche dalle ultime tre basi rimaste nell'Egeo: Methana, al largo della costa nordorientale del Peloponneso, Itanos, sulla punta orientale di Creta, e l'isola di Thera (l'attuale Santorini) nelle Cicladi. L'impero forgiato dai primi tre Tolomei era ormai ridotto alle sue componenti principali: Egitto, Cipro e Kyrenaika.

Questo declino delle fortune, unito alle continue lotte dinastiche nel regno seleucide, non era passato inosservato. Nel 139, un'ambasciata romana giunse ad Alessandria con l'intenzione di risolvere la situazione in Oriente a vantaggio permanente di Roma. A capo della delegazione c'era Scipione Emiliano, generale vittorioso nella Terza e ultima guerra punica (149-146) e distruttore di Cartagine. Il segnale doveva essere chiaro. Tolomeo VIII si premurò di accogliere personalmente i visitatori al porto e di accompagnarli al palazzo reale. Tuttavia, invece di impressionare i romani, questo gesto regale gli si ritorse incredibilmente contro. Sembra che il «Ciccione» faticasse a tenere il passo dei suoi vigorosi visitatori, a causa della sua «circonferenza e debolezza», mentre il suo abbigliamento, una tunica traslucida e trasparente, scandalizzava i suoi ospiti. Come se non bastasse, il lusso e le libertà dei quartieri reali sconvolsero i visitatori romani, confermando la già scarsa considerazione che avevano di Tolomeo. (La visita a Memphis era stata molto più gradita e la fertilità del Nilo aveva lasciato un'impressione duratura.)

L'orgoglio, l'ira e la gola non erano gli unici vizi di Tolomeo VIII: aveva anche una propensione per la lussuria. Poco dopo la nascita di Tolomeo Menfite, quando Cleopatra II aveva adempiuto al suo ruolo di moglie del re garantendogli un erede, il re iniziò una relazione con sua nipote, Cleopatra III. La sposò mentre era ancora sposato con sua madre, Cleopatra II, e la elevò al rango di regina. La bigamia, soprattutto con la figlia di una moglie ancora in vita, era un anatema per i costumi greci, e i sudditi di lingua greca di Tolomeo ne furono scandalizzati. La competizione per essere in sostanza la favorita del re rovinò il rapporto tra madre («Cleopatra la sorella») e figlia («Cleopatra la moglie»), che pertanto divennero le più acerrime nemiche. Il matrimonio divise anche l'opinione pubblica in base alle etnie. I greci erano sconcertati, mentre gli egizi non capivano il motivo di tanto clamore: i faraoni avevano sposato le loro sorelle e figlie per millenni.

Verso la fine del 132, il doppio matrimonio tossico sfociò in una guerra civile, con Tolomeo VIII e la sua nuova moglie da una parte, la moglie più grande abbandonata dall'altra. In un primo momento, il comando delle forze armate del re gli permise di mantenere il controllo delle principali città. Ma nel giro di un anno i cittadini di Alessandria, stanchi degli eccessi di Tolomeo, incendiarono il palazzo reale. Tolomeo, Cleopatra III e i loro figli furono costretti a fuggire dalla città in fiamme su una barca e a dirigersi verso la relativamente sicura Cipro.

Cleopatra II rimase ad Alessandria e si fece incoronare regina unica. Era la prima volta nella storia tolemaica che una donna governava da sola, non come reggente ma a pieno titolo. Per celebrare questo evento importante, Cleopatra II diede inizio a una nuova era, contando il 132/1 come «Anno 1», e assunse un nuovo titolo di culto, Tea Filometore Soteira (*Thea Philometor Soteira*, «dea salvatrice amante della madre»), che la collegava in maniera esplicita sia al defunto marito Tolomeo VI Filometore sia al fondatore della dinastia, Tolomeo I Soter.

Entrambe le fazioni reali ad Alessandria (Cleopatra II da una parte, Tolomeo VIII e Cleopatra III dall'altra) cercarono di ritrarsi come salvatori della patria. Il primo a uscire dai blocchi fu l'esercito di Cleopatra II, che conquistò siti chiave nell'Alto Egitto. Tolomeo VIII, tuttavia, sapeva di godere dell'appoggio di molti dei suoi sudditi egizi e cercò di sfruttare questo sostegno a suo vantaggio. Laddove i Tolomei precedenti avrebbero potuto radunare un esercito fedele di cleruchi e mercenari di lingua greca, Tolomeo VIII nominò un egizio di nome Paos come comandante della Tebaide. Fu una mossa brillante. La popolazione di Thebai riconobbe Paos come uno di loro e gli diede pieno sostegno. Paos, da parte sua, sapeva combattere come un egizio e conosceva istintivamente la Valle del Nilo, molto meglio di qualsiasi mercenario straniero o ufficiale macedone. Il 15 gennaio 130, Paos aveva il pieno controllo di Thebai. Le forze fedeli a Cleopatra II si ritirarono a sud verso la guarnigione di Hermonthis. Alla fine del luglio successivo, l'esercito di Paos marciò verso nord e sbaragliò ogni residua opposizione. La sua ricompensa fu la promozione a comandante in capo con il raffinato grado di «consanguineo». Gli abitanti indigeni della Valle del Nilo tornarono a occupare i posti di potere.

* * *

Anche per gli standard del II secolo, il regno di Tolomeo VIII fu un periodo insolitamente imprevedibile e inquieto. Un'opera letteraria dell'epoca, l'*Oracolo del Vasaio* – scritto in demotico per un pubblico egizio ma conservato, ironia della sorte, in una traduzione greca – parlava della situazione del territorio in termini apocalittici: «Il territorio sarà reso instabile e non pochi di coloro che abitano in Egitto abbandoneranno la loro casa [...] Gli uomini periranno gli uni per mano degli altri». Ma mentre si lamentava il destino dell'Egitto, il testo esprimeva la speranza, per quanto improbabile, di un re salvatore che venisse in soccorso e ripristinasse le vecchie consuetudini. L'*Oracolo* immaginava, con gioia, la fine di Alessandria:

> la città degli stranieri che era stata fondata sarà abbandonata. Questo accadrà alla fine del periodo dei mali, quando una folla di stranieri come foglie cadute verrà in Egitto [...] La città sul mare sarà un luogo di essiccazione per i pescatori.[2]

Parole coraggiose. Ma non tutti potevano trovare conforto in un futuro immaginario. Alcune persone erano così sopraffatte dalle difficoltà del tempo che cercavano una via di fuga dalla società nel suo complesso: fermate il mondo, voglio scendere. Un notevole archivio di corrispondenza documenta la vita e i pensieri interiori di uno di questi reclusi. Ed era un greco, non un egizio.

Tolomeo – così chiamato in onore del re – nacque intorno all'anno 200, al culmine della ribellione di Horwennefer. Suo padre, Glaukias, era un soldato macedone che si era stabilito nel villaggio di Psichis, a sud di Memphis, aveva costruito una casa e si era arricchito: la storia di innumerevoli coloni militari nell'Egitto tolemaico. Glaukias e i suoi quattro figli erano orgogliosi delle loro radici greche, definendosi «macedoni per discendenza». Ma ci sono anche indizi di un loro legame con l'Egitto. Il fratello minore di Tolomeo, Apollonios, imparò a scrivere in demotico – un risultato estremamente insolito per un macedone purosangue – ed era evidentemente più sicuro nella scrittura che nel parlare greco. Inoltre, la sua ortografia delle parole greche indica che parlasse la lingua con un accento egizio. Forse Glaukias, come l'ufficiale di cavalleria Dryton, aveva sposato una donna egizia, con il risultato che i loro figli crebbero bilingui. Di certo, i figli di Glaukias avevano amici e compagni di entrambe le comunità.

Verso i trent'anni d'età, Tolomeo voltò improvvisamente le spalle alla sua rassicurante esistenza di provincia e divenne un recluso nel Sarapieion di Memphis. Forse voleva evitare di essere arruolato nell'esercito. Forse ne aveva abbastanza della vita nell'Egitto tolemaico, con la minaccia sempre presente della guerra, la tensione febbrile tra le diverse comunità, la corruzione dilagante e l'indifferenza delle autorità. Il Sarapieion si trovava nel regno dei morti, come si addiceva a chi cercava una fuga dalla vita. Tra numerose tombe, santuari e catacombe che costellavano la necropoli di Memphis, sulla scarpata occidentale che dominava la città, il recinto di Sarapis spiccava come uno degli edifici più grandi e imponenti. Qui, in grandi volte sotterranee, venivano deposti i corpi imbalsamati dei tori di Apis. In superficie, il complesso cultuale comprendeva una serie di corti, spazi rituali e santuari minori. Ai tempi di Tolomeo, si accedeva al recinto sacro attraverso un grande portale, costruito nella trentesima dinastia, mentre all'interno si trovava il tempio di Sarapis, il cui culto fu introdotto dall'ultimo faraone nativo. Tra le testimonianze di un mecenatismo reale più recente, una cappella in stile corinzio accanto a una cappella egizia ospitava una statua in calcare di Apis dipinta. Si trattava di un amalgama di statue, edifici, tradizioni religiose e culturali diverse. Sebbene il recinto fosse dedicato in primo luogo a Sarapis, ospitava anche templi più piccoli dedicati a tre delle principali divinità femminili della religione egizia: Iside, moglie di Osiride; Sekhmet, dea della pestilenza; e Astarte, dea dell'amore e della guerra. Fu in una cella del tempio di Astarte che Tolomeo trovò rifugio.

La vita all'interno, come detenuto sacro, era semplice ma non scomoda. Tolomeo si fece aggiungere al libro paga del tempio e poté ricevere regolarmente acqua, olio e grano, anche se le consegne non erano sempre prevedibili. Per integrare le sue entrate, gli fu permesso di vendere farina d'avena agli innumerevoli pellegrini che visitavano il Sarapieion, ricavandone un piccolo guadagno. Si occupava anche di lino, acquistando dai tessitori di Memphis la stoffa da rivendere con profitto per rifornire la locale «industria della morte» (la mummificazione di uomini e animali sacri). Infine, i membri della famiglia di Tolomeo – prima il padre e poi, dopo la sua morte, i tre fratelli minori – fornivano cibo per integrare le razioni del tempio.

La più fastidiosa delle condizioni spartane era la persistenza, anche nei confini di un tempio, delle tensioni etniche che affliggevano la società in generale. La lingua liturgica del culto di Astarte era il fenicio (che rifletteva le origini levantine della dea), ma la maggior parte del personale del tempio era egizio. In quanto greco, anche se di origini miste, Tolomeo era considerato come un intruso da molti degli abitanti. Veniva periodicamente aggredito, sia verbalmente sia fisicamente, dal personale egizio del tempio e si lamentava del fatto che «la gente qui mi maltratta [...] perché sono greco».[3] In un'occasione riferì che un gruppo di addetti alle pulizie del tempio, armati di pietre e bastoni, si era recato al santuario di Astarte con l'intenzione di saccheggiarlo e che se si fosse messo in mezzo l'avrebbero ucciso. Due anni dopo, lo stesso gruppo – che comprendeva un venditore di vestiti, due facchini, un fornaio e un venditore di grano – sferrò altri attacchi, lanciando pietre contro la finestra di Tolomeo. Disperato, scrisse al re e alla regina per chiedere un risarcimento reale. Anche al di là delle mura del tempio c'era la minaccia sempre presente della violenza etnica. I tre fratelli minori di Tolomeo denunciarono molestie da parte dei vicini e dei leader della comunità, dopo la morte del loro padre e protettore.

Nel tentativo di sfuggire a questa persecuzione, il fratello minore, Apollonios, decise di seguire le orme di Tolomeo e di vivere come recluso nel tempio di Astarte. Ma, incapace di sopportare le restrizioni, se ne andò dopo pochi mesi. Forse Tolomeo lo incoraggiò a cercare un miglioramento all'esterno, piuttosto che subire la discriminazione in silenzio. Tolomeo raccolse il testimone per conto del fratello, presentando una petizione al re e alla regina durante una delle loro periodiche visite a Memphis e chiedendo loro di arruolare Apollonios nel corpo militare macedone di stanza in città. Ciò avrebbe garantito una carriera stabile, un reddito regolare e una certa posizione sociale. La petizione spiegava come il padre, Glaukias, fosse morto e chiedeva alla coppia reale di fare la cosa giusta nei confronti di uno dei loro fedeli compatrioti. La petizione, come tutta la corrispondenza di Tolomeo, fu scritta per lui da Apollonios. Il passaggio attraverso la burocrazia del governo rivela le difficoltà che qualsiasi suddito tolemaico, fosse greco o egizio, doveva superare per ricevere una risposta ufficiale.

Dopo aver inviato la petizione al monarca, Apollonios la ricevette indietro e gli fu detto di consegnarla, sigillata, alla persona giusta: in questo caso, la guardia del corpo e capo del commissariato del re. Il suo ufficio la restituì prontamente al denunciante con l'istruzione di portarla al segretario dell'ufficio del contabile (perché la richiesta aveva implicazioni finanziarie). Dall'ufficio del contabile la petizione fu trasmessa a turno ad altri due funzionari: nessuno, a quanto pare, aveva l'autorità (o l'inclinazione) di rispondere in modo definitivo. Alla fine la petizione fu depositata in tribunale, quattro mesi dopo la sua prima presentazione.

In risposta, arrivarono due ordini reali, uno indirizzato al capo del commissariato e uno al segretario del contabile. Il capo del commissariato rispose inviando ad Apollonios quattro lettere da portare al comandante della provincia, al responsabile generale dei pagamenti, a un segretario del governo e al ministro delle Finanze. Le lettere furono debitamente consegnate e un ordine, autorizzato dal ministro delle Finanze, fu emesso in risposta dal suo segretario e dal capo del suo ufficio di corrispondenza. Apollonios portò quest'ordine prima al revisore indipendente, poi a un funzionario minore dell'ufficio di corrispondenza, quindi ad altre due persone nominate, prima che, infine, venisse fatta una copia dell'ordine. L'originale e la copia furono poi presentati, tramite il funzionario dell'ufficio di corrispondenza, al ministro delle Finanze per la revisione formale. (Le richieste ufficiali, così sembrava, dovevano essere esaminate in duplice copia o non esserlo affatto.)

Apollonios ricevette una risposta e la sottopose a un altro funzionario, che a sua volta scrisse a un collega per richiedere l'invio di altre due lettere, una a un funzionario del Tesoro e l'altra al comandante provinciale. Poiché la nomina di Apollonios aveva implicazioni sia fiscali sia militari, doveva essere approvata sia dagli ufficiali del tesoro sia da quelli dell'esercito. Il fatto che la petizione (riguardante una questione piuttosto secondaria) dovesse essere presentata due volte al ministro delle Finanze (uno dei membri più anziani del governo) illustra la mentalità straordinariamente burocratica dei pubblici uffici tolemaici, un atteggiamento ereditato dagli antenati faraonici. Il passaggio della petizione di Apollonios da un funzionario all'altro, e da un dipartimento amministrativo all'altro, evidenzia anche la natura labirintica della macchina governativa, un discreto grado di incompetenza individuale e la suprema indifferenza istituzionale nei confronti del richiedente: tutte caratteristiche delle burocrazie statali nella storia. Alla fine, comunque, Apollonios ottenne la nomina nel reggimento macedone, con la sua paga e il suo status.

Appesantito dalle preoccupazioni per i fratelli e per se stesso, non sorprende che Tolomeo soffrisse di incubi. I suoi racconti di questi sogni terribili rivelano una serie di preoccupazioni che lo affliggevano: la mancanza di figli (in una società in cui la prole costituiva l'unico sostegno per i genitori anziani), il desiderio di liberazione (psicologica e fisica) e sentimenti complessi e inquietanti di frustrazione sessuale.

A suggerire l'ultima preoccupazione è un episodio che vide coinvolte due gemelle, Taous e Tawê, che Tolomeo aveva preso sotto la sua ala. La loro storia illustra ulteriormente le vicissitudini della vita nell'Egitto del II secolo. La madre egizia delle due ragazze lasciò il marito per un soldato greco e lo convinse a uccidere il padre delle gemelle. Quest'ultimo si salvò gettandosi nel Nilo, raggiungendo a nuoto un'isola e prendendo una barca di passaggio per raggiungere la provincia vicina dove, secondo le figlie, «morì di dolore». Il suo corpo fu riportato a Memphis per la sepoltura, ma la madre si appropriò dei suoi beni, vendette la casa coniugale e sfrattò le figlie. L'amico Tolomeo le accolse nel tempio di Astarte e assicurò loro il ruolo di lutto ufficiale al funerale di un Apis morto da poco. Ma anche loro sperimentarono gli incubi. Per molte persone comuni nell'Egitto tardo tolemaico, la vita era un lungo e terribile sogno.

Tolomeo trascorse oltre vent'anni rintanato nel recinto del Sarapieion. Dopo un decennio e mezzo di permanenza all'interno, aveva i capelli grigi. Sette anni dopo le sue lettere terminarono, presumibilmente alla sua morte. Per individui come Tolomeo – e le gemelle – la mancanza di libertà era un piccolo prezzo da pagare per sfuggire alle prove della vita all'esterno.

* * *

Nel febbrile mondo della politica dinastica, la guerra civile tra Tolomeo VIII e Cleopatra II entrò in una nuova e feroce fase. Il re si rese conto che Cleopatra II non era l'unica minaccia al suo dominio: anche il figlio di lei, Tolomeo Menfite, poteva attirare consensi, soprattutto perché il ragazzo era stato pubblicamente acclamato come erede designato. Per neutralizzare questa fonte di potenziale opposizione, il re mostrò ancora una volta la sua vena spietata. Secondo i resoconti successivi, si fece portare Tolomeo Menfite e ordinò di assassinarlo davanti ai propri occhi. Il ragazzo fu acclamato nel tempio di Apollonopolis come «erede del re, partorito dalla regina, che subentra all'unico signore, figlio primogenito del re, amato dal re». Tolomeo VIII fece quindi smembrare il corpo del figlio e consegnare i resti a Cleopatra II ad Alessandria, in modo che arrivassero la sera prima dei festeggiamenti per il suo compleanno. Ma la regina era calcolatrice quanto il fratello-marito e altrettanto astuta politicamente: fece esporre pubblicamente le membra mutilate del figlio per suscitare l'ira e la compassione dei cittadini.

All'inizio del 130, il re e la nipote-moglie Cleopatra III erano tornati in Egitto dal loro esilio temporaneo a Cipro e, nella primavera dello stesso anno, avevano ripreso il controllo di Memphis. Esthladas, figlio dell'ufficiale di cavalleria Dryton e della moglie egizia Apollonia, prestò servizio attivo nella guerra civile; scrisse ai suoi genitori: «Tenetevi su di morale e abbiate cura di voi finché le cose non si saranno sistemate».[4] La lotta tra le fazioni rivali della famiglia reale colpì le famiglie comuni in tutto l'Egitto.

Il successo di Paos nel sedare l'insurrezione indigena e la sua successiva promozione a comandante in capo diedero nuovo slancio alle forze del re, che presto rivolsero la loro attenzione ad Alessandria, epicentro del potere tolemaico. La città fu assediata, ma le sue difese erano forti e le linee di rifornimento marittimo sicure. Cleopatra II rifiutò di arrendersi. Frustrato dall'incapacità di riconquistare la capitale, Tolomeo VIII ricorse alla guerra psicologica. Installò un sacerdote rivale di Alessandro – il ruolo più importante nel culto dinastico – con il risultato che ci furono due sacerdoti con la stessa funzione, ognuno dei quali rivendicava la propria legittimità, per i tre anni successivi. Tolomeo elevò anche Cleopatra III, equiparandola a Iside vivente. Per Cleopatra II, ben consapevole del suo status regale, questo affronto doveva averle fatto male.

La notizia della prolungata guerra civile si diffuse in tutto il mondo mediterraneo e, nello stesso anno, i senatori romani discussero il destino dell'Egitto. Con l'impero tolemaico che si stava sbriciolando, non era necessario che Roma rischiasse un intervento politico o militare, perciò i senatori rimasero con le mani in mano. Senza alcuna prospettiva di assistenza che arrivasse da fuori dell'Egitto, a Cleopatra II rimanevano poche opzioni. In uno stato di disperazione, a causa della morte del figlio Tolomeo Menfite, offrì il governo congiunto al genero, il re seleucide Demetrios II, appena restaurato sul proprio trono dopo un periodo di prigionia in Parthia. La tattica funzionò. Nel 128, Demetrios lanciò un'invasione dell'Egitto per reclamare il suo premio; l'esercito puntò dritto su Pelousion e stava per assediare la città quando arrivarono notizie di problemi in patria. Durante l'assenza di Demetrios, sua moglie (Cleopatra Tea, figlia di Cleopatra II e di Tolomeo VI) aveva colto l'occasione per insediare suo figlio come re, e lei stessa era al potere dietro il trono. A questa notizia, le truppe di Demetrios si ammutinarono ed egli fu costretto a tornare in Siria senza un centimetro di territorio egizio a suo nome.

Con un conflitto dinastico da affrontare, il regno seleucide non offrì più assistenza a Cleopatra II. Cleopatra capì che il gioco era finito. Prese il contenuto del tesoro di Stato e fuggì da Alessandria, per raggiungere il genero in difficoltà in Siria. Con la sua scomparsa, la capitale cedette finalmente a Tolomeo VIII. Interamente ristabilito il suo potere nel regno, trasformò la vittoria in una disfatta. Questa volta, l'epurazione degli oppositori non fu sufficiente: coloro che avevano appoggiato la sorella furono radunati e portati nel ginnasio della città, e l'edificio fu dato alle fiamme con molti ancora all'interno. Si trattava di un triste monito per eventuali futuri tentativi di ribellione. Per sicurezza, Tolomeo inviò i suoi emissari in Siria per assassinare Demetrios II.

Da una posizione di forza, Tolomeo avviò negoziati di pace con la sorella esiliata e i suoi ospiti. Accettò di riconoscere il figlio di Demetrios, Antiochos VIII, come re d'Asia e suggellò l'accordo inviando la figlia di Cleopatra III, Tryphaina, come sposa reale. Per la seconda generazione, le case reali tolemaica e seleucide furono unite in matrimonio. A Cleopatra II fu permesso di tornare in Egitto e, in una straordinaria dimostrazione di unità familiare, di riprendere il suo precedente status di coreggente. Dal 124 in poi, le iscrizioni ufficiali fecero nuovamente riferimento alla triplice monarchia di Tolomeo il re, Cleopatra la sorella e Cleopatra la moglie. Il popolo egizio con ogni probabilità si chiese a cosa fossero servite le sofferenze patite negli otto anni precedenti.

Per sottolineare la riconciliazione dinastica, l'assassinato Tolomeo Menfite fu aggiunto al culto dinastico, con il nome di Neo Filopatore (*Theos Neos Philopator*, «il nuovo dio amante del padre»), apparentemente senza un filo di ironia. Poi, accantonate le dispute familiari, i tre sovrani congiunti emisero un decreto di ampio respiro nell'aprile del 118. Nella sua struttura generale, il decreto seguiva la tradizione dei decreti reali precedenti, ma questa volta le clausole erano molto più puntuali. Quasi un secolo di insurrezioni e lotte civili aveva creato condizioni disperate e senza regole in gran parte della campagna egizia. Un gran numero di contadini era fuggito dai propri campi, provocando un disastroso calo della produzione alimentare e delle entrate fiscali. Ripristinare l'ordine e la prosperità erano obiettivi fondamentali. Un buon modo per iniziare, al fine di portare il popolo dalla propria parte, era quello di promettere un'amnistia generale. Il decreto iniziò quindi con un perdono reale per tutti i reati, eccetto l'omicidio e il sacrilegio, e la restituzione ai fuggitivi dei beni sequestrati a condizione che tornassero alle loro case e riprendessero le precedenti occupazioni.

Altre misure popolari includevano il condono degli arretrati fiscali, alcune esenzioni dall'obbligo di schierare soldati, la riduzione dei dazi sulle importazioni e un giro di vite sulla corruzione degli ufficiali. Sotto quest'ultima voce, l'elenco delle attività da proibire fornisce un quadro chiaro degli abusi di potere che erano diventati endemici sotto i Tolomei: il sequestro illegale di merci da parte dei funzionari della dogana, anche quando erano state pagate le dovute tasse; l'allontanamento forzato di persone da luoghi di asilo riconosciuti; il divieto ai proprietari di case di ricostruire le abitazioni bruciate o danneggiate; e, soprattutto, le pressioni che i comandanti militari esercitavano sulla popolazione locale affinché svolgesse servizi personali, con il sequestro del bestiame, l'obbligo a nutrire gli animali sacri o a fare doni di bestiame per mantenere il posto di lavoro e la costrizione a lavorare senza essere pagati. Il decreto proibiva inoltre ai comandanti e agli altri funzionari di effettuare arresti fasulli per risolvere lamentele private; d'ora in poi, tutte le controversie sarebbero state risolte in base alle leggi e ai regolamenti vigenti.

Molte delle misure contenute nel decreto miravano a ripristinare la produttività agricola nel più breve tempo possibile. Uno degli effetti dell'*anachoresis* (la fuga dalle campagne) era stata l'occupazione illegale delle «terre cedute». Per invertire questa pratica, il decreto stabiliva che «tutti i cleruchi e tutti i possessori di terre sacre o di altre terre cedute [...] dovranno evacuare tutte le terre in eccesso che possiedono, dichiararle e pagare un anno di affitto». Le vigne e i frutteti venivano esentati dalle tasse a patto di rimetterli a coltura.

Con un gesto importante nei confronti delle due diverse comunità – e ricordando che i greci avevano ampiamente sostenuto Cleopatra II, mentre gli egizi lo avevano fatto con Tolomeo VIII – il decreto riconfermava l'applicazione di due distinti sistemi giuridici:

> Gli egizi che hanno stipulato contratti in greco con i greci daranno e riceveranno soddisfazione davanti ai *chrematistai*, mentre i greci che hanno stipulato contratti in egizio daranno soddisfazione davanti ai *laokritai* [...] Le cause di egizi contro egizi [...] saranno decise davanti ai *laokritai* in conformità alle leggi dello Stato.[5]

Oltre a questi strumenti volti a ripristinare il buon funzionamento dell'economia e della società, il decreto prestava particolare attenzione ai diritti e ai privilegi dei templi egizi e dei loro sacerdoti. Il sentimento dei nativi era profondo e la storia aveva dimostrato che qualsiasi negligenza percepita del compito più elementare di un faraone – onorare gli dèi e abbellire i loro santuari – poteva scatenare il dissenso della comunità indigena. Il decreto confermò quindi l'immunità delle terre dei templi dalla tassazione e il diritto dei templi di concedere asilo. Vennero rinnovati gli emolumenti sacerdotali e – in una misura che rimandava ad Alessandro e a Tolomeo I – i culti degli animali sacri, in particolare le spese relative alle sepolture dei tori Apis e Mnevis, vennero garantiti dal tesoro reale.

Nella scelta delle questioni, il decreto rivelava la dipendenza dello Stato da due fattori critici: il gettito fiscale dell'agricoltura e il sostegno della popolazione autoctona.

* * *

Ristabilita la pace, un certo grado di prosperità e una parvenza di ordine, Tolomeo VIII si accinse a consolidare il suo consenso. Fin dall'inizio della dinastia, i sovrani che si erano succeduti si erano impegnati nella costruzione di templi. Tolomeo I si era concentrato sul completamento degli edifici degli ultimi faraoni nativi, per indicare continuità e legittimità. Tolomeo II aveva inaugurato il tempio di Iside a Philae per dimostrare la sua conquista della Bassa Nubia e un nuovo santuario a Heroonpolis, nel Delta orientale, per simboleggiare la sua autorità su tutto l'Egitto. Tolomeo III aveva edificato in molti siti e fondato il grande tempio di Horus ad Apollonopolis per disinnescare una situazione politica tesa nell'Alto Egitto.

Al contrario, gli anni di crisi del quarto, quinto e sesto Tolomeo avevano visto un declino dei grandi progetti, concentrandosi invece sull'abbellimento e l'ampliamento delle strutture esistenti. Ad Apollonopolis, ad esempio, Tolomeo IV aveva aggiunto nuove decorazioni che lo definivano, con una certa modestia, «sovrano della Fenicia e sovrano del mondo intero», prima che i lavori venissero interrotti per cinque decenni. Tolomeo V, impossibilitato a realizzare qualsiasi opera significativa nell'Alto Egitto, decise invece di concentrare la sua attenzione su Memphis, dove finanziò una nuova decorazione del tempio di Apis e una nuova costruzione dell'Anubeion. L'intento era quello di rafforzare il profilo della capitale come contrappeso alla ribelle Thebai.

I disordini sotto Tolomeo VI e VIII avevano dimostrato, ancora una volta, che l'acquiescenza dei nativi non poteva essere data per scontata. Il risultato fu un'impennata nella costruzione di templi alle divinità egizie in tutta la Valle del Nilo. I siti in cui vennero costruiti si estendevano da Tanis nel Delta orientale e

Xois nel Delta occidentale, passando per Antaeopolis nel Medio Egitto, fino a Hermonthis nella Tebaide, Elefantina e Philae alla Prima Cateratta, persino Berenike sulla costa del Mar Rosso e Kalabsha nella Bassa Nubia. L'Alto Egitto in generale, e il tratto a sud di Thebai e di Syene in particolare, erano aree di interesse per il patrocinio reale: regioni che si erano dimostrate particolarmente vulnerabili per lo Stato tolemaico.

Tolomeo VIII era determinato a dimostrarsi all'altezza del titolo di culto che si era scelto, quello di benefattore. Si prodigò per la Tebaide, come se volesse far vedere al mondo di essere un degno successore dei faraoni di un tempo. A nord e a sud di Thebai, ampliò i templi di Montu, dio tebano della guerra. A ovest, ampliò un sanatorio sacro dedicato agli dèi della guarigione Imhotep e Amenhotep figlio di Hapu, e costruì un piccolo tempio dedicato alle stesse due divinità. Il dio della guerra a nord e a sud, gli dèi della guarigione a ovest: insieme si consultavano sulle priorità di Tolomeo VIII. A Karnak, invece, il re decorò i piccoli templi di Khonsu (bambino divino) e Opet (dea madre); gli stessi temi che ricorreranno in molti altri suoi progetti.

Tra le pianificazioni nell'Alto Egitto meridionale, tre siti spiccano come particolarmente significativi rivelando molto del programma politico-religioso del re. Il primo sito è l'isola di Philae, sacra a Iside e intimamente legata alla storia di Osiride, uno dei miti fondanti dell'antica religione egizia. Circa quarant'anni prima, Tolomeo VI aveva riconquistato il Dodekaschoinos, insediando colonie militari ai piedi della Seconda Cateratta. Ora Tolomeo VIII suggellava la sua signoria sulla Bassa Nubia abbellendo le strutture sacre che erano state patrocinate dai precedenti re kushiti: a Dakka (ampliata da Arqamani) e a Dabod (iniziata da Adikhalamani). Ma Philae, dedicata alla dea il cui culto aveva la più ampia adesione in tutto l'Egitto, era oggetto di particolare venerazione. Al tempio esistente, Tolomeo VIII aggiunse una pletora di nuove strutture: un ampliamento della casa della nascita, un elaborato colonnato e una coppia di obelischi davanti al primo pilone. Inoltre, ampliò un tempio dedicato alla divinità nubiana Arensnufi, rafforzando il messaggio che egli era re della Bassa Nubia oltre che dell'Egitto.

Il secondo sito scelto per il patrocinio reale fu Ombos (l'attuale Kom Ombo). Era stata da poco istituita come capitale amministrativa della prima provincia dell'Alto Egitto. Per celebrare l'elevazione della città, Tolomeo VI aveva fondato un nuovo tempio, dedicato alle divinità gemelle Haroeris (un aspetto di Horus) e Sobek (la divinità coccodrillo venerata nella zona). Le iscrizioni sulle pareti del tempio identificavano queste divinità con figure del mito della creazione. Haroeris era equiparato al dio della luce e dell'aria, Shu, mentre Sobek era associato al dio della terra, Geb. Questa nuova teologia era rafforzata dal racconto della creazione di Osiride da parte di Shu e Geb. Poiché i Tolomei si associavano a Dioniso e i greci identificavano Dioniso con Osiride, i testi di Ombos collegavano la nascita divina del re con il processo stesso della creazione. L'affermazione che il faraone fosse parte dell'ordine divino era al centro del pensiero religioso egizio della tradizione. Tolomeo VIII attinse a questo antico filone di credenze per sottolineare la sua legittimità agli occhi degli egizi. Le origini divine del re furono celebrate anche nella casa della nascita di Ombos, dove diverse dee madri e divinità infantili del pantheon egizio convergevano sulla figura di un'unica madre e di un bambino: da leggersi come Tolomeo VIII e sua madre. In tutto il tempio di Ombos, una cinquantina di iscrizioni descrivevano con dovizia di particolari i riti cultuali, la mitologia del sito stesso, le leggende degli dèi e la natura stessa del cielo. Nel loro insieme costituiscono un tesoro ineguagliabile e senza precedenti dell'antica credenza e pratica religiosa egizia; e tutto grazie a un monarca macedone seduto su un trono scomodo.

Il terzo sito chiave era Apollonopolis. Il fatto che i lavori di costruzione del più ambizioso tra i progetti tolemaici fossero stati interrotti più volte da guerre civili non sarebbe sfuggito a Tolomeo VIII. Con una sontuosa cerimonia, novantacinque anni dopo che il suo eroe Tolomeo III aveva presieduto al rituale di fondazione, dedicò l'intero complesso templare a Horus, dio della regalità e protettore della monarchia egizia. Nei testi incisi all'interno del tempio stesso, la dedicazione fu descritta come una «grande festa popolare a cui parteciparono con entusiasmo gli abitanti della città e delle regioni circostanti».[6] La magnifica sala ipostila interna fu decorata con scene dell'incoronazione di Tolomeo VIII e fu costruita una casa della nascita di fronte al tempio principale. La predilezione del re per le case della nascita rifletteva un'amara verità: con il continuo declino del potere terreno del faraone, era necessario mettere in risalto gli aspetti trascendenti della regalità.

Il culto di Iside e il mistero di Osiride a Philae; la creazione della regalità a Ombos; l'istituzione della monarchia e la nascita divina ad Apollonopolis: ognuno dei progetti di Tolomeo VIII mirava a illustrare il concetto di venerabilità e immutabilità del potere faraonico che ogni egizio avrebbe riconosciuto. Tuttavia, nemmeno questo sontuoso programma di edificazione di templi riuscì a scongiurare la mortalità. Il 28 giugno 116, Tolomeo VIII morì; non in battaglia, non per il pugnale di un assassino, ma per cause naturali. Il suo regno, stimato (un po' creativamente) della durata di cinquantadue anni, fu il più longevo di tutti i Tolomei. Nonostante la sua brutalità, si era dimostrato un politico scaltro. Nonostante l'epurazione degli intellettuali alessandrini, egli stesso era un noto filologo, studioso omerico e autore di ventiquattro libri sugli argomenti più disparati come le amanti di Tolomeo II e la fauna della Libia.[7] Pur disprezzato da molti dei suoi sudditi di lingua greca, si guadagnò un'ampia popolarità tra la popolazione autoctona e rese possibile agli egizi di tornare a ricoprire le più alte cariche nella loro terra. Cedette le ultime basi egee tolemaiche rimaste, ma finanziò una spedizione marittima in India. Tolomeo VIII fu un monarca tormentato, controverso e contraddittorio, anche per gli standard della sua dinastia.

L'aspetto forse più importante del suo multiforme e tumultuoso regno fu la sua eredità. Nel marzo del 155, in seguito a un attentato alla sua vita da parte di sostenitori del fratello maggiore, aveva redatto un testamento. Concepito per spaventare i suoi avversari interni, il documento riportava le sue volontà nel caso in cui fosse morto senza eredi:

> Se un destino mortale dovesse colpirmi prima che io possa lasciare eredi al trono, lascio in eredità ai romani il regno che mi appartiene. [...] Anche a loro affido il compito di proteggere i miei interessi.[8]

All'epoca, il gesto fu ignorato. Ma, scolpendolo nella pietra e collocandolo nel tempio di Apollo a Kyrene, Tolomeo lo stava tramandando ai posteri.

Ne avrebbero preso atto.

10

La rovina della madre

Il lungo regno di Tolomeo VIII avrebbe potuto offrire l'opportunità sia di accrescere lo status della monarchia attraverso la costruzione di sontuosi templi, sia di ripristinare le sue fondamenta e garantire una successione più stabile in futuro. Ma forse ci si aspettava troppo da un re che aveva tramato e ucciso per arrivare al trono; un re per il quale i membri più stretti della famiglia erano rivali e nemici. Dopo l'uccisione di Tolomeo Menfite, Tolomeo VIII aveva proclamato principe ereditario il maggiore dei due figli avuti da Cleopatra III. Ma Cleopatra stessa preferiva il figlio minore. Mentre Tolomeo VIII era in fin di vita, la regina cospirò affinché il figlio maggiore fosse nominato governatore militare di Cipro, con lo scopo di toglierlo di mezzo. In questo modo, creò l'occasione per spianare la strada al figlio minore.

Cleopatra III, tuttavia, non era l'unico arbitro della successione reale. All'interno della corte, una buona parte delle decisioni veniva presa in base alle preferenze espresse dal monarca precedente. E Tolomeo VIII aveva espresso i suoi desideri: Kyrene doveva essere lasciata a Tolomeo Apione, il figlio avuto da una consorte minore; le intenzioni su Cipro erano poco chiare; e lasciò in eredità il trono d'Egitto a Cleopatra III e a «chiunque dei due figli lei scegliesse».[1] Era una ricetta per il disastro. Accantonando le normali regole di primogenitura, Tolomeo VIII si era assicurato che il caos e i conflitti del suo regno sarebbero continuati a lungo dopo la sua morte.

Nell'estate del 116, Cleopatra III manovrò per elevare il figlio minore a governare al suo fianco. Ma non aveva fatto i conti con l'interferenza e la determinazione di sua madre, Cleopatra II, che favorì il figlio maggiore (più, si sospettava, per una duratura inimicizia nei confronti della figlia che per un sentimento di rispetto verso i desideri del defunto marito). La Cleopatra più grande ebbe la meglio, con l'appoggio dell'esercito e del popolo di Alessandria; nell'ottobre dello stesso anno, il figlio maggiore era stato debitamente insediato come coregnante (Tolomeo IX) in una nuova triplice monarchia con la madre e la nonna. Il fratello minore dovette accettare il premio di consolazione di Cipro, dove, entro ventiquattro mesi, si sarebbe proclamato monarca.

Ad Alessandria, il nuovo re d'Egitto, riconoscendo la fonte del suo potere, assunse la versione maschile del titolo di culto di Cleopatra II, annunciandosi come Filometore Soter (*Philometor Soter*, «salvatore amante della madre»). Ma l'anziana regina morì pochi mesi dopo l'ascesa di Tolomeo IX, lasciando solo due comonarchi: lui e Cleopatra III. Essi continuarono a essere gli «dei salvatori amanti della madre», contando i loro anni a partire dalla morte di Tolomeo VIII.

Fin dall'inizio, la dipendenza di Tolomeo IX dalla continua benevolenza della madre intaccò gravemente la sua stessa autorità. I titoli di un faraone dovevano proiettare un'aura di supremazia regale e di invulnerabilità. Ma gli epiteti di Tolomeo IX rendevano esplicite le modalità della sua ascesa, chiamandolo «colui la cui madre lo ha posto sul trono del padre», prima di aggiungere, con un pizzico in più della consueta ironia, «colui che si è impadronito dell'eredità delle Due Terre in modo giustificato». I cittadini di Alessandria, sempre pronti a prendersi gioco dei loro governanti, lo soprannominarono Latiro (*lathyros*, «cece»).

Ciononostante, questo mammone affermò il suo dominio sia sull'Egitto sia sulla Kyrenaika e si dimostrò propositivo nel cercare di adempiere ai tradizionali doveri che ci si aspettava da un faraone.

Un primo esempio fu la partecipazione in prima persona alle celebrazioni annuali che segnavano l'inizio dell'inondazione. Per questi riti, iniziati alla fine di agosto del 115, Tolomeo si recò fino all'isola di Elefantina, ai piedi della Prima Cateratta, un viaggio di oltre millecento chilometri dal palazzo reale di Alessandria. Secondo la leggenda, l'inondazione ebbe origine in una profonda caverna sotto le rocce di Elefantina e il Nilometro dell'isola fornì una iniziale e cruciale indicazione dell'altezza delle acque di piena in arrivo, con importanti conseguenze per il raccolto dell'anno successivo e per l'ammontare delle entrate fiscali che lo Stato poteva aspettarsi. Senza dubbio Tolomeo aveva presente le implicazioni economiche e religiose delle celebrazioni, ma Elefantina aveva anche un significato geopolitico: fin dalla fondazione dello Stato egizio, aveva agito come punto di controllo delle frontiere e come base avanzata per le campagne faraoniche in Nubia. Il Dodekaschoinos rimaneva vulnerabile ai re meroitici del Kush, quindi mantenere Elefantina – e la regione della Prima Cateratta nel suo complesso – fedele allo Stato egizio era di estrema importanza strategica. Questa combinazione di fattori contribuisce a spiegare la presenza di Tolomeo IX alla festa dell'inondazione e la concessione di privilegi al sacerdozio di Khnum, che aveva sede a Elefantina.

L'iscrizione che commemorava la visita reale era scolpita in (goffa) lingua greca su una lastra monumentale di granito rosa posta nel tempio di Khnum. Il testo affermava, un po' incredibilmente, che il motivo della generosità dimostrata da Tolomeo e da sua madre era dovuto al fatto che «i nostri affari pubblici stanno andando bene». Affermazione che probabilmente avrà fatto alzare qualche sopracciglio quando fu dettata allo scalpellino.

L'iscrizione nel suo complesso, sebbene rispettasse la tradizione in gran parte della sua fraseologia, sottolineava l'importanza politica dell'occasione. Tolomeo arrivò a Elefantina con un seguito di consiglieri e una scorta militare: viaggiare così lontano dalla capitale, e così in profondità nel territorio indigeno, non era privo di rischi per la sua incolumità. Ad attenderlo non c'erano solo i sacerdoti di Khnum, ma anche di altri templi dell'Alto Egitto. Una visita reale nel profondo Sud era un evento raro e importante, per il quale valeva la pena prendersi il rischio di qualche inconveniente. Come ci si aspettava da un faraone, la prima cosa che Tolomeo fece al suo arrivo fu quella di offrire gli opportuni sacrifici e libagioni a Khnum, al signore di Elefantina e alle altre divinità locali. Una volta terminati i convenevoli, i sacerdoti furono ansiosi di mostrargli i luoghi sacri sotto la loro giurisdizione: la cateratta stessa e le isole nel torrente che si riteneva fosse la sorgente del Nilo. In ogni tappa il re eseguì i riti appropriati. È significativo che Tolomeo e il suo seguito non si affrettarono a tornare ad Alessandria, ma si fermarono per due giorni intrattenendo gli ospiti con un sontuoso banchetto. Anche quando si comportava come un faraone egizio, c'era ancora spazio per un po' di *tryphé* ellenistica.

I privilegi concessi ai sacerdoti di Khnum occupavano la maggior parte dell'iscrizione: la loro preoccupazione principale era quella di assicurarsi vantaggi ed emolumenti, non di rafforzare l'autorità del re. Dopo un'introduzione che esponeva le motivazioni del decreto reale – «desideroso di essere il più possibile benevolo con tutti i popoli [...] e di avere verso la divinità l'atteggiamento più pio» – arrivava la contropartita: l'augurio (ma non la promessa) che Tolomeo IX e Cleopatra III fossero ricordati per sempre e regnassero su tutta la terra. Tanta aria fritta. In confronto, i benefici stabiliti dai sacerdoti erano specifici e concreti: quantità precise di grano e orzo provenienti dal tesoro reale, esenti da tasse.

In altri siti, oltre a Elefantina, il re si preoccupò di onorare le divinità locali. Ad Athribis, nella Valle del Nilo, fondò e costruì un nuovo tempio alla dea Repit dalla testa di leonessa (nome greco, Triphis), le cui origini si perdono nella notte dei tempi e che aveva un legame con il reliquiario portatile che recava l'immagine di una divinità; il suo culto era quindi al centro dell'antica pratica religiosa egizia. Anche Tolomeo IX fondò a Contra Latopolis un piccolo tempio dedicato a Iside, la dea più popolare della sua epoca.

A Karnak proseguì i lavori iniziati oltre un secolo prima, sotto Tolomeo III. La nuova opera, nel piccolo tempio di Khonsu situato all'interno del recinto di Amon-Ra, era stata concepita per dimostrare la riverenza di Tolomeo per le divinità tradizionali di Thebai, ma rivelava anche molto sul carattere del suo primo regno. Ai margini della scena, il re era raffigurato con la corona dell'Alto Egitto in presenza di una schiera di divinità, forse in riferimento alla sua recente visita; al centro, invece, era raffigurato in piedi *dietro* Cleopatra III. I testi di accompagnamento seguivano lo stesso schema: la madre, non il figlio, veniva messa in primo piano. La teologia era lo specchio della realtà politica.

Forse il caso più significativo della venerazione dei re per le divinità egizie fu la promozione del culto di Apis da parte di Tolomeo IX. Nato all'inizio del 140, sembra avesse collegato il suo concepimento con la scoperta di un nuovo toro sacro: il suo nome Horus (il più antico e prestigioso dei titoli reali di un faraone) indicava l'essere «santo di nascita con il vivente Apis».[2] Per rafforzare ulteriormente il legame, nominò un sacerdote di Sarapis per officiare il culto dinastico suo e della madre, Cleopatra III.

Ma Tolomeo IX, come molti dei suoi antenati, avrebbe presto scoperto che onorare le divinità della tradizione egizia non era sufficiente a mantenere la popolazione indigena placida e obbediente. E nemmeno onorare sua madre con pubbliche dimostrazioni di affetto e di sottomissione era sufficiente a tenerla dalla sua parte.

* * *

Gran parte del dramma della politica tolemaica si svolse sullo sfondo delle due grandi città egizie, Memphis e Alessandria. Di conseguenza, è facile dimenticare che l'antica Valle del Nilo era una terra prevalentemente rurale. Le vecchie e le nuove capitali fungevano da calamite per la ricchezza e la manodopera, attirando coloro che cercavano una posizione di rilievo o semplicemente una vita migliore, ma il motore economico del vasto regno dei Tolomei era la campagna egizia (in greco, *chora*). Mentre i politici si contendevano i posti nei corridoi del potere ad Alessandria e i sacerdoti negoziavano con il re nel sinodo di Memphis, la maggior parte della popolazione continuava a coltivare i campi, a seminare e a mietere, a riparare le dighe e i confini dei campi, a portare il raccolto e a pagare una buona parte delle tasse al governo del tempo. I frutti della fiorente produzione agricola dell'Egitto, raccolti dalle città e dai villaggi di tutta la Valle del Nilo per essere spediti, immagazzinati e commercializzati ad Alessandria, fecero accrescere anche il peso economico, politico e diplomatico dei Tolomei. Le comunità rurali potevano essere tranquille zone periferiche, lontane dagli affari e dagli intrighi di corte, ma costituivano la spina dorsale dell'Egitto.

Il più dettagliato resoconto di prima mano della vita nella *chora* è fornito da un archivio di documenti compilati dallo scriba di villaggio Menkhes tra il 120 e il 111. La sua corrispondenza rivela le preoccupazioni e le lotte quotidiane della popolazione rurale dell'Egitto nella prima fase del regno di Tolomeo IX. Menkhes lavorava nel villaggio di Kerkeosiris (in egizio Gerge-usir, «insediamento di Osiride»), una piccola comunità di circa millecinquecento anime nella parte sudoccidentale del Fayum. Il pianeggiante Fayum era un importante centro agricolo, dove le estese bonifiche effettuate sotto i primi Tolomei avevano incrementato notevolmente la produzione.[3] Ma Kerkeosiris doveva sentirsi un luogo sperduto: non si trovava né sul Nilo, né su un corso d'acqua navigabile; distava oltre venti chilometri dal Lago Fayum e altrettanti dalla capitale provinciale di Krokodilopolis, ossia un lungo viaggio a dorso d'asino.

La regione circostante era stata una calamita per l'immigrazione fin dai primi giorni del dominio macedone. Di conseguenza, all'epoca di Tolomeo IX era forse più variegata dal punto di vista etnico di qualsiasi altra parte dell'Egitto. Dei centoquattordici villaggi del Fayum attestati nel periodo tolemaico, oltre la metà aveva nomi greci, mentre molti avevano nomi ebraici, a testimonianza del retroterra dominante della popolazione locale. Anche una comunità piccola e remota come Kerkeosiris rifletteva questo mix culturale. I nomi personali registrati nei documenti di Menkhes sono per lo più greci ed egizi, con nomi teoforici popolari tra entrambi i gruppi: Apollo e Sarapis erano le divinità preferite dalla comunità di lingua greca; Horus, Sobek e Osíride dagli egizi. (Alcuni egizi chiamarono i loro figli Inaros, «l'occhio di Horus è rivolto contro di loro»: una frecciata patriottica rivolta agli immigrati greci.) Ci sono anche alcuni nomi che suggeriscono immigrazioni da zone più lontane del mondo ellenistico: Iran, Tracia, Assiria ed Etiopia. Per quanto riguarda Menkhes stesso, il suo nome – usato nella sua veste ufficiale di scriba di villaggio – era egizio. Ma aveva anche un nome greco (Asklepiades) e si descriveva come un «greco nato in questa terra», indicando che poteva far risalire la sua ascendenza in linea maschile ad almeno un colono del mondo greco.

Il carattere multietnico di Kerkeosiris era evidente nei suoi culti locali. Sebbene il villaggio prendesse il nome da Osiride, la sua divinità principale era il dio coccodrillo del Fayum. Era venerato, con diversi nomi, in due santuari distinti, mentre nella vicina città di Tebtunis aveva un tempio più importante che era stato rifondato da Tolomeo I. Nella campagna intorno a Kerkeosiris, lungo le rive dei canali di irrigazione, venivano allevati coccodrilli sacri da mummificare come offerte votive. Nel villaggio si trovavano anche santuari minori dedicati ad altre divinità autoctone, a testimonianza della natura politeistica dell'antica religione egizia. C'erano cappelle dedicate a Horus figlio di Iside, ad Amon e alla dea gatto Bastet; a Thot, Arensnufi (Orsenouphis in greco) e Anubi, dio della mummificazione; a Taweret, dea del parto, e naturalmente alla grande madre e guaritrice dei malati, Iside. Ognuno di questi santuari era un piccolo e basso edificio in mattoni di fango, non un vistoso tempio in pietra dotato di patrocinio reale. Accanto ai luoghi di culto indigeni, c'era una cappella dedicata ai Dioscuri (gr. *Dioskouroi*), i gemelli divini della mitologia greca. Ma in generale, la popolazione di lingua greca di Kerkeosiris sembrava gravitare intorno ai culti egizi. Invece, ci sono poche prove del contrario: le tradizioni religiose degli egizi erano semplicemente troppo radicate e sacre.

In merito alle abitazioni, Kerkeosiris presentava la tipica immagine di un villaggio rurale egizio: la maggior parte di esse era costruita in mattoni di fango, con finestre e porte in legno e tetti di rami di palma o di paglia. Le finestre erano posizionate sul lato nord, per sfruttare le fresche brezze, mentre l'ingresso principale di una casa poteva trovarsi al piano superiore, raggiungibile da una scala esterna o da un cortile interno. Ciò serviva a proteggere la famiglia, dato che i rapporti con i villaggi vicini sembravano difficili e gli attacchi di bande di predoni non erano infrequenti. Tra le case c'erano delle piccionaie, per fornire regolarmente concime e carne; gli uccelli avrebbero fornito un'integrazione preziosa alla dieta della popolazione, che altrimenti dipendeva in larga misura da lenticchie e cereali. Le stime della popolazione di Kerkeosiris, della superficie coltivata e della resa media dei raccolti suggeriscono che la produzione cerealicola locale sarebbe stata sufficiente a fornire a ogni uomo, donna e bambino un apporto giornaliero di circa 2175 calorie: abbastanza per sopravvivere, ma comunque una dieta misera per un bracciante agricolo. Tuttavia, la principale attività economica del villaggio – come del resto di tutto l'Egitto – era la produzione di grano per il tesoro reale. Un'area di terreno grezzo appena fuori Kerkeosiris ospitava l'aia della comunità, dove il raccolto veniva prelevato ogni anno per essere valutato e tassato – conservato temporaneamente nel deposito di grano del villaggio – prima che i prodotti tornassero ai contadini.

L'archivio di Menkhes riflette questo fondamentale ritmo dell'economia rurale egizia. Il compito principale di uno scriba di villaggio era quello di tenere i registri relativi alle campagne e la stragrande maggioranza della sua corrispondenza riguardava la proprietà della terra, la produzione agricola e la tassazione. I Tolomei perfezionarono un sistema agricolo ereditato dai faraoni; ogni aspetto era dettato a livello centrale e progettato per massimizzare le entrate del governo. Come disse un ministro delle Finanze del III secolo al suo subordinato: «Considera uno dei tuoi doveri più importanti che il nomo sia seminato secondo il calendario delle colture».[4] Riflettendo gli interessi dello Stato piuttosto che le esigenze dei contadini, le colture principali erano i cereali – prevalentemente il grano (che rappresentava oltre la metà di tutta la terra seminata a Kerkeosiris), con quantità minori di orzo e spelta – integrati da altri prodotti commestibili come lenticchie e fagioli, e da colture foraggere come la cicerchia selvatica, l'erba e il fieno greco. Veniva applicata una rotazione triennale, con il grano seminato per due anni consecutivi seguito da legumi nel terzo anno per ringiovanire il terreno. Tutto era orientato a massimizzare il raccolto di grano che era alla base dell'intera economia tolemaica.

Come scriba di villaggio, Menkhes rispondeva allo scriba provinciale, che a sua volta lavorava sotto lo scriba reale. Il lavoro era burocratico e incessante. Ogni nuova stagione, i confini dei campi dovevano essere ristabiliti, la proprietà della terra confermata, la fertilità del suolo valutata, i rendimenti calcolati, le tasse previste, le colture sorvegliate, i raccolti ricevuti, i prelievi dedotti, il grano immagazzinato e, infine, i ricavi portati nella capitale provinciale per la consegna ad Alessandria. Le pratiche nell'ufficio di un tipico scriba di villaggio dovevano essere piuttosto voluminose.

Nonostante una parvenza di ordine e di giusto processo, il sistema non era affatto inconfutabile. I documenti venivano spesso riportati da un anno all'altro, senza ulteriori controlli; di conseguenza gli errori potevano perpetuarsi per anni senza che nessuno se ne accorgesse, fino a quando le entrate del governo non venivano intaccate e si procedeva a una revisione contabile. L'errore umano era sempre presente e i documenti di Menkhes sono pieni di errori di copiatura, incongruenze e calcoli imprecisi. La gestione di ogni aspetto della produzione agricola di un villaggio era semplicemente un compito troppo complesso per un solo uomo; adottare scorciatoie ed espedienti era una scelta inevitabile.

A rendere particolarmente complicato il processo era il modello di proprietà terriera, con regole e regolamenti diversi che si applicavano a diversi tipi di possedimento. L'area totale della terra appartenente a Kerkeosiris ammontava a circa 1274 ettari, di cui il villaggio stesso occupava solo l'1,5 per cento e i terreni abbandonati un altro 3,5 per cento. Delle terre coltivate, poco più della metà apparteneva alla corona e il sei per cento ai templi, un terzo era coltivato da cleruchi e il restante nove per cento era classificato come vario. Le terre della corona erano generalmente date in affitto, divise in appezzamenti di varie dimensioni, ai contadini locali, che tendevano a considerarle come proprie; potevano subaffittarle o addirittura trasferirne la proprietà se registravano la transazione presso lo scriba del villaggio. Dato che l'interesse principale dello Stato era quello di massimizzare le entrate, è sorprendente che a Kerkeosiris fosse effettivamente coltivata meno della metà della terra della corona disponibile. Il motivo sembra essere che gli affitti erano poco attraenti. Periodicamente, il governo doveva ricorrere alla coltivazione obbligatoria per riportare in produzione le terre della corona.

In alcune zone dell'Egitto, i templi controllavano un terzo della terra disponibile, ma nel Fayum la percentuale era molto più bassa, a testimonianza dell'interesse prioritario dello Stato per la regione. Come la terra della corona, la terra sacra veniva coltivata con contratti di affitto a lungo termine, da singoli agricoltori o da cooperative locali. Gli affittuari potevano anche ricevere cariche (sia laiche sia religiose) nel culto locale, ottenendo ulteriori vantaggi. Di tanto in tanto, il re poteva donare terre della corona a un tempio, per accattivarsi il favore di un importante sacerdozio o per ottenere il sostegno della popolazione del luogo. Dietro ogni pronunciamento ufficiale, scolpito nella pietra, doveva esserci una montagna di documenti, archiviati negli uffici del governo locale.

L'ultima categoria di terreni intorno a Kerkeosiris era la terra dei cleruchi, concessa ai coloni in cambio del loro servizio militare. Spesso si trattava di un modo per rendere produttive le terre marginali. Per queste assegnazioni non era previsto il pagamento di un canone di affitto del terreno, anche se veniva riscossa un'imposta sul raccolto. Quando un cleruco veniva mobilitato per combattere all'estero o per sedare un'insurrezione interna, la sua terra poteva essere ripresa dallo Stato o affittata ad altri agricoltori locali: più scartoffie per lo scriba del villaggio. Il modello di insediamento dei cleruchi rifletteva la situazione politica dell'Egitto in generale. Dopo la battaglia di Raphia, ad esempio, i veterani egizi ebbero diritto all'assegnazione, anche se a Kerkeosiris i primi appezzamenti di terra furono assegnati alle truppe indigene solo novant'anni dopo la battaglia. Nei tempi difficili tra il 180 e il 150, non ci fu quasi nessun insediamento di nuovi cleruchi: i riservisti erano richiamati con una certa continuità e il governo era troppo preoccupato rispetto alla situazione della sicurezza per occuparsi dell'installazione di nuovi coloni nelle campagne. Verso la fine del regno di Tolomeo VIII, un nuovo ciclo di concessioni ai cleruchi segnò la fine della guerra civile tra il re e la sorella. Gli appezzamenti di terra concessi a mercenari immigrati o a soldati nativi egizi potevano essere coltivati da braccianti locali, con contratti di affitto di un anno. Probabilmente questi lavoratori dovevano anche coltivare possedimenti della corona o del tempio per guadagnarsi da vivere. Nonostante la nota ricchezza dell'Egitto, le famiglie comuni facevano ancora fatica a sbarcare il lunario.

La vita di uno scriba di villaggio non era fatta solo di scartoffie e di noiosa routine. Sebbene la responsabilità principale fosse tenere i registri agricoli, il ruolo implicava anche l'investigazione e la risoluzione di piccole controversie, come la demarcazione dei confini dei campi e la registrazione di infrazioni e reati. Tutto questo Menkhes lo faceva con grande diligenza, anche se poteva procurargli dei nemici. In un'occasione, Menkhes e il fratello furono arrestati con l'accusa inventata di avvelenamento, tenuti in prigione per tutta la notte, poi portati in giudizio e rilasciati sommariamente quando risultò che non c'era nulla di cui rispondere. L'archivio di Menkhes è costellato di furti, rapine e aggressioni, così come di dispute tra i cleruchi e gli egizi locali. Sembra che i riservisti considerassero i contadini con disprezzo, anche due secoli dopo l'arrivo dei primi coloni di lingua greca in Egitto. In un solo giorno dell'agosto del 113, cinque diverse rimostranze furono fatte a Menkhes da cinque contadini diversi; tutti si lamentavano di una banda violenta, capeggiata da un ufficiale di cavalleria greco, che si era scatenata sfondando porte e rubando a volontà. Un contadino in difficoltà perse due capi di abbigliamento femminile e una giara contenente 1600 dracme di rame, probabilmente l'intero patrimonio accumulato.

Lo sfondo di questi incidenti era il generale declino economico degli ultimi anni del II secolo. Anche in tempi di stabilità, se non si faceva un'adeguata manutenzione al sistema di irrigazione, la terra poteva essere facilmente persa e non più coltivabile, a causa dell'inaridimento, dell'aumento della salinità o delle inondazioni. I disordini civili e i conflitti armati che funestarono i regni di Tolomeo VIII e del suo successore non fecero che aggravare il problema. In tempi di incertezza o instabilità, argini, dighe, chiuse e dragaggi regolari – tutto l'armamentario necessario per sostenere l'agricoltura irrigua – tendevano a essere trascurati, con conseguenze disastrose. Nel 120, il numero di contadini che abbandonarono le loro terre e fuggirono per mettersi al sicuro raggiunse il picco massimo. Nemmeno il decreto di amnistia del 118, che prevedeva cinque anni di esenzione fiscale per chi rimetteva a coltura la terra, riuscì a fermare la catastrofe. Nell'arco di soli dodici mesi, tra il 116 e il 115, la quantità di terra intorno a Kerkeosiris seminata a grano diminuì drasticamente, mentre aumentò la superficie dei terreni abbandonati. La resa dei terreni della corona crollò del dodici per cento in un periodo di dieci anni.

I tentativi del governo di recuperare le terre abbandonate produssero risultati contrastanti: poco più di un terzo delle terre incolte fu recuperato con successo negli anni successivi all'amnistia, mentre le perdite delle terre incolte superarono i raccolti delle terre coltivate. Kerkeosiris sembrava rispecchiare il quadro generale dell'Egitto: la scarsità di monete del regno di Tolomeo IX poteva indicare un parziale ritorno all'economia del baratto, mentre l'intero sistema economico era sempre più sotto pressione.

Almeno il ruolo di scriba del villaggio garantiva a Menkhes un impiego fisso; la sua sorte era di gran lunga migliore di quella dei suoi vicini. Quando chiese di essere riconfermato, la sua domanda fu accolta, ma solo a condizione che prendesse un appezzamento di terreno improduttivo, lo lavorasse a proprie spese e pagasse l'affitto. Nell'Egitto tolemaico, ogni vantaggio aveva il suo prezzo.

* * *

La tregua tra Tolomeo IX e Cleopatra III non durò a lungo. Dopo diciotto mesi dall'ascesa al trono, il re fu costretto dalla madre a divorziare dalla sorella-moglie Cleopatra IV in favore della sorella minore, Cleopatra Selene. Le prospettive per una regina divorziata, in qualsiasi parte del mondo ellenistico, non erano rosee; così Cleopatra IV si diresse a Cipro dove sposò il re seleucide Antiochos IX, anche se questi era coinvolto in un'aspra contesa per il potere con il fratello Antiochos VIII. La politica dinastica dei Seleucidi era notoriamente conflittuale; ma ciò che rendeva questa disputa familiare più difficile da gestire rispetto alla maggior parte delle altre era che i due re rivali (Antiochos VIII e IX) erano sposati con due sorelle tolemaiche (Cleopatra Tryphaina e Cleopatra IV). La rivalità tra sorelle nella casa reale tolemaica era una sorta di tradizione e perciò, come consuetudine, Tryphaina fece mettere a morte Cleopatra IV nel santuario di Antiokheia nel 112. L'amata sorella e moglie di Tolomeo IX, nonché madre dei suoi due figli maggiori, era stata cacciata dalla sua casa, costretta all'esilio e uccisa, il tutto da membri della sua stessa famiglia.

Nel palazzo reale di Alessandria, l'ultimo residuo di armonia domestica svanì completamente cinque anni dopo, quando Cleopatra III accusò Tolomeo IX di aver tentato di ucciderla (e chi avrebbe potuto biasimarlo?). Tolomeo si diresse prima verso Cipro, che conosceva bene. Cleopatra III vi inviò le sue truppe per dargli la caccia ed egli fuggì ancora una volta, questa volta attraverso il mare, verso la città portuale di Seleukeia di Pieria. Lì ebbe finalmente la meglio sui suoi assalitori. Cleopatra III fece prontamente giustiziare il suo comandante per non aver catturato e ucciso suo figlio, e Tolomeo IX tornò a Cipro per conquistare l'isola e diventarne re.

Con la partenza del figlio maggiore da Alessandria, Cleopatra III convocò da Cipro il figlio minore, Alessandro, che aveva sempre preferito. Lo incontrò a Pelousion prima di scortarlo nella capitale e nominarlo al suo fianco come Tolomeo X. Consapevole del suo nome di nascita, sperava senza dubbio di inaugurare un ritorno ai giorni gloriosi dell'egemonia macedone. (Con questo spirito, emise provocatoriamente le proprie monete per Cipro, coniate ad Alessandria.) Ma la situazione nel 107 era ben diversa da quella di due secoli prima. Tanto per cominciare, l'istituzione monarchica che i Tolomei avevano ereditato da Alessandro Magno era tristemente ridimensionata: mai prima di allora un sovrano donna aveva bandito un figlio regnante e ne aveva nominato un altro al suo posto. Cleopatra III, ora con il figlio prediletto al suo fianco e sotto il suo controllo, non aspirava a essere il socio minore. La sua parola contava su ogni questione. Costrinse Tolomeo X a sposare la moglie di suo fratello (e sua sorella), Cleopatra Selene, per mantenere la principessa all'interno della cerchia ristretta. Il nome di Cleopatra III era sempre citato per primo nelle iscrizioni reali e lei stessa si fece nominare sacerdotessa di Alessandro nel culto dinastico. La carica religiosa più prestigiosa dell'Egitto ellenistico era stata fino ad allora riservata esclusivamente agli uomini. Si trattava di una mossa audace e provocatoria, in spregio a tradizioni e consuetudini sociali consolidate. I cittadini di Alessandria risposero nel loro modo caratteristico, con spirito caustico, affibbiando a Tolomeo X una serie di soprannomi irrispettosi. Il più educato era Pareisaktos («entrato di nascosto»); un altro, ho Kokke («figlio del cuculo», o forse «figlio della vagina»). Ma questo sarcasmo non scosse minimamente Cleopatra III: la sua posizione era inattaccabile.

Non che il deposto Tolomeo IX avesse perso la speranza di riconquistare la corona perduta. Dal suo esilio a Cipro, inizialmente si aggrappava anche alla Kyrenaika, ma il territorio alla fine si dichiarò indipendente sotto il fratellastro, Tolomeo Apione, e fu quindi perso dal regno tolemaico. Per rafforzare la sua posizione, Apione fece ciò che suo padre, Tolomeo VIII, aveva fatto in circostanze simili: pubblicò un testamento in cui dichiarava che, in caso di morte senza eredi, avrebbe lasciato il suo regno in eredità a Roma. Questa volta, i romani si appellarono al documento e presero il controllo del territorio nordafricano – il più antico di tutti i possedimenti tolemaici d'oltremare – dopo la morte di Apione. Senza Kyrenaika, Tolomeo IX sapeva di dover riconquistare l'Egitto se voleva ripristinare il suo status di protagonista.

Nel 103, i nuovi disordini nel regno seleucide rappresentarono un'opportunità. La città portuale fenicia di Tolemaide Ake (l'attuale San Giovanni d'Acri) era assediata dai giudei e si appellò a Tolomeo IX per ottenere aiuto. Egli salpò da Cipro e contribuì a togliere l'assedio, prima di invadere la Galilea, sconfiggere i giudei e saccheggiare il loro territorio. Questi sviluppi provocarono allarme ad Alessandria, dove Cleopatra III e Tolomeo X temevano (a ragione) che Tolomeo IX avrebbe usato la Giudea come trampolino di lancio per invadere l'Egitto. Il governo egizio lanciò quindi un'invasione preventiva della Giudea, con Tolomeo X che attaccò via mare dalla costa fenicia, mentre le forze di Cleopatra attaccarono Ake. In qualche modo, Tolomeo IX riuscì a sfuggire all'accerchiamento e a dirigersi verso l'Egitto. Tolomeo X dovette riorganizzarsi rapidamente per respingere il tentativo di invasione della Valle del Nilo da parte del fratello. Tolomeo IX si accampò per l'inverno a Gaza – quasi a ridosso del confine egizio, così vicino eppure così lontano – prima di tornare in esilio a Cipro all'inizio del 102. Lì rimase, piegato ma ancora determinato, aspettando il momento giusto. Cleopatra III, nel frattempo, colse l'occasione per rafforzare la propria influenza in Asia facendo sposare Cleopatra Selene con uno dei pretendenti Seleucidi rivali, Antiochos VIII. Il fatto che questo richiedesse innanzitutto a Tolomeo X di divorziare da Selene non aveva alcuna importanza per la madre. I giochi di potere avevano sempre la meglio sui rapporti familiari.

Un anno dopo, tutto cambiò ad Alessandria. Era forse inevitabile che Cleopatra III e Tolomeo X arrivassero allo scontro. Il figlio doveva essersi stancato della personalità dominante della madre, di eseguire i suoi ordini a qualunque costo personale e di giocare un ruolo di secondo piano nella gerarchia reale. In questa occasione, tuttavia, la disputa madre-figlio non si concluse con l'esilio del figlio, ma con l'omicidio della madre. Alla fine dell'estate del 101, Tolomeo fece uccidere Cleopatra III, la donna che aveva dominato la politica dinastica tolemaica per più di quarant'anni. Finalmente libero dalle catene materne, Tolomeo X scelse la propria moglie (la figlia di suo fratello, Berenike III) e la nominò coreggente. Allo stesso tempo, per sottolineare pubblicamente il fatto, cambiò il suo titolo di culto dinastico da Filometore Soter («salvatore amante della madre») a Filadelfo (*Philadelphos*, «amante dei fratelli»). Nessuno poteva dubitare che la madre fosse definitivamente scomparsa dall'equazione.

Dopo tutte le turbolenze e le frizioni dinastiche, l'economia egizia era in uno stato di crisi. La scarsa quantità di lavori eseguiti nei templi indigeni sotto Tolomeo X – solo una piccola decorazione a Tentyris e Thebai, senza nuove commissioni – rifletteva l'incertezza politica e la debolezza delle finanze pubbliche. Il risultato della negligenza reale fu un'altra insurrezione nativa nell'Alto Egitto. Gli attacchi a Latopolis e alla guarnigione tolemaica di Pathyris furono seguiti dalla secessione di Thebai. Il conflitto si trascinò per anni, con le comunità contrapposte l'una all'altra, senza alcuna risoluzione in vista. Tolomeo IX, che osservava attentamente gli eventi dal suo rifugio cipriota, decise di approfittare della situazione e di fare la sua mossa. Nell'88, con l'appoggio dell'esercito demoralizzato e dei cittadini stanchi di Alessandria, spodestò il fratello minore dal palazzo e dal trono. Cominciarono a diffondersi voci di ogni tipo sulle ragioni della caduta di Tolomeo X: aveva mostrato troppo sostegno alla popolazione ebraica dell'Egitto, suscitando l'ira della folla alessandrina, notoriamente antisemita; aveva fuso il sarcofago d'oro di Alessandro Magno e lo aveva sostituito con uno di vetro. In realtà, gli alessandrini si erano stancati degli eccessi del suo regime. Spinto all'esilio, riuscì a mettere insieme una flotta navale e tentò di invadere l'Egitto, ma fu respinto. Fuggì allora in Anatolia dove, con denaro romano preso in prestito, reclutò mercenari e lanciò una seconda armata verso Cipro. Ma anche questa avventura si concluse con una sconfitta e Tolomeo X fu ucciso in battaglia. Si concluse così uno dei regni più strani della storia della dinastia tolemaica.

Il rientro di Tolomeo IX in Egitto non fu esattamente trionfale. Forse aveva riconquistato la capitale con relativa facilità, ma gran parte del resto del territorio era in rivolta. Una serie di lettere, scritte tra il marzo e il novembre dell'88, fornisce una drammatica testimonianza di prima mano del conflitto. La corrispondenza fu inviata dal comandante militare supremo della Tebaide, Platon, al comandante nativo egizio della Pathyris assediata, Nakhthor. Nella prima missiva, datata ancora al regno di Tolomeo X – o le notizie da Alessandria non avevano raggiunto l'Alto Egitto o Platon stava facendo una scommessa – il comandante esortava gli abitanti di Pathyris «a farsi coraggio e a stringersi a Nakhthor, a cui è stato affidato il comando su di voi, finché non arriverò nel vostro distretto con tutta la fretta possibile».[5] Lo stesso giorno, Platon scrisse a Nakhthor per informarlo sulla situazione e incoraggiarlo a resistere: «Farai bene a tenere il posto ed esercitare il tuo comando».[6] Due giorni dopo, Platon scrisse di nuovo, questa volta a proposito delle provviste, indicando che forse si stava pensando a un assedio di Pathyris. La quarta lettera, indirizzata ai sacerdoti e al popolo della città, li esortava a resistere e prometteva loro: «Se lo farete e manterrete la vostra fedeltà al regno [...] i vostri superiori vi risponderanno con la giusta gratitudine».[7] L'ultima della serie di lettere inviate, scritta il 1° novembre, era datata al regno di Tolomeo IX: la sua restaurazione era ormai riconosciuta in tutto l'Egitto. Il comunicato, indirizzato ai sacerdoti e agli abitanti di Pathyris, li aggiornava sulla situazione nazionale: «Il re [Tolomeo IX] Soter è giunto a Memphis e Hierax è stato incaricato di sottomettere la Tebaide con forze molto ingenti».[8] Platon aggiunse che sperava che tali notizie positive potessero servire a tenere alto il morale nell'assediata Pathyris.

Non si sa nulla di più sul generale Hierax, citato nell'ultima lettera di Platon, ma le sue «forze molto ingenti» portarono evidentemente a termine la loro missione. La ribellione nell'Alto Egitto fu sedata, anche se la maggior parte della Bassa Nubia andò perduta, con la città tolemaica ridotta a un tratto di appena sedici chilometri a sud di Philae. La riconquista della Tebaide, epicentro della rivolta, fu presumibilmente condotta con particolare spietatezza. (Thebai non si sarebbe ribellata di nuovo per altri sessanta anni.) Un autore successivo riportò che agli abitanti di Thebai non fu mostrata alcuna pietà e non rimase «nemmeno un ricordo della loro precedente prosperità».[9] Per contro, a Tolemaide furono dedicati nuovi edifici di culto, tra cui un tempio alla dea Iside, per celebrare la restaurazione del dominio tolemaico nell'Alto Egitto. Per quanto riguarda Pathyris, nonostante la sua coraggiosa resistenza ai ribelli, sembrava fosse stata ridotta a un'ombra di se stessa e di fatto scomparve dalla mappa. Come capoluogo di provincia fu sostituita da Hermonthis, che di conseguenza estese il suo nome all'intero territorio provinciale. Ma non poteva sfuggire che l'autorità reale nell'Alto Egitto era stata gravemente indebolita. Non si riprese mai del tutto. Da allora in poi, il governo delegò il controllo quotidiano della regione a una dinastia di governatori autoctoni, che riconoscevano la sovranità tolemaica in pubblico mentre gestivano tranquillamente i propri affari.

Duramente provato dai recenti avvenimenti, lo Stato era ansioso di evitare di inimicarsi ulteriormente la popolazione autoctona. La risposta politica fu quella di investire in ricostruzioni mirate e su piccola scala dei siti più sacri di Thebai. A Karnak, nel piccolo tempio di Ptah furono aggiunte nuove decorazioni che mostravano il re mentre venerava la triade tebana (amata dal sacerdozio) e le divinità della guarigione (venerate dalla popolazione locale). Sulla riva occidentale del Nilo, la generosità della corona fu indirizzata verso il leggendario luogo di sepoltura degli dèi creatori dell'Egitto (l'attuale Medinet Habu). Qui Tolomeo IX ristrutturò il secondo pilone e aggiunse una porta esterna ancora più imponente. Nelle scritte geroglifiche del suo nome, Tolomeo il Salvatore aggiunse l'epiteto di «erede maggiore degli dèi benefattori» per ricordare al popolo la sua preminente pretesa alla regalità, in netto contrasto con il fratello minore intruso.

Riconquistando il trono, sconfiggendo le forze del fratello, sedando la ribellione dell'Alto Egitto e rinnovando i templi degli dèi (o almeno i più rilevanti), Tolomeo IX aveva adempiuto al dovere più importante di un faraone: distruggere il caos e ripristinare l'ordine. Nel suo secondo regno, poteva affermare il suo titolo di «salvatore» con una certa giustificazione. Per suggellare questo nuovo inizio, nell'86 organizzò una seconda incoronazione a Memphis. Poiché questa data coincideva anche con il suo trentesimo anno di regno (dalla prima ascesa al potere nel 116), scelse di commemorare l'occasione con i tradizionali riti faraonici del giubileo. Divenne così il primo – e unico – sovrano tolemaico a celebrare una simile festa.

Gli ultimi cinque anni del regno di Tolomeo IX furono relativamente tranquilli, senza grandi crisi in patria o all'estero. Ma la calma era solo di facciata. Sotto la superficie, le difficoltà economiche e sociali dell'Egitto continuavano senza sosta. Nonostante gli incentivi governativi per la coltivazione dei terreni agricoli, l'*anachoresis* si intensificava. Un documento dell'83/2 riferisce che un villaggio della provincia di Herakleopolite, a sud di Memphis, aveva perso la maggior parte della sua popolazione. L'Egitto sembrava intrappolato in una inesorabile spirale discendente. Si trattava di un atto d'accusa schiacciante nei confronti del governo tolemaico. La politica dinastica aveva ridotto l'Egitto da terra più ricca del mondo antico a Stato debole e vulnerabile.

Gli avvoltoi cominciavano a girargli intorno.

* * *

All'inizio del regno di Tolomeo IX, poche settimane dopo la sua ascesa, un gruppo di turisti aveva visitato Philae. Come innumerevoli visitatori da allora, lasciarono graffiti, i loro nomi e un breve testo inciso sulle pareti del tempio. Ciò che rende questi particolari scarabocchi degni di nota è che sono i primi esempi databili di latino finora scoperti in Egitto. I quattro viaggiatori, C. Acutius, M. Claudius Varus, Sp. Varaeus e M. Titrius(?),[10] sono probabilmente giunti a Philae (come fece lo stesso Tolomeo IX, l'anno successivo) per assistere e partecipare ai festeggiamenti che segnavano l'inizio dell'inondazione annuale del Nilo (un fenomeno che gli egizi ritenevano avesse origine nella regione della Prima Cateratta). Il turismo potrebbe aver coinciso con il pellegrinaggio – incidere i loro nomi era un atto di pietà e di autocelebrazione – e forse anche con interessi commerciali.

Acutius sosteneva di essere stato «il primo» a visitare Philae. Non è certo se con questo intendesse il primo romano, il primo commerciante romano o il primo che parlasse latino. In ogni caso, i contatti di Roma con l'impero tolemaico non erano una novità. Il primo contatto registrato tra i due Stati risale al 273, quando Tolomeo II inviò un'ambasciata a Roma per stabilire relazioni amichevoli. Il contesto di questa iniziativa diplomatica era la lotta a tre tra la Repubblica romana, i cartaginesi e il re Pirro d'Epiro. Nel 275, dopo una lunga lotta, Pirro aveva concluso la sua campagna in Italia, lasciando a Roma la strada libera per consolidare il suo controllo sull'intera penisola. Il momento doveva sembrare opportuno perché la grande potenza del Mediterraneo orientale, l'impero tolemaico, si avvicinasse alla potenza emergente del Mediterraneo occidentale, Roma. Lusingata dal gesto, Roma ricambiò lo stesso anno, inviando ad Alessandria una delegazione di due alti statisti, C. Fabius e Q. Ogulnius.

L'intesa diplomatica potrebbe non essere stata l'unico risultato di questo scambio: quando i due inviati romani divennero consoli, quattro anni dopo, fu introdotta per la prima volta a Roma una moneta d'argento con caratteri identici a quelli della moneta egizia tolemaica. Un accordo finanziario, se così si può dedurre, avrebbe avvantaggiato entrambe le parti: Roma si assicurò un prestatore amico per finanziare le sue guerre; l'Egitto trovò un nuovo mercato ricettivo per il suo grano. L'amicizia tra il regno tolemaico e Roma sembrava favorire anche i legami per la sicurezza: il primo romano di cui si ha notizia che viveva in Egitto (Dinnos, residente nel nomo di Arsinoite) prestò servizio come mercenario nell'esercito di Tolomeo II. Un paio di decenni più tardi, sono attestati in Egitto coloni provenienti dalla Campania romana.

I Tolomei divennero la prima delle dinastie ellenistiche a riconoscere formalmente Roma come potenza in ascesa. Da parte sua, Roma approfondì la conoscenza di un potenziale futuro rivale e la sua leggendaria ricchezza. Quando Fabius e Ogulnius tornarono a Roma da Alessandria, si diceva fossero così imbarazzati dagli stravaganti doni ricevuti in Egitto da sentirsi obbligati a offrirli alle casse pubbliche. Il Senato, soddisfatto dell'esito della missione, permise agli ambasciatori di tenere i tesori per sé. Il riconoscimento diplomatico dell'Egitto andò certamente a vantaggio di Roma. Come abbiamo visto, sebbene l'Egitto avesse intrattenuto relazioni amichevoli con Cartagine per alcuni anni, Tolomeo II e III rimasero neutrali durante la Prima guerra punica, rifiutando la richiesta di prestito dei Cartaginesi. Alla fine della guerra, un'ambasciata romana visitò Alessandria per ringraziare gli egizi del loro tacito sostegno. Grazie alla Kyrenaika, il regno tolemaico aveva interessi più forti nel Mediterraneo occidentale e nell'Africa settentrionale rispetto a tutti i suoi rivali ellenistici. Non poteva permettersi di appoggiare la parte sbagliata nel conflitto tra Roma e Cartagine, quindi la scelta di neutralità era una politica prudente.

Durante la Seconda guerra punica, una richiesta romana di assistenza militare fu accolta con una amichevole ma altrettanto vaga risposta. Imperterrita, Roma continuò la sua seduttiva offensiva diplomatica. Nel 210, un'ambasciata si recò ad Alessandria per implorare rifornimenti di grano; sembrava che Roma «soffrisse di una grande scarsità».[11] Gli ambasciatori presentarono a Tolomeo IV dei doni, tra cui una toga, e un soldato romano fu messo a disposizione del re per comandare la guarnigione tolemaica di Itanos a Creta. Quando Annibale fu definitivamente sconfitto, nove anni dopo, alla fine della Seconda guerra punica, Roma inviò un'altra ambasciata ad Alessandria per ringraziare il nuovo monarca, Tolomeo V, «per la sua salda amicizia che era rimasta incrollabile in un momento in cui i più stretti alleati di Roma l'avevano abbandonata».[12] La verità era forse un po' diversa, ma i romani avevano tutto l'interesse ad avvicinarsi al re. Infatti, con Cartagine umiliata, una nuova offensiva doveva essere diretta più a est, contro Filippo V di Macedonia; i romani sapevano fin troppo bene come le monarchie ellenistiche potessero trasformarsi in un attimo da acerrime rivali a solide alleate di fronte a una minaccia esterna. In preparazione di un attacco al macedone, Roma voleva assicurarsi che «Tolomeo rimanesse l'amico leale che era stato fino ad allora».[13] Tolomeo V dichiarò che non sarebbe andato in aiuto di Filippo V, ma sarebbe intervenuto solo se glielo avessero chiesto i romani. Nel giro di un paio di generazioni, l'atteggiamento dell'Egitto nei confronti di Roma era cambiato da distaccato a deferente. Era un presagio dei futuri avvenimenti.

Una delle ragioni alla base di questo cambiamento fu la posizione precaria di Tolomeo V. La sua ascesa al trono, all'età di sei anni, aveva indotto i suoi rivali ellenisti a lanciare tempestive invasioni dei rimanenti possedimenti tolemaici in Koile-Syria e nell'Egeo. I sostenitori di Tolomeo necessitavano di un forte appoggio: per frenare le ambizioni seleucide e macedoni e per dissuadere ogni potenziale rivale interno dal mettere in discussione l'autorità del re. Roma fu invitata a porre Tolomeo V e i suoi domini sotto la protezione formale della Repubblica. Il Senato accettò prontamente e inviò Marco Emilio Lepido per farlo diventare uno dei tutori ufficiali del re. Da questo momento in poi, Roma ritenne di avere una legittimazione ufficiale per intervenire negli affari interni della dinastia tolemaica. Il famigerato giorno di Eleusi, durante il regno successivo, incarnò questo nuovo ordine mondiale. Prima di Eleusi, l'Egitto trattava Roma da pari a pari; in seguito, il regno tolemaico si sentì sempre più come il socio di minoranza della relazione.

La scena era pronta per il testamento incendiario di Tolomeo VIII. I turisti che, a poche settimane dalla sua morte, incisero il loro nome sul tempio di Philae aprirono la strada a un'intensificazione dei contatti tra Roma e la Valle del Nilo. All'inizio della primavera del 112, un senatore romano, Lucio Memmio, si recò in visita ufficiale in Egitto. Il governo voleva assicurarsi che il viaggio fosse un successo, così un funzionario di Alessandria inviò una lettera a un collega più giovane nel Fayum per verificare che tutto fosse pronto in vista dell'arrivo di Memmio: un alloggio adeguato, doni appropriati per l'ospite d'onore e un itinerario che includesse alcune delle famose attrazioni del nomo di Arsinoite, in particolare una visita al Labirinto (il tempio piramidale in rovina di Amenemhat III, che aveva già millesettecento anni) e l'opportunità di nutrire il coccodrillo sacro.

Tre decenni dopo, quando Tolomeo IX aveva salutato il fratello e celebrato il suo giubileo, un altro romano di rango, il proquestore Lucullo, si recò in visita ad Alessandria per celebrare i costanti legami di amicizia tra la Repubblica romana e il regno tolemaico. Inutile dire che c'era un secondo fine: Roma era impegnata nella prima delle sue guerre contro il re Mitridate VI del Ponto (confinante con il Mar Nero) e cercava aiuti militari e finanziari dai suoi alleati. Tolomeo IX mostrò al suo illustre visitatore una sontuosa ospitalità, ma la richiesta di Roma era costellata di difficoltà. Da un lato, Tolomeo X aveva firmato un testamento che lasciava i suoi territori in eredità a Roma; Roma non aveva fatto pressioni per rivendicarli, ma l'accordo pendeva sullo Stato tolemaico come la spada di Damocle. D'altra parte, l'intera prosecuzione della Prima guerra mitridatica era impantanata nella confusione e nelle controversie: l'esercito romano era guidato dal generale Silla, che però era stato dichiarato fuorilegge dal governo di Roma. Tolomeo non voleva sostenere la parte sbagliata in una disputa interna romana. Ancora più preoccupante era il fatto che i due figli di Tolomeo IX, che nel 103 erano stati mandati sull'isola di Kos con il fratellastro per la loro sicurezza, quindici anni dopo erano stati catturati da Mitridate e prontamente fidanzati con le sue figlie. Inimicarsi l'uomo che teneva prigionieri i suoi figli non era una mossa saggia per Tolomeo, soprattutto con la minaccia del dominio romano in caso di fallimento della dinastia tolemaica. Alla luce di tutte queste considerazioni, Tolomeo IX rifiutò la richiesta di sostegno di Roma e il proquestore lasciò Alessandria a mani vuote.

Un post scriptum a questo incontro aggiunse un'ulteriore svolta all'evoluzione delle relazioni tra Egitto e Roma. La guerra contro Mitridate continuò, senza il sostegno egizio, e durante i combattimenti uno dei principi tolemaici riuscì a sfuggire al suo sequestratore e a raggiungere Silla. Il generale lo portò a Roma, dove fornì a Silla e ai suoi colleghi un'impareggiabile visione d'insieme del funzionamento interno della sempre conflittuale dinastia tolemaica.

Roma, con la sua inarrestabile potenza militare, aveva eliminato o assorbito ogni rivale di rilievo intorno ai suoi confini e stava estendendo il suo dominio in profondità nel territorio ellenistico. Ora cominciava a pensare a un intervento decisivo in Egitto. Tolomeo IX era ormai anziano. Forse la sua morte imminente poteva fornire l'occasione perfetta.

11

Conservare la fede

Qualsiasi sovrano della Valle del Nilo, sia che fosse un faraone nativo, un monarca macedone o un invasore straniero, doveva placare i templi. Queste antiche istituzioni non solo erano economicamente ricche e politicamente influenti, ma si consideravano anche uniche custodi della cultura faraonica, portatrici di trenta secoli di tradizione. Dalle rive del Mediterraneo alla Prima Cateratta, i culti delle miriadi di divinità egizie erano inseriti nel tessuto sociale a tutti i livelli, con un posto speciale nella coscienza collettiva degli abitanti indigeni dell'Egitto. Se il sovrano non rendeva il dovuto omaggio ai templi, non confermava (o preferibilmente accresceva) i loro diritti e privilegi storici e non manteneva (o preferibilmente abbelliva) i loro edifici, i sacerdoti potevano decidere di negare il loro sostegno pubblico o, peggio ancora, di fomentare attivamente il malcontento e la rivolta.

Con l'aiuto di consiglieri autoctoni – uomini come Manethon di Sebennytos e Petosiris di Hermopolis – i primi monarchi macedoni compresero rapidamente questa interdipendenza. Essi intrapresero vigorose iniziative pubbliche per rafforzare il loro sostegno tra i principali culti della terra. Dopo poche settimane dalla conquista dell'Egitto, nel 332, Alessandro Magno aveva personalmente reso omaggio al toro sacro di Memphis e ordinato al suo generale Peukestes di assicurarsi che le forze di occupazione rispettassero la sacralità della necropoli della città. Pur essendo ufficialmente ancora un semplice satrapo, il primo Tolomeo aveva ripristinato le proprietà del tempio confiscate dai persiani. Sembra che fosse desideroso di imparare ciò che ci si aspettava da un faraone, e i sacerdoti nativi erano altrettanto desiderosi di insegnarglielo. Tra il monarca e i sacerdoti si sviluppò un rapporto reciprocamente vantaggioso e coltivato con particolare cura.

Durante il periodo tolemaico, l'interazione tra «Chiesa e Stato» si manifestò in modo più evidente a Memphis. La città era la capitale tradizionale dell'Egitto, prestigio di cui godeva fin dalla fondazione dello Stato, quasi tre millenni prima dell'invasione di Alessandro. Al contrario, Thebai, nell'Alto Egitto, si era sviluppata come capitale religiosa. Nonostante ciò, o a causa di ciò, i sacerdoti di Memphis videro nell'avvento della dinastia tolemaica l'opportunità di accrescere le proprie credenziali, promuovere i propri interessi e avere un vantaggio sulle loro controparti tebane. Anche dopo che Tolomeo I spostò la capitale ad Alessandria, Memphis rimase la sede ufficiosa del clero indigeno fino alla fine. I sacerdoti di Ptah legittimarono i successivi monarchi tolemaici e si crogiolarono nella gloria riflessa. Qualunque fosse l'ultimo scandalo ad Alessandria o la rivolta a Thebai, Memphis rimase saldamente fedele alla corona.

Il culto di Apis era un singolare beneficiario di questa connessione. Il toro sacro di Memphis non è mai stato uno dei membri principali del pantheon indigeno, nonostante la grande antichità del suo culto. La sontuosa sepoltura di un toro di Apis sembra essere diventata un evento di importanza nazionale solo durante il regno di Ramses II (1279-1213), che proveniva da una dinastia parvenu con origini provinciali e plebee ed era quindi desideroso di presentarsi come un faraone legittimo. Altri culti di tori sacri vennero alla ribalta nella trentesima dinastia (che aveva simili interessi), tra cui il Buchis a Hermonthis e il Mnevis a Heliopolis.

Fu Erodoto, più di chiunque altro, a portare Apis alla fama internazionale. Per lo storico ed etnografo del V secolo, i culti animali dell'Egitto faraonico erano una delle caratteristiche più esotiche e bizzarre del territorio. Il culto del toro sacro di Memphis fu un esempio di questa stranezza e i lettori di tutto il mondo di lingua greca ne furono affascinati e sconvolti in egual misura. La descrizione dei rituali che circondavano l'Apis divenne un ingrediente usuale nei successivi resoconti classici sull'Egitto.

Certamente, agli occhi dei greci l'intera panoplia di sacramenti associati alla scoperta, alla vita e alla morte di Apis sembrava incredibilmente esoterica. Un nuovo toro di Apis poteva essere trovato ovunque nella Valle del Nilo; l'identificazione dipendeva dalla presenza di alcuni segni distintivi sul corpo della bestia. Secondo Erodoto,

> I segni di questo vitello chiamato Apis sono i seguenti: è nero, sulla fronte ha una macchia bianca a tre angoli e la sagoma di un'aquila sul dorso; i peli della coda sono doppi e c'è un nodo sotto la lingua.[1]

Anche i governanti persiani dell'Egitto prima di Alessandro, non noti per la loro venerazione dei culti faraonici tradizionali, avevano subito il particolare incantesimo di Apis. Dario I aveva offerto una ricompensa a chiunque avesse scoperto la nuova incarnazione. Sotto i Tolomei, i tori provenivano in gran parte dal Delta, la principale area di allevamento dell'Egitto, ma almeno uno fu trovato a Oxyrynchos, nel Medio Egitto, e un altro nella Tebaide. Uno dei tori identificati durante il lungo regno di Tolomeo VIII era convenientemente nato proprio nel tempio di Memphis.

Una volta scoperto, ogni nuovo Apis trascorreva quaranta giorni a Nilopolis (oggi Delas) dove le donne locali, riconoscendo nella creatura un potente simbolo di fertilità, alzavano le loro gonne davanti a essa (la reazione del toro non è riportata). Compiuti questi riti, la bestia veniva portata a Memphis per essere incoronata durante grandi festeggiamenti, prima di essere condotta in speciali alloggi nella parte meridionale del recinto di Ptah. Nutriti, abbeverati, bagnati e in generale coccolati, solitamente i tori vivevano a lungo. Nei tre secoli di dominio ellenistico, l'Egitto vide avvicendarsi quindici Tolomei ma solo tredici tori Apis.

Se il ritrovamento e l'incoronazione di un Apis erano occasioni di giubilo, la sua sepoltura diventava un evento ancora più sfarzoso e costoso. Nel sesto anno del suo regno come faraone, Tolomeo I aveva personalmente prestato cinquanta talenti d'argento per la sepoltura di un Apis, forse la stessa bestia che Alessandro aveva venerato. Altri undici tori sarebbero stati sepolti sotto la dinastia tolemaica, ognuno dei quali era uno spettacolo che attirava visitatori da ogni dove.[2]

Data la relativa rarità della sepoltura di un Apis, che avveniva solo una volta per generazione, le istruzioni scritte erano fondamentali: era pertanto improbabile che un sacerdote vivesse abbastanza a lungo da presiedere a due sepolture consecutive. Come un faraone, un Apis veniva imbalsamato dopo la morte e la procedura – che durava in totale settanta giorni – era essenzialmente la medesima. Un papiro tolemaico, ritrovato nell'archivio di una famiglia di necrofori menfiti, fornisce una descrizione dettagliata. La preparazione del corpo veniva effettuata in una speciale casa di imbalsamazione, situata vicino alla stalla dell'Apis nel tempio di Ptah. Per prima cosa, in un processo che durava quattro giorni – il tempo era cruciale, se non si voleva che il corpo andasse in putrefazione – la carcassa del toro doveva essere pulita e preparata. Veniva stesa su un enorme tavolo di alabastro, svuotata dei suoi fluidi e pulita a fondo, il tutto utilizzando appositi strumenti rituali. Poi venivano rimossi il cervello e gli altri organi interni. Durante questa prima fondamentale fase, i membri del sacerdozio menfita avrebbero partecipato a un digiuno rituale. Nei quarantotto giorni successivi, il corpo veniva curato con un impacco di natron. Una volta completata la mummificazione, il toro veniva accuratamente avvolto in bende di lino per ripristinarne l'aspetto originario: era un lungo processo che richiedeva sedici giorni.

La fase finale dell'intera cerimonia era la processione funebre verso la tomba. Per questa esposizione al pubblico, che durava quattro giorni, enormi folle di pii fedeli e turisti curiosi seguivano il tragitto stabilito. Il corpo imbalsamato del toro – posto in uno speciale veliero-santuario su ruote – veniva portato dalla casa di imbalsamazione al «Lago del Faraone», a nordest di Memphis. Nel corteo, i sacerdoti impersonavano le principali divinità egizie, mentre due ragazze locali recitavano le parti di Iside e della sorella Nefti, protettrici dei lamenti funebri. Appena la processione arrivava al lago, venivano eseguiti altri rituali, prima che il toro venisse portato in uno speciale padiglione allestito sulla riva. Qui veniva eseguito il più sacro di tutti i rituali funerari, l'apertura della bocca, per riportare magicamente in vita il cadavere. Il corpo entrava nel padiglione da ovest (direzione del tramonto) ed emergeva a est (alba), simboleggiando la sua rinascita. Dalla riva del lago, il corteo risaliva la scarpata fino alla necropoli di Memphis, dove si trovavano le catacombe di Apis, il Sarapieion.

La parte più antica del complesso si trovava nelle profondità del sottosuolo, dove un corridoio scavato nella roccia permetteva di accedere a una serie di camere sepolcrali individuali (riscoperte dagli archeologi negli anni Cinquanta del XIX secolo). Il complesso lavoro di intaglio di una volta nella roccia viva veniva svolto da squadre di umili operai, di solito una dozzina di uomini alla volta, e poteva iniziare già il terzo anno dopo l'installazione di un nuovo toro. Sebbene si trattasse di un lavoro ordinario, era comunque motivo di orgoglio: un contributo al mantenimento di una tradizione secolare. Un muratore che lavorava al Sarapieion nel 96 poteva far risalire la sua occupazione a dodici generazioni della stessa famiglia, prima della conquista di Alessandro.

La realizzazione del sarcofago di granito per ospitare il corpo imbalsamato dell'Apis rappresentava un'altra impresa mastodontica. Un blocco di pietra di dimensioni adeguate veniva prima estratto dalle cave di granito di Assuan, poi ne veniva scolpita la forma con martelli di dolerite, prima di essere spedito a nord con una chiatta, scaricato al molo di Memphis e, infine, trascinato al Sarapieion, dove veniva calato nella volta che era stata allestita. Solo quest'ultima fase poteva durare fino a diciotto giorni, con cinque giorni di riposo; gli uomini che svolgevano questo lavoro massacrante erano pagati con razioni extra. Una volta che l'Apis imbalsamato era stato posto nel suo sarcofago, veniva sigillato nella sua volta e lasciato riposare in pace per l'eternità. Le porte principali dell'intera galleria potevano essere aperte in speciali occasioni religiose, ma per il resto del tempo tutto rimaneva buio e silenzioso, fino all'inizio degli scavi per la costruzione di una nuova volta.

Se le catacombe dei tori erano impressionanti, lo erano anche gli edifici di culto in superficie a essi dedicati. La necropoli tolemaica di Memphis era davvero una città dei morti, con templi, santuari e viali, e tutto l'armamentario di una grande destinazione turistica: dalle bancarelle che vendevano offerte votive agli ambulanti con il cibo di strada, fino agli interpreti dei sogni e ad altri mercanti che si occupavano di dubbi affari. Un canale, chiamato Phchêt, fiancheggiato da case e giardini, divideva la città di Memphis dalla zona delle necropoli. Sul lato orientale, una banchina collegava il tempio di Ptah. Sulla sponda opposta, un viale cerimoniale, pavimentato in pietra e fiancheggiato da sfingi, conduceva su per la scarpata.

I primi edifici che si incontravano, proprio sull'orlo della scogliera, erano due enormi recinti sacri dedicati alla dea gatta Bastet e al dio sciacallo Anubi, noti rispettivamente come Bubasteion e Anubeion. Il primo comprendeva due o tre templi principali, una miriade di santuari minori e una serie di abitazioni sacerdotali; le «danzatrici di Bastet», officianti del suo culto, svolgevano un ruolo fondamentale nei rituali di mummificazione. A sud del Bubasteion, un terzo recinto più piccolo, l'Asklepieion, era dedicato a Imhotep (in greco, *Asklepios*, Asclepio), dio della medicina. Aveva il proprio accesso alla scarpata, un viale fiancheggiato da bancarelle – che vendevano cibo, ricordi e altri servizi per i visitatori – le cui piazzole migliori erano ambite con impaziente entusiasmo e i loro proventi fornivano ai templi all'interno del recinto un flusso costante di entrate. I culti della necropoli menfita, pur essendo intrisi di antica religione egizia, erano altrettanto popolari tra i coloni di lingua greca. L'Asklepieion, ad esempio, era una destinazione molto nota tra chi era in cerca di rimedi curativi. Un potenziale supplicante, dopo aver superato la prova dei venditori ambulanti, pagava una tassa per entrare nel sancta sanctorum; se era abbastanza fortunato da ricevere il messaggio del dio in sogno, la spesa successiva era una visita all'interprete dei sogni. Cercare l'assistenza divina nell'Egitto tolemaico era un'attività costosa.

Anche l'Anubeion era un miscuglio di spazi sacri e profani. Accanto ai templi e ai santuari si trovavano gli uffici amministrativi al servizio dell'intera necropoli. Tra questi vi erano un notaio per la registrazione dei documenti e un rappresentante del governatore provinciale. Una stazione di polizia garantiva la sicurezza e una prigione ospitava i condannati per reati commessi nella città dei morti. Le abitazioni più umili servivano una popolazione numerosa: sacerdoti e imbalsamatori, portatori d'acqua e venditori di farina d'avena, sarti e barbieri, medici e vasai.

Tutt'intorno, le gallerie sotterranee della necropoli animale sacra contenevano milioni di ibis mummificati, falchi, babbuini, gatti, sciacalli e mucche (queste ultime considerate le «madri di Apis»). L'apertura annuale delle gallerie di ibis e falchi per le sepolture di massa – ogni uccello era donato da un pellegrino in visita – era uno spettacolo popolare. Un abitante di questo strano mondo, un uomo di nome Hor (uno stretto contemporaneo di Tolomeo il recluso), raccontò di aver avuto un incubo in cui doveva nutrire sessantamila ibis allevati per una futura mummificazione. Un sogno non molto lontano dalla strana realtà: nel periodo tolemaico, ogni anno venivano allevati, mummificati e sepolti nella necropoli di Memphis ben diecimila uccelli. Hor dichiarò anche che tenere la sabbia trasportata dal vento fuori dalle varie cappelle era un compito senza fine, mentre le cappelle erano fetide dell'odore di animali in decomposizione.

Oltre la necropoli animale, nel deserto più profondo, alla fine del viale fiancheggiato da sfingi si trovava il Sarapieion vero e proprio. Il tempio originario era stato costruito nel IV secolo dall'ultimo faraone nativo, Nakhthorheb, che aveva cercato di diffondere i culti animali tra la popolazione come espressione della tradizione egizia e come baluardo contro la crescente influenza straniera. Ironia della sorte, sotto i Tolomei il recinto del Sarapieion non avrebbe potuto avere un aspetto più antiegizio, almeno dall'esterno. Nel primo decennio del regno di Tolomeo II, accanto al tempio della trentesima dinastia era stata costruita una cappella in stile greco e, qualche tempo dopo, era stato aggiunto un portico decorato con undici statue di marmo disposte in semicerchio raffiguranti poeti e filosofi greci, tra cui Pindaro ed Esiodo, Omero e Platone; forse in origine custodivano un santuario, forse persino la tomba menfita di Alessandro prima del suo trasferimento ad Alessandria. Accanto, c'erano sculture legate al culto di Dioniso: una pantera e dei pavoni, un bambino che cavalca il mastino Kerberos e una sirena che canta.

In superficie, i governanti stranieri potevano esercitare il loro potere; nel mondo sotterraneo, gli antichi dèi continuavano a vegliare sulla terra d'Egitto.

* * *

Gli scalpellini che scavarono le volte di Apis non erano gli unici membri della comunità menfita a essere orgogliosi di tramandare il loro ruolo di padre in figlio. Dai necrofori e dagli specialisti della mummificazione alle prefiche ufficiali e ai sacerdoti funerari, l'«industria della morte» menfita era probabilmente il più grande settore economico della città. Sebbene non ci siano molte testimonianze in merito a queste figure, diversamente da quel che accade con le fonti di lingua greca, alcuni papiri sparsi offrono scorci sulla loro vita e sul loro sostentamento. Una sola famiglia ricoprì i ruoli di supervisore e necroforo della necropoli nell'arco di undici generazioni consecutive. Altre famiglie monopolizzavano il lucroso giro d'affari dell'imbalsamazione, e tutte godevano del diritto di servire strade specifiche o addirittura interi villaggi;

la ricchezza di una famiglia era espressa dal numero di potenziali salme tra la clientela. A volte, due o più famiglie si riunivano per formare un'associazione commerciale, un «negozio chiuso» progettato per escludere gli estranei.

Una particolare famiglia di necrofori menfiti sembra aver conservato ogni contratto e nota relativi a matrimonio e proprietà. Il diritto dei nativi, «la legge della terra» che si applicava in Egitto, richiedeva la produzione di prove documentali per sostenere una rivendicazione, quindi conservare ogni frammento di prova era radicato nella mentalità egizia; una manna per gli archeologi e gli storici che sarebbero arrivati millenni dopo. I documenti dei necrofori tracciano le alterne fortune di un'unica famiglia nel corso del periodo tolemaico. Nell'autunno del 146, ad esempio, Tolomeo VI ordinò che tutti i documenti redatti in demotico (cioè da e per i nativi egizi) nella necropoli di Memphis dovessero essere riassunti ed etichettati in greco prima di poter essere depositati negli archivi ufficiali, che erano ospitati nell'Anubeion. Questo decreto reale gravava i comuni cittadini egizi di ulteriori spese e disagi e con ogni probabilità alimentò ulteriormente il risentimento dei nativi.

Non aveva senso, tuttavia, lamentarsi con le autorità (in questo caso il sacerdozio menfita), perché i sommi sacerdoti erano complici dell'accordo. La decisione di Alessandro Magno, seguito a sua volta da Tolomeo I, di farsi incoronare a Memphis aveva suggellato il legame tra i monarchi macedoni e i sacerdoti della città. Il sommo sacerdote di Ptah divenne il portavoce della corona e la carica fu ricoperta a turno da tredici membri della stessa famiglia, per nove generazioni.

Come ogni aristocrazia custodisce gelosamente i propri privilegi, i detentori di alte cariche in tutti i culti più importanti si sposavano tra loro. I sommi sacerdoti di Memphis erano strettamente imparentati con i loro omologhi di Letopolis (la capitale della provincia vicina) e di fatto monopolizzavano tutte le cariche religiose nella capitale e nei dintorni. L'alto status di cui godeva la «prima famiglia» di Memphis è testimoniato dai manufatti sopravvissuti: stele di splendida fattura, collezione di statue, sarcofagi in pietra e papiri funerari illustrati. Per emulare la prassi reale, i membri della famiglia adottavano talvolta doppi nomi. Per un comune cittadino di Memphis, il sommo sacerdote di Ptah – l'uomo che incoronava sia l'Apis sia il faraone – doveva sembrare più vicino agli dèi che agli esseri umani. I sommi sacerdoti di Ptah diedero ai Tolomei l'imprimatur del favore divino e, in una pubblica dimostrazione di reciprocità, molti Tolomei assunsero nomi che annoveravano quello di Ptah. Mentre l'Alto Egitto sfuggiva progressivamente alla stretta del governo, il dio di Memphis sembrava un garante migliore della legittimità regale del tebano Amon o degli dèi tradizionali della regalità, Ra e Horus.[3]

Per gli stessi motivi, i Tolomei successivi fecero visite sempre più regolari a Memphis, soprattutto nei momenti di crisi o di celebrazione nazionale. Tolomeo IV vi si recò sia prima sia dopo la battaglia di Raphia, mentre l'incoronazione menfita di Tolomeo V, nel 197, aveva lo scopo di garantire la sua vacillante presa sul potere. Quando Antiochos IV invase l'Egitto, tre decenni dopo, si premurò di visitare Memphis per la sua formale proclamazione a re. La sua cacciata, nel giorno di Eleusi, spinse i fratelli tolemaici restaurati e riconciliati – Tolomeo VI e Tolomeo VIII – a fare la loro stessa visita, seguita da un ulteriore soggiorno reale in città in occasione della festa di Capodanno. Questo evento sarebbe poi diventato un appuntamento fisso nel calendario reale.

Tolomeo VI e Cleopatra II si recarono nuovamente a Memphis nel 163, mentre Tolomeo VIII andò per la sua incoronazione come unico monarca nel 145. Il figlio Tolomeo IX fu incoronato due volte nel tempio di Ptah. Se Memphis in generale beneficiò di questa attenzione e delle ingenti spese che ne derivarono, nessuno ne beneficiò più dei sommi sacerdoti di Ptah. A capo del loro piccolo regno, si beavano del ruolo che avevano di interlocutori tra la religione tradizionale dell'Egitto e i suoi monarchi macedoni.

Il primo sommo sacerdote attestato in epoca tolemaica, Nesisti-Pedubast, fu nominato dal re «primo sacerdote» nel culto della divinizzata Arsinoe II. Al monarca conveniva ricucire la propria dinastia nel venerabile tessuto della religione faraonica. Il sacerdozio di Ptah, da parte sua, si dimostrava un collaboratore disponibile. Il figlio di Nesisti, Anemhor, ricevette favori reali ancora maggiori quando Tolomeo III lo nominò «sovrintendente dei sacerdoti di tutti gli dèi e le dee dell'Alto e del Basso Egitto»; in altre parole, primate di tutto il clero indigeno. Anche in questo caso, il re traeva vantaggio da un simile accordo. La creazione di questa nuova carica dava al monarca una linea di comunicazione privilegiata e diretta con i sacerdoti di tutto l'Egitto. Un'altra delle cariche di Anemhor era quella di sacerdote del culto di Nectanebo, l'ultimo faraone nativo. Attraverso questa accurata rete di associazioni, gli alti sacerdoti di Memphis e la dinastia tolemaica rafforzavano la reciproca credibilità. Si trattava di una relazione intima. Il figlio e successore di Anemhor, Djedhor, si vantava di essere «entrato nella casa del re prima di tutti i sacerdoti e i profeti dei templi dell'Alto e del Basso Egitto» e di essere stato «il primo a essere convocato tra i grandi dignitari d'Egitto».[4]

Un successivo sommo sacerdote, Pedubast IV, fu investito dal re stesso, in una cerimonia condotta nel palazzo reale di Alessandria. Un'iscrizione raccontava come,

> Venne al «cantiere» [Alessandria] e bevve alla presenza del re. Gli fu consegnato lo scettro d'oro dell'autorità, i paramenti dell'emporio meridionale e il bouquet adatto a Ptah durante le feste e le processioni. Nel suo diciassettesimo anno di vita si era messo in testa il grande diadema d'oro, secondo l'usanza dei suoi antenati.[5]

Continuò a ricoprire la carica per oltre un quarto di secolo.

Oltre a esercitare l'autorità teologica su tutti i culti di Memphis, il sommo sacerdote di Ptah supervisionava anche tutti i progetti di costruzione dei templi della città. Il suo status gli conferiva un potere di convocazione senza pari. Tolomeo III sembra essere stato il primo monarca a convocare un sinodo di sacerdoti. Sotto Tolomeo V, Memphis divenne la sede prescelta per questi sinodi, che richiamavano sacerdoti da tutto l'Egitto. La pratica si trasformò presto in una sorta di tradizione: almeno quindici sinodi si svolsero nel corso del III e del II secolo. Le risoluzioni formali di questi incontri, emesse sotto forma di decreti e incise su tavole di pietra, si concentravano su questioni relative al tempio e al culto – benefici reali, modifiche ai turni sacerdotali, emolumenti del clero – ma le discussioni che si svolgevano dovevano riguardare una gamma più ampia di questioni religiose e politiche.

Nel corso del tempo, i decreti rivelano un sottile cambiamento nel modo in cui i monarchi macedoni si presentavano o venivano presentati dai sacerdoti indigeni. A ogni sinodo successivo, a ogni serie di risoluzioni, il re appariva meno ellenistico e più faraonico. Le tensioni tra governo e clero erano senza dubbio vivaci, ma un accordo andava a vantaggio di entrambe le parti. Per quanto i templi indigeni fossero bastioni della cultura egizia, molti sacerdoti erano felici di collaborare con il regime tolemaico.

* * *

Una vivida istantanea della religione egizia sotto i Tolomei è fornita da un paesaggio sommerso recentemente riportato alla luce sotto le acque della baia di Abukir. Al centro di questa terra ormai sommersa c'era la città di Thonis-Herakleion, situata vicino a Kanop, alla foce di uno dei rami del Nilo, a una trentina di chilometri da Alessandria. Il patrocinio reale della nuova capitale andò a beneficio anche della regione vicina, e Thonis (in lingua egizia, *Ta-henet*) ebbe la sua parte di investimenti.

Benché situati sulle rive del «Mare dei Greci» e dotati di re di lingua greca, i templi di Thonis erano inequivocabilmente di stile egizio e dedicati al gruppo di divinità più importante dell'intero pantheon egizio: la triade tebana di Amon, Mut e Khonsu. Il tempio principale onorava una forma locale di Amon, signore di Gereb, il cui particolare ruolo teologico (*gereb* è la parola egizia per «eredità») era quello di consegnare a ogni re successivo gli atti di Egitto, conferendo così sovranità e legittimità. Come a Thebai, Amon era affiancato nel tempio di Thonis dalla moglie e dal figlio, Mut e Khonsu, che svolgevano un ruolo importante nella legittimazione della regalità egizia: Mut rappresentava la regina, Khonsu l'erede al trono. I greci si aggrapparono a Khonsu, riconoscendo in lui il proprio giovane dio Eracle (*Herakles*), e diedero alla città il nome greco di Herakleion.[6] Il fatto che la dinastia tolemaica rivendicasse la propria discendenza da Eracle conferì alla città un ulteriore fascino. Tra le rovine di Thonis sono state trovate numerose statuette votive private e amuleti dedicati a Khonsu/Eracle, non solo nel recinto del tempio ma anche nell'insediamento circostante.

Come si addice alla sua posizione costiera, Thonis era una città di isole e canali, la Venezia dell'Egitto tolemaico. Una via d'acqua si collegava al ramo canopico del Nilo, fornendo accesso all'entroterra. I canali, tuttavia, non erano utilizzati solo per scopi pratici. Il Grande Canale, che correva tra il tempio di Amon e un'isola vicina, era utilizzato per le processioni sacre, soprattutto durante il mese sacro di Khoiak (dall'inizio di dicembre all'inizio di gennaio). Si trattava del quarto mese della stagione delle inondazioni, quando le acque del Nilo erano al loro apice. L'associazione sacra tra Thonis e l'inondazione annuale del Nilo era evidente grazie alle enormi statue che dominavano la facciata del tempio principale. Scolpiti con il tradizionale stile faraonico nel granito rosso della regione della Prima Cateratta, i colossi rappresentavano il re, la regina e Hapi (dio dell'inondazione) come garanti congiunti della fertilità dell'Egitto.

I festeggiamenti durante il mese di Khoiak comprendevano una flottiglia il ventiduesimo giorno e una processione di Osiride (da Thonis a Kanop) il ventinovesimo. La flottiglia era caratterizzata da un'immagine di culto del dio che viaggiava in una speciale barca cerimoniale di legno di sicomoro, mentre gli spettatori gettavano offerte votive nel canale. Come i greci identificavano Khonsu con Eracle, così consideravano Osiride un alter ego di Dioniso. Anche la dinastia tolemaica rivendicava la propria discendenza da Dioniso.

Le cerimonie di Khoiak erano osservate in tutto l'Egitto. A centinaia di chilometri a sud di Thonis, a Tentyris e Apollonopolis, le iscrizioni raccontano che ogni anno venivano create due figure per i Misteri annuali di Osiride. I dettagli sono astrusi ed esoterici come qualsiasi mistero religioso. Il dodicesimo giorno del mese, i sacerdoti iniziavano a realizzare una grande mummia di mais – una rappresentazione dell'Osiride mummificato riempita di grano per simboleggiare il suo potere rigenerativo – nota agli egittologi come *Osiris vegetans.* Allo stesso tempo, preparavano una statua del dio nel suo aspetto ctonio (*Osiris-Sokar*): era costituita da una speciale miscela di terra, minerali, resine e spezie, mescolata con una spatola speciale e posta in quattordici recipienti, a cui si aggiungeva poi l'acqua del lago sacro del tempio; l'impasto che ne risultava, a forma di uovo, lo si metteva in un vaso d'argento coperto di rami di sicomoro.[7] Quattro giorni dopo, il sedicesimo giorno del mese, la pasta veniva pressata nelle due metà di uno stampo d'oro che veniva posto su un letto, anch'esso d'oro, rivolto a nord. Il diciannovesimo giorno, le due metà venivano unite e poste su un piedistallo d'oro ad asciugare al sole. Il ventitreesimo o il ventiquattresimo giorno, la statua finita veniva dipinta – nero per la pelle, giallo per il viso, blu per la parrucca e gli occhi – avvolta in bende di lino e unta con unguenti.

Nel frattempo, il ventunesimo giorno del mese, la figura di *Osiris vegetans* veniva tolta dal suo stampo, incollata e legata insieme con quattro fasce di papiro, lasciata asciugare al sole per tutto il giorno e poi avvolta in strisce di stoffa. Il pomeriggio seguente, alle due precise, *Osiris vegetans* partecipava alla processione sacra. A Thonis si svolgeva sul Grande Canale; ad Apollonopolis Magna (Djeba per i suoi abitanti, l'attuale Edfu) sul lago sacro del tempio. La processione prevedeva trentaquattro barche illuminate da 365 piccole lampade, una per ogni giorno dell'anno. Al termine dei festeggiamenti, entrambe le statue di Osiride venivano poste in speciali bare di sicomoro e sepolte.

I Misteri di Osiride erano popolari tra i devoti greci ed egizi. I greci veneravano il dio come Dioniso, onorandolo con riti di fertilità, statuette sessualmente esplicite e abbondanti bevute; gli egizi veneravano Osiride come l'archetipo del re, signore degli inferi e garante delle ricchezze del Nilo. Ogni gruppo seguiva essenzialmente le proprie credenze e pratiche culturali, sebbene proiettate su una stessa divinità e su una stessa festa. Si tratta di una potente immagine che illustra quanto la fede potesse unire un territorio diviso e che contribuisce a spiegare l'interesse dei Tolomei nel mantenere e promuovere i culti autoctoni; o, almeno, quelli che si accordavano con gli istinti della popolazione di lingua greca dell'Egitto e con la propaganda dinastica della famiglia reale.

* * *

Gli interessi strettamente convergenti della monarchia e della religione attestati a Thonis-Herakleion e a Memphis non erano replicati ovunque. Nell'Alto Egitto, il rapporto tra amministrazione e clero era più teso. Già sotto il regno di Tolomeo II, il governo aveva nominato dei funzionari per supervisionare le finanze dei templi tebani, che erano alcuni dei più ricchi proprietari terrieri d'Egitto. Sotto Tolomeo VIII, il numero di questi funzionari della corona si moltiplicò. Essi ricoprivano cariche religiose onorarie, ma le loro principali responsabilità erano di natura secolare:

gestire le finanze del tempio e assicurare la riscossione delle imposte per conto dello Stato. Il re non godeva più della stessa riverenza, ma le sue casse andavano comunque riempite.

Lontani dai centri del potere tolemaico, i culti locali dell'Alto Egitto meridionale si svilupparono in modo sempre più indipendente. Occasionalmente, un sacerdozio poteva cercare di guadagnare influenza ingraziandosi il monarca, come i sacerdoti di Khnum durante la visita di Tolomeo IX a Elefantina nel 115. Ma la maggior parte dei grandi templi, anche se fondati e sostenuti dai benefattori reali, seguiva un proprio percorso teologico. Anche l'influenza del clero tebano potrebbe essere stata in gran parte teorica. In ogni tempio, il sacerdozio funzionava come un corpo collegiale: una società in gran parte chiusa che interpretava le proprie responsabilità in base alle consuetudini e ai precedenti locali, all'interno di un insieme di parametri profondamente legati alla tradizione. Il risultato avrebbe potuto essere una discesa verso una sempre maggiore introspezione. Invece, liberati dalle catene del controllo centrale, i templi dell'Alto Egitto dell'ultimo periodo tolemaico furono crogioli di straordinarie innovazioni. L'indipendenza liberò una creatività repressa.

Il tempio di Horus ad Apollonopolis ne è un esempio. La prima pietra fu posata da Tolomeo III nel 237 e gli edifici di culto principali furono completati in meno di un secolo, considerando anche una pausa di settant'anni nei lavori di costruzione sotto Tolomeo V. Il *pronaos* (portico) fu aggiunto da Tolomeo VIII e gli ultimi elementi sotto Tolomeo IX e i suoi immediati successori. L'intero vasto edificio richiese centottant'anni dall'inizio dei lavori alla fine. Il tempio era ricoperto di testi e immagini, progettati per trasmettere e valorizzare il suo ruolo primario di casa del dio. Sembra che esistesse una «grammatica del tempio» accettata, un insieme di regole o aspettative che disciplinavano quali temi fossero adatti a quali parti dell'edificio. Un elemento nuovo era la copiatura su larga scala dei testi sacri e degli ordini di servizio sulle pareti. I testi religiosi erano generalmente conservati nel tempio su rotoli di cuoio o di papiro e tavolette metalliche. Lo scriptorium del tempio avrebbe contenuto le proprie copie di lavoro. Fino al periodo tolemaico, questi testi erano considerati un sapere segreto, da tramandare da una generazione di sacerdoti all'altra, da interpretare e modificare, ma sempre al riparo dalla vista altrui. I sacerdoti tolemaici di Apollonopolis chiaramente volevano che questi documenti fossero scolpiti nella pietra per l'eternità, anche se ciò significava renderli un po' più pubblici. Sebbene il clero non potesse prevedere l'eventuale estinzione della cultura faraonica, potrebbe aver intuito che l'ellenizzazione dell'Egitto era inarrestabile e che il suo futuro sarebbe stato determinato da stranieri provenienti da oltreconfine. Qualunque fosse la motivazione, la decisione dei sacerdoti assicurò la conservazione degli antichi riti e cambiò per sempre lo schema decorativo dei templi egizi.

Altrettanto degno di nota era il livello di scelta individuale esercitato dai sacerdoti-scrittori incaricati di ornare le pareti di un tempio. All'epoca di Tolomeo IX e X, i sacerdoti nativi avevano ereditato una vasta gamma di testi e riti religiosi, alcuni di composizione relativamente recente, altri risalenti al tempo delle piramidi. I più comuni erano disponibili come «libri modello», pronti per essere trascritti ogni volta che la situazione lo richiedesse. I testi più rari dovevano essere consultati nella biblioteca del tempio o nello scriptorium. In ogni caso, il sacerdote aveva la libertà di fare scelte editoriali: quali sezioni includere, quali citare testualmente e quali abbreviare o modificare. Le scelte potevano essere dettate sia dalla praticità – la quantità di spazio disponibile sulle pareti – sia dalla teologia.

Ad Apollonopolis, la maggior parte delle immagini e dei testi scelti riguardava i riti quotidiani del tempio e il ciclo annuale delle feste religiose. Particolare rilievo era dato alla mitologia della divinità residente. Un ampio spazio era quindi dedicato a un tableau raffigurante la mitica lotta tra Horus e l'ostile zio Seth (raffigurato come un ippopotamo). I testi di accompagnamento erano composti nella lingua classica del secondo millennio, che in realtà nessuno parlava da quasi mille anni; alcuni termini lessicali fanno pensare che i sacerdoti avessero consultato un vocabolario risalente all'VIII secolo. Pochissime persone nel tardo periodo tolemaico sarebbero state in grado di leggere queste lingue morte, eppure i sacerdoti di Apollonopolis (e di altri templi dell'Alto Egitto) non solo comprendevano i testi, ma si divertivano con giochi di parole, allitterazioni, scritture criptiche: ogni sorta di espediente veniva impiegato per aggiungere ulteriore ricchezza metaforica e allegorica ad allusioni già complesse, al fine di valorizzare il contenuto dei testi ed elevarne l'interpretazione. I sacerdoti si dedicavano a un «gioco intellettuale».

È interessante notare che, anche dopo due secoli di dominazione tolemaica, solo una parola greca compare sulle pareti del tempio: *aqur*, che rappresenta l'*arguros* greco, «argento». Ciò illustra il forte conservatorismo della teologia egizia (e l'attenzione dei greci per l'economia monetaria). Mentre il governo della Valle del Nilo era dominato da funzionari ellenofoni e la conoscenza del greco era necessaria per l'avanzamento sociale e professionale, le alte sfere del clero erano chiuse ai non egizi. All'interno dei santuari dei templi, le usanze e i riti secolari rimasero di stampo nazionalista.

Ciò che valeva per i testi religiosi valeva anche per l'arte. Nella tradizione faraonica, l'arte non è mai esistita per se stessa, ma è stata creata per onorare gli dèi e glorificare il re. Sotto i Tolomei, l'arte in stile greco seguì le tradizioni dell'Egeo, con artisti e scultori riconosciuti che producevano opere di genio creativo. I laboratori dei templi, invece, continuarono a produrre arte bidimensionale e tridimensionale di altissima qualità, ma sempre guidata dalle convenzioni della rappresentazione egizia. A parte alcuni primi tentativi di stile ibrido, le due tradizioni artistiche non si mescolarono: erano semplicemente troppo distanti nella concezione e nell'applicazione. Così, mentre le monete coniate ad Alessandria recavano i ritratti distintivi dei successivi sovrani tolemaici, le statue scolpite per l'esposizione nei templi egizi erano idealistiche, senza tempo e sostanzialmente anonime. Anche se sotto un copricapo egizio poteva comparire qualche ricciolo ellenistico, le statue faraoniche traevano la loro identità dai loro attributi (corone, vesti, simboli) piuttosto che da qualsiasi tentativo di rappresentare l'individualità.

Sulle pareti dei templi e nelle collezioni di statue sacre, mantenere la continuità era la preoccupazione principale. L'identità o la cultura d'origine del sovrano regnante erano meno importanti del fatto che fosse un sovrano. Secondo le credenze egizie, la conservazione della creazione dipendeva dal mantenimento del contratto tra la monarchia e gli dèi: un contratto in cui il re, rappresentante degli dèi sulla terra, abbelliva i loro santuari e ampliava le loro dotazioni in cambio di un regno lungo e prospero. Nel solco della tradizione di una fede di questo tipo, l'individualità c'entrava poco o nulla; la consuetudine e la pratica erano tutto. In effetti, i cartigli vuoti divennero una caratteristica delle pareti dei templi tolemaici: in tempi politicamente instabili era più sicuro lasciare in bianco un nome reale piuttosto che rischiare di onorare la parte perdente. Di fronte a tale incertezza, i templi tracciavano i propri sentieri. Ad Apollonopolis, il dio residente Horus era chiamato «figlio di Ra», usurpando di fatto il ruolo del re, e veniva persino incoronato ogni anno come monarca divino.

Accanto alle scene di repertorio del re che faceva offerte agli dèi, per la prima volta venivano rappresentati sulle pareti dei templi nuovi dettagli: attrezzature mediche nel sanatorio del tempio di Ombos, una serie completa di corone reali e uno zodiaco circolare a Tentyris. Anche la combinazione di colori adottata per i rilievi dei templi era inedita, con una prevalenza di azzurro, bianco e ocra. I colonnati e le sale ipostile rimasero con le solite caratteristiche, ma i costruttori di templi tolemaici sperimentarono una vasta gamma di nuove forme vegetali per i fusti delle colonne e i capitelli, apportando una nuova vitalità a un repertorio architettonico consolidato. Nel colonnato orientale di Philae, costruito sotto Tolomeo VIII, non esistono due colonne uguali.

Lontani dai centri del potere politico, i sacerdoti-scrittori e gli architetti dell'Alto Egitto poterono assecondare le loro energie teologiche e creative, pur mantenendo le tradizioni sacre della religione faraonica. Talvolta, la popolazione locale di lingua greca cercò di confrontarsi con questa cultura esotica – alcuni rilievi egizi hanno testi esplicativi in greco – ma alla fine la mancanza di interesse da parte dello Stato cominciò a farsi sentire. La vitalità della cultura templare egizia era sempre dipesa dal patrocinio reale, anche se i re presenziavano solo in rare occasioni. Con l'avanzare del periodo tolemaico, l'iniziale entusiasmo del re per le tradizioni religiose faraoniche cominciò a scemare. C'erano altri problemi più urgenti da affrontare.

Delegare tutte le comunicazioni con il clero ai sommi sacerdoti di Ptah era solo un sintomo di un malessere più ampio. Le difficoltà economiche e la diminuzione dell'interesse reale incisero sul programma di costruzione e decorazione dei templi.

A Philae, i rilievi di alta qualità vennero gradualmente sostituiti da lavorazioni più rapide e grossolane. Ad Apollonopolis, sia la qualità dell'intaglio sia i testi stessi si deteriorarono: quelli aggiunti sotto Tolomeo IX e i suoi successori mostrarono progressivamente più errori, in quanto i sacerdoti si allontanavano sempre di più dai libri modello.

Senza un governo forte, stabile e prospero, conservare la fede diventava sempre più difficile.

PARTE IV

NEMESI (80-30 a.C.)

12

Lotta per la sopravvivenza

Fin dagli albori della storia, la stabilità e la prosperità dell'Egitto – e la consapevolezza di sé come nazione – dipendevano da una transizione fluida del potere da un regno all'altro. Le liste dei re iscritte sulle pareti dei templi presentavano una linea di successione ininterrotta che risaliva fino a Menes, il fondatore semimitico dello Stato egizio, o addirittura agli dèi e ai semidei che si credeva avessero governato sulla Valle del Nilo prima di lui. Si trattava, ovviamente, di una totale finzione – ogni epoca fu testimone di lotte dinastiche, colpi di Stato e persino guerre civili – ma era una finzione che la corte aveva un forte interesse a mantenere.

La realtà era molto più complessa. La breve aspettativa di vita nel mondo antico spesso comportava la morte prematura dei re, che avveniva prima che un erede avesse l'età per salire al trono. Già nel XX secolo a.C., i sovrani avevano escogitato l'istituzione della coreggenza – incoronare un successore durante la vita del padre – per garantire una successione incontrastata. Il primo Tolomeo, forse su consiglio dei suoi fidati funzionari egizi, abbracciò il precedente ormai consolidato per rafforzare la presa sul potere della sua nuova dinastia. Suo figlio e successore designato (Tolomeo II) governò come coreggente per circa diciotto mesi prima di iniziare a regnare. Ma man mano che la dinastia acquisiva legittimità e sicurezza del mandato, abbandonava le norme dell'eredità faraonica per tornare a qualcosa di più macedone e molto più caotico. Nel II e all'inizio del I secolo, una serie apparentemente infinita di dispute familiari – il conflitto tra i Tolomei VI e VIII, le macchinazioni e le manovre politiche di Cleopatra II e III, infine la guerra totale tra i Tolomei IX e X – furono manifestazioni di un modello dinastico che avrebbe fatto rivoltare nella tomba i faraoni di un tempo. Non era solo il tumulto all'interno della famiglia reale a minare le fondamenta stesse dell'autorità reale: le lotte dinastiche generavano anche disordini civili più ampi, declino economico e un indebolimento della posizione internazionale dell'Egitto. Le sorti di un'intera nazione potevano subire trasformazioni, nel bene e nel male, a causa del comportamento del suo sovrano.

Quando Tolomeo IX morì alla fine di dicembre dell'81, la successione reale, già contestata all'inizio del suo regno, fu lasciata nella più totale confusione. Pochi mesi prima della sua morte, aveva nominato sua figlia (ed ex moglie di suo fratello) Berenike III come coreggente. I precedenti faraonici, così come secoli di prassi tolemaica, rendevano l'idea di una donna che ricoprisse uno status regale del tutto naturale in Egitto, anche se sarebbe stato impensabile in altre parti del mondo ellenistico. Salì quindi sul trono come unica sovrana, assumendo il titolo di culto di Tea Filopatore («dea amante del padre») per sottolineare la sua legittima pretesa. Sembra che fosse una figura popolare, almeno tra i cittadini di Alessandria che notoriamente avevano uno spirito inquieto. Ma le usanze e i precedenti tolemaici richiedevano che un membro maschile della famiglia regnasse accanto a una regina. I riflettori si spostarono sul fratellastro di Berenike III, allora in esilio a Roma. Il ragazzo fu debitamente richiamato ad Alessandria nella tarda primavera dell'80 per diventare re con il nome di Tolomeo XI Alessandro II. I commentatori avrebbero poi individuato la mano del dittatore romano Silla dietro questa decisione: un giovane abituato ai modi romani poteva in effetti rivelarsi un utile sovrano fantoccio dell'Egitto. Per rafforzare l'ascesa al trono, Tolomeo XI sposò immediatamente Berenike III (sua sorellastra, matrigna e cugina!). Ma sembra che avesse ambizioni a lungo termine che non lasciavano spazio a una coregnante. Entro tre settimane dal matrimonio, nella migliore tradizione tolemaica, fece assassinare la moglie. Fu un passo audace ma fatale. Gli abitanti della città si indignarono, trascinarono il re fuori dal palazzo e lo uccisero nel ginnasio. Il suo regno, che durò solo diciotto o diciannove giorni, fu il più breve di tutti i Tolomei e il suo nome fu successivamente cancellato dai registri ufficiali con un atto di *damnatio memoriae.*

Con la morte di Berenike III e del marito, il governo e la cittadinanza di Alessandria sapevano di dover agire in fretta per trovare un legittimo successore o affrontare le conseguenze, già previste nel testamento di Tolomeo X: l'annessione da parte di Roma. Il membro più anziano della famiglia reale era Cleopatra Selene, figlia di Tolomeo VIII, sorella ed ex moglie di Tolomeo IX e Tolomeo X. Le sue credenziali dinastiche apparivano impeccabili, ma ora era anche vedova di tre consecutivi monarchi seleucidi (Antiochos VIII, IX e X) e viveva in Kilikia. Cercò di far valere i diritti dei suoi figli sia sul trono tolemaico sia su quello seleucide, ma era una pretesa eccessiva per entrambi i regni. A scavalcare i figli di Cleopatra Selene furono i due figli di Tolomeo IX, avuti dal matrimonio con Cleopatra IV. I ragazzi erano nati mentre i genitori si trovavano a Cipro, poco prima dell'ascesa al trono di Tolomeo IX. Nei decenni successivi avevano condotto una vita avventurosa. Da piccoli si erano trasferiti ad Alessandria con il padre nel 116 e il più grande dei due fratelli aveva ottenuto a tempo debito un certo rilievo a corte, venendo nominato per un anno al prestigioso sacerdozio di Alessandro. Quando Tolomeo IX fu costretto all'esilio nel 107, i ragazzi rimasero con la nonna, Cleopatra III, per poi essere inviati quattro anni dopo sull'isola greca di Kos allo scoppio delle ostilità all'interno della famiglia reale. Quello che avrebbe dovuto essere un luogo sicuro si trasformò in una trappola: entrambi i ragazzi furono catturati allo scoppio della Prima guerra mitridatica dal re Mitridate VI, che li riportò nella sua patria, sulla sponda meridionale del Mar Nero, come preziosi ostaggi politici. I due fratelli trascorsero i successivi sette o otto anni come «ospiti» del monarca pontico e si fidanzarono con le sue figlie.

Le loro vite e le loro relazioni potevano essere complicate, ma i fratelli, entrambi di nome Tolomeo, erano ormai l'unica speranza per la loro dinastia di mantenere la sovranità. Nell'estate dell'80, furono richiamati a compiere i propri destini: il fratello minore come re di Cipro, il maggiore come re d'Egitto. Era la prima volta nella storia tolemaica che le due parti del regno venivano separate legalmente. Il governo stava facendo delle scommesse: Roma era più propensa ad accettare il mantenimento dell'indipendenza egizia se Cipro si fosse svincolata. La diminuzione dell'influenza politica era un prezzo accettabile da pagare per mantenere la libertà.

Iniziò così lo sfortunato regno di Tolomeo XII, che ereditò un territorio in difficoltà dal punto di vista finanziario, debole sotto l'aspetto diplomatico e militare e fortemente vulnerabile alle interferenze straniere. Egli fece il possibile per rendere sicura la sua posizione, facendo risalire l'inizio del suo regno alla morte del padre e abbandonando la fidanzata pontica a favore della sua stessa parente Tryphaina.[1] Quest'ultima fu nominata coreggente e adottò il nome regale di Cleopatra; la coppia di sovrani fu incorporata nel culto dinastico come Theoi Philopatores kai Philadelphoi («divinità amanti del padre e amanti dei fratelli»).[2] Il titolo consolidava la loro pretesa congiunta al trono in quanto figli di Tolomeo IX; più che una semplice convenzione in questo caso, dato che c'erano voci diffuse, favorite dagli interessi romani, sulla legittimità di Tolomeo XII. Gli alessandrini, sempre pronti a schernire i loro monarchi, si inventarono un proprio soprannome: chiamarono Tolomeo XII Aulete (*Auletes*, «flautista»), in riferimento alla sua presunta passione di accompagnare i cori con il flauto. Si diceva organizzasse competizioni musicali nel palazzo reale, sfidando egli stesso i suoi cortigiani; è probabile che queste occasioni fossero riti dionisiaci piuttosto che concerti da camera. Un secolo dopo, l'imperatore romano Nerone suonò il flauto mentre la sua città bruciava; Tolomeo XII suonava il flauto mentre Roma complottava.

Fin dall'inizio del nuovo regno, l'obiettivo principale fu semplicemente la sopravvivenza. Il governo alessandrino era consapevole della minaccia romana e il re fu costretto a ingraziarsi Roma e le sue varie fazioni politiche per preservare il proprio trono. Le sfide si susseguivano a ritmo serrato. Nel 75, dopo appena cinque anni di regno, la posizione di Tolomeo XII fu messa in discussione dalla sua stessa zia, Cleopatra Selene, che si recò a Roma per difendere i suoi figli da Antiochos X. Il Senato le prestò poca attenzione, probabilmente perché troppo preoccupato dall'annessione formale della Kyrenaika. Infatti, il più antico dei territori tolemaici al di fuori dell'Egitto, donato a Roma dal suo ultimo re, Tolomeo Apione, circa vent'anni prima, veniva ora formalmente incorporato come provincia romana. La spinta era verosimilmente dovuta alla produttività agricola della regione e alla crescente necessità della Repubblica di garantire le forniture di grano.

Naturalmente, la Kyrenaika non era l'unico potenziale granaio nella sfera d'influenza di Roma: la fertilità e l'abbondanza della Valle del Nilo erano leggendarie. Nel giro di un decennio dall'incorporazione della Kyrenaika, un importante statista romano e un censore (il magistrato responsabile del censimento) eletto nel 65, Marco Licinio Crasso, si schierò pubblicamente a favore dell'annessione dell'Egitto. L'opposizione di Cicerone, che riconosceva i potenziali pericoli di un coinvolgimento in una rischiosa impresa straniera, fu appassionata e la proposta fu bocciata. Ma il futuro status dell'Egitto e il suo rapporto con Roma erano ormai apertamente dibattuti. Gli ambiziosi politici romani cominciarono a vedere nella conquista della Valle del Nilo una meravigliosa opportunità di avanzamento di carriera. Uno di loro, che nel 65 ricopriva la carica di edile (un funzionario eletto responsabile della manutenzione degli edifici pubblici e della regolamentazione delle feste), era un certo Gaio Giulio Cesare.

Tolomeo XII rispose a questa minaccia nell'unico modo possibile, ossia facendo furiose pressioni e offrendo laute tangenti per assicurarsi il sostegno al mantenimento dell'indipendenza egizia. L'alternativa allora non era pensabile, ma fu messa a fuoco solo due anni dopo, quando il grande impero seleucide, da poco ridotto alla città di Antiokheia e ad alcuni villaggi siriani, cadde sotto i colpi del generale romano Gneo Pompeo Magno (Pompeo il Grande). L'ultimo monarca seleucide, Antiochos XIII, era figlio di Antiochos X e Cleopatra Selene e quindi cugino di primo grado di Tolomeo XII. Ma i legami di sangue e l'eredità dinastica non contavano nulla per la rapace Repubblica romana.

Prima l'impero macedone era stato assorbito da Roma; ora anche l'impero seleucide aveva fatto la stessa fine. Dei tre regni ellenistici fondati dai successori di Alessandro Magno rimaneva solo il regno tolemaico. L'unico modo per sopravvivere era pagare denaro per la protezione, e molto. Mentre un Pompeo vittorioso si accingeva a riorganizzare l'amministrazione delle nuove province orientali di Roma (aveva anche appena vinto la Terza guerra mitridatica, conquistando il Regno del Ponto e con esso gran parte dell'Anatolia), ricevette un sontuoso regalo di congratulazioni da Tolomeo XII: una corona d'oro. Il generale repubblicano non si scompose. Il successivo regalo di Tolomeo, un finanziamento per ottomila cavalieri per la campagna di Pompeo contro la Giudea, fu accolto con maggiore favore. Ma Pompeo si rifiutò ancora di venire in aiuto di Tolomeo quando Alessandria conobbe uno dei suoi ciclici disordini civili. Non si trattava di una relazione tra partner, tanto meno tra pari. L'Egitto era il supplicante, Roma il bullo del parco giochi.

Nonostante la pubblica e dispendiosa dimostrazione di sostegno a Pompeo da parte di Tolomeo XII, nello stesso anno il Senato romano discusse nuove proposte per assumere il controllo dell'economia egizia. Nulla, a quanto pare, poteva arrestare il motore dell'espansione romana. Ancora una volta, Cicerone si pronunciò contro la proposta, in quanto i suoi saldi principi repubblicani lo portavano a temere che un uomo d'onore romano in Egitto potesse usare quel territorio come base per minacciare o addirittura distruggere la Repubblica romana. (Con il tempo, ovviamente, la previsione si sarebbe rivelata azzeccata.) Le placche tettoniche si stavano spostando, non solo nel vecchio mondo ellenistico, ma anche all'interno della stessa Roma. I tradizionali pesi e contrappesi che avevano sostenuto la costituzione repubblicana venivano sempre più scavalcati dall'ambizione individuale. In patria, l'influenza del Senato era diminuita; all'estero, e soprattutto in Oriente, le relazioni di Roma con i regni clienti cambiavano rotta per fini autocelebrativi.

Tolomeo XII non poteva evitare di essere coinvolto nella politica interna di Roma, però non era nemmeno in grado di giudicare facilmente chi potesse appoggiare. L'unica soluzione era continuare a gettare semi – o meglio oro – al vento; ma adoperarsi per la pacificazione dell'Egitto implicava il taglio della spesa pubblica e il drastico aumento delle tasse. Una nuova legge, introdotta nel 63, prevedeva che in caso di morte di una persona che non avesse fatto testamento, i due terzi del suo patrimonio sarebbero diventati automaticamente appannaggio reale. Queste misure provocarono agitazione diffusa, soprattutto nelle campagne, dove i contadini, duramente colpiti, lottavano per la sopravvivenza. Anche i coltivatori delle terre della corona sentirono il peso della crisi. Quelli della provincia di Herakleopolite ricorsero a uno sciopero nel 61/60. Esaurite le entrate statali, Tolomeo XII fu costretto a rivolgersi agli usurai, i più noti dei quali, come Gaio Rabirio Postumo, erano romani. Più Tolomeo spendeva per comprare il sostegno romano, più si indebitava con Roma. Era entrato in una spirale mortale.

Nel 60, con una mossa coraggiosa per cambiare la dinamica, si recò a Roma con il cappello in mano, per negoziare il riconoscimento ufficiale della sua regalità e dell'indipendenza della sua terra. Si trattava di una situazione ben diversa dai giorni in cui i delegati romani in visita avevano ricevuto una sontuosa ospitalità nel palazzo reale di Alessandria. Ora la situazione era cambiata. I faraoni non erano mai stati abituati a difendere la loro causa con una potenza straniera. Ma la cosa funzionò. In cambio di un pagamento di seimila talenti – pari al totale delle entrate annuali dell'Egitto – i tre triumviri (Crasso, Pompeo e Cesare) persuasero il Senato a riconoscere Tolomeo XII come re, che fu così aggiunto alla lista ufficiale degli «amici e alleati del popolo romano». Cicerone, che avrebbe potuto opporsi, fu corrotto con l'offerta di un'ambasceria in Egitto. Pur confessando di aver desiderato a lungo visitare quella terra, e in particolare Alessandria, rifiutò l'offerta, «poiché contraria ai suoi principi e ritenuta deleteria per la sua reputazione».[3]

Tolomeo tornò in Egitto sollevato, con la sua autorità rafforzata. Si sentiva persino abbastanza sicuro da emanare un decreto di amnistia. Ma nella sua disperazione di voler ottenere il riconoscimento di Roma, aveva trascurato lo status di Cipro. Nel giro di un anno, il Senato aveva approvato un'altra legge, la *Lex Clodia*, che annetteva l'isola. Tolomeo non osò opporsi. Il suo ultimo re, il fratello di Tolomeo, si tolse la vita piuttosto che diventare un fantoccio di Roma.

Prima la Kyrenaika, poi Cipro. La corruzione non si dimostrava certo una politica vincente, nonostante le privazioni inflitte alla popolazione egizia. Preso in giro all'estero e mal sopportato in patria, Tolomeo XII stava esaurendo le opzioni.

* * *

Le difficoltà economiche dell'epoca sono illustrate da due documenti apparentemente non rilevanti. Entrambi sono contratti legali, cessioni di terreni; uno datato ottobre 73, l'altro agosto 57. In entrambi i casi, i cleruchi che avevano ereditato i loro appezzamenti decisero di cederli ad altri per coltivarli: era forse un'indicazione che la vita da contadino stava diventando sempre meno attraente. Questi due piccoli frammenti di papiro fanno parte di una collezione di mezzo milione di documenti recuperati alla fine del XIX secolo d.C. dalle discariche di una città di provincia tolemaica, Oxyrynchos («città del pesce dal naso aguzzo»), nel Medio Egitto. Sebbene la maggior parte dei testi parli della vita di tutti i giorni – contratti di vendite e locazioni come quelli prima citati, censimenti e dichiarazioni dei redditi, petizioni e atti giudiziari, fatture e conti, inventari e testamenti, oroscopi e lettere private – vi sono anche opere di letteratura. Infatti, tra i papiri scartati dagli abitanti di Oxyrynchos (l'attuale Behnasa) si trovano scritti di alcuni dei più famosi autori dell'antichità. Tra questi, la più antica e completa serie di diagrammi degli *Elementi* di Euclide e un trattato attribuito ad Aristotele sulla *Costituzione degli ateniesi.* Opere teatrali di Menandro ed Euripide, un'opera finora sconosciuta di Sofocle, poesie di Pindaro e Saffo e brani dell'*Iliade* finirono tutti nella discarica della città, consumati o semplicemente non più desiderati. I gusti letterari degli abitanti di lingua greca dell'Egitto tolemaico erano eterogenei e, anche nelle campagne più profonde, notevolmente sofisticati.

La gamma di testi letterari ed eruditi a disposizione della popolazione evidenzia un aspetto importante della società tolemaica: l'influenza di Alessandria come centro di apprendimento. Le ripercussioni dell'erudizione e dell'alfabetizzazione andavano oltre la biblioteca e il museo della città. I primi Tolomei avevano cercato di affermare la loro reputazione di re eruditi e il loro patrocinio degli intellettuali alessandrini aveva portato a scoperte fondamentali in ogni campo di ricerca. Dopo un lungo periodo di declino durante il II e l'inizio del I secolo, Tolomeo XII sollecitò una sorta di rinascimento, favorendo lo sviluppo di nuove scuole filosofiche e incoraggiando gli studiosi a spingersi oltre i confini dell'apprendimento. Gli effetti a catena si fecero sentire anche lontano da Alessandria. I coloni di lingua greca – mercenari, veterani militari o semplici immigrati economici – cercavano attivamente e si impegnavano con le opere letterarie e scientifiche nella loro lingua per mantenere e affermare la propria identità culturale.

Un esempio è la collezione di documenti accumulata da Tolomeo figlio di Glaukias, il recluso nel Sarapieion durante il regno di Tolomeo VI. Oltre ai resoconti degli incubi che lo turbavano e alle copie delle sue petizioni al governo, custodiva anche copie papiracee di opere teatrali di Menandro ed Euripide e un trattato sulla natura dell'universo dal titolo *Arte di Eudosso.*

Quest'ultima opera, risalente all'inizio del II secolo, è il primo testo scientifico illustrato sopravvissuto dall'antichità. La mescolanza di astronomia e astrologia comprende calendari lunari e solari, il sorgere e il tramontare di importanti costellazioni e l'osservazione che la Luna riflette la luce del Sole. Le illustrazioni a colori sparse nel testo comprendono diagrammi del Sole e della Luna e i segni dello zodiaco. Tolomeo scrisse le sue note a margine, dimostrando un attivo coinvolgimento con le idee contenute nell'opera. Il fatto che un soldato relativamente umile che viveva nell'Egitto di provincia non solo avesse accesso, ma leggesse e apprezzasse uno studio pionieristico di uno dei più grandi pensatori scientifici dell'epoca rivela una profonda sete di conoscenza nell'Egitto tolemaico.

Il fatto che i poemi, le opere teatrali e i trattati dei più grandi scrittori greci rimasero popolari fino alla fine della dominazione tolemaica (e oltre), quando ormai le famiglie di lingua greca si erano stabilite da secoli nelle campagne egizie, sottolinea la cruciale importanza dell'alfabetizzazione e della cultura letteraria nell'identità ellenistica. Ma i «greci nati in Egitto» non si limitavano a una sola tradizione letteraria; avevano anche accesso e accolto scritti egizi, benché tradotti. Persino l'*Arte di Eudosso*, opera intrisa di cultura ellenistica, includeva illustrazioni di divinità egizie: un ibis mummificato, un babbuino e uno scarabeo all'interno di un cerchio. Tolomeo possedeva anche un'edizione greca di un racconto egizio, *Il sogno di Nectanebo*, e testi didattici che miravano a insegnare ai lettori come andare avanti nella vita.

Questi «insegnamenti» costituivano uno dei generi più venerabili della letteratura egizia, le cui origini risalgono all'età delle piramidi. I primi esempi sottolineavano il comportamento corretto, riflettendo le rigide gerarchie della società faraonica. Gli esempi più tardi, a partire dal secondo millennio, tradiscono una mentalità più «borghese», con consigli pratici su come crescere una famiglia, adulare il proprio capo e ottenere profitti. Più tardi ancora, l'opera nota come *Insegnamento di Ankhsheshonqy* fu probabilmente composta nel tardo periodo tolemaico e comunica efficacemente l'idea della visione del mondo egizio all'epoca di Tolomeo XII. L'ambientazione stessa dell'opera ricorda le vicissitudini politiche che avevano caratterizzato i regni dei successivi Tolomei: nell'introduzione, il narratore, Ankhsheshonqy, viene a conoscenza di un piano per assassinare il re, ma non dice nulla. Quando la cospirazione viene alla luce, Ankhsheshonqy viene imprigionato per il suo silenzio. È la prospettiva di trascorrere anni dietro le sbarre che lo spinge a chiedere il permesso di scrivere una serie di utili istruzioni per il figlio.

Le massime sono diverse centinaia, il che rende l'opera uno degli esempi più significativi del suo genere. I suggerimenti e i consigli sono ripetitivi, a volte contraddittori e mancano di struttura, ma sono meravigliosamente rivelatori della mentalità dei nativi egizi del I secolo. L'opera rifugge dall'impianto poetico in versi degli insegnamenti precedenti ed è scritta in prosa «pratica»; il tono è cinico ma umoristico, in quanto vede la commedia insita nella vita quotidiana, nonostante le sue prove e tribolazioni. I singoli consigli sono pragmatici, concreti e si rifanno spesso a esperienze personali, senza tentativi di moralismi elevati. Ad esempio, «La ricchezza di una città è non schierarsi», che riecheggia la posizione dei sacerdoti egizi di fronte alle opposte fazioni reali. «Non disprezzare gli affari del faraone» e «Non parlare degli affari del faraone quando si beve birra» sarebbero stati consigli validi in qualsiasi periodo della storia egizia, ma «Impara a fare rapporto al palazzo del faraone» riflette sicuramente la popolarità nell'Egitto tolemaico della petizione diretta al re. L'illegalità delle campagne egizie ha fatto scattare il consiglio: «Non camminare per strada senza un bastone in mano», mentre lo stato di difficoltà dell'economia rurale sotto Tolomeo XII ha provocato il meraviglioso aforisma: «Un coccodrillo non muore di preoccupazione, muore di fame». Tutto considerato, forse era più saggio «mettere i propri affari nelle mani di Dio».[4]

Così, mentre la popolazione di lingua greca dell'Egitto tolemaico si divertiva a riflettere sulle meraviglie scientifiche dell'universo, per gli abitanti nativi della Valle del Nilo le preoccupazioni quotidiane rimanevano al primo posto. La maggior parte dei consigli contenuti nell'*Insegnamento di Ankhsheshonqy*, scritto da e in gran parte per un pubblico egizio, riguarda la vita familiare in un villaggio rurale: l'ambiente più familiare alla maggior parte delle persone. Ci sono consigli pratici («Spendi secondo le tue possibilità» e «Chi non raccoglie legna d'estate non si scalderà d'inverno») e consigli commerciali («Prendi in prestito denaro a interesse e investilo in terreni agricoli»). I consigli hanno molto da dire sulle relazioni familiari: «Non preferire uno dei tuoi figli a un altro; non sai chi di loro sarà gentile con te»; «Non aprire il tuo cuore a tua moglie o al tuo servo; aprilo a tua madre, è una donna discreta»; «Non lasciare che tuo figlio sposi una donna di un'altra città; per non essere portato via da te»; e «Non violare una donna sposata». Conoscere il proprio posto era una buona ricetta per una vita tranquilla: «Puoi inciampare nei tuoi piedi nella casa di un grande uomo; non inciampare nella tua lingua».[5] Gli esempi di letteratura sopravvissuti devono rappresentare una mera frazione del corpus originale, ma il periodo tolemaico emerge comunque come un'epoca di notevole creatività letteraria, sia in greco sia in lingua egizia.

Le opere composte in demotico talvolta permeavano la popolazione di lingua greca, ma raramente, se non mai, il contrario. I visitatori romani della Valle del Nilo sembravano essere ancora più chiusi, disprezzando i costumi locali perché considerati primitivi e ridicoli. La loro superbia non li rendeva molto simpatici alla popolazione nativa. Quando lo storico greco Diodoro visitò l'Egitto sotto il regno di Tolomeo XII, intorno al 60, riferì di aver visto un romano fatto a pezzi da una folla inferocita per aver inavvertitamente ucciso un gatto. Il malcapitato turista avrebbe fatto bene a leggere il consiglio di Ankhsheshon: «Non ridere di un gatto»,[6] o anche a prestare attenzione alle parole di Erodoto, che scriveva circa quattrocento anni prima, secondo il quale gli egizi, allo scoppio di un incendio, si preoccupavano più di salvare i gatti intrappolati che di spegnere le fiamme. Ma per i romani l'ossessione che nutrivano gli egizi per il culto degli animali era davvero bizzarra, atavica e risibile. Mentre i Tolomei si erano impegnati a fondo per comprendere e rispettare le tradizioni faraoniche, con i romani sarebbe stato impossibile raggiungere un'intesa. I tentativi sempre più disperati dell'Egitto di preservare la propria autonomia politica cominciarono a sembrare anche una lotta per la sopravvivenza culturale.

* * *

Alla fine dell'estate del 58, a pochi mesi dall'umiliante perdita di Cipro, i cortigiani di Tolomeo XII lo costrinsero ad abdicare in favore della figlia maggiore, Berenike IV. Il rovesciamento del re fu sostenuto dalla folla alessandrina, ben abituata a mostrare la forza politica muscolare, forse ispirata da un crescente sentimento antiromano, esacerbato da incidenti come l'uccisione del gatto due anni prima. Ma se gli egizi pensavano che la rimozione di Tolomeo XII avrebbe contrastato l'influenza romana, si sbagliavano di grosso. Non solo la mossa spinse Tolomeo ancora di più tra le braccia di Roma, ma anche sua figlia si trovò a essere una pedina involontaria nella politica di potere romana.

Il problema fondamentale e ineludibile era la debolezza della dinastia tolemaica rispetto alla potenza di Roma. Come recitava un detto egizio dell'epoca: «Il sibilo del serpente è più efficace del raglio dell'asino».[7] In un primo momento, il fragile regno di Berenike IV fu sostenuto dalla presenza della madre, Cleopatra Tryphaina, come coreggente, ma lei stessa scomparve prima della fine del 57, per motivi non chiari: morì oppure si ritirò. Vennero quindi compiuti sforzi per trovare un consorte adatto a regnare al suo fianco. Non essendoci un plausibile candidato all'interno della famiglia reale tolemaica, i cortigiani rivolsero lo sguardo all'estero, pronti a considerare tutte le possibilità. Alla fine furono individuati tre principi della defunta casa reale dei Seleucidi. Tuttavia, uno morì durante le trattative e al secondo fu impedito di recarsi in Egitto dal nuovo governatore romano dell'Asia, Aulo Gabinio. Il terzo principe, che portava l'archetipico nome dinastico di Seleukos, riuscì a raggiungere Alessandria, ma Berenike lo prese subito in antipatia e lo fece prontamente strangolare.

Roma era naturalmente molto interessata alla questione della successione egizia. Impedire un'alleanza tra Tolemaici e Seleucidi era essenziale, ma il migliore obiettivo era un fantoccio romano sul trono d'Egitto. Il candidato prescelto, e l'eventuale vincitore della mano di Berenike, era un giovane di impeccabile lignaggio reale che aveva l'ulteriore vantaggio di essere ben conosciuto sia da Gabinio che dal suo mentore, Pompeo. Il principe era Archelaos, figlio di Mitridate VI che Pompeo aveva sconfitto un decennio prima. Archelaos giunse ad Alessandria nella primavera del 56 e riuscì a sposare Berenike; ma l'Egitto con ogni probabilità non lo accettò mai perché il suo nome viene omesso con cura dai papiri dell'epoca.

Tolomeo XII, nel frattempo, non aveva alcuna intenzione di dimettersi davvero dal trono. Considerando di essere la migliore – l'unica – speranza di assicurare l'indipendenza all'Egitto, decise di usare tutte le sue conoscenze per riconquistare il potere. Quando lasciò l'Egitto, accompagnato dalla seconda figlia, la sua prima tappa fu Rodi, da sempre alleata dei Tolomei. L'isola aveva l'ulteriore attrattiva di accogliere temporaneamente un ospite illustre: l'influente senatore romano Catone il Giovane, che aveva da poco supervisionato l'annessione di Cipro. Catone offrì al monarca deposto consigli su come perorare al meglio la sua causa presso i politici romani: diede consigli, ma nessun sostegno tangibile. Tolomeo si mise in viaggio per Roma, dove giunse nel corso del 57.

Lì fu accolto nientemeno che da Pompeo Magno e soggiornò come ospite nella sua villa sui Colli Albani. Il generale espose il caso del re in Senato, ma incontrò una notevole opposizione. Non solo molti senatori erano ancora diffidenti nei confronti di un coinvolgimento diretto negli affari interni dell'Egitto, ma erano anche consapevoli delle fazioni opposte all'interno dell'Egitto stesso. Ciò fu evidente quando il governo di Berenike IV inviò a Roma una delegazione di cento uomini, guidata da Dione di Alessandria, per discutere *contro* Tolomeo XII. Il re, tuttavia, aveva ancora la sua rete di amici e informatori e, prima che gli inviati potessero raggiungere Roma, Dione e la maggior parte dei suoi seguaci furono uccisi, avvelenati dagli emissari di Tolomeo. Il Senato, sconvolto, promise un'inchiesta, ma questa non ebbe mai luogo e l'incidente fu messo a tacere perché altre voci, altri interessi, erano entrati nel dibattito. I numerosi creditori romani di Tolomeo si resero conto che la restaurazione del re rappresentava l'unica possibilità di recuperare il loro considerevole investimento. Il denaro trionfò sulla politica. Tolomeo, ormai sicuro del sostegno romano, lasciò la città alla fine del 57 e si stabilì nel tempio di Diana a Ephesos, un luogo più comodo da cui pianificare un'invasione dell'Egitto.

Nei dodici mesi successivi, il re in esilio ottenne offerte formali di sostegno da Pompeo, Gabinio e dall'usuraio Rabirio, al quale era stato promesso il pagamento di diecimila talenti in caso di successo della missione, facendo dipendere la sua intera fortuna dalla restaurazione di Tolomeo. A sostenere il piano c'era anche un ufficiale ventisettenne della cavalleria romana di nome Marco Antonio. Il Senato si rifiutò di dare la sua formale benedizione a qualsiasi intervento militare, adducendo una presunta dichiarazione dell'Oracolo sibillino come scusa per l'inazione; ma con l'appoggio dei suoi tre potenti sostenitori, il vento era nelle vele di Tolomeo.

Nell'autunno del 56, una forza guidata da Gabinio entrò in Egitto dalla Siria, attaccando il posto di frontiera di Pelousion. Nella battaglia che ne seguì, Archelaos, che guidava la difesa, fu ucciso, presumibilmente dallo stesso Gabinio, l'uomo che lo aveva messo al fianco di Berenike. L'amicizia contava poco nella politica romana. (In seguito, quando fu costretto a giustificare le sue azioni, Gabinio sostenne che Archelaos avesse incoraggiato la pirateria nel Mediterraneo orientale, minacciando gli interessi economici di Roma. Ma naturalmente, a quel punto, l'accusato non era più in grado di difendersi.) Archelaos ricevette una sepoltura da soldato da un altro vecchio amico, Marco Antonio, e la forza d'invasione avanzò. L'esercito marciò attraverso il Delta del Nilo, fermandosi a Memphis prima di dirigersi a nordovest verso Alessandria. A metà aprile del 55, i difensori della città si arresero e Tolomeo XII fu restaurato sul trono. Ma, per la prima volta nella storia, era stato un esercito romano a conquistare l'Egitto.

La punizione del re fu rapida e decisa. Fece giustiziare la figlia Berenike IV e i suoi principali sostenitori. Il suo regime fu mantenuto in punta di lancia, grazie a una forza di duemila uomini – soldati romani e mercenari provenienti dalla Germania e dalla Gallia – che rimasero in Egitto sotto il comando di Gabinio. I Gabiniani, come erano conosciuti, divennero presto completamente autoctoni, stabilendosi e sposando donne egizie locali. Ma continuarono a prendere sul serio la loro fedeltà alla dinastia tolemaica, anche perché questa pagava i loro salari. (A tempo debito, i Gabiniani avrebbero sostenuto la monarchia egizia *contro* Roma).

Pagare una guardia del corpo mercenaria non era l'unica preoccupazione economica del re. Appena restaurato, i suoi creditori romani chiesero il rimborso dei loro prestiti. Tuttavia, il tesoro reale non aveva fondi sufficienti, anche dopo aver sequestrato i beni dei ricchi uomini d'affari che avevano sostenuto Berenike. Il costo del finanziamento di un esercito di riconquista aveva esaurito le riserve del governo e la prospettiva di imporre ulteriori tasse impopolari non era affatto allettante per un re che aveva appena riconquistato il trono. La soluzione di Tolomeo fu ingegnosa e machiavellica. Nominò il suo principale creditore, Rabirio, come ministro delle Finanze, dando così a un banchiere romano il pieno controllo delle entrate statali dell'Egitto. Rabirio agì esattamente come aveva previsto Tolomeo, ossia saccheggiando il tesoro, svalutando la moneta, tagliando la spesa pubblica e aumentando le tasse, il tutto per proteggere la sua personale posizione finanziaria. La classe dirigente si scagliò contro Rabirio, accusandolo di aver «sostituito le persone che di solito erano state nominate e che per tradizione erano succedute ai propri padri e nonni in questa carica. Invece, ha nominato uomini inadeguati e beceri, dopo aver venduto tutto ciò che era stato risparmiato nel corso degli anni».[8] La reazione della popolazione egizia fu ancora più negativa. Rabirio dovette essere messo sotto tutela per sottrarsi alla punizione della folla alessandrina; Tolomeo gli permise generosamente di fuggire in esilio. Con la coda tra le gambe, Rabirio tornò in patria a Roma, solo per affrontare le accuse penali di appropriazione indebita. Venne assolto grazie a un cavillo, dopo una famosa difesa da parte di Cicerone, ma le sue finanze e la sua reputazione erano a pezzi. Tolomeo lo aveva lasciato fare per preservare la reputazione della monarchia.

Gabinio non uscì indenne dal suo intervento nella politica tolemaica. Politico, generale, governatore di provincia: nemmeno la sua illustre carriera riuscì a proteggerlo dalle accuse di tradimento, che gli furono mosse per aver lasciato la sua provincia e invaso l'Egitto senza il consenso del Senato. Quando il processo arrivò in Senato, Pompeo convinse gli oppositori di Gabinio, tra cui Cicerone, a tenere la bocca chiusa (è possibile che il denaro l'avesse convinto). Gabinio fu assolto dall'accusa di tradimento ma riconosciuto colpevole dell'accusa minore di estorsione, a causa dei diecimila talenti che aveva accettato da Tolomeo XII. Il flautista aveva finalmente imparato a giocare con i suoi avversari.

Per garantire la sua eredità, Tolomeo prese provvedimenti in modo da assicurare una successione senza problemi dopo la sua morte. Il 31 maggio 52, nominò coreggente la sua seconda figlia, Cleopatra, e redasse un testamento in cui stabiliva che lei e il maggiore dei suoi due fratelli (entrambi di nome Tolomeo) avrebbero dovuto governare insieme al momento opportuno. Con un bel colpo di scena, fece del popolo di Roma l'esecutore testamentario.

Al termine del suo lungo e tumultuoso regno, Tolomeo XII potrebbe aver fatto un bilancio della propria vita. Sul lato negativo, aveva mandato in bancarotta l'Egitto e consegnato le chiavi del tesoro a Roma, aveva detto addio ai possedimenti d'oltremare di Kyrenaika e Cipro e si era reso dipendente da una forza mercenaria per rimanere al potere. Il lato positivo era invece proprio questo: era rimasto al potere. Contro ogni previsione, laddove i regni macedone e seleucide avevano vacillato e fallito, l'Egitto era ancora indipendente, governato da una dinastia ellenistica. L'autonomia era stata comprata a un prezzo terribile, ma non era comunque un risultato da poco.

* * *

Preoccupato di placare Roma – «Un serpente che mangia non ha veleno»[9] – Tolomeo XII avrebbe potuto essere perdonato per aver trascurato i suoi tradizionali doveri di faraone. Ma poiché l'Egitto si trovò ad affrontare una minaccia esistenziale durante tutto il suo regno, l'aiuto degli antichi dèi non poteva essere dato per scontato, né la promessa della loro protezione poteva essere ignorata. Di conseguenza, il patrocinio reale dei culti indigeni e dei loro sacerdoti divenne un elemento centrale della politica di governo. La generosità di Tolomeo XII andò a beneficio di ogni parte dell'Egitto, dal Sinai nell'estremo Nordest a Philae alla Prima Cateratta.

Il primo beneficiario di questo rinnovato interesse per la religione faraonica fu il sacerdozio di Ptah a Memphis. Le generazioni precedenti di sommi sacerdoti avevano coltivato con cura una stretta relazione con la dinastia regnante, ma sotto Tolomeo XII i legami si rafforzarono ulteriormente. Quando il vecchio sommo sacerdote, Pedubast IV, morì, il monarca, che aveva appena iniziato il suo regno, compì l'insolito passo di recarsi di persona a Memphis per nominare il nuovo sacerdote. L'uomo che ricevette il sigillo reale fu il figlio di Pedubast, Pasherenptah III. Il «giovane di Ptah» era certamente all'altezza del suo nome: aveva solo quattordici anni. Nominandolo capo del culto di Ptah e primate d'Egitto, Tolomeo raggiunse contemporaneamente due obiettivi: rispettare la secolare tradizione egizia di un figlio che succede al padre e garantire che il re potesse dirigere efficacemente le azioni del clero attraverso un sommo sacerdote fantoccio. A Pasherenptah furono infatti concessi i titoli di «occhi del re dell'Alto Egitto, orecchie del re del Basso Egitto» e «principe sul trono di Geb [Egitto]». Crogiolandosi nella sua autorità senza precedenti, il giovane sommo sacerdote fu certamente felice di eseguire gli ordini del suo monarca; non appena fu confermato nella sua carica, eseguì la cerimonia di incoronazione di Tolomeo XII secondo gli antichi riti: «Sono stato io a mettere il collare e l'ureo sul capo del re nel giorno dell'unificazione delle Due Terre e a compiere per lui tutti i riti nei templi del giubileo».[10]

Per celebrare l'occasione, Tolomeo assunse il titolo di culto aggiuntivo di Neo Dioniso (*Neos Dionysos*). Data l'associazione tra Dioniso e Osiride, probabilmente questo gesto fu ben accolto dal clero locale. Il nuovo epiteto avrebbe suonato bene presso la popolazione egizia di lingua greca che, nel I secolo, riponeva le proprie speranze di salvezza non nell'ultimo sfortunato monarca, ma nella seconda venuta di un «nuovo Dioniso sulla terra». In tutto il mondo ellenistico, dal Ponto alla Siria, i governanti in difficoltà delle dinastie in crisi avevano attinto a questo sentimento religioso, presentandosi come incarnazioni del nuovo Dioniso.

In segno di reciproca gratitudine per la visita personale di Tolomeo a Memphis, Pasherenptah si recò successivamente ad Alessandria. Il capo del clero egizio che rendeva omaggio a un sovrano macedone nel suo palazzo in riva al «Mare dei Greci» era una potente dichiarazione di approvazione indigena. La visita fece molta impressione anche al sommo sacerdote, che la raccontò in dettaglio sulla sua stele funeraria come uno degli eventi più importanti della sua vita:

> Mi recai alla residenza dei re degli ioni che si trova sulla riva del Mare dei Greci, a ovest del «cantiere» [Alessandria]. Il re dell'Alto e del Basso Egitto, il Signore delle Due Terre, il dio amante dei padri e delle sorelle, il nuovo Osiride [*Philopator Philadelphos Neos Dionysos*] uscì solennemente dal suo palazzo reale e si recò al tempio di Iside [...] Le fece molti ricchi sacrifici. Poi, uscendo con il suo carro dal tempio di Iside, il re ordinò al suo carro di fermarsi [...] Io fui nominato sacerdote [reale] ed egli inviò un decreto reale che diceva: «Ho nominato il sommo sacerdote di Memphis Pasherenptah come mio sacerdote». E mi fu dato uno stipendio annuale dai templi dell'Alto e del Basso Egitto.[11]

Come sacerdote del faraone, Pasherenptah aveva ora l'ulteriore responsabilità di assicurare il mantenimento del culto reale all'interno del recinto sacro di Memphis. Il legame tra il re e il sacerdote era così stretto che Tolomeo XII divenne un visitatore abituale della capitale tradizionale dell'Egitto; almeno a Memphis poteva avere la certezza di un'accoglienza calorosa. In un'occasione, ispezionò la città in barca, viaggiando su e giù per il canale sulla chiatta reale, prima di visitare la necropoli con un numeroso seguito che comprendeva la sua famiglia e la salmeria. Il corteo reale alloggiò in una loggia adiacente al Sarapieion, con vista sul gruppo di statue dionisiache e su quelle di importanti figure della cultura greca disposte a semicerchio. Qui c'era il nuovo Dioniso, il giovane Osiride, che consolidava le sue credenziali divine agli occhi di tutti i suoi sudditi.

Anche altri sacerdoti beneficiarono dell'attenzione reale. Un sacerdote di Tanis, Panemerit, si gloriava dei titoli di «primo confidente del re dell'Alto e del Basso Egitto, venerabile e augusto tra i cortigiani» oltre che della sua carica sacra. Non era solo un sacerdote, ma anche il governatore della sua provincia, con la responsabilità di controllare le tasse e i dazi doganali. Il suo nome suggerisce che, sotto Tolomeo XII, i membri dell'élite autoctona fossero nuovamente accolti nei ristretti circoli del governo, dove contribuirono a forgiare i legami tra monarchia e popolo. Furono necessari due secoli e mezzo, ma alla fine la dinastia tolemaica e i suoi sudditi egizi sembravano aver trovato un modus vivendi reciprocamente accettabile.

Un'espressione concreta di questo avvicinamento fu un'impennata nella costruzione e nella decorazione dei templi. Nonostante le pressioni sulle finanze pubbliche, Tolomeo XII diede priorità all'abbellimento dei templi esistenti e all'edificazione di nuovi. Prove della programmazione dei lavori sono state trovate dalla Bassa Nubia al Fayum. A Dabod, all'interno dell'antico Dodekaschoinos, commissionò un nuovo santuario in granito per il tempio di Amon, mentre a Philae decorò la facciata esterna del primo pilone con scene che lo ritraevano in pose tradizionali, mentre faceva offerte alle divinità e sgominava i nemici dell'Egitto. È stato rinvenuto anche l'elenco degli oppositori, scritto in geroglifici, che comprendeva anche i greci: un dettaglio che deve aver suscitato un sorriso ironico nei pochi sacerdoti indigeni in grado di leggere le scritture sacre. Sempre nella regione della Prima Cateratta, furono intrapresi i lavori per il tempio di Osiride sull'isola sacra di Biga, un progetto appropriato per il «nuovo Osiride».

Nel cuore dell'Alto Egitto, i grandi edifici di Ombos e Apollonopolis continuarono a essere i destinatari delle elargizioni reali. Nel tempio di Horus, nel febbraio del 70 furono inaugurati un nuovo cortile e un imponente pilone d'ingresso, quest'ultimo ornato con immagini di Tolomeo XII che sconfigge i suoi nemici. I pennoni posti di fronte al portale erano così massicci, con un'altezza di quaranta metri, da essere stati probabilmente ricavati da diversi tronchi di cedro importati, giuntati insieme. Più tardi, durante il regno di Tolomeo XII, furono installate le grandi porte del tempio, anch'esse di cedro libanese, rivestite di rame. Ognuna misurava una decina di metri di altezza, due di larghezza e trenta centimetri di spessore.

Tolomeo si preoccupò anche di onorare i templi della Tebaide con i loro potenti sacerdoti. Dedicò un nuovo portico all'interno del complesso di Karnak e commissionò tre nuovi santuari nelle vicinanze, oltre a una casa della nascita ad Athribis.

Anche nel nomo di Arsinoite, la più greca di tutte le province egizie, Tolomeo si preoccupò di tramandare correttamente la religione faraonica. Un'iscrizione greca registra un contratto, tra la corona e i funzionari del tempio, che garantiva al clero i suoi privilegi a patto che i sacerdoti promettessero di restaurare le statue dei re precedenti e di dedicare nuove statue faraoniche di Tolomeo XII e della sua famiglia nel santuario del tempio.

Tutti questi progetti erano importanti per il sacerdozio e la comunità locale; ognuno di essi dimostrava che il re, nonostante la sua preoccupazione per gli affari esterni, non stava trascurando il dovere primario che ci si aspettava da un faraone egizio. Ogni incarico rafforzava la reputazione di Tolomeo presso i sudditi autoctoni e ne manteneva la costante fedeltà. A un certo punto avrebbe potuto facilmente fermarsi, ma non lo fece. Dopo la sua restaurazione nel 55, intraprese uno dei più ambiziosi progetti di costruzione di templi mai visti nella Valle del Nilo. L'audace piano prevedeva l'edificazione di un nuovo e vasto tempio a Tentyris che, dal punto di vista teologico e architettonico, sarebbe servito come controparte settentrionale di Apollonopolis, completata pochi anni prima. L'officina principale fu spostata da Apollonopolis al nuovo sito e i lavori iniziarono il 16 luglio 54.

La scelta del sito non fu casuale: a Tentyris era esistito una sorta di santuario per gran parte della storia faraonica. La struttura più recente ancora in piedi era la casa della nascita di Nakhtnebef, che Tolomeo fece restaurare con cura per creare un legame con l'ultima dinastia di re autoctoni. Per il sito del cantiere principale, i costruttori dovevano eliminare le rovine delle epoche precedenti prima di poter iniziare i lavori per un nuovo grandioso tempio. I blocchi con i cartigli reali dei re dell'Antico, Medio e Nuovo Regno furono recuperati con una certa attenzione per essere riutilizzati nella nuova costruzione e conferirle un'immediata aria di antichità e sacralità.[12]

Secondo i testi iscritti sulle pareti della cripta – la prima parte del *grande progetto* di Tolomeo a essere costruita – il tempio originario di Tentyris era stato fondato antecedentemente alla prima dinastia, addirittura prima dell'unificazione dell'Egitto. L'atto di fondazione sarebbe stato riscoperto, secoli dopo, sotto il regno di Khufu (costruttore della Grande Piramide di Giza), in una cassa del palazzo reale di Memphis. Il tempio era stato successivamente restaurato dal re della sesta dinastia, Pepi I, e ristrutturato dal faraone guerriero della diciottesima, Thutmose III. Sebbene questo resoconto possa essere stato fantasioso, volto a collegare Tolomeo XII con i più grandi faraoni della storia, era comunque vero nello spirito (e il coinvolgimento di Pepi I e Thutmose III è stato dimostrato sul campo). Ciò che dimostra, soprattutto, è la straordinaria sensibilità storica del clero indigeno, la sua conoscenza di tradizioni che risalivano a tremila anni prima e la sua determinazione a portarle avanti nel futuro, a prescindere dalle situazioni di incertezza.

Le cripte di Tentyris, che si estendono su tre livelli, erano l'aspetto più innovativo del tempio. Il resto della pianta dell'edificio era strettamente modellato su quello di Apollonopolis. Mentre quest'ultimo era dedicato a Horus, dio falco del sole e della regalità, Tentyris onorava sua madre, Hathor, dea del potere della regalità e del sole, solitamente raffigurata come una vacca con il disco solare tra le corna. Questi legami teologici si esprimevano anche in termini pratici: ogni anno, in una festa che poteva affondare le sue radici in quindici secoli, la statua di culto di

Hathor viaggiava nel suo veliero-santuario, via terra e via fiume, da Tentyris ad Apollonopolis. All'arrivo, si univa a Horus e la coppia visitava la necropoli degli antenati divini. I festeggiamenti che li accompagnavano, della durata di circa due settimane, erano un'occasione di grande festa popolare in tutta l'area locale.

Per un re e una dinastia che lottavano per mantenere la propria indipendenza, il significato delle due divinità, Hathor e Horus, era chiaro e persuasivo: madre e figlio erano divini e incarnavano ciascuno i concetti di autorità cosmica e potere regale, il cui culto nella Valle del Nilo risaliva a un'epoca precedente alla storia di cui si aveva testimonianza. Completando Apollonopolis e inaugurando Tentyris, Tolomeo XII sperava ardentemente di attingere a questa antica e potente magia. Inoltre, la casa della nascita a Tentyris celebrava il frutto del «matrimonio sacro» di Horus e Hathor: una nuova generazione, incarnata nella persona del re, che garantiva la continuazione della creazione e della monarchia. Tolomeo poteva solo sperare che la realtà seguisse la teologia.

13
Relazioni pericolose

Gli antichi egizi erano abituati a osservare il cielo in cerca di segni e presagi. Il giorno di Capodanno, l'inizio del calendario civile, era segnato dall'apparizione della stella del Cane, Sirio, sopra l'orizzonte poco prima dell'alba. Il sommo sacerdote di Ra, l'antico dio del sole di Heliopolis, portava il venerabile titolo del «più grande dei veggenti», che rifletteva l'antico ruolo del suo ufficio nell'osservazione celeste. E la dea di Tentyris, Hathor, a cui Tolomeo XII aveva dedicato il suo più grande progetto edilizio, poteva far risalire le sue origini a una divinità madre predinastica, raffigurata come una vacca con stelle al posto delle orecchie e il disco solare tra le corna: la Via Lattea in forma bovina. Gli astrologi e gli astronomi che studiavano nella Biblioteca e nel Museo di Alessandria sotto i Tolomei erano quindi solo gli ultimi di una lunga serie di osservatori delle stelle. In una terra in cui i cieli erano generalmente privi di nuvole, l'osservazione ravvicinata dei corpi celesti era parte integrante della vita quotidiana degli egizi e contribuiva alla comprensione dell'universo che abitavano.

Perciò quando la gente della Valle del Nilo fu testimone di un'eclissi solare parziale nella primavera del 51, la interpretò come un presagio. L'oscuramento del Sole – il creatore della vita – non poteva che annunciare qualche profondo cambiamento di portata cosmica. La morte di Tolomeo XII, avvenuta nello stesso mese, probabilmente diede conferma dei peggiori timori della popolazione.[1] Certo, la stirpe reale era forte – il re aveva lasciato due figlie e due figli – e il re aveva disposto, per assicurare una successione senza problemi, la nomina della figlia maggiore sopravvissuta, Cleopatra, come sua coreggente formale; così era citata nelle iscrizioni sacre all'interno della cripta di Tentyris. Ma, poiché la tradizione tolemaica imponeva che nessuna donna potesse regnare da sola, il testamento del defunto re aveva scelto il maggiore dei due fratelli di Cleopatra per regnare al suo fianco: un ragazzo di appena dieci anni. Il popolo egizio sapeva fin troppo bene che un minore sul trono era una ricetta per favorire intrighi di corte e disordini civili.

Anche Cleopatra conosceva i pericoli. Nonostante fosse appena diciottenne, aveva già visto e imparato molto al fianco del padre. Lo aveva accompagnato a Roma durante il suo esilio nel 58, aveva assistito in prima persona alla sua restaurazione e aveva osservato i giochi di equilibrio diplomatico dei suoi ultimi anni sul trono. Intelligente e dalla mente brillante, conosceva bene la storia della sua dinastia, i suoi alti e bassi e la delicata geopolitica del tempo. Ne sapeva abbastanza per capire che suo padre le aveva lasciato in eredità un calice avvelenato. Gestire i suoi cortigiani divisi in fazioni e placare gli umori della cittadinanza alessandrina, allo stesso tempo assicurandosi da una parte la lealtà dei sudditi egizi e fermando dall'altra la mano di Roma, avrebbe richiesto poteri sovrumani di diplomazia, strategia e resilienza. Ma in quanto erede di un'orgogliosa dinastia ellenistica che aveva conservato la corona più a lungo di qualsiasi altra, Cleopatra – settimo membro regnante della sua famiglia a portare quel nome beneaugurante – era pronta a combattere.

La prima prova, e la prima opportunità di dimostrare le sue credenziali di faraone legittimo, si presentò pochi giorni dopo la sua ascesa al trono. Come spesso accade nei momenti chiave della storia tolemaica, l'occasione riguardava un toro sacro. Memphis non era l'unica città egizia in cui un grande bovide era venerato come un dio. A Heliopolis c'era il toro Mnevis, considerato una personificazione del dio del sole Ra. Copto, a nord di Thebai, aveva la sua versione dell'Apis, sebbene consacrata al dio locale Min. E Hermonthis aveva il Buchis (in lingua egizia, *Ba-akh*, «anima efficace/vitale»), una manifestazione del locale dio della guerra Montu. Come si addice alle sue associazioni marziali, il Buchis partecipava a combattimenti con altri tori in un'arena apposita.

L'ultimo Buchis era morto all'incirca nello stesso periodo di Tolomeo XII; Cleopatra VII, in qualità di nuovo sovrano, risalì il fiume fino a Hermonthis per presiedere alla sua sepoltura (in una speciale catacomba chiamata Bucheum) e all'incoronazione del suo successore. Secondo una successiva iscrizione rinvenuta nel sito, alle cerimonie del 22 marzo 51 parteciparono entrambi i coregnanti, «il re stesso [Tolomeo XIII]» e «la regina, Signora delle Due Terre [Cleopatra VII]». Il decenne Tolomeo pose la corona sulla testa del nuovo Buchis, che era stato portato da Thebai, mentre Cleopatra condusse la bestia su una grande barca per una processione fluviale. I festeggiamenti furono un'occasione di giubilo popolare, ma gli abitanti della Tebaide non erano venuti solo per vedere un toro sacro: erano anche attratti dalla possibilità di vedere il nuovo monarca d'Egitto. Cleopatra si assicurò che non rimanessero delusi: «Quanto alla regina, tutti poterono vederla».[2]

Dopo aver adempiuto ai doveri che ci si aspettava da lei e aver osservato le clausole del testamento del padre, Cleopatra sembra essersi mossa rapidamente per assumere il comando esclusivo. Mise da parte il fratello e governò da sola per i diciotto mesi che seguirono, mentre consolidava la sua presa sul potere. I documenti della prima metà del 51 furono datati all'Anno 30 di Tolomeo XII e all'Anno 1 di Cleopatra, per sottolineare la continuità dinastica e la propria legittimità come erede del padre. Per rafforzare il concetto, adottò il titolo di culto dinastico di Tea Filopatore («dea amante del padre»). Nel luglio di quell'anno, venne raffigurata sui monumenti come unica sovrana. Una stele allestita nel Fayum mostra Cleopatra, vestita come un faraone tradizionale con kilt e doppia corona, con il torso nudo (maschile), che fa un'offerta a Iside.

Il legame tra la regina e la dea Iside, forgiato nei primi giorni del regime di Cleopatra, sarebbe diventato un tratto distintivo del suo regno. Anche altri culti indigeni beneficiarono del suo patrocinio. A Ombos, commissionò una nuova decorazione a rilievo nella sala ipostila esterna, che la ritraeva mentre svolgeva funzioni cultuali per le divinità del tempio. Proseguì anche i lavori per la grande opera del padre, il tempio di Hathor a Tentyris. Mentre la parte principale dell'edificio era stata completata, le cappelle del tetto – dove le statue conservate nella cripta venivano portate prima dell'alba di ogni Capodanno, per essere rivitalizzate dai primi raggi del sole – rimanevano incompiute. Si trattava di una parte così cruciale dell'intero complesso sacro che Cleopatra fece del suo completamento una delle priorità del suo regno. La decorazione delle cappelle del tetto fu iniziata nel 50 e richiese tre anni. Uno degli elementi più importanti era uno zodiaco circolare incastonato nel soffitto; simboleggiava il grande ritmo dell'universo, che la festa di Capodanno doveva perpetuare. Cleopatra commissionò lo zodiaco nell'agosto del 50 e la configurazione delle costellazioni rifletteva il cielo notturno in quel momento. Tre anni dopo, la regina sarebbe stata presente per assistere all'inaugurazione delle cappelle del tetto. La data scelta per la cerimonia, il 28 dicembre 47, era un giorno particolarmente propizio in cui la luna piena appariva allo zenit; una congiunzione che si verificava solo una volta ogni 1480 anni. I fenomeni astrologici sembravano accompagnare Cleopatra ovunque andasse, come se il suo destino fosse scritto nel cielo.

Nonostante l'immediata attenzione alle tradizioni dell'Egitto faraonico, l'eredità macedone di Cleopatra non poteva essere ignorata e le usanze ellenistiche significavano che non poteva sperare di fare le cose a modo suo per sempre. Nell'autunno del 50, poco dopo aver commissionato l'opera dello zodiaco, il destino congiurò per mettere ancora una volta il fratello sul trono al suo fianco. In un documento, datato 27 ottobre di quell'anno, Tolomeo XIII veniva addirittura riconosciuto come sovrano anziano. Il fattore scatenante di questo brusco cambiamento potrebbe essere stato un raccolto drasticamente scarso, aggravato dall'*anachoresis* che aveva afflitto le generazioni precedenti. Le rivolte per la fame investirono Alessandria e fu necessaria un'azione radicale per evitare una rivoluzione su larga scala. Tolomeo XIII approfittò della crisi per riemergere dall'ombra. La sua ordinanza dell'ottobre del 50 (che nominava lui per primo e Cleopatra per seconda) impose a tutti i venditori di grano e fagioli del Medio Egitto di trasportare l'intero raccolto ad Alessandria; altrimenti ci sarebbe stata la condanna a morte. Valeva la pena rischiare una rivolta nelle campagne per evitare un'insurrezione nella capitale, perché i Tolomei regnavano solo con il sostegno dei cittadini di Alessandria. L'anno successivo, i documenti ufficiali introdussero un doppio sistema di datazione – «Anno 1 [di Tolomeo XIII] che è anche Anno 3 [di Cleopatra VII]» – continuando ad affermare il primato del fratello.

Dato che il re era ancora dodicenne, era chiaro ci fosse la mano del suo burattinaio dietro gli sviluppi di queste vicende. Già prima della morte di Tolomeo XII, al ragazzino erano stati assegnati dei tutori ufficiali, un generale dell'esercito (Achillas) e un retore (Theodotos di Chios): ogni Tolomeo che fosse rispettabile doveva essere sia un abile condottiero sia un colto studioso. Ma era un terzo uomo a tirare i fili. In quanto sovrano minorenne, a Tolomeo era stato assegnato, fin dal momento della sua ascesa, un reggente ufficiale che agisse per suo conto. Questa figura oscura, molto simile ai reggenti di Tolomeo V di centocinquant'anni prima, era un eunuco di nome Potheinos. Supportando le azioni del suo protetto, egli rafforzò la propria autorità; a diciotto mesi dalla restaurazione di Tolomeo XIII, Potheinos era stato nominato ministro delle Finanze. Le ricchezze dell'Egitto, così come la direzione della politica di governo, erano ora nelle sue mani.

Né Potheinos, né il suo protetto Tolomeo, né tantomeno la loro rivale Cleopatra sarebbero rimasti molto a lungo alla guida del destino dell'Egitto. Nella notte tra il 10 e l'11 gennaio del 49, nella lontana Europa, il veterano politico romano Giulio Cesare attraversò il Rubicone alla testa delle sue truppe, sfidando l'autorità romana e facendo precipitare la Repubblica nella guerra civile. Il fatidico intreccio dei Tolomei con la nascente potenza del Mediterraneo si sarebbe rivelato una morsa mortale. Il destino dell'Egitto non dipendeva più dalle sue azioni, ma dall'esito delle guerre degli altri.

* * *

La lotta per la supremazia tra Cesare e Pompeo non tardò a raggiungere le coste dell'Egitto. Nella tarda primavera del 49, quando Cesare si era ormai impadronito della maggior parte della penisola italiana e il suo rivale era fuggito verso est, il figlio maggiore di Pompeo si recò ad Alessandria per chiedere sostegno militare alla causa del padre. Visti gli stretti legami che Tolomeo XII aveva stabilito con l'anziano Pompeo, Cleopatra VII si sentì in dovere di rispondere positivamente a quest'ultimo appello. Mise a disposizione cinquanta navi da guerra e cinquecento cavalieri galli e germani provenienti dai Gabiniani. Inviare i membri di una forza di occupazione a combattere nella guerra civile di Roma deve essere sembrata una giustizia poetica.

Se il gesto fu apprezzato da Pompeo, fu molto meno popolare tra i membri del governo di Cleopatra. La marina tolemaica non poteva permettersi di rinunciare a così tante navi da combattimento, e i Gabiniani si erano dimostrati notevolmente fedeli ai loro nuovi finanziatori. Ad alcuni a corte sembrò che Cleopatra avesse fatalmente indebolito le difese marittime e terrestri dell'Egitto senza alcuna ragione migliore di un ingenuo senso di lealtà nei confronti di un vecchio alleato del padre. Era proprio la scusa che i sostenitori di Tolomeo XIII stavano aspettando. Alla fine dell'estate, spodestarono Cleopatra e dichiararono il loro capo unico sovrano dell'Egitto. Cleopatra lasciò Alessandria e si ritirò a Thebai: che ironia per un sovrano tolemaico cercare rifugio nel cuore del nazionalismo egizio! Ma Cleopatra era più popolare tra i suoi sudditi nativi rispetto alla maggior parte dei suoi predecessori, perché le sue prime azioni non erano passate inosservate.

Se la regina pensava che un Pompeo riconoscente potesse lanciarle un'ancora di salvezza, sarebbe rimasta amaramente delusa. Nell'autunno del 49, quando il contro-senato romano si riunì per confermare Pompeo come comandante supremo, riconobbe anche Tolomeo XIII come monarca d'Egitto, ignorando le disposizioni testamentarie di Tolomeo XII. Un po' di gratitudine. L'abbandono di Cleopatra da parte di Pompeo avrebbe dovuto servire da dolorosa, ma importante, lezione: intervenire nella politica romana era una follia.

Riconoscendo che la sua posizione in Egitto non era più sostenibile, Cleopatra fuggì in Fenicia, una regione con legami di lunga data con la dinastia tolemaica. Alcuni abitanti del luogo sembravano essersi schierati a favore della sua causa, tanto che la città di Ascalona coniò monete con il ritratto di Cleopatra. Mentre lei si impegnava a raccogliere un esercito per riconquistare il proprio trono, gli eventi scorrevano velocemente nella guerra civile di Roma. All'inizio dell'agosto del 48, gli opposti schieramenti si incontrarono a Farsalo, in Tessaglia, nella Grecia centrale. Cesare inflisse una grave sconfitta a Pompeo, che fuggì dal campo e si affrettò a raggiungere l'unico alleato rimastogli, l'Egitto.

La notizia della vittoria di Cesare e dell'imminente arrivo di Pompeo (con Cesare all'inseguimento) doveva aver provocato costernazione ad Alessandria. I consiglieri di Tolomeo XIII avevano il re alleato con la parte perdente; riconoscendo la direzione del vento, progettarono uno spettacolare voltafaccia. Il 28 settembre, la nave ammiraglia di Pompeo ormeggiò al largo di Pelousion e il generale si imbarcò su un battello che lo portasse a terra. Ad accoglierlo e a osservarlo dalla spiaggia c'era l'adolescente re egizio, vestito con tutti i crismi della regalità. Ma prima ancora che la barca raggiungesse la riva, Pompeo fu pugnalato a morte da un ex collega, l'ufficiale Lucio Settimio, ora in servizio nell'esercito egizio. Il corpo del generale fu rapidamente cremato, ma la testa, tagliata senza tante cerimonie, fu conservata come macabra prova dell'ignominioso destino del grande Pompeo. Tolomeo e la sua combriccola avevano con gioia anticipato la gratitudine di Cesare per aver eliminato il suo rivale.

Raramente nella storia un calcolo politico si è ritorto contro in modo così spettacolare. Pompeo era il rivale di Cesare, certo, ma era anche suo genero. E c'era anche la questione dell'orgoglio romano: poteva essere accettabile che un generale romano ne uccidesse un altro sul campo di battaglia, ma che un leader rispettato venisse accoltellato alle spalle su una costa straniera era un affronto ai valori di Roma. Quando, il 2 ottobre, Cesare entrò nel porto di Alessandria per ricevere la testa mozzata di Pompeo, si sentì oltraggiato. Con una forza di quattromila uomini temprati alla battaglia, marciò direttamente verso il palazzo reale e vi si stabilì. Nella sua mente, ora era lui il sovrano d'Egitto. Seguendo le usanze reali tolemaiche, compì atti altamente simbolici, visitando la tomba di Alessandro Magno e partecipando a discussioni filosofiche con i principali intellettuali della città. Poi annunciò che era suo dovere risolvere, una volta per tutte, la disputa tra Tolomeo XIII e Cleopatra VII. Immediatamente, ordinò ai fratelli in guerra di ritirare i loro eserciti, di affrettarsi a raggiungere Alessandria e di recarsi da lui.

Tolomeo, con una consistente forza militare al suo comando, compresi i Gabiniani rimasti, e l'appoggio della cittadinanza alessandrina, non aveva alcuna intenzione di farsi dettare le regole da un romano. Entrando in città alla testa del suo esercito, si diresse verso il palazzo per affrontare Cesare. Per Cleopatra, invece, arrivare ad Alessandria non fu così facile. Ma in qualche modo, eludendo le forze del fratello, riuscì a entrare in città e a raggiungere il complesso reale. Che fosse nascosta in un sacco di biancheria, come sostenne un autore più tardo, sembra alquanto improbabile, ma il comportamento dei Tolomei era strano nella migliore delle ipotesi. Qualunque fosse stato il mezzo utilizzato per entrare, il suo arrivo cambiò il corso della storia. In quel giorno d'autunno del 48, la regina ventunenne si trovò faccia a faccia con il cinquantaduenne generale romano. La chimica, o la politica, evidentemente funzionò. La mattina dopo, Cesare aveva deciso di darle il suo appoggio.

Quando in città cominciò a diffondersi la voce che la regina spodestata avesse fatto un accordo con un presuntuoso conquistatore romano, la popolazione incollerita minacciò di prendere d'assalto il palazzo. Cesare sfoderò tutto il suo acume politico – e una buona dose di sangue freddo – presentandosi con apparente tranquillità davanti alla folla e declamando ad alta voce il testamento di Tolomeo XII, oltretutto ricordando alla folla che il defunto re aveva fatto di Roma il garante delle sue volontà. Il documento confermava fratello e sorella, Tolomeo XIII e Cleopatra, come sovrani congiunti dell'Egitto, e questo era quanto. Per placare l'opinione pubblica, Cesare restituì Cipro al regno tolemaico con un gesto di magnanimità; i due fratelli minori di Tolomeo e Cleopatra, il più giovane Tolomeo e Arsinoe, furono dichiarati sovrani congiunti dell'isola. Nel corso di ventiquattr'ore piuttosto movimentate, fu ristabilita la calma ad Alessandria, la rivalità dinastica interna ebbe fine e il prestigio tolemaico fu ripristinato.

L'esito favorì Cleopatra, ora restituita al suo trono, e Cesare, il potere che ne era alla base. Ma Tolomeo XIII e i suoi sostenitori erano tutt'altro che soddisfatti. Da parte sua, il re era costretto a condividere nuovamente il potere con la sorella e i due non erano esattamente innamorati l'uno dell'altra. Per i suoi sostenitori, il risultato era un disastro: con l'appoggio di Cesare, Cleopatra avrebbe tenuto le redini del governo e difficilmente avrebbe permesso alla fazione del fratello di mantenere l'influenza a corte. Con interessi così opposti in gioco, la pace non poteva reggere.

Potheinos, che aveva molto da perdere, prese in mano la situazione. Ordinò all'esercito di Tolomeo XIII, composto da ventimila uomini, di marciare su Alessandria e di occupare la città. Arsinoe fu proclamata coreggente dell'Egitto al posto di Cleopatra e l'esercito si mise a organizzare i cittadini di Alessandria in milizie, incitandoli con una retorica antiromana. Contro queste forze massicce, Cesare e Cleopatra avevano solo i quattromila uomini che lui aveva portato con sé, quindi non c'era da aspettarsi uno scontro su larga scala. Ma Cesare si era già trovato in situazioni ben più difficili e sapeva come temporeggiare in attesa dei rinforzi.

La sua prima mossa fu quella di prendere in ostaggio Tolomeo XIII; il re si sarebbe rivelato un'utile merce di scambio. Poi, Cesare cercò di proteggersi le spalle. Con l'esercito alle porte del quartiere del palazzo, non poteva permettersi il rischio di un attacco navale dal mare. Conosceva la geografia e qualsiasi nave da guerra che avesse cercato di entrare nel porto di Alessandria avrebbe dovuto passare dall'isola di Pharos. Perciò, in virtù di questa sua considerazione, Cesare «sbarcò i suoi soldati, si impadronì di Pharos e vi piazzò una guarnigione».[3] In questo modo si risolse la minaccia di un blocco navale, ma nel porto c'erano già delle navi ancorate che potevano essere requisite dal nemico in qualsiasi momento. Cesare si limitò a dar loro fuoco; purtroppo, in quel momento i venti etesii soffiavano da nord e le fiamme delle navi si propagarono rapidamente ai magazzini sulla banchina e poi alla Grande Biblioteca (o ai suoi depositi esterni; le fonti non sono chiare). Forse andarono in fumo ben quattrocentomila rotoli di papiro, il che impedì ad Alessandria di recuperare nel tempo l'importanza che aveva avuto come centro di conoscenza e studio.

Con Cesare e Cleopatra intrappolati nel quartiere del palazzo, Tolomeo XIII avrebbe potuto muoversi per rafforzare la sua posizione in generale in Egitto. Ma, come spesso accade nella storia tolemaica, le dispute all'interno della cerchia del re portarono invece al caos e alla confusione. Sostenuta dal supporto della folla, Arsinoe si fece prendere la mano e promosse il suo precettore, un eunuco di nome Ganymedes, a comandante in capo delle forze nazionaliste. Il primo istinto di Ganymedes fu quello di giocare sporco, uccidendo il suo predecessore Achillas e contaminando deliberatamente i canali che fornivano acqua fresca al palazzo reale di Alessandria. Cesare rispose scavando nuovi pozzi e inviando navi lungo la costa alla ricerca di sorgenti. Il malcontento nei confronti della guida di Ganymedes si fece strada tra i suoi ufficiali, che si ammutinarono, negoziando con Cesare lo scambio della sventurata Arsinoe con il prigioniero Tolomeo XIII. Una volta liberato, il re riprese la guerra con rinnovata energia. Solo l'arrivo dei rinforzi di Cesare dall'Anatolia, irrobustiti da reclute provenienti da Petra e dalla Giudea, fece pendere la bilancia decisamente a svantaggio di Tolomeo. Il re tentò di scappare via fiume, ma la folla dei suoi seguaci che cercavano di fuggire con lui era così numerosa che la barca affondò. Così il Nilo reclamò la vita del tredicesimo Tolomeo, mentre Cesare entrava ad Alessandria da vincitore.

Per la seconda volta, invocò il testamento di Tolomeo XII per confermare la successione reale, questa volta proclamando Cleopatra coregnante insieme al fratello *minore*, il dodicenne Tolomeo XIV. Per celebrare il suo trionfo, Cesare risalì il Nilo con Cleopatra, accompagnato da quattrocento navi piene di soldati romani. Si trattò di una deliberata dimostrazione di forza, che inviò un messaggio diretto alla popolazione egizia: Roma era ora al comando e il regno di Cleopatra e Tolomeo XIV era stato proclamato per volere di Cesare. Il punto fu ribadito quando Cesare abbandonò l'Egitto la primavera successiva: lasciò dietro di sé tre delle sue quattro legioni. Cercò di insinuare che questa forza di occupazione fosse un gesto di generosità, volto a «sostenere l'autorità del re e della regina, che non godevano di buona reputazione presso i sudditi a causa della loro fedeltà a Cesare, né si poteva supporre che avessero fornito una base solida al loro potere in un governo della durata di pochi giorni». Ma il vero scopo non fu mai messo in dubbio: «Cesare riteneva vantaggioso per il buon funzionamento e la fama del nostro impero [romano] che il re e la regina fossero protetti dalle nostre truppe, finché ci fossero rimasti fedeli, ma se fossero stati ingrati avrebbero potuto essere rimessi in riga da quelle stesse truppe».[4]

Un esercito di occupazione non fu l'unico regalo di addio di Cesare all'Egitto. Nove mesi dopo che lui e Cleopatra si erano rintanati insieme nel palazzo di Alessandria, la regina festeggiò la nascita di un bambino, «Tolomeo detto Cesare». I monumenti egizi annunciarono pubblicamente che il bambino era figlio di Giulio Cesare e Cleopatra, erede della dinastia tolemaica e nuovo conquistatore dell'Egitto. La nascita del bambino fu motivo di festa nelle terre tolemaiche. Cipro, appena tornata all'ovile, coniò monete che mostravano Cleopatra con in braccio il neonato. I nativi egizi proclamarono Tolomeo Cesare (o Cesarione, «Piccolo Cesare», come affettuosamente lo chiamavano) giovane faraone. Ma a Roma la sua nascita fu considerata uno scandalo, soprattutto perché Cesare era ancora sposato con la moglie romana (Calpurnia) e aveva già un figlio adottivo, Gaio Ottavio (conosciuto dopo la sua adozione come Ottaviano). Il conquistatore dell'Egitto, tuttavia, non aveva intenzione di farsi rovinare i piani dall'opinione pubblica. Quando tornò a Roma nel 46, dopo aver terminato la campagna in Oriente, invitò Cleopatra e suo fratello a fargli visita come ospiti d'onore, addirittura accogliendoli nella sua tenuta. Lì, apparentemente ignara del sentimento repubblicano diffuso, Cleopatra teneva corte come se non fosse a Roma ma tornata ad Alessandria. Cicerone, da sempre antimonarchico, si sfogò: «Odio la regina [...] La sua arroganza, quando viveva al di là del Tevere [...] non riesco a ricordarla senza una profonda amarezza».[5] Nel frattempo, in Egitto, una bassa piena del Nilo provocò un cattivo raccolto e una carestia. Gli egizi morivano di fame mentre il loro re e la loro regina vivevano in una capitale straniera.

Per Cesare, il ritorno vittorioso dall'Egitto rappresentò l'apice della carriera. Per celebrare la sua leggendaria conquista – della regina d'Egitto e del suo regno – allestì un sontuoso trionfo militare lungo le strade di Roma dal sapore decisamente tolemaico: un banchetto pubblico per ventiduemila invitati, una sfilata di animali esotici, tra cui giraffe ed elefanti che portavano torce, e riti dionisiaci. Se la festa richiamava alla mente i racconti della grande processione di Tolomeo III, aveva certamente raggiunto l'obiettivo. C'era però una novità: Arsinoe, la sorella della coppia reale egizia, veniva fatta sfilare come bottino di guerra.

In un'ulteriore dimostrazione della sua impareggiabile autorità, Cesare introdusse a Roma un calendario nuovo di zecca. Si basava sui calcoli dell'astronomo alessandrino Sosighenes e allineava i calendari civile e astronomico introducendo un giorno bisestile ogni quattro anni; un'idea suggerita per la prima volta nel decreto di Kanop di Tolomeo III nel 238. Sotto l'influenza di Cleopatra, Cesare iniziò a promuovere altre idee dell'Oriente ellenistico, compresi usanze e religione. Alcuni romani ne rimasero senza dubbio affascinati, ma altri ne furono sconvolti. Come un novello Alessandro, Cesare sembrava essersi fatto prendere la mano dalle fantasie orientali. Una relazione bigama con una regina egizia e manie di grandezza monarchica: cosa avrebbe portato tutto questo?

* * *

La particolare attrazione esercitata dalla figura di Cleopatra è da sempre oggetto di un imperituro fascino, persino durante la sua stessa vita. Naturalmente, in quanto monarca d'Egitto, disponeva di ricchezze favolose e le regine nubili di terre prospere raramente mancavano di attirare ambiziosi pretendenti. L'abbondanza della Valle del Nilo era leggendaria, i suoi campi fornivano gran parte del grano del mondo ellenistico e le sue miniere copiose quantità d'oro. I governanti di tutto il mondo mediterraneo erano rapaci, e nessuno più di quanto lo fossero gli uomini forti della Repubblica romana. Le ricchezze di Cleopatra la resero attraente per una serie di ambiziosi politici romani.

In confronto, il suo aspetto fisico era di scarso interesse per i suoi contemporanei. Nel mondo antico, soprattutto tra le classi dominanti, i matrimoni venivano contratti per motivi finanziari o politici, raramente o mai per amore. Nonostante l'affermazione del filosofo francese del XVII secolo Blaise Pascal, secondo cui «se il naso di Cleopatra fosse stato più corto, l'intero volto del mondo sarebbe stato diverso»,[6] i tratti del viso erano una caratteristica marginale nella percezione pubblica di un sovrano ellenistico. I ritratti delle monete dei Tolomei suggeriscono una dinastia straordinariamente priva dell'aspetto iconico attribuito ad Alessandro Magno. Tolomeo V e VI erano solo dei bambini quando salirono al trono, e le loro monete li ritraggono come giovani immaturi. Tolomeo VIII non sembra essersi mai risentito del suo soprannome, Fiscone («ciccione»), perché la corpulenza era segno di ricchezza e lusso. Le stesse monete di Cleopatra la ritraevano con un grande naso adunco e un mento sporgente: non certo l'ideale moderno di bellezza femminile.

Non che fosse disinteressata a coltivare la propria immagine pubblica. I sovrani tolemaici dovevano fare appello ai loro sudditi di lingua greca ed egizia, e la ritrattistica ufficiale rifletteva le diverse tradizioni e aspettative di queste due distinte popolazioni. Le statue reali realizzate per essere esposte nei templi greci e negli spazi pubblici, soprattutto ad Alessandria, erano generalmente realizzate in marmo o in bronzo. Mostravano il monarca con lo sguardo compassionevole, un po' estasiato, associato ad Alessandro, e con tutti gli accessori che ci si aspettava da un sovrano ellenistico. Le regine come Cleopatra erano solite indossare un abito lungo e aderente con spalline, una sottoveste di stoffa leggera (gr. *chiton*) e un ampio mantello drappeggiato (gr. *himation*). Al contrario, le statue realizzate per i contesti egizi – i templi dedicati alle divinità indigene – seguivano l'iconografia faraonica. I materiali preferiti erano pietre dure come il basalto e il granito, perché lo scopo di una statua faraonica era quello di celebrare il sovrano per l'eternità. I tentativi di ritrarre il sovrano in modo realistico erano pochi o nulli; piuttosto, gli attributi della regalità – corone o copricapi, vesti e insegne – erano importanti per distinguere un faraone da un comune mortale.

Pur essendo intrisa di secoli di tradizione, l'iconografia egizia si dimostrava straordinariamente adattabile alle mutevoli circostanze politiche. La corona reale si adattava alla testa di una donna come a quella di un uomo. Nomi di culto greci come «la dea amante del padre» erano facilmente traducibili in lingua egizia e si inserivano in un modello di epiteti reali antico quanto la stessa cultura faraonica. Fin dalla fondazione dello Stato egizio, i monarchi si erano identificati come divinità incarnate, quindi il culto dinastico ellenistico si adattava facilmente. In passato c'erano state anche occasionali donne faraone, pertanto Cleopatra VII poté attingere a filoni preesistenti di ideologia e rappresentazione regale per coltivare la sua immagine tra i sudditi nativi.

Eppure, proprio il suo sesso era una delle ragioni della sua fama – o notorietà – tra i commentatori greci e romani del suo tempo. Una delle caratteristiche distintive dell'Egitto tolemaico era lo status delle donne; i loro diritti e le loro libertà erano sconosciuti da qualsiasi parte nel mondo ellenistico. Le regine regnanti erano ancora più insolite, fino all'arrivo dei Tolomei. All'inizio del II secolo, Cleopatra I fu il primo membro femminile della dinastia ad agire come reggente ufficiale. Le sue discendenti, Cleopatra II e III, parteciparono alla pari a una monarchia doppia o tripla. In alcune occasioni, furono presentate come partner dominanti, surclassando i loro coregnanti maschi. Cleopatra VII sfruttò appieno questi precedenti per affermare la propria sovranità. Ma una donna sul trono colpiva ancora molti al di fuori dell'Egitto, specialmente a Roma, considerata come aberrante, per non dire ripugnante. Le accuse mosse a Cleopatra dai commentatori – alterigia regale, amore per il lusso, vorace appetito sessuale – non sarebbero mai state rivolte a un sovrano maschio, anzi sarebbero stati considerati dei punti di forza.

Straordinaria ricchezza, un'immagine curata con attenzione e la novità della femminilità: ognuna di queste caratteristiche poteva essere sufficiente per attirare un pretendente. Ma Cleopatra aveva altre qualità personali, che le servirono molto nel suo ruolo di regina e che gli altri trovavano irresistibili. La sua capacità di destreggiarsi nel mutevole quadro geopolitico della sua epoca, di mantenere la propria libertà di manovra e l'indipendenza del suo regno, ci parlano di una mente accorta, brillante e strategica. La relativa facilità con cui comunicava a diversi tipi di pubblico – egizio, greco e romano – suggerisce un alto grado di consapevolezza culturale e un abbondante carisma. Se a ciò si aggiunge la sua indubbia abilità nel negoziare e nell'influenzare, le ragioni del fascino di Cleopatra diventano ancora più evidenti. Persino alcuni commentatori romani si sentirono spinti a rinunciare al pigro stereotipo della sirena orientale e a riconoscere i suoi veri attributi:

> La sua bellezza, infatti, come ci viene detto, non era di per sé incomparabile, né tale da colpire chi la vedeva; ma conversare con lei aveva un fascino irresistibile, e la sua presenza, unita alla persuasività dei suoi discorsi e al carattere che in qualche modo dimostrava nel suo comportamento verso gli altri, aveva qualcosa di stimolante.[7]

Cesare fu certamente vittima del suo incantesimo. Ma, come la storia ha dimostrato molte volte, gli incantesimi possono essere spezzati.

* * *

L'assassinio di Cesare da parte di Bruto e Cassio, alle Idi di marzo del 44, provocò scosse in tutto il mondo antico. Il sanguinoso atto fece precipitare Roma nella guerra civile e lasciò Cleopatra pericolosamente esposta. Con gli assassini di Cesare a piede libero e con molti nella città eterna che condividevano l'opinione negativa di Cicerone sulla regina egizia, Cleopatra sapeva di non essere più gradita né al sicuro. Nel giro di un mese, lei e Tolomeo XIV lasciarono Roma e tornarono in Egitto. Pochi mesi dopo, Tolomeo fu assassinato in circostanze sospette, lasciando a Cleopatra la strada libera per governare da sola, o meglio, con il figlio di tre anni (ora proclamato faraone Tolomeo XV) al suo fianco. Al bambino fu dato il titolo di culto Teo Filopatore Filometore (in greco *Theos Philopator kai Philometor*, «il dio che ama il padre e la madre») per sottolineare la sua discendenza come figlio di Cesare e Cleopatra.

Il riconoscimento pubblico del suo erede – non solo del regno tolemaico ma anche, forse, del nascente impero romano – fornì a Cleopatra l'opportunità di reimpostare il suo regno. Sempre consapevole dell'influenza del clero locale, seguì l'esempio del padre, Tolomeo XII, rafforzando la preminenza del sacerdozio di Ptah. Lo fece a modo suo, promuovendo i membri femminili del culto del dio. Per secoli, uno dei membri più influenti del sacerdozio di Karnak, nell'Alto Egitto, era stata la «moglie del dio Amon», una carica seconda solo al sommo sacerdote stesso. A significare lo status speciale del clero menfita, Cleopatra creò ora il ruolo di «moglie di Ptah», concedendolo alla cognata dell'allora sommo sacerdote, Pasherenptah III.

Ma Cleopatra non trascurò gli altri culti dell'Egitto. La Tebaide rimaneva il centro della coscienza religiosa nativa, quindi era necessario onorare e tranquillizzare anche i suoi sacerdoti. Per questo, a Copto, dedicò una nuova cappella al dio locale della fertilità, Min, con rilievi e iscrizioni che celebravano se stessa e suo figlio. A Hermonthis, dove Cleopatra aveva svolto il suo primo impegno religioso come faraone, commissionò una casa della nascita. Tali edifici erano diventati una caratteristica popolare dei templi tolemaici, sottolineando la divinità del monarca regnante e la linea di successione ininterrotta che risaliva al tempo degli dèi. Rimarcare queste caratteristiche della sovranità non era mai stato così importante come all'epoca di Cleopatra. Infatti, mentre la sua legittimità come figlia di Tolomeo XII non era in discussione, il suo diritto di governare da sola – in barba alla volontà del padre e in contrasto con le consuetudini tolemaiche consolidate dal tempo – lo era di sicuro. A Hermonthis, Cleopatra poté sia celebrare la nascita di Tolomeo Cesare sia vestire i panni della madre divina. Ciò si ricollegava al millenario mito egizio della dea Iside e di suo figlio Horus.

Se Tolomeo Cesare era l'incarnazione di Horus e Cleopatra quella di Iside, allora l'assassinato Giulio Cesare poteva essere equiparato a Osiride, re dei morti e signore degli inferi. Come tale, meritava un magnifico monumento dove la sua memoria potesse essere celebrata per l'eternità. Cleopatra ordinò la costruzione di un vasto edificio sulla costa orientale di Alessandria, con vista sul porto. Il Caesareum, come fu chiamato, fu progettato con l'intenzione di superare persino il tempio di Sarapis della città. Era come se Cesare, divinizzato dopo la morte, fosse diventato il nuovo dio protettore della dinastia tolemaica e della sua capitale.

Promuovere i culti di Cesare e di suo figlio avrebbe potuto aiutare a comprare la lealtà delle legioni del defunto comandante, ancora di stanza in Egitto; tuttavia, affrontare le conseguenze politiche dell'assassinio di Cesare non fu così facile. Non avendo figli legittimi secondo la legge romana, il figlio adottivo Ottaviano divenne il suo erede. Nel novembre del 43, il Senato concesse a Ottaviano, insieme a Marco Antonio e Lepido, ampi poteri per dare la caccia agli assassini di Cesare e consegnarli alla giustizia. Ma la politica romana era complessa e febbrile, come i precedenti Tolomei avevano scoperto a loro spese, e Cleopatra non poteva permettersi di appoggiare la parte sbagliata. Si sentiva in dovere di sostenere il triumvirato contro gli assassini di Cesare, Bruto e Cassio, ma non era una scommessa sicura. A complicare ulteriormente le cose, la sorella Arsinoe, traditrice e caduta in disgrazia, era stata liberata dopo il corteo trionfale di Cesare e ora viveva a Ephesos, dove era diventata un punto di riferimento per i nemici interni di Cleopatra. Il governatore di Cipro, ad esempio, disertò presto nel campo di Cassio, probabilmente sperando che la sconfitta del triumvirato avrebbe facilitato il rovesciamento di Cleopatra a favore di Arsinoe. Di fronte a tali minacce al proprio trono, Cleopatra reagì allestendo una flotta per aiutare Ottaviano e Antonio; ma poco dopo essere salpate, le navi naufragarono in una tempesta al largo delle coste dell'Africa settentrionale e i lavori dovettero ricominciare da capo.

C'erano anche pressanti preoccupazioni interne che richiedevano l'attenzione di Cleopatra. All'inizio del 43, una grossa eruzione vulcanica nella lontana Alaska provocò uno sconvolgimento climatico in tutto il Mediterraneo. I due anni successivi al cataclisma furono tra i più freddi dell'emisfero settentrionale registrati nella storia. L'insolita presenza di freddo e umidità provocarono la perdita dei raccolti, la carestia e disordini diffusi. Nell'Italia settentrionale, nell'aprile del 43, le truppe di Antonio dovettero affrontare la fame. L'anno successivo, Roma stessa fu «devastata dalla carestia»[8] e si appellò all'Egitto per ottenere forniture di grano; ma Cleopatra dovette rifiutare, adducendo come giustificazione l'emergenza alimentare e sanitaria del suo territorio. Nel 43 e di nuovo nel 42, il Nilo si abbassò talmente tanto – secondo il filosofo romano Seneca, non riuscì a straripare affatto – che i raccolti furono miseri. La carestia e le malattie si abbatterono sulla terra. L'impiego delle scorte di grano del governo e la distribuzione di razioni alimentari divennero la principale preoccupazione di Cleopatra. Ma queste decisioni di vita o di morte erano estremamente controverse: i cittadini di Alessandria, con la loro influenza politica, dovevano avere la priorità, anche se ciò significava che altri dovevano essere lasciati a se stessi. Lo storiografo Flavio Giuseppe esecrava Cleopatra per essersi rifiutata di «distribuire il grano necessario agli ebrei».[9] A Thebai, invece, il governatore regionale Kallimachos fu celebrato come «salvatore della città» quando riuscì a sfamare il popolo e «si prese cura in modo religioso di tutto ciò che riguardava il culto degli dèi, come aveva fatto suo nonno».[10]

La capacità dell'Egitto di tenere a bada gli effetti peggiori della carestia non passò inosservata a Roma. La Valle del Nilo, già famosa come granaio del mondo mediterraneo, sembrava la risposta migliore alle preoccupazioni di Roma per assicurare la sicurezza alimentare a lungo termine. Per quanto riguarda l'Egitto, la carestia fu alleviata, ma a un costo enorme per l'erario, e l'effetto successivo delle perturbazioni climatiche e delle malattie portò a un calo significativo delle entrate statali. Una Roma sempre più rapace coincise con un Egitto sempre più indebolito.

Di fronte alle calamità in patria e alle incertezze all'estero, gli egizi fecero ciò che avevano sempre fatto, rivolgendosi agli antichi dèi. Uno dei più straordinari testamenti privati di questo periodo fu redatto nel febbraio del 42, per commemorare la vita eccezionale e la morte prematura di una donna di Memphis. La stele funeraria di Taimhotep è un capolavoro di intaglio, con scene particolareggiate e geroglifici finemente eseguiti che rispecchiano la migliore tradizione della sapiente lavorazione faraonica. Taimhotep era infatti la moglie del più importante e influente egizio dell'epoca, il sommo sacerdote di Ptah, Pasherenptah. Tuttavia, ancora più sorprendente della qualità della stele è la sua iscrizione. Il testo inizia con preghiere alle più importanti divinità faraoniche dell'Egitto tolemaico: Sokar-Osiride, dio menfita dell'oltretomba; Apis-Osiride (Sarapis), acclamato come «apritore delle vie [dell'oltretomba], re degli dèi, signore dell'eternità e sovrano dell'eterno»; la grande Iside, «madre di Dio, occhio di Ra, signora del cielo e padrona di tutte le stelle»; Nefti, Horus, Anubi e «tutti gli dèi della necropoli menfita». È un appello alle divinità tradizionali che avevano custodito l'Egitto e offerto la promessa di una gloriosa vita ultraterrena al suo popolo.

Quello che segue è un resoconto intimo della vita di Taimhotep e un discorso degno di nota dall'oltretomba al marito. Come spiega la stele, Taimhotep nacque il 17 novembre 73, nel nono anno di regno di Tolomeo XII. Sposò Pasherenptah nel 58, quando non aveva ancora quindici anni, e la giovane coppia si accinse a creare una famiglia. Ma non andò secondo i piani: «Sono rimasta incinta di lui tre volte, ma non ho avuto un figlio maschio, solo tre figlie». L'usanza egizia richiedeva un erede maschio, a maggior ragione quando era in gioco il futuro di una carica antica ed ereditaria come il sommo sacerdozio di Ptah. Così Taimhotep si rivolse al dio da cui aveva preso il nome: il saggio e guaritore divinizzato Imhotep, il cui più grande capolavoro, la Piramide a gradoni, dominava ancora l'orizzonte della necropoli menfita ventisei secoli dopo la sua costruzione. Sull'altopiano, Imhotep era venerato nel suo recinto sacro, l'Asklepieion, mentre in basso, nella città di Memphis, era considerato il figlio di Ptah. In ogni caso, le persone della regione circostante che avevano bisogno di una guarigione o di un miracolo medico si rivolgevano a lui perché rispondesse alle loro preghiere. Di conseguenza, Taimhotep «pregò insieme al sommo sacerdote la maestà del dio grande nei prodigi, efficace nelle azioni, che dà un figlio a chi non ne ha: Imhotep figlio di Ptah. Egli ha ascoltato le nostre suppliche [...] mi ha fatto concepire un figlio maschio».[11] Il figlio tanto desiderato nacque proprio nel giorno della festa di Imhotep, il 13 luglio 46. Per onorare le circostanze del suo concepimento, «gli fu dato il nome di Imhotep e fu anche chiamato Pedubast. Tutti si rallegrarono per lui».[12]

Ma la gioia della famiglia fu di breve durata. Meno di quattro anni dopo, il 15 gennaio 42, Taimhotep morì, all'età di trent'anni. Nelle sue ultime parole a Pasherenptah, scolpite sulla sua stele funeraria, esortava il marito a mangiare, bere e stare allegro di fronte alla morte:

> Oh, fratello mio, marito mio, amico e Sommo Sacerdote! Non stancarti di bere, mangiare, ubriacarti e fare l'amore! Fai festa! Segui il tuo cuore giorno e notte! Non lasciare che la preoccupazione entri nel tuo cuore, altrimenti a cosa servono i tuoi anni sulla terra? Quanto all'Occidente [la necropoli], è terra di sonno: le tenebre gravano su quel luogo dove abitano i morti.[13]

Questi sentimenti avevano una lunga storia nella Valle del Nilo: nonostante l'apparente preoccupazione degli egizi per la morte, non avevano alcun desiderio di affrettarne l'ineluttabilità; anche se credevano che una buona morte sarebbe stata seguita dalla promessa di rinascita, la vita terrena era ancora qualcosa di prezioso.

14

Serpente del vecchio Nilo

Come tutti i suoi antenati tolemaici, Cleopatra VII doveva seguire uno stretto sentiero. Allo stesso tempo, doveva rassicurare i sudditi egizi (per paura di insurrezioni autoctone) e placare quelli di lingua greca (per paura dell'orda alessandrina). Come suo padre, doveva anche tenere conto di una terza realtà che rappresentava una minaccia all'esistenza del suo regno e che doveva essere gestita di conseguenza: Roma. Un'ultima sfida, unica per Cleopatra, era la necessità di giustificare la sua posizione di regina regnante. Gli ultimi anni del suo regno, dalla morte dell'amante Giulio Cesare alla sua tragica scomparsa, videro la regina adottare consapevolmente diverse strategie, diverse identità, in un tentativo sempre più disperato di tenere a galla l'intera barca dello Stato.

La guerra civile di Roma, che si era trascinata per due anni e mezzo dopo l'assassinio di Cesare, si concluse nell'autunno del 42. La battaglia decisiva fu combattuta nelle pianure a ovest di Filippi, la città macedone rifondata dal padre di Alessandro Magno, e coinvolse enormi eserciti contrapposti, per un totale di circa duecentomila uomini. Ottaviano guidò una forza contro Bruto, mentre Antonio comandò un'altra divisione per affrontare Cassio. Il terzo membro del triumvirato, Lepido, rimase a Roma per occuparsi degli affari di governo. Durante lo svolgimento della battaglia, Bruto guadagnò subito terreno, respingendo le forze di Ottaviano e penetrando persino nel suo campo. Ma, in un'altra parte della pianura, Antonio sconfisse Cassio, che si tolse subito la vita. Bruto radunò le truppe rimanenti ed entrambe le parti si ritirarono negli accampamenti per leccarsi le ferite. Un secondo scontro si concluse con la sconfitta e il suicidio di Bruto. Il triumvirato uscì vittorioso, con Antonio come eroe del momento.

La sua ricompensa fu l'assegnazione della responsabilità di organizzare le province orientali di Roma, le stesse terre che avevano costituito l'impero di Alessandro. La vittoria di Antonio a Filippi gli conferì una legittimità immediata e indiscussa: i suoi territori erano stati conquistati sul campo di battaglia e la carriera militare era di famiglia. Il premio di Antonio comprendeva l'ex regno di Macedonia, le terre del defunto impero seleucide e un insieme di province periferiche (come il Ponto e la Licia) che erano cadute sotto il controllo romano. Ma il mondo ellenistico non era nulla senza la sua terza fondamentale componente, il regno tolemaico. Se Antonio doveva essere il signore dell'Oriente, era essenziale un accordo con l'Egitto. Un anno dopo Filippi, Antonio si trovava a Tarsos, una città portuale situata alla foce del fiume Cidno. Da lì inviò un messaggero ad Alessandria convocando Cleopatra.

Per la regina il calcolo doveva essere semplice: dopo aver perso un protettore romano con Cesare, questa era la sua occasione per ottenerne un altro. Tra tutti i principali attori della politica romana, il vincitore di Filippi era un astro nascente e sembrava la scommessa migliore. Inoltre, aveva svolto un ruolo importante nella restaurazione del padre al trono nel 55 e lei avrebbe potuto incontrarlo in questo momento cruciale della sua vita. Accettando l'invito di Antonio, partì per Tarsos. Il suo arrivo in barca, risalendo il Cidno, fu pianificato con cura e brillantemente allestito. L'effetto fu così sorprendente che gli scrittori, nel corso dei secoli, tornarono in più occasioni a rievocare la scena. Il biografo di Antonio fu tra questi, dipingendo il variopinto spettacolo con toni rapiti:

> una chiatta con la poppa dorata, le vele spiegate di porpora, i rematori che la spingevano con remi d'argento al suono del flauto mescolato a pifferi e liuti. Lei stessa si adagiava sotto un baldacchino dorato, adornata come Afrodite in un dipinto, mentre i ragazzi, come Cupidi nei dipinti, stavano ai lati e la accarezzavano. Allo stesso modo, le più belle delle sue ancelle, vestite come Nereidi e Grazie, stazionavano, alcune presso i timoni e altre presso le corde. Lungo le rive del fiume si diffondevano odori meravigliosi provenienti da innumerevoli offerte di incenso.[1]

La chiatta reale di Cleopatra era stata trasformata per l'occasione in un tabernacolo: Afrodite andava incontro a Dioniso. I rematori vogavano al suono dei flauti, lo strumento preferito di Tolomeo XII ed elemento importante nei riti dionisiaci. Il seguito della regina vestiva non come semplici servitori reali, ma come figure della leggenda greca: ninfe del mare e incarnazioni della bellezza. La combustione dell'incenso sacro rafforzava il messaggio che si era in presenza di una dea che stava per incontrare il suo consorte.

La rappresentazione teatrale fece certamente presa sugli spettatori: «si sparse la voce che Afrodite era venuta a far baldoria con Dioniso per il bene dell'Asia».[2] Anche Antonio sembrava aver abboccato all'esca (il fatto che avesse quarantadue anni e Cleopatra ventotto può aver contribuito). Invece di trattare Cleopatra come un monarca cliente, si trovò a eseguire i suoi ordini. Nel giro di poche settimane, Arsinoe fu uccisa per ordine di Antonio, eliminando così l'ultimo serio rivale al trono tolemaico. Antonio donò a Cleopatra anche la Kilikia, la provincia in cui si trovava Tarsos, da aggiungere ai suoi territori ciprioti. A poco a poco, prima con Cesare e poi con Antonio, Cleopatra stava realizzando la sua ambizione di riportare il regno tolemaico al suo antico splendore. Forse non si trattava di un territorio conquistato a colpi di lancia, ma la restituzione di Cipro e di parte dell'Anatolia fu comunque un trionfo. E nessuno dei suoi sudditi greci poteva ignorare la *tryphé* del suo arrivo a Tarsos.

Per suggellare la sua alleanza con l'Egitto, Antonio visitò Alessandria nell'inverno del 41/40, soggiornando negli stessi alloggi del palazzo dove Cesare era stato ospitato sette anni prima. Da allora erano cambiate così tante cose, eppure così poco. La prima relazione di Cleopatra con un comandante romano aveva portato alla nascita di Cesarione, Piccolo Cesare. Nove mesi dopo il soggiorno di Antonio, nell'autunno del 40, Cleopatra partorì due gemelli, fratello e sorella. Il maschio fu chiamato Alessandro, dal nome del grande conquistatore macedone che continuava a essere di ispirazione per chi come Antonio era un aspirante imperatore. La bambina fu chiamata Cleopatra, come la madre. Oltre ai nomi di nascita, ai bambini furono assegnati anche epiteti che evocavano il destino cosmico del regno egizio e della sua dinastia regnante. Alessandro era Elio, il sole; sua sorella Selene, la luna: gemelli celesti per coronare un'unione creata in cielo.

Poche settimane dopo la nascita dei bambini, il triumvirato di Roma concordò ufficialmente le rispettive aree amministrative in un trattato firmato a Brundisium (l'attuale Brindisi). Lepido ricevette la costa nordafricana, compresa Cartagine; Ottaviano la penisola iberica, la Gallia e l'Italia settentrionale; Antonio fu confermato padrone dei territori orientali, dalla Grecia all'Eufrate, comprese le vecchie terre tolemaiche di Koile-Syria e Kyrenaika. La penisola italiana doveva essere condivisa tra i tre uomini, ma gli interessi di Ottaviano gli assicurarono un'egemonia virtuale. Dividendo l'impero tra loro, essi stavano, consapevolmente o meno, fissando le linee di battaglia per i futuri conflitti. Il Senato insistette su alcune misure per cercare di prevenire, o almeno bloccare, un'altra guerra civile. Nell'ottobre del 40, decretò che Antonio avrebbe dovuto sposare la sorella di Ottaviano, Ottavia: il secondo matrimonio di lei, il quarto di lui. Il fatto che Ottavia fosse incinta del figlio del primo marito, mentre Antonio aveva appena avuto due figli con l'amante nubile Cleopatra, non aveva molta importanza rispetto alle sottostanti idee politiche: i due grandi rivali, Antonio e Ottaviano, erano ora cognati, legati l'uno all'altro da vincoli familiari. Ottavia seguì lealmente il suo nuovo marito da una provincia all'altra nei quattro anni successivi, crescendo una grande famiglia di figli biologici e adottivi.

Una ulteriore clausola del trattato di Brindisi era che Antonio dovesse lanciare una campagna contro l'impero partico, come punizione per la sconfitta militare che questo aveva inflitto a Roma circa tredici anni prima. Non si trattava affatto di una missione semplice. Più volte i parti avevano dimostrato di essere in grado di surclassare i grandi eserciti. A partire dalla metà del III secolo, avevano rovesciato il potere seleucide nell'Iran nordorientale, prima di espandere il loro dominio a tutta la Mesopotamia e all'Anatolia orientale. Ora, con una deliberata provocazione ai romani, i parti si erano impadroniti di tutta la costa levantina, tranne la città portuale di Tiro. Il loro controllo avrebbe prosciugato tutte le energie (e la fortuna) di Antonio per gli anni a venire. Forse questo era il piano di Ottaviano.

La conferma di Antonio come signore delle province orientali di Roma, avvenuta così presto dopo la nascita dei gemelli, modificò radicalmente il suo atteggiamento nei confronti di Cleopatra; ora la considerava sua consorte e sua pari; gli ex regni macedone e seleucide erano suoi, il regno tolemaico ancora esistente era suo. Insieme, i loro domini comprendevano praticamente tutto il mondo ellenistico e, con la conquista della Parthia, avrebbe potuto lasciare in eredità ai figli l'intero impero di Alessandro Magno, appena restaurato. A tal fine, iniziò a riorganizzare le province orientali, in gran parte regalando vaste aree a Cleopatra. Pertanto ricevette la Koile-Syria con le sue grandi foreste di legname del Libano, i pregiati balsami e datteri della Giudea, il ricco regno cliente di Nabatea, alcuni possedimenti a Creta e la città di Kyrene. Quest'ultimo deve essere stato un dono particolarmente gradito: la più antica delle colonie tolemaiche era tornata all'ovile.

La scommessa di Cleopatra sembrava aver funzionato: un decennio prima, la sua relazione con Cesare le aveva portato Cipro; ora, la sua collaborazione con Antonio le aveva consegnato la maggior parte del resto dell'impero faticosamente conquistato dai suoi antenati. Le fortune economiche dell'Egitto erano state risollevate con l'aggiunta di nuove terre ricche di risorse naturali e in posizioni favorevoli per il commercio. Lungi dall'essere in declino, sotto Cleopatra la dinastia tolemaica sembrava tornare in ascesa. Per celebrare il suo sorprendente successo diplomatico, fece coniare nuove monete nei suoi territori levantini; quelle emesse dalla città di Antiokheia recavano il volto di Cleopatra su un lato, quello di Antonio sull'altro. E fu proprio ad Antiokheia che Antonio salpò, verso la fine del 37, per trascorrere l'inverno con Cleopatra mentre completava la sua riorganizzazione dell'Oriente.

Cleopatra annunciò la rinascita delle fortune della sua dinastia adottando un nuovo sistema di datazione. L'anno 37/36, il sedicesimo del suo regno, fu ribattezzato «Anno 16 che è anche Anno 1». Solo una volta, nella lunga storia dell'Egitto faraonico, un monarca aveva compiuto un passo simile, e questo era accaduto più di mille anni prima. Cleopatra aveva ripristinato l'orgoglio tolemaico, dal punto di vista sia territoriale sia economico. La linea dinastica sembrava sicura e l'Egitto era in pace. I suoi sudditi di lingua greca non avrebbero potuto chiedere di più. Afrodite era davvero arrivata tra loro.

* * *

Al di là delle vivaci strade di Alessandria, nella campagna egizia, gli abitanti indigeni della Valle del Nilo apprezzavano certamente la stabilità e la prosperità, ma il concetto di grandezza imperiale contava meno del rispetto del secolare contratto tra il regno umano e quello divino. Il primo e principale dovere di un faraone era quello di onorare gli dèi abbellendo e ampliando i loro templi, osservando le loro feste e i loro riti quotidiani, al fine di proteggere l'Egitto e il suo popolo. Le cattive inondazioni del Nilo e i raccolti disastrosi del 43 e del 42 dovevano aver scosso la fiducia dei nativi nel regno di Cleopatra VII. Gli dei stavano chiaramente punendo l'Egitto e perciò era necessario rabbonirli se si voleva che tornassero tempi migliori. Cleopatra fu abbastanza astuta da rispondere di conseguenza.

Fin dall'inizio del suo regno, sembra aver simpatia e interesse per i suoi sudditi egizi più di qualsiasi altro suo predecessore. Secondo il biografo di Antonio (che non era un particolare ammiratore della regina), Cleopatra fu la prima della sua dinastia a imparare a parlare la lingua egizia: una scelta ben diversa da quella di Tolomeo IV che si rivolgeva alle sue truppe egizie in greco alla vigilia della battaglia di Raphia. Gli stretti legami tra la famiglia reale e gli alti sacerdoti di Ptah, promossi dal padre di Cleopatra, furono mantenuti e rafforzati durante il regno di Cleopatra: entrambe le parti riconoscevano il valore della relazione per la propria sopravvivenza.

Ma i legami di Cleopatra con l'aristocrazia indigena andavano ben oltre le interazioni cerimoniali con il clero menfita. Secondo un altro scrittore romano, Cleopatra annoverava un sacerdote indigeno tra i suoi consiglieri privati, mentre del suo regno si conoscono diversi funzionari egizi di alto rango, immortalati in raffinate statue di pietra che dovevano essere state prodotte nelle officine reali. Uno di questi era il governatore di Tentyris, Pakhom. Come le figure più in vista del passato faraonico, si fregiava di una serie di titoli: «principe e membro dell'élite, fratello reale, generale in capo, sacerdote delle statue del faraone, custode del tesoro di Horus di Apollonopolis [...] e di Hathor, signora di Tentyris, sacerdote di Iside che risiede a Tentyris, sacerdote di Iside, signora di Philae [...] sacerdote di Hathor [...] sacerdote di Horus di Apollonopolis».

In qualità di governatore di Tentyris, Pakhom avrebbe presieduto i lavori di costruzione e decorazione del tempio locale in nome di Cleopatra. Sulla parete posteriore furono incisi enormi rilievi che mostrano la regina e suo figlio (chiamato, propriamente, «Tolomeo Cesare») mentre fanno offerte alle divinità del tempio e svolgono cerimonie di culto: scene praticamente immutate nel loro formato di base da più di duemila anni. Il messaggio di continuità, di tradizione faraonica senza tempo, era forte e chiaro. Il sacerdozio residente avrebbe apprezzato questo patrocinio reale: non solo rendeva il loro tempio uno dei più splendidi d'Egitto, ma attirando pellegrini da lontano ingrossava anche le loro casse.

La decorazione di Tentyris era sontuosa ed esuberante, come se gli artisti e gli artigiani fossero felici di poter esprimere le tradizioni native. Un esempio eclatante era una serie di rilievi sulla parete esterna del tempio che raffigurava elementi della cerimonia di incoronazione. Forse per la prima volta nella storia dell'antico Egitto, veniva raffigurata l'intera gamma di corone indossate da un monarca, disposte in file ordinate come se fossero sugli scaffali di un guardaroba reale. Cleopatra VII e Tolomeo XV, pur discendendo da generazioni di stranieri di lingua greca, stavano affermando il loro diritto di portare tutte le regalie tradizionali della sovranità egizia.

Negli ultimi decenni del regno di Cleopatra, la rinascita della religione indigena si rifletteva nei siti di tutto l'Egitto. Ad Apollonopolis, due falchi giganti in pietra (rappresentazioni del dio Horus) furono eretti all'ingresso del tempio. Ognuno di essi proteggeva la figura più piccola di un principe, accoccolato contro il petto dell'uccello. Le intemperie dei secoli hanno distrutto i volti dei principi, ma con ogni probabilità raffigurano Cesarione tra gli otto e gli undici anni e possono quindi essere datati all'inizio della rinascita di Cleopatra. A Karnak, i sacerdoti di Amon-Ra furono felici di installare una statua in basalto nero di Cesarione, raffigurato in stile faraonico, anche se con qualche ricciolo greco che faceva capolino da sotto il tradizionale copricapo. Altrove, c'erano uomini come Hor figlio di Hor, che erano molto orgogliosi non solo di venerare gli antichi dèi (nel caso di Hor, Thot dalla testa di ibis, dio della scrittura e della saggezza, e Amon-Ra, signore di Karnak e re degli dèi), ma anche di assicurarsi che i santuari di un tempo fossero adeguatamente mantenuti. Nella sua iscrizione autobiografica, incisa in geroglifici ordinati sul pilastro posteriore di una statua-ritratto, Hor si vantava di aver rinnovato il recinto sacro di Osiride vicino alla sua città natale, che era caduto in rovina da quando le fondamenta in mattoni di fango erano state minate dalla costruzione di un nuovo canale di irrigazione. In tutta la storia tolemaica, dovevano esserci stati frequenti esempi di priorità economiche dello Stato a scavalcare le sensibilità religiose locali; ma sotto Cleopatra VII alcuni di questi errori furono riparati, oltretutto con il sostegno del governo.

Non sorprende quindi che quando il sommo sacerdote di Ptah, Pasherenptah III, morì in carica il 14 luglio 41, il suo sontuoso funerale seguisse appieno la tradizione. Inoltre, le autorità fecero in modo che gli succedesse immediatamente il cognato Pasherenamun I, mantenendo la più importante carica religiosa all'interno della famiglia che l'aveva monopolizzata per generazioni. Appena due anni dopo, il figlio prediletto ed erede di Pasherenptah, Imhotep (Pedubast V), fu a sua volta nominato sommo sacerdote da Cleopatra, nonostante avesse solo sette anni e dieci giorni. Il rispetto del principio ereditario contava più dell'esperienza o delle capacità del nuovo successore: questa era la via faraonica.

Cleopatra si poneva non solo come protettrice della religione faraonica, ma come parte integrante del suo fitto tessuto di credenze. Per una donna che ricopriva il ruolo di faraone c'era un precedente divino in particolare. Il culto di Iside era uno dei più antichi e venerabili della Valle del Nilo, al centro del culto dei nativi da duemilacinquecento anni; il fatto che in Egitto fosse diventato popolare in tempi più recenti tra gli abitanti di lingua greca era un ulteriore vantaggio. Quando i mercanti greci si erano insediati per la prima volta nel Delta del Nilo, lo Stato aveva iniziato a promuovere attivamente il culto di Iside, forse consapevole della sua facile assimilazione ad altre tradizioni religiose. Con ogni dinastia successiva, il culto si legò alla famiglia reale in modo sempre più stretto e Iside gradualmente assorbì i poteri e gli attributi di altre dee. A partire dalla trentesima dinastia e fino ai Tolomei, il tempio di Iside sull'isola di Philae divenne uno dei santuari più importanti dell'Egitto. Il culto della dea si diffuse anche nel Mediterraneo, attraversando ogni porto toccato dai marinai e dai commercianti tolemaici. La popolarità di Iside era in parte dovuta alle sue molteplici personificazioni. Era la protettrice degli egizi lontani da casa, l'occhio vendicatore del dio Sole e la madre divina. In altre parole, rappresentava qualcosa per tutti.

L'aspetto materno di Iside ebbe particolare risonanza per Cleopatra in seguito alla nascita di Cesarione. Le monete emesse in questo periodo mostravano Cleopatra con gli epiteti e il copricapo di Iside. Quando visitò Roma come ospite di Cesare nel 46, questi eresse una sua statua d'oro accanto alla statua di culto di Venere (che i romani equiparavano a Iside) nel tempio al centro del Forum Iulium. Questo gesto riconosceva pubblicamente la divinità di Cleopatra come incarnazione di Iside e la associava alla dea (Venere) da cui Cesare sosteneva di discendere. Sebbene senza dubbio apprezzata da Cleopatra, la mossa fu piuttosto provocatoria per molti romani, poiché le autorità cittadine avevano tradizionalmente una visione negativa del culto di Iside, considerandolo estraneo e pericoloso. Nel 58, il Senato aveva ordinato la distruzione di tutte le statue e gli altari di Iside sul Campidoglio. I suoi devoti li ricostruirono così rapidamente che un altro ordine simile dovette essere emanato appena cinque anni dopo, e poi di nuovo nel 50 e nel 48. Per quattro volte le autorità ordinarono di cancellare il culto di Iside dalla capitale; per quattro volte i suoi devoti rifiutarono di essere messi a tacere.

Mentre Cleopatra veniva celebrata come l'Iside vivente a Roma, i suoi sostenitori erano impegnati a promuovere il suo culto in tutti i regni. Il governatore Kallimachos commissionò un nuovo santuario di Iside nella Tebaide, da aggiungere all'Iseion fondato nella vicina Tolemaide sotto il nonno di Cleopatra, Tolomeo IX. Dopo l'incontro di Cleopatra con Antonio a Tarsos, l'associazione con Afrodite e la sua controparte egizia, Iside, fu promulgata con rinnovata intensità. Una statua della dea egizia fu persino eretta sull'Acropoli di Atene nell'estate del 42; un gesto straordinariamente sfacciato in uno dei luoghi più venerati della religione greca.

I rilievi sulla parete posteriore del tempio di Tentyris rappresentavano il culmine della strategia religiosa indigena di Cleopatra. Sebbene il tempio fosse ufficialmente dedicato a Hathor, i legami tra questa dea e Iside erano così stretti e antichi che Cleopatra poté raffigurare se stessa come Iside – e Cesarione come Horus – senza offendere la divinità residente o i sacerdoti del tempio.

Il legame unico della regina con i sudditi egizi – del tutto diverso da quello visto sotto i suoi predecessori tolemaici – fu oggetto di particolari celebrazioni all'inizio della sua rinascita. Contemporaneamente alla modifica della formula di datazione, Cleopatra cambiò anche il suo titolo nel culto dinastico. Con una mossa molto significativa, aggiunse l'epiteto Philopator («amante del padre») a quello di Philopatris («amante della patria»). Si trattava di un piccolo ma cruciale segnale. Ecco un Tolomeo che si alleava pubblicamente con l'Egitto. La Valle del Nilo era anche la sua patria e lei era la sua monarca patriota. Il messaggio di Cleopatra agli egizi: sono una di voi e sono con voi.

* * *

Le offerte di Cleopatra ai sudditi egizi erano di scarso interesse per Roma. Ma il dono di Antonio di territori romani a un sovrano straniero era un'altra cosa. Non importava che il trattato di Brundisium gli avesse assegnato la supervisione delle province orientali: non erano una sua proprietà personale da regalare a chi voleva. Il fatto che le avesse regalate alla sua amante egizia, mentre era ancora sposato con Ottavia, sollevava seri dubbi sulle sue intenzioni a lungo termine. Per i nemici di Cleopatra a Roma, i suoi precedenti erano fin troppo chiari: aveva irretito un grande generale romano e ora stava facendo lo stesso. Antonio doveva essere tenuto d'occhio e Cleopatra doveva essere messa in riga.

Nei primi mesi del 36, mentre l'inverno volgeva alla primavera, Cleopatra lasciò Antiokheia e tornò ad Alessandria, mentre Antonio partì per la sua campagna partica. Fu un disastro totale. In linea con la caotica prosecuzione della campagna, le fonti sono confuse rispetto a ciò che accadde esattamente. Antonio, con sedici legioni sotto il suo diretto comando, sembra essersi alleato con i regni clienti dell'Anatolia orientale e centrale (Galazia, Cappadocia, Ponto e Armenia), che insieme fornivano altre migliaia di soldati di fanteria e cavalleria pesante. In totale, Antonio doveva avere a disposizione qualcosa come centomila uomini, insieme a macchine d'assedio e a un ariete lungo quasi venticinque metri. Si diceva che le salmerie dell'esercito, caricate su trecento carri, si estendessero per otto chilometri. Le forze partiche erano concentrate lungo l'Eufrate, perciò Antonio decise di attaccare da nordest, passando per l'Armenia e il vicino Atropatene, situato sulla sponda meridionale del Mar Caspio. Il suo esercito seguì una strada carovaniera ben battuta, ma quando raggiunse l'appuntamento concordato, le salmerie, che avevano preso una strada diversa, furono assaltate e distrutte dalla cavalleria partica. L'esercito di Antonio si trovò improvvisamente in territorio ostile e senza rifornimenti. Gli alleati armeni disertarono all'istante e Antonio fu costretto a una ignominiosa ritirata, subendo altre perdite. Quando il suo esercito tornò all'accampamento in Siria, aveva perso circa ventimila soldati di fanteria e cinquemila di cavalleria; forse due quinti delle forze in totale.

Umiliato sul campo di battaglia, con le sue truppe ridotte a brandelli, Antonio aveva un solo rimedio. Mandò a chiamare Cleopatra. La donna aveva appena dato alla luce il loro terzo figlio, chiamato Tolomeo Filadelfo in emulazione del suo grande antenato, Tolomeo II. Ma Antonio non aveva bisogno né di grano né di oro; le sue richieste erano molto più elementari e Cleopatra arrivò nel gennaio del 35 con nuovi vestiti per i soldati. Anche la sempre fedele Ottavia si fece carico di portare nuove truppe, provviste e denaro; arrivò fino ad Atene, dove fu accolta da un messaggio di Antonio che le intimava di non procedere oltre. Era una dichiarazione che il loro matrimonio era giunto al capolinea. Antonio aveva fatto la sua scelta; Ottavia tornò a Roma.

Nonostante il suo totale fallimento contro i parti, Antonio sapeva che la sua futura reputazione e la conseguente autorità dipendevano dal successo finale della missione assegnatagli. Era determinato a riprovarci, una volta che fosse stato rifinanziato e rifornito dall'erario tolemaico. Prima, però, c'erano questioni da affrontare in patria. Lepido aveva tentato di conquistare la Sicilia, fallendo, ed era stato costretto da Ottaviano a dimettersi. Il triumvirato si concluse bruscamente e Ottaviano si mise in testa di proporsi come unico sovrano. Antonio era ora il suo principale avversario e il modo più semplice per indebolirlo era quello di attirare l'attenzione sul suo recente comportamento. Come poteva un uomo che aveva abbandonato la moglie romana di alto lignaggio per frequentare una regina straniera – e dare alla luce due bastardi – occupare una qualsiasi posizione di potere nella Repubblica? Antonio fu convocato a Roma, ma scelse di rimanere nella sua roccaforte orientale. Seguirono dodici mesi di lotte politiche, ma Antonio rimase risoluto.

Nel 34 era pronto a riprendere la campagna partica. Questa volta Cleopatra lo accompagnò fino all'Eufrate. Mentre Antonio partiva per la guerra, lei trascorse l'estate in un viaggio ufficiale attraverso i territori appena acquisiti. Era la prima volta in più di un secolo che un Tolomeo attraversava la Koile-Syria come monarca sovrano. Cleopatra naturalmente apprezzò l'esperienza, facendo visita anche a uno dei suoi rivali, Erode di Giudea, e soggiornando nel suo palazzo a Gerusalemme. In autunno, tornò ad Alessandria e Antonio ottenne una notevole, anche se limitata, vittoria contro la perfida Armenia. Con il suo re in catene, Antonio si affrettò a raggiungere la capitale egizia, in un clima di trionfo.

Ne seguì una delle scene più straordinarie a cui i cittadini di Alessandria avessero mai assistito, anche in una città abituata agli spettacoli. In un evento organizzato con estrema cura che intenzionalmente evocava il glorioso regno di Tolomeo II, Antonio celebrò la sua vittoria con un magnifico corteo per le strade. Proprio come la Grande Processione di due secoli prima, il corteo era ricco di immagini dionisiache. Antonio stesso si presentò nelle vesti del dio, indossando un abito ricamato in oro, con coturni ai piedi e tenendo in mano il caratteristico bastone di Dioniso sormontato da una pigna. Secondo un resoconto del tempo, «entrò in città su un carro e non solo presentò a Cleopatra tutti gli altri bottini, ma le portò l'armeno e la sua famiglia in titoli d'oro».[3] Il re d'Armenia catturato fu l'ultimo dei doni che Antonio distribuì quel giorno. Con una sontuosa cerimonia nel ginnasio, donò a Cleopatra e ai loro tre figli ampie aree dei suoi territori orientali. Ad Alessandro Elio donò l'Armenia e la Media, così come la Parthia al di là dell'Eufrate, anticipando la sua futura sconfitta e annessione. Cleopatra Selene ricevette la Kyrenaika; Tolomeo Filadelfo, Koile-Syria e Kilikia. Cleopatra VII fu confermata sovrana dell'Egitto e di Cipro e proclamata «regina dei re e regina d'Egitto», mentre Tolomeo XV Cesare, ormai tredicenne, fu dichiarato «re dei re e re d'Egitto» ed erede legittimo di Giulio Cesare. Agli occhi di Antonio, tutti i destinatari stavano accettando il suo ruolo di sovrano, mentre loro erano solo governanti clienti. Cleopatra, senza dubbio, vedeva le cose in modo diverso: le «Donazioni di Alessandria» riconoscevano lei e i suoi figli come eredi dell'impero tolemaico, riportandolo alla sua antica gloria. Un altro dei doni di Antonio sarebbe stato il contenuto della biblioteca di Pergamo, nota rivale della Grande Biblioteca di Alessandria. I duecentomila rotoli di pergamena di Pergamo contribuirono in qualche modo a ripristinare i rotoli di papiro che Cesare aveva involontariamente mandato in fumo quattordici anni prima.

In città, la popolazione festeggiò con gusto e furono prodotti souvenir a ricordo permanente della giornata. Una statuetta in bronzo di Alessandro Elio di sei anni, che sfoggia la caratteristica corona piramidale dell'Armenia, ricordava il momento in cui Antonio presentò i suoi figli alla folla, tra cui Alessandro Elio «vestito con abiti mediani, che includevano un diadema e un *kidaris* eretto [la corona a gradini dei re persiani]».[4]

I romani erano sconcertati dal comportamento di Antonio. I cortei trionfali a Roma erano una tradizione accettabile, ma organizzarne uno all'estero e cedere i possedimenti romani superava ogni limite. L'opinione pubblica, fomentata da Ottaviano, ritenne che Antonio «avesse concesso agli egizi i riti onorevoli e solenni della sua patria per amore di Cleopatra».[5] Con le sue azioni, Antonio sembrò annunciare che stava abbandonando Roma a favore di Alessandria e che intendeva governare insieme a Cleopatra come sovrani congiunti di un nuovo impero d'Oriente.

Cleopatra si scrollò di dosso ogni critica. Capitalizzando il successo delle Donazioni, durante le quali era apparsa vestita da Iside, assunse il titolo di «nuova Iside», proclamando il suo ruolo di controparte divina del Dioniso/Osiride di Antonio. Ordinò anche la costruzione di un vasto tempio greco dedicato ad Antonio, situato in una posizione privilegiata con vista sul porto principale di Alessandria. Dietro il tempio si trovava un'enorme piazza, ornata al centro da un imponente obelisco.[6] La donna stava consapevolmente unendo le tradizioni ellenistiche ed egizie in onore del suo nuovo sposo romano. In un altro punto della città, eresse una colossale statua di Antonio e di se stessa, nelle vesti di Osiride e Iside. Gli abitanti di Alessandria risposero in modo analogo. Un piedistallo di basalto, eretto il 28 dicembre 34, è tutto ciò che rimane di una grande statua di Antonio, presumibilmente fusa in bronzo in stile greco. L'iscrizione sulla base recita: «Antonio il Grande, amante senza pari: Parasitos [eretto] al proprio dio e benefattore».[7]

Il riferimento all'«amante senza pari» o «amante inimitabile» potrebbe essere stata una battuta comprensibile solo a chi conosceva l'ironia alessandrina. Antonio e Cleopatra, infatti, avevano da poco fondato una società segreta chiamata «I Fegati Inimitabili», un nome curioso per un gruppo altrettanto curioso di persone che si vantavano del loro singolare stile di vita. La società era dedicata al culto di Dioniso e le sue cerimonie erano caratterizzate da grandi mangiate e bevute e da una generale licenza (a lungo termine, si immagina, a scapito dei Fegati e dei loro fegati). Secondo un resoconto, «ogni giorno banchettavano l'uno con l'altro, spendendo con incredibile profusione».[8] I romani lo considerarono un'ulteriore prova della dissolutezza in cui era caduto Antonio, sotto l'influenza maligna di Cleopatra.

All'inizio del 33, il roseo bagliore delle Donazioni cominciava a spegnersi. Antonio aveva ancora un conto in sospeso con l'impero partico e tornò a fare campagne. Ma i piani per una nuova grande avanzata in territorio partico furono vanificati quando ricevette un ultimatum da Ottaviano per la spartizione dell'Armenia. Se un nuovo Stato cliente doveva essere aggiunto al territorio romano, Ottaviano ne voleva una parte. Rinunciando a qualsiasi speranza di conquistare la Parthia, Antonio si recò subito a Ephesos e convocò Cleopatra.

La regina doveva ora prendere una delle decisioni più importanti e fatali del suo regno. Per tutta la sua vita adulta, aveva agito con accortezza per tenere buone le diverse fazioni: giocare al monarca ellenistico con nuove acquisizioni territoriali e vistose esibizioni di *tryphé*; essere un buon faraone onorando le divinità tradizionali dell'Egitto, costruendo templi e parlando la lingua nativa; tenere Roma dalla sua parte offrendo sostegno, prima a Cesare, poi agli amici di Cesare. Ora Cleopatra doveva scegliere tra due uomini forti in lotta per la supremazia. Ottaviano era il legittimo erede di Cesare e godeva dell'appoggio del popolo romano. Antonio era il suo amante ed era molto popolare tra i cittadini di Alessandria. Il mondo mediterraneo era grande, ma non abbastanza per entrambi.

Nelle settimane precedenti la partenza per Ephesos, Cleopatra emanò un'ordinanza reale. Si trattava di una pratica quotidiana di governo, ma questo documento in particolare illustrava l'angolo in cui la monarca egizia si era cacciata. Datato 23 febbraio

33, il papiro era indirizzato a un alto funzionario di Alessandria d'Egitto, con la richiesta di informare altri burocrati. Le misure contenute nell'ordinanza concedevano una serie straordinaria di privilegi fiscali al braccio destro di Antonio, il generale romano Publio Canidio. Su pressione di Antonio, Cleopatra concedeva a Canidio il permesso di esportare diecimila sacchi di grano dall'Egitto e di importare cinquemila anfore di vino da Kos, senza dazi. Gli veniva inoltre concessa l'esenzione – in perpetuo – da tutte le tasse sulle sue proprietà terriere in Egitto. Anche i suoi affittuari, il suo bestiame e le sue navi che trasportavano grano avrebbero goduto dell'esenzione da ogni imposta e responsabilità. I dazi doganali e le tasse erano la linfa vitale dell'economia egizia. Ora una monarca stava regalando queste entrate – destinate a sé e ai suoi successori – al solo fine di accattivarsi il favore dei sostenitori del marito. Accanto alle clausole dettagliate, scritte con cura da uno scriba del governo, il papiro riporta una sola parola vergata da una mano diversa: *ginesthoi* («fai in modo che accada»). Si tratta probabilmente della scrittura di Cleopatra stessa, l'unico esemplare sopravvissuto. In effetti, stava firmando la condanna a morte del suo regno.

E così Cleopatra salpò per Ephesos, gettando il proprio destino con Antonio e bruciando i ponti con Ottaviano una volta per tutte.

* * *

In quello stesso anno, Antonio divorziò da Ottavia. Per girare il coltello nella piaga, mandò degli uomini a Roma per cacciare l'ex moglie dalla casa coniugale. I rapporti tra Antonio e l'ex cognato scesero ai minimi storici. Ottaviano attaccò pubblicamente Antonio – sfruttando la relazione del rivale con la regina egizia per alimentare l'odio dell'opinione pubblica verso lo straniero – sia in Senato sia tra la gente. Cleopatra fu bollata come un pericolo per Roma e per il mondo, mentre Antonio fu privato del suo consolato e del comando militare. Non era più un generale o uno statista, ma un rinnegato, un traditore, e Cleopatra era la sua cospiratrice. La resa dei conti era ormai prossima ed entrambe le fazioni si preparavano alla guerra.

Antonio radunò le sue forze in Anatolia, forte delle duecento navi e dei ventimila talenti che Cleopatra aveva messo a disposizione. Stava puntando le fortune economiche della sua nazione su un esito positivo. Da Ephesos, la coppia spostò il quartier generale della campagna prima sull'isola di Samo, dove organizzò una sofisticata celebrazione con rappresentazioni teatrali in onore di Dioniso, poi ad Atene. Sapevano che l'attacco di Ottaviano, quando sarebbe arrivato, sarebbe giunto da ovest. In cerca di assistenza divina per l'imminente scontro, fecero erigere sull'Acropoli statue di loro stessi: Antonio come Dioniso, Cleopatra come Selene. Ma gli dèi greci non stavano prestando ascolto.

Nell'autunno del 32, Antonio e Cleopatra spostarono per la terza volta la loro base, stabilendo gli alloggiamenti invernali a Patrasso, nel Peloponneso nordoccidentale. Pochi mesi dopo, non appena le nevi si sciolsero sulle cime delle montagne e si riaprirono le vie di comunicazione, iniziarono le ostilità. All'inizio, lo scontro tanto atteso fu un po' una delusione. Si verificarono solo alcune scaramucce minori, lungo la costa occidentale della Grecia, e mentre la primavera volgeva all'estate sembrava che Ottaviano potesse spaventarsi. Si parlava addirittura di una conferenza di pace. Ma in realtà, gli sbarchi costieri su piccola scala delle forze di Ottaviano erano stati progettati per distogliere l'attenzione di Antonio. Il comandante sul campo di Ottaviano, Marco Agrippa, era un brillante stratega e riuscì a far sbarcare truppe dall'Italia, tagliando le linee di comunicazione di Antonio con l'Egitto, mentre le navi bloccavano la costa. Antonio e Cleopatra, accerchiati dalla terra e dal mare, fecero la loro ultima resistenza ad Azio (*Aktion*), situata su un promontorio che domina un ampio golfo sulla costa occidentale della Grecia. Di fronte a un nemico determinato e ben organizzato, alcuni reparti dell'esercito di Antonio disertarono. Il 2 settembre 31, in un disperato tentativo di fuga, la sua flotta attraversò la baia di Azio, solo per essere attaccata da una forza più grande, al comando di Agrippa. Le navi di Cleopatra, in attesa nelle vicinanze, impedirono l'annientamento totale della marina di Antonio; ma solo sessanta delle loro duecentotrenta navi riuscirono a fuggire, con Ottaviano all'inseguimento.

Sapendo che un attacco ad Alessandria sarebbe sicuramente arrivato, Antonio salpò per la Kyrenaika, per rafforzare le difese della regione e prevenire un assalto all'Egitto da ovest. Cleopatra tornò a casa. Temendo la reazione del popolo a una sconfitta militare così umiliante, si dice che la regina «incoronò le sue prue con ghirlande come se avesse effettivamente ottenuto una vittoria, e fece eseguire canti di trionfo con l'accompagnamento di suonatori di flauto».[9] Giunta sana e salva al palazzo reale, si adoperò per riempire le sue casse esaurite – i suoi detrattori la accusarono in seguito di tasse e confische rapaci – fingendo che tutto andasse bene. Per rafforzare la sua posizione, soprattutto nei confronti dei sudditi di lingua greca, dichiarò che Cesarione era diventato maggiorenne e che ora avrebbe regnato accanto a lei come coregnante alla pari. In questo modo, si indicava un ritorno alla norma del governo tolemaico e si affermava la fiducia nella futura successione. Per celebrare l'occasione, Cleopatra, ora affiancata da Antonio, organizzò una grande festa ad Alessandria: manteniamo la calma e andiamo avanti.

Un altro esempio lampante di questo approccio si trova in un'iscrizione dell'Alto Egitto. La parte superiore di una stele proveniente da Copto è decorata nel tradizionale stile faraonico, con una scena di Tolomeo XV che fa offerte alle divinità locali e nazionali. I cartigli sono lasciati vuoti, indice di incertezza politica, ma il testo di accompagnamento, scritto in demotico vernacolare, elogia Cleopatra come «il faraone donna, figlia carnale di re che da parte loro erano re nati da re» e Cesarione come «il faraone Tolomeo, chiamato Cesare, il dio amante del padre e della madre». La maggior parte del testo è tipicamente egizio, combinando contratti legali burocratici e disposizioni per il culto degli animali sacri. Un contratto, tra i sacerdoti di Copto e una corporazione locale di produttori di lino, assicurava il sostegno finanziario per il culto di un toro sacro. Un secondo contratto fu firmato con una corporazione di imbalsamatori, assicurando pagamenti e servizi per la mummificazione del suddetto toro e di altri animali sacri. Entrambi i documenti furono scritti esattamente come sarebbero stati scritti su papiro, ma erano scolpiti nella pietra per durare nel tempo. Sono datati al 21 settembre 31, meno di tre settimane dopo la battaglia di Azio. Era un voto di fiducia nella continuità. Ma la fiducia era mal riposta.

Nella primavera dell'anno successivo, Ottaviano sferrò il tanto atteso attacco all'Egitto. Con una classica manovra a tenaglia, cavalcò alla testa di un esercito proveniente dalla Siria, mentre il suo luogotenente, Cornelio Gallo, si muoveva dalla Kyrenaika; i tentativi di Antonio di rendere sicuri gli accessi occidentali dell'Egitto erano stati un fallimento. Alla ricerca disperata di rinforzi, Cleopatra prese addirittura in considerazione un'alleanza antiromana con il regno ferocemente indipendente di Media, ma non aveva modo di inviare una missione in Asia. Le forze di Antonio in Siria avevano disertato per passare dalla parte di Ottaviano. Con poche opzioni a disposizione, Cleopatra inviò ripetute ambasciate a Ottaviano, offrendosi di abdicare in favore dei figli. Non ricevette alcuna risposta.

In un ultimo, frenetico tentativo di salvare la sua dinastia, Cleopatra cercò di mettere Cesarione al sicuro in India, con l'intenzione di seguirlo. Fece persino trasportare parte della sua flotta via terra fino al Mar Rosso. Ma i perfidi nabatei, che in precedenza l'avevano sostenuta, abbandonarono la sua causa e bruciarono le sue imbarcazioni. Intrappolata ad Alessandria, con Antonio al suo fianco, non poté fare altro che aspettare l'inevitabile. Secondo un resoconto successivo, arruolò nell'esercito sia Cesarione sia il figlio maggiore di Antonio, Antyllos, che aveva la stessa età, «per suscitare l'entusiasmo degli egizi, che avrebbero sentito di avere finalmente un uomo come loro re, e per indurre gli altri a continuare la lotta con questi ragazzi come capi, nel caso in cui fosse accaduto qualcosa di spiacevole ai genitori».[10] La decisione segnava il destino dei ragazzi.

La città di confine di Pelousion cadde rapidamente. In pochi giorni, una marcia forzata attraverso il Delta del Nilo portò l'esercito di Ottaviano alla periferia di Alessandria, per essere raggiunto dalle truppe della Gallia provenienti dalla Kyrenaika. Antonio condusse coraggiosamente le sue truppe rimaste fuori dalla città per affrontare il nemico; ma, in inferiorità numerica di due a uno, il risultato era scontato. Fuggì mentre l'ultima fanteria, la cavalleria e le forze navali si arrendevano senza combattere. Il 1° agosto 30, Ottaviano entrò ad Alessandria come conquistatore dell'Egitto, ponendo fine a quasi tre secoli di dominio tolemaico.

Quel giorno tre morti tracciarono la fine di un'epoca. Cesarione, il quindicesimo Tolomeo a portare quel nobile nome dinastico, fu braccato mentre cercava di fuggire verso sud, in direzione della Nubia. Anche Antyllos, figlio ed erede di Antonio, fu massacrato senza pietà, nonostante si fosse rifugiato nel tempio del padre. Ottaviano «non risparmiò nessuno dei due, sostenendo che erano uomini e che erano rivestiti di una sorta di potere».[11] E Imhotep-Pedubast V, la nona generazione della sua famiglia a ricoprire la carica di sommo sacerdote di Ptah, morì a soli sedici anni, quasi certamente assassinato su ordine di Ottaviano. Tre dinastie, tutte spente nel giro di poche ore.

Ciò che accadde in seguito è entrato nella leggenda. Cleopatra si rifugiò nel mausoleo reale, forse sperando ancora di negoziare con Ottaviano. Antonio, tuttavia, capì che il gioco era fatto e cadde sulla sua spada. Morente, fu trascinato nell'appartamento di Cleopatra, dove spirò tra le sue braccia. La regina, inizialmente, si rifiutò di lasciare il suo rifugio, ma con l'inganno fu convinta a farlo; portata a palazzo, fu messa agli arresti domiciliari. Nel giro di una settimana, aveva persuaso le sue guardie della sua volontà di cedere alle condizioni di Ottaviano, ovvero di essere trasportata a Roma per sfilare nel suo corteo trionfale. Al cambio della guardia, colse l'occasione. Secondo le parole di un cronista romano, «anche in quel momento, nel mezzo della sua terribile disgrazia, era ben consapevole del suo rango reale e scelse di morire con il nome e la dignità di un sovrano piuttosto che vivere in una posizione privata».[12] Al ritorno delle guardie, l'azione era compiuta.

Come lo stesso biografo di Antonio fu costretto ad ammettere, «la verità della questione nessuno la conosce».[13] Ma la leggenda che rapidamente si diffuse – che Cleopatra fosse morta per il morso di un serpente – aveva certamente senso per i suoi sudditi egizi. Infatti, non solo il cobra era un antico simbolo di potere regale, portato sulla fronte dei re fin dagli albori della storia, ma a quei tempi era da poco stato strettamente associato a «Iside, grande della magia», una forma della dea legata ai miracoli. Come Iside vivente, Cleopatra era stata l'incarnazione terrena della dea. Ora, grazie alle modalità della sua morte, era tornata a far parte del pantheon.

Il rispetto di cui Cleopatra godeva presso i suoi sudditi è illustrato da un piccolo ma significativo incidente avvenuto subito dopo la sua morte. Mentre Ottaviano ordinò l'immediata distruzione delle statue di Antonio, «quelle di Cleopatra rimasero in piedi». Un uomo di nome Archibios, descritto solo come «un amico della regina», pare avesse offerto al conquistatore romano duemila talenti per risparmiare i suoi monumenti.[14] Tale somma era sufficiente a sostenere l'esercito di Ottaviano per un anno intero. L'unico modo in cui una tangente di questa portata avrebbe potuto essere raccolta in così poco tempo era un appello alle tesorerie dei templi di tutta la Valle del Nilo. Il fatto che essi avessero risposto all'appello la dice lunga sul sostegno indigeno all'ultimo sovrano greco macedone dell'Egitto.

Anche le generazioni successive continuarono a onorare il nome di Cleopatra. Nell'anno 373 d.C., uno scriba egizio del tempio di Iside a Philae onorò la sua dea dorando una statua di legno della regina, quattrocento anni dopo la sua morte. Nella tradizione religiosa egizia, una statua non era una semplice rappresentazione, ma un'incarnazione vivente del soggetto, in grado di respirare.

E gli egizi credevano fermamente che i veri faraoni non morissero mai. Passati attraverso la morte alla vita eterna.

Epilogo.
Al vincitore il bottino

In autunno, la stagione della nuova crescita, quando i germogli verdi cominciavano a comparire nei campi ben irrigati lungo le rive del Nilo, un sovrano straniero proveniente dall'altra parte del mare si diresse verso l'antica capitale dell'Egitto. Non era venuto da solo, ma accompagnato da un consistente distaccamento di soldati, perché questo guerriero aveva appena conquistato l'Egitto con la forza delle armi e si stava dirigendo a Memphis per reclamare il suo premio e ricevere l'omaggio dei suoi nuovi sudditi.

Nel tempio principale della città, dedicato al dio creatore locale Ptah, c'era un'area speciale riservata alla sua incarnazione vivente, un toro sacro. La bestia aveva la sua stalla, i suoi sacerdoti e viveva nel lusso una vita da bovino viziato. Era venerato non solo come rappresentazione di Ptah, ma anche come garante dell'autorità reale e della prosperità nazionale. Il suo culto risaliva agli albori della storia, un filo ininterrotto che aveva resistito – attraverso guerre e carestie, invasioni e disordini – immutato e immutabile. Il toro sacro affermava con la sua stessa presenza nel cuore di Memphis che l'Egitto dei faraoni continuava a vivere.

Mentre l'animale camminava avanti e indietro nella sua stalla, i sacerdoti addetti dovevano aver provato una certa apprensione. Il nuovo sovrano della loro terra avrebbe rispettato la tradizione secolare venerando il toro affidato alle loro cure? Quando giunse all'orecchio il rumore degli zoccoli dei cavalli e degli uomini in marcia, arrivò il momento della verità.

Ottaviano poteva aver conquistato il controllo di tutte le vecchie terre ellenistiche, ma non era l'ultimo Alessandro. Mentre il sovrano macedone aveva mostrato un'apertura, anzi una ricettività, nei confronti di costumi e ideologie esotiche, Ottaviano era un romano in tutto e per tutto. Il suo istintivo disprezzo per le usanze straniere rasentava la xenofobia. Nei giorni successivi alla conquista di Alessandria, gli era stato mostrato il sarcofago di Alessandro, al quale aveva tributato il dovuto rispetto «ponendovi sopra una corona d'oro e cospargendolo di fiori».[1] Ma, toccando il corpo, Ottaviano aveva rotto un pezzo del naso. Non era un buon auspicio. Gli fu poi chiesto se volesse vedere il mausoleo dei Tolomei. Si dice che avesse risposto: «Il mio desiderio era di vedere un re, non cadaveri».[2]

I sacerdoti di Memphis avrebbero dovuto prendere nota. Arrivato nell'antica capitale egizia, Ottaviano rifiutò persino di entrare nel recinto sacro di Apis, dichiarando «di essere abituato a adorare gli dèi, non il bestiame».[3]

La conquista dell'Egitto da parte di Alessandro nel 332 e la fondazione della dinastia tolemaica nel 305 avevano rappresentato un nuovo inizio per la civiltà faraonica. La conquista di Ottaviano nel 30 suonò la sua campana a morto. Sotto il dominio romano, la Valle del Nilo divenne il feudo personale del dittatore, un territorio da sfruttare e saccheggiare a piacimento, a esclusivo beneficio di Roma. Le considerazioni di natura economica avevano ovviamente motivato molte delle politiche dei Tolomei nei confronti dell'Egitto; ma si trattava di monarchi stanziali, le cui fortune erano inestricabilmente legate alla prosperità dell'Egitto in generale. Ottaviano e i suoi successori, al contrario, erano proprietari terrieri assenti. Il loro unico interesse era la rendita che potevano ricavare dal loro nuovo patrimonio. Questo spiega l'iniziale indulgenza di Ottaviano nei confronti del popolo egizio, anche di coloro che gli si erano opposti: «La verità è che non riteneva opportuno infliggere alcun danno irreparabile a un popolo così numeroso, che avrebbe potuto rivelarsi molto utile ai romani in molti modi».[4] La stessa considerazione motivò anche il suo programma in merito alle opere pubbliche: «Ridusse l'Egitto alla forma di una provincia e poi, per renderlo più fecondo e più adatto a rifornire la città di grano, mise al lavoro i suoi soldati per ripulire tutti i canali in cui trabocca il Nilo, che nel corso di molti anni si erano intasati di fango».[5]

Eppure, nonostante questa rinnovata attenzione all'economia agricola egizia – il fondamento della prosperità dell'Egitto da sempre – la dominazione romana rappresentò una profonda rottura con il passato. Le istituzioni vennero riorganizzate, il sistema di governo sostituito, l'autonomia locale abolita a favore del controllo centrale e i terreni agricoli di prima qualità ceduti a parenti e favoriti del sovrano. Molti villaggi rurali andarono incontro a un rapido declino e furono infine abbandonati, con gli abitanti costretti dall'eccessiva tassazione a cercare fortuna altrove. A Memphis, i quartieri che portavano il nome delle diverse comunità etniche della città furono ridisegnati da circoscrizioni numerate: una pratica efficienza senza fronzoli al posto di una preziosa identità. L'emigrazione dalla città aumentò vertiginosamente, poiché molti vedevano le opportunità disponibili altrove nel mondo romano come preferibili al rimanere schiavi nella propria terra.

Anche la vita religiosa risentì del cambiamento. Ad Alessandria, la piazza dietro il tempio di Antonio fu completata e ribattezzata Forum Iulium, mentre il tempio stesso fu terminato come Caesareum. Entrambi divennero così simboli della sovranità romana sull'Egitto. Il culto dinastico tolemaico fu abolito, per essere sostituito – poco dopo – dal culto imperiale romano. In Egitto, in generale, Ottaviano e i suoi successori mantennero i vecchi culti (le funzioni del tempio di Tentyris iniziarono formalmente il 29 febbraio), ma si trattava di una facciata. Senza un faraone residente che adempisse al secolare contratto con gli dèi, le credenze tradizionali cominciarono ad appassire. Il cugino di primo grado di Imhotep-Pedubast V fu dichiarato nuovo sommo sacerdote di Ptah, una nomina temporanea per riempire un vuoto e assicurarsi l'immediata lealtà del clero autoctono; ma quando morì, pochi anni più tardi, la sua carica morì con lui, privata del sostegno reale. La nomina di un sommo sacerdote di Alessandria e di tutto l'Egitto, detenuto da un comandante romano, portò tutti i sacerdozi sotto il controllo secolare; i sinodi furono interrotti e le terre dei templi furono confiscate dallo Stato. Anche i nomi personali che facevano riferimento alle divinità egizie cominciarono a passare di moda. Che senso aveva onorare divinità che non ascoltavano più? Le monete coniate da Ottaviano a partire dal 28 dicevano tutto: al dritto, recavano la testa del conquistatore di profilo; al rovescio, un coccodrillo (emblema per eccellenza dell'Egitto) e l'iscrizione: AEGYPTO CAPTA, «Alla conquista dell'Egitto».[6]

Forse la descrizione più toccante e colorita della caduta dell'Egitto è stata scritta, ironicamente, da un autore romano. Pur essendo orgoglioso delle conquiste dei suoi connazionali, non era insensibile all'impatto sulla gente e sui costumi della Valle del Nilo:

> Così l'Egitto fu ridotto in schiavitù. Tutti gli abitanti che resistettero per un certo tempo furono infine sottomessi, come del resto il Cielo aveva indicato loro molto chiaramente in anticipo. Infatti, non pioveva solo acqua dove prima non era mai caduta una goccia, ma anche sangue; e dalle nubi si vedevano lampi di armatura, mentre questa pioggia sanguinosa cadeva da esse [...] Altrove si sentiva il fragore di tamburi e cimbali e le note di flauti e trombe, e all'improvviso apparve loro un serpente di enormi dimensioni che emise un sibilo incredibilmente forte. Nel frattempo si videro comete e apparvero fantasmi di uomini morti, le statue si accigliarono e Apis emise una nota di lamento e scoppiò in lacrime.[7]

Il toro sacro di Memphis divenne così una metafora non della sovranità dell'Egitto, ma della sua sottomissione.

* * *

Dopo la morte di Antonio e Cleopatra nell'agosto del 30, i loro tre figli – Alessandro Elio, Cleopatra Selene e Tolomeo Filadelfo – furono fatti prigionieri e inviati a Roma. L'anno successivo, dovettero assistere – anzi, partecipare – alla processione della vittoria di Ottaviano per le strade della città. In realtà, il nuovo dittatore di Roma mise in scena non uno ma tre trionfi, in tre giorni consecutivi. Il primo celebrava la sottomissione delle tribù dalmate, il secondo la vittoria ad Azio e il terzo la conquista dell'Egitto. Mentre i bambini seguivano i soldati e i carri cigolanti con il bottino lungo la Via Sacra, sperimentavano in prima persona ciò che lo sfortunato re d'Armenia e la sua famiglia avevano subito solo cinque anni prima.

In seguito, i tre fratelli furono accolti e cresciuti dall'ex moglie di Antonio, Ottavia. I due ragazzi scomparvero subito dalla storia. Ma Cleopatra Selene, figlia dell'ultimo sovrano indipendente dell'Egitto, era un premio troppo grande per essere abbandonato all'oscurità. Poteva continuare a servire gli interessi di Roma assicurandosi la fedeltà di un re cliente. Così, intorno all'anno 20, fu data in sposa a Giuba II, re di Mauretania (l'attuale Algeria costiera e Marocco settentrionale). Sotto la sua influenza, il marito trasformò la capitale – nonostante il nome fedele di Cesarea – in una Piccola Alessandria. Nel corso del tempo, la città si dotò di una rinomata biblioteca, di un tempio degli antenati (ornato da busti di re tolemaici) e persino di una collezione di statue egizie importata: ricordi dell'amata patria faticosamente ricreati in esilio.

Fu a Cesarea, qualche anno dopo, che Cleopatra Selene diede alla luce un figlio. Il padre del bambino era un re cliente romano, mentre il nonno era stato un generale e statista romano; ma attraverso la madre e la nonna, il bambino aveva il sangue di una grande dinastia ellenistica che scorreva nelle sue vene. Una dinastia che poteva far risalire le sue origini alle conquiste di Alessandro Magno. Una dinastia che aveva fondato il primo dei regni successori e che aveva mantenuto la propria indipendenza più a lungo di qualsiasi altra.

Benché nato in una terra lontana sotto il giogo romano, il neonato era l'erede di una linea reale che aveva governato per quasi tre secoli il regno più prospero del mondo antico; aveva fondato e alimentato il più grande centro di scienza e di studi della storia; aveva costruito templi stupefacenti in una terra famosa per la sua architettura religiosa; aveva presieduto un miscuglio di culture, un crogiolo di innovazione e creatività. Con una simile eredità, Cleopatra Selene non aveva mai avuto alcun dubbio sul nome che avrebbe dato a suo figlio.

Tolomeo.

Ringraziamenti

Aver ultimato questo libro mi offre l'occasione, a lungo attesa, per ringraziare le due persone che inizialmente mi hanno convinto a scrivere di storia antica in un modo che fosse autorevole e al tempo stesso accessibile: il mio amico e collega John Guy, che ringrazio per quella prima, cruciale discussione e per le molte, stimolanti conversazioni sulla storia e su come scrivere di storia che sono seguite; e il mio ex agente, Peter Robinson, che mi aveva suggerito di scrivere una storia dei Tolomei. Lo ringrazio per aver piantato il seme, anche se ci sono voluti molti anni per farlo germogliare e fiorire! Sono grato anche alle agenti che hanno seguito questo libro, Georgina Capel e Veronica Goldstein, ai miei editor, Ian Marshall e Juliet Brooke di Bloomsbury e Matt Weiland di W.W. Norton, e a tutti i loro colleghi, per l'entusiasmo e il sostegno dato al progetto.

La mia più profonda gratitudine va alla collega Dorothy Thompson, forse la più grande autorità sull'Egitto tolemaico che abbiamo, che ha dedicato tempo e fatica a leggere e commentare una prima bozza di questo libro. Le sue puntuali osservazioni mi hanno permesso di evitare una serie di errori di interpretazione o sui fatti, e mi hanno fornito nuove fonti e spunti importanti. Sono onorato di aver potuto beneficiare della sua erudizione. Vorrei anche ringraziare Sarah Cullis per un prezioso riferimento.

Non avrei potuto svolgere le ricerche per questo libro senza la straordinaria biblioteca universitaria di Cambridge, una risorsa incredibile a due passi da me; come sempre, sono grato a tutto il personale per il suo immancabile aiuto. Ho anche avuto l'opportunità, facendo da accompagnatore in qualità di esperto durante una crociera sul Nilo nella primavera del 2023, di visitare nuovamente tanti siti tolemaici e riprendere confidenza con le straordinarie – e spesso sottovalutate – opere artistiche e architettoniche del periodo. Vorrei ringraziare tutti coloro che sono stati miei compagni in quel memorabile viaggio.

Per ultimo, ma non in ordine di importanza, vorrei ringraziare Michael Bailey per l'amore e il sostegno illimitati: significano tutto per me.

I governanti macedoni e tolemaici dell'Egitto

Alessandro III («Magno»)	332-323
Filippo III Arrhidaios	323-317
Alessandro IV	323-310 (nominalmente 304)
Tolomeo figlio di Lagus: satrapo	323-304
re Tolomeo I Soter	304-284
Tolomeo II Filadelfo	284-246
Tolomeo III Evergete	246-221
Tolomeo IV Filopatore	221-204
Tolomeo V Epifane	204-180
Tolomeo VI Filometore	180-145
Tolomeo VIII Evergete II	145-116
Tolomeo IX Soter II	116-107
Tolomeo X Alessandro	107-88
Tolomeo IX Soter II (restaurato)	88-81
Tolomeo XI Alessandro II e Berenike III	80
Tolomeo XII Neos Dionysos	80-58
Berenike IV	58-55
Tolomeo XII Neos Dionysos (restaurato)	55-51
Cleopatra VII e Tolomeo XIII	51-47
e Tolomeo XIV	47-44
e Tolomeo XV	44-30

Linea temporale

Data	*Eventi in terra tolemaica*	*Eventi altrove*
367	Nascita di Tolomeo figlio di Lagus	
332	Alessandro III di Macedonia conquista l'Egitto (novembre)	
331	Alessandro visita l'oracolo di Siwa	
	Fondazione di Alessandria (aprile)	
324		Matrimonio di massa a Susa
323	Muore Alessandro, gli succede Filippo III Arrhidaios (giugno)	
	Tolomeo diventa satrapo d'Egitto	
321	Il corpo di Alessandro viene portato in Egitto	
	Guerre dei successori tra i generali di Alessandro (fino al 301)	
	Tolomeo conquista la Kyrenaika	
317	Filippo III ucciso, gli succede Alessandro IV	
315	Tolomeo invade Cipro	
312	Battaglia di Gaza	
311	Alessandria diventa capitale dell'Egitto; stele del Satrapo	
310	Alessandro IV ucciso	
304	Tolomeo adotta i titoli reali (Tolomeo I)	

Data	*Eventi in terra tolemaica*	*Eventi altrove*
301	Tolomeo conquista la Koile-Syria	
300	*Elementi* di Euclide	
299	Tolomeo provvede alla sepoltura del toro di Apis	
297	Demetrios di Phaleron arriva ad Alessandria e contribuisce alla fondazione di Mouseion	
285	Tolomeo nomina il figlio come coregnante	
Tolomeo II		
284	Tolomeo II diventa re	
280	Faro di Pharos completato	Colosso di Rodi completato
279	Grande processione (Ptolemaia)	
275	Tolomeo II annette la Bassa Nubia (Dodekaschoinos)	
274	Prima guerra siriaca (fino al 271)	
273	Egitto e Roma si scambiano le ambasciate	
270	Canale dal Nilo al Mar Rosso dragato e riparato	
267		Guerra cremonidea (fino al 261)
264		Prima guerra punica (fino al 241)
261	Zenon diventa agente di Apollonios	
260	Seconda guerra siriaca (fino al 253)	
259	Leggi fiscali e censimento nazionale	

Data	*Eventi in terra tolemaica*	*Eventi altrove*
Tolomeo III		
246	Muore Tolomeo II, gli succede il figlio Tolomeo III	
	Terza guerra siriaca (fino al 241)	
238	Sinodo e decreto di Kanop	
237	Fondazione del tempio di Horus ad Apollonopolis (agosto)	
Tolomeo IV		
222	Muore Tolomeo III, gli succede il figlio Tolomeo IV	
219	Quarta guerra siriaca (fino al 217)	
218		Seconda guerra punica (fino al 201)
217	Battaglia di Raphia (giugno); sinodo e decreto (novembre)	
214		Prima guerra macedonica (fino al 205)
210	Roma invia un'ambasciata ad Alessandria	
205	Rivolta nel Basso Egitto	
	Rivolta nell'Alto Egitto, Horwennefer proclamato faraone	
Tolomeo V		
204	Muore Tolomeo IV, gli succede il figlio Tolomeo V	
202	Quinta guerra siriaca (fino al 195)	
200		Seconda guerra macedonica (fino al 196)

Data	*Eventi in terra tolemaica*	*Eventi altrove*
197	Incoronazione di Tolomeo V a Memphis; sinodo e decreto (marzo)	
194	Tolomeo V sposa Cleopatra I	
186	Sedata la rivolta nell'Alto Egitto, catturato Ankhwennefer (agosto)	
184	Sedata la rivolta nel Basso Egitto (marzo)	
Tolomeo VI e Tolomeo VIII		
180	Muore Tolomeo V, gli succede il figlio Tolomeo VI	
175	Cleopatra II viene nominata coregnante	
172	Tolomeo entra nel Sarapieion come recluso	
171		Terza guerra macedonica (fino al 168)
170	Sesta guerra siriaca (fino al 168)	
	Tolomeo VIII (fratello minore di Tolomeo VI) dichiarato coreggente	
168	Giorno di Eleusi (luglio)	
167		Rivolta dei Maccabei (fino al 160)
165	Tentativo fallito di colpo di Stato da parte di Dionysios Petosarapis	
164	Rivolta nell'Alto Egitto; Tolomeo VI fugge a Cipro	
163	Tolomeo VI viene restaurato; Tolomeo VIII fugge a Roma	
155	Tolomeo VIII redige il suo testamento lasciando l'Egitto a Roma	

Data	*Eventi in terra tolemaica*	*Eventi altrove*
150		Quarta guerra macedonica (fino al 148)
149		Terza guerra punica (fino al 146)
146		Roma distrugge Cartagine e conquista la Grecia
145	Tolomeo VI muore in battaglia, gli succede Tolomeo VIII	
142	Dedicazione del tempio di Horus ad Apollonopolis	
	Cleopatra III nominata coregnante	
141	Insurrezione fallita (maggio)	
132	Guerra civile tra Tolomeo VIII/ Cleopatra III e Cleopatra II	
126	Dryton redige il suo terzo testamento (giugno)	
124	Finisce la guerra civile, viene restaurata la triplice monarchia	
121		Gli eserciti romani entrano in Gallia
120	Scriba del villaggio di Menkhes a Kerkeosiris (fino al 111)	
118	Decreto di amnistia (aprile)	
Tolomeo IX e Tolomeo X		
116	Muore Tolomeo VIII, gli succede il figlio maggiore Tolomeo IX	
	Muore Cleopatra II	
	I turisti romani visitano Philae	

Data	*Eventi in terra tolemaica*	*Eventi altrove*
112	Il senatore romano Lucio Memmio si reca in visita ufficiale in Egitto	
107	Tolomeo IX deposto dal fratello Tolomeo X	
101	Cleopatra III viene uccisa	
96	Kyrenaika passa a Roma	
88	Rivolta e distruzione di Thebai	
	Tolomeo X deposto e Tolomeo IX restaurato (settembre)	
86	Seconda incoronazione e giubileo di Tolomeo IX	Prima guerra mitridatica (fino all'85)
83		Seconda guerra mitridatica (fino all'81)
81	Tolomeo IX nomina sua figlia Berenike III coregnante	
Tolomeo XI		
81	Muore Tolomeo IX (dicembre), gli succede Berenike III	
80	Tolomeo XI (figlio di Tolomeo X) nominato coregnante	
	Berenike III e Tolomeo XI vengono uccisi	
Tolomeo XII		
80	Tolomeo XII (figlio di Tolomeo IX) succede come re d'Egitto	
75		Terza guerra mitridatica (fino al 63)

Data	*Eventi in terra tolemaica*	*Eventi altrove*
63		Roma conquista la Giudea
60		Primo Triumvirato
59	Ambasciata romana ad Alessandria	
58	Roma annette Cipro	
	Tolomeo XII viene deposto dalla figlia Berenike IV e Cleopatra Tryphaina diventa coregnante per un anno	
55	Berenike IV deposta e Tolomeo XII restaurato (aprile)	Giulio Cesare sbarca in Britannia
54	Iniziano i lavori per il tempio di Hathor a Tentyris (luglio)	
52	Tolomeo XII nomina sua figlia Cleopatra VII coregnante	
Cleopatra VII		
51	Muore Tolomeo XII, gli succedono Cleopatra VII e suo fratello Tolomeo XIII.	
50	Decorazione delle cappelle sul tetto di Tentyris	
49		Cesare attraversa il Rubicone
48	Pompeo ucciso in Egitto (settembre)	
	Cesare arriva ad Alessandria e incontra Cleopatra (ottobre)	
	Cleopatra deposta in favore della sorella Arsinoe	
47	Muore Tolomeo XIII, gli succede come coregnante il fratello Tolomeo XIV	
	Nascita di Tolomeo Cesarione	

Data	*Eventi in terra tolemaica*	*Eventi altrove*
46	Cleopatra si reca a Roma per stare con Cesare	
	Nascita di Imhotep (luglio)	
44		Assassinio di Cesare (marzo)
	Muore Tolomeo XIV; Tolomeo XV Cesarione viene nominato coregnante	
43	La piena del Nilo porta alla carestia (fino al 41)	Secondo Triumvirato
42	Morte di Taimhotep (gennaio)	La battaglia di Filippi pone fine alla guerra civile romana
41		Cleopatra visita Antonio a Tarsos
40	Nascita di Alessandro Elio e Cleopatra Selene	
39	Imhotep proclamato sommo sacerdote di Ptah	
37	Cleopatra proclama una rinascita	
36	Nascita di Tolomeo Filadelfo	
34	Donazioni di Alessandria	
31		Battaglia di Azio (settembre)
30	Ottaviano conquista l'Egitto (1° agosto)	
	Muore Marco Antonio, Cleopatra VII si toglie la vita (10 agosto)	
	Tolomeo XV Cesarione ucciso	
29	Inizio delle funzioni del tempio di Tentyris (febbraio)	Trionfo di Ottaviano a Roma

Note

Introduzione. Questioni di identità

1 Cassio Dione 51.13.
2 Plutarco, *Vite parallele: Antonio* 85.
3 Cassio Dione 51.14.
4 Cassio Dione 51.15.
5 Pollard, Reid 2007, p. xiv.
6 McKechnie 2018, p. 1.

Prologo. Acclamazione dell'eroe conquistatore

1 Arriano 3.1.
2 Arriano 3.1.
3 Diodoro Siculo 17.49.
4 Tradotto in Bosch-Puche 2014, p. 63.
5 Arriano 3.1.
6 Arriano 3.3.
7 Arriano 3.3.
8 Arriano 3.4.
9 Diodoro Siculo 17.51.
10 Arriano 3.1.
11 Arriano 3.2, che cita Aristandro di Telmesso.
12 Diodoro Siculo 17.52.
13 Arriano 3.5.

1. L'ascesa di una dinastia

1 Traduzione da Ockinga 2018 e Ritner 2003.
2 Diodoro Siculo citato in Lloyd 2002, p. 121.
3 Iscrizione tombale di Padiusir, tradotta in Wilkinson 2010, p. 465.

4 L'opera magna di Manethon è solitamente fatta risalire al regno di Tolomeo I, ma potrebbe essere stata commissionata da Tolomeo II (Hölbl 2001, p. 27). Un papiro proveniente da el-Hibeh, datato 241/40, che menziona un funzionario di alto rango di nome Manethon, potrebbe indicare che egli era ancora attivo a corte, sebbene molto anziano, all'inizio del regno di Tolomeo III (cfr. Moyer 2011, p. 86).

5 Gli abitanti di Rodi fusero le armi di bronzo abbandonate dalle truppe di Demetrios e utilizzarono il metallo per realizzare il famoso Colosso di Rodi, in seguito acclamato come una delle meraviglie del mondo.

6 L'intero complesso fu raso al suolo nell'anno 391 d.C.

2. *Un mondo nuovo*

1 L'epiteto di Seleukos I era Nikator, «portatore di vittoria».

2 Dedicata al figlio di Seleukos I, Antiochos I, la *Babyloniakà* era la controparte mesopotamica dell'*Aigyptiaka* di Manethon.

3 Si è tentati di fare un parallelo con un possedimento coloniale molto più recente, il Congo belga.

4 Tutte le citazioni che si riferiscono alla geografia di Alessandria sono tratte da Strabone 17.1 (17.1.6; 17.1.6; 17.1.9; 17.1.1; 17.1.10; 17.1.8; 17.1.10; 17.1.8).

5 Diodoro Siculo 17.52, citato in Pollard, Reid 2007, p. 29.

6 Theokritos, citato in Grant 1982, p. 39.

7 Strabone 17.1.8.

8 Il faro era ancora in funzione novecento anni dopo la sua costruzione, quando gli arabi conquistarono Alessandria nell'anno 642 d.C.; era ancora in piedi nell'anno 1165 d.C. (cfr. Pollard, Reid 2007, pp. 90-92).

3. *Grano, oro e gloria*

1 Lettera a Kleon, traduzione da Lewis 1986, p. 44.

2 Lettera di Tushratta di Mitanni ad Amenhotep III (EA17), tradotta in Moran 1992, p. 44.

3 Dopo essere stata citata da Plinio il Vecchio nel libro VI della sua *Naturalis Historia*, Berenike Panchrysos fu abbandonata e dimenticata, e la sua stessa esistenza divenne un mito. Fu riscoperta nel sito moderno di Daraheib, poco a sud dell'attuale confine tra Egitto e Sudan.

4 Strabone 16.4.7.
5 Burstein 2008, p. 146.
6 Leggi sul reddito di Tolomeo II, traduzione di Austin 2006, p. 519.
7 Decreto della Lega degli isolani sull'accettazione delle Ptolemaia, tradotto in Austin 2006, p. 451.
8 Entrambe le citazioni sono tratte da Rice (1983, p. 13), che cita Ateneo di Naukratis, *I deipnosofisti*, libro 5, il quale a sua volta si rifà a Callisseno di Rodi, *Su Alessandria*.

4. La vita della mente

1 Archimede, *Arenario*, capitolo 1, citato in Pollard, Reid 2007, p. 104.
2 Conosciuto anche come Lykophron l'oscuro, per la sua abitudine di usare parole oscure o addirittura inventate, forse per nascondere il suo vero messaggio; il risultato del suo studio dei testi comici fu un trattato, oggi perduto, intitolato *Sulla commedia*.
3 Decreto di Kanop.
4 Decreto di Kanop.
5 Decreto di Kanop.
6 Strabone 1.1.20.
7 Epitaffio di Eratosthenes, citato in Pollard, Reid 2007, p. 120.
8 Pappo di Alessandria, *Synagoge* (*Collectiones mathematicae*), libro 8, citato in Pollard, Reid 2007, p. XX.
9 Ateneo I.22D, che cita Timone di Fliunte.

5. Stato fragile

1 Polibio 5.63.
2 Lewis 1986, p. 23, che cita P.Ent.11, datato al 242 a.C.
3 Polibio 5.85.
4 Decreto di Raphia, tradotto in Austin 2006, pp. 482-484.
5 Tolomeo II aumentò il numero di *nomoi* da 36 a 39.
6 Memorandum a un *oikonomos*, tradotto in Austin 2006, p. 561.
7 Memorandum a un *oikonomos*, tradotto in Austin 2006, p. 559.
8 Tutte e tre le citazioni sono tratte da Lewis 1986, p. 59.
9 Lewis 1986, p. 60, che cita P.Ent.11.
10 Polibio 14.12.
11 Polibio 5.34.
12 Polibio 5.34.

6. Ribellione e taglio delle spese

1 Polibio 15.25.
2 Polibio 15.25.
3 Polibio 15.25.
4 Un'iscrizione di recente scoperta proveniente dalla Karia rafforza le prove di un'intesa tra Filippo V e Antiochos III.
5 Citato in Hölbl 2001, p. 154.
6 Secondo decreto di Philae.
7 Secondo decreto di Philae.
8 Si pensi al leggendario capo della resistenza sassone, Hereward il Vigile, che si dice abbia resistito per anni alle forze normanne nelle paludi dell'Anglia orientale, un ambiente non molto diverso dal Delta del Nilo.
9 Decreto di Memphis, tradotto in Austin 2006, p. 493.
10 Entrambe le citazioni sono tratte dal Primo decreto di Philae.

7. Il cardine del destino

1 Polibio 27.13.
2 Rispettivamente Meretneith, reggente per il figlio Den a metà della prima dinastia, e Sobekneferu, ultima sovrana della dodicesima dinastia (l'esistenza di una regina reggente Nitocris, alla fine della sesta dinastia, è contestata).
3 *Insegnamenti di Ani*, cinquantesima massima, tradotto in Wilkinson 2016, p. 310.
4 Il documento è, tra l'altro, il primo papiro greco datato proveniente dall'Egitto.
5 Citato in Hölbl 2001, p. 169.
6 Livio 45.12.
7 UPZ 59.13-16, citato in Thompson 2012, p. 128.
8 Hölbl 2001, p. 91.
9 Polibio 31.10.
10 Polibio 31.10.

8. Una terra, due culture

1 Lewis 1986, p. 4.
2 Herondas, *Mimiambi*, citato in Lewis 1986, p. 10.
3 Theokritos, citato in Lewis 1986, p. 11.

4 La frase, che si incontra spesso nei testi demotici, è *Wynn ms n Kmy* (Goudriaan 1988, p. 117).
5 Grant 1982, p. 46, che cita uno dei papiri di Zenon.
6 Rowlandson 1998, p. 172, che cita P.Ent.82.
7 Lewis 1986, p. 61, che cita P.Ent.79.
8 Ma si veda Bagnall (1988, p. 25) per l'esempio di una famiglia dell'Alto Egitto alla fine del II secolo; i suoi membri ricoprivano cariche pubbliche (militari) usando i loro nomi greci, ma in privato usavano nomi egizi, svolgevano sacerdozi egizi e commissionavano lapidi egizie.
9 Testamento di Dryton, traduzione da Lewis 1986, p. 99.
10 All'epoca dell'invasione napoleonica dell'Egitto, nel 1798, i pedaggi doganali costituivano il 16,7 per cento del reddito nazionale, un quadro che probabilmente non era cambiato molto dal periodo tolemaico.
11 Grant 1982, p. 41, che cita P.Tebt.703.230.
12 Thompson 2012, p. 47.
13 Citato in Grant 1982, p. 47.

9. Fuori dal comune

1 Giustino 38.8.
2 Oracolo del vasaio, tradotto in Austin 2006, pp. 569-570.
3 Citato in Ray 2001, p. 136.
4 Lewis 1986, p. 98, che cita W.Chr.10.
5 Decreto di amnistia di Tolomeo VIII, Cleopatra II e Cleopatra III, tradotto in Austin 2006, pp. 502-506.
6 Iscrizione dell'edificio di Apollonopolis (Edfu), citata in Hölbl 2001, p. 265.
7 Purtroppo le memorie di Tolomeo VIII (*Hypomnemata*) sopravvivono solo in citazioni di Ateneo (cfr. Thompson 2009).
8 Testamento di Tolomeo VIII, tradotto in Austin 2006, p. 501.

10. La rovina della madre

1 Giustino 39.3.1.
2 Il nome completo era «santo di nascita con il vivente Apis, divino di creazione, gemello nel [suo] luogo di nascita con il figlio di Iside» (*djeser-mesut hena Hep ankh, netjery-kheperu, sensen-meskhen[et] net sa-Iset*).
3 I Tolomei suddivisero il nomo di Arsinoite in tre divisioni: Themistos (ovest), Heracleida (nord) e Polemon (sud), forse dal nome dei

governatori macedoni originari; Kerkeosiris si trovava nella divisione di Polemon.

4 Crawford 1971, p. 25, che cita P.Tebt. 703.57-60.
5 Ritner (s.d.), che cita P.London 465.
6 Ritner (s.d.), che cita P.Bouriant 10.
7 Ritner (s.d.), che cita P.Bad. II 16, data incerta.
8 Ritner (s.d.), che cita P.Bouriant 12.
9 Pausania 1.9.3.
10 Il quarto nome non è chiaro.
11 Polibio 9.11a.
12 Livio 31.2.3-4, citato in Neatby 1950, pp. 94-95.
13 Livio 31.2.3-4, citato in Neatby 1950, pp. 94-95.

11. Conservare la fede

1 Erodoto 3.28.
2 Di queste undici sepolture di Apis, otto sono attestate nei documenti: nel 281 (anno 5 di Tolomeo II), 187 (anno 19 di Tolomeo V), 164 (anno 6 di Tolomeo VI), 143 (anno 27 di Tolomeo VIII), 119 (anno 51 di Tolomeo VIII), 96 (anno 18 di Tolomeo X), 75 (anno 7 di Tolomeo XII) e 50/49 (anno 3 di Cleopatra VII) (cfr. Thompson 2012, p. 107).
3 Nomi che incorporano Ptah furono assunti dai Tolomei III, IV, V, VI, X e XIII.
4 Iscrizione di Djedhor, traduzione da Gorre 2009, p. 307.
5 Stele Vienna 82, traduzione da Gorre 2009, p. 322.
6 Erodoto menziona un tempio di Eracle nella regione, suggerendo che le tradizioni sacre di Thonis potrebbero aver preceduto di molto l'arrivo dei Macedoni.
7 Gli ingredienti completi erano «bitume modellato e setacciato, resina di abete, essenza di loto, incenso, olio, cera, resina di trementina fresca e secca, estratto di carrube, erbe e spezie diluite nel vino, metalli e minerali preziosi frantumati, miele e ancora incenso» (Goddio, Masson-Berghoff 2016, p. 174).

12. Lotta per la sopravvivenza

1 Non è chiaro se Tryphaina fosse figlia di Tolomeo IX o di Tolomeo X; era quindi sorella o cugina di Tolomeo XII. Ad aumentare la confusione, alcuni autori la chiamano Cleopatra V, altri Cleopatra VI (cfr. Bennett 1997; Hölbl 2001, p. 222).

2 Cleopatra Tryphaina sembra essere caduta in disgrazia intorno al 69, quando le sue immagini sul pilone di Apollonopolis furono coperte.
3 Cicerone, *Epistole ad Attico* 2.5.1, citato in Siani-Davies 1997, p. 316.
4 *Insegnamento di Ankhsheshonqy*, massime 9.3, 9.7, 16.16, 25.10, 17.14, 10.5 e 11.23, rispettivamente, tradotte in Lichtheim 1980, pp. 159-184.
5 *Insegnamento di Ankhsheshonqy*, massime 9.25, 9.17, 16.9, 13.11, 13.17-18, 15.15, 21.18 e 10.7, rispettivamente, tradotte in Lichtheim 1980, pp. 159-184.
6 *Insegnamento di Ankhsheshonqy*, massima 16.15, tradotta in Lichtheim 1980, pp. 159-184.
7 *Insegnamento di Ankhsheshonqy*, massima 20.9, tradotta in Lichtheim 1980, pp. 159-184.
8 Siani-Davies 1997, p. 338, che cita P.Med.Inv.68.53.
9 *Insegnamento di Ankhsheshonqy*, massima 20.13, tradotta in Lichtheim 1980, pp. 159-184.
10 Stele British Museum 866, tradotta in Gorre 2009, p. 330.
11 Stele British Museum 866, secondo la traduzione di Thompson 2012, p. 129.
12 I costruttori reali precedenti attestati a Tentyris includono Pepi I (sesta dinastia), Mentuhotep II (undicesima dinastia), Amenemhat I e Senuosret I (dodicesima dinastia), la maggior parte dei re della diciottesima dinastia e Ramses II (diciannovesima dinastia), che coprono un arco temporale che va dal XXII al XIII secolo.

13. Relazioni pericolose

1 La data esatta della morte di Tolomeo XII non è nota, ma deve essere avvenuta prima del 22 marzo 51; il 7 marzo è stato indicato come data plausibile (cfr. Weill Goudchaux 2001, p. 133).
2 Weill Goudchaux (2001, p. 133), che cita una stele commissionata per la morte del Buchis nel 29, a un anno dalla morte di Cleopatra VII.
3 Cesare, *La guerra civile* 3.112, citato in Pollard, Reid 2006, p. 164.
4 Entrambi da Cesare, *La guerra di Alessandria* 33, citati in Meadows 2001, p. 25.
5 Cicerone, *Epistole ad Attico* 15.15.2, citato in Williams 2001, p. 192.
6 «Le nez de Cléopatre: s'il eût été plus court, toute la face de la terre aurait changé», citato in Quaegebeur 1988, p. 43.
7 Plutarco, *Vite parallele: Antonio* 27.
8 Appiano, *Le guerre civili* 5.25.

9 Giuseppe Flavio, *Contro Apione* 2.5.60.
10 Ritner (s.d.) e Weill Goudchaux (2001, p. 137), che citano Bernand (1992, no. 46).
11 Stele di Taimhotep, tradotta in Lichtheim 1980, p. 62.
12 Stele di Taimhotep, tradotta in Lichtheim 1980, p. 62.
13 Stele di Taimhotep, traduzione da Walker, Higgs 2001, p. 186.

14. Serpente del vecchio Nilo

1 Plutarco, *Vite parallele: Antonio* 26; per un resoconto ancora più famoso dello stesso evento, si veda Shakespeare, *Antonio e Cleopatra*, atto 2, scena 2, vv. 223-237.
2 Plutarco, *Vite parallele: Antonio* 26.
3 Cassio Dione 49.40.3.
4 Plutarco, *Vite parallele: Antonio* 54.
5 Plutarco, *Vite parallele: Antonio* 50.
6 L'obelisco si trova oggi in piazza San Pietro, a Roma.
7 Walker, Higgs 2001, p. 232, cat. 213.
8 Plutarco, *Vite parallele: Antonio* 28.
9 Cassio Dione 51.3-5.
10 Cassio Dione 51.6.
11 Cassio Dione 51.6.
12 Cassio Dione 51.11.
13 Plutarco, *Vite parallele: Antonio* 86.
14 Plutarco, *Vite parallele: Antonio* 86.

Epilogo. Al vincitore il bottino

1 Svetonio, *Vite dei Cesari: Augusto* 18.
2 Cassio Dione 51.16.
3 Cassio Dione 51.16.
4 Cassio Dione 51.16.
5 Svetonio, *Vite dei Cesari: Augusto* 18.
6 La città romana di Nemausus (l'attuale Nîmes) si spinse oltre, emettendo monete con l'immagine di un coccodrillo (che simboleggiava l'Egitto, o addirittura Cleopatra stessa) legato a un ramo di palma con i lacci di una corona d'alloro che svolazzavano sopra (simboli della vittoria romana): cfr. Walker, Higgs 2001, p. 260, cat. 305-306.
7 Cassio Dione 51.17.

Fonti

Generale

La storia generale più accessibile del periodo tolemaico è quella di Hölbl (2001). Questa è utilmente integrata da Manning (2010), mentre Austin (2006) fornisce un'antologia di testi chiave in traduzione.

Introduzione. Questioni di identità

Per quanto riguarda i papiri come fonte di storia tolemaica e la probabile quantità di materiale utilizzato in un solo giorno da un tipico ufficio governativo, si veda Lewis (1986, p. 51). Per l'archivio di Zenon, si vedano Rostovtzeff (1922), Lewis (1986, p. 7) e Buraselis et al. (2013, p. 43). Per i papiri di Tebtunis, si veda Crawford (1971). L'arte dell'Egitto tolemaico è contestualizzata in Bianchi (1988b).

Prologo. Acclamazione dell'eroe conquistatore

La letteratura su Alessandro Magno è ampia; quello di Cartledge (2004) è uno dei contributi più ponderati, mentre Grieb et al. (2014) propongono una serie di studi su aspetti della vita e del regno del sovrano. Per l'assedio e la cattura di Gaza da parte di Alessandro, le fonti antiche includono Diodoro Siculo 17.8 e Arriano 2.27. L'aneddoto secondo cui Alessandro portava sempre con sé una copia dell'*Iliade* è tratto da Plutarco. Quinto Curzio Rufo 4.7.29 riporta la cifra di ottocento talenti consegnati ad Alessandro dal governatore persiano dell'Egitto; si veda anche Cartledge (2004, p. xii). L'avviso su papiro affisso dal generale di Alessandro nella necropoli di Memphis è pubblicato da Turner (1974). Per il titolario egizio di Alessandro, si veda Hölbl (2001, pp. 77-81); per il suo patrocinio dei templi egizi, Abd el-Raziq (1984), Arnold (1999) e Ladynin (2014). Arriano 3.3 fornisce un resoconto completo della visita di Alessandro all'oracolo di Siwa, di cui un primo riferimento è incluso in Pindaro, *Pitiche* 4. I due resoconti fantastici, che coinvolgono serpenti e corvi, sono stati scritti rispettivamente da Tolomeo figlio di Lagus (cioè Tolomeo I) e da Aristobulos, e sono citati in Arriano 3.3. La conferma della divinità di Alessandro da parte degli oracoli di Apollo e Atena viene da Strabone 17.1.43, che cita Callistene. La possibilità che Alessandro sia stato incoronato faraone a Memphis è discussa da Sekunda (2014), ma per un punto di vista diverso si veda Winter (2005); Wojciechowska e Nawotka (2014) passano in rassegna le prove a sostegno della probabile data di questa cerimonia (14 marzo 331). Per la fondazione e la costruzione di Alessandria, si veda il testo di Pollard e Reid (2007). Il momento preciso della fondazione della città in relazione alla visita di Alessandro a Siwa e alla sua seconda visita a Memphis rimane incerto: si veda Thompson (2022). Il fatto che Alessandro avesse originariamente pianificato di fondare la sua nuova città sull'isola di Pharos è asserito da Curzio Rufo 4.8. Per il lago Mareotis e la posizione geografica di Alessandria, si vedano Arriano 3.1, Grant (1982, p. 37) e Khalil (2008). I primi templi della città sono affrontati da Arnold (1999, p. 138). La partenza di Alessandro dall'Egitto è raccontata in Arriano 3.6.

1. *L'ascesa di una dinastia*

McKechnie e Cromwell (2018) propongono una riuscita serie di studi sul regno di Tolomeo I. Adams (1997) offre una sintesi accessibile degli eventi che hanno seguito la morte di Alessandro, comprese le guerre dei successori. Per il saccheggio di Kleomenes, si veda Bingen (2007, p. 23). Moyer (2011, p. 277) ha descritto la monarchia tolemaica come «testa di Giano». Per uno studio affidabile sulla stele del Satrapo, si veda Ockinga (2018). Il nome ufficiale egizio di Alessandria è discusso da Ritner in Simpson (2003, pp. 393-397); e il soprannome peggiorativo, molto più breve, da Quaegebeur (1988, p. 42), Chauveau (1999) e Depauw (2000). Per la costruzione di templi da parte di Tolomeo I, come satrapo e re, si veda Minas-Nerpel (2018); e, per le sue azioni di legittimazione agli occhi sia egizi sia macedoni, Moyer (2011, p. 88). Le prove della presenza di egizi di alto rango nel governo sotto i primi Tolomei sono discusse da Bianchi (1988a, p. 13), Legras (2002), Lloyd (2002) e Verhoeven (2005). Per la carriera di Somtutefnakht, si veda Hölbl (2001, p. 27). Per le cappelle funerarie di Tuna el-Gebel (alcune costruite in stile egizio, altre in stile greco), si veda Arnold (1999, pp. 156-157). Redford (1986) discute l'etimologia del nome di Manethon, e Moyer (2011, p. 277) la sua stesura di una storia dell'Egitto. Per il culto di Apis, si vedano Thompson (2012, p. 107) e Thompson (2018, p. 18). Il culto di

Sarapis e il Sarapieion di Alessandria sono affrontati da Grant (1982, p. 230), Schmidt (2005), Masson-Berghoff e Goddio (2016).

2. *Un mondo nuovo*

Grant (1982) fornisce un'introduzione di facile consultazione al più ampio mondo ellenistico. Per il regno di Macedonia, si vedano Borza (1990) e Heskel (1997); per Rodi, Buraselis et al. (2013), in particolare Gabrielsen (2013); e per l'impero seleucide, Strootman (2021). Le relazioni tolemaiche con il regno di Kush sono discusse da Burstein (2021), mentre la cultura kushita è analizzata da Taylor (1991). Di Bagnall (1976) è lo studio fondamentale sull'amministrazione dei possedimenti tolemaici al di fuori dell'Egitto. Per la Kyrenaika, si veda Marquaille (2003) e per la costituzione imposta a Kyrene da Tolomeo I, Austin (2006, pp. 69-71). I nuovi insediamenti fondati nei regni tolemaici sono esaminati da Mueller (2006). La Cipro tolemaica è affrontata da Michaelides e Papantoniou (2018). Strabone 17.1.6-10 fornisce il resoconto di prima mano più dettagliato dell'antica Alessandria; il geografo visitò la città negli anni Venti a.C., non molto tempo dopo la morte dell'ultimo sovrano tolemaico. Pollard e Reid (2007, pp. 24-29) forniscono un'analisi completa della descrizione di Strabone. La storia di Alessandro di Tolomeo è discussa brevemente da Hölbl (2001, p. 15) e Thompson (2018, p. 15).

3. *Grano, oro e gloria*

McKechnie e Guillaume (2008) forniscono un'utile serie di saggi su aspetti del regno di Tolomeo II. Per la carriera di Kleon, si veda Lewis (1986, pp. 37-45). Thompson (2018) esamina le competenze macedoni nella bonifica del territorio; e Hölbl (2001, pp. 62-63) le opere di bonifica di Tolomeo II nel Fayum, compresi i trenta-quaranta nuovi insediamenti fondati in aree precedentemente inabitabili. Per un'utile sintesi, si veda anche Römer (2019). Per la tenuta di Apollonios nel Fayum e la carriera di Zenon, si vedano Rowlandson (1998, pp. 7-8 e 95-96); Bowman (1986, p. 57); Hölbl (2001, p. 63); Lewis (1986, p. 165 n. 7); Buraselis et al. (2013, p. 42) e Rostovtzeff (1922). Per gli epigrammi di Zenon in memoria del suo cane preferito e per il suo ambiente largamente dominato dagli uomini, si veda Rowlandson (1998, p. 96).

Molto è stato scritto di recente sulle miniere d'oro tolemaiche nel deserto orientale dell'Egitto; per le ultime testimonianze archeologiche, si vedano Redon e Faucher (2015, 2016); Castiglioni e Castiglioni (1994, 1999, 2004); Castiglioni, Castiglioni e Vercoutter (1998). Diodoro Siculo 3.12.1-3 menziona le dure condizioni di vita dei minatori. Per i porti del Mar Rosso, si vedano Meredith (1953) e Meredith (1957); Sidebotham, Wendrich (1996); Sidebotham (1999) e Seeger, Sidebotham (2005). Burstein (2008) prende in esame la politica complessiva di Tolomeo II nei confronti della Nubia, ponendo l'accento sulla caccia agli elefanti. Per l'annessione del Dodekaschoinos da parte di Tolomeo II e la successiva politica tolemaica nei confronti della regione, si veda Török (1980).

Il dominio del re sulla Lega degli isolani e le implicazioni per il commercio nel Mediterraneo sono esaminati da Buraselis et al. (2013), in particolare: Buraselis (2013), Criscuolo (2013) e Gabrielsen (2013). Per le attività militari di Tolomeo II, si veda Erskine (2013); per la sua politica estera, Marquaille (2008); e per le sue politiche economiche, Thompson (1997) e Thompson (2008). Un documento contemporaneo che descrive il monopolio reale sull'olio è tradotto in Austin (2006, pp. 524-531). Per le merci esportate da Alessandria, si veda Pollard e Reid (2007, p. 79). La divinizzazione postuma di Arsinoe II e le fondazioni in suo onore sono discusse da Rowlandson (1998, p. 7); Buraselis et al. (2013, p. 9) e Hölbl (2001, pp. 101-103), che cita la *Naturalis Historia* di Plinio il Vecchio. Lo studio più dettagliato sulla Grande processione di Tolomeo II è quello di Rice (1983), con ulteriori riferimenti in Buraselis et al. (2013, p. 8 e p. 11). La data della sua celebrazione è incerta: Thompson (1997, p. 242) suggerisce il 279/8 a.C., Hölbl (2001, p. 55) l'inverno del 275/74 a.C. La storia di Tolomeo II che si affaccia, invecchiato, alla finestra del suo palazzo è citata in Thompson (2008, p. 27), che la riprende da Ateneo, *I deipnosofisti: i dotti a banchetto*, il quale a sua volta cita un autore precedente, Filarco di Atene.

4. La vita della mente

Le conquiste intellettuali dell'antica Alessandria sono ampiamente discusse in Grant (1982) e Pollard e Reid (2007). Per l'ipotesi che Tolomeo II abbia commissionato la prima traduzione greca della Torah, si veda Guillaume (2008). La rivolta egizia del 240 e le successive insurrezioni indigene contro il dominio tolemaico sono analizzate da Veïsse (2004). Il Decreto di Kanop è tradotto in Austin (2006, pp. 470-475) e discusso da Hölbl (2001, pp. 108-109). Per il contesto del decreto e le prove di un sinodo precedente, si veda El-Masry et al. (2012). Hölbl (2001, pp. 122-126) parla della divinizzazione della principessa Berenike. La storia di Tolomeo III che scrive una lettera «A tutti i sovrani del mondo» è tratta dalle opere di Galeno, citate da Pollard e Reid (2007, p. 127). Per la scrittura del nome di Syene/Assuan con i segni geroglifici di un goniometro e di un filo a piombo, si veda Hölbl (2001, p. 65). Per la carriera di Djedhor, si veda Lloyd (2002, p. 129).

5. Stato fragile

Masson-Berghoff e Goddio (2016, p. 129) discutono del santuario di Tolomeo IV all'interno del Sarapieion di Alessandria, e Lewis (1986, p. 14) della necessità di un permesso di uscita per lasciare l'Egitto. Per l'assegnazione di terre ai militari, si vedano Lewis (1986, *passim*) e Stefanou (2013). Il papiro del regno di Tolomeo II che incarica un funzionario distrettuale di riprendere le proprietà terriere dei cavalieri deceduti in tempi recenti è tradotto da Austin (2006, pp. 553-554). Per le dimensioni dell'esercito sotto Tolomeo IV, si veda Fischer-Bovet (2014, p. 80). La preparazione della battaglia di Raphia è ampiamente trattata in Polibio 5.63-65, e la sua prosecuzione in Polibio 5.83-85. Il decreto emanato da Tolomeo IV dopo la battaglia è tradotto da Austin (2006, pp. 482-484). Per gli aspetti del governo locale tolemaico, si vedano Chauveau (2000, p. 73) e Hölbl (2001, p. 59). Il memorandum a un *oikonomos* (P.Tebt.703) è tradotto da Austin (2006, pp. 558-562), mentre Bagnall (1976, pp. 3-10) propone un utile commento. Lewis (1986, pp. 58-67) prende in esame la corrispondenza di Diophanes. Per le realizzazioni artistiche di Tolomeo IV, si vedano Grant (1982, p. 259) e Hölbl (2001, p. 133); per il suo panfilo reale, si veda Thompson (2013).

6. Ribellione e taglio delle spese

Gli eventi dell'inizio del regno di Tolomeo V sono trattati in Polibio 15.25.3-18. Per il complotto di Filippo V e Antiochos III per spartirsi il regno tolemaico, si veda Polibio 15.20, e per la battaglia di Paneion, Polibio 16.18-19. Le difficoltà economiche causate dalla svalutazione della moneta di bronzo sono discusse da Chauveau (2000, pp. 84-86). Per la ribellione di Horwennefer, cfr. Clarysse (1978), Pestman (1995) e Veïsse (2022); Redon (2018, p. 19) nota l'abbandono della fortezza del deserto orientale a guardia delle miniere d'oro. Per i decreti di Philae, si veda Recklinghausen (2018). Il trattamento riservato ai ribelli del Delta – che richiama la vendetta di Alessandro sul governatore di Gaza sconfitto – è raccontato (con dovizia di particolari) da Polibio 22.17, e le battaglie finali, combattute nel Delta centrale e nordorientale, sono analizzate da Nespoulous-Phalippou (2015). Per il decreto di Memphis (la stele di Rosetta), si veda Ray (2007). Il lavoro di Thompson (2012) è l'unico studio moderno sulla Memphis tolemaica; il resoconto più dettagliato del mondo antico su Memphis giunto fino a noi è quello di Strabone 17.1.31-32. Il proclama per celebrare l'intronizzazione di un nuovo toro Apis nell'ultima parte del regno di Tolomeo V è noto come Primo decreto di Philae, esaminato da Recklinghausen (2018).

7. Il cardine del destino

Gli avvenimenti dell'inizio del regno di Tolomeo VI sono trattati da Polibio 22.3. Per la considerazione delle donne nella dinastia tolemaica, si vedano Rowlandson (1998) e Minas-Nerpel (2022); Klotz (2013) offre il punto di vista dell'impero seleucide. La protesta di una vedova egizia, datata luglio 256 (P.Mich.1.29), è discussa da Rowlandson (1998, p. 221) e la petizione dei sacerdoti di Iside, datata 17 settembre 170, da Hölbl (2001, p. 169). Polibio 28.12.8 racconta i festeggiamenti per la maggiore età di Tolomeo VI. A proposito dell'ambiguità dello status del re durante l'invasione di Antiochos IV, si veda Skeat (1961). I tentativi di difesa dell'Egitto da una seconda invasione sono riportati in Polibio 29.23.4, e i drammatici eventi del Giorno di Eleusi da numerosi autori antichi, tra cui Livio 45.12, Polibio 29.27 e Diodoro Siculo 31.2. La lettera del 29 agosto 168 che fa riferimento a «tempi come questi» (UPZ 59.13-16) è citata in Hölbl (2001, p. 128). Per il resoconto del viaggio di Numenios a Roma, si veda Ray (1976, pp. 20-29 e p. 128). Hölbl (2001, pp. 160-173 e pp. 257-293) parla del culto del sovrano tolemaico. Per la rivolta guidata da Dionysios Petosarapis si veda Diodoro Siculo 31.15a, e per i tentativi di sostenere gli autoctoni, Lanciers (1987). Lewis (1986, p. 36) e Hölbl (2001, p. 182) menzionano la formazione del «conto privato», mentre la conseguente ribellione dei nativi è raccontata in Diodoro Siculo 31.17b e analizzata da Ray (1976, pp. 1-6). Kruse (2013) parla delle pattuglie del Nilo e della sicurezza fluviale. Le tensioni legate alla visita reale a Memphis nel 163 sono menzionate da Thompson (2012, p. 201), e il complotto fallito del governatore di Cipro in Polibio 33.5. I termini della resa di Tolomeo VIII sono riportati da Polibio 39.7 e da Diodoro Siculo 31.33.

8. Una terra, due culture

Bagnall (1988) fornisce una buona introduzione alla divisione culturale nell'Egitto tolemaico, e l'argomento è affrontato in modo approfondito in Goudriaan (1988) e Lewis (1986). Si veda anche Clarysse (1995) per i Greci a Thebai. Per i due diversi tipi di sistema giuridico, si vedano Bagnall (1976, p. 7), Grant (1982, p. 46) e Yiftach (2015). Dhennin (2018) presenta i risultati dei recenti scavi a Taposiris Magna. Per il titolo di «cugino del re», si veda Lewis (1986, p. 29 e p. 57) e, per la carriera di Dryton, Lewis (1986, pp. 88-103) e Vandorpe (2002). Le discussioni sulla fondazione reale di Tolemaide nell'Alto Egitto includono Strabone 17.1.42, Grant (1982, p. 39), Thompson (2018, p. 12) e Madkour (2018). Il settore bancario nell'Egitto tolemaico, compresa la carriera di Nikanor, è analizzato da Lewis (1986, pp. 46-55). Per le caratteristiche del sistema economico tolemaico, si vedano

Bagnall (1976), Grant (1982), Lewis (1986) e Thompson (2012, *passim*), e per i coltivatori fiscali e gli esattori delle tasse, Clarysse e Thompson (2006, pp. 74-75). La lettera di reclamo di un armatore al ministro delle Finanze, datata dicembre 258, è analizzata in Thompson (2012, p. 58). Gli scavi a Plinthine sono presentati da Redon (2019). Per l'agricoltura e l'industria nella Memphis tolemaica, si veda Thompson (2012). La morte di un operaio in una vasca di olio di ricino (UPZ 120,5-8) è citata in Thompson (2012, p. 11). Rostovtzeff (1922, p. 53) rileva la presenza di una grande fabbrica di lana in città, fondata sotto il regno di Tolomeo II.

9. Fuori dal comune

La vita e i tempi (travagliati) del recluso Tolomeo sono discussi da Lewis (1986, pp. 69-87), Ray (2001, pp. 130-152) e Thompson (2012, pp. 198-245). Il percorso burocratico della petizione di Tolomeo (UPZ 14) è citato in Lewis (1986, pp. 78-79). Come John Ray (2001, p. 138) ha osservato: «Chiunque si chieda perché le monarchie ellenistiche si siano piegate all'arrivo dell'esercito romano può leggere UPZ 14». Per la divinizzazione postuma di Tolomeo Menfite, morto assassinato, si veda Chauveau (1991). Austin (2006, pp. 502-506) traduce il decreto di amnistia del 17 aprile 118 a.C. Per l'attività di Tolomeo VIII a Berenike, sulla costa del Mar Rosso, si veda Meredith (1957); per la sua produzione letteraria, Hölbl (2001, p. 203) e Thompson (2009). Per il viaggio in India, capitanato da Eudosso di Cizico, avvenuto intorno al 117, si vedano Hölbl (2001, p. 204) e Habicht (2013).

10. La rovina della madre

Pausania 1.9.1 racconta le macchinazioni di Cleopatra III per assicurare il trono al figlio minore. Per i titoli faraonici di Tolomeo IX, si veda Ritner (s.d.), e per la sua visita a Elefantina, de Meulenaere (1961); l'iscrizione che commemora la visita (British Museum EA1020) è tradotta e analizzata da Piejko (1992). Arnold (1999, pp. 207-209) riassume i progetti di Tolomeo IX per un tempio. La nomina di un sacerdote di Sarapis per officiare il culto dinastico è menzionata da Thompson (2012, pp. 114-115). Crawford (1971) rimane il lavoro di riferimento su Menkhes, lo scriba del villaggio, e sulla vita nella Kerkeosiris tolemaica; si veda anche Lewis (1986, pp. 104-123). Diodoro Siculo 1.21.7 afferma che fino a un terzo del territorio era controllato dai templi; si veda anche Crawford (1971, p. 93). Un'utile rassegna sulla proprietà e sulla gestione della terra è quella di Christensen et al. (2017). Bianchi (1988a, p. 18) cita la scarsità di monete del regno di Tolomeo IX come possibile indicazione di un parziale ritorno a un'economia di baratto. Per il conflitto tra Tolomeo IX e Cleopatra III e la sequenza di missive scritte da Platon a Nakhthor, si veda Ritner (s.d.). Le voci sulle ragioni della caduta di Tolomeo X sono state riportate da Porfirio e Strabone. La consacrazione di un tempio di Iside a Tolemaide è menzionata da Hölbl (2001, p. 278), e la sostituzione di Pathyris da parte di Hermonthis come capitale provinciale è affrontata da Vandorpe (1995). Per le opere di Tolomeo IX a Medinet Habu, si veda Ritner (s.d.); per il suo giubileo, Thompson (2012, p. 116 e p. 143). Hölbl (2001, p. 213) cita il documento che descrive lo spopolamento nella provincia di Herakleopolite. Per i graffiti latini di Philae, si vedano Devijver (1985), Beness e Hillard (2003) e i relativi riferimenti bibliografici. La delegazione egizia a Roma e la reciproca ambasciata ad Alessandria sono registrate rispettivamente dagli autori antichi Eutropio e Valerio Massimo, mentre Livio afferma che un'alleanza diplomatica formale fu stretta in questo periodo; cfr. anche Cassio Dione 10. Per le analogie tra le monete d'argento romane e quelle tolemaiche, si veda Neatby (1950, p. 93), e per i primi Romani in Egitto, Crawford (1971, p. 136 n. 3) e Neatby (1950, p. 97). Meadows (2001) e Bianchi (1988a) forniscono ulteriori informazioni sulle relazioni tra Egitto e Roma. Per la visita di Memmio nel Fayum, si veda Hölbl (2001, p. 207).

11. Conservare la fede

Thompson (2012, in particolare alle pp. 180-187) fornisce una panoramica dettagliata del culto di Apis a Memphis. Per la relazione tra la famiglia reale tolemaica e la dinastia dei sommi sacerdoti di Ptah, si vedano Thompson (2012) e Gorre (2009). Wilkinson (2023) fornisce un'utile panoramica del regno di Ramses II e dei suoi tentativi di affermare la propria legittimità; sulla conoscenza tolemaica dei monumenti e delle tradizioni ramessidi, si veda Bianchi (1991). Il papiro che descrive la sepoltura di un toro Apis è discusso in Thompson (2012, pp. 185-187). Thompson (2012) è anche la migliore fonte per la necropoli di Memphis nel periodo tolemaico. Per l'interpretazione dei sogni, si veda Ray (2001, pp. 140-141), e per l'archivio di Hor, Ray (1976). Il notevole sito di Thonis-Herakleion è illustrato integralmente da Goddio e Masson-Berghoff (2016). Per i singoli aspetti della città e delle sue feste, si vedano Masson-Berghoff e Goddio (2016), Goddio e Masson-Berghoff (2016). Mys'liewicz (1996) discute la produzione di offerte votive dionisiache (ad Athribis, nella regione del Delta del Nilo). L'identificazione di Osiride con Dioniso deriva da Erodoto 2.144. Per gli aspetti della religione tradizionale durante il periodo tolemaico, si vedano Goyon (1988) e Strudwick e Strudwick (1999, pp. 198-203); e per la «grammatica del tempio» tolemaica e la decorazione del tempio di Horus ad Apollonopolis, Wilson (1997) e Kurth (1998). Le migliori trattazioni dell'arte tolemaica si trovano in Smith (1981), Bianchi et al. (1988), Bianchi (1988b), Vassilika (1995) e Stanwick (2005).

12. Lotta per la sopravvivenza

Il coinvolgimento dell'Egitto con Roma all'indomani della morte di Tolomeo IX è citato da diversi autori antichi, tra cui Appiano 1.102. Per il soprannome di Tolomeo XII si veda Strabone 17.1.11, e per le sue relazioni con Roma Siani-Davies (1997). Il sostegno di Crasso all'annessione dell'Egitto è riportato da Plutarco, *Vite parallele: Crasso* 13.2, e i disordini civili in Egitto all'indomani della Terza guerra mitridatica da Appiano 2.12.114 e da Giuseppe Flavio, *Antichità giudaiche* 14.35. La nuova legge relativa ai defunti che non hanno lasciato testamento è citata da Parsons (2009, p. 29), e lo sciopero degli agricoltori del nomo di Herakleopolis da Hölbl (2001, p. 225). Per i contratti legali di Oxyrynchos, si vedano Bulow-Jacobsen e Whitehorne (1982), Rea (1988) e Schubert (2019). Per l'*Arte di Eudosso* e altre opere collezionate da Tolomeo figlio di Glaukias, si veda Thompson (2012, pp. 234-236). L'*Insegnamento di Ankhsheshonqy* è tradotto da Lichtheim (1980, pp. 159-184) e discusso da Smith (2001) e Tait (2001). Il resoconto di un romano fatto a pezzi dalla folla inferocita perché aveva ucciso un gatto si trova in Diodoro Siculo 1.83.1-9, e la relativa osservazione di Erodoto, quattrocento anni prima, in Erodoto 2.66. L'ascesa e la (rapida) caduta di Archelaos, marito di Berenike IV, è discussa da Siani-Davies (1997, pp. 324-326); si veda anche Strabone 12.3.34-35. La difesa di Gaio Rabirio da parte di Cicerone è documentata in Cicerone, *Pro Rabirio Postumo*. Per l'emiciclo dei poeti e dei filosofi nel Sarapieion di Memphis, si vedano Hölbl (2001, pp. 283-284), e Thompson (2012, p. 17 e p. 129). Le carriere di Psenptah e Panemerit sono analizzate in Gorre 2009; la stele funeraria di Psenptah (BM866) è presente in Walker e Higgs (2001, pp. 184-185, cat. 192). Per i progetti del tempio di Tolomeo XII, si vedano Hussein (2016) e Arnold (1999); l'iscrizione greca del nomo di Arsinoite che garantisce al clero i privilegi consueti è discussa da Bianchi (1988b, p. 73). Per il tempio di Tentyris, si veda Cauville (1999).

13. Relazioni pericolose

I retroscena del regno di Cleopatra sono efficacemente analizzati da Weill Gouchaux (2001) e Meadows (2001). Per il culto di Buchis, si veda Wilkinson (2003, pp. 172-173). La stele che commemora la morte di Buchis nel 29 a.C. è illustrata in Bianchi (1988b, p. 214, cat. 107); e la stele allestita nel Fayum, che mostra Cleopatra come sovrano maschio, è Louvre E.27113, anch'essa illustrata in Bianchi (1988b, p. 188, cat. 78). Per lo zodiaco di Tentyris e le cappelle sul tetto, si veda Cauville (1999). L'ordinanza di Tolomeo XIII dell'ottobre del 50 è citata in Hölbl (2001, p. 231). La storia secondo cui Cleopatra fu portata di nascosto alla presenza di Cesare in un sacco della biancheria è tratta da Plutarco (*Vite parallele: Cesare* 49); nello stesso capitolo si racconta anche della distruzione della Grande Biblioteca di Alessandria a causa di un incendio. Per questi eventi, si veda anche Pollard e Reid (2006, pp. 163-165). L'invio da parte di Cesare di missioni di ricognizione costiera alla ricerca di sorgenti d'acqua dolce è tratto dalla sua *Guerra di Alessandria* 8, mentre l'annegamento di Tolomeo XIII da *Guerra di Alessandria* 31. La carestia in Egitto nel 46 a.C. è menzionata in Crawford (1971, p. 106). Per la condizione delle donne reali tolemaiche, si veda Vassilika (1995, p. 120), e per il titolo di culto di Tolomeo XV, Thompson (2012, p. 133). L'eruzione vulcanica in Alaska del 43 a.C. e i suoi effetti sul clima sono discussi da McConnell et al. (2020) e Manning et al. (2017); il racconto della mancata inondazione del Nilo per due anni consecutivi si trova in Seneca il Giovane IVA.2.16. Per la stele di Taimhotep, si vedano Bianchi (1988b, p. 230); Walker e Higgs (2001, pp. 186-187, cat. 193) e Thompson (2012, p. 130).

14. Serpente del vecchio Nilo

Per l'introduzione di un sistema di doppia datazione nell'anno 16 di Cleopatra VII, si vedano Bingen (2007, p. 57) e Walker e Higgs (2001, p. 175). Le abilità linguistiche della regina sono menzionate da Plutarco, *Vite parallele: Antonio* 27, e i suoi consiglieri egizi indigeni da Lucano 8.475-477. La statua di Pakhom, governatore di Tentyris, è illustrata in Walker e Higgs (2001, pp. 180-182, cat. 189). Weill Goudchaux (2001, p. 139) identifica le statue danneggiate dalle intemperie nel tempio di Apollonopolis come immagini di Cesarione. Per la statua in basalto nero di questo sovrano, si veda Walker e Higgs (2001, cat. 171); per la statua di Hor, figlio di Hor, Walker e Higgs (2001, pp. 182-183, cat. 190); e per il funerale di Psenptah III, Walker e Higgs (2001, p. 186). Bianchi (1988b, p. 206) ripercorre la fortuna del culto di Iside, e Weill Gouchaux (2001, p. 132 e p. 134) la sua proscrizione da parte delle autorità romane. Si veda anche Weill Gouchaux (2001) per l'erezione di una statua di Iside sull'acropoli di Atene. Per il cambiamento del titolo di culto dinastico di Cleopatra si vedano Bingen (2007, pp. 58-59) e Gorre (2009, p. 620 n. 48), e per l'unico caso conosciuto di utilizzo del nuovo epiteto, si veda Brashear (1980, no. 2376).

Le perdite di Marco Antonio nella sfortunata campagna partica sono raccontate da Cassio Dione 49.27-33 e da Plutarco, *Vite parallele: Antonio* 50. La sua pubblica rinuncia a Ottavia è riportata da Plutarco, *Vite parallele: Antonio* 53. Per le Donazioni di Alessandria, si vedano Hölbl (2001, pp. 243-244), Weill Goudchaux (2001, p. 139), Meadows (2001, p. 28) e Williams (2001, p. 195). La statuetta in bronzo di Alessandro Elio come re di Armenia è illustrata e discussa in Walker e Higgs (2001, pp. 250-251, cat. 270). Per la colossale coppia di statue di Cleopatra e Marco Antonio allestita ad Alessandria, si veda Ashton (2005). L'ordinanza reale che reca quella che è stata ritenuta la calligrafia di Cleopatra è pubblicata in Walker e Higgs (2001, p. 180, cat. 188). L'allontanamento di Ottavia dalla casa coniugale da parte di Marco Antonio è tratto da Plutarco, *Vite parallele: Antonio* 57. Per l'installazione di statue di Marco Antonio e Cleopatra sull'acropoli, cfr. Cassio Dione 50.15. La battaglia di Azio e le sue conseguenze sono discusse da molti autori, antichi e moderni; per un'utile sintesi si veda Meadows (2001, pp. 29-30). La stele di Koptos, datata meno di tre settimane dopo Azio, è illustrata e discussa in Walker e Higgs (2001, pp. 174-175, cat. 173). Per la morte di Imhotep-Pedubast V, si veda Thompson (2012, p. 143) (il suo corpo sarebbe rimasto in un ripostiglio, senza sepoltura, per i successivi sette anni). I resoconti antichi sulla morte di Cleopatra includono Cassio Dione 51.10-11 e Plutarco, *Vite parallele: Antonio* 85-86; per le interpretazioni moderne, si veda Weill Goudchaux (2001). Per il salvataggio delle statue di Cleopatra subito dopo la sua scomparsa, si veda Weill Goudchaux (1992); e per la dedica di una nuova statua quattrocento anni dopo la sua morte, Griffith (1937), Quaegebeur (1988, p. 41) e Weill Goudchaux (2001, p. 141).

Epilogo. Al vincitore il bottino

Per il dominio romano in Egitto, si vedano Bowman (1986), Bagnall (2021) e Manning (2003, p. 241). Lo spopolamento dei villaggi rurali è citato da Rostovtzeff (1922, pp. 12-13), e il destino di Memphis da Thompson (2012, pp. 247-257). I cambiamenti religiosi, compresa l'abolizione dell'alto sacerdozio di Memphis, sono trattati da Gorre (2009). Le monete di Ottaviano con la legenda «aegypto capta» sono illustrate in Walker e Higgs (2001, p. 259, cat. 295-296). Draycott (2022) fornisce uno studio biografico completo di Cleopatra Selene.

Bibliografia

Opere antiche

Appiano, *La storia romana. Libri 13°-17°. Le guerre civili*, a cura di E. Gabba e D. Magnino, UTET, Torino 2001.

Arriano, *Anabasi di Alessandro*, a cura di D. Ambaglio, BUR, Milano 1994.

Ateneo, *I deipnosofisti: i dotti a banchetto*, su progetto di L. Canfora, Salerno Editore, Roma 2001.

Cesare, Gaio Giulio, *Le guerre*, BUR, Milano 2010.

Decreto di Kanop: E.A.W. Budge, *The Decree of Canopus*, Oxford University Press, Oxford 1904.

Cicerone, Marco Tullio, *Orazioni*, 2 voll., UTET, Torino 2013.

Dione, Cassio, *Storia romana*, 10 voll., traduzione di A. Stroppa, BUR, Milano 1995-2022.

Diodoro Siculo, *Biblioteca storica*, 3 voll., a cura di G. Cordiano e M. Zorat (voll. 1-2), C. Miccichè (vol. 3), BUR, Milano 2004-2016.

Primo decreto di Philae: www.attalus.org/docs/other/inscr_261.html.

Erodoto, *Storie*, 4 voll., traduzione di A.I. D'Accinni, BUR, Milano 1984.

Flavio, Giuseppe, *Antichità giudaiche*, 2 voll., a cura di L. Moraldi, UTET, Torino 2018.

Flavio, Giuseppe, *Autobiografia*, a cura di E. Migliario, BUR, Milano 1994.

Flavio, Giuseppe, *Contro Apione*, a cura di F. Calabi, Marietti, Bologna 2007.

Giustino, Marco Giuniano, *Storie filippiche. Florilegio da Pompeo Trogo*, traduzione di A. Borgna, Rusconi, Milano 2020.

Livio, Tito, *Storia di Roma dalla sua fondazione*, 13 voll., BUR, Milano 1982-2003.

Lucano, Marco Anneo, *Farsaglia o la guerra civile*, traduzione di L. Canali, BUR, Milano 1997.

Pausania, *Viaggio in Grecia*, 10 voll., a cura di S. Rizzo, BUR, Milano 1991-2012.

Pindaro, *Olimpiche*, a cura di F. Ferrari, BUR, Milano 1998.

Pindaro, *Pitiche*, a cura di F. Ferrari, BUR, Milano 2008.

Plutarco, *Vite parallele.*
Alessandro e Cesare, traduzione di D. Magnino, BUR, Milano 1987.
Nicia e Crasso, BUR, Milano 1987.
Demetrio e Antonio, a cura di O. Andrei e R. Scuderi, BUR, Milano 1989.
Pericle e Fabio Massimo, BUR, Milano 1991.
Demostene e Cicerone, a cura di B. Scardigli, BUR, Milano 1995.
Pirro e Mario, a cura di B. Scardigli, BUR, Milano 2017.

Polibio, *Storie*, 8 voll., a cura di D. Musti, traduzione di M. Mari, BUR, Milano 2001-2006.

Curzio Rufo, Quinto, *Storie di Alessandro Magno*, BUR, Milano 2005.

Secondo decreto di Philae: www.attalus.org/docs/other/inscr_260.html.

Seneca, Lucio Anneo, *Questioni naturali*, a cura di R. Mugellesi, BUR, Milano 2004.

Strabone, *Geografia*, 4 voll., a cura di A.M. Biraschi (*L'Italia*; *Il Peloponneso*), R. Nicolai e G. Traina (*Il Caucaso e l'Asia Minore*), F. Trotta (*Iberia e Gallia*), BUR, Milano 1988-2000.

Svetonio Tranquillo, Gaio, *Vite dei Cesari*, traduzione di F. Dessì, BUR, Milano 1982.

Opere moderne

Abd el-Raziq, Mahmud (1984), *Die Darstellungen und Texte des Sanktuars Alexanders des Großen im Tempel von Luxor*, von Zabern, Mainz.

Adams, W. Lindsay (1997), *The Successors of Alexander*, in *The Greek World in the Fourth Century: From the Fall of the Athenian Empire to the Successors of Alexander*, a cura di L.A. Tritle, Routledge, Londra e New York, pp. 228-248.

Arnold, Dieter (1999), *Temples of the Last Pharaohs*, Oxford University Press, New York e Oxford.

Ashton, Sally-Ann (2005), *In Search of Cleopatra's Temple*, «Egyptian Archaeology», 27, pp. 30-32.

Austin, Michel (2006), *The Hellenistic World from Alexander to the Roman Conquest: A Selection of Ancient Sources in Translation*, 2a ed., Cambridge University Press, Cambridge.

Bagnall, Roger S. (1976), *The Administration of the Ptolemaic Possessions Outside Egypt*, Brill, Leiden.

Bagnall, Roger S. (1988), *Greeks and Egyptians: Ethnicity, Status, and Culture*, in *Cleopatra's Egypt: Age of the Ptolemies*, a cura di R.S. Bianchi et al., Brooklyn Museum, New York, pp. 21-25.

Bagnall, Roger S. (2021), *Roman Egypt: A History*. Cambridge University Press, Cambridge.

Beness, J. Lea e Tom Hillard (2003), *The First Romans at Philae* (CIL *12.2.2937a*), «Zeitschrift für Papyrologie und Epigraphik», 144, pp. 203-207.

Bennett, Christopher J. (1997), *Cleopatra V Tryphaena and the Genealogy of the Later Ptolemies*, «Ancient Society», 28, pp. 39-66.

Bernand, A. (1992), *La prose sur pierre dans l'Egypte hellénistique et romaine*, 2 voll., Editions du Centre National de la Recherche Scientifique, Parigi.

Bianchi, Robert S. (1988a), *Ptolemaic Egypt and Rome: An Overview*, in *Cleopatra's Egypt: Age of the Ptolemies*, a cura di R.S. Bianchi et al., Brooklyn Museum, New York, pp. 13-20.

Bianchi, Robert S. (1988b), *The Pharaonic Art of Ptolemaic Egypt*, in *Cleopatra's Egypt: Age of the Ptolemies*, a cura di R.S. Bianchi et al., Brooklyn Museum, New York, pp. 55-80.

Bianchi, Robert S. (1991), *Graeco-Roman Uses and Abuses of Ramesside Traditions*, in *Fragments of a Shattered Visage: The Proceedings of the International Symposium on Ramesses the Great*, a cura di E. Bleiberg e R. Freed, Memphis State University, Memphis (TN), pp. 1-8.

Bianchi, Robert S. et al. (1988), *Cleopatra's Egypt: Age of the Ptolemies*, The Brooklyn Museum, New York.

Bingen, Jean (2007), *Hellenistic Egypt: Monarchy, Society, Economy, Culture*, Edinburgh University Press, Edimburgo.

Borza, Eugene N. (1990), *In the Shadow of Olympus: The Emergence of Macedon*, Princeton University Press, Princeton (NJ).

Bosch-Puche, Francisco (2014), *Alexander the Great's Egyptian Names in the Barque Shrine at Luxor Temple*, in *Alexander the Great and Egypt: History, Art, Tradition: Wrocław/Breslau 18./19. Nov. 2011*, a cura di V. Grieb, K. Nawotka e A. Wojciechowska, Harrassowitz, Wiesbaden, pp. 55-87.

Bowman, Alan K. (1986), *Egypt After the Pharaohs: 332BC-AD642: From Alexander to the Arab Conquest*, University of California Press, Berkeley e Los Angeles.

Brashear, William M. (1980), *Ptolemaïsche Urkunden aus Mumienkartonnage: Ägyptische Urkunden aus den Staatlichen Museen Berlin*, Staatliche Museen Preussischer Kulturbesitz, Berlino.

Bulow-Jacobsen, A. e John Whitehorne (a cura di) (1982), *The Oxyrhynchus Papyri*, vol. XLIX, Egypt Exploration Society, Londra.

Buraselis, Kostas (2013), *Ptolemaic Grain, Seaways and Power*, in *The Ptolemies, the Sea and the Nile: Studies in Waterborne Power*, a cura di K. Buraselis, M. Stefanou e D.J. Thompson, Cambridge University Press, Cambridge, pp. 97-107.

Buraselis, Kostas, Mary Stefanou e Dorothy J. Thompson (a cura di) (2013), *The Ptolemies, the Sea and the Nile: Studies in Waterborne Power*, Cambridge University Press, Cambridge.

Burstein, Stanley M. (2008), *Elephants for Ptolemy II: Ptolemaic Policy in Nubia in the Third Century BC*, in *Ptolemy II Philadelphus and his World*, a cura di P. McKechnie e P. Guillaume, Brill, Leiden e Boston, pp. 135-147.

Burstein, Stanley M. (2021), *The African Encounter with Greece: The Case of Kush*, «Acta Classica», 64, pp. 48-71.

Cartledge, Paul (2004), *Alexander the Great: The Hunt for a New Past*, Macmillan, Londra.

Castiglioni, Alfredo e Angelo Castiglioni (1999), *Berenike Panchrysos*, in *Encyclopedia of the Archaeology of Ancient Egypt*, a cura di K.A. Bard, Routledge, Londra e New York, pp. 172-175.

Castiglioni, Alfredo, Angelo Castiglioni e Jean Vercoutter (1998), *L'Eldorado dei Faraoni: alla scoperta di Berenice Pancrisia*, Istituto Geografico De Agostini, Novara.

Castiglioni, Angelo e Alfredo Castiglioni (1994), *Discovering Berenice Panchrysos*, «Egyptian Archaeology», 4, pp. 19-22.

Castiglioni, Angelo e Alfredo Castiglioni (2004), *Gold in the Eastern Desert*, in *Sudan: Ancient Treasures*, a cura di D.A. Welsby e J.R. Anderson, British Museum Press, Londra, pp. 122-126.

Cauville, Sylvie (1999), *Dendera*, in *Encyclopedia of the Archaeology of Ancient Egypt*, a cura di K.A. Bard, Routledge, Londra e New York, pp. 252-254.

Chauveau, Michel (1991), *Un été 145*, «Bulletin de l'Institut Français d'Archéologie Orientale», 90, pp. 135-168.

Chauveau, Michel (1999), *Alexandrie et Rhakôtis: le point de vue des Égyptiens*, in *Alexandrie: une mégapole cosmopolite: Actes du 9ème colloque de la Villa Kérylos à Beaulieu-sur-Mer les 2 & 3 octobre 1998*, Académie des Inscriptions et Belles Lettres, Parigi, pp. 1-10.

Chauveau, Michel (2000), *Egypt in the Age of Cleopatra*, traduzione inglese di D. Lorton, Cornell University Press, Ithaca (NY) e Londra.

Christensen, Thorolf, Dorothy J. Thompson e Katelijn Vandorpe (2017), *Land and Taxes in Ptolemaic Egypt*, Cambridge University Press, Cambridge.

Clarysse, Willy (1978), *Notes de prosopographie thébaine, 7. Hurgonaphor et Chaonnophris, les derniers pharaons indigènes*, «Chronique d'Égypte», 53, pp. 243-253.

Clarysse, Willy (1978)(1995), *Greeks in Ptolemaic Thebes*, in *Hundred-gated Thebes*, a cura di S.P. Vleeming, Brill, Leiden, New York e Köln, pp. 1-19.

Clarysse, Willy e Dorothy J. Thompson (2006), *Counting the People in Hellenistic Egypt*, vol. 2: *Historical Studies*, Cambridge University Press, Cambridge.

Crawford, Dorothy J. (1971), *Kerkeosiris: An Egyptian Village in the Ptolemaic Period*. Cambridge University Press, Cambridge.

Criscuolo, Lucia (2013), *Ptolemies and Piracy*, in *The Ptolemies, the Sea and the Nile: Studies in Waterborne Power*, a cura di K. Buraselis, M. Stefanou e D.J. Thompson, Cambridge University Press, Cambridge, pp. 160-171.

De Meulenaere, H. (1961), *Ptolémée IX Sôter II à Kalabcha*, «Chronique d'Égypte», 36, pp. 98-105.

Depauw, Mark (2000), *Alexandria, the Building Yard*, «Chronique d'Égypte», 75, pp. 64-65.

Devijver, Hubert (1985), *La plus ancienne mention d'une tribu romaine en Egypte*, «Chronique d'Égypte», 60, pp. 96-101.

Dhennin, Sylvain (2008), *An Egyptian Animal Necropolis in a Greek Town*, «Egyptian Archaeology», 33, pp. 12-14.

Draycott, Jane (2022), *Cleopatra's Daughter: Egyptian Princess, Roman Prisoner, African Queen*, Apollo, Londra.

El-Masry, Yahia, Hartwig Altenmüller e Heinz-Josef Thissen (2012), *Das Synodaldekret von Alexandria aus dem Jahre 243 v. Chr*, Helmut Buske Verlag, Amburgo, Studien zur Altägyptischen Kultur Beihefte Band 11.

Erskine, Andrew (2013), *Polybius and Ptolemaic Sea Power*, in *The Ptolemies, the Sea and the Nile: Studies in Waterborne Power*, a cura di K. Buraselis, M. Stefanou e D.J. Thompson, Cambridge University Press, Cambridge, pp. 82-96.

Fischer-Bovet, Christelle (2014), *Army and Society in Ptolemaic Egypt*, Cambridge University Press, Cambridge.

Gabrielsen, Vincent (2013), *Rhodes and the Ptolemaic Kingdom: The Commercial Infrastructure*, in *The Ptolemies, the Sea and the Nile: Studies in Waterborne Power*, a cura di K. Buraselis, M. Stefanou e D.J. Thompson, Cambridge University Press, Cambridge, pp. 66-81.

Goddio, Franck e Aurélia Masson-Berghoff (a cura di) (2016), *Sunken Cities: Egypt's Lost Worlds*, Thames and Hudson/The British Museum, Londra.

Goddio, Franck e Aurélia Masson-Berghoff (2016), *From Myth to Festivals*, in *Sunken Cities: Egypt's Lost Worlds*, a cura di F. Goddio e A. Masson-Berghoff, Thames and Hudson/The British Museum, Londra, pp. 139-219.

Gorre, Gilles (2009), *Les relations du clergé égyptien et des Lagides d'après les sources privées*, Peeters, Leuven, Studia Hellenistica 45.

Goudriaan, Koen (1988), *Ethnicity in Ptolemaic Egypt*, Gieben, Amsterdam.

Goyon, Jean-Claude (1988), *Ptolemaic Egypt: Priests and the Traditional Religion*, in *Cleopatra's Egypt: Age of the Ptolemies*, a cura di R.S. Bianchi et al., Brooklyn Museum, New York, pp. 29-39.

Grant, Michael (1982), *From Alexander to Cleopatra: The Hellenistic World*, Weidenfeld & Nicolson, Londra.

Grieb, Volker, Krzysztof Nawotka e Agnieszka Wojciechowska (a cura di) (2014), *Alexander the Great and Egypt: History, Art, Tradition: Wrocław/Breslau 18./19. Nov. 2011*, Harrassowitz, Wiesbaden.

Griffith, Francis Llewellyn (1937), *Catalogue of the Demotic Graffiti of the Dodecaschoenus*, vol. II, Oxford University Press, Oxford.

Guillaume, Philippe (2008), *«Philadelphus» Alexandria as Cradle of Biblical Historiography*, in *Ptolemy II Philadelphus and his World*, a cura di P. McKechnie e P. Guillaume, Brill, Leiden e Boston, pp. 247-255.

Habicht, Christian (2013), *Eudoxus of Cyzicus and Ptolemaic Exploration of the Sea Route to India*, in *The Ptolemies, the Sea and the Nile: Studies in Waterborne Power*, a cura di K. Buraselis, M. Stefanou e D.J. Thompson, Cambridge University Press, Cambridge, 197-206.

Heskel, Julia (1997), *Macedonia and the North, 400-336*, in *The Greek World in the Fourth Century: From the Fall of the Athenian Empire to the Successors of Alexander*, a cura di L.A. Tritle, Routledge, Londra e New York, pp. 167-188.

Hölbl, Günther (2001), *A History of the Ptolemaic Empire*, traduzione inglese di T. Saavedra, Routledge, Londra e New York.

Huß, W. (1991), *Die in ptolemaiischer Zeit verfaßten Synodal-Dekrete der ägyptischen Priester*, «Zeitschrift für Papyrologie und Epigraphik», 88, pp. 189-208.

Hussein, Hesham (2016), *Searching for Ptolemy XII: Inscriptions from Sinai*, «Egyptian Archaeology», 48, pp. 28-29.

Khalil, Emad (2008), *The Lake Mareotis Research Project*, «Egyptian Archaeology», 33, pp. 9-11.

Klotz, David (2013), *Who Was with Antiochus III at Raphia? Revisiting the Hieroglyphic Versions of the Raphia Decree (CG 31008 and 50048)*, «Chronique d'Egypte», 88, pp. 45-59.

Kruse, Thomas (2013), *The Nile Police in the Ptolemaic Period*, in *The Ptolemies, the Sea and the Nile: Studies in Waterborne Power*, a cura di K. Buraselis, M. Stefanou e D.J. Thompson, Cambridge University Press, Cambridge, pp. 172-184.

Kurth, Dietrich (1998), *A World Order in Stone – The Late Temples*, in *Egypt: The World of the Pharaohs*, a cura di R. Schulz e M. Seidel, Könemann, Colonia, pp. 296-311.

Ladynin, Ivan A. (2014), *The Argeadai Building Program in Egypt in the Framework of Dynasties' XXIX-XXX Temple Building*, in *Alexander the Great and Egypt: History, Art, Tradition: Wrocław/Breslau 18./19. Nov. 2011*, a cura di V. Grieb, K. Nawotka e A. Wojciechowska, Harrassowitz, Wiesbaden, pp. 221-240.

Lanciers, C. (1987), *Die Stele CG 22184: Ein Priesterdekret aus der Regierungszeit des Ptolemaios VI. Philometor*, «Gottinger Miszellen», 95, pp. 53-61.

Legras, Bernard (2002), *Les experts égyptiens à la cour des Ptolémées*, «Revue historique», 624, pp. 963-991.

Lewis, Naphtali (1986), *Greeks in Ptolemaic Egypt: Case Studies in the Social History of the Hellenistic World*, Oxford University Press, Oxford.

Lichtheim, Miriam (1980), *Ancient Egyptian Literature*, vol. III: *The Late Period*, University of California Press, Berkeley, Los Angeles e Londra.

Lloyd, Alan B. (2002), *The Egyptian Elite in the Early Ptolemaic Period. Some Hieroglyphic Evidence*, in *The Hellenistic World: New Perspectives*, a cura di D. Ogden, Duckworth/The Classical Press of Wales, Londra, pp. 117-136.

Madkour, Haitham (2018), *New Light on the Chronology of Ptolemais Hermiou through Hellenistic Stamped Amphora Handles*, «Zeitschrift für Papyrologie und Epigraphik», 207, pp. 73-88.

Manning, J.G. (2003), *Land and Power in Ptolemaic Egypt. The Structure of Land Tenure*, Cambridge University Press, Cambridge.

Manning, J.G. (2010), *The Last Pharaohs: Egypt Under the Ptolemies 305-30 BC*, Princeton University Press, Princeton e Oxford.

Manning, J.G. et al. (2017), *Volcanic Suppression of Nile Summer Flooding Triggers Revolt and Constrains Interstate Conflict in Ancient Egypt*, «Nature Communications», 8, articolo n. 900.

Marquaille, Céline (2003), *The Ptolemaic Ruler as a Religious Figure in Cyrenaica*, «Libyan Studies», 34, pp. 25-42.

Marquaille, Céline (2008), *The Foreign Policy of Ptolemy II*, in *Ptolemy II Philadelphus and his World*, a cura di P. McKechnie e P. Guillaume, Brill, Leiden e Boston, pp. 39-64.

Masson-Berghoff, Aurélia e Franck Goddio (2016), *Greek Kings and Egyptian Gods*, in *Sunken Cities: Egypt's Lost Worlds*, a cura di F. Goddio e A. Masson-Berghoff, Thames and Hudson/The British Museum, Londra, pp. 73-137.

McConnell, Joseph R. et al. (2020), *Extreme Climate After Massive Eruption of Alaska's Okmok Volcano in 43 BCE and Effects on the Late Roman Republic and Ptolemaic Kingdom*, «Proceedings of the National Academy of Science», 117(27), 22 giugno, pp. 15443-15449.

McKechnie, Paul e Jennifer A. Cromwell (a cura di) (2018), *Ptolemy I and the Transformation of Egypt, 404-282 BCE*, Brill, Leiden e Boston.

McKechnie, Paul e Philippe Guillaume (a cura di) (2008), *Ptolemy II Philadelphus and his World*, Brill, Leiden e Boston.

Meadows, Andrew (2001), *Sins of the Fathers: The Inheritance of Cleopatra, Last Queen of Egypt*, in *Cleopatra of Egypt: From History to Myth*, a cura di S. Walker e P. Higgs, British Museum Press, Londra, pp. 14-31.

Meredith, David (1953), *The Roman Remains in the Eastern Desert of Egypt*, «Journal of Egyptian Archaeology», 39, pp. 95-106.

Meredith, David (1957), *Berenice Troglodytica*, «Journal of Egyptian Archaeology», 43, pp. 56-70.

Michaelides, Demetrios e Giorgios Papantoniou (2018), *The Advent of Hellenistic Cyprus*, in *Les royaumes de Chypre à l'épreuve de l'histoire*, a cura di A. Cannavò e L. Thély, École Française d'Athènes, Atene, pp. 267-290.

Minas-Nerpel, Martina (2018), *Pharaoh and Temple Building in the Fourth Century BCE*, in *Ptolemy I and the Transformation of Egypt, 404-282 BCE*, a cura di P. McKechnie e J.A. Cromwell, Brill, Leiden e Boston, pp. 120-165.

Minas-Nerpel, Martina (2022), *The Creation of New «Cultural Codes»: The Ptolemaic Queens and Their Syncretic Processes with Isis, Hathor, and Aphrodite*, in *Egypt and the Classical World: Cross-Cultural Encounters in Antiquity*, a cura di J. Spier e S.E. Cole, J. Paul Getty Museum, Los Angeles, cap. 4 (consultabile all'indirizzo https://www.getty.edu/publications/egypt-classical-world/04).

Moran, William L. (1992), *The Amarna Letters*, The Johns Hopkins University Press, Baltimora (MD).

Moyer, Ian S. (2011), *Egypt and the Limits of Hellenism*, Cambridge University Press, Cambridge.

Mueller, Katja (2006), *Settlements of the Ptolemies: City Foundations and New Settlement in the Hellenistic World*, Peeters, Leuven.

Myśliwiec, Karol (1996), *In the Ptolemaic Workshops of Athribis*, «Egyptian Archaeology», 9, pp. 34-36.

Neatby, Leslie H. (1950), *Romano-Egyptian Relations During the Third Century B.C.*, «Transactions and Proceedings of the American Philological Association», 81, pp. 89-98.

Nespoulous-Phalippou, Alexandra (a cura di) (2015), *Ptolémée Épiphane, Aristonikos et les prêtres d'Égypte: Le Décret de Memphis (182 d.C.): Édition commentée des stèles Caire RT 2/3/25/7 et JE 44901*. Université Paul Valéry, Montpellier.

Ockinga, Boyo G. (2018), *The Satrap Stele of Ptolemy: A Reassessment*, in *Ptolemy I and the Transformation of Egypt, 404-282 BCE*, a cura di P. McKechnie e J.A. Cromwell, Brill, Leiden e Boston, pp. 166-198.

Parsons, Peter (2009), *New Greek Texts from Oxyrhynchus*, «British Academy Review», 14, pp. 28-31.

Pestman, P.W. (1995), *Haronnophris and Chaonnophris: Two Indigenous Pharaohs in Ptolemaic Egypt (205-186 BC)*, in *Hundred-gated Thebes*, a cura di S.P. Vleeming, Brill, Leiden, New York e Köln, pp. 101-137.

Piejko, Francis (1992), *The Relations of Ptolemies VIII and IX with the Temple of Chnum at Elephantine*, «The Bulletin of the American Society of Papyrologists», 29, 1-2, pp. 5-24.

Pollard, Justin e Howard Reid (2007), *The Rise and Fall of Alexandria, Birthplace of the Modern World*, Penguin, Londra.

Quaegebeur, Jan (1988), *Cleopatra VII and the Cults of the Ptolemaic Queens*, in *Cleopatra's Egypt: Age of the Ptolemies*, a cura di R.S. Bianchi et al., Brooklyn Museum, New York, pp. 41-53.

Ray, John (1976), *The Archive of Hor*, Egypt Exploration Society, Londra.

Ray, John (2001), *Reflections of Osiris: Lives from Ancient Egypt*, Profile Books, Londra.

Ray, John (2007), *The Rosetta Stone and the Rebirth of Ancient Egypt*, Profile Books, Londra.

Rea, J.R. (1988), *The Oxyrhynchus Papyri*, vol. LV, Egypt Exploration Society, Londra.

Recklinghausen, Daniel von (2018), *Die Philensis-Dekrete: Untersuchungen über zwei Synodaldekrete aus der Zeit Ptolemaios' V. und ihre geschichtliche und religiöse Bedeutung*, Harrassowitz, Wiesbaden.

Redford, Donald B. (1986), *The Name Manetho*, in *Egyptological Studies in Honor of Richard A. Parker*, a cura di L.H. Lesko, University Press of New England, Hannover, pp. 118-121.

Redon, Bérangère (2018), *La prise en main du desert Oriental par les Lagides: nouvelles données archéologiques*, in *Le désert oriental d'Égypte durant la période gréco-romaine: bilans archéologiques*, a cura di J.-P. Brun, T. Faucher, B. Redon e S. Sidebotham, Collège de France, Parigi.

Redon, Bérangère (2019), *An Egyptian grand cru: wine production at Plinthine*, «Egyptian Archaeology», 55, pp. 28-33.

Redon, Bérangère e Thomas Faucher (2015), *Gold Mining in Early Ptolemaic Egypt*, «Egyptian Archaeology», 46, pp. 17-19.

Redon, Bérangère (2016), *Samut North: «Heavy Mineral Processing Plants» Are Mills*, «Egyptian Archaeology», 48, pp. 20-22.

Reymond, E.A.E. (1981), *From the Records of a Priestly Family from Memphis*, Harrassowitz, Wiesbaden.

Rice, Ellen E. (1983), *The Grand Procession of Ptolemy Philadelphus*, Oxford University Press, Oxford.

Ritner, Robert K. (s.d.), *Ptolemy IX (Soter II) at Thebes*, Oriental Institute, Chicago (consultabile all'indirizzo https://isac.uchicago.edu/sites/default/files/uploads/shared/ docs/ptolemy_soter_II_at_thebes.pdf).

Römer, Cornelia E. (2019), *The Fayoum Survey Project: The Themistou Meris*, vol. A: *The Archaeological and Papyrological Survey*, Peeters, Leuven, Parigi e Bristol (CT).

Rostovtzeff, Michael (1922), *A Large Estate in Egypt in the Third Century B.C.: A Study in Economic History*, University of Wisconsin, Madison (WI).

Rowlandson, Jane (a cura di) (1998), *Women and Society in Greek and Roman Egypt*. Cambridge University Press, Cambridge.

Schmidt, Stefan (2005), *Serapis – ein neuer Gott für die Griechen in Ägypten*, in *Ägypten Griechenland Rom: Abwehr und Berührung*, a cura di H. Beck, P.C. Bol e M. Bückling, Ernst Wasmuth, Tubinga, pp. 291-304.

Schubert, Paul (2019), *Transmission of Cleruchic Land: A Model to Describe the Procedure*, «Archiv für Papyrusforschung und Verwandte Gebiete», 65, pp. 280-316.

Seeger, John e Steven Sidebotham (2005), *Marsa Nakari: An Ancient Port on the Red Sea*, «Egyptian Archaeology», 26, pp. 18-20.

Sekunda, Nicholas (2014), *The Importance of the Oracle of Didya, Memphis 331 BC*, in *Alexander the Great and Egypt: History, Art, Tradition: Wrocław/Breslau 18./19. Nov. 2011*, a cura di V. Grieb, K. Nawotka e A. Wojciechowska, Harrassowitz, Wiesbaden, pp. 107-117.

Siani-Davies, Mary (1997), *Ptolemy XII Auletes and the Romans*, «Historia», 46, 3, pp. 306-340.

Sidebotham, Steven (1999), *Berenike*, in *Encyclopedia of the Archaeology of Ancient Egypt*, a cura di K.A. Bard, Routledge, Londra e New York, pp. 170-172.

Sidebotham, Steven e Willemina Wendrich (1996), *Berenike: Roman Egypt's Maritime Gateway to Arabia and India*, «Egyptian Archaeology», 8, pp. 15-18.

Simpson, William Kelly (a cura di) (2003), *The Literature of Ancient Egypt*, Yale University Press, New Haven.

Skeat, T.C. (1961), *Notes on Ptolemaic Chronology, II. «The Twelfth Year Which Is Also the First»: The Invasion of Egypt by Antiochus Epiphanes*, «Journal of Egyptian Archaeology», 47, pp. 107-112.

Smith, Mark (2001), *Ankhsheshonqy*, in *The Oxford Encyclopedia of Ancient Egypt*, vol. 1, a cura di D.B. Redford, Oxford University Press, New York, p. 94.

Smith, W. Stevenson, rev. William Kelly Simpson (1981), *The Art and Architecture of Ancient Egypt*, Yale University Press, New Haven (CT).

Stanwick, Paul E. (2005), *Ägyptische Statuen der Ptolemaër*, in *Ägypten Griechenland Rom: Abwehr und Berührung*, a cura di H. Beck, P.C. Bol e M. Bückling, Ernst Wasmuth, Tubinga, pp. 244-251.

Stefanou, Mary (2013), *Waterborne Recruits: The Military Settlers of Ptolemaic Egypt*, in *The Ptolemies, the Sea and the Nile: Studies in Waterborne Power*, a cura di K. Buraselis, M. Stefanou e D.J. Thompson, Cambridge University Press, Cambridge, pp. 108-131.

Strootman, Rolf (2021), *The Seleukid Empire*, in *The Graeco-Bactrian and Indo-Greek World*, a cura di R. Mairs, Routledge, Londra e New York. DOI: 10.4324/9781315108513-3.

Strudwick, Nigel e Helen (1999), *Thebes in Egypt: A Guide to the Tombs and Temples of Ancient Luxor*. Cornell University Press, Ithaca (NY).

Tait, John (2001), *Demotic literature*, in *The Oxford Encyclopedia of Ancient*

Egypt, vol. 1, a cura di D.B. Redford, Oxford University Press, New York, pp. 378-381.

Taylor, John H. (1991), *Egypt and Nubia*, British Museum Press, Londra.

Thompson, Dorothy J. (1997), *The Infrastructure of Splendour: Census and Taxes in Ptolemaic Egypt*, in *Hellenistic Constructs: Essays in Culture, History, and Historiography*, a cura di P. Cartledge, P. Garnsey e E. Gruen, University of California Press, Berkeley, Los Angeles e Londra, pp. 242-258.

Thompson, Dorothy J. (2008), *Economic Reforms in the Mid-Reign of Ptolemy Philadelphus*, in *Ptolemy II Philadelphus and his World*, a cura di P. McKechnie e P. Guillaume, Brill, Leiden e Boston, pp. 27-38.

Thompson, Dorothy J. (2009), *Review of P. Nadig, «Zwischen König und Karikatur. Das Bild Ptolemaios' VIII. im Spannungsfeld der Überlieferung»*, «The Classical Review», 59, 1, pp. 203-205.

Thompson, Dorothy J. (2012), *Memphis Under the Ptolemies*, 2a ed., Princeton University Press, Princeton (NJ).

Thompson, Dorothy J. (2013), *Hellenistic Royal Barges*, in *The Ptolemies, the Sea and the Nile: Studies in Waterborne Power*, a cura di K. Buraselis, M. Stefanou e D.J. Thompson, Cambridge University Press, Cambridge, pp. 185-196.

Thompson, Dorothy J. (2018), *Ptolemy I in Egypt: Continuity and Change*, in *Ptolemy I and the Transformation of Egypt, 404-282 BCE*, a cura di P. McKechnie e J.A. Cromwell, Brill, Leiden e Boston, pp. 6-26.

Thompson, Dorothy J. (2022), *Alexander and Alexandria in Life and Legend*, in *A History of Alexander the Great in World Culture*, a cura di R. Stoneman, Cambridge University Press, Cambridge, pp. 14-41.

Török, László (1980), *To the History of the Dodekaschoenos*, «Zeitschrift für Ägyptische Sprache und Altertumskunde», 107, pp. 76-86.

Turner, E.G. (1974), *A Commander-in-Chief's Order from Saqqâra*, «Journal of Egyptian Archaeology», 60, pp. 239-242.

Vandorpe, Katelijn (1995), *City of Many a Gate, Harbour for Many a Rebel. Historical and Topographical Outline of Greco-Roman Thebes*, in *Hundred-gated Thebes*, a cura di S.P. Vleeming, Brill, Leiden, New York e Köln, pp. 203-239.

Vandorpe, Katelijn (2002), *The Bilingual Family Archive of Dryton, His Wife Apollonia and Their Daughter Senmouthis*, Comité Klassieke Studies, Subcomité Hellenisme, Koninklijke Vlaamse Academie van België voor Wetenschappen en Kunsten, Bruxelles.

Vassilika, Eleni (1995), *Egyptian Art*, Cambridge University Press, Cambridge.

Veïsse, Anne-Emmanuelle (2004), *Les révoltes égyptiennes: recherches sur les troubles intérieurs en Egypte du règne de Ptolémée III à la conquête romaine*, Peeters, Leuven.

Veïsse, Anne-Emmanuelle (2022), *The «Great Theban Revolt», 206-186 BCE*, in *Cultures of Resistance in the Hellenistic East*, a cura di P.J. Kosmin e I.S. Moyer, Oxford University Press, Oxford, pp. 57-73.

Verhoeven, Ursula (2005), *Die interkulturelle Rolle von Priestern im ptolemaïschen Ägypten*, in *Ägypten Griechenland Rom: Abwehr und Berührung*, a cura di H. Beck, P.C. Bol e M. Bückling, Ernst Wasmuth, Tubinga, pp. 279-284.

Walker, Susan e Peter Higgs (a cura di) (2001), *Cleopatra of Egypt: From History to Myth*, British Museum Press, Londra.

Weill Goudchaux, Guy (1992), *Archibios. Sauveur des* «éffigies» *de Kléopâtre VII*, in *Sesto Congresso Internazionale di Egittologia: Atti*, vol. I, Associazione Internazionale degli Egittologi, Torino, pp. 651-656.

Weill Goudchaux, Guy (2001), *Cleopatra's Subtle Religious Strategy*, in *Cleopatra of Egypt: From History to Myth*, a cura di S. Walker e P. Higgs, British Museum Press, Londra, pp. 128-141.

Wilkinson, Richard H. (2003), *The Complete Gods and Goddesses of Ancient Egypt*, Thames and Hudson, Londra.

Wilkinson, Toby (2010), *The Rise and Fall of Ancient Egypt*, Bloomsbury, Londra.

Wilkinson, Toby (2023), *Ramesses the Great: Egypt's King of Kings*, Yale University Press, Londra e New Haven.

Williams, J.H.C. (2001), *«Spoiling the Egyptians»: Octavian and Cleopatra*, in *Cleopatra of Egypt: From History to Myth*, a cura di S. Walker e P. Higgs, British Museum Press, Londra, pp. 190-199.

Wilson, Penelope (1997), *A Ptolemaic Lexikon: A Lexicographical Study of the Texts in the Temple of Edfu*, Peeters, Leuven.

Winter, Erich (2005), *Alexander der Große als Pharao in ägyptischen Tempeln*, in *Ägypten Griechenland Rom: Abwehr und Berührung*, a cura di H. Beck, P.C. Bol e M. Bückling, Ernst Wasmuth, Tubinga, pp. 204-215.

Wojciechowska, Agnieszka e Krzysztof Nawotka (2014), *Alexander in Egypt: Chronology*, in *Alexander the Great and Egypt: History, Art, Tradition: Wrocław/Breslau 18./19. Nov. 2011*, a cura di V. Grieb, K. Nawotka e A. Wojciechowska, Harrassowitz, Wiesbaden, pp. 49-54.

Yiftach, Uri (2015), *Law in Ptolemaic and Roman Egypt*, in *The Oxford Handbook of Ancient Greek Law*, a cura di E.M. Harris e M. Canevaro, edizione online, Oxford Academic (consultabile all'indirizzo https://doi.org/10.1093/oxfordhb/9780199599257.013.11).

Crediti delle immagini

Alessandro: Bridgeman Images; Faro di Alessandria: The Print Collector/Alamy Stock Photo; Tolomeo I: CM Dixon/Print Collector/Getty Images; Tolomeo II: © Zev Radovan/Bridgeman Images; Eratosthenes: Ancient Art and Architecture/Alamy Stock Photo; Corone di Dendera: Mike P. Shepherd/Alamy Stock Photo; Scena del raccolto: DeAgostini/Getty Images; Stele di Rosetta: © The Trustees of the British Museum; Decorazione di mobile in oro: © NPL – DeA Picture Library/Bridgeman Images; Giara per l'acqua in terracotta: © The Met, condiviso con licenza Creative Commons CC0 1.0 Universal; Mercenario di terracotta: © The Trustees of the British Museum; Stele dedicata al toro Buchis: © Sandro Vannini/Bridgeman Images; Busto di Sarapis: Lanmas/Alamy Stock Photo; Tavolo per le offerte: © The Trustees of the British Museum; Mosaico del Nilo di Palestrina: GRANGER – Historical Picture Archive/Alamy Stock Photo; Sala ipostila: Nick Brundle Photography/Getty Images; Rilievo del Tempio di Sobek: © NPL – DeA Picture Library/C. Sappa/Bridgeman Images; Retro dell'amuleto di Ba con ali d'oro: Art Media/Print Collector/Getty Images; Archeologia subacquea a Thonis-Herakleion: Christoph Gerigk © Franck Goddio/Hilti Foundation; Tempio di Horus: Kitti Boonnitrod/Getty Images; Tempio di Philae: Matt Champlin/Getty Images; Papiro del *Libro dei morti*: Luisa Ricciarini/Bridgeman Images; Rilievo murale di Cleopatra III, Cleopatra II e Tolomeo VIII a Kom Ombo: eFesenko/Alamy Stock Photo; Tolomeo V: Dirk Sonnenwald, licenza Public Domain Mark 1.0. Berlin, Münzkabinett der Staatlichen Museen, 18203067; Tolomeo VI Filometore: © Peter Willi/Bridgeman Images; Tolomeo IX: © 2024 Museum of Fine Arts, Boston/Bridgeman Images. Tutti i diritti riservati/Edwin L. Jack Fund/Bridgeman Images; Augusto: CPA Media Pte Ltd/Alamy Stock Photo; Marco Antonio: Chronicle/Alamy Stock Photo; Testa di marmo di Cleopatra VII: DEA/S. VANNINI/Getty Images; Aegypto Capta/moneta romana con coccodrillo: © The Trustees of the British Museum; Moneta di Cleopatra VII: © The Trustees of the British Museum; Rilievo murale di Cleopatra VII e Cesarione a Dendera: robertharding/Alamy Stock Photo.

Indice dei nomi

Indice

PARTE IV. NEMESI (80-30 a.C.)

Finito di stampare nel mese di marzo 2025 su carta HOLMEN
con fibra vergine proveniente da foreste sostenibili holmen.com/paper
presso Elcograf S.p.A. - Viale De Gasperi 120 - Cles (TN)

Printed in Italy